KB069129

광마회귀
8

광마회귀

狂魔回歸

8

유진성

문학수첩

목
차

◆ ⋯⋯ 狂魔回歸

399.
자줏빛으로
물들이는 순간에

운기조식할 때 눈을 감는 이유는 많은 사부가 그것을 권장했기 때문이다. 엄밀히 말하자면 눈을 감으나, 뜨나 운기조식은 똑같다. 다만, 눈을 감는 이유는 집중과 감정 때문이다. 눈을 뜨고 있으면 사물을 보게 되고, 이어서 운기조식과 무관한 감정을 부른다. 감정은 마음에 영향을 미치고, 당장 집중해야 할 운기조식의 과정에서 실수하거나 흐트러질 확률을 높인다. 만에 하나라는 게 있어서 눈을 감는 것이다.

조금 더 억지스럽게 말하자면. 눈앞에 죽어가는 사람이 갑자기 등장한다거나, 마음이 무너지는 장면을 목격하면 내공이 담긴 무거운 수레를 운반하는 도중에 손잡이를 놓칠 수도 있다. 그것이 하필이면 내리막길이어서 수레가 맹렬하게 어디론가 떠날 수도 있다. 그러다가 부딪치는 곳은 내 혈맥이다. 그렇게 수레도 터지고, 내 혈맥도 터지면 주화입마다.

많은 강호인이 운기조식을 하다가 주화입마에 빠져서 눈을 뜨지 못했다. 선배들의 시행착오가 구전되어 내려오면서 지금은 대다수가 운기조식을 하기 전에 폐쇄된 장소를 찾고, 그곳에서도 눈을 감는다. 하지만 나는 화산의 정상에 올라서 자하신공을 수련할 때마다 눈을 감지 않았다. 이제 나는 눈을 감으나, 뜨나 똑같았다. 오히려 눈을 뜬 채로 수련하는 것이 훨씬 즐거웠다.

화산에 일찍 오른 날에는 백전, 월영, 금구를 번갈아 수련하고, 늦게 오른 날에는 동이 틀 때까지 자하신공만 수련했다. 천지에 스며드는 자줏빛 꺼풀을 벗겨내서 단전에 한 장씩 쌓는 느낌을 받았다. 어떤 날은 기분이 좋았고, 어떤 날은 기분이 차분했다. 하지만 두려움, 공포, 불안함, 불온함, 걱정 등의 부정적인 감정은 많이 사라진 상태. 부정적인 감정이 많이 사라졌기 때문에 내 마음에서 일어나는 일이 분노로 변하는 일은 적었다.

그렇다면 나는 강해진 것일까. 아니면 싸움닭이 본능적으로 가져야 할 마음가짐에서 멀어진 것일까. 마음가짐도 굴곡이 있는 모양인지 투계에서 다시 목계로 내려왔다. 그러니까 자꾸만 올라가기만 한 것이 아니라, 내려놓는 마음가짐도 확인하게 되었다. 돌이켜 보면 전생의 광마도 이룬 것은 많지 않다. 그저 살아남았을 뿐이다.

그 어떤 마음가짐 상태에서도 약해지는 것은 싫었기 때문에 더욱 집중해서 자하신공을 수련했다. 온 마음과 뜻을 자하신공에 두다 보니까. 때때로 매화장에서 밥을 먹는 동안에도 맏형과 색마의 목소리를 자주 놓쳤다. 눈을 뜨고, 밥을 먹고, 차를 마시는 와중에도 내 내부에서 일어나는 일을 집중해서 지켜봤다. 다행히 두 사람은 내 상태를 어느 정도 아는 모양인지 크게 신경 쓰지 않았다.

나도 두 사람의 수련 상태가 어떤 상황인지 신경 쓸 여력이 없었다. 교주와 싸운다는 것은 전생과 현생을 통틀어서 가장 힘든 싸움이 될 게 자명했기 때문이다. 더군다나 시간도 제한적이었다. 지금은 삼복이가 교에 도착했을까? 보고를 받은 교주는 늦장을 부릴까? 교에서 출발한 교주는 대체 언제 도착할 것인가. 그 도착 시기를 가늠할 수가 없었기 때문에 하루하루를 허술하게 보낼 수가 없었다. 교주가 일찍 도착하든, 늦게 도착하든 간에 나는 최선을 다했다.

사실 나는 교주가 요란이를 보호해 준 것을 알자마자 많은 것을 내려놓았다. 불우한 어린 제자가 살아있다는 사실 자체가 나를 구원한 셈이다. 그래서 자하신공은 교주에게 주는 선물이기도 하다. 이상하게도… 교주와 나는 멀리 떨어져 있었으나 어느 정도 생각을 공유하는 것 같은 기분이 들었다.

내가 교주의 예상보다 약하고, 허접하고, 별 볼 일 없는 놈이라면. 아마 매화산장에 있는 자들은 전부 죽을 것 같다는 예감이 들었다. 왜냐하면, 사실상 교주는 내게 충분한 시간을 그간 줬기 때문이다. 내가 허접하다는 것은, 약속을 지키지 않은 것과 같다. 그래서 교주에게 선물할 자하신공을 아끼는 검劍처럼 갈고닦았다.

자하신공으로 교주를 무참하게 죽이고 싶다는 생각이 들었다가, 때로는 자하신공으로 나 자신이 더 훌륭한 무인이 되기를 기원하기도 했다. 그렇게 내 안에서도 밤과 낮이 교차했다. 어둠이 내려앉았다가 빛에 물러나고. 빛으로 가득 찼다가 어둠에 물들기를 반복했다. 사람의 마음은 이처럼 알 수가 없다. 노을이나 이른 새벽처럼 자꾸만 변하기 때문이다.

어느 정도 눈을 뜬 채로 자하신공을 수련하는 것에 익숙해졌을 때 이삼십 일이 흐른 것인지, 사오십 일이 흐른 것인지 알 수가 없었다. 잠을 몰아서 잘 때도 있었고, 사나흘을 뜬눈으로 보낸 적도 있었다. 나는 시간과 밤낮, 죽음과 삶을 잊은 채로 화산과 매화장을 오갔다. 어느 날 공기가 너무 시원하다는 생각이 들어서 몸과 마음이 간질간질했다. 길가에 핀 꽃들의 모습이 눈에 들어오고, 종종 보던 길가의 아이들과도 손을 흔들면서 인사를 나누다가 뒷짐을 진 채로 화산을 바쁘게 돌아다녔다.

걸으면서 자하신공을 수련할 수 있도록 애를 써봤는데 어림없었다. 언제쯤 가능할 것인지 예상할 수 없을 정도로 어려웠으나 포기할 이유도 딱히 없었다. 궁극에는 잠을 자는 도중에도 자하신공의 축기를 시도해 볼 생각이었는데, 물론 지금은 수준이 낮아서 그럴 수가 없었다. 나는 방랑자처럼 화산을 들쑤시면서 돌아다녔다. 외모를 너무 가꾸지 않는 것도 예의에 어긋나는지라, 가끔 시냇물에서 씻고, 묵가비수로 머리카락과 덥수룩하게 자란 수염도 깎았다.

화산은 볼 게 많아서 돌아다니기만 해도 바빴다. 헤집고 다니기를 십여 일 동안 반복했을 때 종종 지켜보던 장소가 화산의 연화봉임을 알았다. 그러니까 내가 자주 자하신공을 수련하던 장소가 남봉이라 불리는 장소였고, 연화봉은 그보다 낮은 서봉이었다. 나는 그제야 허연 바위들을 경공으로 지나서 연화봉에 도착했다. 연화봉에서 다시 아래를 바라보니 곳곳에 전각과 집이 군데군데 모여있었다. 유심히 바라보자… 사람들 사이에서 놀랍게도 철섬부인이 보였다. 꽤 멀었으나 내공을 담은 채로 철섬부인에게 말했다.

"철섬부인, 잘 지냈나?"

내 목소리를 들은 철섬부인이 화들짝 놀라더니 주변을 두리번거렸으나 나를 쉽게 찾진 못했다. 안개가 조금 있는 날이어서 그렇다. 나는 손을 휘둘러서 안개를 흩어지게 한 다음에 아래를 주시했다.

"부인, 이쪽이다."

잔뜩 여기저기를 두리번대던 철섬부인의 외침이 메아리와 함께 내 귀에 꽂혔다.

"…문주님이세요? 문주님! 어디 계십니까?"

이어서 어디선가 달려온 유화곡주와 백면공자가 함께 주변을 둘러보다가 멀리 떨어져 있는 나를 그제야 발견했다. 나는 오랜만에 만났다는 사실 자체가 반가워서 웃음이 절로 나왔다. 내가 손을 흔들자, 세 사람도 무어라 떠들면서 연신 손을 흔들었다. 제법 거리가 있어서 서로 개미처럼 보일 터였다. 내공을 어느 정도 회복한 모양인지 백면공자의 목소리가 제법 또렷하게 들렸다.

"문주님, 내려오십시오!"

나는 오랜만에 보는 지인들에게 인사를 전했다.

"아니야. 수련 중이니까 다음에 보자고."

"문주님!"

자꾸 내려오라는 소리가 반복되었는데 무시하고 절벽 뒤로 몸을 날렸다. 하도 오르고, 내려가기를 반복했더니 가끔 걸어서 내려가는 것이 귀찮았다. 그럴 때마다 뛰어내렸다. 구름을 뚫고 높은 곳에 올라간 적은 있었는데, 구름 아래로 내려가는 것은 아직 어색했다. 단박에 화산을 내려가는 방법은 없었기 때문에 허연 구름을 지나 땅을 밟고, 다시 뛰어내리기를 반복했다. 오랫동안 공중에서 몸이 뜬 상태에서 신체를 조절하는 느낌을 최대한 각인했다.

이렇게 하산해서 매화장에 들어갈 때마다 어제가 오늘 같고, 오늘이 어제 같았다. 수련 방식을 바꿨기 때문에 화산에 오르는 횟수를 점차 줄여나갔다. 대신에 산책을 겸한 경공 수련을 시작했다. 예전에는 마구잡이로 달리는 게 성미에 맞았는데 요새는 어떻게 하면 적은 몸짓으로 많은 거리를 이동할 수 있을 것인지를 고민했다. 방법은 당연히 외공과 내공의 조합, 폭발, 발목, 발, 다리, 허리, 전신을 이용하는 것이어서 뒷짐을 진 상태에서 때때로 거리를 순식간에 이동하듯이 뻗어나갔다.

평범한 사람들이 보면 축지법縮地法을 쓰는 것처럼 보일 것이다. 그러나 이것은 축지법이 아니다. 온갖 개고생을 해서 터득한 경공, 보법의 일종일 뿐이다. 때때로 겨우 일보一步를 내디뎠을 뿐인데, 그일보에 내가 그간 익혔던 모든 무학이 담겨있을 때도 있었다. 전생의 광마 시절보다 마음이 물러터진 게 사실이기 때문에 오히려 나는 더 무자비한 수련으로 나를 몰아붙였다.

광마 때는 남에게 가혹했는데, 지금은 나 자신을 가혹하게 다뤘다. 그렇지 않으면 광마의 본질이 사라질 것 같아서 어쩔 수가 없었다. 나는 도인도 아니고, 도사도 아니다. 깨달음을 얻어서 세상을 등질 생각도 없고. 옛 고수들처럼 등선登仙하고 싶은 마음도 없었다. 광마, 하오문주, 점소이, 이자하의 본질을 잊지 않기 위해서 자꾸만 평화롭게 변하는 마음을 경계했다.

교주만이 내 적은 아니다. 늙을 때까지 미친놈들의 뺨따귀를 후려 치면서 살려면 나는 광마여야 했다. 어느 날 매일 가던 산책의 풍경 이 색마저 변했다는 것을 깨닫고, 정신을 겨우 차렸다. 계절이 변한 것일까. 여전히 걸으면서 축기하는 것은 익히지 못했으나, 매화장에 복귀하자마자 수련을 멈췄다. 사람이 수련만 하다 보면 바보가 되기 마련인데, 나는 바보 직전의 사내가 된 상태였다. 뒷짐을 진 채로 걷 다가 탁자에 앉아있는 맏형을 오랜만에 발견했다.

"맏형."

맏형이 나를 위아래로 살피더니 고개를 끄덕였다.

"어서 와라."

나는 맏형의 옆자리에 앉아서 매화장을 둘러봤다.

"계절이 바뀌었나?"

"그래. 수련은?"

"이제 좀 쉬려고."

"광인처럼 돌아다니던데 그만하면 됐다."

"위태로워 보였나?"

맏형이 고개를 끄덕였다.

"잘 이겨내리라 생각해서 방해하지 않았지만 때때로 위태로워 보 였지."

같은 장소에서 머무르는 맏형과도 대화를 나눈 지가 오래되었으 니 정상적인 상태는 아니었던 모양이다. 내가 탁자에 앉아서 맏형과 이야기를 나누다가 이쪽을 쳐다보는 매화장주에게 말했다.

"장주, 항마검을…"

매화장주가 안으로 들어가더니 항마검을 들고 나와서 내게 내밀었다. 나는 항마검을 받은 다음에 말했다.

"장주."

"예."

"수련의 성과 좀 보겠소. 보여주시오."

매화장주는 별말 없이 너른 장소로 걸어가더니 자신의 검을 뽑자마자, 일전에 펼쳤던 검법을 선보였다. 나는 맏형과 조용히 구경했다. 군데군데 이전과 다르게 맏형이 지도한 것 같은 움직임이 섞여 있었다. 한차례 시범을 마친 매화장주가 우리를 향해 고개를 가볍게 숙였다. 어느새 안에서 나온 색마도 매화장주의 시범을 지켜보고 있었다. 나는 매화장주와 교대한 다음에 걸어가다가 항마검을 뽑아서 수직으로 세웠다. 맏형, 색마, 매화장주를 쳐다보면서 말했다.

"…꽤 예전에 흑묘방에서 떨어지는 꽃잎을 찔러대다가 그 순간을 잊지 않기 위해 매화검법이라는 이름을 붙였었지. 그 검법을 화산에 오고 나서, 그것도 같은 이름인 매화장에 들어와서 펼치게 되었으니 인생은 때때로 웃음이 나는 우연이 겹치곤 한다. 그 우연이라 불리는 일들의 원인을 자꾸만 거슬러 올라가면 마음가짐이 있을 테지. 그래서 결국에는 이 모든 일이 우연이 아닌 셈이야. 이것은 매화십삼수야. 어색한 부분이 있으면 세 사람이 지적해 주라고."

기본 형태는 매화장주의 십삼수. 여기에 흑묘방에서부터 고민했던 자유로움을 더했다. 법칙이 자유로움을 추구하고, 그 자유로움이 또한 크게 어긋나지 않길 바라면서 검을 휘둘렀다. 매화장주에게 내가 해석한 십삼수를 돌려줬다. 맏형과 색마에게도 내 검법을 선보이

16　　　…　　　광마회귀 8

고, 전달했다.

내 인생에 많은 영향을 끼쳤던 사람들이라서 자격은 충분했다. 낯선 검법이기 때문에 반복해서 펼쳤다. 반복하는 와중에도 동작을 다듬었다. 사실 검법은 단순한 동작의 변형이라서 십삼수도 적지 않았다. 수련해서 익히면 천하의 고수들을 상대할 때 충분히 활용할 수 있는 검법이었다. 나는 최대한 다양하게 십삼수를 변형해서 세 사람에게 보여줬다. 세 사람이 너무 골똘히 쳐다보는 것 같아서 멈춘 다음에 물었다.

"어때?"

색마가 맏형을 바라보자, 맏형이 고개를 크게 끄덕였다.

"부족함이 없이 좋구나."

색마도 짤막하게 말했다.

"좋다."

매화장주는 연신 고개를 끄덕이다가 내게 말했다.

"문주님, 기억하려고 온 힘을 다하고 있습니다. 더 보여주실 수 있겠습니까?"

매화장주가 내게 존댓말을 했던가. 하든 말든 중요하진 않았다. 나는 고개를 끄덕인 다음에 말했다.

"얼마든지 보여줄 수 있지. 그럼 이번에는 궤적을 눈여겨보라고. 법칙이나 동작의 세세함보다는 계속해서 검의劍意를 받아들여야 해."

"검의가 무엇입니까?"

"내가 이 검법을 통해 무엇을 말하고자 하는지를 받아들이면 된다는 뜻이야."

　세 사람에게 매화검법의 궤적을 더욱 또렷하게 보여주기 위해서 칼날을 자줏빛으로 물들게 했다. 애초에 내가 생각하는 삶에는 이런 저런 예의범절이 없다. 칼날에서 자줏빛으로 물든 크고 작은 꽃잎이 흩날리는 순간… 나는 검마, 색마, 화산제일검을 내 제자로 삼았다.

400.
강호의 연결고리

십삼수는 본래 장주의 것이라서 여기에 매화를 더해 돌려줬다. 장주의 마음에 들었는지는 당장 알 수 없었다.

"장주, 잘 보셨나?"

매화장주가 놀란 표정으로 나를 쳐다봤다.

"예."

나는 항마검을 집어넣으면서 말했다.

"느낌이 어때? 검법에 대한 소감이랄까."

잠시 고민하던 매화장주가 진중한 목소리로 대답했다.

"모든 것이 이어졌습니다."

"모든 것이?"

"예. 너무 많은 것을 받아서 소감을 말로 전달하는 게 어렵군요."

성실한 성격을 가진 사내의 답변이었다. 연계 과정이 이어지는 것을 확인한 모양이다. 그러니까 장주의 화두는 검법이 자연스럽게 이어지지 않는다는 것이었다. 자신의 화두에 맞춰서 내가 펼친 검법을 해석한 셈이었다. 하지만 검법은 연계가 전부는 아니었기 때문에 도움 줄 수 있는 말을 보탰다.

"연계는 물론 이어졌지. 하지만 시작도 있었고. 끝도 있었어."

"그렇습니다."

"검의를 파악하면 여기서 더 보태도 되고, 걷어내서 세 가지 초식으로 압축해도 무관하다는 뜻이야. 때에 따라서는 단 일검一劍으로 줄여도 돼. 왜 그럴까?"

"결국에 일검으로 끝나는 승부도 있어서…"

"그렇다면 그 일검에는 이 모든 뜻이 담겨있겠지? 그걸 검의라고 부르자고. 검의를 이제 이해했나?"

"아."

표정을 보니까 매화장주도 이해한 모양이었다. 사실 검의는 짧게 말해도 어렵다. 굳이 말을 보태서 더 어렵게 하지 않았다. 여기까지가 적당하다. 매화장주가 홀로 생각해서 정리하는 시간도 필요했기 때문이다. 가만히 있던 색마가 내게 질문했다.

"검의를 파악하면 걷어내거나 추가해도 상관없고. 변형해도 무관하다는 뜻이 맞지?"

이번에는 색마 차례인가?

"맞다."

나와 교대하듯이 넓은 장소로 걸어온 색마가 돌아서더니 우리를 바라봤다. 내가 펼친 매화십삼수에서 얻은 심득을 고민하는 표정이었다. 색마가 우리에게 말했다.

"검의를 얻었다 함은…"

이어서 색마가 장법으로 매화십삼수를 펼쳤다. 무공 천재는 맞는 모양인지 한 치의 어긋남이 없이 똑같이 펼쳤다. 그러니까 매화장주가 말한 것처럼, 모든 것이 이어지는 장법이었다. 나는 색마가 일부러 똑같이 펼치고 있다는 생각이 들었다. 아니나 다를까, 두 번째 반복이 시작될 때부터는 손에서 피어나는 매화가 계절처럼 변했다.

보법이 먼저 확연하게 달라지고… 심득을 다듬으려는 것처럼 장법이 길어졌다. 하지만 변형된 모든 동작이 검의 안에 있는 것처럼 비슷했다. 난잡하게 보이는 두 번째 시범이 멈춘 다음에 색마가 우두커니 선 채로 양손에 냉기를 휘감았다. 이어서 처음 보는 장법이 세상에 등장했다. 색마가 정식으로 펼치는 보법을 구경하는 것은 처음이었는데 땅바닥을 미끄러지듯이 이동하면서 규칙과 절도가 있었다. 장법은 보법 위에서 변화했다. 보는 것만으로 저 장법을 막는 게 곤란하겠다는 생각이 들었으니. 대단한 장법이 맞을 것이다.

'훌륭하네.'

십삼수의 연계가 보법에 적용되어 있고, 보법에서 연계된 장법이 때로는 묵직하고 강맹하게, 때로는 가벼우면서도 음험하게 변했다. 보법이 미끄러지는 것처럼 특이했기 때문에 타격점을 예상할 수 없고. 때때로 냉기가 흩날렸기 때문에 장기전을 펼쳐도 상대하기 어려운 장법처럼 보였다. 내가 검으로 자줏빛으로 된 기의 꽃을 흩날렸다면. 색마는 백색으로 된 냉기의 꽃으로 사방을 채웠다.

똥싸개 본인에게도 나름 역사적인 순간처럼 보였다. 사람의 고정관념은 쉽게 변하지 않는 법이라서, 저렇게 흩날리는 백색의 꽃잎을 보고 있자니 코를 막고 싶었으나 끝내 잘 참았다. 상대는 세상 진지했기 때문에 이런 순간까지 똥으로 공격할 수는 없었다. 어쨌든 천재적인 똥싸개가 된 색마 놈이 새로운 장법을 창안해서 시범을 보인 다음에 우리를 쳐다봤다. 색마 놈의 표정에도 놀라움과 감탄, 일종의 후련한 표정이 잔뜩 뒤섞여 있었다. 맏형이 물었다.

"새로 창안했구나. 이름은 정했느냐?"

색마가 대답했다.

"…화산에서 얻었으니 백화장법白華掌法이라 부르겠습니다."

빙공을 상징하는 백색과 화산이 조합된 작명이었다. 색마의 말이 이어졌다.

"요란이에게 가르치려면 조금 더 다듬어야겠습니다. 제가 홀로 만든 것이 아니고 사부들이 함께 만든 장법으로 전하겠습니다."

맏형이 고개를 끄덕였다.

"좋다."

맏형은 딱히 십삼수에 대한 감상이나 소감을 밝히지 않았다. 내가 넋이 나가있는 동안에 수련을 어떻게 했는지도 모르겠다. 맏형은 요즘 그냥 편해 보였다. 장원에 있는 꽃들을 오래 바라보기도 하고, 장주가 물어보는 말에 대답을 해준 다음에는 또 입을 다물고 있었다. 무공에 관한 생각은 알 수 없었지만 근래 가장 많은 변화를 겪은 사람을 꼽으라면 단연코 맏형이었다. 어느새 맏형은 이런 말도 할 줄 아는 사내가 되었다.

"제자가 새로운 무공을 만들고 셋째도 하산했으니 오늘은 술 한잔 하자."

"그러자."

술을 즐기지 않는 사내가 술을 마시자고 하면 알았다고 하는 것이 인지상정. 잠시 후 우리는 장원의 탁자에 술을 깔았다. 장주는 많지 않은 가솔과 유유자적하게 사는 사내라서 수련 이외의 삶은 소소한 취미에 맞춰져 있었다. 그 취미에는 술을 담그는 것도 있었기에 탁자에 올라온 술은 객잔에서 맛볼 수 없는 특이한 술이었다. 땅에 묻어두고 나이에 따라 일매一梅, 이매二梅 같은 이름이 붙은 술이었는데, 우리가 마시는 것은 팔매八梅였다.

팔매주가 얼마 남지 않아서 칠매주를 가져올까 하던 순간… 우리는 술잔을 내려놓고 입구를 바라봤다. 피투성이가 된 사내가 걸어오고 있었는데, 익히 아는 얼굴이었다. 그야말로 황당한 등장이었다. 이놈이 대체 왜 등장했고, 왜 피투성이인지는 알 수가 없었다. 전 광명우사, 혈교주가 며칠 잠을 못 잔 것 같은 지친 기색으로 탁자에 오더니, 내게 말했다.

"한 잔 줘라."

누가 이 사내를 이렇게 몰아붙였을까. 나는 술잔에 마지막 팔매를 따라서 혈교주에게 넘겼다. 혈교주는 술을 물처럼 마시더니 갈증을 해소했다는 것처럼 숨을 길게 내뱉었다.

"…교주한테, 그러니까 마교주 말이다. 약속한 대로 도착했다고 전해. 그리고 네 짓이냐?"

혈교주가 나를 노려봤다. 나는 어리둥절한 마음으로 대답했다.

"혈교주, 뭔 개소리냐? 다짜고짜 설명도 없이."

혈교주가 나를 보더니 미친놈처럼 웃었다.

"솔직하게 말해도 된다. 탓하지 않으마."

"혈교주, 주화입마냐?"

맏형이 나섰다.

"무슨 일인지 말하게. 문주는 근래 화산에서 수련에만 집중했다."

혈교주가 맏형을 노려보면서 말했다.

"그러니까 이 빌어먹을 마교주의 호출을 받아서 화산으로 출발했었다."

"그런데?"

혈교주는 손에 쥐고 있었던 술잔을 종이처럼 구긴 다음에 말했다.

"곳곳에서 내 화산행을 방해했단 말이다."

"음."

"처음에는 늙은 거지들이 기웃대더니, 갑자기 무림맹에 몸을 담았었다던 고수가 나타나질 않나. 마지막엔 흑도와 서생 놈들까지 따라붙었다. 이 오만가지 세력을 한꺼번에 부를 수 있는 놈이 문주밖에 더 있나?"

이제 다들 나를 쳐다봤다. 나는 부른 적이 없었기 때문에 고개를 저었다. 혈교주의 말이 이어졌다.

"마치 온 강호가 화산행을 알고 있었던 것처럼 말이야."

나는 이유를 설명해 줬다.

"그건 저번에 통천방에서 사고를 쳐서 그런 것이겠지. 제천맹주를 비롯한 흑도 사내들은 그런 원한을 잊지 않는다."

"그러냐? 제천맹은 이해한다. 다른 놈들은 어찌 알고서?"

"나는 모르지."

...   광마회귀 8

"이것들이 왜 전부 나를 노리고 있단 말이냐?"

나는 혈교주의 말을 통해 사정을 대충 이해했다. 혈교주는 범인을 찾고 있었다는 것처럼 나를 노려봤다. 미친놈이 쳐다보는 것이라서 살짝 찔리긴 했는데, 결국에는 웃음이 터졌다.

"하하하하…"

"웃음이 나오느냐?"

그러니까 이미 혈교주의 인상착의와 용모파기는 통천방에 의해서 퍼졌을 터였다. 통천방이 알면 제천맹도 알고 있다는 뜻이다. 그렇다면 개방도 당연히 소식을 전달받았을 테고. 개방을 통해 무림맹도 공적 명단에 올렸을 터. 강호인들은 복수를 잊지 않는다. 다만 이번 일은 백도, 흑도, 거지, 서생들이 연합했다는 것이 놀라울 따름이었다. 이어서 사태를 파악한 색마도 웃음을 다짜고짜 터트렸다.

"하하하하."

결국에는 맏형마저도 고개를 젖히더니 웃음을 내뱉었다. 혈교주는 분노와 당혹감이 섞인 표정으로 우리 셋을 노려봤다. 내가 이유를 설명해 줬다.

"우리 탓이 아니다. 화산으로 가는 마도 고수를 강호가 막았나 보군. 그뿐이다."

그러니까 이것은 신新 자하객잔에서 벌어졌던 일의 반대 상황이다. 이번에는 교주가 불러 모은 마도 고수들을 백도가 각개격파하는 형국이다. 강호인들은 복수를 잊지 않는다. 백도라고 하기에도 애매하다. 흑도에 가까운 제천맹과 서생들까지 연합해서 방해하고 있으니 말이다. 혈교주의 갑작스러운 방문은 사실 황당했으나, 이 사내가 들고 온 소식은 그야말로 친구들의 소식을 들은 것처럼 반가웠다. 이때 장원 입구에서 허름한 잿빛 옷을 입은 노고수가 가볍게 착지하더니 뒷짐을 진 채로 다가왔다.

"…겨우 따라잡았구나. 혈교주. 그만 도망가게."

혈교주가 깊은 한숨을 내뱉었다.

"그만 쫓아오면 안 되겠나?"

"안 되겠네."

"아니면 잠시 휴식을 취한 다음에 붙자. 이곳이 결전 장소다. 휴전하는 게 어떻겠나?"

노고수가 대답했다.

"자네와 내가 겨루는데 결전 장소가 웬 말인가? 이어서 하세. 참고로 자네를 찾는 다른 자들은 자네와 비무할 생각이 없는 것 같은데 어떻게 생각하나?"

혈교주가 욕을 내뱉더니 이어서 경공을 펼치더니 금세 사라졌다. 노고수는 나를 한 번 쳐다본 다음에 혈교주를 쫓아갔다. 노고수는 사라졌으나 그의 목소리는 흔적처럼 귓가에 남았다.

"…문주, 오랜만이네. 오늘은 바빠서 술자리에 못 끼겠군."

나는 급히 떠나는 노고수의 말에 내공을 담은 목소리로 대답해 줬다.

"고생이 많소. 또 봅시다."

쾌당주라는 말은 일부러 꺼내지 않았다. 나도 사실 왜 전 총군사 공손심이 전 광명우사를 쫓고 있는지 의아했다. 예상했던 조합이 아니기 때문이다. 대충 말을 요약하면 화산 결전에 마교주가 혈교주를 호출했고, 오는 동안에 행적이 들통나서 공손심에게도 쫓기고 있는 모양이었다. 내가 웃음이 나오는 이유는… 공손심은 경공이 빠른 사내라서 그렇다. 나이가 제법 많아서 무공 수위가 어떤 상태인지는 알 수 없으나 강호에서 쾌당주의 추격을 뿌리칠 수 있는 고수는 아무리 많게 잡아도 다섯 명이 넘지 않을 터였다.

"…전 총군사가 은퇴한 줄 알았더니 복귀하셨군."

쾌당주에게 쫓기는 악인이라… 사정을 다 알고 나면 그렇게 이상한 일이 아니다. 쾌당주는 본래 저런 사내였기 때문이다. 그러니까 무림맹을 은퇴하고 나서야 본연의 업무에 복귀한 것처럼 보였다. 한바탕 먼지바람이 일어났지만 술맛은 오히려 더 좋았다. 맏형이 말했다.

"우사가 끝내 교주의 그늘에서는 벗어나지 못했구나."

"그러게."

미친놈도 떠나고, 발 빠른 노인장도 떠난 입구에 이번에는 정체를 알 수 없는 사내가 서 있었다. 맏형과 비슷한 연배였다. 양쪽 귀밑에만 흰머리가 있는 독특한 인상의 중년인이었는데, 우리 쪽을 보자마자 입을 열었다.

"좌사, 들어가도 되겠나?"

맏형이 손을 내밀었다.

"들어오게. 수하들은 어쩌고 혼자 왔나?"

"번잡해서 주변에 대기하라 일렀네."

마도의 많은 고수가 그렇듯이 표정을 읽을 수 없는 무뚝뚝한 사내였다. 하지만 맏형과 아는 사이여서 대충 누군지는 감이 왔다. 낯선 손님은 탁자까지 오더니 빈자리에 앉아서 우리를 바라봤다.

"소개해 주겠나?"

맏형이 나와 색마를 가리켰다.

"하오문주, 이쪽은 내 제자일세."

맏형이 이번에는 우리에게, 등장한 손님을 소개했다.

"일대공이자 일마조라 불리는 사내. 본명은 나도 모른다."

대공자의 외숙인 일마조가 도착한 상태였다. 일마조가 나를 위아래로 훑은 다음에 말했다.

"반갑다. 하오문주."

커다란 새가 한 마리 앉아서 나를 노려보는 듯한 기분이 들었다. 그러니까 꽤 무서운 분위기, 기도, 어조, 눈빛을 가진 마도의 고수였다. 마교에서도 일대공이라는 칭호를 얻었으니 보통 사내는 아닐 터였다. 어쨌든 나를 보자마자 반말을 했기 때문에 나도 고개를 끄덕인 다음에 적절하게 응수했다.

"…나도 반갑다."

마도 고수도 예의를 중시하는 것일까? 대뜸 미간을 좁히더니 나를 노려봤다. 이때, 아예 인사 과정에서 무시를 당한 색마도 잔망스러운 어조로 끼어들었다.

"나도 반가워. 나는 백응지의 색마라고 해."

맏형과 나는 급히 색마를 쳐다봤다. 우리는 방심하는 순간에 언제나 주화입마에 빠질 수 있는 불쌍한 사내놈들이었기 때문에 색마의 상태를 급히 점검했다. 색마도 원래 미친놈이어서 주화입마인지 아닌지를 파악할 수가 없었다. 이어서 뜻하지 않게, 매화장주도 자신을 소개했다.

"반갑습니다. 매화장의 주인장입니다. 식사는 하셨습니까? 안 하
셨으면 준비하겠습니다."

"..."

일마조는 아무런 말이 없었다. 분위기에 적응하려면 시간이 필요
한 법이라서 그렇다. 정상적인 말과 비정상적인 말이 뒤섞여서 나도
정신이 좀 없었다.

401.
매화장에
들어올 수 있는 자격은

일마조가 매화장주를 노려보면서 말했다.

"적진에 와서 한가롭게 밥을 왜 먹겠나."

매화장주가 일마조를 똑바로 보면서 말했다.

"적진이라고 생각하지 않으셔도 됩니다. 문주님 일행과 교주님 일행 모두 제 손님이라고 생각합니다. 언제든 요청하시면 접대를 소홀히 하지 않겠습니다."

나는 매화장주를 새삼스럽게 바라봤다. 그러니까 이 사내는 우리보다 무공이 약할 뿐이지, 사람 자체는 약한 면이랄 게 전혀 없었다. 맏형이 일마조에게 물었다.

"일대공, 은퇴한 줄 알았는데 어째서 여기까지 행차했나? 거절이 그렇게 어려운가. 그래도 자네 정도면 거절할 법도 한데."

일마조는 콧바람을 내뱉었다.

"교도가 무슨 은퇴인가. 허 장로 정도로 늙어야 은퇴할 수 있겠지.

몸이 멀쩡하게 움직이는 이상은 명령을 거부하기 어렵네. 그나저나 교주님에게 자세한 명령은 듣지 못했다. 그저 이곳으로 가라는 말만 전달하시더군. 음, 아마도 자네 혹은 하오문주와 겨뤄볼 생각이신 거 같은데."

일마조가 색마를 쳐다봤다.

"…너는 뭐냐?"

"색마."

"그걸 묻는 게 아니다. 교주님이 이곳으로 우릴 부르신 이유는 아마도 날벌레 같은 놈들을 미리 치워놓으라는 뜻이겠지. 네가 이곳에 있을 자격이 있느냐? 스스로 색마라니, 교에도 이런 놈은 없는데."

일마조는 오자마자 색마를 아주 시원하게 갈궜다. 딱히 나도 변호해 줄 마음이 없었기 때문에 일마조를 응원했다.

"옳은 말씀. 날벌레 같은 놈."

색마가 검지로 자신을 가리켰다.

"나? 나 말이냐. 내가 날벌레야? 날벌레가 나란 말이냐?"

색마는 오늘따라 확실히 상태가 좀 안 좋아 보이긴 했다. 아니면 색마도 나름대로 무언가를 내려놓은 모양이다. 그 무언가가 아마도 정신머리일 가능성이 크다. 그래서인지 아무도 색마의 말에는 대답해 주지 않았다.

"…"

굳이 언급하자면 공명정대하고 예의범절을 중요시하는 매화장주도 딱히 대꾸는 해주지 않고 있어서 마음에 들었다. 색마가 한숨을 내쉬면서 말했다.

"마조 늙은이, 잘 들어라. 내 적수는 교주뿐이다. 너는 아니야."

일마조가 콧소리를 내면서 웃더니 맏형을 바라봤다.

"자네 제자라고?"

"그렇네."

"적수가 교주님뿐이면 자네도 넘어섰다는 말인가?"

맏형이 고개를 갸웃했다.

"제자와 진심으로 겨뤄본 적은 없네만. 진심으로 겨루게 된다면 나도 최선을 다해야 하는 처지일세. 강호에 나서지 않은 지 꽤 오래 되었나? 감을 좀 잃은 모양이군. 일마조, 내 제자가 그렇게 약해 보이나? 자네는 모르겠지만 각자 가문을 거슬러 올라가면 두 사람도 원한이 꽤 깊은 사이라네. 이것도 나름대로 결전에 어울리는 대진이로군."

그제야 일마조가 천천히 고개를 돌리더니 색마를 자세히 쳐다봤다.

"…원한이 깊다고?"

색마는 고개를 삐딱하게 기울인 채로 일마조를 노려보다가 말했다.

"너 혹시 옥화궁을 건드렸던 놈이냐?"

별것도 없으면서 동네에서 가장 삐뚤어진 미친 청년을 보는 것 같았다. 맏형이 싸움을 부추기는 이유가 있었던 셈이다.

"일대공이라 부르던 사내가 날벌레라고 하면 이유가 있겠지. 자네가 그럼 날벌레를 한번 치워보겠나? 나도 누가 진정한 날벌레인지 확인하고 싶구나."

일마조가 웃었다.

"괜찮겠나? 자네를 봐서 멀쩡히 살려놓은 채로 물러나게 할 생각이었는데 이렇게 되면 후회할 것이네.”

맏형이 일마조의 말을 끊었다.

“…말이 많아졌군. 피차 후회는 없는 인생들이다.”

“자네 뜻은 알겠네.”

일마조가 벌떡 일어나더니 넓은 장소로 먼저 이동했다. 색마는 일마조를 슬쩍 쳐다본 다음에 자신의 술을 단박에 들이켰다. 색마가 일어나자, 맏형이 말했다.

“일마조는 경험이 많고 내공도 깊다. 보기 드문 마공도 두루 익혀 해박한 사내이니 방심할 여유 따윈 없을 것이다.”

맏형이 올바른 조언을 했음에도 색마는 재수 없는 말로 대답했다.

“잡다하게 익힌 놈이 어찌 한 가지를 깊이 익힌 사람의 상대가 되겠습니까.”

굳이 나를 지적하는 말 같아서 나도 한마디를 보탰다.

“…재수 없게. 퉤! 이 새끼야. 한 우물만 기웃댄 날벌레 같은 놈.”

잡다하게 익힌 장본인으로서 매우 불쾌한 표현이었다. 색마가 내게 손가락질을 하면서 이동했다.

“이놈은 탈마가 아닙니다. 광마 새끼.”

맏형이 대답했다.

“알고 있다.”

문득 나는 매화장주와 눈을 마주쳤다가 떠오르는 대로 읊조렸다.

“예전에는 광마였지. 지금은 그보다 뛰어난 광광마狂狂魔다.”

“…”

“재미없어?”

매화장주가 시선을 피하면서 대답했다.

"예."

"매번 재미있을 수는 없어. 매화장주, 너무 솔직한 것도 문제야."

"문주님도 솔직하십니다."

그것도 맞다. 매화장주가 하인을 부르더니 칠매를 가져오라고 일렀다. 그사이에 우리는 대치하고 있는 일마조와 색마를 바라봤다. 일마조는 관광을 온 사람처럼 뒷짐을 진 채로 주변을 살피고 있었다. 거리를 벌린 일마조가 색마를 노려보더니 누군가에게 말했다.

"월륜月輪."

매화장 바깥에서 둥그런 병장기 하나가 곡선을 그리면서 날아왔다. 속도가 제법 빨라서 일마조를 기습하는가 싶었는데, 그대로 일마조가 붙잡았다. 보름달처럼 둥그런 칼이었다. 서역에서나 쓸법한 병장기였는데 손잡이를 제외하면 전부 칼날이었다. 자세히 보니까 바깥도 날카롭고, 안쪽에도 날이 살아있었다. 걸어서 당기면 무엇이든지 잘리는 병장기랄까. 나는 일마조를 보면서 중얼거렸다.

"재수 없는 병장기를 쓰네. 생긴 건 죽창이나 들고 다니는 늙은 척후병인데."

일마조가 나를 노려봤다.

"문주, 닥치지 못하겠나?"

"뭐? 나 말이냐? 이 대 일로 처맞고 싶으냐? 나는 예의범절 모른다."

일마조가 한숨을 내쉬더니 그제야 고개를 돌려서 자신의 상대인 색마를 노려봤다. 이번에는 색마가 나를 갈궜다.

"정신 사납다. 조용히 해라."

"응. 다음 날벌레."

일마조가 월륜을 휘두르더니 매화장의 담벼락에 길쭉한 상처를 냈다.

촤아아악!

고갯짓으로 피한 색마는 뒷걸음질을 치다가 품에서 묵가비수를 꺼내더니 월륜을 쳐내기 시작했다. 맏형의 말에 따르면 마공을 두루 익혔다고 했는데… 의외로 장수들이 만나서 겨루는 것처럼 평범했다. 색마의 빙공이 등장하지 않았고, 일마조의 마공도 등장하지 않았기 때문이다. 마치 신체와 내공을 가늠하는 것처럼 전초전이 지나갔다.

대신에 속도가 점점 빨라졌다. 강호에 머무르면서 많은 쾌검을 상대하거나 지켜봤는데 일마조의 공격이 그중에서도 가장 빨랐다. 과연 저것을 어떻게 막나 싶을 정도. 색마도 눈으로 보고 피하는 것은 한계가 있는 모양인지, 아예 본능으로 피하는 것처럼 대처했다. 완전히 피하기 어려운 순간에만 묵가비수를 휘둘러서 월륜을 쳐냈다. 속도가 전혀 줄지 않는 상태에서 일마조의 차분한 목소리도 흘러나왔다.

"…날벌레가 맞았구나."

색마도 월륜을 쳐내는 와중에 고집쟁이처럼 대답했다.

"시끄럽다."

월륜에서 뻗어나간 무형의 기가 어느새 담벼락에 있는 넝쿨을 모조리 베어서 떨어뜨리고, 담벼락에는 호랑이 앞발이 긁고 간 것 같은 상처가 이어지다가 종종 담벼락 일부가 허물어졌다. 담벼락의 모습이 난장판이 되는 동안에도 색마는 월륜을 계속 경계하면서 피했다. 어쩐지 마공이 월륜에서부터 시작된다는 것을 경계하는 눈치였다.

색마의 반격 또한 일마조의 수비에 막혀서 아무런 성과가 없었다. 어느 순간 도저히 막을 수 없을 것 같은 궤적으로 밀려드는 월륜의 몸통을 색마가 엄지와 검지로 아슬아슬하게 붙잡았다. 장력 대결은 이어지지 않았다. 색마가 오른손에 묵가비수를 쥐고 있었기 때문이다. 두 사람은 월륜으로 이어진 상태에서 기를 쏟아냈다. 일마조는 월륜을 비틀어서 빼내려고 했는데 꿈쩍도 안 했다.

"…!"

이어서 월륜의 몸통 부분이 새하얗게 얼어붙더니, 색마의 손가락 좌우의 칼날 위를 백색의 점령군들이 뻗어나갔다. 그런데도 일마조의 표정은 딱히 큰 변화가 없었다. 이때, 일마조의 상의가 갈기갈기 찢겨나가면서 월륜의 칼날에 불길이 휘감겼다. 동시에 땅을 박차고 물러나는 색마를 향해 일마조가 불길에 휩싸인 월륜을 던졌다. 빙공을 익힌 색마도 붙잡기가 힘들어 보이는 공격이었다. 궤적을 그리면서 움직이던 월륜을 다시 일마조가 붙잡으면서 말했다.

"…사내놈이 정말 옥화궁의 진전을 이었구나. 오륜五輪."

이것은 반칙인가 아닌가. 바깥에서 네 자루의 월륜이 날아오더니 일마조가 그것을 전부 다뤘다. 장력으로 쳐내고, 다음 것을 쳐내는 와중에 일부가 곡선을 그리면서 뻗어나갔다. 마공이 아니라 차력 공연을 보는 것처럼 신기해서 박수를 보냈다.

짝짝짝…

솔직히 저런 차력 공연에 색마가 당할 것 같진 않았다. 다만, 진짜 당하면 나만 쓰레기가 되는 순간이었다. 공중에서 다섯 자루의 월륜이 날아다녔는데… 신기하게도 장력으로 쳐내서 그런 모양인지 어느새 다섯 자루 모두에서 불길이 뻗어나오고 있었다.

"와…"

세상에 이렇게 화려한 마공은 없었다. 불길에 휩싸인 다섯 자루의 칼날이 공중을 돌아다니는데도 일마조는 여유로워 보였다. 그러니까 색마만 홀로 바쁜 상태였다.

'저걸 어떻게 막지?'

이런 생각보다는 막다가 지치겠다는 생각이 들었다. 막을 수는 있는데 딱히 빈틈이랄 게 없었다. 색마가 달려드는 경로에서 월륜이 지나가거나, 정면에서 행보를 막았기 때문이다. 그러니까 색마는 불길에 휩싸인 감옥에 갇혀있었다. 나는 바둑 훈수 두는 노인장처럼 맏형에게 물었다.

"저, 저, 저러다 죽는 거 아니야? 너무 허접한데."

어쨌든 색마는 우리 편이라서 응원할 수밖에 없었다. 위태로운 와중에 색마가 화옥火獄에서 백화장법을 펼치기 시작했다. 나는 눈을 비빈 다음에 똑바로 바라봤다.

"음."

아까 만든 무공을 이런 상황에서 쓰는 게 맞을까? 하지만 지켜보고 있으려니 백화장법 말고는 대처할 방법도 없어 보였다. 그러니까 미끄러지듯이 이동하면서 냉기를 휘감은 장력으로 월륜을 쳐내고 있었다. 두 사람은 보기 드물 정도로 서로에게 상성이었다. 그러다

문득 공중을 쳐다봤다. 이상하게도 아까보다 공중에 불길이 만들어 낸 이동 경로가 진하게 남아있었다. 그러니까 붉은색의 실이 허공에 잔뜩 쳐져있는 기분이랄까.

살짝 불길한 분위기였는데… 색마의 시선도 허공을 향해있었다. 외곽에서 월륜을 바쁘게 쳐내던 일마조가 특이한 동작으로 합장하자, 다섯 개의 월륜이 허공에 멈춘 채로 맹렬하게 회전하면서 불꽃을 흩날렸다. 과연 보기 드문 마공이긴 했다. 대체 어떻게 하는 것인지조차 감이 오질 않았기 때문이다. 색마는 일마조에게 향하려다가 멈칫하더니… 공중에 뜬 월륜을 쳐다봤다.

"…"

이어서 월륜의 불길이 맹렬하게 회전하더니 갑자기 두 배 정도로 불길이 커진 상태에서 다섯 개의 원형 불꽃이 색마에게 쇄도했다. 색마는 표정이 없었는데… 손에 쥐고 있는 묵가비수가 온통 새하얗게 변하는 게 보였다. 이어서 개별적인 동작은 잘 보이지 않았다. 다만 묵가비수가 하나의 월륜을 막아내고, 그 월륜이 얼어붙은 채로 다른 월륜과 맞붙어 있었다. 두 개는 동시에 얼었다.

왼손으로는 다른 월륜을 붙잡고 있었는데 그것 또한 다른 월륜을 쳐내자마자 달라붙은 채로 얼었다. 이 두 개도 동시에 얼었다. 나머지 하나는 색마의 발밑에 깔려있었는데 이것도 새하얗게 변한 상태. 정말 멋있는 것인지 병신 같은 것인지 모를 특이한 분위기와 위엄이 색마의 표정에 깃들어 있었다. 색마가 일마조를 바라봤다.

"…이게 끝이냐?"

사람이 너무 재수 없는 광경이나 말을 들으면 닭살이 돋을 수도 있다는 것을 이번에 경험했다.

"와…"

나는 팔뚝에 소름이 돋아서 진정시켰다. 기세에서 완전 밀린 일마
조를 응원해 봤다.

"저기요. 뭐라고 좀 씨불여 보세요."

이때, 우리는 장원 입구를 바라봤다. 싸우던 자들까지 새로 등장
한 사내를 잠시 쳐다봤다. 머리에 하얀 띠를 두른 사내가 커다란 봇
짐을 진 채로 걸어오더니 우리를 향해 고개를 살짝 숙였다.

"…의원 부르셨다고 해서 왕진을 왔습니다. 모용의가의 모용백이
라고 합니다. 부상자, 있습니까?"

"…"

"없으면 다행이고요."

모용백이 입에서 '후…' 소리를 내더니 근처에 와서 바닥에 앉았
다. 여전히 색마와 일마조가 대치 중인 가운데 모용백이 중얼거렸다.

"…소속과 상관없이 치료하겠습니다. 잘 부탁드립니다. 의원입니
다. 염려하지 않으셔도 됩니다. 강호의 여러 선배, 중립으로 봐주십
시오."

모용백은 우리에게 인사도 없이 대치 중인 두 사람을 바라봤다.
나는 모용백을 바라보다가 여러 가지 할 말을 속으로 삼켰다. 독마
의 고집은 전생부터 아는지라 말이 안 통할 것을 뻔히 알았기 때문
이다. 그리고 보니까 매화장에 들어올 수 있는 첫 번째 자격은 고집
이었다. 모용백을 보니까 그런 생각이 들었다. 이것은 실력과 무관
한 자격이기도 했다.

402.
색마의 성명절기

대치 중인 일마조가 색마에게 말했다.

"…이 정도는 막을 것이라 예상했네."

생긴 것과 다르게 잘난 척하는 모습이 살짝 뜬금없었다. 대체 뭘 예상했다는 말인가? 일마조의 말에 색마가 대답했다.

"네가 예상하리라는 것을 나도 예상했다."

나만 소름이 돋았나? 대화에 잠시 끼어들 수밖에 없었다.

"그만 예상해, 미친놈들아."

"…"

사내들이 싸울 때 나누는 대화는 골목에서든 화산에서든 장소를 가리지 않고 유치한 터라 만고불변의 진리처럼 느껴졌다. 일마조가 명령을 내리지도 않았는데 바깥에서 무장한 교도가 성큼성큼 들어오더니 무릎을 꿇자마자 붉은 장검을 내밀었다. 장검이 꽤 익숙해서 맏형에게 물었다.

…

"우사의 검인가?"

"비슷한데 아니다."

일마조가 가짜 대운검을 붙잡은 채로 말했다.

"병장기를 가져오게."

색마는 양손을 부딪쳐서 일마조의 괴상한 병기를 떨어뜨린 다음에 묵가비수만 남겼다.

"이거면 됐다."

"그나저나 나는 자네 사부와 연배가 비슷한데 말투가 꼭 그래야 하나?"

색마가 시큰둥한 어조로 대답했다.

"존중을 받고 싶으면 존중받을 만한 행동을 하면 된다. 나이 좀 처먹었다고 대우해 줄 내가 아니다."

일마조 대신에 내가 대답해 줬다.

"싸가지 없는 새끼."

생각해 보니까 이렇게 끼어들면 내가 마교 편처럼 느껴져서 주둥아리를 자제할 필요가 있었다. 매화장주가 끼어들었다.

"장검이 필요하시면 빌려드리겠소."

색마가 짤막하게 대답했다.

"필요 없소."

희한하게도 색마는 일마조에게 반말을 하고, 매화장주에겐 반존대를 섞었다. 뜬금없이 매화장주를 노려보던 일마조가 가짜 대운검을 뽑자마자 색마에게 달려들었다. 색마는 천성이 얍삽한 놈이어서 바닥에 떨어진 월륜을 발로 쳐냈다. 무서운 속도로 월륜이 날아가자, 그것을 대운검으로 단박에 쪼갠 일마조가 검을 휘둘렀다.

어느새 내 눈에는 일렁이는 불꽃과 흩날리는 눈 덩어리가 맞붙은 것처럼 보였다. 색마는 짧은 묵가비수로 가짜 검을 제법 잘 쳐냈다. 마조검의 날카로움이 월륜을 아무렇지도 않게 쪼갰는데도 묵가에서 만들어 준 비수는 쉽게 자르질 못했다. 이렇게 보고 있으려니 색마의 선택이 옳았다. 웬만한 장검은 일마조의 검에 당장 쪼개졌을 테니 말이다. 지켜보는 가운데 일마조의 공력이 점점 늘어나는 게 보였다. 마조검의 칼날에도 내가 자하기를 사용한 것과 흡사한 붉은 기운이 더욱 짙어졌다.

때때로 장력이 맞붙자, 북이 연달아 터지는 것처럼 들렸다. 아무리 색마가 대단해도 세월의 차이는 쉽게 넘을 수 없는 것일까? 장력을 몇 차례 부딪치고 나서야, 충돌할 때마다 색마의 몸이 밀려나는 게 보였다. 그때마다 균형을 잡거나, 힘을 역이용해서 받아치고 있었으나 내공의 우위는 이제 눈으로 명확하게 보였다. 이는 지극히 당연한 일이기도 하다. 오히려 저렇게 호각으로 싸우는 게 비정상적인 일이어서 누구나 다 색마를 칭찬하는 게 옳은 상황이었다.

어느 순간 내공으로는 안 된다고 생각한 모양인지. 장력과 내공을 더 줄인 색마의 신체가 더욱 눈에 띄게 밀려났다. 힘을 아낀 채로 수비로 전환한 모양새. 하지만 일마조에게도 자꾸만 튕겨나듯이 날아가는 색마를 따라잡아서 공격해야 하는 번거로움이 있었다. 순간, 우지끈 소리가 들리더니 장원에 심은 커다란 나무가 벼락을 정통으로 맞은 것처럼 찢어지듯이 쪼개졌다. 내 옆에 있는 매화장주가 떨리는 손으로 자신의 이마를 붙잡는 게 보였다. 나는 매화장주를 위로했다.

"장주, 이제 시작이야."

"예?"

"더 박살 날 거라고. 난장판이 되겠지."

"그렇군요."

일마조의 목소리가 들렸다.

"…그렇게 도망만 다녀서 이길 수 있겠나?"

색마가 읊조렸다.

"칠 일 밤낮으로 도망 다녀주마."

일마조가 검을 휘두르자 내 예상대로 담벼락이 두부처럼 잘리더니 비무 공간이 더욱 넓어졌다. 이러면 오히려 더 좋다. 내 손으로 부수기엔 조금 미안했던 담벼락이었기 때문이다. 어쨌든 간에 일마조가 장원을 쑥대밭으로 만들어서 비무 공간이 점차 광활해졌다.

우리는 그제야 매화장 바깥이 전부 교도들에게 포위되어 있었음을 확인했다. 포위망이 아주 촘촘해 보였다. 그래도 이 정도 병력을 이끌고 왔는데도 직접 일대일 비무를 하는 것엔 감탄이 흘러나왔다. 허접한 마도는 아닌 셈이랄까. 일마조의 공격은 거센 불길이 덮치는 것과 같아서. 색마가 빙공을 익히지 않았더라면 진작 타죽었을 것처럼 보였다.

그렇다고 검법이 허접한 것도 아니고, 내공은 확실히 색마보다 우위에 있었다. 그런데도 비무는 치열하게 이어졌다. 상황이 이런 식으로 반복되듯이 흘러가자 이제 무차별적으로 공격만 펼치는 일마조도 그렇게 유리해 보이진 않았다. 색마가 비장의 한 수를 계속 감춰두는 것 같은 분위기여서 그렇다.

하지만 그 한 수가 무엇인지는 알 수가 없고, 그 한 수가 일마조에게 막혔을 때는 색마의 생사도 장담할 수가 없었다. 그래서 이 싸움은 일방적이면서도 팽팽하고, 팽팽하면서도 실수가 한 번 있으면 이내 비무가 끝날 것처럼 위태로웠다. 나도 침묵을 유지한 채로 싸움의 순간순간을 기억했다. 우리의 마지막 싸움이 언제일지는 정작 우리도 모르기 때문이다.

어느 순간, 마조검과 비수가 맞붙었다가 장력도 부딪쳤는데… 이전처럼 색마가 밀려나지 않았다. 일마조는 공력을 소비하고, 색마는 공력을 아꼈다가 서로의 상황을 가늠한 것일까? 방금 대결은 어느 정도 대등해 보였다. 그것을 확인하자마자, 색마의 표정도 갑자기 돌변했다. 승부를 걸겠다는 의지가 눈빛에 담기더니 밀려나지 않은 채로 일마조의 공격을 막아내면서 싸우다가 묵가비수를 반대 손으로 쥐었다.

오른손, 왼손을 잔망스럽게 번갈아 가면서 묵가비수를 휘둘렀는데, 어떤 의도가 담긴 것처럼 보였다. 일마조도 불길함을 느낀 것일까? 이제는 장력을 한 번 분출할 때마다 담벼락과 나무는 물론이고 지면의 일부도 둥그렇게 파여 나가는 상태. 색마가 절기를 준비하고 있음을 깨달은 모양인지 일마조의 공격도 더욱 거세졌다.

'대체 뭘까?'

어느새 수비에 치중했던 색마의 의복이 불에 그을리고 찢어져서 너덜너덜해진 상태. 색마가 준비한 한 수가 치명적이지 않으면 이대로 패배를 선언해도 이상하지 않을 광경이 이어졌다. 실은 패배

…

를 선언해야 그나마 목숨이 붙어있을 가능성이 크다. 하지만 맏형도 나도 색마의 성격을 아는지라, 패배를 선언하라고 권할 이유가 전혀 없었다. 어느 순간 일마조의 공격을 피하느라 공중에 살짝 뜬 색마가 오른팔을 채찍처럼 휘둘렀다. 팔을 휘두르는 궤적과 속도를 확인하자마자, 승부를 걸었다는 것을 알아차렸다. 뜻밖에도 묵가비수가 일마조를 향해 쇄도했다.

쐐앵!

일마조가 검을 내밀어서 쳐내더니 묵가비수의 방향만 비틀었다.

쐐앵!

엄청난 속도로 날아온 묵가비수가 내 눈앞에 도착해서 나는 검지와 중지로 붙잡았다.

탁!

이것은 의도적인 암살 시도인가? 일마조의 실력이면 의도적으로 내게 보낸 게 확실했다.

'이 와중에 나를 신경 쓰다니, 멍청한 것인가. 자만한 것인가.'

나는 묵가비수를 손가락으로 붙잡자마자, 칼날이 차갑지 않다는 것을 알아차렸다. 일마조는 맨손이 된 색마를 향해 달려들었다. 이때, 색마는 마치 성명절기를 선언하는 것처럼 읊조렸다.

"…욕망慾望."

꽤 충격적인 선언이었다. 욕망이라니? 무슨 욕망이란 말인가? 검지와 중지를 내밀어서 붙인 채로 색마가 쌍수雙手를 휘둘렀다. 지법은 곧 칼날처럼 뻗어나왔다. 그것을 정말 마구잡이로 휘둘렀다. 그렇다고 일마조가 바보는 아니다. 마조검으로 온갖 냉기를 다급하게 쳐내면서 돌진했다. 나는 살다 살다 처음으로 뒷걸음질을 치면서 성명절기를 펼치는 미친놈을 두 눈으로 확인하고 있었다.

저것을 대체 어찌 표현할까. 두 손을 백색의 늪에 담갔다가 빼낸 다음에 마구잡이로 뿌리는 것처럼 보였다. 하지만 반드시 칼날 형태의 공격이 뒤섞여 있었다. 일마조는 창을 돌리는 것처럼 마조검을 바쁘게 휘두르면서 달려들었으나, 끝내 색마의 몸엔 닿지 않았다. 한 번도 끊이지 않은 채로 백색의 칼날을 휘두르는 색마는 지법의 형태를 다양하게 구사했다. 큰 붓을 휘두르고, 갈고리를 휘두르고, 때로는 구름을 흩날리듯이 냉기를 쏟아내거나 곡선이 담긴 채찍처럼 냉기를 쏟아내기도 했다. 그러니까 빙공의 온갖 다양한 공격 방식이 쉴 새 없이 이어지는 것이 욕망이라는 이름의 절기였다.

한마디로 지랄 발광 그 자체. 두 자루의 냉기 칼날이 결국에 일마조의 손등을 베고, 팔뚝을 베고, 어깨를 베었는데 그 와중에도 색마는 뒷걸음질을 쳤다. 도망치듯이 성명절기를 계속해서 펼쳤는데 하필이면 욕망이라는 이름만 뇌리에 계속 남았다. 대체 무슨 욕망이 그렇게 크단 말이냐?

어느새 자신의 피에 젖은 일마조가 선 채로 검을 휘두르고, 색마는 얼굴이 창백해진 상태에서도 냉기를 손가락 끝에 분출시켜서 휘둘렀다. 여기서 지법을 유지하는 색마의 내공이 바닥나면, 곧장 마조검에 의해 신체가 분리될 터였다. 색마도 멀쩡할 수는 없었다. 일마조의 검기에 신체 일부를 베이고, 검풍에 노출되어서 전신이 피로 물들었다.

실로 장관이었다. 결국에 숨통을 끊어낼 수 있는 검은 서로에게

... 광마회귀8

닿지 않았으나… 두 사람은 서로의 절기에 피투성이가 된 채로 멈추지 않았기 때문이다. 두 사람이 서로의 몸을 난자하는 소리 외에는 모든 것이 정적에 동참했다. 이렇게 되면 누가 치명상을 피하느냐의 싸움인가? 마구잡이로 냉기의 칼날을 휘둘러서 일마조의 몸을 점점 얼어붙게 만든 색마가 전진하더니 장력 대결을 하자는 것처럼 손을 내밀었다.

일마조의 눈썹이 위로 올라가더니 좌장을 내질렀다. 이때, 색마가 백화장법을 사용할 때 펼친 보법으로 미끄러지듯이 이동하더니 근접 상태에서 쌍수를 휘둘렀다. 결국에 단 일수의 냉기 칼날이 그제야 깊숙하게 일마조의 상체를 찢었다. 핏물이 굵직하게 뿜어져 나왔다. 그런데도 두 사람은 마주 보고 선 상태에서 검과 지법을 서로에게 휘둘렀다.

'지독하구나.'

결국에 속도가 점점 느려지는 것은 일마조였다. 전신에 냉기가 들러붙었기 때문이다. 색마는 피투성이가 된 채로 일마조의 공격을 피하면서도 멈추지 않았다. 결국에 일마조가 먼저 휘청거리자, 색마가 좌장을 내밀었다.

콰아아아아아아앙!

일마조의 몸이 수평으로 날아가더니 어느새 땅바닥을 굴러다녔다.

"…"

색마는 아직 냉기가 감도는 왼손으로 피투성이가 된 자신의 얼굴을 닦으면서 말했다.

"일마조, 패배를 인정하나?"

일마조는 잠시 기절한 모양인지 대답이 없었다. 바깥에서 일마조의 수하들이 진입하려고 하자, 색마가 한 손을 뻗었다.

"…멈춰라. 먼저 대답을 들어야겠다."

색마는 일마조에게 다가가지 않은 채로 잠시 기다렸다가 다시 물었다.

"승복하나?"

그제야 일마조의 목소리가 들렸다.

"패배다."

그제야 색마가 숨을 길게 내뱉더니 일마조의 수하들을 바라봤다. 나는 색마에게 물었다.

"성명절기가 왜 욕망이냐?"

색마가 피 묻은 얼굴로 진지하게 대답했다.

"살아남아서 미인을 만나겠다는 욕망이지."

맏형이 정말 오랜만에 제자를 칭찬했다.

"대단하구나. 정말."

이것은 칭찬인가 비꼼인가. 그러나 대단한 것은 사실이었다. 모용백의 목소리가 들렸다.

"몽 공자, 괜찮습니까?"

색마가 엉망진창이 된 얼굴로 대답했다.

"아니?"

"알겠습니다."

모용백이 일어나더니 색마를 그대로 지나쳐서 일마조에게 다가갔다. 보고 있는 나도 어리둥절했다. 저럴 거면 왜 물어봤을까. 어느새 일마조의 주변에 뛰어내린 일마조의 수하들이 막아섰다. 모용백이 일마조의 수하들에게 말했다.

"모용의가의 모용백 의원입니다. 제가 한번 살펴보겠습니다. 병력이 그렇게 많은데 제가 딴짓을 할 수 있겠습니까? 여러분보다 제가 뛰어난 것은 의술밖에 없습니다. 걱정하지 마십시오."

수하들이 잠시 고민하는가 싶더니 길을 터줬다. 이 와중에도 모용백의 거짓말이 내 가슴을 흔들었다. 모용백이 뛰어난 것은 의술뿐만이 아니고 독공도 있기 때문이다. 용감하게도 수하들이 열어준 길로 들어간 모용백이 일마조 옆에 앉더니 가장 큰 상처 부위를 살폈다. 이어서 봇짐에서 헝겊과 자그마한 죽통을 하나 꺼내더니 상처 부위를 닦은 다음에 수하들에게 말했다.

"제가 만든 금창약입니다. 먼저 시험해 보실 분, 계십니까?"

한 사내가 품에서 비수를 꺼내더니 자신의 손등을 그은 다음에 모용백에게 손을 내밀었다. 모용백이 죽통에서 가루약을 조금 쏟아냈다. 사내가 가루약을 손등에 펴서 바르더니, 모용백을 노려보다가 말했다.

"이상 없소."

"예."

모용백은 금창약을 뿌리고, 다른 상처 부위를 살피더니 헝겊을 더 꺼내서 일마조의 가슴에 둘렀다. 불필요한 동작이 없었기 때문에 의술도 무공으로 보이는 것 같은 신비함이 있었다. 그러니까 애초에 모용백은 강해질 수밖에 없는 사내였다. 응급 처치를 끝낸 모용백이 눈을 뜨고 있는 일마조에게 말했다.

"선배님, 고생 많으셨습니다. 복귀하셔서 요양을 잘하셔야 덧나지 않을 겁니다."

일마조가 대답했다.

"모용백이라고 했나?"

"예."

"잊지 않겠네. 혹시 사례해도 되겠나?"

"안 받겠습니다."

"예상했네."

"음, 예."

"일으켜 주게."

하여간 일마조는 예상을 잘하는 사내였다. 모용백의 부축을 받아서 상체를 일으킨 일마조가 색마에게 물었다.

"어째서 내 숨통을 끊지 않았나?"

탁자에서 술로 목을 축이던 색마가 대답했다.

"…죽고 죽이는 것은 끝이 없다. 결국에 누군가는 멈춰야 하는데, 내가 해봤다. 내가 이십 년만 빨리 태어났다면 옥화궁은 밀리지 않았을 것이야. 일마조, 인정할 수 있겠나?"

일마조가 대답했다.

"교주님이 있으시니, 결국엔 밀리지 않았겠나?"

"아니야. 그때는 교주도 젊었겠지. 말이 그렇다는 것이다."

말을 하는 사이에 색마의 정수리에서 핏물이 일직선으로 흘러내렸다. 색마가 그것을 손으로 닦자, 일마조가 허탈한 표정으로 한숨을 내쉬었다.

"…졌으니 돌아간다. 일부는 남아서 교주님께 보고해라. 패배해서 늙은 목숨을 붙여놓기 위해 요양하러 갔다고. 어차피 변명은 안 통하는 분이니 변명할 필요도 없다. 본 대로 말씀드려."

"알겠습니다."

나는 팔짱을 낀 채로 살짝 감탄했다. 패배하긴 했으나 잘난 척을 제외하면 못난 꼴을 보이지 않았기 때문에 자리에서 일어났다.

"일마조, 고생하셨소."

일마조는 나를 한 번 쳐다보더니 대답을 하지 않은 채로 수하들과 함께 매화장을 빠져나갔다. 담벼락이 죄다 무너진 터라 출구가 딱히 없는데도 굳이 일마조는 들어왔던 문으로 나갔다. 우리들… 그러니까 색마, 만형, 모용백, 매화장주 그리고 나는 동시에 각자의 심경이 담긴 한숨을 그제야 편히 내뱉었다.

403.
강호인은
정상이 아니다

일마조의 병력까지 사라지자 맏형이 말했다.

"…이렇게 되면 좋은 건지 아닌지 알 수 없구나."

"어떤 점에서?"

맏형이 잠시 생각하다가 대답했다.

"말 그대로다. 상대도 예의를 갖추고 있으니 합공으로 교주를 상대하는 게 어렵다."

"애초에 교주는 예측이 불가한 사내 아닌가?"

"맞다."

"그럼 일마조처럼 예상도 하지 말자고. 의미 없어."

색마는 내 말에 동의한다는 것처럼 고개를 끄덕이다가 자신의 정수리를 만지더니 손을 확인했다. 피가 잔뜩 묻어있었다. 원숭이처럼 다가온 모용백이 색마를 이리저리 구경하다가 말했다.

"가만히 있어 보세요."

모용백이 죽통에 든 금창약 가루를 머리에 뿌리자, 색마가 화들짝 놀랐다.

"따가워!"

칼도 대가리로 받아대던 놈이 요란을 떨자, 나도 어리둥절했다. 다행히 모용백도 죽통을 든 채로 색마를 갈궜다.

"그럼 따갑지. 안 따갑겠습니까? 가만히 있으세요."

모용백은 상처 부위를 살피면서 금창약을 골고루 떨궜다. 나는 오지랖이 넓은 사내여서 색마를 걱정해 봤다.

"금창약 바르고 대머리 되는 거 아니야? 조심해라. 대머리 색마는 온 천하가 용납하지 못해. 하나만 해야지."

색마는 나를 죽일 듯이 노려보고, 계속 따가운 모양인지 모용백도 노려봤으나 맏형은 노려보지 못했다. 어쨌든 맏형도 웃고 있었다. 나는 모용백에게 물었다.

"대머리가 되는 부작용은 없어?"

"있길 바라십니까? 다음엔 문주님 머리가 찢어질 수도 있는데요."

못 본 사이에 독마가 튀어나와서 나를 노려보는 것 같았다. 나는 본래 착하게만 살 수 없다는 견해를 가지고 있어서 모용백을 칭찬했다.

"좋았어. 악담이 늘었군. 오히려 좋아. 사내라면 악담도 할 줄 알아야지. 그런데 어떻게 찾아왔나? 분명 화산에서만 싸운다고 했는데."

사실 화산에서 겨룬다고 하더라도 강호인들이 찾으려고 마음을 먹으면 금세 찾을 수 있다. 다만 모용백의 경공 실력이 지금 어느 정도인지 몰랐기 때문에 묻는 것이었다. 모용백이 대답했다.

"산을 오르기 전에 객잔에서 밥을 먹는데 이미 근방에 소문이 퍼졌습니다."

"뭐라고?"

"매화장 근처에도 가지 말라고요. 심상치 않다면서."

"역시 객잔에는 범상치 않은 인물들이 많아. 그랬군."

모용백이 나를 쳐다봤다.

"그나저나 문주님."

"왜?"

"아무리 살펴봐도 곧 교주님과 겨루실 것 같은데 왜 그렇게 즐거우십니까? 웃음이 나옵니까?"

"그럼 울고 있을까? 내 감정이야. 내 마음이야."

문득 색마가 자신의 정수리를 몇 번 만지더니 손을 확인했다.

"피가 멈췄어. 그래도 계속 따갑다."

나는 고개를 끄덕였다.

"알았다. 내 귀도 따갑다."

그제야 이 방향성을 많이 잃은 대화에 모용백이 실성한 사람처럼 낄낄대면서 웃었다. 우리는 모용백이 웃는 모습을 말없이 구경했다. 혼자 웃다가, 혼자 웃음을 멈춘 모용백이 헛기침을 하더니 침묵에 동참했다. 맏형이 색마에게 말했다.

"그래도 출혈이 있으니 들어가서 씻고 쉬어라."

"알겠습니다."

색마가 일어나자, 맏형이 제자에게 한마디를 보탰다.

"일마조는 약한 사내가 아니다. 죽음을 각오하고 왔을 텐데, 네가 용서한 것도 쉽지 않은 일이었다."

색마가 고개를 끄덕였다.

"예, 사부님."

매화장주가 일어나면서 말했다.

"저도 시비들에게 따뜻한 물 좀 받으라 하고. 갈아입을 옷도 내어 드리겠습니다."

이번에는 맏형이 매화장주를 위로했다.

"장주."

"예."

"장원은 미안하게 되었네."

매화장주가 살짝 떨리는 목소리로 대답했다.

"괜찮습니다. 어디에 가서 이런 대결을 제가 보겠습니까? 값으로 따질 수 없는 경험입니다."

맏형이 고개를 끄덕였다.

"그건 맞다."

나도 동의했다.

"그건 맞지. 안 그래?"

모용백이 매화장주에게 그제야 자신의 정체성이 담긴 말을 건넸다.

"아픈 곳은 없으십니까?"

"예. 아끼던 나무와 꽃이라서 마음이 아프군요."

"마음은 저도 어쩔 수가 없습니다. 문주님과 어울리면 종종 이렇게 되니 참고하십시오."

"예."

어쨌든 이렇게 해서 검마, 광마, 독마가 남았다. 나는 그제야 묻고 싶었던 것을 모용백에게 질문했다.

"왜 여기까지 왔어?"

모용백은 내가 예상하지 않았던 대답을 내놓았다.

"그간 지켜보니 문주님은 하고 싶은 대로 사시더군요."

"그런 편이지."

"저도 그래서 왔습니다. 제 마음을 따라서."

마음대로 살겠다는 사내에게 무어라 할 말이 없었다. 모처럼 남의 장원에 마련되어 있는 탁자에 둘러앉아서 이런저런 얘기를 나누다 보니 싸우러 온 것인지 여행을 온 것인지 구분이 가질 않았다. 맏형이 모용백에게 말했다.

"수련도 제법 한 모양이군."

"수련도 하고 삼도 캐서 먹고. 할 수 있는 것은 다 해봤습니다."

나는 모용백의 어깨너머에서 갑자기 등장한 사내를 바라봤다. 위 좌사였다. 무너진 담벼락 주변에 서서 우리를 우두커니 쳐다보고 있었다. 혼자 온 것 같지는 않아 보였는데 이어서 위 좌사의 좌우에 수하들이 조금씩 늘어났다. 나는 위 좌사의 표정을 보다가 모용백에게 말했다.

"…들어가서 대머리 색마나 치료해 줘."

모용백이 고개를 돌리더니 위 좌사 일행을 바라봤다. 모용백이 고집을 부리기 전에 내가 먼저 말했다.

"들어가라. 나는 돈 많은 놈들은 믿지 않아. 교에서 가장 부자인 놈이다."

모용백이 일어섰다.

"알겠습니다."

모용백이 장원으로 들어가는 사이에 위 좌사가 수하들과 함께 장원에 진입했다. 중간쯤 오다가 수하들이 멈춰 서더니 단 두 명만이 나란히 걸어와서 허락도 없이 탁자에 앉았다. 위 좌사도 눈길을 끄는 사내였지만 처음 보는 사내의 인상도 만만치 않았다. 위 좌사와 나는 잠시 원수를 만나는 것처럼 말없이 서로를 노려봤다. 일전에 내가 악담을 퍼부었던 상대라서 당연한 일이기도 했다. 위 좌사가 인사를 생략한 채로 내게 말했다.

"문주."

"말해라. 위 좌사."

"그때는 교주님이 계셔서 변명도 제대로 못 했네. 한마디 해도 되겠나?"

"해봐."

"아부 실력은 내가 천하제일이라고 자네가 말했는데 사실 나는 아부를 해본 적이 없네."

"사실이냐?"

"어찌 내 입으로 다른 말을 하겠나?"

나는 고개를 끄덕였다.

"사과하겠다. 내가 모르고 떠들었군."

위 좌사의 말이 이어졌다.

"본래 자네의 입이 험하다는 소문은 익히 들어 알고 있네. 그러나

교주님이 있는 곳에서 도저히 넘길 수 없는 말을 했었지."

"내가 뭐라고 했는데?"

그때그때 되는대로 씨불여 대는 편이라서 일일이 내가 했던 말을 기억할 수가 없었다. 위 좌사가 말했다.

"교도의 목숨을 가지고 내 가문 재산을 늘리는 데 이용한다고 했었지. 대체 누가 그런 말을 하더냐? 놀랍게도 네가 떠든 말이 교에서도 퍼졌다. 명색이 교주님을 가장 가까운 곳에서 보필하는 좌우사자의 일원인데, 네가 완전히 격을 떨어뜨렸다."

나도 사과를 두 번이나 할 수는 없었다.

"어쩌라고, 그래서. 그것도 사실이 아니냐?"

"교의 내부 사정을 네가 알 리가 없다. 그러니 네 말은 곧 그대의 생각이 아닌가?"

위 좌사가 맏형을 바라봤다. 맏형이 고개를 끄덕였다.

"내 생각이다. 물론 죽은 전마도 그렇게 생각했고 도마도 그렇게 생각했지. 그렇다는 것은 본래 그 아래에 있는 수하들도 비슷한 생각을 하고 있었다는 뜻이니 문주의 말이 퍼진 게 아니라 이미 알고 있는 것을 문주의 말을 통해 재차 확인한 것이다. 위 좌사, 네 가문이 그런 식으로 부를 쌓은 것을 부정하느냐?"

위 좌사가 억지로 웃는 표정을 지었다.

"검마. 그래서 그 재산을 어디에 썼을까. 네가 좌사로 있으면서 먹고, 입고, 자고, 부리던 시비들. 모든 혜택이 내 호주머니에서 나왔다면? 교에서 누가 부를 축적할 수 있었나. 결국에 내가 벌어다 바친 돈을 아무런 고마움도 없이 쓰던 자들 속에 네가 없었단 말이냐?"

맏형이 미소를 지었다.

"내가 있었지. 그래서 여러 가지 이유로 교를 나왔지 않은가."

나는 위 좌사 옆에 있는 사내를 보면서 말했다.

"그나저나 어째서 다 따로따로 오는 거지? 명령인가?"

사실 위 좌사가 지금 이렇게 화를 내는 것은 나나 맏형 때문만은 아니라는 생각이 들었다. 그야말로 냉혹한 교주가 차도지계借刀之計를 펼치듯이 매화장으로 가라고 명령해도 거부할 수 없는 것에서 온 분노처럼 보였다. 나는 이런 생각을 굳이 품고만 있진 않았다.

"위 좌사."

"…"

"어쩐지 나한테 화난 게 아니라 교주에게 화가 난 것 같군. 안 그러냐? 좌사가 되면 앞으로 일인지하의 자리에서 전권을 휘둘러 더 큰 돈을 벌 수 있으리라 예상했는데 그 예상이 틀려버렸나? 예상 잘하는 일마조가 차라리 좌사 자리에 어울리는 것 같은데 어떻게 생각하나?"

위 좌사 옆에 있던 사내가 처음으로 입을 열었다.

"인당 삼천 개로 올리겠다."

그제야 맏형과 나는 고용된 살수를 바라봤다. 중원인처럼 생긴 사내는 아니었다. 혼혈이거나 이국夷國 출신 같았다. 어쨌든 탁자를 두고 앉았기 때문에 나도 살수와 말을 섞었다.

"맏형과 내 목의 값이 육천 냥밖에 안 되나? 정신 나간 놈이네. 장사를 어떻게 하는 거야? 너도 위 좌사에게 속았구나."

살수가 내게 물었다.

"그럼 얼마가 적절한가? 삼천 개는 참고로 통용 은자다."

"그럼 취소."

은자 삼천 개면 보통 거금이 아니다. 살수가 품에서 망우초 같은 것을 꺼내면서 말했다.

"…나는 해남 출신이네. 적수가 없어 심심했지. 광서로 넘어와서 고수들을 차례대로 꺾는 데만 사 년이 걸렸다."

망우초에 불을 붙인 살수의 말이 이어졌다.

"꽤 죽였는데 돈이 안 되더구나. 잘하는 짓은 돈을 받고 해야 한다는 것을 뒤늦게 깨달았지. 하오문주, 네 소문은 익히 들어 알고 있었다."

살수가 입에서 내뿜은 망우초의 연기가 내 얼굴로 자욱하게 밀려들었다. 나는 가볍게 손을 내저어서 연기를 날렸다. 망우초를 내뿜는 사이에 뒤에서 대기하던 자들도 탁자 근처에 다가온 상태. 이들이 위 좌사의 수하인지 살수 대장의 수하인지는 당장 알 수가 없었다. 한숨이 절로 나왔다.

"연기를 한 번만 더 내뿜으면 이 자리에서 다 죽겠다는 뜻으로 받아들이마."

망우초의 연기가 싫은 게 아니라, 독무인지 아닌지를 파악할 수 없었다. 살수가 망우초를 깊숙하게 빨아들이더니 다시 내 얼굴을 향해 내뿜었다. 나는 홀로 일어나서 거리를 벌렸다. 살수가 웃으면서 나를 바라봤다.

"…언젠간 너를 죽여달라는 의뢰가 들어올 것을 알고 있었다는 뜻이야."

맏형은 자리에서 일어나지 않고 있었다. 독이 두렵지 않거나, 어른이라서 연기가 두렵지 않거나 둘 중 하나다. 그러나 나는 독도 경계하고 애새끼라서 연기를 마실 마음이 전혀 없었다. 맏형이 위 좌사에게 제안하듯이 말했다.

"일마조는 살아서 돌아갔다. 제안하마. 너희 둘이 우리 둘과 비무 형식으로 겨룬다면 목숨은 붙여놓겠다. 뒤에 있는 살수들까지 나서겠다면 이 자리에서 모두 죽어라. 어떻게 하겠나?"

어쨌든 결정 권한은 위 좌사에게 있는 모양인지 살수 대장도 위 좌사를 바라봤다. 짧은 것인지 긴 것인지 모를 애매한 시간이 흐르는 동안에 위 좌사는 나를 쳐다봤다. 내 기도를 가늠하는 눈치였는데, 눈 밑이 미세하게 떨리고 있었다. 이때, 그야말로 기대할 수 없었던 말이 위 좌사의 입에서 흘러나왔다.

"해남살성海南殺星."

망우초를 물고 있는 살수가 대답했다.

"왜 그러나?"

"인당 사천으로 셈하겠네."

해남살성이 깜짝 놀란 표정으로 위 좌사를 바라봤다. 실은 나도 깜짝 놀라고, 맏형도 기분이 불쾌한 모양인지 미간을 좁힌 채로 위 좌사를 노려봤다. 너무 황당할 때는 말이 안 나오는 법이다. 해남살성마저 황당하다는 표정으로 코웃음을 몇 차례 내뱉었다. 어떻게 이 지경에 이르러서도 돈으로 해결한단 말인가? 하지만 해남살성은 나를 쳐다보면서 이렇게 대답했다.

"…나쁘지 않은 제안이로군."

"…"

내가 졌다, 이 빌어먹을 새끼들아. 물론 싸움에서 졌다는 말은 아니다. 색마의 욕망만큼이나 강한 욕망을 가진 자들이 자신의 목숨을 건 채로 나를 노려보고 있었다. 이래서 강호인들은 정상이 아니다.

404.
화산에서 논검하다

내 머리에 든 생각은 이렇다.

'곱게 죽이지 말아야겠다.'

나는 맏형을 바라봤다가 입을 열었다.

"죽음에 대해 논의해 보자. 죽고 죽이기 전에 서로 의견은 들어볼 수 있지 않나?"

돈, 죽음, 검이 엮인 대화는 논검이다. 위 좌사는 말이 없었는데, 해남살성이 허락했다.

"해봐라."

"통용 은자 육천 개. 많은 돈이다. 살성이라는 이름이 붙었을 정도면 단순히 돈 때문에 살수를 하는 것 같진 않다. 강적을 죽이는 게 먼저겠지. 그러니까 기왕 죽일 거 돈도 받겠다는 거 아니냐."

해남살성이 흡족한 표정으로 고개를 끄덕였다.

"하오문주, 네가 본질을 이해하고 있구나."

나는 해남살성을 손가락으로 가리켰다.

"바로 그것이다. 나는 본질을 이해하고 있다. 하지만 너는 위 좌사의 본질을 이해하진 못하는 것 같은데."

해남살성이 위 좌사를 바라봤다.

"충분히 이해하고 있다."

"아닐 거야."

"어떤 점이 그런가?"

"위 좌사에게 은자 육천 개는 많은 돈이 아니다. 재산에 비례해서 값을 치른다면 훨씬 많은 돈을 뺏어내야 해. 죽으면 재산도 소용없거든. 하지만 그러지 않았지. 위 좌사가 그대를 파악했을 때 은자 육천 개가 적절하다고 생각했기 때문이야. 비현실적으로 많으면 의심하게 된다. 오히려 낮춘 셈이지. 네가 나를 죽이면 다행스러운 일이고. 실패해도 상관없다. 위 좌사가 내 무공을 미리 볼 생각으로 육천 개의 은자를 던진 셈이니까. 그렇다면 놀랍게도 네 목의 값도 고작 육천 개의 은자라는 뜻. 대신에 내가 판돈을 올리마."

"뭐?"

"많이 올리지도 않겠다. 맏형과 나를 죽이면 은자 육천 개. 네가 수하들과 이곳에서 위 좌사를 죽이면 은자 일만 개. 내가 위 좌사만큼의 부자는 아니지만 그 정도 재산은 있다."

해남살성이 위 좌사를 쳐다봤다.

"문주가 판돈을 올리는군. 어떻게 생각하나?"

나는 손가락을 튕겼다.

"잠시만, 살성."

…

"말하게."

"판돈을 제한하겠다. 당연히 위 좌사는 부자라서 판돈을 올릴 수 있어. 그렇게 되면 나랑 허풍 대결을 벌이게 돼. 협상은 여기까지. 이상의 판돈을 요구하면 내가 혼자 너희를 다 죽이겠다. 네가 고민할 것은 간단해. 내가 강한지 위 좌사가 강한지 가늠해서 결정하면 된다. 참고로 위 좌사는 자신의 힘을 온전하게 드러낸 적이 없을 것이다. 맏형이 보기에도 그렇지 않나?"

맏형이 말하기 전에 해남살성이 웃으면서 말했다.

"굳이 이런 상황에서 위 좌사가 강하다는 것을 말하는 의도가 무엇이지?"

나는 해남살성을 노려봤다.

"왜냐고? 네가 위 좌사를 파악하지 못했다는 것은 위 좌사에게 속았다는 뜻이기 때문이지. 제법 큰 도박이니까 올바르게 판단하라는 뜻이야. 실력을 잘 숨긴 위 좌사도 결국엔 내 무공을 보는 것에 너희를 희생해야 할 만큼 나를 파악하기 어렵다는 뜻이지. 누가 더 강해 보이나?"

그제야 해남살성의 눈에 살기가 감돌았다. 그러니까 위 좌사나 나보다 약하다는 이야기를 들은 셈이라서 그럴 것이다. 가만히 있던 맏형이 위 좌사를 쳐다봤다.

"위 좌사."

"왜 그러나?"

"언제까지 고양이 행세를 할 셈인가?"

위 좌사가 냉소를 머금었다.

"단 한 순간도 고양이였던 적은 없었다."

맏형이 고개를 끄덕였다.

"그것이 상인의 자세로구나. 결국에 늘 협상에서 우위를 가져가기 위한 조심성이자 마음가짐이었나?"

"좋을 대로 생각하도록."

"오래전 일이다. 명천위가 명확한 이유 없이 공동산에 있는 광성자의 후인들을 공격해서 서로 사상자가 많았다는 보고를 받았다. 이미 끝난 싸움이고 후속 보고도 없었기 때문에 내버려 두었다. 이후로 명천위가 가주가 오랫동안 수련에 빠져있고, 가솔들이 더욱 무리하게 돈을 긁어모은다는 보고를 들었다."

위 좌사가 물었다.

"하고 싶은 말이 무엇인가?"

맏형이 미소를 지었다.

"내가 안다는 것은 교주도 안다는 뜻이다. 너는 교의 곳간을 채워주는 훌륭한 상인인 동시에 여러 가지 사고를 치고 다녀서 언젠간 죽여야 할 놈이었다. 네가 교주의 명령을 받아서 이 자리에 와있는 이유다. 알겠나?"

위 좌사는 별다른 타격이 없는 것처럼 웃었다. 맏형의 말이 이어졌다.

"공동산에서 가까스로 살아남은 자들이 옛 무공을 복원하고, 폐쇄했던 문호를 개방해서 제자를 받아들였다. 너희 가문 때문에 백도의 한 세력인 공동파가 시작되었다는 뜻이다. 이렇게 보고를 받았는데 복원이라는 뜻에 담긴 내용은 네가 더 잘 알 것이다."

요약하면, 이 명천위가가 도가의 일맥인 광성자의 무공을 훔쳤던 모양이다. 어찌해서 마교 외당에 속한 가문이 도가 일문의 무공을 받아들인 것일까. 한편으로 이상했으나 무공이 훌륭하다면 또 받아들이지 못할 이유도 딱히 없었다. 마도 놈들은 어떻게 해서든 강해지려는 놈들이지, 굳이 마공만 익히려는 놈들은 아니기 때문이다. 나는 어쨌든 간에 해남살성을 논검에서 제외하지 않았다.

　"…살성, 들었나? 위 좌사는 강적이다. 나랑 맏형을 쳐서 육천 냥이냐. 강적인 위 좌사를 쳐서 만 냥이냐. 결정할 때가 되었어."

　해남살성이 말했다.

　"문주야. 너와는 거래한 적도 없다. 네 말을 어찌 믿을 수 있겠느냐?"

　나는 고개를 끄덕였다.

　"여기서 벌어지는 죽음과 상관없는 사람이 자신의 목을 걸고 공증을 해야겠지. 그러면 되지 않겠나?"

　해남살성이 고개를 끄덕였다.

　"그건 맞다. 위 좌사가 약속을 지키지 않으면 그의 아우들을 죽이려고 했었지. 신원이 확실한 자가 공증을 서야 할 것이다."

　나는 손가락으로 해남살성을 가리켰다.

　"옳다. 아까 일마조가 다녀갔었다. 일마조를 상대하느라 중상을 입은 풍운몽가의 차남이 안에 누워있다. 내가 약속을 지키지 않으면 그놈을 죽여라."

　맏형이 나를 쳐다봤으나, 나는 굳이 눈을 마주치지 않았다.

　"…"

"그놈이라면 검마의 제자라던데."

나는 고개를 끄덕였다.

"그러니까 맞지."

맞긴 하다. 해남살성이 고민하자, 위 좌사가 말했다.

"이보게. 살성, 그간 자네가 그래도 우리 가문은 두려워하는 줄 알았는데, 아니었나?"

해남살성이 웃었다.

"위 좌사. 나는 가족이 없다. 제자도 없고, 사부도 내 손으로 죽였다. 내 한 몸만 잘 간수하면 되는데 내가 대체 어떤 가문을 두려워하겠나?"

"신교의 좌사를 공격하면 네가 교주님으로부터 살아남을 수 있을까."

해남살성이 대답했다.

"검마의 말에 따르면 너는 예전부터 눈 밖에 난 것 같은데 네가 걱정할 일이 아니다."

위 좌사가 고개를 절레절레하더니 나를 쳐다봤다.

"…이게 가능한 이간질인가? 자네 소문은 오히려 축소된 감이 있군. 왜 그간 자네를 공격했던 자들이 줄줄이 실패했는지 그 이유를 지금 확인했네. 그것은 오로지 무공 때문만은 아니었어."

위 좌사는 다시 세세하게 셈을 하는 거상처럼 침착해지더니 해남살성과 나를 번갈아 보면서 말했다.

"살성, 자네의 의견도 존중하네. 문주의 뜻도 받아들이겠네. 이렇게 약조를 중요시하는 사람들인지는 몰랐군. 내가 전부 수긍할 테니

한 가지만 양해해 주게. 들어보겠나?"

나는 해남살성과 함께 고개를 끄덕였다.

"말해라."

위 좌사가 말했다.

"차라리 서로 무공을 보지 않는 게 좋겠군. 살성이 나를 치겠다면 장원 바깥에서 싸우고 오겠다. 반대로 살성이 문주를 치겠다면 나도 잠시 바깥에 있다가 들어오겠네. 이것이 내 최종 제안일세. 다들 내 제안에 수긍하나?"

위 좌사는 끝까지 살성을 회유했다.

"살성, 그렇게 하게. 어차피 우리끼리 싸우면 검마와 문주의 기습을 받을 수도 있네."

이제 모두의 시선을 한 몸에 받은 해남살성이 히죽 웃었다.

"그렇게 하지. 이제 내가 고르면 되나? 너희 둘에게 사적인 감정은 없다."

해남살성이 나를 위아래로 천천히 살피다가 예상 밖의 말을 내뱉었다.

"어쩐지 돈은 그다지 중요한 문제가 아닌 것 같군."

"이제 깨달았나?"

내 질문에 대답하지 않는 해남살성이 일어서면서 말했다.

"위 좌사, 밖으로 나가자."

해남살성이 수하들에게 걸어가더니 한데 뭉쳐서 바깥으로 나가는 동안에 위 좌사는 줄곧 나를 노려보고 있었다.

"문주."

"왜?"

"아닐세. 이따 이야기하지."

위 좌사가 일어나더니 무너진 담벼락 쪽으로 걸어갔다. 양측이 사라지고 나서야 나는 맏형을 바라봤다. 맏형이 말했다.

"세상일은 한 치 앞을 알 수가 없구나."

맏형과 나는 장원 바깥을 주시했다. 해남살성의 목소리가 들렸다.

"…좌사, 어디까지 걸어가나? 여기서 하지. 이봐."

어느새 해남살성 일행도 보이지 않고, 위 좌사도 보이지 않았다. 작은 나뭇가지 부러지는 소리만 몇 차례 들렸는데 해남살성 일행이 위 좌사를 포위하는 것 같았다. 해남살성의 목소리가 다시 들렸다.

"죽여라."

그렇게 감흥이 큰 명령은 아니었다. 병장기가 여러 개 뽑히더니, 바람이 찢어지는 소리가 들렸다. 기합이 몇 차례 뒤섞이는 동안에 뼈 부러지는 소리, 무언가가 터져 나가는 소리가 들렸다. 의외로 병장기 부딪치는 소리는 들리지 않았기 때문에 위 좌사가 병장기를 사용하지 않는다는 것을 알았다. 보기 힘든 병장기도 있는 모양인지 무언가가 붕붕 돌아가면서 바람을 일으켰다. 암기 소리, 무언가 폭발하는 소리, 누군가가 진각으로 땅을 밟기도 했다. 반갑게도 해남살성의 목소리가 들렸다.

"…죽더라도 한 군데 자르고 죽어라. 가증스러운 놈이로군."

나는 지나가는 시비를 바라봤다가 칠매를 흔들었다. 그러자 위 좌사와 해남살성이 싸우는 동안에 육매가 도착했다. 나는 육매를 맏형과 나눠 마시면서 계속 소리에 집중했다. 보법과 옷자락 펄럭이는 소리가 더욱 간략해졌으나 싸움은 끝이 나질 않았다. 허접한 자들이 죽고, 고수들이 남아서 싸움을 이어나가는 소리였다.

희한하게도 여러 차례 뼈 부러지는 소리가 들렸는데 누구 한 명 비명을 내지르지 않았다. 우지끈- 하는 소리와 함께 큰 나무가 쓰러지는 와중에도 나름의 정적이 전장의 밑바탕에 깔려있었다. 장원 바깥에 살기가 가득했기 때문에 아직 싸움은 끝나지 않았으나 잠시 일대가 고요해졌다. 싸우다가 잠시 소강상태에 빠질 때가 있는데 지금이 그런 모양이다. 심심해지려는 찰나에 위 좌사의 목소리가 들렸다.

"…어떤가? 지금이라도 은자 육천 개를 버는 것이?"

해남살성의 웃음이 터졌다가, 타의에 의해 뚝 멈추더니 이내 살벌하게 느껴지는 장력 대결 소리와 기합, 검기와 검풍이 뒤섞이는 소리가 겹쳤다. 맏형이 내게 빈 잔을 내밀어서, 나는 점소이처럼 술을 차분하게 따라줬다. 맏형이 술을 마신 다음에 중얼거렸다.

"…위 좌사가 도가 무공과 마공을 접목하여 살성의 내공까지 흡수할 수 있을까?"

"세상일을 알 수 없다는 게 그 뜻이었어?"

"약조를 했으니 기다려 볼 수밖에. 저 정도 심계라면 직접 교주를 상대할 수 있을 때까진 무조건 고개를 숙이면서 다녔을 것이다. 좌사는 좌사인 셈이지."

나는 고개를 끄덕였다. 내가 아는 좌사만 해도 세 명이다. 맏형, 색마, 위 가주까지. 평범한 사내가 좌사직을 맡았을 리가 없다. 아무리 토사구팽당할 운명이라도 말이다. 이제 바깥에서 들리는 소리에서 몇 명이 싸우고 있는지 구분이 갔다. 이제 이 대 일의 싸움이 벌어지고 있었다. 무언가 볼기짝을 때리는 것 같은 소리가 터지더니 이내 검 한 자루가 담벼락 쪽으로 날아와서 박혔다. 이어서 쩍- 하는 소리와 함께 장력이 충돌하고. 정강이를 부러뜨리는 것인지 처음으로 '윽' 하는 짧은 비명이 들렸다. 순간, 퍽- 하는 소리와 함께 다시 장력이 부딪혔다.

이 대 일의 장력 대결인가? 궁금했지만 약조한 게 있어서 나가진 않았다. 대신에 여태 비명도 안 지른 채로 잘 참아내던 자들의 길쭉한 비명이 터져 나왔다. 처음에는 당황함이 섞인 음색이었는데, 고통이 꽤 큰 모양인지 화산 전체에 메아리가 울릴 정도로 큰 비명이 이어졌다. 두 사람이 내지르던 비명은 어느새 한 사람으로 줄고, 홀로 비명을 지르던 사내가 죽음을 앞둔 것처럼 사람의 말을 내뱉었다.

"잠시만…!"

이제 와서 잠시만이라니? 그리고 보면 사람의 말 중에 잠시만이라는 말처럼 허무하고, 맹랑하고, 잘 통하지 않는 말도 드물다. 잠시만이라는 말을 내뱉어야 되는 상황 자체가 잘못된 셈이랄까. 나는 술을 마시면서 중얼거렸다.

"잠시만이라니, 인상적인 말이야."

맏형도 고개를 끄덕였다.

"어쩌면 살성이 사람을 죽여대면서 마지막에 들었던 말 중에 가장 중복되는 말이 아니었을까? 돌고 도는 인생이구나."

아주 우렁찬 비명이 오랫동안 이어지다가 끊겼을 때. 긴 숨을 내뱉은 사내가 먼지를 조금 들이마셨는지 바닥에 침을 뱉었다. 아니면 상대의 코라도 물어뜯은 것일까? 나는 맏형과 의견을 교환했다.

"맏형이 처리했을 때위 속도에 비하면 어때?"

맏형이 고개를 갸웃했다.

"뭐 비슷한 것 같구나. 너는 어떠냐?"

"나는 사실 당장 죽일 마음이 없었어. 내가 싸우게 됐으면 일단 전부 오른팔을 잘라놓은 다음에 한 차례 더 갈겼을 거야. 그때 내 마음 상태와 대답에 따라서 결정했겠지."

허물어진 담벼락 쪽에서 엉망진창이 된 의복에 묻은 먼지를 여러 차례 털면서 위 좌사가 걸어왔다. 나갈 때나 들어올 때나 표정은 변함이 없었다. 다만 가까이서 확인해 보니 얼굴에 핏물이 산발적으로 튀어서 묻었는지 전쟁터를 뚫고 온 전령처럼 보이기도 했다. 위 좌사가 양손으로 장삼을 뒤로 한 차례 날리더니 본래 앉았던 자리를 차지해서 나를 쳐다봤다. 나는 위 좌사에게 물었다.

"위 좌사, 아까 하려던 말이 뭔가?"

위 좌사는 한쪽 눈에 푸른빛이 감돌고 있었다. 잠시 생각하더니 나를 쳐다보면서 대답했다.

"까먹었네."

맏형이 술병을 들더니 위 좌사에게 내밀었다.

"자네도 참 독한 사람일세."

위 좌사가 술잔을 내밀면서 대답했다.

"검마, 우리 가문을 어디까지 파악했나?"

맏형이 술을 따르면서 말했다.

"명천明天이 실로 오만방자하고 시건방진 이름이라는 것까진 알고 있네. 전대 가주가 되었든, 자네가 되었든 간에 가문이 대표할 만한 신공神功을 만들어 내면 명明이 일월日月로 나뉘고, 천天은 천마가 되겠지. 그렇게 되면 무공의 이름은 일월천마공日月天魔功인가?"

위 좌사가 고개를 끄덕이면서 대답했다.

"교주는 어디까지 알고 있나?"

나도 대답이 궁금해서 맏형을 바라봤다. 맏형이 대답했다.

"교주는 사실 모든 것을 알고 있네. 아는 것을 알고 있다고 말할 필요도 없는 자리에 앉아있을 뿐이지."

위 좌사는 감탄한 표정으로 대답했다.

"그것참 멋진 일이로군."

잠시 우리는 떠들어 대던 말을 멈춘 다음에 육매주를 들이켰다.

...

405.
좌사 대 좌사 대 문주

"검마, 자네는 우리 가문에 대해 또 아는 게 있나?"

"죽일 놈들이라 자세히 알아보진 않았네."

위 좌사가 고개를 끄덕였다.

"실은 유언을 남기고 와서 그런지 다른 때보다 마음이 편하군. 두 사람에게 우리 가문 이야기를 좀 해도 되겠나?"

만형이 고개를 끄덕이면서 허락했다.

"들어보겠다."

위 좌사가 딱딱한 표정으로 주둥아리를 열었다.

"우리 가문엔 가주들이 보는 금전출납부가 따로 있네. 세세한 것은 총관이나 아랫사람들이 확인하지만 아무래도 총액은 가주가 재차 확인하는 게 맞으니까. 하지만 가주가 확인하는 금전출납부는 간단한 편이네. 나간 돈, 들어온 돈, 총액. 이 정도만 표시되어 있지. 총액이 늘어나는 게 가장 중요했기 때문일세."

"그런데?"

나는 사실 돈에 관심이 없었으나, 위 좌사가 말하는 가문의 이야기는 궁금했다. 위 좌사의 말이 이어졌다.

"오래전부터 그 금전출납부의 여백은 가주들의 낙서장이자 일기장으로 쓰였네."

맏형도 나랑 똑같은 말로 반문했다.

"그런데?"

"실로 많은 내용이 담겨있었네. 잡담과 농담, 아랫것들에 대한 험담, 비열했던 거래, 정당하지 않았던 거래, 속았던 일, 속인 일. 큰 성공과 그보다 더 참혹했던 실패담. 무서울 정도로 솔직하게 적혀있었네. 어떤 가주는 여백에 이런 말을 적었지."

위 좌사가 우리를 둘러보다가 말했다.

"내가 아는 총액과 맞지 않는다. 아랫놈이 장난을 친 것일까? 결국에 내사를 벌였는데 누군가가 거액을 빼돌린 게 발각되었지. 잡아오라고 보냈던 장정들이 전부 죽거나 다쳤다는 기록이 남아있었네. 그렇다면 돈을 빼돌린 자는 누구였겠나?"

위 좌사의 질문에 내가 대답했다.

"강호인."

"절반의 정답이다. 서생이었네. 장정 여러 명이 동시에 덤벼도 상대가 되지 않을 정도로 강했다더군. 단순한 완력이 아니었지. 우리는 돈을 지키려면 무공을 익혀야 한다는 것을 경험을 통해 습득했다. 이것이 아마도 상단이라는 세력의 시작이었겠지. 당시 재산을 훔쳐간 서생의 논리가 뭐였는지 아나?"

...

"···"

"너희는 이런 돈을 가질 자격이 없다. 우리가 좋은 곳에 쓰겠다. 이거였지. 좋은 곳에 쓰겠다니? 마적이나 산적들이 할 법한 이야기였네. 어쨌든 같은 일을 당하지 않으려고 상단에서 무공을 수련하는 이들이 점점 늘어나자, 이를 알게 된 자들의 반응이 또 귀찮더군."

"괴롭히러 왔겠군. 겨뤄보자는 말도 하고."

위 좌사가 고개를 끄덕였다.

"문주는 대체로 이해가 빠르구나. 하지만 당시 사람들과 가주는 이런 강호인들의 행동을 이해하지 못했다. 지금의 인식으로는 흔한 일인데, 당시에는 당황했지. 재산을 지키고자 무공을 익혔을 뿐인데, 온갖 잡다한 강호인들이 꼬였으니 말이야. 패배해도 문제였고, 이겨도 문제였다. 어차피 이겨봤자 다른 강호인이 또 소문을 듣고 찾아왔기 때문이다. 그러다가 돈까지 건 비무를 하게 되었고. 아주 노골적으로 상당히 많은 재산을 빼앗겼다. 누구겠나?"

나는 한숨이 절로 나왔다.

"또 서생이었나?"

"그렇네. 조롱까지 당했다더군. 우리 재산으로 서재를 만들겠다고 했으니 말이야."

명천위가는 이상한 놈들이었다. 서생에게 조롱을 당하고, 마교에겐 노예 취급을 받았으니 말이다. 이렇다면 지켜주겠다던 백도에게도 돈을 뜯겼을 확률이 높았다. 사실 가만히 생각해 보니까 이 모든 일이 돈 때문에 벌어진 일이어서 우스웠다. 어쨌든 돈으로만 따지면 강호제일이 명천위가였던 셈이다. 한마디로 굉장히 오래전부터 돈

지랄을 하던 세력이어서 사건과 사고가 많았던 모양새랄까. 위 좌사가 묘한 표정으로 웃었다.

"강호인들은 이상한 자들이었지. 괴롭히는 놈들이 찾아오니까 그 괴롭힘을 막아주겠다는 놈들도 찾아왔네. 엉뚱한 곳에 돈이 또 나가게 생긴 셈이지. 뺏겠다는 놈들이나 지켜주겠다는 놈들이나 우리 돈을 노리는 것은 마찬가지. 이것이 강호인의 본질이다. 가주는 특히 수련에 힘을 써라. 가문의 재산을 지키려면 가주의 무공이 반드시 뛰어나야 할 필요가 있다. 옛 가주의 유언은 그랬다."

맏형이 물었다.

"그렇다면 옛 가주는 어째서 교에 들어오게 되었나? 관련도 없던 자들이 외당에 들어오려면 전 재산의 절반을 내놓아야 했을 텐데."

위 좌사가 고개를 끄덕였다.

"합리적인 선택이었지. 절반이라니? 교에서는 우리 가문의 재산을 모두 파악할 능력이 없다. 예전에도 그랬고 지금은 더 어렵다. 그렇다는 것은 해남살성에게 제시한 금액과 비슷하다는 뜻이네. 받는 자들의 예상을 깨뜨리면 그것이 곧 우리 재산의 절반인 셈이야."

제법 무서운 상도를 가지고 있었다. 위 좌사가 문득 한숨을 내쉬더니 직접 술을 따라 마셨다.

"입교를 선택했던 가주의 말이 남아있네. 예상했던 것과 달랐던 모양이야. 이런 식이었지. 교에 대해 파악할 수 있는 게 적다. 개입하지 말아야 할 단체에 발을 들인 것 같다. 언젠가 선택을 철회하면 모조리 죽게 될 것이다. 교는 그런 곳이다. 입교는 내 실수다. 밑 빠진 독에 물을 붓는 것 같구나. 이제 교를 이용할 수밖에 없다. 결국에 재정을 모조리 장악해서 저들이 우리를 버리지 못하도록 해라. 소비를 늘리게끔 해라. 후임 가주에게 전한다. 어떻게든 살아남아라. 벌레 같은 자들을 피하겠다고 지옥에 들어왔으나 어쩔 수 없게 되었다. 높은 지위를 바라지 말고 차라리 돈만 벌어오는 노예 행세를 해라. 누구보다 강해질 때까지는 무공을 과시하지 마라."

그렇게 지독하게 버텼던 한 가문의 역사가 위 좌사의 입을 통해 흘러나왔다. 행간에서 느껴지는 고통과 분노, 인내의 수준이 꽤 깊어 보였다. 위 좌사가 말했다.

"우리는 종교라는 이름이 붙은 배에 함께 타고 있었네. 하지만 위치는 뱃사공과 다를 바 없었지. 열심히 노를 저었지만, 더 열심히 노를 저으라는 소리를 오랫동안 들었네."

위 좌사가 맏형을 바라봤다.

"우리 가문이 공동파가 탄생하는 데 일조했다는 것은 맞는 말이네. 하지만 그전에 우리 가문이 교에 투신한 것은 강호인 덕분일세. 당시에는 마교魔敎라는 말도 없었지. 강한 단체에 들어가서 무공을 배울 필요도 있었고, 우리보다 강대한 세력이 돈을 요구할 때 막아줄 방패도 필요했지. 물론 입교는 내 선택이 아니고 옛 가주의 선택이었네. 당시 가주도 입교를 두고 실수였다고 자책하고 인정했네. 하지만 남은 자들은 어떻게 살아야 하는가? 그렇게 된 일이 여기까지 흘러왔군."

위 좌사가 매화장을 한 차례 둘러봤다.

"내가 이런 곳까지 오다니."

딱히 애틋하고 불쌍하게 느껴지는 발언은 아니었다. 내 기준에 의

하면 온통 변명이나 다름이 없었기 때문이다. 위 좌사가 맏형에게 말했다.

"나도 이번에 유언을 남기고 왔네."

"뭐라고 적었나?"

"돈 버는 일의 비중을 줄이고, 강호에서 벌어지는 일에 대비하라."

맏형이 고개를 갸웃했다.

"유언치곤 너무 모호한 말이로군. 그게 끝인가?"

위 좌사가 살짝 사람이 달라진 것처럼 웃더니 제대로 된 유언을 우리에게 밝혔다.

"실은 더 있네."

"무엇인가."

위 좌사의 눈이 반짝였다.

"수단과 방법을 가리지 않은 채로 강해져서 강호인 전체를 말살해라. 그것이 결국에는 가장 큰 부를 거머쥘 방법이고, 올바른 복수다."

나도 감탄이 나왔다.

"대단히 미친놈이로구나."

위 좌사가 나를 쳐다봤다.

"자네는 똑똑해서 나를 이해할 줄 알았는데 아니었나?"

"내가 어떤 부분을 이해해야 하지?"

"하오문주는 일하는 자들을 위한다고 들었다. 결국에 우리와 같은 길을 걷는다고 보았는데. 하오문에 속해있는 일하는 자들에게 강호인들이 무슨 소용인가?"

굉장히 여러 가지 말을 늘어놓더니 위 좌사가 작은 목소리로 속삭였다.

"차라리 힘을 합치는 게 어떤가?"

맏형과 나는 웃음이 동시에 나왔지만 위 좌사에게 딱히 대답을 해주지 않았다. 이런 마도 상인의 말은 믿을 수가 없기 때문이다. 대신에 위 좌사를 조금 타일렀다.

"위 좌사, 강호인에게 당해서 그대 가문이 교에 투신한 것은 이해한다. 하지만 그에 대한 반응이… 자네 가문이 유생들을 한꺼번에 땅에 묻은 진시황과 다를 게 무엇인가?"

살면서 이렇게 획기적으로 미친놈은 처음이라서 조금 당황스러웠다. 강호인 전체를 말살하는 꿈을 꾸는 자가 대체 어디에 있단 말인가? 하필이면 그것을 또 유언으로 남겼기 때문에 명천위가는 어떻게든 그 유언을 따를 터였다. 음모가 너무 장황하고 거대한 터라, 어떻게 분쇄해야 할 것인지 당장은 떠오르지 않았다. 우리 사대악인과도 다르고 교주와도 전혀 결이 다른 악인이었다.

자신들이 돈에 너무 미쳐있다는 사실조차 자각하지 못했거나, 너무 무뎌져서 무엇이 옳거나 그른지도 구분이 안 되는 지경에 이른 악인이었다. 전생에도 경험해 봤던 일인데, 정말로 사악한 마귀 같은 놈을 만나면 이대로 죽여도 되나 싶을 때가 있다. 위 좌사도 그 부류였다. 그러니까 죽이는 게 문제가 아니라 죽이고 나서의 여파까지 고려해야 한다는 뜻이다. 명천위가가 숨어서 강호인을 말살하겠다는 계획을 세우면 내가 어떻게 대처하겠는가? 내 인생을 송두리째 바쳐도 이들 세력을 뿌리 뽑기란 어려울 터였다.

'진짜 미친놈을 좌사 자리에 앉혔네.'

문득 이상한 생각이 들었다. 단기적으로는 교주와 싸우고 있는 것이지만, 장기적으로는 위 좌사와도 싸우게 된 것 같다는 생각. 이쯤 되니까 명천위가가 그간 마교를 잘 이용했다는 생각까지 들었다. 위 좌사가 우리를 둘러보면서 웃었다.

"이제 좀 내 말이 통했는가?"

나는 고개를 내저었다.

"전혀 안 통했다."

나는 위 좌사가 괴상한 논리로 맏형과 나를 협박했다는 것을 깨달았다. 협박을 당해본 적은 수도 없이 많지만 이런 협박은 또 처음이다. 결국에 명천위가에 대항하려면 올바른 협객을 많이 배출해서 그때그때 대응할 수밖에 없었다. 위 좌사가 중얼거렸다.

"교주님이 오고 계시겠군. 어디까지 왔을까. 초조하네. 검마."

"말하게."

"도전하겠네. 내가 이기면 광명검을 내어주게. 내가 패배하면 승복하고 물러나겠네."

맏형이 단칼에 거절했다.

"거절하겠네. 자네 가문으로 광명검이 흘러가게 둘 수는 없어. 처음부터 예의를 갖췄다면 비무로 치렀을 것이나 자네와 난 생사결을 해야지. 셋째야."

"왜."

맏형이 나를 쳐다봤다.

"내가 죽으면 광명검은 몽랑에게 넘기고 네 손으로 위 좌사를 죽여라. 살려 보낼 수 없는 자다."

그러니까 맏형에겐 위 좌사의 협박이 전혀 안 통한 모양이다. 생각해 보니까 이것이 맏형의 마도魔道란 생각이 들었다. 나만 심각했던 모양이다. 하지만 나는 검마를 바라보면서 그의 마도를 억제했다.

"맏형."

"…"

"죽으면 안 돼. 생사결은 내가 허락할 수 없다. 비무로 하도록."

맏형이 미간을 좁히더니 나를 노려봤다.

"뭐?"

나는 처음으로 쌍심지를 올린 다음에 맏형을 노려봤다.

"비무로 하라고."

맏형이 말했다.

"내가 이겨도 위 좌사를 살려 보내겠다는 말이냐?"

나는 고개를 끄덕였다.

"그래야지."

"이유는?"

나는 맏형의 표정을 보다가 겨우 답을 찾아내서 대꾸했다.

"교도의 생사는 교주에게 맡겨. 교주가 아직 안 왔어. 교주와 비무를 할지 생사결을 하게 될지 아직 아무도 몰라. 그전에 생사결로 분위기를 끌고 갈 수는 없어. 누군가는 교주에게 반드시 죽기 때문이야. 나는 벽에 똥칠할 때까지 오래 살 생각인데 누군가를 죽이기 위해 아군이 죽는 것은 용납하지 못해. 비슷한 마도로 교주의 마도를 이길 수는 없다는 게 내 결론이야. 위 좌사는 우리와 성향이 맞지 않지만 지금은 교주의 부하야. 일단은 비무로 하자고. 교주도 맏형도 너무 죽음과 가까운 사람들이야."

나는 맏형을 노려봤다.

"정신을 좀 차리도록. 아직 우리 쪽은 아무도 안 죽었어. 우리가 잘나서가 아니라 교주도 어느 정도 배려했기 때문이라고. 무슨 말인지 알겠어?"

두 명의 좌사를 상대하자니, 정수리가 금세 뜨거워졌다. 말로 싸우는 게 검을 들고 싸우는 것만큼이나 힘들다는 것을 깨닫는 순간이기도 했다.

406.
나는 신이 아니다

전 광명우사, 혈교주는 여전히 늙은이에게 쫓기고 있었다. 떨쳐냈다고 생각하면 따라오고, 따돌렸다고 생각하면 불쑥 등장했다. 너무 황당해서 수십 년간 전문적으로 경공과 추적만 수련한 늙은이같다는 생각마저 들었다. 혈교주는 경공만 놓고 보면 자신도 천하에서 다섯 손가락 안에 들 것이라 생각했는데 이상하게도 늙은이가 더 빨랐다. 그런데도 잡히지 않은 이유는 그나마 늙은이가 주변에 피해를 안 주려는 성향을 가지고 있었기 때문이다.

그러니까 백도였다. 하지만 인질을 잡거나 번화가에 숨는 것도 한계가 있었다. 늙은이만 자신을 추격하는 게 아니었기 때문이다. 번화가에 숨으면 흑도가 덤비고, 지저분한 곳에 숨으면 거지들이 나타나서 공격했다. 그러니까 대체로 숨을 곳이 없었다. 더군다나 늙은이는 그중에서도 가장 인내심이 깊은 모양인지 아무런 말 없이 기다렸다가 계속 등장했다. 그러니까 인질극도 통하지 않고, 어딘가에 조용히 숨어있어도 결국에는 소용이 없었다.

화산에서 한참이나 멀어졌다가. 다시 화산으로 향하는 와중에도 늙은이와의 추격전은 끝나지 않았다. 그렇다고 싸우지 않은 것도 아니다. 몇 차례나 붙었는데, 예상되는 결과는 패배였다. 수준 차이가 극명했다면 혈교주가 죽었을 테지만, 그것도 아니었다. 패배할 것이라는 판단이 들 때마다 도주했다. 황당하게도 내공이 늙은이에 비해 조금 더 부족하고 늙은이의 검법 또한 고명한 수준을 넘어서 황당할 정도로 강했다.

문제는 혈교주가 검을 반납한 터라 훨씬 불리하다는 점이었다. 그러니까 전체적으로 한 수가 뒤처지고, 병장기도 없어서 이길 수 있는 상대가 아니었다. 도중에 교도도 만났으나 지금은 광명우사가 아니라서 명령을 내릴 수도 없었다. 혈교주는 떨쳐내는 것을 포기한 채로 다시 화산, 그러니까 하오문주 등이 있었던 장원으로 향하는 중이었다.

이상한 생각이 들었다. 천하에서 이 싸움을 중재해 줄 사람이 하오문주밖에 없겠다는 생각이 들었기 때문이다. 바라는 것도 많지 않았다. 검을 구해서 다시 맞붙고 싶다는 정도랄까. 괜찮은 장검이 없으면 도저히 못 이길 상대라서 그랬다. 패배해서 퇴각하는 것 같은 일마조의 병력도 봤으나 서로 모르는 사람처럼 지나쳤다.

그제야 혈교주는 자신의 처지를 깨달았다. 혈교주이긴 하지만 아직 충성스러운 교도가 없고, 마교 출신이지만 이제는 교도가 아니며, 백도의 늙은이를 비롯한 거지와 흑도까지 나타나서 죽자 사자 달려드는 것을 감당해야 하는 처지였다. 친구, 동료, 상관, 부하가 없고 사방에 적만 있는 철저한 외톨이 상태. 이때, 혈교주는 지평선에서 무언가를 발견하자마자 먼지를 일으키면서 그곳으로 질주했다. 방향만 봐도 어디로 가는지 알 수 있는 마차였다.

'찾았구나.'

생각해 보니까 이 싸움을 중재할 수 있는 사람이 한 명 더 있었다. 뒤에서 늙은이의 목소리가 들렸다.

"…또 남에게 피해를 주려느냐? 인질극이 하오문주에겐 통했을지라도 나에겐 통하지 않는다. 확인했을 텐데?"

혈교주가 달리면서 호통을 내질렀다.

"늙은이. 이제 인질극은 하지 않아. 더 쫓아오면 네 제삿날을 확인하게 될 것이다. 경고했다."

혈교주는 속도를 더 끌어올려서 지평선에서 봤던 무언가를 향해 질주했다. 잠시 모습이 보이지 않았다가 맹렬하게 달리자 이제 점점 따라잡을 수 있었다. 혈교주가 쫓고 있는 것은 시커먼 마차였다. 마차의 속도도 비현실적으로 빨랐는데, 혈교주는 그보다 더 빨랐다. 결국에 시커먼 마차를 따라잡은 혈교주는 잠시 마차와 나란히 달렸다. 한참을 나란히 달리고 나서야 창문의 차양이 걷어지더니 무뚝뚝한 표정의 사내가 혈교주를 물끄러미 쳐다봤다. 사내는 말이 없었기 때문에 결국에 혈교주가 먼저 입을 열었다.

"…오랜만이오."

마교주는 아무런 감정이 없는 표정으로 말했다.

"바쁘게 사는구나."

"내가 꽤 대단한 것을 알아냈는데 들어보시겠소?"

"말해라."

"나도 꽤 많은 무공을 알고 있다고 자부하지만 지금 나를 뒤쫓는 늙은이의 무공을 파악할 수가 없소. 출신은 당연히 백도. 무림맹일 가능성이 크지. 오래전에 본 용모파기와 다르긴 하지만 총군사가 아닐까 싶은데."

"그런데."

"생각해 보시오. 교주는 늘 임소백이 신검의 무학을 이어받았으리라 추측했으나 직접 확인해 보셨소? 아무리 생각해도 지금 내가 임소백과 붙으면 이렇게 도망가진 않을 것 같군. 그게 무슨 의미겠소? 내가 이런 식으로 도망치려면 교주나 천악, 거지 놈. 그리고 우리가 끝내 파악하지 못했던 신검의 제자밖에 없을 것 같은데. 교주, 어떻게 생각하시오."

교주가 말했다.

"멈춰라."

맹렬하게 달리던 마차가 이내 멈췄다. 혈교주는 멈춘 마차 옆에 가부좌를 틀고 앉아서 여태 자신을 따라오던 늙은이를 쳐다봤다. 공손심은 미간을 좁힌 채로 시커먼 마차에서 내리는 사내를 바라봤다. 당장 혈교주를 공격하려다가, 갑자기 가부좌를 트는 혈교주의 표정도 이상하고 마차에서 내리는 사내의 분위기도 이상해서 그저 멈춰있을 수밖에 없었다.

"…"

마차에서 내린 마교주가 공손심을 바라보다가 물었다.

"신검의 제자냐."

공손심은 그제야 사내가 누구인지 알았다. 고개를 끄덕인 다음에 대답했다.

"제자라고 부르신 적은 없으나 나는 늘 사부라고 생각했지."

혈교주가 웃으면서 끼어들었다.

"이봐, 늙은이. 따라오면 네 제삿날을 확인하게 될 거라고 경고했거늘."

혈교주가 한때 자신의 주군이었던 사내에게 말했다.

"마교주, 혼자 상대해도 되고. 함께 상대해도 무방하오. 편할 대로 하시오."

마교주는 이 말을 무시한 다음에 공손심에게 말했다.

"내내 임소백일 것이라 예상했는데 어째서 여태 숨어있었지?"

공손심이 대답했다.

"임 맹주도 제자가 맞다. 그뿐이겠는가? 나도 제자고, 다른 자들도 제자다. 맹원 모두가 신검의 제자였다."

마교주가 고개를 살짝 끄덕이더니 혈교주를 바라봤다.

"이놈을 그렇게 바쁘게 쫓는 이유는?"

공손심이 혈교주와 마교주를 번갈아 가면서 노려봤다.

"통천방에서 아녀자들과 아이까지 인질로 잡았던 놈이다. 그릇된 무공을 익혀서 나중에 입마에 빠질 확률도 매우 크다. 그때가 되면 얼마나 많은 인명이 다칠 것인지 상상하기 어렵다. 교주, 방해할 참인가?"

마교주가 대답했다.

"전대 교주는 네 사부에게 죽었다. 네가 한번은 나를 찾아왔어야지."

공손심이 어리둥절한 표정으로 대답했다.

"내가 그대를 무슨 이유로 찾아간단 말인가?"

마교주가 말했다.

"내가 무림맹에 나타나는 것보다는 그게 낫지 않았겠느냐?"

공손심이 황당하다는 표정으로 한숨을 내쉬다가 말했다.

"황당하구나. 어쨌든 보호해 줄 생각이어도 혈교주는 죽여야겠네."

혈교주가 웃었다.

"가능하겠느냐?"

공손심이 고개를 끄덕였다.

"이미 늙은 몸이네. 실패하면 죽으면 그만이야. 신교 교주, 방해하지 말게. 혈교주를 죽이고 여력이 남으면 그대에게도 도전하겠네."

공손심의 말에 마교주가 슬며시 웃었다.

"그럴 필요 없다."

"…"

마교주가 공손심에게 말했다.

"화산으로 가자. 타라."

혈교주가 잔뜩 놀란 표정으로 마교주를 바라봤다.

"뭐?"

마교주는 당연히 공손심이 동행하리라고 믿는 모양인지 먼저 마차에 올라타면서 말했다.

"…화산에 합류할 혈교주를 막으려던 모양인데 어차피 내가 다시 화산으로 데려갈 것이다. 그렇다면 자네도 쫓아오는 수밖에 없겠지. 어떻게 가든 마찬가지이니 마차에 타라. 혈교주는 뛰어오도록."

혈교주가 외쳤다.

"뭐야? 내가 타야지!"

마교주는 철저하게 혈교주의 말을 무시한 채로 공손심에게 말했다.

"궁금한 게 있으면 묻도록 해라."

공손심은 어쩔 수가 없었다. 마교주가 자신을 곱게 보내줄 사내도 아니고, 도망을 친다고 해서 좋을 일도 없었다. 그의 말대로 혈교주와 화산에 가면 공손심이 직접 나선 일도 아무런 성과가 없는 셈이라서 그렇다. 공손심은 어쩔 수 없이 마차에 올라타서 소문의 삼재이자 마교의 교주를 아주 가까이서 쳐다볼 수밖에 없었다. 마부의 목소리가 들렸다.

"교주님, 출발하겠습니다."

이내 마차가 출발하자, 바깥에서 혈교주가 무어라 욕지거리를 내뱉으면서 쫓아왔다. 상황이 이상하게 흘러가자, 공손심은 더욱 어리둥절했다. 혈교주가 이대로 피하면 되지 않을까 하는 상황이었던 것. 하지만 혈교주는 끝내 마차를 뒤쫓아 오고 있었다. 마교주가 공손심에게 말했다.

"할 말이 많을 텐데."

그제야 정신을 조금 차린 공손심이 마교주에게 말했다.

"교주, 무언가 좀 이상하군."

"무엇이."

"나는 사실 무림맹의 총군사였소."

"알고 있다. 공손심."

"알고 있었군. 그간 책상머리에서 수도 없이 나만의 바둑을 두었는데 근래에는 계속 백도가 이겼소."

"예전에는?"

"예전에는 공멸이었지. 솔직히 말하면 교가 더 우세했소."

"그게 왜 바뀌었나."

공손심은 덜컹거리는 마차에서 차양을 젖힌 다음에 따라오고 있는 혈교주를 바라봤다. 혈교주가 눈을 부릅뜬 채로 노려보기에 도로 차양을 원위치에 놨다. 공손심의 말이 이어졌다.

"물론 하오문주가 강호에 개입한 이후로 그렇게 되었소. 이상한일이지. 하오문이 단체로 치면 무척 약한 편인데, 정신 나간 문주가 사방팔방을 들쑤시고 돌아다니더니 어느새 그렇게 되었소."

"그런데."

"내 머리로 도저히 이해할 수 없는 사람이 두 명 있소. 문주와 교주요. 내가 두는 책상머리 바둑에 의하면 이제 교주의 세력은 연합에 많이 밀리는 형국이오. 무림맹을 적대하던 흑도의 기세가 많이 수그러들었고. 제천맹주는 오히려 친분을 쌓았소. 듣자 하니 개방 방주도 한 차례 구했다더군. 그뿐인가? 늘 마도와 백도를 이간질해서 하나의 강력한 단체가 지배하는 천하를 견제하려던 서생들마저도 어느 정도 문주와 친분을 쌓았소. 이제 교가 전력을 다해도 백도나 무림맹을 무너뜨리는 게 쉽지 않다는 뜻이오. 방관하는 세력들마저도 문주의 편에 설 가능성이 커서 그렇소."

…

마교주는 턱을 괸 채로 고개만 한 번 끄덕였다. 알겠으니 더 말해 보라는 태도인지라, 공손심의 말이 이어졌다.

"…상황이 이렇게 되다 보니 나는 더더욱 두 사람을 이해하는 게 어렵소. 가만히만 있어도 이제 마도천하는 오기 어려운 상황인데 문주는 그대에게 도전한 상황이고. 당신은 또 그것을 수락해서 화산으로 가고 있소. 내가 이것을 어찌 이해해야겠소?"

교주가 말했다.

"무엇이 그렇게 이해하기 어려운가."

"들어보시오. 아무리 문주가 강호 역사상 유례없이 빠르게 강해진 사내라고 하더라도 교주 당신을 이기리라 보진 않소. 무모한 도전이라는 것이지. 이것이 이해하기 힘든 첫 번째. 두 번째는 당신이오. 이대로 화산에 가면 당신 또한 위태로운 상황이오. 개인의 무력은 당신이 뛰어나겠지만 다른 고수들의 합공을 받을 수 있기 때문이지. 때문에 나는 두 사람의 행보를 전혀 이해하지 못하고 있소. 한 사람은 패배할 확률이 높은 싸움에 도전하고, 한 사람은 이기고 나서도 어쩌면 살아서 복귀할 수 없는 환경에 처하게 되는데… 이렇게 화산으로 가고 있지 않소?"

교주가 고개를 끄덕였다.

"삼자三者의 위치에서 냉정하게 잘 바라보는군. 네가 생각하기에 이상하겠지만 결국에 바깥사람이 보기엔 전부 이상할 것이다. 이미 화산에는 일부 고수를 보냈다. 은거하던 일마조라는 사내도 보냈고. 돈 밝히는 신임 좌사도 보냈지. 너희 백도가 주장하던 대로 정당한 싸움이 벌어졌을까. 아니면 종종 너희가 보이던 위선대로 추잡한 싸움이 벌어졌을까. 그것을 보고 결정하마. 네가 지적하는 합공 또한 모를 일이다. 천악을 비롯한 십여 명이 단체로 나를 공격한 다고 한들…"

"…"

교주가 공손심을 쳐다봤다.

"너희 중에 몇 명이 살아있겠느냐?"

"음."

"백도, 흑도, 서생을 총망라한 고수 대부분을 내가 지옥으로 끌고 가면 그때도 백도와 교의 싸움에서 한쪽이 우세할 수 있을까. 없다. 내가 있는 이상, 전력은 밀린 적이 없다."

공손심은 위축되는 분위기를 느꼈으나, 그래도 말로 한 번 이기고 싶어서 이렇게 말했다.

"그래도 임소백이 남아있소."

책상머리 바둑을 두는 심정으로 한 수를 두자, 교주가 받아쳤다.

"나도 대공자를 남겨뒀고, 둘은 이미 한 차례 붙어봤다. 대공자의 말로는 무승부라고 하던데 자존심이 강한 녀석이라서 믿지 않는다. 그래도 임소백보단 젊으니 금세 따라잡겠지."

공손심은 교주의 말을 곱씹다가 저도 모르게 침을 삼켰다. 어쩐지 화산의 매화장에서 마도의 고수들이 비열한 방식이나 생사결에 의해 죽었으면, 교주가 그대로 갚아줄 것 같은 분위기였기 때문이다. 분위기를 환기시키기 위해서 교주의 생각을 넌지시 물어봤다.

"교주, 무모하게 도전하는 문주를 어떻게 생각하시오? 근래 교주에게 이런 식으로 도전하는 사내는 없었소."

"총군사, 내가 어찌 알겠나? 나는 신이 아니다. 다만 그대가 생각하는 것보다 문주는 강하다. 아마 자네가 만났던 시기와 내가 본 시기는 좀 다른 것 같군."

"그렇소? 좀 예전이긴 한데."

교주가 바깥에서 전령처럼 따라오는 혈교주의 경공 소리를 들으면서 손가락질을 했다.

"저놈과 비교하더라도 약한 사내는 아닐세."

여태 혈교주를 추격하던 공손심의 눈이 동그랗게 커졌다.

"뭐요?"

공손심이 알기로는 자신보다 약하고, 혈교주보다도 약하다고 봤기 때문이다. 놀랍게도 모든 대화를 엿들은 채로 따라오던 혈교주가 대화에 끼어들었다.

"…나보다 약한 사내는 아니다. 아주 염병할 놈이지."

이번에는 공손심이 바깥에 있는 혈교주에게 물었다.

"왜 염병할 놈인가?"

혈교주의 입에서 뜻밖의 말이 흘러나왔다.

"무공을 하나 가르쳐 줬는데 그것을 익히려다가 심마心魔가 왔다. 거짓으로 가르쳐 준 것 같진 않은데… 저 정도 잔머리면 일부러 제대로 가르친 것 같기도 하고."

공손심은 막상 혈교주의 말이 이해되지 않아서 마교주를 바라봤다. 그러니까 말을 해석하면, 하오문주가 제대로 된 무공을 가르쳐서 그것을 익히려다가 혈교주에게 심마가 찾아왔다는 뜻이다. 말이 안 되는 말이었다. 그러자 마교주가 손가락으로 자신의 관자놀이 주변을 빙글빙글 돌렸다. 미친놈이니 상대하지 말라는 뜻 같아서 공손심은 헛기침을 한 번 내뱉었다.

"크흠…"

407.
천하제일을 가리자

세상일은 마음대로 되지 않는다. 사실 내 계획도 무수히 많이 실패했다. 색마를 고자로 만들려다가 실패한 것처럼 말이다. 하지만 세상일이 마음먹은 대로 되지 않았다고 하더라도 실망할 필요가 없다. 이제 색마는 전생의 본인 같은 놈들을 고자로 만들어 버리는 사내가 되었으니 말이다. 이것은 내 공로가 아니다. 지켜본 바로는 요란이의 공로다.

맏형은 처음으로 내게 한 소리를 들은 후 생각에 잠긴 채로 위 좌사를 바라봤다. 애써 살기를 억누르면서 내 말을 곱씹는 눈치였다. 사실 검마 정도 되는 인물이 한참 어린 아우의 말을 듣기란 꽤 어려울 터였다. 맏형이 내 뜻을 이해하길 바라면서 잠자코 기다렸다. 맏형이 고개를 두세 번 끄덕이더니 결정했다는 것처럼 말했다.

"셋째의 의견은 항상… 그렇게 하자."

나는 맏형을 쳐다보다가 고개를 끄덕였다.

"맏형, 미안하지만 나는 계획이 있었어. 하지만 여러 차례 바뀌었지. 화산에서의 싸움은 말이야. 강호의 본보기로 삼을 생각이야. 물론 교주가 도착해서 생사결이 벌어질 수도 있겠지. 그래도 나는 만족해. 이 매화장을 보라고."

나는 맏형, 위 좌사와 함께 새삼스럽게 매화장을 둘러봤다.

"이곳에 약자는 없어. 싸움에 휘말려서 죽을 사람도 없고. 강호인들끼리 분쟁을 해결하는 방식이 이렇다는 것을 보여주자고. 결투 몇 번으로 백도가 마도를 몰살하고, 반대로 마도가 백도를 학살할 수도 없는 상황이야. 그렇다고 우리가 도망을 치지도 않고 있지. 나는…"

나는 말을 멈춘 다음에 매화장의 입구를 바라봤다. 이것 보라. 세상일은 계획대로 되지 않는다. 시커먼 마차 한 대가 도착하더니 잠시 아무도 내리지 않은 채로 그저 머물러 있었다. 우리가 침묵하는 이유는 저 시커먼 마차를 예전에도 봤기 때문이다. 마차 바퀴까지 흑색이 칠해져 있어서 밤이 오면 어둠 속을 떠다닐 것처럼 보이는 마차였다.

'왔구나.'

빨리 온 것일까. 느리게 온 것일까. 알 수는 없었지만 내 마음은 나쁘지 않았다. 오히려 반갑다는 감정이 들 정도였지만 이를 표현하긴 어려웠다. 그렇게 시커먼 마차에서 공손심이 내렸다. 이것 보라. 세상일은 알 수가 없다. 공손심이 교주와 한패였나? 이렇게 내 뒤통수를 치려고 쾌당주를 했던 것일까? 무서울 정도로 놀라운 조합이어서 나는 잠시 말이 나오지 않았다. 하지만 놀랄 일은 더 있었다. 온통 새빨갛게 익은 홍시처럼 보이는 혈교주가 잔뜩 불쾌한 표정으로 등장했다.

"…저건 무슨 조합이지?"

위 좌사가 그제야 일어나더니 마차에서 뒤늦게 나오는 사내를 맞이했다. 교주가 먼저 매화장으로 걸어가자, 공손심과 혈교주가 좌우 광명사자처럼 뒤따랐다.

'대단한 조합이네.'

위 좌사가 교주를 맞이했다.

"교주님."

나는 굳이 일어날 생각이 없어서 탁자의 맞은편을 가리켰다.

"오셨소."

교주가 고개를 끄덕이더니 위 좌사를 그대로 지나쳐서 맞은편에 앉았다. 그러자 뒤편에 혈교주가 서있고, 공손심은 내가 있는 쪽으로 다가와서 오금이 저렸다.

"아니, 총군사…"

공손심이 의문을 바로 해소해 줬다.

"혈교주를 쫓다가 만났는데 함께 화산으로 가자고 해서 따라왔네. 어쩔 수가 없었지. 자네도 알다시피…"

그제야 사태를 파악했다. 사실 교주가 가자고 하면, 거절할 사내가 많지 않다. 이로써 나는 다시 쾌당주이자 전 총군사였던 공손심을 아군으로 맞이했다.

"휴."

나도 어지간히 놀랐던 모양이다. 그제야 교주에게 인사했다.

"먼 길 오느라 고생하셨소."

교주가 되물었다.

"일마조는?"

나는 장원을 가리키면서 말했다.

"…안에 누워있는 몽랑에게 패해서 수하들과 함께 돌아갔소. 교주가 보셨어야 했는데 엄청난 비무였소. 사실 일마조가 조금 더 우위에 있었는데, 몽랑의 이상한 절기가 어둠을 밝히는 빛처럼 승부를 뒤집었지."

교주는 이번에도 질문으로 응수했다.

"일마조가 살아서 돌아갔다는 말이냐?"

이때, 예상치도 못했는데 바깥에서 처음 보는 사내가 종종걸음으로 다가오더니 멀찍이 떨어진 곳에서 무릎을 꿇고, 고개까지 숙인 상태에서 입을 열었다.

"교주님, 보고드립니다. 일마조는 풍운몽가 차남에게 패배했습니다. 비무 형식으로 치러져 목숨을 부지했는데 이에 대한 변명 없이 그대로 보고드립니다. 패배해서 늙은 목숨을 붙여놓기 위해 요양하러 간다는 것이 마지막 말이었습니다."

"추가로 말할 것은?"

"매화장 안에 모용백이라는 의원이 도착해 있는데 그가 일마조에게 금창약을 발라 임시로 치료했습니다. 지금은 몽랑을 치료하고 있습니다."

"알았다."

"예, 교주님. 물러가겠습니다."

교주가 맏형을 쳐다봤다.

…

"일마조가 자네 제자에게 패하다니 이게 어떻게 된 일인가?"

맏형이 슬쩍 웃으면서 대답했다.

"일방적이진 않았네. 마지막까지 예상할 수 없었으니."

이번에는 교주가 위 좌사를 바라봤다.

"바깥에 죽어있는 살수들은 무엇이냐?"

위 좌사가 살짝 당황하더니 이렇게 보고했다.

"해남 출신의 살수들인데 문주의 돈을 더 주겠다는 꼬드김에 넘어가서 제가 죽였습니다."

순간, 나는 급히 교주의 표정을 확인했다. 여기서 안 웃는다? 그렇다면 교주는 인간이 아니다. 지켜보고 있으려니 교주의 인내심은 그 끝을 알 수가 없을 정도로 깊었다. 이걸 참았네.

"무슨 꼬드김인가?"

"그러니까 제가 문주와 검마를 처리하면 각각 은자 삼천 개를 주기로 했고. 그것을 사천 개로 올렸는데 문주가 살수들에게 저를 처리하면 은자 일만 개를 준다고 하여…"

"알았다."

"예."

교주가 위 좌사를 쳐다보다가 한마디를 보냈다.

"너는 어딜 가도 돈 얘기를 하는구나."

"죄송합니다."

어느새 땅바닥에 주저앉아 있는 혈교주가 한숨을 내쉬면서 위 좌사를 꾸짖었다.

"저런 한심한 흥정꾼 새끼가 광명좌사라니… 말세구나. 말세야."

한심한 놈이 한심한 놈을 꾸짖었다. 위 좌사가 미간을 좁힌 채로 혈교주를 노려보자, 혈교주도 눈을 부릅뜨면서 말을 이어나갔다.

"뭘 꼬나보느냐? 눈깔을 빼놔야 그렇게 못 쳐다볼 터인데. 위가 놈, 많이 컸구나. 우사님, 우사님 하면서 볼 때마다 납작 엎드리던 놈이 출세했다 이거냐? 교주의 비호가 없었더라면 너는 진작에 검마와 내 손에 네 가문과 함께 불에 타서 죽었을 것이다. 그놈 명줄 한번 길구나."

나는 솔직히 웃음이 나왔는데 교주가 지켜보고 있었기 때문에 애써 자제해 봤다. 그래도 콧구멍이 조금 커지는 것까지는 어쩔 수 없었다. 이렇게 보니까 맏형도 웃음을 참고 있었다.

"…"

교주가 위 좌사에게 말했다.

"검마나 문주를 죽일 수 있는 살수로는 보이지 않던데."

"예, 실은 문주의 무공을 한 번 견식하고자. 또한 해남에서 워낙 말썽을 많이 피운 자들이어서 어떻게 되든 간에 제가 처리를 하려고."

나름의 차도지계였다고 고백했으나 아주 구차하고 구질구질한 변명이었다. 교주가 살짝 한숨을 내쉬자, 위 좌사는 급히 입을 다물었다. 이렇게 보니까 교주도 정말 할 만한 직업은 아니었다. 교도들이 십중팔구 미친놈들이라서 그렇다. 땅바닥에 거지새끼처럼 주저앉아 있는 놈을 보라. 저런 놈이 광명우사를 하고 있었으니 말해 무엇하랴.

나는 그제야 맏형이 마교를 탈출한 진짜 이유를 자세히 알게 되었다. 이유는 거창한 게 아니다. 그냥 마교에 있기 싫었던 모양이다. 이때, 갑자기 장원의 문이 벌컥 소리를 내면서 열리더니 정수리에 하얀 헝겊을 휘감은 색마 놈이 등장했다. 다들 시선이 군데군데 헝겊을 휘감고 있는 색마에게 향할 수밖에 없었다. 어느새 모용백이 뒤따라 나와서 색마를 갈궜다.

"아니, 다쳤으면 가만히 처 누워있지 왜 나옵니까?"

"모용 선생, 내 마음이야."

결국에 색마와 모용백이 나란히 걸어와서 근처에 섰다. 색마가 교주를 똑바로 바라보면서 말했다.

"교주님, 오셨습니까."

"그래. 일마조를 꺾었다고?"

"예."

뜻밖에도 교주는 우리가 전혀 예상하지 못했던 말을 꺼냈다.

"한독寒毒이 재발하지 않은 지는 얼마나 되었더냐?"

"어떻게 아셨습니까? 꽤 오래됐습니다."

"본래 옥화빙공을 사내가 잘못 익히면, 흔하게 겪는 일종의 주화 증상이다. 체질적으로 맞는 무공은 아니었을 테지. 밤새 한독에 시달리다가 잠이 부족해지고. 때때로 여인을 품었을 때 깊이 자게 되면 그것에 의존하고 집착하게 되어 색마라는 별호를 갖게 되는 무공인 셈이지. 무공이 정신에 영향을 미치고, 의지가 나약하면 고만고만한 인생을 살게 된다는 뜻이다."

와, 사실인가? 교주는 거짓말을 떠들어 대는 사내가 아니라서 솔직히 나도 놀라는 중이었다. 색마가 색마였던 이유가 이랬다고? 똥싸개가 색마 같은 기질이 있는 것도 이유였겠지만 똥싸개가 익힌 옥화빙공도 색마가 색마로 살아갈 수밖에 없었던 원인 제공을 한 셈이었다. 무공이 이렇게 무섭다. 사람의 운명을 바꿔버리기 때문이다. 이래서 백도의 정종 무공과 어쨌든 마도의 갈래에서 나온 무공의 여파는 이처럼 다르다. 놀랍게도 교주는 맏형을 바라보면서 이런 말을 했다.

"네가 한 차례 진기를 허비했구나."

맏형이 덤덤한 어조로 말했다.

"그것을 과연 허비했다고 할 수 있을까. 제자가 그 누구의 도움도 받지 않은 채로 일마조를 꺾었으니 후회는 없다."

"음."

우리는 갑자기 동시에 팔짱을 낀 채로 맏형을 바라봤다. 이게 대체 무슨 대화지? 그러니까 요약하면 맏형이 색마의 한독을 치료하느라 이미 예전에 진기를 허비했었다는 뜻이다. 내공을 허비한 것과는 느낌이 조금 다르다. 조금 과장되게 말하자면 맏형은 마교를 탈출한 다음에 제자를 만난 시기부터 약해졌다는 뜻이다. 강호인에게 진기란 그런 느낌이다.

나는 문득 색마를 쳐다봤다. 이 대책 없는 똥싸개 새끼가 왜 사부에게 이렇게 공손한가 했더니 그럴 수밖에 없었던 사정이 실제로 있었다. 아무것도 바라지 않은 채로 사부가 진기까지 허비해 가면서 한독을 치료해 줬으니 말이다. 뜻밖에도 나는 일전에 맏형이 평상에 앉아서 목검을 닦는 모습이 떠올랐다. 맏형의 진기가 훼손되었다는 것은 당시의 임소백도 눈치챘던 게 아니었을까 싶다. 그저 덤덤한 마음가짐으로 목검부터 다시 수련했었던 맏형의 모습들이 주마등처럼 스쳐 지나갔다.

'지난 싸움들이 맏형에겐 보통 일이 아니었구나.'

어떻게 사람이 이렇게 한 번을 내색하지 않은 것일까. 내가 괜히 검마를 맏형으로 삼은 게 아니었던 모양이다. 그렇다면 색마의 몸에 있던 괴상한 문신도 어쩌면 맏형이 진기를 허비해 가면서 치료를 했을 때 생긴 것일 수도 있었다. 교주가 맏형에게 말했다.

"그래도 제법 다시 채워 넣은 것 같구나."

맏형이 물었다.

"전과 비교하면 어떤 거 같소?"

"네 분위기가 사뭇 달라졌으니 정확하겐 알 수 없다."

그제야 교주는 매화장의 풍경을 둘러보느라 고개를 천천히 움직였다.

"…나쁘지 않구나."

매화장이 나쁘지 않다는 것인지, 직접 와서 확인한 분위기가 나쁘지 않다는 것인지 당장은 알 수가 없고. 교주의 기분이 나쁘지 않다는 것처럼 들리기도 했다. 어쩌면 이 모든 것의 중의적인 표현일 수도 있었다. 교주가 풍경을 감상하는 사이에 눈치 없는 똥싸개가 산통을 깨듯이 입을 열었다.

"교주님."

"왜."

색마가 교주를 노려보면서 말했다.

"제가 먼저 도전하겠습니다."

"…"

교주가 슬쩍 웃는 사이에 우리는 전부 색마를 주시했다. 너무 갑작스러운 도전이라서 다들 할 말을 떠올리지 못하는 상태였다. 나는 색마의 표정을 보다가 이놈이 진심이라는 것을 알았다.

"잠시만."

나는 손을 살짝 든 상태에서 교주를 바라봤다. 교주가 내게 발언 권을 주듯이 말했다.

"문주, 말해라."

나는 나를 쳐다보는 사람들을 둘러본 다음에 말했다.

"비무에 관해서는 나도 생각이 있어. 여기 있는 사람과는 생각이 다를 테지만 그래도 말은 해야겠지."

중요한 순간이었기 때문에 나는 저절로 자리에서 일어나졌다. 모 인 사람들을 둘러보다가 말했다.

"우리보다 멀리서 온 손님이라서 당장 싸우는 것은 옳지 않다. 물 한 잔을 대접하지도 않고 무슨 도전이냐. 천악 선배와 백의가 올 것 인지 알 수 없으나 도착한다고 가정했을 때 차륜전으로 교주를 상대 하는 것도 옳지 않다. 이곳에서 천하제일을 가리자. 하지만 그 방식 이 차륜전이라면 추잡하게 이기려 드는 것밖에 안 돼."

색마가 대답했다.

"그럼 어떻게 할까."

"내 말이 대체로 두서없다는 것은 나도 안다. 일단 들어봐. 듣고 나서 내가 무슨 말을 하려는 것인지 파악해도 늦지 않아."

나는 보기 드문 강자들에게 내 생각을 밝혔다.

"천하제일을 가린다는 것은 말 그대로야. 지금은 증명하지 않아도 교주가 천하제일인이나 다름이 없다. 딱 봐도 알겠어. 그러니 비무의 대전은 교주가 많이 개입하는 게 옳다. 만약 천악과 나의 대결을 보고 싶다면 그것도 좋아."

"음."

"맏형에게 앙금이 남아있어서 맏형이 교주에게 도전하겠다면 그것도 나쁘지 않지. 만약 이 얌체 같은 백의서생과 혈교주의 비무 결과가 궁금하다면 두 사람이 맞붙어도 상관없다. 천악 선배가 기어코 교주에게 도전하고 싶다면 나 또한 그 비무가 어떻게 펼쳐질 것인지 궁금하다. 그러니까 내 말뜻은… 이곳에서 모두가 교주에게 도전할 필요는 없다. 그것은 염치없는 일이야. 다들 내 뜻을 이해했나?"

잠시 사람들의 대답을 기다리는 동안에 바람에 몸을 띄운 꽃잎이 아무런 관련도 없건만 우리들의 시선이 닿는 곳에서 춤을 췄다.

"이만한 고수들이 오랫동안 살아남아서 화산에 모였는데 그 정도 의미 있는 일은 해야지 않겠어? 내 말은 여기서 진짜 천하제일을 가리자는 말이야. 그와 더불어서 진정한 천하오절에 해당하는 고수가 누구인지도 알게 되겠지."

죽고, 죽이는 일보다 조금 더 고상한 일을 하고 싶었다. 내 말재주가 부족해서 뜻이 통했는지는 알 수가 없다. 나는 이번 화산논검의 의미를 아주 명백하게 정의해 봤다.

"이 싸움이 끝나면 이제 삼재라는 별호는 사라질 거야. 가장 높은 곳에 천하제일인이 있고, 그 아래를 형성하는 새로운 별호를 넣자고. 이제 시대가 바뀌는 순간이 왔어."

이것이 교주에게. 혹은 우리에게 선물 같은 시간이 될 수 있을까? 나는 그랬으면 좋겠다.

408.
통하였느냐?

교주의 생각은 알 수가 없다. 나뿐만이 아니라 모두가 교주를 바라 봤다. 어쩐지 교주가 그 입 닥치라고 하면서 우리에게 전부 한꺼번 에 덤비라고 해도 이상하지 않은 일이었고. 혹은 내가 제안한 대로 천하제일을 가려도 이상하지 않은 일이었다. 제안은 내가 했으나 선 택은 교주의 몫이다.

사실 내 마음 깊은 곳에 자리 잡은 생각은 이렇다. 내가 교주에게 비무에서 패할 가능성은 물론 크다. 하지만 사대악인이 참전하는 생 사결로 갔을 때는 다르다. 어떻게든 화산에서 교주를 죽일 수 있다 는 게 내 결론이다. 내 전신소身 일월광천은 인간의 육체가 견딜 수 없기 때문이다. 다만 그렇게 됐을 때. 함께 불행해진다.

살아남는 자도 많지 않을뿐더러 살아남았을 때의 우리 꼬락서니 가 너무 처참하여, 우리는 아마도 요란이 앞에 나타날 수가 없을 터 였다. 엉망진창이 된 사부들의 못난 모습을 어린 제자에게 보여줘서

...

마음을 또 다치게 할 수는 없기 때문이다. 그래서 내 마음은 모두가 불행해지는 쪽으로는 가고 싶지 않았다. 끝내 불행해지려고 내가 그동안에 이런 개고생을 한 것은 아니라고 믿고 싶다.

교주를 상대하고 나서도 우리가 멀쩡한 모습으로 요란이를 만나면 얼마나 좋겠는가? 언젠가는 내가 한 번 요란이에게 계두국수를 말아줘서 요란이가 득수 형의 위대함을 느끼길 바란다. 전보다 훨씬 강해진 나조차도 생사결로 갔을 때는 멀쩡한 팔다리를 유지한 채로 살아남을 자신이 없다. 팔은 멀쩡해야 계두국수를 말아줄 텐데… 물론 그렇게 해서라도 죽여야 하는 자라면, 어떻게 해서든 죽일 테지만. 우리의 남은 인생과 국수까지 포기해 가면서 죽여야 할 자냐고 묻는다면 이제 잘 모르겠다.

그가 직접적으로 내 주변 인물을 죽인 적은 없기 때문이다. 전생과 마찬가지로 정마대전을 일으킬 수 있는 단체의 수장이라는 점이 불안 요소이지만, 나는 그간 임소백과 백도에 힘을 실어주면서 그럴 가능성을 아예 원천적으로 차단한 상태. 교주의 대답을 듣기 전 우리의 시선은 매화장주에게 향했다. 처음으로 시비들과 함께 단체로 나오고 있었는데, 전부 손에 쟁반을 하나씩 들고 있었다. 도착한 매화장주가 교주에게 고개를 숙였다.

"교주님, 매화장주입니다. 날이 조금 무더워서 깊은 우물에서 퍼낸 물로 차를 만드느라 인사가 늦었습니다. 한겨울에 얼음을 잘라 먹는 것엔 비할 바가 아니지만 그래도 시원할 겁니다. 저희끼리 가끔 마시는 차라 이름도 없는 냉차冷茶입니다."

시비들이 쟁반에 있는 냉차를 탁자에 내려놓고, 서있는 사람들에게도 냉차를 전했다. 싸움이고 나발이고, 일단 냉차는 마셔야 한다. 강호인들도 덥기 때문이다. 어색하게 고요해진 분위기 속에서 위 좌사가 말했다.

"교주님, 제가 먼저 마셔보겠습니다."

"…"

독이 있는지 확인하겠다는 태도였으나 교주는 별말 없이 먼저 냉차를 마셨다. 우리는 교주가 먼저 시음하고 난 다음에 냉차를 마셨다. 결국에 위 좌사가 냉차를 가장 뒤늦게 마셨다. 매화장주의 말대로 가슴이 시원해지는 냉차였는데 과일즙을 아주 살짝 섞은 모양인지 단맛이 느껴졌다. 큰 싸움을 앞두고 냉차 한 모금의 여유라니? 깔끔한 뒷맛에 진한 풍미까지…

"음, 좋아."

대체 우리는 매화장을 발견하지 않았더라면 무슨 싸움을 하고 있었을까? 화산에서 싸우다가 목이 마르면 산을 내려왔어야 했다는 뜻이다. 아니면 애초에 폭포 주변에서 싸우거나… 이래서 유명한 문파는 황량한 사막에 있지 않고 산에 있다. 의식의 흐름이 산은 산이요, 물은 물이요라는 말까지 닿았을 때 나는 냉차를 마시면서 정신을 차렸다. 냉차를 마신 교주가 매화장주에게 말했다.

"잘 마셨네. 바라는 게 있는 눈치인데 말하게."

"예, 교주님. 시비들을 들여보내고 제가 여러 선배의 비무를 봐도 되겠습니까?"

"얻을 게 있다면 그렇게 해라. 다만 무슨 일이 벌어질지 알 수 없으니 집 안에서 보도록."

"배려 감사합니다, 교주님."

"자네는 관윤자의 후인인가?"

"연관이 없지는 않으나 후인이라고 하기에도 부끄러운 후대 사람입니다. 관윤자께서 무공보단 학문에 뜻을 두셨기도 하고, 오래되어 전해지는 무공도 대부분 소실되어 후인이라 주장하는 것도 부끄럽습니다."

"그래도 그 손은 검을 오래 익힌 것 같구나."

"예, 저는 학문에 뜻이 없어 절반도 남아있지 않은 서책, 구전되는 몇 마디 말을 붙잡고 홀로 수련했습니다."

"문주와는 본래 아는 사이였나?"

"그것이 좀 저도 신기한데 그냥 다짜고짜 찾아와서 경치가 좋다는 이유로 비무 장소를 빌려달라고 했습니다."

교주가 나를 쳐다봤다.

"경치가 좋아서?"

나는 딱히 할 말이 없어서 고개만 끄덕였다. 굳이 경치가 안 좋은 곳에서 싸워야 할 이유가 있나 싶다. 매화장주는 약간 억울하다는 것처럼 말을 내뱉었다.

"…제가 이겼으면 돌려보냈을 것이나 패배했더니 이렇게 되었습니다."

매화장주는 이미 엉망진창이 된 장원 일부를 둘러보면서 중얼거렸다.

"장원도 이렇게 되었고요."

나는 괜히 웃음이 나와서 혼자 낄낄댔다.

"미안하네."

신기하게도 매화장주는 우리와도 대화가 통하고, 교주와도 대화가 통하는 사내였다. 그렇다고 딱히 위 좌사처럼 교주를 두려워하는 태도도 없었다. 사람이 스스로 부끄러워할 일이 없으면 두려움도 없게 되는 것일까? 어쨌든 내가 일전에 본 대로 매화장주는 교주 앞에서도 화산제일검이었다. 예의가 가진 본연의 가치를 아는 사내라서 그렇다. 또한, 이런 예의는 겉과 속이 같을 때 빛을 발하는 법이라서 위 좌사의 예의와는 분위기가 제법 달랐다. 교주가 고개를 끄덕였다.

"알겠네."

알았다는 말이지만 이제 시비들을 데리고 물러나라는 축객령이기도 했다. 매화장주는 쟁반을 들고 있는 시비들과 함께 도로 장원으로 들어갔다. 어쨌든 멀리서나마 지켜보는 것이 최선일 터였다. 사실 무공 수위가 높지 않으면 이런 고수들의 싸움을 지켜보다가 죽을 위험이 크다. 적어도 갑자기 날아오는 돌을 앞발로 쳐낼 수 있는 개구리여야 하는데, 매화장주는 내공이 부족한 개구리라서 멀찍이 떨어져 있는 게 맞다. 냉차 한 모금의 여유가 끝나자… 교주가 입을 열었다.

"위 좌사."

"예, 교주님."

"광성자의 무공은 많이 복원했느냐?"

위 좌사는 크게 당황한 표정으로 말을 얼버무렸다.

"음, 그것이…"

…

"대성한 다음에 내게 도전하려 했는데 시기가 너무 빨랐나?"

"아닙니다. 나름 깊이 연구하여 복원하려 했으나 옛 무공은 아예 방식이 달라 쉽지 않은 일이었습니다."

"그래도 시건방지게 너희 가문이 일월을 품었으니 성과는 있었으리라 본다."

교주가 우리를 둘러보다가 시선이 내게 머물렀다.

"보고를 들어보니 문주는 예전부터 삼매진화三昧眞火를 다뤘다던데."

염계를 말하는 것일까? 나는 부정하지 않았다.

"그렇소."

"삼매진화를 다루는 무공이 이제 강호에 십여 개도 채 남지 않았는데 네가 쓰는 삼매진화가 어떤 무공인지는 나조차도 알 수가 없다."

이것은 강호에 해박한 나조차도 처음 듣는 이야기라서 교주에게 물었다.

"어째서 십여 개밖에 안 남았소?"

"오래됐으니 잊혀질 수밖에."

"잊히는 것엔 사연이 있을 것 같은데."

교주가 고개를 끄덕였다.

"인간은 본래 안락함을 추구한다. 삼매진화는 여러 갈래가 있으나 본질은 강호인이 말하는 진기를 태우는 것이다. 쌓은 것보다 많이 태우면 진기가 훼손된다는 뜻이지. 훼손됨을 몸소 느낄수록 운기조식에 집착하게 되고. 이는 심마心魔와도 연관이 깊다. 불을 보유하는 것과 태우는 것은 다른 일이기 때문이지. 삼매진화를 다룰 수 있는 고수들 대부분이 주화입마에서 자유롭지 못하다. 왜 그렇겠느냐?"

"음, 결국에 이기려고 쌓고 있는 진기 이상의 진기를 태우다 보니…"

"그것이 강호인의 본질이겠지."

나는 내심 놀란 마음으로 교주를 바라봤다. 이 사람은 똥싸개가 색마라 불렸던 원인을 알고 있었는데, 심지어 내가 광마가 됐었던 일부 원인까지 파악하고 있었다. 무공에 해박하면 무공 때문에 벌어지는 일을 대부분 예상하는 모양이었다. 그러니까 교주는 대종사이기도 했다. 교주가 내게 말했다.

"마도가 보유하지 못한 삼매진화 무공은 더욱 적다. 문주는 아무래도 기성자의 후인이거나 잡부밀교의 후인 같은데 접점이 있었나?"

나는 잠시 서있는 게 힘들어서 교주 근처에 앉은 다음에 대답했다.

"나는 사실 기성자의 무공을 익혔소."

교주가 고개를 끄덕였다.

"용케 미치지 않았구나."

"절반은 미친 것 같소만."

"그 정도면 잘 버틴 것이다."

이제 보니까 다들 바닥에 앉아서 교주와 내 대화를 듣기만 했다. 딱히 바쁜 것도 없는 자들이라서 그렇기도 하고 다들 교주의 이야기를 궁금해하는 모양새이기도 했다. 어디 가서 들을 수 없는 얘기라서 그렇다. 나는 교주에게 물었다.

"잡부밀교에도 삼매진화가 있소?"

"문주야, 오래된 종파에는 대부분 삼매진화 무공이 있다. 너희 대다수 백도가 말하는 마공魔功이 결국 그 부류다. 삼매진화에서 갈라진 무공이지."

"삼매진화는 어째서 마공이라 불리게 된 거요."

교주가 슬쩍 웃었다.

"대다수가 믿는 종교가 결국 정종이고. 소수가 믿으면 마교 취급을 받기 때문이지. 종교가 무엇 때문에 삼매진화 무공을 보유한다는 말이냐? 애초에 주류가 아니었기 때문이다. 일부 종파의 창시자들은 혁명가의 성향을 지닌 자가 많았다. 세상에 불만이 있든, 나라에 불만이 있든 간에 혁명이 필요하다는 것은 기존 체제를 뒤엎으려는 뜻일 테니 주류에 의해서는 마귀 취급을 받는 게 당연할 터."

나는 고개를 끄덕였다. 내가 알기로 마교라는 말이 최초로 등장한 것은 황실의 기록이다. 교주의 말이 이어졌다.

"실제로 가장 큰 종파가 작은 종파에 속한 자들을 학살하는 것은 대국이 소국을 학살하던 것처럼 종종 벌어진 일이지. 이것이 인간사에 벌어지는 본질인데 그런 학살의 기록 또한 자주 지워지곤 한다. 남은 것은 실체를 알 수 없는 마교라는 말이고."

이래서 천마신교 사람들 앞에서 마교라는 말을 하면 별 이유 없이 싸우거나 맞아 죽게 된다. 물론 그곳의 수장이 직접 마교라는 말을 꺼낼 때는 다르다. 세상일이 본래 이렇기 때문이다. 잡부밀교는 사실 광승이 속한 종파인데. 광승이 광증에 시달린 것과 내가 광증에 시달린 것은 어느 정도 삼매진화와 관련이 있다는 뜻이다. 물론 그게 전부는 아니었겠지. 광승은 사제의 죽음이 촉매가 되었을 테고, 나는 객잔이 불에 탔을 때 내 마음도 삼매진화에 휩싸였다. 교주가 나를 쳐다보면서 말했다.

"너는 본래 불같은 성정이 있고. 만사를 귀찮게 여기는 차가운 성정도 있다. 음양지체라는 게 정말 타고나는 것인지 너처럼 후천적으로 무공에 따라 계발(啓發)될 수 있는 것인지는 알 수가 없다."

"내가 후천적인 음양지체라는 말이오?"

"자세히는 알 수 없다는 뜻이다. 어느 누가 무공도 없이 음양지체라는 것을 알아낸다는 말이냐? 그것은 돌팔이 의원이나 할 수 있는 말이지."

돌팔이 의원이라는 말에 나는 모용백을 쳐다봤다. 모용백이 착 가라앉은 눈빛으로 나를 노려봤다.

"저 돌팔이 아닙니다."

"알아."

"근데 왜 그렇게 쳐다보세요?"

"그냥. 의원이 너뿐이라 한 번 쳐다봤다. 미안하다."

"예."

나는 주변에 있는 자들을 둘러보면서 말했다.

"그러고 보니까 전부 마공을 익혔네."

교주의 표현에 따르면 전부 옛 무공을 익힌 사람들이었다. 이래서 전통이 무서운 것일까? 언뜻 지나가는 어조였지만, 뜻밖의 말을 교주가 꺼냈다.

"서생들이 학살을 당하고 나서야 했던 일을 우리는 더 오래전부터

...

하고 있었다. 그렇지 않으면 지금보다 많은 무공이 유실되었겠지. 예상치 못하게도 관윤자, 광성자, 기성자의 후인들이 한자리에 모이다니… 위 좌사."

"예, 교주님."

교주가 위 좌사를 바라보면서 덤덤한 어조로 말했다.

"내가 너를 살려줘야 할 이유가 점점 희미해지는데 어떻게 생각하느냐?"

"…"

"수행하는 자를 적게 해서 최소의 인원만 참석하라고 했더니 살수가 웬 말이냐."

"죄송합니다. 교주님."

"한 번이라도 네가 가진 모든 것을 퍼내어 수하들의 도움 없이 싸울 생각은 못 해봤단 말이냐? 네 가문의 전대 가주들이 돈을 벌려고 했던 것은 무공 때문이었지. 너처럼 돈을 더 많이 벌기 위해 무공을 익히진 않았다. 여기서 네 상대를 골라라. 일단 나는 다른 자들의 어떤 싸움보다도 네 끝을 먼저 확인해 보고 싶구나. 정말 돈만 밝히는 쓰레기 같은 놈이었는지, 아니면 원로들의 말대로 저력이 있는 가문의 수장이었는지… 확인해 보겠다."

생사결인지 비무인지는 알 수 없다. 교주의 명령에 위 좌사는 고개를 살짝 숙였다.

"알겠습니다."

어쨌든 교주가 내 의견을 어느 정도 받아들인 것일까? 교주가 도착하고 나서의 개전開戰은 위 좌사가 맡았다. 다만 상대는 알 수가 없다. 위 좌사는 먼저 나를 쳐다봤다. 나는 손가락으로 나를 가리킨 다음에 물었다.

"나?"

이놈도 미친 것일까? 감히 나를? 위 좌사의 시선이 움직이더니 색 마를 바라봤다. 색마는 다소 황당하다는 표정으로 위 좌사를 쳐다봤다. 이미 일마조에게 맞아서 부상이 있는 상태였기 때문이다. 똥싸개가 나를 따라 했다.

"나?"

위 좌사가 쩝 소리를 내더니 모용백을 바라봤다. 그러자 모용백이 고개를 살짝 숙였다.

"저는 의원입니다."

"알고 있네."

공손심은 자신이 먼저 도전 의사를 밝혔다.

"위 좌사, 나는 어떤가?"

"누군지 몰라서 사양하겠소."

그러고 보니까 교주가 오기 전에 이미 맏형에게 도전 의사를 밝혔던 놈이다. 위 좌사와 눈을 마주친 맏형이 미소를 지었다.

"역시 나밖에 없는 것 같군."

위 좌사가 고개를 끄덕였다.

"도전하겠네."

순간, 나는 위 좌사의 모든 행동이 가증스럽게 느껴졌다. 아무리 생각해도 실력이 좋은 사내였는데 시종일관 잔머리를 굴렸기 때문이다. 해남살성 일행을 죽인 속도를 가늠하면 분명 약한 사내가 아니다. 맏형도 같은 생각을 했는지 보기 드물게 감정적인 어조로 위좌사를 비꼬았다.

"자네는 어째서 그렇게 끝까지 가식적인가?"

위 좌사도 슬쩍 웃었다.

"배운 게 이런 거라 양해하게."

두 사람이 넓은 장소로 이동하는 동안에 나는 갑자기 혈교주의 목소리가 들려서 깜짝 놀랐다.

"이봐, 검마."

"왜 그러나."

혈교주가 맏형에게 말했다.

"적어도 팔 하나는 잘라놓게."

나는 고개를 홱 돌려서 혈교주를 바라봤다. 이 새끼는 도대체 누구 편이지?

409.
검마의 선물

저 비열한 상인이 맏형에게 도전하는 이유는 교주의 입에서 맏형의 진기가 훼손되었다는 말을 들었기 때문일 터. 승부는 승부라서 무조건 맏형이 이길 것이라는 낙관적인 생각은 할 수 없었다. 맏형의 진기는 회복하는 과정에 놓여있고, 위 좌사의 내공은 애초에 맏형과 비슷했거나 지금은 조금 더 우위에 있을 확률이 높기 때문이다. 마교 제일의 거상인데, 좋은 것을 얼마나 많이 처먹었겠는가? 그런데도 맏형은 굳이 위 좌사에게 이렇게 물었다.

"병장기가 없어도 괜찮겠나?"

위 좌사가 고개를 끄덕였다.

"어차피 평범한 장검으로는 광명검을 버틸 수 없을 것이네. 시작하지. 전임 좌사였던 배교자 검마 나으리."

"음, 유치하구나."

문득 맏형이 나를 물끄러미 바라봤다. 나는 맏형과 눈을 마주친 김에 수화로 내 뜻을 전달했다.

'만형, 주둥아리를 더 떠들라고.'

내 수화를 이해한 것일까? 만형이 위 좌사에게 말했다.

"그간 네 수하들이 천하 곳곳을 돌아다니면서 영약을 긁어모았다지?"

"..."

"쥐새끼처럼 영약을 긁어모아서 쌓은 내공은 나보다 높을 것이나 내공이 전부가 아님을 알게 해주겠네."

나는 만형을 향해 엄지를 들었다.

'좋았다.'

뜻밖에도 만형이 나를 쳐다보더니 손가락으로 자신의 관자놀이를 툭툭 찍으면서 입 모양으로 내게 말했다.

'잘 봐라.'

무엇을 잘 보라는 말일까? 당장은 알 수가 없었다. 어쨌든 간에 만형도 이제 내 제자다웠다. 모용백과 만형의 언변이 점점 독해질수록 괜히 내가 뿌듯했다. 일단 혀로 싸우는 일문의 종주가 된 심정이랄까. 이러다가 나중에 요란이한테 구박을 받으면 조금 서러울 것 같아서 요란이 앞에서는 언행을 자중해야겠다는 생각이 들었다.

만형과 위 좌사가 이내 맞붙었는데, 이상하게도 만형은 광명검을 뽑지 않았다. 검을 검집에 넣은 채로 위 좌사를 이길 수 있을까? 만형이 바보는 아니기 때문에 그냥 지켜봤다. 오히려 만형이 좌장을 적극적으로 활용해서 종종 장력이 충돌했다. 구경하고 있는 우리한테도 장력의 여파가 느껴질 정도. 처음에는 뜨뜻미지근한 바람이 불

있는데 어느 순간에는 한랭한 바람이 밀려들기도 했다.

'일월은 일월인가 보네.'

전초전임에도 위 좌사는 음과 양의 기운이 담긴 장력을 쏟아냈다. 해남살성을 어떻게 죽였나 했더니. 위 좌사의 움직임에는 군더더기가 없었다. 장법을 오래 수련한 모양인지 공격과 수비의 균형이 적절하고, 하체의 움직임도 단단하면서도 재빨라서 딱히 빈틈이 보이지 않았다. 조금 더 지켜보자, 확실히 위 좌사의 장법은 상인다운 면이 있었다. 생각의 범위가 '손해를 보지 않겠다'라는 영역에 갇혀있었다. 철저하지만 도박이 없고, 음험한 편이기는 하나 현묘한 경지에 이르렀다고 볼 수는 없었다.

'수법으로 맏형을 이기는 건 어렵겠다.'

다만 맏형과 내가 예상한 것처럼 내공은 정말 심후했다. 확실히 맏형의 내공이 부족해 보였는데, 일부러 약한 척을 하는 것인지 실제로 밀리는 것인지는 눈대중으로 파악하기 힘들었다. 전초전이 끝나고, 뒤바뀐 분위기의 공방전이 이어지자… 위 좌사가 왼손으로 광명검을 붙잡는 순간에 맏형은 그대로 검을 뽑아냈다. 하지만 반쯤 뽑혔을 때, 위 좌사가 손목을 튕기더니 도로 검을 집어넣은 다음에 공방전을 이어나갔다. 이어서 위 좌사의 손가락이 맏형의 얼굴과 가슴, 배 부위를 연달아서 가리켰다. 거의 동시에 쏟아지는 지법을 향해 맏형은 검의 방향을 세 번이나 짤막하게 바꾸면서 막아냈다.

파바박!

이어서 위 좌사가 거대한 장력을 날리자, 그것을 좌장으로 받아치던 맏형의 몸이 공중에 뜬 채로 밀려났다. 맏형이 속임수를 썼을 가능성도 있지만. 애초에 위 좌사도 전력을 다한 것처럼 보이지 않았다. 위 좌사가 한결 여유로워진 어조로 입을 열었다.

"…이제 뽑아야 하지 않겠나? 마검혼전장魔劍魂戰場이란 절기가 있다고 들었네."

"예전에 장로들 상대로 사용한 적이 있었지. 어쩐지 그때보단 덜 위험한 것 같군. 죽을 것 같은 순간에는 사용할 테니 걱정하지 말게."

요약하면 너한테 죽을 일은 없다는 뜻이어서 웃음이 나왔다. 위 좌사가 실실 웃었다.

"그러냐? 곧 구경하겠구나."

나는 방금 내뱉은 위 좌사의 어조에 살짝 소름이 돋았다. 말투와 어조가 미세하게 달라져 있었기 때문이다. 이것이 본래 목소리일 것이다. 싸우느라 처세술의 긴장감이 저절로 풀리면서 본연의 목소리가 나온 것처럼 들렸다. 그러니까 실제로는 더 가증스러운 놈이다.

두 사람이 맞붙는 동안에 지켜보던 색마는 마음이 불편한 모양인지 자세를 이리저리 뒤척이면서 관전했다. 표정에는 못마땅함이 가득한 상태. 그럴 수밖에 없는 것이, 맏형은 지금 검풍, 검기, 검강을 전혀 사용하지 않고 있었다. 마치 매화장주가 싸우는 것처럼 말이다. 끔찍할 정도로 조심성이 많은 위 좌사는 맏형의 상태를 유심히 살피면서 점점 내공을 끌어올리고 있었는데…

그 여파로 맏형은 장력을 충돌할 때마다 눈에 띄게 멀리 밀려나고 있었다. 내공은 상대적인 것이다. 맏형의 내공이 얕은 게 아니라, 위 좌사의 내공이 보기 드문 수준으로 깊어 보였다. 그런데도 검은 끝내 안 뽑았다. 맏형이 심리전을 건 것임은 누구나 알 수 있었는데…
그게 정작 무슨 심리전인지는 아무도 알 수가 없었다.

　그래서 이상하게도 이 싸움은… 내공이 꽤 깊은 상인과 한때 중상
을 입었었던 검객의 인내심 대결이기도 했다. 이상하게 나는 전초전
보다 더 편해진 마음으로 맏형의 움직임을 자세히 구경했다. 이런
마음가짐으로 살펴보니 맏형은 거의 기본기만으로 위 좌사를 상대
하고 있었다. 평상에서 검을 닦고, 일어나서 휘두르고, 임소백에게
도전했다가 패하고, 다시 검을 닦던 모습들이 맏형의 움직임에서 겹
쳐 보였다.

　맏형은 어느새 명문정파가 배출한 침착한 검객처럼 보여서 신기
했다. 나름대로 잘 싸우고 있었지만, 버틴다는 느낌이 드는 이유는
다른 게 아니다. 여전히 내공 대결에선 밀렸다. 그런데도 표정에는
한 점의 불안감이나 공포도 없는 상태… 맏형은 주어진 환경을 극
복하기 위해서 잘 견디는 사람처럼 보였다. 위 좌사의 목소리가 들
렸다.

　"…이게 끝은 아니겠지?"

　싸움이 대체 어떻게 돌아가고 있는 것일까. 위 좌사는 승기를 잡
았다고 생각했는지 말이 조금 많아진 상태. 맏형을 장력 안에 가두
는 것처럼 공격하다가 주둥아리를 또 열었다.

　"아까 자네가 말한 대로."

　"…"

　"패배하면 제자에게 검을 넘기게."

　"…"

"자네 제자도 두들겨 패서."

"…"

"검을 받아내야겠군."

위 좌사는 거의 내공으로 몰아붙이는 상황이라, 맏형의 검은 종종 갈 길을 잃은 채로 방황했다가 제자리를 급히 되찾았다. 중간에 손바닥이 부딪힐 때마다 밀려나던 맏형은 가끔 허초를 섞어서 위 좌사의 손을 검으로 때리는 식으로 대응했다. 위 좌사가 웃었다.

"고집 한번 대단하구나."

위 좌사는 장법으로 분검分劍도 구사했다. 허공에 장력으로 이뤄진 손바닥이 둥둥 떠있고, 일마조가 월륜을 튕겨내서 공격하듯이 맏형을 농락했다. 내공이 깊다는 것은 장력의 모양새만 봐도 알 수가 있었는데 붉은 장력과 푸른 장력이 때때로 뒤섞였다. 덕분에 맏형은 성실한 일꾼처럼 장력을 가르고, 쪼개고, 때로는 찔러서 상쇄했다. 그때마다 개방에 투신한 것처럼 몰골도 사나워졌다.

위 좌사의 수법은 지켜보는 자들의 눈에도 점점 복잡해져서… 번화가의 차력사가 아이들 상대로 속임수를 펼치는 것처럼 맏형의 시야를 온통 여러 개의 장력으로 뒤덮었다. 문득 위 좌사도 말수가 줄어들었다. 맏형이 워낙 굳게 입을 다물고 있어서 이쯤이면 놀리던 사람도 등골이 서늘해지는 것이 당연하다. 두 사람이 싸우는 위치는 멀어졌다가 가까워지기를 반복했다. 수세에 몰리기 시작한 이후 처음으로 맏형이 입을 열더니 이렇게 경고했다.

"…검을 뽑겠네."

"그러시게."

하지만 정작 위 좌사의 공격이 더욱 거세졌다. 이제, 검을 뽑게 할 이유가 없다는 것처럼 맏형의 움직임을 방해하고, 발검을 방해하는 쪽으로 전개됐다. 나는 한숨이 절로 나왔다.

'대단하다. 저놈도…'

문득, 맏형이 여태 답답하게 싸우는 이유는 맏형도 위 좌사의 절기에 대해 들어봤기 때문이 아닐까 하는 생각이 들었다. 좌사로 있었으니 수하들의 정보는 충분히 알고 있을 것이다. 위 좌사의 상체가 갑자기 거대한 뱀이 뒤틀리는 것처럼 꼬이더니 결국에 맏형의 좌측 어깨에 장력을 적중시켰다.

퍼억-!

맏형의 몸이 공중에서 비틀린 채로 뻗어나가자… 일보를 내디디서 추격한 위 좌사가 공중에 떠있는 맏형에게 장력을 한 번 더 쏟아냈다. 공중에서 장력을 받아친 맏형이 수평으로 날아가더니, 멀쩡한 담벼락을 부순 채로 사라졌다.

콰아아앙!

이제 우리의 시야에는 위 좌사만 보였다. 담벼락을 향하던 위 좌사가 갑자기 멈칫하더니 양손을 위로 드는 사이에 맏형의 목소리가 담벼락 바깥에서 흘러나왔다.

"…마검혼전장."

드디어, 광명검이 바닥에 꽂혔다.

푹!

역시 결전에 임할 때는 내가 탁자에 비수를 꽂는 것처럼 바닥에 검을 꽂아야 한다. 급하게 위 좌사가 쌍장을 겹치더니 놀랍게도 매화장 전체를 울리는 격렬한 충돌음을 일으켰다. 순간, 나는 미간을 좁혔다.

"어?"

진짜 일월日月인가? 위 좌사의 절기인가? 나도 당황스러웠다. 쌍장에서 푸른빛과 붉은빛의 장력이 뒤섞이는 찰나, 담벼락 바깥에서 시커먼 빛살이 엄청난 속도로 튀어나왔다.

쐐애애애애애애액!

그간 일부러 맏형이 평소에 싸울 때보다 더욱 느릿하게 움직여서 그런 모양인지, 상대적으로 엄청나게 빨라 보이는 검기이자 절기였다. 이제 막 희뿌연 절기가 완성되려는 위 좌사의 두 손에 맏형의 절기가 그대로 들이박았다.

콰아아아아아아아앙!

위 좌사도 양손을 거두면 몸통이 뚫리는 상황이라서 어쩔 수가 없을 터. 또한, 절기의 범위는 장검 수십 자루를 겹친 것이어서 피하기도 어려웠을 것이다. 이번에는 위 좌사의 몸이 엄청난 속도로 밀려났다. 비틀린 채로 공중에서 돌다가 바닥에 떨어졌는데도 한참을 떼굴떼굴 굴러다녔다. 승부가 이렇게 찰나에 결정된다고? 사실, 실력이 비슷할수록 찰나에 결정되곤 해서 이상한 광경은 아니었다. 담벼락에서 뒤늦게 모습을 드러낸 맏형이 씨익 웃으면서 말했다.

"…마검혼전장인지 알았더냐? 내 절기를 거래하듯이 기다리다니."

이것은 대체 서로의 수를 몇 번이나 읽은 것일까? 분명히 내 예민한 귀는 광명검이 땅바닥에 꽂히는 소리를 들었다. 이것이 첫 번째 속임수, 가짜 마검혼전장. 위 좌사는 그 광경을 눈으로 보고 급히 절기를 준비했다. 거리가 제법 있었으니 충분하다고 판단했을 것이다. 아마 맏형을 마검혼전장과 함께 통째로 날려버릴 생각을 한 것 같다. 이는 마검혼전장의 특징을 이미 알고 있었다는 뜻. 그런데 나도 일월광천을 만들려면 양쪽의 절기를 조합할 시간이 필요하다.

위 좌사라고 다르겠는가? 기본적으로 위력이 큰 장력을 일월로 조합하는 시간이 필요했을 터인데, 맏형은 여태 그 순간만을 기다렸던 모양이다. 그러니까 상인과 검객은 서로의 절기를 알고 있었다. 그래서 맏형은 먼저 바닥에 박아놓았던 광명검을 뽑자마자, 발검으로 절기를 날렸다. 땅이 검집을 붙잡고 있고, 검을 눕힌 다음에 뽑았으리라 추측했다. 두 번째 속임수, 마검혼전장이 아닌 가장 빠른 절기를 선택했다는 점. 문득 나는 감탄이 절로 나왔다.

"설마…?"

설마가 아닐 것이다. 이것은 맏형이 내가 일월광천을 펼쳤을 때 어떻게 대응해야 할 것인지를 고민하다가 고안한 대응 방식이다. 그렇지 않다면 내 팔뚝에 지금 소름이 돋을 이유가 없다. 요약하면, 나 때문에 고안한 대응책이라는 소리다. 맏형이 나를 쳐다보면서 물었다.

"…셋째야, 잘 봤느냐?"

이것은 맏형이 내게 주는 선물이었다. 처음부터 위 좌사의 절기를 예상한 상태에서 수없이 맞아가면서 버텼던 모양이다. 이 정도 심계라면, 검마라는 별호가 아깝지 않았다. 나는 선물을 잘 받았기 때문에 맏형에게 엄지를 치켜들었다.

"…맏형, 그 수법이었으면 내 엄지도 날아갈 뻔했네."

물론 나는 일월광천을 이렇게 뻔하게 사용하지는 않는다. 철저하게 심리전으로 속인 상태에서 일월광천을 조합할 시간을 무조건 확보해서 사용했었다. 그러니까 위 좌사는 아마도 본인의 절기를 실전에서 사용해 본 경험이 거의 없을 터였다. 이래서 경험이 중요하다. 맏형의 말대로 내공이 전부는 아닌 셈이다. 그제야 우리는 바닥에서 한참이나 일어나지 않고 있는 위 좌사를 바라봤다.

"…"

위 좌사는 중요한 거래에서 사기를 당한 상인처럼 보였다. 강호인의 싸움이 본래 이렇다. 한쪽이 속았을 때, 승부가 끝이 난다. 그제야 우리는 위 좌사의 한쪽 손이 완전히 날아갔다는 것을 알게 되었고, 위 좌사가 왼손으로 잘린 손목을 붙잡은 채로 지혈하고 있는 것도 알게 되었다. 그러고 보니까 맏형의 절기는 일전에 내 일월광천의 여파를 막아냈을 때 사용했던 절기였다. 이름은 아마 검극의劍極意였던 것 같다. 이때, 모용백이 조용히 일어나더니 교주에게 보고하듯이 말문을 열었다.

"교주님."

"왜 그러나."

"위 좌사의 팔을 제가 임시로 치료해도 되겠습니까? 절단된 상태라 저렇게 지혈하는 것은 한계가 있습니다."

그제야 교주는 고개를 돌리더니 모용백을 물끄러미 바라봤다.

"이유는?"

모용백이 입술을 달싹이다가 말했다.

"…솔직히 말씀드려도 되겠습니까?"

"솔직해야지."

"제가 공평하게 의원 역할을 해야만 본래 알던 자들도 살릴 수 있을 것 같아서 그렇습니다."

"그런 생각으로 여기에 왔나? 문주의 요청으로?"

"실은 제 마음을 따라 독단적으로 왔습니다."

모용백의 말에 교주가 슬쩍 웃더니 고갯짓을 하면서 말했다.

"치료해라."

"예, 교주님."

좌중이 고요해진 가운데 모용백이 위 좌사에게 다가갔다. 맏형이 압승했는데도 분위기가 워낙 무거워서 우리는 박수 한 번을 보내지 못했다. 그래서 내가 일단 느릿하게 박수를 쳐봤다.

짝… 짝… 짝… 짝!

심판도 없었기 때문에 맏형의 승리도 내가 선언했다.

"우리 전임 좌사이셨던 배교자 맏형의 승리, 고생하셨소."

분위기가 무거워서 안 웃는 것일까, 내 농담이 재미없어서 안 웃는 것일까. 상관없다. 맏형이 이겼으면 됐다.

…

410.
우리들의 재회

모용백이 위 좌사를 치료하다가 자그마한 약병을 보여주면서 말했다.

"마취 가루입니다. 독에 가깝습니다. 지금의 고통은 줄일 수 있으나 한 시진 후에 갑자기 몰려드는 고통 때문에 기절하실 수도 있으니 참고하십시오. 뿌리겠습니다."

비지땀을 흘리고 있는 위 좌사는 고개만 끄덕였다. 손이 날아갔는데도 비명 한 번을 내지르지 않고 있으니 위 좌사도 보통 독종은 아니었다. 마취약을 뿌리고 상처 부위를 봉합하는 동안에 주변이 고요했다. 이제 위 좌사의 눈에는 핏발이 가득하고, 얼굴은 온통 땀으로 범벅이 된 상태. 우리는 패배한 무인의 결말을 처음부터 끝까지 지켜봤다. 자신의 팔이 헝겊으로 완전하게 감기는 것을 지켜보던 위 좌사가 모용백에게 물었다.

"어떻게 사례하면 되겠나?"

모용백이 속삭이듯이 대답했다.

"괜찮습니다."

"그래도 말해보게."

형겊의 매듭을 정리하던 모용백이 문득 고개를 들더니 위 좌사를 물끄러미 바라봤다.

"이후 좌사의 가문이 무공을 익히지 않은 자들을 괴롭히지 않을 수 있겠습니까? 그렇게 해주시면 사례를 받은 것으로 하겠습니다."

"애를 써보겠네."

"그럼 사례를 받은 것으로 생각하겠습니다."

"모용백이라고 했나?"

"예."

"고맙네."

모용백은 자신이 혹시 교주의 심기를 건드리진 않았을까 걱정을 한 모양인지 교주에게 고개를 살짝 숙인 다음에 뒤로 물러났다.

"…"

교주는 별말이 없다가 위 좌사를 쳐다봤다.

"위 좌사."

"예, 교주님."

위 좌사는 안색이 창백했는데 교주가 부르자 어쩔 수 없다는 것처럼 일어나서 다가왔다. 다리가 잘렸으면 기어서라도 왔어야 할 분위기였다. 교주가 형겊을 둘둘 감아놓은 상처 부위를 보다가 위 좌사에게 물었다.

"왜 졌나."

위 좌사는 교주를 물끄러미 바라보고 있었는데 무슨 말을 하려다가 입을 다물었다.

"음."

똑똑한 사내라서 아마 패배의 원인을 잘 알고 있을 것이다. 물론 교주는 물론이고 우리도 승패가 어디서 갈렸는지 잘 알고 있다. 그런데 그 원인을 굳이 이런 상황에서 물어보고 있었으니, 위 좌사도 말문이 막힌 모양새였다. 하지만 교주는 혼잣말하는 사내가 아니다. 위 좌사도 결국에 입을 열었다.

"장력을 맞춘 부위의 타격감이 이상하다는 것을 늦게 알았습니다."

"그런데."

"검마의 어깨가 박살이 났거나 한쪽 팔을 쓰지 못하리라 순간적으로 판단해서 절기를 준비했는데 이 모든 예상이 깨지면서 빠른 반격이 나왔고 그대로 패배로 이어졌습니다."

나름 냉정한 분석이었다. 맏형의 왼팔은 도검불침에 가까웠는데 그걸 알아낸 것만 해도 위 좌사가 완전히 멍청한 놈은 아니라는 것을 알 수 있다. 그나저나 교주는 대체 무슨 생각을 하면서 사는 사람일까? 한마디의 위로나 안타깝다는 반응도 일절 없이 위 좌사를 쳐다봤다. 나도 교주가 그간 수하를 어떻게 대했는지 궁금했던 터라, 함께 잔소리를 듣는 것처럼 교주를 바라봤다. 교주가 말했다.

"그것은 마지막 기회였다. 그전에도 이길 기회가 있었지. 너도 알고, 나도 아는 사실인데 어째서 기회를 잡지 못했나?"

위 좌사는 문득 잘린 팔에서 고통이 스멀스멀 올라오는 모양인지 인상을 잔뜩 찌푸리면서 대답했다.

"저는 정말 모르겠습니다. 가르침을 주십시오."

나도 살짝 어리둥절했다. 위 좌사가 맏형을 이길 기회가 있었나? 물론 위 좌사가 유리하긴 했으나, 맏형이 당장 패배할 것처럼 몰아붙인 순간은 없었다. 교주가 말했다.

"수법을 다투는 것은 마지막 심리전을 제외하면 비슷했다."

"그렇습니다."

"애초에 팔 하나를 희생하겠다는 마음가짐으로 승부를 냈으면 네가 이겼을 것이다."

전혀 설득력이 없는 말이라고 생각했는지 위 좌사가 교주를 쳐다봤다.

"제 팔을요?"

"왜? 그렇게까지 해서 이길 가치는 없는 싸움이었나? 그래서 지금 네 팔 하나가 어디로 갔지?"

이것은 놀리는 것일까, 조롱하는 것일까. 꾸짖는 것일까. 어쩌면 전부 다였다. 나는 교주를 보다가 속으로 말을 삼켰다.

'거, 그래도 팔 날아간 사람에게 너무하는 거 아니요?'

위 좌사의 얼굴이 점점 새빨갛게 돌변했다. 이런 꼬락서니인데도 교주가 자신을 조롱한다고 여긴 것일까. 하지만 교주는 인정사정없는 언행을 구사했다.

"검마가 네 팔 위치와 네 목의 위치도 구분하지 못할 것 같으냐. 마지막에 네 숨통을 끊지 않은 것은 검마의 선택이다."

위 좌사는 세상에 홀로 남겨진 외톨이가 된 것 같은 표정으로 검마를 쳐다보더니 영혼이 반쯤 나간 사람처럼 말했다.

···

"살려줘서 고맙네."

맏형은 무뚝뚝하게 대답했다.

"별말씀을."

교주가 이번에는 검마를 쳐다봤다.

"왜 살려뒀나?"

"죽을 놈은 교주에게 죽을 테니 내가 관여할 필요가 없소."

위 좌사는 그제야 교주 앞에서 무릎을 꿇더니 고개를 살짝 숙인 채로 입을 다물었다. 자진할 생각은 없으니 죽여달라는 것일까? 이 자리에서 교주가 일장을 날려서 죽여도 전혀 이상하지 않고, 이대로 살게 놔둬도 그렇게 이상한 일은 또 아니었다. 교주가 말했다.

"위가로 돌아가서 자숙해라."

"예?"

"복귀해서 좌사를 계속하고 싶으냐? 그 꼬락서니로 복귀하면 전마나 도마의 수하들이 널 살려두지 않을 것이다. 애초에 네가 검마를 이길 수 있을 것이라 예상하진 않았다. 다만, 팔 하나가 날아갔으니 이제 상인처럼 생각하는 버릇은 고칠 수 있겠지."

"상인처럼 생각하는 버릇이 무엇입니까?"

"검마가 너보다 경험이 많다. 압도적으로 많겠지. 그런데도 손해를 보지 않기 위해서 완벽하게 이기려다가 패배했으니, 아득바득 이득을 챙기려는 상인처럼 굴어서 패배한 게 아니냐. 목숨을 건 싸움에서 상인이 어찌 무인에게 수싸움에서 이길 수 있겠나. 싸움에서 거래나 흥정을 하려거든 네 목을 걸고 하도록."

"예, 교주님. 명심하겠습니다."

위 좌사는 교주의 표정에서 축객령을 읽었는지, 일어나서 팔을 붙잡은 채로 걸어갔다. 여태 지켜보던 혈교주가 실실 웃으면서 말했다.

"꼴좋다. 역겨운 놈."

위 좌사가 혈교주를 쳐다봤다.

"다음은 자네 차례인 것 같은데. 무운을 빌겠네."

"무운은 네놈이 아까 빌었어야지. 하하하하하."

교주는 두 사람의 투덕거림에는 관심이 없는 모양인지 모용백을 바라봤다.

"위가 놈이 잘 참던데 네 독이 뛰어난 모양이다."

모용백이 공손한 어조로 대답했다.

"예, 교주님. 그래도 잠시 후면 고통이 만만치 않을 겁니다. 위 좌사가 고통을 잘 참았습니다. 쉽지 않은 일입니다."

"의원이라면서 독도 연구했나?"

"독과 약이 본래는 구분이 없는 터라 힘께 연구했습니다. 약을 과하게 쓰면 독이고, 맞지 않는 약을 처방하는 것도 독입니다. 본래 고통을 없앨 때는 주로 독을 씁니다."

새삼 전생 독마가 대단하다고 생각되는 이유는 교주가 그래도 모용백을 마음에 들어 하는 눈치여서 그렇다. 어쩌면 독한 놈들끼리 통하는 게 있어서 그런 것일 수도 있다. 나는 위 좌사가 사라진 다음에서야 교주에게 물었다.

"…위 좌사를 살려준 이유가 따로 있으시오?"

교주가 나를 쳐다봤다.

"돈 벌어오는 놈인데 굳이 죽일 필요까지 있겠느냐? 어차피 이곳에 오기 전에 가문의 후계까지 정하고 후일까지 단단히 준비해 뒀을 것이다. 가문 전체를 없애지 않을 거면 죽이나 살리나 마찬가지다."

나름 명쾌하면서도 잔인했다. 위 좌사에게 너는 상인이라서 졌지만, 상인이라서 살려준다는 태도였기 때문이다. 문득 나는 교주가 이상하게 보였다. 이제 위 좌사까지 떠났으니 수하라고 부를 수 있는 놈이 주변에 없다. 혈교주는 수하가 아니라 그냥 동네 아는 미친 놈이 옆에 있는 정도고, 수하라고 해봐야 바깥에서 대기하는 마부들이 전부였다.

일마조도 이렇게 단출하게 등장하진 않았다. 행여나 이제 백의서생과 천악까지 도착해 버리면… 교주가 처한 현실은 강호십대고수에게 둘러싸여 있는 것이나 다름이 없다. 미친 혈교주가 언제든지 돌변해서 교주를 공격할 수도 있기 때문이다. 그러나 교주는 매화장이 마치 교단인 것처럼 행동했다.

"우사."

혈교주가 손가락으로 교주를 가리켰다.

"우사는 예전 칭호지."

"부상은 없는 것 같으니 네 상대를 골라라."

혈교주가 고개를 끄덕였다.

"그렇다면 나도 제안하겠소. 사실 총군사와 다시 겨루는 게 맞겠지. 하지만 앞선 추격전에서 이미 서너 번을 내가 패했소. 대운검이라도 있었으면 모를까. 탑왕 놈이 남긴 거지발싸개 같은 병장기도 총군사의 검에 걸레짝이 되었지. 다시 붙어도 쉽지 않다는 뜻이야.

마침 총군사는 신검의 제자인 모양이고, 전대 교주는 신검에게 죽었으니 교주가 직접 총군사를 상대하는 건 어떻소? 물론 나는 내 상대를 따로 고르겠소."

정신 나간 미친놈들의 공통점은 가끔 제정신으로 돌아온다는 것이다. 혈교주는 은근슬쩍 총군사와 교주의 대결을 주선했다. 교주가 말했다.

"알았으니 총군사를 제외한 상대를 골라라."

어쨌든 싸움을 붙이는 것은 일단 씨알도 안 먹힌 모양새였다. 그래도 혈교주는 강적인 쾌당주를 피하게 된 것이 썩 마음에 들었는지 실실 웃으면서 우리를 차례대로 쳐다봤다. 나는 혈교주와 눈이 마주치고 나서야 사람들이 왜 미친놈과 싸우기 싫어하는지를 깨닫게 되었다. 이를 반면교사라고 하는 것일까. 이겨도 딱히 명예랄 게 없다. 뿌듯함이나 보람도 없다. 하지만 위험은 매우 크다.

'이래서 종종 사람들이 나를 피했구나.'

깨달음이 이런 식으로 오다니… 그러고 보니까 이미 똥싸개와 맏형이 한 차례 겨뤘다. 나를 포함해서 누가 나서더라도 혈교주를 상대하고 나면 어느 정도 지칠 게 자명했다. 혈교주가 턱을 만지면서 우리를 약 올리듯이 상대를 골랐다.

"몽 공자는 부상이 있고. 검마는 방금 싸웠고."

혈교주가 나를 쳐다봤다.

"미친놈하곤 나도 싸우기 싫은데."

"…"

혈교주가 매화장주와 모용백을 둘러보다가 말했다.

"이봐, 죽이지 않을 테니 너희 둘 중에 도전해라. 둘이 한꺼번에 덤벼도 무방하다. 어때?"

내가 끼어들었다.

"어때는 뭐가 어때. 정신 나간 놈이네. 비슷한 상대를 골라야지."

"문주야, 저 둘을 무시하는 것이냐? 지금은 약해 보여도 나중에는 한 자리를 차지할 오성이 엿보이는 사내들이다. 이곳의 싸움이 원한에 의해 죽고 죽이는 싸움이 아니라면 패배해도 얻을 게 많을 것이다."

이때, 매화장 바깥에서 목소리가 들렸다.

"네 상대는 우리 셋 중에서 골라라."

"…"

우리는 일제히 무너진 담벼락 쪽을 바라봤다. 백의, 흑의, 잿빛 장삼을 걸친 세 사람이 나란히 등장했다. 차례대로 백의서생, 천악, 귀마였는데 한꺼번에 등장하니까 나름대로 잘 어울리는 조합이었다. 세 사람은 주변을 둘러보다가 우리가 있는 곳에 합류했다. 여러 사람의 재회가 이뤄졌다. 재회 인사에서 순서가 있는 모양인지 천악이 교주를 바라봤다.

"교주야, 오랜만이다."

나는 웃음이 절로 나왔다. 천하에서 교주에게 저렇게 인사하는 사람은 아마도 천악이 유일할 터였다. 그 인사를 받는 교주 또한 턱을 괸 채로 대답했다.

"어서 와라."

다음은 백의서생이 공손심을 쳐다봤다.

"오셨소? 뜻밖이군."

공손심이 고개를 끄덕였다.

"나도 뜻밖이네."

끝으로 귀마가 맏형에게 말했다.

"맏형, 나 왔소. 다친 곳은? 왜 그렇게 먼지를 잔뜩 뒤집어쓰고 있어?"

그나마 정상적인 재회 인사말이랄까. 맏형이 슬쩍 웃으면서 말했다.

"위 좌사와 겨뤘다가 먼지 좀 마셨지."

귀마가 주변을 둘러봤다.

"안 보이는데?"

내가 대신 대답해 줬다.

"맏형에게 당해서 한쪽 팔이 사라졌어. 아마 팔을 찾으러 갔을 거야."

우리 사대악인은 서로를 쳐다보다가 일단 사악하게 한 번씩 웃었다. 이것으로 잡다한 인사를 대신했다. 백의서생이 둘러보다가 매화장주에게 말했다.

"주인장인가?"

"예."

"물."

순간, 매화장주의 이마에 힘줄이 불끈 솟았다. 백의서생이 어리둥절한 표정으로 바라보자, 매화장주가 고개를 살짝 숙이면서 말했다.

"가져오겠습니다."

이제 교주를 포위한 사람이 똥싸개, 나, 맏형, 귀마, 백의, 천악,

...

쾌당주까지 제법 구색을 갖추게 되었다. 사람의 심리가 그렇다. 아군이 많아지면 으스대는 게 본능에 가깝다. 내색은 하지 않았지만 그런 의미에서 다들 교주를 쳐다보고 있었다. 교주는 우리를 둘러보다가 기분이 좋아졌는지 슬쩍 웃었다. 교주가 감상을 밝히듯이 말했다.

"문주 덕분에 내 말馬들이 많이 사라졌구나."

말이 사라졌다고 말하는 순간에도 교주는 웃었다. 교주가 이렇게 잘 웃는 사내였나? 교주는 뜻밖에도 백의서생을 쳐다봤다.

"드디어 만났구나. 백의서생."

백의서생도 웃으면서 대답했다.

"나를 아시나?"

교주가 고개를 끄덕였다.

"수하들이 간자間者를 잡아서 손가락과 발가락을 자르다 보면, 다 잘리기 전에 네 별호가 종종 나왔지."

백의서생이 고개를 끄덕였다.

"내 교육이 부족했군. 사과하리다. 그나저나 내 예상보다 장원의 모습이 매우 멀쩡한데 대체 어떤 분위기인가?"

백의서생이 내게 질문했다. 나는 새로 합류한 고수들에게 오늘의 분위기를 설명했다.

"천하제일을 가리는 자리."

백의서생이 떨떠름한 표정으로 대답했다.

"괜히 왔네."

"더불어서 천하오절도 가리는 자리."

백의서생이 그제야 슬쩍 웃었다.

"그렇다면 빠질 수 없지."

어디선가 의자를 들고 온 천악이 교주 옆에 앉으면서 물었다.

"잘 지냈나? 얼굴을 보니까… 나이를 전혀 안 먹었구나. 뭘 그렇게 좋은 것을 처먹는 것이냐. 동자공童子功이라도 새로 익혔느냐?"

살다 살다 교주를 갈구는 사내는 또 처음 봤다. 교주가 고개를 끄덕였다.

"닭만 처먹는 너보단 좋은 걸 먹었을 것이다."

"…"

마치 뺨따귀를 후려치는 것 같은 응수에 당한 천악이 나를 쳐다봤다. 눈이 마주친 김에 이번에는 내가 천악을 불러봤다.

"선배."

"왜."

"언변은 교주에게 좀 밀리네?"

천악이 나를 노려보는 동안에 다들 시선이 방황하듯이 흩어졌다. 일련의 흐름에 완벽하게 소외되어 있었던 혈교주가 말했다.

"…그래서 내 상대는 누구냐?"

둘째가 사람들을 둘러보다가 대답했다.

"나다."

혈교주가 일어섰다.

"또 검객이구나. 나오너라."

우리는 입을 다문 채로 혈교주를 쫓아서 걸어가는 둘째의 등을 바라봤다. 천악산장에서 고생을 많이 한 모양인지 어깨와 등이 제법 넓어진 상태였다. 하지만 여기 있는 고수 대부분은 둘째가 패배하리라는 것을 어렵지 않게 알 수 있었다. 중요한 것은 어떻게 패배하느냐다. 귀마도 예전보다 훨씬 강해졌기 때문이다. 어쩌면 귀마도 자신이 패할 것을 알면서도 도전했을 터였다. 분위기가 사뭇 진지했다. 귀마는 맏형이 그랬던 것처럼 혈교주에게 물었다.

"검이 없어도 괜찮겠소?"

넓은 곳에서 멈춘 혈교주가 돌아서면서 대답했다.

"자네 상대할 때는 없어도 될 것 같군."

귀마가 검을 뽑으면서 대답했다.

"나는 그렇게 보지 않소만. 통천방에서 당신 때문에 화가 많이 났었는데 이제 화풀이를 할 수 있게 되었군."

혈교주가 어깨를 떨면서 웃었다.

"오늘은 살려줄 테니 몇 년 더 수련하고 도전하게."

"혈교주."

"말해라."

귀마가 말했다.

"강호인에게 내일이 어디 있나?"

문득 웃음기를 지운 혈교주가 둘째를 바라보면서 고개를 끄덕였다.

"…옳다."

411.
천악하중량고 天惡下重量苦

혈교주가 강한 것은 익히 알고 있지만 내 시선은 귀마에게 머물렀다. 묵가가 만들어 준 육합검을 든 채로 자세를 잡고 있었는데 느낌이 묘했다. 본래도 방어적인 검법을 구사했으나 천악의 괴롭힘이 더해졌는지 단단하다는 단순한 느낌보다는 굳건해졌다는 인상을 받았다. 천하제일 산山은 아니지만. 귀마의 뒷모습은 이제 하나의 높은 산처럼 보였다.

당장 귀마를 놀려대면서 상대하려던 혈교주도 그저 눈만 멀뚱히 뜬 채로 귀마를 탐색하느라 대치가 이어지는 상황. 아마 혈교주가 통천방에서 봤었던 귀마를 떠올렸다면. 지금의 분위기가 더욱 묘할 터였다. 희한하게도 상대를 앞에 두고 있는 혈교주의 시선이 움직이더니 천악을 바라봤다.

"..."

이런 변화를 천악이 이끌어 낸 게 아닌가 싶어서 저절로 시선이

...

갔던 모양이나… 귀마는 혈교주가 한눈을 파는 사이에 가차 없이 선제공격에 나섰다. 삽시간에 비무가 벌어지면서 바람이 곳곳에서 먼지를 일으켰다. 내가 특히 천악의 수련이나 무학에서 마음에 들어했던 것은… 신체 본연의 잠재력이나 대다수 무인들이 지나칠 법한 근원적인 수련에 집착한다는 점이다.

이게 왜 훌륭한 것이냐면. 자신이 수련하고 있었던 무공에 적용하기만 해도 좋다는 점에 있다. 더군다나 추구해야 할 목표도 명확하다. 내공과 외공의 조합으로 만들어 내는 폭발이 목표인 셈이다. 굉장히 힘겹게 수련해서 가장 효과가 뛰어난 타점을 순간순간 자신의 것으로 만드는 무공이 결국 천악의 무학이다.

나는 무거운 쇳덩이를 들고 있었을 때, 위에서 나를 내려다보던 천악의 표정을 기억한다. 이미 근육의 힘이 다한 것 같았는데… 천악은 당장이라도 나를 때려죽일 것처럼 노려봤다. 대체 어디서 다시 힘이 솟구쳤을까? 죽을지도 모른다는 공포감이 근육의 밑바닥에 숨어있는 가장 게으른 힘까지 끌어올리는 것일 수도 있다. 이것처럼 본래 귀마가 알고 있었던 검법에 천악의 무학이 더해졌다는 것은 지금 펼쳐지는 공방전만 봐도 충분히 알 수 있었다.

문제는 내공의 깊이인데… 혈교주가 내미는 장력을 향해 귀마는 우직한 내려치기로 응수했다. 자세가 인상적이었다. 귀마의 상체가 전방으로 미세하게 기울어지고, 왼발이 땅을 때렸다. 장력과 검이 부딪히자, 내공의 높고 낮음에 따라 당연하게도 귀마가 뒤로 쭉 밀려났다. 하지만 정작 귀마를 멀찍이 떨어뜨려 놓은 혈교주의 표정이 볼만했다.

"…괴상한 수법이네?"

나는 땅바닥을 주시했다. 귀마의 왼쪽 발바닥이 질질 끌려서 땅에 직선을 그어놓았다. 혈교주의 장력을 아주 효율적으로 잘 막아냈다는 증거다. 귀마는 처음과 똑같은 자세로 혈교주를 바라봤다. 정적인 동작과 동적인 동작의 연계가 조화로웠다. 혈교주도 이제 하나의 굳건한 산을 마주 본 채로 박살 내야 하는 국면에 접어들었다. 혈교주가 물었다.

"…크게 다칠 수도 있는데 괜찮겠나? 수련이 고됐는지 내 예상은 훌쩍 넘었네."

귀마가 대답했다.

"서로 최선을 다해야지."

"내 말이 그것이다. 죽을 수도 있으니 말이야."

"심경의 변화가 있었나? 걱정해 주는 것은 고맙지만, 나야말로 자네가 본래 나보다 뛰어나다는 것을 아는지라 봐줄 여력이 없네. 자네도 자네보다 약한 사내에게 패하면 이 얼마나 억울한 일이 되겠나? 서로 최선을 다해야 후회가 남지 않겠지."

혈교주가 고개를 끄덕이더니 나를 쳐다봤다.

"들었느냐? 네 의형제가 자처한 일이다."

나는 혈교주를 향해 말했다.

"우리 눈치를 봤다면 둘째에 대한 모욕이다. 원 없이 싸우도록."

혈교주가 이번에는 마교주에게 말했다.

"대운검, 빌려주시오."

마교주가 대운검을 지니고 있나? 그런 것은 아닌 모양인지 마차를 향해 마교주가 말했다.

"전달해라."

"예, 교주님."

마부석에서 마부가 일어나더니 천장에서 덮개를 걷어낸 다음에 붉은 검을 꺼냈다. 이어서 대운검을 손에 쥔 마부가 우리 쪽을 바라봤다. 마부의 눈은 하나만 남아있었는데, 마부석에서 내리지도 않은 채로 대운검을 냅다 던졌다. 직선으로 빠르게 날아오는 대운검을 낚아챈 혈교주가 마부를 노려봤다.

"…어디서 배운 버르장머리냐?"

"…"

외눈의 마부는 대답도 하지 않은 채로 다시 마부석에 앉았다. 마부에게 신경을 쓸 시간이 아니었기 때문에 곧장 대운검을 뽑은 혈교주가 귀마에게 말했다.

"시작하자."

나는 잘 보이지 않는 마부와 마차를 다시 둘러봤다. 천장에 대운검만 있을 것 같진 않았다. 내게서 회수한 일살도 마차의 지붕에 보관되어 있다는 뜻이다. 어느새 검이 충돌하는 소리가 터져서 나는 다시 둘째의 싸움을 주시했다. 앞서 혈교주는 또 검객이냐면서 지겨워했는데. 이렇게 보고 있으려니 혈교주의 정체성 또한 검객이었다.

어쩌면 귀마와 검객 대결을 하고 싶었던 것인지도 모르겠다. 이미 그의 무공이 검에 구애받지 않는 수준이었기 때문이다. 대운검을 가져온 게 잘한 일이었을까? 아직은 모를 일이다. 귀마는 혈교주가 검을 들고 덤비자 오히려 더 방어적으로 나왔다. 마치 이기려는 싸움을 위해서 치열하게 움직이는 것이 아니라, 쉽게 당하지 않기 위해서 철두철미하게 발악하는 사내처럼 보였다.

상대의 내공이 더 깊다고? 귀마는 그것을 인정한 채로 싸우고 있다. 상대의 수준이 더 높다고? 귀마는 그래서 더 수비의 비중을 높였다. 다만 수비하는 순간의 움직임이 일전에 내가 알던 것보다 훨씬 수준이 높아진 상태. 곳곳에 귀마의 보법에 의한 발자국이 점점 늘어났다.

내가 사용하는 중지탄지공의 폭발력이 때때로 혈교주의 검을 받아치는 귀마의 검에서도 엿보였다. 순간, 북- 하는 소리와 함께 귀마가 입고 있는 장삼의 등 부위가 솟구치는 일직선으로 갈라졌다. 그것을 보자마자 백의서생이 급히 입을 가리더니 웃음을 참았다. 나는 백의서생이 웃는 이유가 궁금해서 비무를 주시한 채로 물었다.

"왜 웃어?"

백의서생이 비무를 보면서 말했다.

"육합이 고생을 많이 했다. 그 흔적이 옷을 찢고 있으니 웃음이 날 수밖에."

백의서생이 이렇게 웃을 정도면 진짜 죽을 고생을 한 모양이다. 그런데 말을 들어보니까 천악만 귀마를 괴롭힌 게 아니라는 뜻이다. 참견하기 좋아하고 본래 무학에도 해박한 백의서생 본인도 귀마를 괴롭힌 게 떠올라서 웃음이 터진 것이리라. 더군다나 백의서생은 본래 배우는 자에게 무척 혹독한 사내다.

대다수가 예상했던 대로 혈교주는 대운검을 쥔 채로 귀마를 몰아붙였다. 하지만 그 모양새가 단단한 산을 검으로 내리치는 것처럼 보여서 비무는 제법 구경하는 재미가 있었다. 백의서생도 싸움의 결말이 궁금한 모양인지 고개를 들어서 유심히 구경하다가 말했다.

"잘 버티는구나."

마치 자신의 실험체가 성장했구나, 하는 어조로 들렸다. 어느 순간 좌장끼리 맹렬하게 충돌하자 귀마의 신형이 공중에 뜬 채로 빙글빙글 돌면서 멀어지다가 공중에서 회전력을 이용한 검풍을 벼락처럼 쏟아냈다. 재차 추격해서 끝장내려던 혈교주가 검풍을 막느라 왼손을 후려치듯이 움직였다.

퍽!

공중에서 회전하던 귀마가 땅에 착지했을 때, 잿빛장삼은 완벽하게 찢어졌다. 귀마는 왼손으로 장삼을 붙잡아서 뜯어내듯이 벗었다. 그제야 나는 귀마가 안에 입고 있는 백의무복의 등에 무언가가 적혀 있는 것을 확인했다. 천악하天惡下. 그 밑에도 무어라 적혀있었는데 두 사람이 곧장 다시 격돌해서 미처 다 읽지 못했다. 백의서생의 필체 같아서 물어볼 수밖에 없었다.

"천악하? 무슨 뜻이냐?"

백의서생이 웃으면서 말했다.

"육합을 골려주려고 그냥 적은 별 의미 없는 말이다."

대체 귀마는 천악의 산장에서 어떤 개고생을 한 것일까? 백의서생의 말이 이어졌다.

"천악이 위에서 지켜보는 동안에 중량의 고통을 느꼈다는 말이지. 천악하중량고天惡下重量苦."

말을 듣고 귀마의 등을 유심히 살펴보자, 백의서생이 말한 글귀가 그대로 적혀있었다. 백의서생이 말했다.

"육합은 별호대로 육합검법을 사용하더구나. 이는 완성할 수 없는 검법이었다. 완벽이랄 게 없어서 끝없이 수련해야 하는 무학이기 때문이다. 천악이 조언했다. 기왕 완성하기 힘든 무학을 수련할 거라면 아예 완성의 기준점도 끝없는 하늘처럼 높여서 수련하라고. 덕분에 육합의 방위는 삼십육합으로 확장되었다. 따라서 지금 육합이 펼치는 검법의 이름은…"

"…"

"천악하중량고 삼십육합검인 셈이지."

그러고 보니까 백의서생은 예나 지금이나 작명에는 소질이 없었다.

"그렇게 긴 검법 이름이 어디에 있단 말이냐? 줄여라. 천하삼십육검天下三十六劍으로."

"이름은 상관없어. 봐라. 완성할 수 없는 검법으로 혈교주에게 아주 잘 버티고 있다. 고통이 이제야 빛을 발하는군."

천악 밑에서 육합의 방위를 삼십육합으로 늘렸으니… 귀마가 천악 산장에서 살아서 복귀한 것 자체가 일종의 기적이라고 할 수 있다. 나도 천악 밑에서 무게를 들어 올렸기 때문에 잘 안다. 나도 인내심이 깊은 편인데도, 그 고통이 실로 끔찍했었다. 더군다나 콧바람이 느껴질 정도의 가까운 위치에서 천악이 당장 때려죽일 것처럼 내려다보면 없던 힘도 샘솟는다. 외공은 근육의 가장 밑바닥에서 쥐어짤 수 있다는 것을 그때 알았다.

대체 운명이란 어떤 것일까? 나도 천악에게 배웠지만, 귀마도 천악에게 많은 걸 배웠다. 그 증거가 지금 싸움이다. 내가 흑묘방에서 분노를 이기지 못해 육합을 죽였더라면… 오늘 이 싸움이 내 마음을 격동하진 못했을 것이다. 얼핏 스치듯이 보이는 귀마는 입을 굳게 다문 채로 호흡을 유지하면서 혈교주의 각종 공격을 받아치고, 무산하고, 어렵게 기회를 붙잡을 때마다 검을 내질러서 반격까지 펼쳤다.

어느새 온통 새빨갛게 돌변한 혈교주의 몸에서 거미 다리처럼 보이는 혈기가 수를 헤아릴 수 없을 정도로 뻗어나와서 파도처럼 덮치는 순간… 귀마는 왼발로 진각을 펼치고. 일말의 망설임도 없이 펼친 일도양단으로 전방에 생긴 핏빛의 벽을 두 동강으로 분쇄했다. 저것은 또한 동호에서 임소백이 펼쳤던 검법이기도 하다.

두 사람 사이를 막아섰던 혈기의 장막이 일순간에 흩어지자… 귀마의 검기를 피하느라 멀찍이 거리를 벌린 채로 대기하던 혈교주도 입을 다문 채로 잠시 우두커니 서있었다. 나조차도 살면서 이렇게 멋진 비무는 몇 차례 되지 않는다. 저절로 육합선생, 전생 귀마를 향한 말이 짤막하게 흘러나왔다.

"…좋다."

내 말에 이어서 맏형이 똑같은 말을 힘줘서 내뱉었다.

"좋다."

앉아서 구경하던 똥싸개가 자신의 손으로 무릎을 치더니 악쓰듯이 외쳤다.

"둘째 형, 좋다!"

우리가 둘째의 개고생이 어떠했는지 이 비무를 통해 완벽하게 알게 되었으니 그것 또한 좋았다. 사실 우리는 이제 요란이 때문에라도 어제의 악인처럼 살 수 없다. 그래서 내 눈에는 수련을 마치고 돌아온 한 명의 협객이 혈교주를 상대로 고군분투하는 모습처럼 보였다. 혈교주가 한쪽 입술을 위로 올리더니 웃으면서 말했다.

"육합, 놀랄 정도로 강해졌구나. 지친 것은 아니겠지?"

귀마가 고개를 끄덕였다.

"지치려면 아직 멀었네."

여태 말없이 지켜보던 천악이 슬쩍 웃으면서 한마디를 내뱉었다.

"그래야지."

귀마는 손목을 몇 차례 돌리더니 다시 본래의 자세를 잡은 다음에 혈교주를 주시한 상태에서 우리에게 물었다.

"전보다 강해진 것 같으냐?"

특정인에게 묻는 말은 아니었기 때문에 내가 나섰다.

"…암, 훨씬 강해졌지."

귀마가 고개를 끄덕였다.

"그럼 됐다."

우리의 예상보다 훨씬 길어지는 싸움의 두 번째 국면은 돌진하는 귀마가 열어젖혔다. 이제… 귀마가 공격하면, 내 마음도 거세지고. 귀마가 수비하면, 내 마음도 산처럼 단단해졌다. 천하제일이 아니면 어떠한가? 우리는 어제보다 강해졌다. 이기고 지는 것은 아무것도 아니라는 것을 귀마가 내게 보여주고 있었다.

412.
육합문의 귀신

나는 둘째가 너무 악착같이 덤비는 게 아닐까 하는 생각이 들었다. 전생의 별호가 귀마鬼魔인 것을 고려하더라도 말이다. 비무가 너무 격렬하게 이어지는 터라 무심코 나는 맏형을 쳐다봤다. 맏형도 미간을 좁힌 채로 나를 쳐다봤다. 우리 표정은 서로 비슷할 터였다.

'이건 비무가 아니라 생사결인데?'

맏형과 나는 같은 생각이 담긴 눈빛을 교환했다가 비무를 다시 주시했다.

'이러다 한 명 죽겠다.'

문제는 둘째가 죽을 수도 있고, 혈교주가 죽을 수도 있었으며, 비무가 너무 살벌하게 흘러가고 있었기 때문에 둘 다 죽을 가능성도 꽤 컸다. 때때로 귀마가 동귀어진 수법까지 구사했기 때문이다. 다행히도 혈교주는 수준이 높아서 귀마의 동귀어진 수법을 아예 상대해 주지 않고 있었다. 나는 절로 한숨이 흘러나와서 팔짱을 낀 채로 비무를 주시했다. 둘째의 자존심 때문에 절대로 개입하면 안 되는 비무라서 나도 어쩔 수가 없었다.

이때, 혈교주의 몸에서 핏빛의 거미줄이 또 한 번 폭사하듯이 사방팔방으로 뻗어나왔다. 둘째는 일전에 내게 알려줬던 검막劍幕을 수차례나 전방에 뿌리면서 뒷걸음질을 쳤다. 일부 혈사는 잘려나가고, 검풍에 찢겨나가고, 검막에 막혔으나 공중으로 뻗어나갔던 혈사는 시간 차이를 두고 점점 곡선이나 채찍처럼 변형되더니 계속해서 귀마에게 달려들었다.

파바바바바바바박!

누가 봐도 막기 힘든 절기였다. 결국에 불그스름하게 빛나던 핏빛 채찍 일부가 귀마의 몸에 닿았다. 치익- 하는 끔찍한 소리에 귀마의 기합이 뒤섞이고, 땅을 찍는 진각의 굉음과 혈교주의 웃음이 뒤섞이기도 했다. 결국에 온갖 대처로 절기를 막아낸 귀마가 호흡을 몇 차례 골랐다. 상태는 멀쩡할 수가 없었다.

"…"

귀마의 거친 호흡을 바라보던 혈교주가 고개를 갸웃하면서 물었다.

"네가 정녕 죽고 싶단 말이냐?"

귀마가 대답했다.

"아직 끝난 게 아닌데 그건 무슨 질문인가?"

혈교주가 말했다.

"문주의 말대로 화산비무가 실력의 높고 낮음을 확인하는 자리로 알았는데? 이 정도로 부족하단 말이냐."

귀마가 대답했다.

…

"그러냐? 그런데 내가 왜 네 밑이지?"

혈교주가 긴 웃음을 내뱉더니 재차 달려들었다. 이 무식한 귀마는 정면으로 돌진하면서 검을 휘둘렀다. 혈교주는 둘째를 죽일 작정인 지 대운검을 내밀자, 길쭉한 검기가 갑작스럽게 뻗어나왔다. 공중으로 솟구친 귀마가 완벽하게 수비를 포기한 채로 육합검을 내밀더니 삽시간에 두 사람이 근접 거리에서 다시 맞붙었다. 혈교주를 상대하기 힘든 이유는 금세 눈으로 확인할 수 있었다. 내공이 깊었기 때문에 귀마를 상대하는 와중에도 혈교주의 등에서 핏빛의 거미줄이 튀어나와서 동시다발적으로 공격했다. 그러니까 귀마가 막아야 할 것은 겨우 검 한 자루 수준이 아니었다.

순간, 귀마가 대운검을 쳐내자마자 경쾌하게 신형을 오른쪽으로 회전하면서 예닐곱 개의 혈기를 단박에 쳐내면서 곧장 또 반격에 나섰다. 싸우면서 대처가 더 능숙해진 모습이었다. 이제 귀마를 단순하게 철벽 방어를 해내는 검객이라고 하기에도 어려웠다. 더군다나 혈교주의 내공도 무한대는 아니다. 귀마를 제압하기 위해 사용했던 혈기가 검객으로 따지면 여러 번의 검기를 분출한 것과 같다.

그래서인지, 두 사람이 이번에는 검으로만 진득하게 맞붙었다. 싸움이 이상하게 보였다. 분명 내공과 무공의 총합이 두 수 정도 뒤처지는 것으로 보였었는데 지금은 아니다. 귀마는 혈교주의 턱밑까지 추격하듯이 따라붙어서 그야말로 맹수처럼 검을 휘둘렀다. 내공은 부족하지만, 외공이 바닥날 때까지 싸울 기세였다. 혈교주가 무섭겠는가, 천악이 더 무서웠겠는가?

귀마는 자처해서 천악 밑에서 수련하고 온 사내다. 강자를 상대로

단 한 번의 위축되는 모습 없이 정말 귀신처럼 싸웠다. 그렇다. 귀신
鬼神. 그것이 귀마의 정체성인 모양이다. 순간 혈교주의 몸에서 폭발
하는 기파가 거세게 흘러나오자, 귀마의 대처가 경이로웠다. 일전에
임소백이 우리 앞에서 전진하면서 펼쳤던 그 검법이 딱 반대 방향으
로 똑같이 이뤄지면서 결국에 땅을 부술 듯이 진각을 밟고 전방을
향해 거대한 검기를 쏟아냈다.

쐐애애애애액!

달빛이 반달 모양으로 지상 위를 질주했다. 놀란 표정으로 변한
혈교주가 양손으로 대운검을 붙잡더니 칼날에 핏물을 휘감은 채로
쳐냈다. 순간, 모든 관전자의 귀청을 때리는 굉음이 발생했다.

콰아아아아아아아앙!

이어서 혈교주가 대여섯 걸음을 뒤로 물러난 채로 귀마를 바라봤다.

"..."

눈이 잔뜩 커진 상태였다. 방금 공격을 제대로 막아내지 못했다면
혈교주도 죽을 뻔했기 때문이다. 우리는 귀마의 상태도 확인했다.
입을 오물거리고 있었는데 가슴이 한 차례 들썩이더니 이내 핏물을
바닥에 내뱉었다. 가진 것 이상의 힘을 쏟아낸 모양이다. 그러니까
진기를 소비해 가면서까지 검기를 사용한 상태였다.

나는 귀마를 물끄러미 바라봤다. 어느 정도 미친 혈교주도 이곳에
서는 내가 제안한 비무의 형식을 받아들이고 있었다. 어쩌면 다들
귀마의 마음을 이해하지 못하고 있는 모양이다. 그제야 나는 귀마의
마음가짐이 어떠했는지 예전 일을 떠올리면서 알 수 있었다.

"음."

삽시간에 주변이 고요해졌다. 방심했다가 죽을 뻔한 혈교주는 아무 말 없이 귀마를 노려보고 있고. 귀마는 자세를 잡은 상태에서 입밖으로 터지는 핏물을 계속 삼키고 있었다. 올라왔던 핏물이 꿀렁거리더니 다시 목울대를 지나서 내려갔다. 이대로 더 싸우면 귀마가 스스로 자진하는 것이나 다름이 없는 상태. 혈교주가 대운검을 치켜들더니 잠시 귀마를 쳐다봤다.

"…"

귀마가 고개를 끄덕이더니 짤막하게 입을 열었다.

"…와라."

혈교주가 물었다.

"내가 이긴 것 같은데 꼭 그렇게 아득바득 덤볐다가 죽어야겠나?"

귀마는 자신이 할 말을 내뱉었다.

"오라고. 끝장을 보자."

"아니, 대체…"

귀마가 소리를 버럭 내질렀다.

"우사! 들어와라."

결국에 귀마가 또 달려들었다. 적잖이 놀란 혈교주가 대운검으로 막았으나 이번에는 검과 검이 부딪치는 소리가 달랐다. 귀마는 진기가 흐트러져서 잠시 내공의 흐름이 막힌 모양인지 외공만으로 육합검을 휘둘렀다. 그런데도 제법 빠르고 강했다. 혈교주도 귀마의 내공 흐름이 원활하지 않다는 것을 알아차렸는지 귀마의 검을 쳐내다가 멱살을 붙잡더니 한쪽으로 던졌다.

귀마의 신형이 공중에서 빙글빙글 돌더니 두 발로 멀쩡하게 착지한 다음에 혈교주를 죽일 듯이 노려봤다. 입에서 핏물이 줄줄 흐르고 있었으나 귀마는 손으로 닦다가 그것도 소용없다고 여겼는지 재차 피를 한 움큼 내뱉었다. 혈교주가 귀마의 처참한 얼굴을 보더니 슬쩍 웃었다.

"육합, 보기 좋구나."

혈교주가 갑자기 대운검을 집어넣자, 귀마가 미간을 좁힌 채로 노려봤다.

"끝나지 않았는데 뭐 하는 짓이냐?"

혈교주가 손가락으로 이마를 긁더니 괴이쩍은 표정으로 귀마를 바라봤다. 그러니까 표정 관리가 잘 안 되는 모습이었다. 혈교주는 차분하게 가라앉은 어조로 말했다.

"육합선생."

"…"

혈교주가 땅을 한 번 쳐다봤다가 덤덤한 어조로 말했다.

"통천방에서의 일을 사과하겠네."

귀마는 입을 다문 채로 혈교주를 주시했다. 혈교주의 말이 이어졌다.

"나는 자네의 과거를 들어서 알고 있네. 육합문의 유일한 생존자라지. 내가 통천방에서 사내들을 골라 죽인 것. 자네가 특히 더 참기 어려웠을 것이다. 사실 그때 하오문주가 말리지 않았더라면 나머지도 모조리 죽일 생각이었지. 나로서는 내가 봐준 것이라 생각해서 넘겼던 일인데 자네는 그렇지 않았던 모양이로군. 육합문을 잊지 않았다면 통천문의 일도 잊을 수 없겠지."

그런가? 귀마는 어금니를 꽉 문 채로 혈교주를 노려봤다. 그러니까 처음부터 지금까지 통천방을 아무렇지 않게 몰살한 혈교주를 상대하기 위해서 지금까지 이어진 고통을 감내했던 모양이다. 애초에 이 싸움을 비무로 생각하지 않았다는 뜻이다. 그러니까 혈교주가 자신의 상대가 누구냐고 물었을 때 귀마가 벌떡 일어난 셈이다. 귀마가 말했다.

"그렇게 사과한다고 죽은 자들이 돌아오진 않네."

혈교주가 고개를 끄덕였다.

"알고 있네."

혈교주도 온통 피에 휩싸여 있는 사내였는데 지금은 귀마의 눈도 그에 못지않은 핏빛에 휩싸여 있었다. 각기 다른 사연으로 온통 핏물을 뒤집어쓴 두 사내가 서로를 마주했다. 귀마가 말했다.

"통천방은 약해서 그대에게 복수할 수가 없다. 나도 실패했군. 비무의 형식으로 받아줬음을 알고 있다. 내가 진 것이지. 혈교주, 왜 그렇게 무고한 자들을 아무렇지도 않게 죽였나? 복수도 아니었는데 말이야. 나도 그대와 다를 바 없는 시기가 있었네."

귀마는 혈교주에게 질문을 던진 다음에 제자리에 앉더니 가부좌를 튼 채로 눈을 감았다. 바로 운기조식을 하려는 모양인지 귀마의 읊조림이 흘러나왔다.

"…내가 부족해서 졌네."

마치 통천방에서 죽은 사내들에게 전하는 말처럼 들렸다. 그러니까 육합문의 귀신이 통천방의 귀신들에게 사과하는 말이었다. 이렇게 보니까 정말 귀마가 따로 없었다. 혈교주는 귀마를 한참이나 쳐다보다가 그 자리에서 똑같이 가부좌를 틀더니 눈을 감았다. 비무가 순식간에 이런 식으로 마무리될 줄이야. 위 좌사가 패배했을 때는 혈교주의 조롱과 내 박수까지 난무했으나 이번에는 아무도 이런저 런 말을 내뱉을 수가 없었다.

나는 운기조식하는 두 사람을 쳐다봤다. 무척이나 고요해진 가운데 매화장주가 직접 쟁반을 든 채로 등장하더니 운기조식하는 두 사람을 쳐다봤다. 물을 가져오라고 했었는데, 왜 이렇게 늦었나 했더니. 교주와 우리에게 대접했던 과일 차를 들고 온 상태. 매화장주는 입도 뻥긋하지 않은 채로 천악에게 가더니 말없이 과일 차를 내밀었다. 천악이 그것을 먼저 받고, 백의서생도 말없이 과일 차를 받았다. 매화장주가 천악에게 고개를 살짝 숙이면서 말했다.

"선배님, 삼재의 일원이심을 후배가 아는 게 적어 몰라뵈었습니다."

천악이 찻잔을 든 채로 고개를 끄덕였다.

"괜찮다. 대부분 몰라보니까."

"예."

매화장주도 고집이 있는 사내여서 백의서생에겐 말을 걸지 않았다. 대신에 교주를 쳐다보면서 말했다.

"교주님, 차 한 잔 더 드릴까요?"

교주가 대답했다.

"괜찮다."

쟁반에 여분의 과일 차가 놓여있었기 때문에 바로 내가 대답했다.

"나 줘."

···

"예."

"이 맛있는 차를 왜. 이거는 맏형 줘."

"알겠습니다."

매화장주가 점소이처럼 대답했다. 아주 훌륭한 화산제일검이었다. 나는 맏형에게 과일 차를 건네는 매화장주에게 물었다.

"장주는 안에서 지켜봤나?"

"예, 문주님."

"어떠했나?"

내 질문에 모든 사람이 빈 쟁반을 들고 있는 매화장주를 주시했다. 실은 다들 비무에 대한 감상을 내뱉고 싶었을 텐데 분위기 때문에 그렇지 못했다. 그래서 비무의 감상평을 매화장주에게 맡긴 셈이었다. 매화장주가 말했다.

"제 실력이 미천하여 실력을 논할 수는 없습니다. 다만 저는 반평생을 이곳에서 한가롭게 애들 장난하듯이 검을 휘둘렀다는 것을 육합선생과 혈교주를 보고 나서야 알게 되었습니다. 강호가 이런 곳이었나? 그런 심정입니다."

역시 화산제일검이다. 나이 많은 후배가 잘 말했네, 라는 말로 사람들의 표정을 공격하고 싶었지만 분위기 때문에 그러지 못했다. 나는 과일 차를 마신 다음에 세상 진지한 표정으로 매화장주에게 말을 건넸다.

"장주."

"예, 문주님."

"일생일대의 소원이 하나 있는데 들어주겠나?"

"말씀하십시오."

나는 고개를 살짝 돌려서 하늘의 색을 확인했다. 어두워지고 있었다. 이제 곧 밤이 찾아올 터였다. 매화장주에게 말했다.

"마침 내상을 치료해야 하는 사람들이 비무 장소를 차지한 채로 운기조식을 하고 있으니 이어서 비무를 하는 것은 분위기상 옳지 못해. 해가 지고 있으니 저녁을 준비해 주면 이 자리에 있는 사람들과 다 같이 밥을 먹고 싶은데. 운기조식도 그전에는 끝이 나겠지."

매화장주가 눈을 몇 차례 껌벅이더니 나를 바라봤다.

"밥은… 당연히 준비할 생각이었습니다만."

"그런가?"

"예."

나는 매화장주를 진지한 표정으로 바라봤다.

"당연하게 넘길 일은 아니야. 이 자리에 모인 자들이 함께 밥을 먹는 것은 천하에 있어서나 강호에 있어서나 기적에 가까운 일이라서 그렇다."

순간, 놀란 표정으로 매화장주가 교주와 천악을 바라봤다.

"아, 예. 서둘러 준비하겠습니다."

"부탁하네."

매화장주가 들어가는 사이에 나는 무심코 백의서생과 눈을 마주쳤다. 백의서생이 찻물을 홀짝이고 있어서 갈구는 어조로 물어봤다.

"…맛있냐?"

백의서생이 기분 잡친 표정으로 나를 노려봤다.

"너는 말투가 태어날 때부터 그렇게 재수가 없었느냐?"

"응애도 재수 없게 했다던데 어떻게 알았어?"

가만히 있었던 색마 놈은 과일 차를 못 마셔서 화가 난 모양인지 혀를 차면서 말했다.

"유치하다. 유치해. 진짜 세상 유치하다."

나는 천악과 교주를 바라보다가 진지한 어조로 물었다.

"몽랑 별호 중에 똥싸개라는 별호가 있는데 그 사연을 들어보시겠소?"

색마가 정색했다.

"하지 마, 이 새끼야. 그 얘기를 지금 왜 해."

맏형이 한숨을 살짝 내쉬더니 근엄한 어조로 날 불렀다.

"셋째야."

"왜."

맏형이 나를 쳐다봤다.

"밥 먹기 전에 굳이 들어야 하는 사연이었나?"

"음."

"그만해라."

"알았어."

사대악인이 이 정도로 합심 공격했는데도 아무도 웃지 않는 것을 보아하니 천하의 고수들이 한자리에 모였다는 것을 새삼스럽게 알 수 있었다. 이런 강적들을 대체 어디 가서 만나겠는가? 세상일이 쉽지가 않다.

413.
사부들과
전쟁터에서 먹는 밥

날이 어두워지자 시비들이 돌아다니면서 장원의 불을 밝혔다. 우리는 운기조식하는 자들이 있어서 시끄럽게 떠들지 않았다. 내상을 입은 채로 운기조식하는 마음이 어떠한지 알기 때문이다. 해가 지는 동안에 제법 고요했다. 매화장주는 마실 차를 내올 때도 시간이 제법 걸렸는데, 밥을 준비하는 시간도 제법 오래 걸렸다.

그러니까 이 사내는 매사에 진지한 모양이다. 삼재 중 두 명이 식사를 함께하게 됐으니 준비하는 내내 부담감이 더해질 터였다. 귀마의 운기조식이 먼저 끝났다. 혈교주는 애초에 운기조식을 하지 않은 채로 호흡을 가다듬고 명상만 한 모양인지 이어서 눈을 떴다.

우리는 싸울 때처럼 대치하고 있는 두 사람을 바라봤다. 한 사람은 비무에서 이겼으나 과거를 사과했고. 한 사람은 비무에서 패했으나 죽은 자들을 대신해 사과를 받아냈다. 물론 이 모든 게 깔끔하게 마무리될 수는 없다. 각자 생각에 잠겨있을 때. 모용백이 일어나더니 귀마에게 다가갔다.

"…"

모용백이 귀마 옆에 털썩 앉더니 손을 내밀었다.

"육합 선배, 진맥을."

귀마가 고개를 끄덕이자, 모용백이 귀마의 손목을 붙잡았다. 무언가 살피는 시간도 없이 빠르게 손을 떼더니 모용백이 입을 열었다.

"선배, 강호인을 치료하기 힘든 이유가 무엇인지 아십니까?"

"무엇인가?"

"대체로 문주님처럼 말을 안 듣기 때문입니다."

"셋째처럼?"

"예."

나는 둘째와 눈을 마주친 김에 고개를 끄덕이면서 말했다.

"모용 선생 말, 잘 들어."

귀마가 모용백에게 말했다.

"경청하겠네."

모용백이 대답했다.

"좋습니다. 혈교주님과 싸울 때 입은 내상 때문에 각혈했다고 생각하시겠지만, 굳이 원인을 거슬러 올라가다 보면 비무 때문만이 아닙니다. 강호인들이 종종 주화입마를 겪는 이유는 대부분 비슷하다고 봅니다."

"뭔가?"

"몸을 쉬게 두지 않아서 그렇습니다. 천악 선배님과 수련을 하신 모양이지요?"

"그렇네."

"그 수련이 평범하진 않았겠지요."

"물론이지."

"그때부터 가해진 끔찍한 피로함이 신체에 누적되어 있다가 혈교주님과 겨루는 동안에 폭발한 겁니다. 신체가 비명을 지른 셈이지요. 육합아, 적당히 좀 하자. 정말 이러다 죽을 것 같다."

"..."

"그 모진 수련을 끝내자마자 이곳에 와서 이렇게 싸우는 게 맞느냐? 그래도 당사자가 말을 듣질 않으니 죽지 않기 위해서 피가 쏟아졌습니다. 왜냐? 더 싸우면 정말로 죽기 때문입니다. 신체가 죽으면 육합 선생의 정신과 뜻도 의미가 없는 겁니다."

"음."

"정말 극한까지 몰아붙였다가 가까스로 멈추셨습니다. 혈교주께서 사과하지 않았다면 싸우는 도중에…"

"어떻게 해야 하겠나?"

"제 말대로 하시겠습니까?"

"해야지."

"사실 주화입마나 내상을 잘 치료하는 약 따위는 없습니다. 있다면 강호인들이 들고 다니다가 주화입마가 올 때마다 복용하겠지요. 그런 약은 돌팔이들이 지어줍니다. 효과는 없을 겁니다. 선배께서 남아서 식사도 같이하고, 다른 비무도 구경하고 싶으시겠지만, 의원으로서 말씀드립니다. 지금 들어가서 잠을 청하십시오."

"음."

"잠이 가장 근원적이면서도 기초적인, 우리가 일일이 알지 못하는 회복까지 도울 겁니다. 운기조식도 그 이후에 하는 겁니다. 주무세요. 여기서 벌어지는 일에 신경 쓰지 마시고. 천둥과 벼락이 밤새 쳐도 모든 것을 잊은 채로 자는 겁니다. 지금까지 온 힘을 다해서 육합 선배가 할 수 있는 일을 이렇게 일단 끝마쳤기 때문입니다. 어떻습니까. 제 말을 따른다고 약조하셨는데…"

귀마가 모용백을 쳐다보다가 이어서 우리를 주시했다. 당연히 들어가서 잠을 자는 게 싫을 터였다. 하지만 모용백이 승낙부터 얻어낸 다음에 말한 터라 육합도 거절하는 게 어려운 상황이었다. 일부러 나도 모용백의 말을 거들었다.

"그렇게 해. 싫다고 하면 아마 모용백이 주화입마에 빠질 거야."

그제야 귀마가 피식 웃었다.

"그렇게 하겠네."

모용백이 부축하려고 하자, 귀마는 괜찮다는 것처럼 손을 내밀었다가 스스로 일어났다. 우리 쪽을 쳐다봤다가 그대로 들어갔다. 어쩌면 혈교주와 싸울 때보다 육체적으로나 정신적으로 더 힘든 걸음을 걷고 있을 터였다. 뜻밖에도 모용백은 귀마가 있던 자리에 앉아서 혈교주를 물끄러미 바라봤다. 혈교주가 물었다.

"왜 그렇게 쳐다보나?"

모용백이 대답했다.

"환자를 보는 게 제 일이라 쳐다봅니다. 괜찮으십니까?"

상당히 도발적인 대답이었기 때문에 우리는 일제히 모용백을 쳐다봤다. 나는 엉덩이를 의자에서 떼고 싶었다. 혈교주가 누구인가?

정신이 나간 놈이라서 모용백의 말이 마음에 들지 않으면 당장 달려들 수도 있었다. 혈교주가 황당하다는 표정으로 대답했다.

"나도 환자로 보인단 말이냐?"

모용백이 되물었다.

"아닙니까?"

혈교주가 고개를 삐딱하게 움직이더니 모용백을 노려봤다.

"치료해 봐라."

"그렇게 강압적으로."

"강압적이든 아니든 이리 와서 진맥하고 똑같이 치료해라."

내가 일어나자, 혈교주가 내게 손가락질하면서 경고했다.

"문주, 가만히 있어라. 내가 더 가깝고 빠르다. 죽일 생각 없으니 앉아."

모용백이 자리에서 벌떡 일어나더니 혈교주에게 다가갔다. 혈교주는 모용백이 겁도 없이 다가오자, 실실 웃었다. 나는 모용백이 손을 내미는 것을 보고 나서 어쩔 수 없이 앉았다. 두 사람은 아까보다 더 가까운 상태라서 교주나 천악이 나서도 막기 힘든 거리였다. 모용백이 혈교주를 진맥한 다음에 손을 뗐다. 혈교주가 물었다.

"어떠냐? 광증이 심한가? 나도 주화입마 상태냐? 의원아."

모용백이 혈교주를 마주 본 상태에서 손가락으로 자신의 관자놀이를 찍었다.

"예. 정신적으로 문제가 있는 상태입니다."

"..."

혈교주가 고개를 이리저리 움직이면서 모용백의 표정을 구경하다

　　　…　　　광마회귀 8

가 웃었다.

"할 말은 하는 의원이구나. 그럼 어떻게 해야 하겠나? 나도 육합
선생처럼 잠을 많이 자면 치료할 수 있겠나?"

"교주님."

"그래."

"저는 모용백이라 합니다. 작은 동네의 의원입니다. 강호의 일에
대해서는 많이 알지 못합니다. 그래서 묻습니다만 강호에 혈교주님
보다 강한 고수가 몇 명 남았습니까?"

혈교주가 우리 쪽을 바라보면서 대답했다.

"나보다? 보자. 삼재는 아직 어렵겠다. 저기 총군사도 나보다 한
수 위다."

"그럼 겨우 네 명입니까?"

"아니지. 맞수가 될 만한 상대를 꼽으라면 더 있다."

"누굽니까."

"하오문주도 있고. 검마나 임소백도 있지. 백의서생도 강자고."

"겨우 여덟 명이네요. 더 없습니까?"

"없다. 제왕들이나 은퇴한 늙은이들은 내 맞수가 아니다."

"아무리 많이 셈을 해봤자 열 명은 넘지 않겠군요?"

"그런 셈이지."

모용백이 혈교주를 똑바로 바라보면서 말했다.

"그렇다면 그 십대고수 명단에 한 명만 더 추가하십시오."

"누구? 혹시 자네? 아니면 몽랑?"

모용백이 무서운 말을 입에 담았다.

"혈교주 본인을 추가하시면 됩니다."

"무슨 뜻이냐."

"스스로 감당할 수 없는 순간이 와서 학살을 저지르게 되면 본인에게 진 게 아닙니까. 앞으로 통천방에서 벌어졌던 일과 같은 일을 저지르신다면 육합 선생에게 했던 사과도 거짓말이 되는 셈이고. 본인을 속인 게 됩니다. 제가 봤을 때는 아직 그때의 심마心魔가 완벽하게 치료된 것은 아닙니다."

혈교주가 대답했다.

"그렇구나. 그런데 자네는 지금 목숨이 왔다 갔다 하고 있단 사실을 알고 있나? 자네 말대로 내 심마가 아직 남아있는 것 같아서 하는 말이네."

"알고 있습니다."

"그래도 계속 떠들 생각인가?"

"교주님, 저와 대화를 나누는 교주님을 치료하려는 게 아닙니다. 통천방 사람들을 학살했던 교주님을 치료하고 싶은 것이지요. 둘이 같은 사람이라면 육합 선배에게 사과하진 않았겠지요."

혈교주가 고개를 삐딱하게 한 채로 모용백을 노려봤다.

"…그래?"

"교주님, 육합선생에게 사과하신 것은 본래 교주님도 그런 학살이 옳지 못하다는 것을 알고 있었기 때문입니다. 하지만 당시에는 일종의 화가 마음을 온통 지배했겠지요. 교주님도 알고, 저도 아는 그 마음 상태가 심마입니다. 때때로 오늘처럼 온 천하를 뒤져도 적수가 채열 명도 되지 않는 강호의 선배이셨다가 또 화가 나면 필부처럼…"

"그만하게. 알았으니."

"예."

모용백이 고개를 살짝 숙였다.

"사실 제가 어찌 치료하겠습니까? 모든 게 선배의 마음에 달린 것
인데. 절 때려죽이지 않으실 생각이면 이제 일어나겠습니다."

혈교주가 손을 내저었다.

"용감하게 잘 떠들었다. 가라."

모용백은 일어나서 우리 쪽으로 걸어왔다. 이렇게 보고 있으려니
독마가 걸어오는 것처럼 보였다. 모용백이 내게 물었다.

"문주님."

"응?"

"과일 차, 남은 거 없어요?"

"없어. 속이 타냐?"

"예."

"이리 와봐라."

나는 가까이 온 모용백의 팔목을 손으로 쥔 채로 진맥했다. 대체
로 알아낼 수 있는 게 별로 없었지만 심각한 어조로 말했다.

"화병이 심해졌구나. 벼랑 끝에서 떠드는 사내 같았다."

"예."

"잠은?"

"이곳에 오는 동안에 잘 못 잤습니다."

"육합과 혈교주에겐 이래라저래라 하더니 본인이 잠을 못 잤구
나."

"그렇습니다."

"아무래도 주화입마 직전 상태다."

내가 손을 거두자, 모용백이 나를 쳐다보면서 말했다.

"제가요? 생각해 보니까 문주님 만나기 전에는 화병 증세가 없었던 것 같습니다."

"그래? 확실해?"

"예."

"그러니까 나를 만난 이후로 종종 목숨이 경각에 달린 것 같은 상황에 부닥쳤고. 그게 부담스러워서 종종 화병이 생겼는데 그렇다고 아예 외면하진 못할 것 같고. 뭐 그런 마음이라 이거지?"

"잘 요약하셨습니다."

나는 고개를 끄덕였다.

"그 정도 화병은 누구나 있어. 앓는 소리 하지 말고 무공이나 더 열심히 수련해."

"예."

"그리고 환자를 대하는 마음이 순수하다는 것은 알지만 필요 이상으로 나대지 말고. 혈교주도 방금 많이 참았다. 아슬아슬했어."

"알고 있습니다."

모용백과 대화를 마치자마자 매화장주가 걸어 나오면서 말했다.

"선배님들… 식사 준비했습니다. 하지만 일어나지 않으셔도 됩니다."

우리는 매화장주를 바라봤다. 시비들이 식판을 든 채로 줄줄이 등장하고 있었다. 매화장주가 말했다.

"…사실 안으로 모셔서 큰상에 차릴까 했으나 오늘 비무 자리임을 고려하여 특별히 전쟁터에서 병사들이 먹는 분위기로 찬과 밥을 준비했습니다. 계시던 자리에 식사를 올리겠습니다."

매화장주가 손짓을 하자, 시비들이 흩어지면서 식판을 전달했다. 밥과 찬이 정갈하게 놓여있는 한 끼의 식사였다. 매화장주의 말대로 전쟁터의 군영에서 병사들이 배급을 받는 식사처럼 보이기도 했다. 대체 이런 생각을 어떻게 했을까? 사실 안쪽에서 식사했을 때 문제가 많다.

천악과 교주가 상석을 두고 다툴 가능성이 있었고, 둘러앉아 먹는 모습도 잘 상상이 가지 않았기 때문이다. 우리는 탁자에 앉은 사람도 있고, 아까부터 그냥 바닥에 앉은 사람도 있었는데 그 자리에서 시비들이 전달하는 식판을 받았다. 묵가에서 전달한 도시락처럼 제법 신경을 쓴 찬들이 가지런하게 놓여있었다.

새삼스럽게 이런 준비 또한 화산제일검다웠다. 둘러보니 시비 한 명이 비무 장소에 앉아있는 혈교주에게 다가가지 못하고 있었다. 내가 보기에도 혈교주는 어둠에 휩싸여 있어서 평범한 이들이 다가가지 못하는 게 당연해 보였다. 눈치 빠른 매화장주가 시비의 손에서 식판을 건네받더니 직접 걸어가서 혈교주에게 말했다.

"교주님, 후배가 식사를 식판에 준비했습니다. 야영하는 느낌으로 준비를 해봤는데 이것 좀 받아주십시오."

매화장주는 그냥 식판을 내밀었다. 얼떨결에 식판을 받은 혈교주가 바닥에 내려놓더니 매화장주를 쳐다봤다. 매화장주가 낮은 어조로 말했다.

"물이나 술도 곧장 준비하겠습니다. 일단 배부터 채우시지요."

혈교주는 아무런 말 없이 고개만 끄덕였다. 매화장주가 우리를 둘러보면서 말했다.

"선배님들, 편하게 드십시오. 들어가서 술을 좀 꺼내오겠습니다."

나는 매화장주가 들어가고 나서야 식판을 다시 쳐다본 다음에 젓가락을 붙잡았다.

"…"

이상하게도 아무도 먼저 밥을 먹지 않았다. 나는 젓가락을 쥔 채로 주변을 둘러보다가 말했다.

"연장자께서 아무래도 먼저 먹어야 다들 먹을 것 같은데."

이게 대체 뭐라고. 왜 이렇게 숨 막히지? 밥도 편하게 못 먹는 놈들인가? 우리는 천악과 교주를 바라봤다. 교주와 천악이 눈을 마주치더니 우리를 향해 동시에 말했다.

"먹어라."

"먹자."

나는 속으로 두 사람에게 욕했다.

'염병할 새끼들, 잘 먹겠습니다.'

식판에 담긴 밥을 먹었다. 전쟁터에서 배급받는 느낌의 식판이라고 했는데, 실은 그것보다 더 운치가 있는 식판이었다. 밥 먹는 게 이렇게 어려울 줄이야. 나는 일부러 교주를 바라보지 않았다. 문득 이런 생각이 들었다. 교주는 얼마 만에 사람들과 함께 밥을 먹는 것일까. 사실 교주와 함께 밥을 먹으면서 밥알을 목구멍으로 곱게 넘길 수 있는 자들이 많지 않았을 것이다. 분위기가 너무 무거운 터라 결국에 내가 밥을 먹으면서 떠들었다.

"선배, 맨날 닭만 먹다가 이런 거 먹으니 어때?"

천악은 좀 실성한 모양인지 밥을 먹다가 웃었다.

"문주야, 산장 수련이 그리운 모양이지?"

그립진 않았기 때문에 조용히 밥을 먹었다. 교주가 천악에게 물었다.

"너도 가르쳤단 말이냐?"

천악이 고개를 끄덕였다.

"길진 않았다. 알맹이만 잘 골라서 효율적으로 익히더군."

밥을 먹으면서 생각해 보니까 강호에 내 사부들이 참 많았다. 맏형, 거지 선배, 천악, 임소백도 나를 가르쳤고. 일전에는 육합도 내게 검막의 이론을 가르쳤다. 전생으로 따지면 백의서생도 관련이 있다. 어쨌든 금구소요공을 전달한 장본인이었으니 말이다. 일부가 없긴 했으나. 나는 한자리에 모인 사부들과 조용히 밥을 먹었다. 밥맛이 좋은지, 나쁜지는 구별이 되질 않았고 그저 입에 잘 쑤셔 넣는다는 느낌으로 먹었다.

414.
교주의 제안

화산에 올라가서 싸웠으면 곤란할 뻔했다. 누가 이런 밥을 준비해서 올라왔겠는가? 우리는 전쟁터의 병사처럼 밥을 해치운 다음에 매화장주가 가져온 술까지 마셨다. 매화장주는 가진 것을 다 내놓았기 때문에 당분간 자신도 좋은 술을 못 마신다면서 술자리에 슬쩍 끼어들었다. 그렇게 우리는 이곳저곳에 멋대로 앉아서 술을 마시고 잡담을 나눴다.

이래서 달이 존재하는 것일까. 달이 보이지 않는 밤이었으면 제법 삭막했을 분위기였는데, 지금은 특별한 말을 하지 않아도 분위기가 대충 달빛에 스며들었다. 사실 이제부터 교주가 발언해야 할 시점이다. 여태껏 별다른 의견 없이 자리를 지켰기 때문이다. 내가 몇 번 슬쩍 바라보자, 교주가 내게 말했다.

"말해라. 할 말이 있는 모양인데."

나는 술을 채운 다음에 말했다.

...

"나는 이곳에서 원하는 바를 다 얻었소. 모이기 힘든 자들과 밥도 한 번 먹었고, 술도 마시고 있고. 아무리 우리처럼 미친놈들이라 해도 삶에 싸움만 있는 것은 아니니까."

"…"

"적어도 나는 화산에 모인 보람을 느끼는 중이오. 나머지 일은 이제껏 인내한 교주의 뜻에 맡기겠소."

욕심을 내야 할 때가 있고, 내려놓을 때가 있는데 지금은 무언가를 억지로 하지 말아야 할 순간이라 여겼다. 그래서 이후에 벌어질 일은 나도 잘 모르겠다. 예의를 잃지 않은 교주를 상대로 여기 있는 고수들이 전부 달라붙어서 상대하는 것도 옳지 않았기 때문이다. 교주가 천악을 바라봤다.

"자네는 할 말 있나?"

천악이 교주를 보더니 고개를 내저었다.

"그대가 교도를 잔뜩 이끌고 왔다면 나도 할 말이 있었을 테지만 지금은 그럴 필요가 없지. 뜻대로 하게."

교주가 우리를 둘러보다가 말했다.

"본래 내가 생각하던 화산에서의 싸움은 너희 전부를 나 홀로 상대하는 것이다. 그렇다면 물론 생사결이 되었겠지."

얼추 나도 비슷한 생각을 한두 차례 했었기 때문에 교주에게 물어봤다.

"가능한 일이오?"

교주가 나를 쳐다봤다.

"애초에 승패는 고려하지 않았다."

"교주답소."

"내가 너희를 전부 상대하면 절반이 죽을지, 대다수가 죽을지 혹은 나와 함께 모조리 죽을지 모르는 일이다. 빠르게 성장한 자들도 있고, 천악처럼 전보다 더 강해진 사람도 있기 때문이지. 또한, 총군사처럼 세상에 실력을 온전하게 드러내지 않은 사내도 있다. 하지만 그것만이 내게 의미 있는 일이라고 생각했다. 이 자리에 있는 자들이 모두 죽으면 그간 문주가 큰 틀에서 계획한 일들이 다시 제자리로 돌아가기 때문이야."

나는 고개를 끄덕였다. 옳다. 그러니까 교주도 형세를 인정한다는 뜻이다. 지금의 형세는 교보다 연합이 더 강하다. 하지만 교주가 이 자리에서 연합에 속한 최고수들을 대다수 죽이면 그 형세 또한 의미 없다는 뜻이다. 실제로 교주는 그렇게 할 수 있는 실력자이기도 하다. 생각이 바뀐 모양이라서 우리는 더더욱 교주의 말을 경청할 수밖에 없었다. 교주가 말했다.

"문주가 제안한 화산비무를 받아들이마. 단 내 방식이다."

"들어봅시다."

"생사결이 벌어지면 나 혼자 그대들을 전부 상대하겠다는 뜻은 여전하다. 비무는 다르다. 이번 비무에 삼재의 은퇴를 걸겠다."

"음."

교주가 우리를 둘러봤다.

"백의서생, 총군사, 검마, 하오문주, 혈마, 똥싸개까지 너희 여섯."

똥싸개가 미간을 좁힌 채로 끼어들었다.

"교주님?"

"아직 말 안 끝났다."

"예."

교주가 우리를 잔잔하게 둘러보면서 말했다.

"너희 여섯을 천악과 내가 상대하마."

"…!"

나는 눈을 크게 뜬 채로 교주의 말을 곱씹었다. 이렇게 황당한 제안이 있을까? 다들 술을 마시다가 체한 사람들처럼 교주를 주시했다. 천악마저도 황당한 모양인지 교주에게 되물었다.

"그게 대체 무슨 말인가?"

교주가 슬며시 웃으면서 말했다.

"시대가 문주의 말 몇 마디로 바뀔 것 같으냐. 쉽게 건네줄 수 없지. 다만, 너희 여섯이 동시에 덤벼서 천악과 나를 비무 형식으로 이기면 천악과 나는 은퇴하겠다. 우리 둘이 은퇴하면 신개도 은퇴하는 것이다. 거지는 천하제일에 관심이 없는 사내이고 애초에 나를 견제하기 위해서 인고의 세월을 보냈을 뿐. 내가 은퇴해서 사라지면 신개도 자연스럽게 물러난다는 것을 알고 있다."

맏형이 물었다.

"우리 여섯이 패하면?"

교주가 대답했다.

"너희 여섯이 바닥에 쓰러지는 즉시 이어서 천악과 내가 그 자리에서 천하제일을 가리겠다. 그렇게 되면 너희는 시대를 바꾸지 못한 셈이지. 나름 강호에서 손꼽히는 고수들인데 여섯이서 삼재 중 둘을 당해내지 못했으니 말이야. 이해하기 어려운 자들이 있는 모양인데 문주가 다시 설명하도록."

이야기를 듣고 있었던 전원이 팔짱을 끼었다. 나도 어리둥절했다. 하지만 이상하면서도 논리적이었고, 논리적이면서도 이상한 제안이었다. 내가 정리해 봤다.

"그러니까 우리 여섯이 삼재를 은퇴시키면 시대가 바뀌는 것이고."

"..."

"은퇴를 시키지 못하면 드디어 삼재 중에 천하제일이 탄생하는 것이고."

아무리 생각해도 어느 쪽이 이길 것인지 가늠할 수가 없었다. 일단 수가 부족한 것은 교주와 천악이기 때문에 굳이 한 번 물어봤다.

"두 사람이 우리를 감당할 수 있겠소?"

교주와 천악이 서로를 바라보더니, 천악이 내게 말했다.

"문주야, 걱정은 너희가 해야 할 것 같은데."

"그러네."

교주가 제안한 방식이 실로 해괴한 이유는 양측이 모두 자신감이 있는 것 같기도 하고. 양측 다 무조건 승리는 자신할 수 없는 것 같기도 하고. 승패의 향방은 혼돈 그 자체였다. 비무장에 홀로 앉아있는 혈교주가 입을 열었다.

"교주, 나도 저놈들과 껴서 대적하란 말이오?"

교주가 고개를 끄덕였다.

"말했다시피 생사결이 아니라 삼재의 은퇴전이다. 물론 생사결은 아니지만, 재수가 없으면 다시는 무공을 사용하지 못할 것이다."

사실 교주나 천악에게 제대로 맞으면 죽지 않는 게 다행이다. 본래 나는 홀로 교주에게 도전하려고 했었다. 패배하더라도 말이다. 하지만 교주가 나를 상대하고 나서 멀쩡한 천악과 겨루게 된다면 그것 또한 논검이나 비무의 공정성이 어긋난다. 그렇다고 천악에게 누군가가 도전해서 힘을 뺀 다음에 교주와 붙어도 그게 그거다. 운이 너무 개입되기 때문이다. 그런데 교주와 천악이 동시에 우리 여섯을 상대하면…? 백도의 비무이면서 동시에 마도의 혼돈이 녹아 있는 논검이었다. 교주에게 인정받은 똥싸개가 모두에게 물었다.

　"만약에 우리 여섯이 이기면 천하제일은?"

　교주가 대답했다.

　"그렇게 되면 이 자리에 없는 자들까지 나중에 불러 모아 이차 논검을 하든. 무엇을 하든 너희 몫이다. 은퇴한 자들이 개입할 문제가 아니니까."

　이렇게 정리가 되었다. 희한하게도 이 비무가 끝이 나면 시대가 바뀌거나, 천하제일이 탄생하거나 둘 중 하나다. 가만히 있던 백의 서생이 소감을 말했다.

　"살다 살다 이렇게 예측이 안 되는 구도의 싸움은 처음이로군. 총군사는 어떻게 생각하시오?"

　공손심이 대답했다.

　"교주와 천악, 두 사람이 옛 맹주이신 신검神劍과 비슷한 경지라면 여섯이 덤벼도 당해낼 수 없을 것이네. 우리로서는 두 사람의 경지를 그저 생각이나 예측만으로는 알아낼 수 없겠지. 교주의 뜻에 따르겠네."

천악이 고개를 끄덕였다.

"좋다. 자유롭게 떠들어라. 결국에 어떻게 이길 것인지 토론하고, 모의하고, 작당하는 것마저 이런 달밤에 어울리는 대화다."

나는 조금 떨어져 있는 혈교주에게 물었다.

"혈교주는 어떻게 생각하나?"

혈교주가 대답했다.

"여섯이 불리하다."

"어째서?"

"교주와 천악은 서로의 무공을 알고 있다. 이미 예전에 서로의 수법을 달달 외울 정도로 겨뤄봤을 테니 말이다. 나머지 우리는 그야말로 개차반이지. 수는 많지만, 구성으로 따지면 오합지졸이다. 각개격파당해도 이상한 일이 아니지. 하지만 교주의 성격상, 이런 제안 자체가 드문 일이니 받아들일 수밖에. 교주는 내뱉은 말이 곧 약조다. 여섯이 이기면 천하제일은 여섯 중의 한 명이 받게 된다."

정신이 나갔던 사내는 어느새 대종사처럼 말하고 있었다. 혈교주의 말이 끝나자, 모용백이 조용히 손을 들었다. 나는 당연히 모용백의 의견도 경청했다.

"모용 선생, 말해라."

모용백이 말했다.

"사실 교주님이 많이 양보하셔서 생사결을 철회했으나 이런 비무라면 중상은 물론이고 죽는 자가 대거 나올 것 같습니다. 기왕 비무로 하실 생각이시면 제가 한 번 제안하겠습니다. 여기서 나려타곤懶驢打滾까지 하면서 아득바득 싸울 고수는 없을 겁니다. 그러니 타의에 의해, 혹은 실력이 부족해서, 혹은 실수라도 엉덩이가 땅에 닿는 자들은 즉각 비무에서 제외되는 것으로. 더불어서 두 무릎을 꿇어도 제외입니다. 게으른 당나귀가 땅을 구르는 꼴로 어찌 시대를 바꾸거나 천하제일을 노리는 고수가 될 수 있겠습니까."

나려타곤의 뜻이 본래 게으른 당나귀가 땅을 구른다는 것이지만 강호 고수들끼리는 땅을 구르면서까지 못나게 움직여서 회피하는 것을 조롱하는 말이다. 그러니 이곳에 있는 사람들은 모두 나려타곤이 어떤 의미인지 알고 있다. 내가 종합해서 말했다.

"이 대 육의 싸움에서 나려타곤에 해당하는 못난 꼴을 보이면 즉시 퇴출. 다들 받아들이겠소?"

"그래야지."

이렇게 정해지자 별 이유 없이 웃음이 실실 나왔다. 황당하기도 했고, 재미있기도 했으며, 기대하는 마음과 패배할 것 같은 두려움까지 복잡하게 휩싸였다. 나는 색마를 바라봤다.

"넷째야."

"왜?"

나는 색마에게 진지한 어조로 말했다.

"막내가 곧 큰 싸움에 임할 형들과 사부들에게 술 한잔 돌려봐라."

색마가 나를 물끄러미 바라보더니 고개를 끄덕였다.

"그러자."

색마가 일어나더니 매화장주에게서 가득 들어있는 술을 건네받았다. 색마가 술을 붙잡은 채로 좌중을 둘러보면서 말했다.

"여러 형님과 사부들. 이 백응지의 똥싸개가 술 한잔 올리겠소. 오늘은 특별한 날이니 내가 빙주氷酒로 따라드리겠소. 내가 주고 싶은 순서대로 술을 올릴 것이니 따져 묻지 마시오. 내 마음이오."

나는 술병을 든 채로 움직이는 색마를 바라봤다. 표정은 벌써 취한 것처럼 보였다. 당연하게도 색마는 가장 먼저 맏형에게 도착했다.

"사부님, 제자가 빙주 한잔 올립니다. 받으십시오."

색마가 술병을 내밀자 표면이 하얗게 얼어붙었다. 그곳에서 빙주가 흘러나와서 맏형의 술잔을 채웠다. 맏형은 고개만 끄덕였다. 색마가 교주에게 다가갔다.

"교주님, 빙주 올립니다."

교주가 술잔을 내밀었다.

"그래."

"언젠가 교주님에게 도전하려고 했으나 그날이 이렇게 빨리 올 줄은 몰랐습니다. 천악 선배, 받으십시오."

우리는 술을 따르는 동안에 먼저 취한 색마를 그저 지켜봤다. 색마가 홀로 달밤에 떠들었다.

"둘째 형이 저렇게 강해졌을 줄은 몰랐습니다. 백의서생, 어디 계시오? 우리 얄미운 백의서생. 언젠가는 우리 사대악인을 배신해서 적으로 만날 것 같았는데 어쨌든 오늘 함께 싸우게 되어서 영광이오."

색마는 백의서생에게 다가가서 빙주를 따랐다. 그런 다음에 총군사를 보더니 고개부터 꾸벅 숙였다.

"총군사께 빙주 한잔 올립니다. 일전에 임 맹주님에게 크게 혼난

적이 있어 아직도 제 마음이 무림맹 어딘가를 배회하고 있습니다. 받으십시오."

총군사가 고개를 끄덕였다.

"잘 마시겠네."

색마가 갑자기 화난 사람처럼 성큼성큼 걷더니 혈교주에게 도착했다.

"혈교주, 한잔 받으시오. 둘째가 없어서 하는 말인데 둘째를 살려줘서 고맙소. 그대라면 충분히 죽일 수 있었을 거요."

또르륵- 소리와 함께 술이 떨어졌다. 이렇게 보니까 술을 참 잘 따르는 사내였다. 모용백에게도 빙주를 따라주고, 매화장주의 잔도 채워주더니 마지막에 내가 있는 곳으로 다가왔다. 술잔을 내밀자, 색마가 술을 따르면서 말했다.

"셋째야, 빙주 마셔라."

"그래."

내게 빙주를 따른 색마가 주변을 둘러보면서 술병을 흔들었다.

"이 막내는 그럼 남은 술을 병으로 마시겠습니다."

아직도 빙주가 담겨있는 술잔이 달빛만큼이나 차갑게 느껴졌다. 이 술을 마실 수 있게 해준 공로를 어디에 전할 것인가. 나는 내리 쬐는 달빛을 향해 술잔을 들었다. 여러 강호인이 함께 술잔을 들었다. 내 착각일 수도 있지만. 다들 비슷한 표정으로 웃고 있었다.

우리는 그야말로 제멋대로 살아왔기 때문에 단체로 외칠 구호 같은 것은 애초에 없었다. 서로의 표정을 바라보다가 거의 동시에 빙주를 마셨다. 이것은 대체 무엇을 기념하고, 무엇을 축복하고, 어떤 의미가 있는 술일까. 강호인은 대체로 그런 의미 따위는 모른다. 술을 마셨으니 이제 싸움이 남았다.

415.
지금부터 우리는

여섯이 싸우는데 아무런 작전도 논하지 않고 삼재에게 덤비면 필패라고 생각한다. 작전을 논할 테니 삼재에게 자리를 비켜달라고 하는 것도 우스운 상황. 그냥 떠들었다.

"…만약에 우리 여섯이 서로를 돕지 않으면 삼재와 일대일 대결을 하다가 각개격파당하는 싸움에 지나지 않아. 그렇지 않겠어?"

"맞다."

비무에 참가할 아군도 나를 바라보고, 교주와 천악도 내 말을 들었다.

"그렇게 되면 겨우 삼재의 힘과 내공을 빼놓는 싸움에 그치고, 삼재가 붙어 천하제일이 누군지 결판나겠지. 이번 싸움은 그렇게 흘러가선 안 돼. 어쨌든 승부는 승부다. 우리 여섯이 만약 두 명에게 지면 우리 여섯이 은퇴해도 이상하지 않은 일이야. 충분히 부끄러운 일이 될 테니까."

맏형이 고개를 끄덕였다.

"옳다."

적으로 싸우게 될 천악이 웃으면서 내게 말했다.

"맞는 말이다. 네가 큰 틀의 전략을 짜봐라. 어떻게 하면 우리 둘을 이길 수 있겠느냐?"

나는 똥싸개, 맏형, 백의서생, 공손심, 혈교주를 바라봤다.

"재차 말할게. 이기려면 위기에 빠진 사람을 구해야 해. 여섯 명이다. 한 차례 외면하면 다섯으로 줄어든다. 괜찮겠지 하고, 내버려 두면 넷이 남고. 나만 생각하면 셋이 남고, 그 이후에는 삼재에게 신나게 두들겨 맞다가 전부 바닥에 궁둥이를 붙인 채로 천하제일이 탄생하는 비무를 구경하게 되겠지. 내 말이 틀렸나?"

말을 하면서도 기분이 이상할 때가 있는데 지금이 그렇다.

"…"

결국에 위기에 빠진 사람을 구하는 사람은 협객이기 때문이다. 그러니까 우리는 이 자리에서 순간순간 협객처럼 싸우지 않으면 삼재에게 패하고 말 것이다. 나는 심정을 그대로 내뱉었다.

"혈교주, 맏형, 똥싸개, 총군사, 백의서생. 지금부터는 서로를 구할 수밖에 없다. 다시 말하지만 여섯 명이 합공했는데도 패배하면 어디 가서 고수라고 으스대지 마. 나도 마찬가지야. 이 자리에서 우리 여섯은 처음이자 마지막이어도 좋아. 타인의 위기를 외면하지 말자고. 내 전략을 아주 간략하게 줄이면…"

나는 내 말을 조용히 경청하는 자들에게 말했다.

"협객처럼 싸우는 거야."

"…"

"시대를 바꾸기 위해서. 일생에 단 한 번이라도. 지금부터 우리는 협객이라고, 알겠어?"

별호에 마魔를 붙이고 있든, 전생에 악惡을 붙였든 간에. 광증에 사로잡혀 미친놈 취급을 받았든, 실제 미친놈이든 간에. 이 순간에는 협객처럼… 다들 내 말을 이해한 것일까? 아무도 대답하지 않았다. 대신에 교주가 일어나더니 혈교주가 있는 곳으로 천천히 걸어갔다. 두 사람은 아무런 말이 없었다. 교주는 등을 내보인 채로 달을 구경하고 있었는데 우리가 덤빌 때까지 저렇게 서있을 모양새였다.

이렇게 보니까. 적막한 달밤에 잘 스며드는 사내처럼 보였다. 혈교주가 아무 말 없이 일어서더니 우리 진영으로 걸어오고, 반대로 몸을 일으킨 천악은 교주가 있는 곳으로 향하면서 자리를 잡았다. 솔직히 나도 몰랐다. 교주와 천악이 저렇게 나란히 서서 달을 구경하게 될 줄이야. 천하의 삼재 둘이 나란히 서있는 모습은 오고 가는 대화가 없어도 신기하게 보였다. 두 사람의 관계가 어떠하든 간에, 소속과 신념을 떠나서 애초에 서로를 인정했었다는 것을 쉽게 알 수 있었다. 뜻밖에도 교주가 편한 어조로 입을 열었다.

"신개 소식은 없더냐?"

"한 차례 기습했었는데 거지도 제법 늙었다. 예전에는 아무리 거칠게 공격해도 죽지 않을 사내처럼 느꼈었는데 이번에 기습했을 때는 쉬었다가 싸우자는 말까지 들었으니 말이야."

"거지도 늙었구나."

"내공은 여전했으나 세월이 그토록 무서운 것이다. 본래 우리보다도 한참 늙은 거지였으니.”

“저 떨거지들은 어찌할 셈이냐.”

“오늘 제대로 된 참교육을 해야지.”

교주가 고개를 돌리더니 천악을 바라봤다.

“먼저 쓰러지면 천하가 비웃을 것이다.”

교주의 말에 천악이 고개를 살짝 젖힌 채로 웃음을 터트렸다. 잠시만… 생각해 보니까 삼재 중 둘을 상대하게 됐네. 나는 이랬다가 저랬다가 하는 편이라서 비무를 취소하고 싶었다. 이게 말이 돼? 천악이 먼저 돌아서더니 우리 쪽을 보면서 말했다.

“의원과 장주는 멀찍이 물러나라. 휘말려서 죽는다.”

“예, 선배님.”

모용백과 매화장주가 벌떡 일어서더니 피난 가는 사람들처럼 뒤로 물러났다. 우리는 각자의 자리에서 교주가 돌아서기 전에 일어났다. 생각해 보니까 불리한 싸움이다. 이기적으로 생각하면 한없이 불리하다. 사실 세 명씩 나눠서 덤비는 방안도 생각했지만 취소했다. 어차피 이기기 위해서 천악과 교주는 수단과 방법을 가리지 않을 테고, 언제든지 세 명으로 구성된 우리 조합을 바꿔 상대할 가능성이 컸기 때문이다. 그러니까 삼재를 상대로 꼼수 따위는 없다. 천악이 나를 보면서 슬쩍 웃었다.

“문주야, 세상에 어떤 바보가 협객처럼 싸우겠느냐?”

천악의 질문에서 나는 답을 바로 찾았다. 다들 잔뜩 긴장한 채로 대기하는 중이었기 때문에 내가 먼저 앞으로 나섰다.

“그 바보가 나야.”

…   광마회귀 8

내가 전면에 나서자, 그제야 다섯도 움직여서 거리를 조금씩 벌리더니 삼재를 포위하듯이 다가갔다. 우리가 점점 다가가는 와중에 교주가 천천히 돌아섰다. 교주의 모습은 딱히 수식할 말이 없었다. 그냥 감탄사로 흘러나왔다.

'아이고…'

성태처럼 기습할 생각이었는데 교주가 하늘을 향해 손을 뻗었다. 저 공격기술이 무엇인지 확인할 겨를도 없이 공중에서 거대한 장력이 쏟아졌다. 나는 좌장을 공중으로 치켜들면서… 거대한 손바닥 모양의 장력이 우리 여섯 명 전체를 뒤덮는 것을 확인했다. 본능적으로 전방을 향해 금구소요공의 초계 장력을 쏟아냈다. 하늘에서 교주의 장력이 떨어지는 사이에 천악이 앞발을 휘둘렀다. 물론 손이겠지만, 인지의 영역에서는 호랑이 앞발처럼 느껴졌다.

콰아아아아아아아아아앙!

단 한 수에 무릎을 꿇을 뻔한 상황. 교주와 천악의 장력을 튕겨냈을 때 내 몸은 이미 공중에서 돌고 있었다. 얼핏 천하가 뒤집혀서 보이는 상황에서 다른 아군도 공중에 떠있다는 것을 알았다.

'이러다 금방 처맞고 끝나겠다.'

이렇게 허망한 싸움은 삼재에 대한 예의가 아니다. 내가 땅을 밟자마자 휘청거렸을 때 공손심은 검을 뽑은 채로 교주를 공격하고, 만형은 천악을 향해 광명검을 휘두르고 있었다. 자연스럽게 똥싸개가 만형을 보조하듯이 합류하고. 혈교주는 애초에 교주에게 덤비기 싫었던 모양인지 등에 수십 개의 혈기를 두른 채로 천악에게 달려들었다. 결국에 사태를 관망하던 백의서생은 나와 눈을 마주치더니 공손심과 일대일로 맞붙고 있는 교주에게 다가갔다. 백의서생이 불쾌한 어조로 읊조렸다.

"한 방에 전부 나려타곤을 할 뻔했다."

"그러게 말이야."

"이런 빌어먹을 싸움은 또 처음이구나."

교주의 빈틈을 대놓고 살펴보던 백의서생이 지법으로 교주를 공격했다. 빛살처럼 뻗어나가는 유형의 기가 쇄도하자, 공손심의 검을 마치 젓가락처럼 아무렇지도 않게 쳐대던 교주가 손가락을 한 번 튕겼다. 백의서생의 빛살이 공중에서 흔적도 없이 사라지자, 곧장 백의서생이 공중으로 솟구쳤다가 공손심에게 합류했다.

삼 대 일의 싸움이라고 마음대로 아무 때나 합류할 수 있는 게 아니다. 나는 가까이 가서 세 사람의 싸움을 지켜봤다. 대체로 끼어들 수 있는 빈틈이 안 보였다. 교주가 의도적으로 장력을 펼치면서 내 접근을 막기도 했거니와 단체로 줄넘기를 하는 것처럼 끼어들 수 있는 상황 자체가 극히 찰나에만 엿보였다. 하지만 나는 동네 고양이처럼 어슬렁대면서 계속 기회를 엿봤다. 결국에 우리도 교주의 무학을 온전하게 이해해야만 이길 수 있다고 보았다. 그 때문에 나는 지켜보는 와중에 공손심과 백의서생에게 말했다.

"교체하자. 쉬도록."

쉬기는 개뿔이? 갑자기 장력을 한 번씩 부딪힌 두 사람이 내 좌우에서 갑자기 돋아난 날개처럼 뒤편으로 날아갔다. 동시에 나는 앞으로 나서면서 금구소요공을 극성까지 끌어올렸다. 드디어 교주인가? 눈앞에는 교주의 손바닥만 보였다. 그것을 권拳으로 박살 내자, 공중에서 무형의 기가 짓누르듯이 떨어졌다. 거의 동시에 펼쳐지는 교주의 공격이 허망하게 사라진 것을 느꼈을 때, 공손심이 내보낸 검기가 상공을 뻗어나가고 있었다.

쾌당주가 공중에서 떨어지는 장력을 쪼갠 모양이다. 교주가 왼발을 바닥에 찍자, 대지가 크게 흔들렸다. 마공에 허공섭물도 있나? 없으면 이상하겠지? 자잘하게 쪼개진 돌무더기가 동시다발적으로 공중에 솟구쳤을 때 나는 공중에서 월영무정공의 냉기를 분출해서 방어했다. 이어서 공손심이 재차 교주와 맞붙고. 교주를 향해 걸어가는 백의서생의 등에서 희뿌연 날개 모양의 기氣가 좌우로 펼쳐지는 것을 눈으로 확인했다.

촤르르륵!

일전에 백의서생이 백학처럼 싸운다고 느꼈었는데 그것이 어쩐 일인지 백의서생의 몸에 그대로 펼쳐진 상태였다. 내가 교주에게 암향표로 거리를 좁히는 동안에 등골이 서늘해지는 웃음소리가 들렸다.

"흐흐흐흐…"

어느새 백학처럼 돌변한 백의서생의 앞에 갑작스럽게 등장한 천악이 오른손으로 백의서생을 후려갈겼다.

파악!

이어서 교주가 쌍장을 내밀더니 공손심과 나를 공격했다.

콰아아앙!

나는 쌍장을 교차해서 월영무정공과 금구소요공으로 방어하고, 공손심은 검을 수직으로 세워서 받아치는 사이에… 주변의 소리가 들리지 않을 정도로 귀가 먹먹해졌다.

"아아…"

하지만 내 상대는 어느새 백의서생을 동네 미친개처럼 두들겨 패는 천악으로 뒤바뀐 상태. 대체로 먼지와 돌무더기가 부유하듯이 떠다니고 있어서 시야 확보가 어려웠으나, 백의서생이 처참하게 맞을 것 같아서 나는 급히 천악에게 달려들었다. 이제 보니까 천악이 이런 때를 이용해 백의서생을 반 정도 죽을 때까지 두들겨 패려는 게 아닐까 하는 생각이 들었다. 아무리 친구 사이라도 가끔은 줘패고 싶을 때가 있기 때문이다. 교주의 목소리가 들렸다.

"…이것이 목검을 들고 설친 결과더냐?"

"…"

맏형과 맞붙은 모양인데 구경할 여력이 내겐 없었다. 나는 왼손으로 백의서생을 끌어내고 동시에 천악과 우장을 부딪혔다.

퍼억!

순간 팔목, 팔꿈치, 어깻죽지가 동시에 끊어질 것 같은 고통이 느껴졌으나 그대로 공력을 쏟아냈다. 괴롭게도 천악이 공손심을 피해서 뒷걸음질을 치자, 나는 장력을 붙여놓은 상태에서 질질 끌려갔다. 천악이 물건을 내팽개치는 사람처럼 나를 던지더니 이어서 쌍장을 교차하듯이 휘둘러서 공손심을 몰아붙였다. 농담이 아니라, 호랑이가 앞발로 여러 차례 검기를 쏟아내는 것 같은 지랄 염병이 이어졌다. 쾌당주가 연신 검을 휘둘러서 막아냈을 때… 공중에서 백의서생이 내보낸 장력과 천악이 내보낸 거대한 모양의 주먹이 충돌했다.

콰아아아아아아아아아앙!

천악은 아무런 타격이 없는 모양인지 웃으면서 백의서생에게 달려들었다.

"…조금 늘었구나. 이 게으름뱅이."

나는 이 상태로는 도저히 천악에게 타격을 주지 못할 것 같아서 멀찍이 떨어진 마부에게 외쳤다.

"마부 선배! 일살!"

달빛 아래에서 팔짱을 낀 채로 지켜보던 마부가 마차의 천장을 젖히더니 일살을 붙잡자마자 내게 던졌다.

쐐애애앵!

나는 공중에서 일살을 붙잡자마자 검을 뽑은 다음에 말했다.

"백의, 비켜라. 이 무식한 호랑이 놈 몸에 구멍 좀 뚫어야겠다."

백의서생이 뒤로 물러나자마자 불편했던 호흡을 토해내더니 숨을 고르고. 천악의 앞발은 내가 상대했다. 이어서 나는 공손심과 함께 두 자루의 검으로 천악을 몰아붙였다. 이걸 버티는 게 말이 돼? 쾌당주와 하오문주의 합공이다. 갑자기 천악의 손가락에서 열 자루의 비수가 튀어나오더니 손가락마다 강기가 솟구쳤다. 무공 이름은 모르겠지만 진짜 발톱이었다. 심지어 일살과 쾌당주의 검까지 아무렇지도 않게 쳐냈다.

순간, 쾌당주의 허리가 끊길 것 같다고 판단하자마자 일살을 내려서 방어해 주고, 좌장으로는 중지탄지공으로 천악의 얼굴을 공격했다. 이때, 다섯 줄기의 강기가 내 쪽으로 쏟아졌다. 겨우 하나가 중지탄지공에 상쇄되어 사라지고, 네 줄기가 내 몸 근처에 도착했을 때 공손심이 일검一劍에 다 쳐냈다. 천악은 아쉽게 되었다는 것처럼 슬쩍 웃었다.

"하…"

갑자기 "으악!" 하는 비명과 함께 어디선가 색마가 날아오더니 공중에서 자세를 돌리자마자 천악을 향해 쌍장을 내밀었다. 색마도 혼신의 힘을 다하는 터라 백색의 손바닥이 뚜렷한 외형을 갖춘 상태. 천악은 물러나는 와중에 공중을 돌더니 신기하게도 발차기 한 번에 백색의 장력을 완벽하게 깨뜨리고, 색마까지 돌려보냈다. 또다시 색마가 비명을 내지르면서 멀어졌다.

'저 새끼는 대체 뭐 하는 거야.'

천악과 백의서생이 어느새 다시 맞붙는 와중에 공손심이 내게 물었다.

"한 명이 삼재를 상대로 버티는 동안에 다섯이 한 명을 나려타곤으로 제압할 수 없겠는가?"

"물론 그 한 명이 먼저 나려타곤 당할 거요."

"제기랄!"

이 점잖은 총군사의 입에서 '제기랄'이라는 말이 튀어나오고 있다는 것이 비무의 상황을 말해주고 있었다. 쾌당주와 나는 경공을 겨루듯이 앞으로 뻗어나가서 처맞는 것처럼 버티고 있는 백의서생에게 합류했다. 대체로 정신이 하나도 없었지만 정말 꾸역꾸역 버티는 느낌으로 싸웠다. 다행인 것은 아직 아무도 이탈하지 않았다는 점이다. 문제인 것은 아직 삼재도 우리를 상대로 전혀 밀리지 않고 있다는 점이었다. 벌써 입 안이 바짝 타들어 갔다.

416.
비켜라, 잡것들아

백의서생은 유난히 천악에게 불리한 것일까? 아마도 천악이 백의서생의 수법을 전부 파악하고 있기 때문일 터. 두 사람의 공방전은 대사형이 샛길에 빠져서 수련을 게을리하는 불성실한 사제를 패는 것처럼 보였다. 어쩔 수 없이 공손심과 나는 백의서생을 흙탕물에서 끄집어내는 것처럼 구출했다. 더 놔뒀다간 나려타곤이 아니라 땅바닥에 쓰러진 채로 짓밟힐 것 같은 구도였기 때문이다. 싸움을 이어나가는 와중에… 맏형의 또렷한 목소리를 들을 수 있었다. 그런데 이 목소리에는 감정이 담겨있었다.

"…비켜라."

누구에게 비키라는 것일까? 이어서 교주의 목소리도 흘러나왔다.

"비켜라."

이건 또 누구에게 하는 말이지? 우리 세 명을 상대하다가 뒤로 슬쩍 물러난 천악이 교주 쪽으로 한눈을 팔더니 똑같은 말을 내뱉었다.

"비켜라."

그제야 우리는 검마와 교주가 일대일로 맞붙었다는 것을 알았다. 함께 이동해서 두 사람의 대결을 지켜봤다. 첫 번째 비켜라는 맏형이 똥싸개에게, 두 번째 비켜라는 교주가 혈마에게 한 말이다. 깝죽대던 똥싸개와 피똥싸개가 물러난 곳에서 드디어 맏형이 교주를 상대로 광명검을 휘두르고 있었다. 나는 천악 옆에서 팔짱을 낀 채로 지켜보다가 중얼거렸다.

"…어쩐지 둘 다 감정적인 거 같은데."

천악이 고개를 끄덕였다.

"명령을 내리던 자와 수행하던 자가 싸우면 항상 감정적이지."

애초에 맏형은 패배를 두려워하는 사내가 아니다. 어쩐지 두 사람은 다대일로 붙을 때보다 더 격렬하게 싸우는 것처럼 보였다. 싸울 때 과묵할 것 같았던 교주가 입을 열었다.

"고생해서 익힌 절기는 쓰지 않고 이따위 무공으로 싸운다는 말이냐?"

맏형도 감정을 주체할 수 없었던 모양인지 바로 대답했다.

"우리가 바라던 절대고수가 본래 일검에 적을 도륙하는 거 아니었나?"

"네 경지로는 무리다."

광명검이 갑자기 시커멓게 물들더니 수직으로 떨어졌다가 땅에 박혔다. 처음으로 교주가 땅을 밀어낸 다음에 뒤로 물러나자, 땅에 박힌 광명검에서 사방팔방으로 시커멓게 일렁이는 불길한 검기가 뻗어나갔다. 뜻밖에도 우리는 이때 마부의 목소리를 들을 수 있었다.

"…교주님."

말이 끝나자마자 날아온 장검 한 자루를 붙잡은 교주가 검을 뽑았다. 교주도 검객인가? 맏형은 광명검을 붙잡은 상태에서 교주를 초대하듯이 말했다.

"들어와라."

조금 떨어져 있던 교주가 슬쩍 웃더니 검을 붙잡은 채로 돌진하고, 맏형이 바닥에서 광명검을 뽑아내자 이내 바닥을 기어가듯이 뻗어나갔던 검기들이 사방팔방에서 솟구치더니 두 사람을 삼켰다. 순식간에 사방이 고요해졌다. 맏형은 교주를 마검혼전장에 가둬둔 채로 맞붙었다. 마검혼전장은 시커먼 구체였다. 기왕 구경하는 김에 나는 가까이 가서 마검혼전장의 표면을 살폈다. 천악이 옆에 오더니 손가락을 마검혼전장에 찔러 넣었다. 그러자 마검혼전장에서 튀어나온 시커먼 기가 천악의 손을 갑자기 붙잡은 채로 잡아당겼다. 깜짝 놀란 천악이 기겁하면서 손을 빼내는 것을 보고 나는 겨우 웃음을 참았다.

'…바보 아니야?'

마검혼전장의 표면은 고르지 않았다. 진한 부분과 연한 부분이 복잡하게 뒤섞여 있었는데 내부는 보이지 않았다. 천악이 말했다.

"교주가 일부러 들어가던데 평소에 들어가고 싶었던 모양이로군."

우리는 전부 마검혼전장을 둘러싼 채로 대기하는 중이었는데, 동시에 뒤로 물러났다. 갑자기 마검혼전장이 찢어질 것처럼, 검 한 자루가 튀어나오더니 벽면을 긁듯이 움직였다가 이내 사라졌다. 분명히 눈앞에 마검혼전장이 있는데 굉장히 먼 곳에서 누군가의 비명과 웃음이 겹치는 것 같았다. 귀곡성인가? 똥싸개가 옆으로 와서 말했다.

"분명 마검혼전장은 사부님이 유리한데 왜 굳이 여길 들어갔지? 사람 속은 알 수가 없구나."

똥싸개의 말에 피똥싸개가 대답했다.

"교주의 성격이 그렇다. 그래야 상대를 짓밟을 수 있을 테니."

혈교주가 대운검으로 마검혼전장을 찌르더니 칼날을 타고 밀려오는 시커먼 혼기를 혈기로 태우면서 말했다.

"…온전한 마검혼전장이 아니다. 미완성인지 공력이 부족한 것인지. 본래 둘이 들어가서 한 명이 살아남아야 마검혼전장이 깨지는 것인데."

"뭐?"

내가 놀란 표정으로 바라보자, 혈교주가 심드렁한 얼굴로 나를 바라봤다.

"왜 놀라나? 마공이 본래 그렇다."

비무 방식으로 대결하자고 했기에 놀란 셈이다. 하여간 강호인들의 말은 믿을 게 못 된다.

* * *

검마는 마검혼전장의 시커먼 공간 안에 우두커니 서서 교주를 바라봤다. 교주는 홀로 달려드는 혼령들을 짓밟고 있었다. 아무런 말없이 싸우고 있었다. 자신을 공격하지 않으면 혼령들을 말끔하게 없앨 가능성이 적은데도 교주는 혼자 혼령을 밟고, 검을 휘둘렀다. 오

···

랜만에 보는 천마검天魔劍이었다. 한참을 지켜보던 검마가 물었다.

"언제까지 그렇게 미친놈처럼 검을 휘두를 셈이냐?"

교주가 달려드는 인간 모양의 혼魂을 베면서 대답했다.

"끝이 없다."

"항상 벌레처럼 대하고, 언제든 다 죽일 것처럼 행동하더니 이 무슨 추태냐? 비무라니, 죽은 교도들이 비웃을 노릇이야."

교주는 진각을 펼치고 이어서 공중으로 장력을 쏟아냈다. 바닥에서 꿈틀거리던 벌레 같은 혼기가 단박에 소멸하고, 천장에 들러붙어서 쏟아지려던 혼기들도 단박에 형체를 잃었다. 교주가 다가오면서 말했다.

"아니지. 좋은 제안이었다. 그냥 비무도 아니고 나려타곤이라니."

"..."

"다 죽이면 누구를 부리고 산단 말이냐?"

검마는 대답 없이 교주를 향해 검을 휘둘렀다. 보법을 사용하지 않은 채 펼쳐지는 공방전은 감정적이다. 마치 탁자에 꽂힌 비수를 뽑아서 겨루는 것처럼 두 사람은 위치를 고수했다. 결국에 교주의 검이 검마의 왼팔을 베는 순간, 검마는 타격을 무시한 채로 좌장을 내질렀다. 교주가 장력으로 받아치자… 검마의 몸이 마검혼전장의 벽으로 날아가서 부딪쳤다.

콰아아아아아앙!

교주가 다가가면서 말했다.

"고작 한 부위가 도검불침이냐? 정말 목검만 휘둘렀구나."

검마가 파묻혀 있었던 어둠에서 걸어 나오더니 웃으면서 검을 휘둘렀다. 검법은 딱히 밀리는 구도가 아니었는데 장력을 부딪칠 때마다 검마는 어린아이처럼 튕겨나가서 부딪혔다. 교주가 말했다.

"신기한 일이다. 너처럼 명령을 잘 수행하던 수하도 드물었는데."

"교주야, 노예를 벗어나려면 시간이 필요하다. 독립하려면 내 행실을 다시 생각할 시간도 필요했지."

두 사람은 다시 맞붙었다. 교주의 뒤에서 혼령 하나가 형체를 갖추더니 오른손을 슬쩍 들자 비수의 모양이 솟구쳤다. 그 와중에 검마는 교주의 검을 왼손으로 붙잡고, 가슴을 향해 광명검을 찔렀다. 동시에 비수를 쥔 혼령이 교주의 등을 찔렀다. 교주의 몸에서 기파가 터지자, 밀려나가던 혼령이 공중에서 소멸하고. 검마의 몸도 장력을 맞은 것처럼 떨어져 나갔다. 교주가 천마검을 바닥에 꽂으면서 말했다.

"검마야, 마공은 본래 옛 교주들의 장난질 같은 무학이다. 서열 놀이를 하겠다고 무공에도 온갖 속임수를 배치해 뒀지. 지금처럼."

천마검에서 뻗어나간 검기가 마검혼전장을 가득 채웠다.

* * *

나는 산산이 조각나는 마검혼전장을 바라봤다. 무언가가 소멸하는 듯한 귀곡성이 뻗어나가고, 무언가를 피해 사방팔방으로 흩어지던 혼령들이 먼지처럼 바스러졌다. 광명검에서 뻗어나간 검기가 교주의 검에 튕겨나가더니 이내 만형과 교주가 다시 맞붙었다. 만형은 마검혼전장에 가둬놓고 정작 본인이 처맞았는지 꼴이 말이 아니었다.

'실패했네.'

지켜보던 천악이 중얼거렸다.

"…저러다 죽겠구나. 그럴 수는 없지."

물론 맏형이 죽을 수 있다는 말이겠지? 그런데 천악은 말을 내뱉자마자 쏜살같이 튀어나가더니 맏형을 공격했다. 이게 대체 뭔 지랄이지? 생각해 보니까 저런 의도면 교주가 맏형을 죽이기 전에 천악이 먼저 맏형을 나려타곤으로 이탈시키려는 모양새였다. 아주 당연하다는 것처럼 색마가 끼어들더니 천악을 공격했다. 이어서 혈교주도 교주를 기습하고. 공손심과 백의서생도 뛰어들더니 그야말로 난장판이 벌어졌다. 살다 살다, 나 없이도 이런 난장판이 충분할 줄이야. 잠시겠지만, 아무도 나를 신경 쓰지 않았다.

생각해 보니까 이렇게 나를 내버려 두면, 나 혼자 교주를 포함한 이 고수들을 모조리 소멸시킬 수 있다. 일월광천을 조합할 시간이 충분했기 때문이다. 확실하게 해두자. 나는 한 번 이놈들을 봐줬다. 비무라서 모조리 죽일 수는 없기 때문이다. 어쩌면, 똥싸개가 아까부터 특히 고전하는 이유도 적과 아군이 뒤섞여 있어서 절기를 펼칠 수 없기 때문일 터. 광역 절기의 약점인 것일까? 백의서생이 날아오는 것을 공중에서 받아낸 다음에 내가 합류했다. 나도 앞서 떠들었던 자들을 뒤따라서 읊조려 봤다.

"…비켜라. 잡것들아."

"…"

아무도 비키지 않았다. 이번에는 교주와 천악이 거의 등을 붙이거나, 서로 어깨를 스칠 듯이 가깝게 이동하면서 무공을 펼쳤는데 따로 싸우는 것보다 더 살벌하고 무서웠다. 너무 혼잡해서 이 난장판을 정리할 수가 없었다. 애초에 차륜전을 할 걸 그랬나. 이렇게 보니까 천악과 교주는 난장판을 이용해서 차근차근 승기를 잡고 있었는데, 어느 순간 천악과 공손심이 정직하게 장력을 겨루자…

펵!

순간 이동을 하듯이 슬쩍 나타난 교주가 공손심의 어깨를 손바닥으로 툭 쳤다. 이미 팔 한쪽은 천악에게 붙들려 있었던 상태에서 교주에게 일장을 얻어맞은 공손심의 무릎이 땅에 부딪혔다.

파악!

"어?"

정작 쾌당주의 표정이 가관이었다. 아주 찰나에 너무 명확한 나려타곤에 당했던 것. 벌떡 일어난 공손심이 놀란 표정으로 둘러보는 사이에 천악과 교주는 공손심을 없는 사람 취급하면서 움직였다. 천악은 교주와 함께 공손심을 물러나게 만들자마자 얄밉게 웃었다.

"흐흐흐."

공손심이 억울하다는 것처럼 중얼거렸다.

"이게 대체…"

나는 아군들에게 진지한 어조로 말했다.

"작전을 다시 짜겠다. 비켜라. 호흡을 가다듬고 있어. 시간을 벌테니. 둘이 효율적으로 싸우는 법을 또 깨달은 모양이야. 생각들 하자."

나는 교주와 천악의 중간을 베듯이 끼어들어서 일살을 휘둘렀다. 둘의 합공을 위치적으로 봉쇄하듯이 검을 휘둘렀기 때문에 당연히 삼재의 역공을 받았다.

"비키라고."

이어서 색마, 백의서생, 맏형, 혈교주가 물러나서 호흡을 고르고. 나는 천악과 교주를 상대로 검을 휘둘렀다. 내가 혼자서 미친놈처럼 검을 휘두르자, 천악이 웃음을 터트렸다.

"뭐 하는 게냐? 정신 나간 문주 놈아."

다수를 상대로 천악과 교주의 합공은 무척 효율적이지만, 내가 홀로 상대하자 두 사람의 움직임이 이내 엉켰다. 이제 교주의 움직임도, 천악의 대처도 눈에 익었다. 월영무정공으로 시야를 흐리게 하고. 내가 미리 뿌려놨던 냉기를 가르면서 속임수처럼 검기를 내보냈다. 장력도 일부러 땅을 조준해서 흙무더기를 일으키고, 교주의 접근은 검풍으로 막았다.

그러니까 나는 버티듯이 싸우면서 시간을 벌었다. 무공의 높고 낮음으로 당장 결판이 나는 싸움이 아니라. 나도, 아군들도 생각할 시간이 필요한 대결이었다. 나는 삼재를 상대로 아군들에게 시간을 벌어줬다. 이 대 일을 꽤 오랫동안 버티자, 천악이 불쾌하다는 것처럼 입을 열었다.

"문주야, 적당히 해라."

순간 나는 교주와 천악을 향해 각기 한 번씩 평범한 검을 휘두른 다음에 대치했다. 어쩐지 바람 소리는 물론이고 검풍劍風에 뒤섞인 온기도 남달랐다. 교주와 천악이 처음으로 뒤로 멀찍이 물러나더니 굳은 표정으로 나를 바라봤다. 벌써 해가 뜨는 것은 아니겠지? 일살을 바라보자, 칼날 전체가 이미 자줏빛으로 물들어 있었다. 어디선가 바람이 한 차례 불자, 내 몸을 감싸고 있었던 자줏빛의 기운이 출렁이면서 흩어졌다.

유심히 나를 보던 교주가 손바닥을 내밀자, 앞서 봤었던 거대한 손바닥이 외형을 갖춘 채로 드러났다. 나는 가장 단순한 횡 베기로 손바닥을 갈랐다. 거대한 손바닥이 반듯하게 쪼개지자마자 소멸했다. 이상하게도… 공격을 멈춘 교주가 슬쩍 웃자, 천악도 내게 흡족한 표정을 지은 채로 고개를 몇 번 끄덕였다. 천악이 내게 말했다.

"훌륭하다."

마치 사부가 제자에게 전하는 말 같아서 딱히 대꾸할 말을 고르지 못했다. 교주가 질문했다.

"문주야, 무공의 이름은?"

"자하신공."

교주가 고개를 끄덕였다.

"신공이라는 이름이 아깝지 않다."

417.
무신은 누구에게
기회를 줬는가?

천악이 교주를 슬쩍 바라보면서 말했다.

"교주, 옛날 생각이 나려는데 잠시 비켜주게."

"그래라."

천악의 말에 놀랍게도 교주는 조금 전까지 몰아붙이듯이 싸웠던 맏형에게 다가가서 우리에게 공간을 확보해 줬다.

"음."

나는 일살을 집어넣은 다음에 똥싸개에게 던졌다. 천악과 내가 대치하듯이 원을 그리자, 비무 참가자에서 관전자로 뒤바뀐 자들이 거리를 더 벌렸다. 천악은 아직도 어리둥절한 표정으로 구경하는 공손심을 지나치면서 물었다.

"총군사, 억울하신가?"

공손심이 고개를 저었다.

"방심도 실력에 포함해야지. 받아들이고 있네."

"옳다."

일살은 건넸으나 자하신공은 유지했다. 문제는 천악이 지치지 않는 사내라는 점이다. 그렇다고 해도 일전에 신개 선배와 있을 때 겨루지 않은 것이 어디인가? 이렇게 성장하고 나서 겨룰 수 있다는 게 운이 있다는 증거였다. 혹시나 신체가 자하신공의 격을 감당하지 못할 것이 우려되어 나는 선공을 예고했다.

"가겠소."

천악이 고개를 끄덕였다.

"물론 네가 들어와야지."

생각해 보니까 천악과 싸울 때 나려타곤 당하지 않을 확률이 무척 적었다. 차라리 죽기 살기로 싸우면 더 오래 싸울 것이라는 계산이 나왔다.

'쉽지 않네.'

아무렴, 상대는 천악이다. 쉽지 않다는 것을 받아들인 채로 육탄전을 준비했다. 이것이 아마도 천악이 가장 좋아하는 싸움일 것이다. 나는 어슬렁대는 호랑이를 향해 순식간에 거리를 좁혔다가 거대한 주먹이 도끼처럼 떨어지는 것을 피하기 위해 멈췄다. 하지만 천악은 보법을 더해서 움직였기 때문에 왼팔로 막을 수밖에 없었다. 하단에서 나오는 발을 오른손으로 막고, 주먹을 주먹으로 쳐내자마자 뒷골이 흔들렸다.

슬슬 성질머리가 뻗쳤다. 진짜 뒷일을 모르겠다. 사실 전체적인 싸움을 조율하기 위해서 처음부터 무리하지 않고 흑막처럼 굴면서 싸웠는데 천악 앞에서는 그런 게 전혀 통하지 않았다. 뒷일을 생각하지 않은 채로… 자하신공과 외공을 조합해서 천악을 공격했다. 순간, 내 손날로 내려치는 공격을 막은 천악의 발밑이 푹 꺼졌다. 천악의 입이 좌우로 찢어지더니 튼튼한 이빨을 위아래로 드러내면서 웃었다.

순간, 천악의 주먹이 명치로 밀려들었다. 그것을 좌장으로 막아내자 몸이 공중으로 솟구쳤다. 천악이 몸을 웅크리더니 눈 깜짝할 사이에 솟구쳐서 손바닥을 내 얼굴로 내밀었다. 나는 그것을 왼손으로 거머쥐고 백전십단공을 일으켰다. 천악의 소매가 찢겨나갔을 때 우리는 오른손마저 붙잡은 채로 땅에 떨어졌다.

확실히 나려타곤 싸움이었다. 예전이라면 이대로 짓눌려서 무릎을 꿇었을 것이나… 살아남을 수 있는 방향을 찾아서 암향표를 펼쳤다. 이동의 목적이 아니라 찰나에 균형을 바꾸기 위한 움직임이었다. 우리는 분명 보법을 사용하는데도 제자리에서 멈춘 채로 내공과 외공을 동시에 겨뤘다.

백전십단공의 뇌기가 효과 있었냐면? 그저 천악의 소매 절반 정도를 태우는 효과밖에 없었다. 순간 팔 길이가 나보다 제법 긴 천악이 양팔을 좌우로 벌렸다. 이대로 몸이 찢겨나갈 것 같은 괴상한 고통이 전해졌을 때… 똑똑히 지켜보고 있었던 천악의 머리가 뒤로 크게 젖혀지더니 그야말로 무식하게 돌진했다. 천악에게 잡힌 사람이 스스로 벗어날 확률은 거의 없다. 천악의 머리통이 내 머리를 으스러뜨리기 직전에 천악과 양손을 붙잡은 상태에서 설의고독을 펼쳤다.

"…"

천악의 이마가 내 코앞에서 멈췄다. 문제는 나도 얼어붙는다는 점이다. 싸움은 의외로 정적을 자주 유지했는데, 상대가 천악이었기 때문에 나로서는 어쩔 수가 없었다. 나는 설의고독의 냉기가 전신에 들러붙자마자, 자하신공으로 다시 전환했다. 찰나에 시야가 하얗게 물들었다가 점점 시력을 되찾을 무렵에…

눈앞의 호랑이도 이상한 몸짓으로 설의고독을 탈출하려는 시도를 하고 있었다. 그러니까 그 모습 자체가 꽤 경이로웠다. 근육이 커졌다가 줄어들기를 반복하는 것처럼 보였다. 내공과 외공을 동시에 운용해서 설의고독을 풀어내는 것처럼 보였다. 문제는 애초에 손을 맞잡고 있었기 때문에… 내 자하신공도 천악이 설의고독을 풀어내는 것에 도움을 주고 있었다.

'완벽한 게 없구나.'

나는 엄청나게 가까운 거리에서 천악과 눈빛을 교환했다. 순간, 나는 극성으로 펼치지 않았던 설의고독 상태를 풀어내면서 양손으로 천악을 갑자기 짓눌렀다. 찰나면 된다. 천악의 두 무릎이 반쯤 땅을 향해 떨어졌다가, 갑자기 커다란 바윗덩어리를 짊어진 채로 버티는 것 같더니 전신에 들러붙은 냉기를 박살 내면서 기파를 터트렸다. 동시에 천악은 솟구치기 위해서 나를 공중으로 집어 던졌다.

'하…'

엄청난 높이로 계속 솟구쳤다. 나려타곤 당하지 않으려는 발악이 더해진 것처럼 느껴지는 힘이었다. 기왕 솟구치는 김에 나는 몸에 힘을 쭉 뺀 채로 받아들였다. 너무 아까운데? 만약 여기서 일월광천을 떨어뜨리면 어떻게 될까. 사실 내가 교주의 위치에 있었다면 당대의 강호는 몰락했을 것이다. 결국에 내가 다 죽였을 테니까. 일전에 내가 만장애 밑으로 떨어졌을 때를 떠올리면, 당시에 나는 천옥을 먹은 상태였고 만장애 밑에서도 죽지 않았다.

"…"

만약 그 무신이 나를 과거로 돌려보내지 않았더라면… 강호를 멸망시키는 것은 교주가 아니라, 나였을 것이다. 그러니까 소멸당할 뻔했던 존재는 교주가 아니라 당시 무신과 일대일로 조우했던 나 자신이다. 무신이 말을 긍정적으로 했을 뿐이다. 자하마신紫霞魔神이 될 뻔했다. 나는 백전십단공을 양손에 뭉쳐서 일월광천이 일으키는 굉음을 고스란히 따라 했다.

파지지지지지직…

애초에 내 존재 자체가 삼재와 다를 바 없는 재해였던 셈이다. 무신과의 문답에서 소멸할 뻔했던 사람은 나 자신이었던 셈이다.

'아…'

나는 추락하면서 백전십단공을 거뒀다. 지상에 있는 자들이 일월광천과 흡사한 굉음을 들으면서 무슨 생각을 했는지 모르겠다. 나는 특별한 광막光幕을 준비했다. 일월광천이 아닌, 자하신공으로 광막의 묘리를 펼쳤다. 어떻게 될지 나도 모른다. 이것의 이름은 자하반경紫霞反鏡이다. 애초에 나를 죽이려던 자들은 모두 죽었다. 최소한의 예의를 갖춘 자들은 살아남았다. 나는 항상 살기殺氣를 거울처럼 머금었다가 고스란히 돌려줬다. 전신에 자하신공을 휘감은 채로 겨우 오른손에만 자줏빛 반경을 펼쳤다.

밑에서 천악이 무언가를 준비하고 있었다. 절기의 이름은 모르겠지만 아마도 일권一拳처럼 보였다. 이미 일월광천의 굉음이 울렸을 때, 다른 고수들은 전부 멀찍이 피한 상태였다. 저것이 옳다. 강호에 이자하라는 재해가 강림하면 피하는 게 옳기 때문이다. 나도 어떻게 될지 모르는 상태에서 천악의 권강을 자하반경으로 막았다. 충돌의 순간…

콰아아아아아아아아아앙!

천악을 중심으로 원형의 구덩이가 불쑥 내려앉았다. 권강마저 튕겨낸 자하반경의 위력까지 온몸으로 버텨낸 천악이 나를 쳐다보는 사이에 공중에서 돌면서 균형을 잡은 나도 근처에 내려섰다. 나는 천악과 잠시 대치한 채로 서있었는데… 비무에 참가한 고수들이 몰려들어서 우리를 확인했다. 이 호랑이 같은 사내는 자하반경을 그대로 버텨냈기 때문에 더욱 경이로웠다. 아마 자하반경은 권강의 힘도 고스란히 돌려줬을 텐데도 말이다. 어쩌면 천악이 내 목숨을 앗아가지 않기 위해서 힘을 줄였을 가능성도 있었다. 무엇이 됐든 천악의 대처는 경이로웠다. 어쨌든 버텨내는 사내였기 때문이다. 나는 천악에게 순수한 심정으로 말했다.

"선배, 정말 대단하시오. 후배가 감탄했소."

천악이 물었다.

"대체 무슨 절기냐? 단순한 장력이 아니어서 나도 놀랐다."

"자하반경이라고, 하늘에 떠있을 때 급조한 거라 나도 잘 모르겠소."

"하하하하…"

천악이 웃음을 터트리는 와중에 모용백의 목소리가 들렸다.

"선배님, 죄송하지만 무릎이 땅에 박혀있습니다."

...

"…뭐?"

그제야 우리는 천악의 무릎을 확인했다. 모용백의 말처럼 자하반 경과 권강을 동시에 버티느라 하반신의 절반이 파묻혀 있는 상태였다. 나는 천악에게 다가가면서 말했다.

"이걸 나려타곤이라고 하긴 어렵지."

나는 천악에게 손을 내밀었다. 천악이 내 손을 붙잡더니 위로 솟구쳐서 무릎에 묻은 흙을 털었다. 우리도 천악이 어떻게 나올지 몰라서 잠자코 입을 다물었다. 굳이 내가 결정하자면 나려타곤은 아니다. 그저 흙이 묻었기 때문이다. 천악이 교주와 백의서생을 바라봤다가 허탈한 어조로 말했다.

"사실 문주를 상대로 무릎에 흙이 묻을 거란 생각은 하지 않았다. 총군사에 비하면 오히려 덜 억울한 편이로군. 나려타곤에 당한 것으로 하자. 약조는 약조니까."

내가 거부했다.

"선배, 그럴 필요 없소."

천악이 고개를 내저었다.

"아니다. 서로 크게 다칠 위험이 있으니 차라리 이것이 화산비무엔 어울리는 결말이다. 생사결이 아니잖느냐. 장주야."

"예, 선배님."

"다들 물을 마셔야 할 것 같은데."

"준비하겠습니다."

나려타곤에 당했다고 선언한 천악이 먼저 자리에 궁둥이를 붙이고 앉자, 여기저기서 다가온 자들이 둘러앉았다. 나도 앉아서 난전을 펼친 아군과 적을 바라봤다. 대체로 승패의 의미가 명확하진 않았다. 확실한 것은 싸우는 와중에도 무학이 급속도로 발전한다는 점밖에 없었다. 총군사가 천악에게 물었다.

"조금 억울하진 않나?"

"억울해도 어쩔 수 없지. 우리가 전부 동의한 규칙이었으니. 무릎이 땅에 닿은 것이나 무릎이 땅에 박힌 것이나 마찬가지다. 교주는 어떻게 생각하나?"

교주가 고개를 끄덕였다.

"뜻대로 해라. 승패를 떠나서 문주를 사재四災에 올려도 무방하겠구나."

교주가 사재로 인정해 주는 나름 역사적인 순간이었는데, 인정이나 칭찬에는 익숙하지 않았기 때문에 속이 좀 씁쓸했다.

"운이 좋았소."

교주가 말했다.

"운도 실력이다."

옳다. 실은 나도 운도 실력이라고 생각하는데, 그것을 교주의 입에서 들으니까 기분이 이상했다. 맏형이 말했다.

"사실 나도 조금 더 악착같이 싸우고 싶었는데 천악이 이 정도에 나려타곤을 인정하면 나도 마검혼전장에서 교주를 상대하다가 두세차례 나려타곤을 당했다. 나머지 싸움은 백의, 몽랑, 문주, 혈교주 넷이서 교주를 상대하는 게 옳겠다."

내가 물었다.

"갑자기?"

맏형이 고개를 끄덕였다.

"무릎을 꿇지도, 구르지도 않았으나 내가 만든 벽에 이리저리 부딪히면서 싸웠으니 게으른 당나귀와 크게 다를 바 없었다. 그렇게 해라."

"음."

맏형의 생각에 온전하게 동의할 수는 없었지만, 맏형의 뜻에 따르는 게 아우의 도리이기도 해서 주둥아리를 잠시 다물었다. 어쩌면 다수가 교주를 두들겨 패는 구도를 맏형이 싫어할 수도 있었기 때문에 왈가왈부하지 않았다. 맏형이 결정하면 그걸로 정해진 것이기 때문이다. 우리는 장주가 통째로 들고 온 여러 개의 주전자를 받은 채로 물을 나눠 마셨다. 물이 술보다 맛있을 때가 있는데, 지금이 그렇다. 물이 입에서 녹았다. 여기저기서 물을 마시고 있을 때 공손심과 천악이 조용히 일어나더니 나란히 걸으면서 비무 장소를 벗어났다. 공손심이 중얼거렸다.

"그래도 억울하지?"

"조용히 하게."

"연배는 내가 더 높네."

"그래서 대우해 주는 것이다. 늙은이."

나는 교주를 바라봤다.

'일대일을 하자고 그럴까?'

천악이 이탈했기 때문에 네 명이 한 사람을 상대하는 게 영 마음에 안 들었다. 하지만 차륜전을 벌여도 교주가 버텨낼 것인지 의문이다. 내가 생각하기에 남은 놈들은 성향이 얍삽해서 내공을 많이 비축해 둔 것처럼 보였기 때문이다. 나는 교주에게 물었다.

"어떻게 하는 게 좋겠소?"

교주가 말했다.

"네가 홀로 천악을 이탈시킨 것은 쉽지 않은 일이었다. 어쨌든 나려타곤을 인정했으니 말이다."

"그런가."

"애초에 너희 세 명이 삼재 한 명을 상대하고자 했으니…"

"…"

교주가 말했다.

"내가 백의, 똥싸개, 혈마를 동시에 상대해서 이기면 홀로 천악을 이탈시킨 문주와 일대일을 하는 게 옳겠다."

나는 속으로 적잖이 놀랐다.

'와.'

교주의 사리분별이 정말 뛰어났기 때문이다. 그러니까 환경이나 비인간적인 사고만으로 삼재가 된 사내는 아니었다. 애초에 오성 자체가 뛰어난 인물이었던 셈이다. 백의서생이 교주에게 물었다.

"그렇게 진행되면 교주에게 꽤 불리할 텐데?"

교주가 팔짱을 낀 채로 대답했다.

"알고 있다. 또한, 특히 너희 셋이 여태 힘을 아끼고 있었다는 것도… 기질적으로 비슷한 세 놈이 남은 형국이구나. 잔머리를 잘 굴리는 쪽으로 말이다."

나는 교주의 말을 속된 말로 해석해 대신 읊어줬다.

"얍삽하다, 이 말이로군. 그건 맞아. 천하에서 가장 얍삽한 세 명을 꼽으라면 똥싸개, 백의, 피똥싸개다. 여기서 화산비무의 최대 난제가 나오는군. 대체 이 얍삽한 인간들 중에서 누가 먼저 나설 것인가?"

왜 하필이면 난제가 이런 것인지? 각자 제멋대로 얍삽했기 때문에 절대로 먼저 나설 생각이 없을 터였다. 예상대로 똥싸개, 피똥싸개, 백의가 서로의 눈치를 봤다.

"..."

하지만 고민은 길지 않았다. 맏형이 정했다.

"몽랑아."

"예, 사부님."

"가장 젊은 네가 먼저 도전하는 게 옳겠다."

"예, 그럼 제가 먼저 나서겠습니다."

똥싸개는 불평이나 불만 없이 바로 승낙했다. 색마가 교주를 향해 정중한 어조로 말했다.

"교주님? 그럼 제가 먼저 한 수 배우겠습니다. 충분히 휴식하신 다음에 말씀해 주십시오."

교주가 색마를 물끄러미 보다가 말했다.

"몽랑아."

"예, 교주님."

"듣기로 너도 문주만큼이나 예의나 성격이 개차반이라고 들었는데. 사람이 달라진 것이냐? 아니면 내가 보고를 잘못 들은 것이냐."

다들 색마를 바라봤다. 색마는 헛기침한 다음에 땅을 쳐다보면서 대답했다.

"…일양현에 아무 일 없이 다녀가셨다는 말을 들은 이후로 예의를 갖춰야겠다는 마음을 먹었습니다. 그뿐입니다."

"그러냐."

"예."

교주가 고개를 살짝 끄덕였다.

418.
외팔이가 될 뻔했구나

교주와 함께하는 휴식이라니? 불편하면서도 어색한, 어색하면서도
딱히 할 말을 찾을 수 없는 미묘한 시간이 영겁의 세월처럼 흘렀다.
짧다면 짧고, 길다면 긴 휴식 동안에 누구 한 명 편하게 농담을 하는
사람이 없었다. 항상 누군가를 놀리고, 농담을 찾느라 심사숙고하는
내게도 이 침묵을 깨뜨릴 뾰족한 묘안이 없었다. 그 침묵의 분위기
속에서 때때로 색마가 한숨을 내쉬었기 때문에 우리는 종종 색마의
표정을 구경했다. 딱 봐도 심경이 복잡해 보이는 상태. 모인 자들이
자꾸 쳐다보자, 결국에 색마가 입을 열었다.

"교주님, 비무의 방식을 제가 제안해도 되겠습니까?"

교주가 대답했다.

"무엇이냐."

색마가 뜻밖의 말을 꺼냈다.

"사실 저는 나려타곤을 잘합니다. 일종의 버릇이지요."

"…"

"표현이 조금 이상하지만 저는 싸울 때 나려타곤이 왜 부끄러운 것인지 모르겠습니다. 어렸을 때부터 다수와 패싸움을 해봐서 그런지, 구르고 기는 것도 제게는 싸움의 범주 안에 들어갑니다. 체면 때문에 죽는 것보다 구르고 기어서라도 살아남는 게 더 중요하기 때문입니다."

나는 한마디를 보탰다.

"그럴 수 있지."

"제가 무공을 익히기 전부터 자주 싸웠기 때문에 생긴 버릇 같습니다. 그 버릇이 남아서 그런지 실제로 저는 문주와 머리카락을 붙잡고, 흙을 눈에 뿌리고, 바닥을 굴러다니면서 싸운 적이 있습니다. 정말 그때는 나려타곤의 향연이었지요."

이번에는 다들 나를 쳐다봤다.

"…"

백의서생이 황당하다는 표정으로 내게 물었다.

"사실이냐?"

"부인할 수는 없지."

맏형이 옆에서 거들었다.

"실은 내가 지켜봤다. 게으른 당나귀들이 아니라 미친 당나귀들이 싸우더구나. 구경하는 사람이 부끄러워지는 싸움은 나도 그때 처음 봤다."

이렇게 든든하고 확실한 목격담도 있을까. 색마가 말했다.

"그러니까 저는 개싸움이 몸에 익숙해서 이번 비무에서도 위험하

…

지 않은 순간에도 종종 나려타곤을 할 뻔했습니다. 저한테는 굉장히 불리한 비무였습니다."

나는 색마의 말에 진지한 어조로 호응해 줬다.

"이해한다. 다들 모르겠지만 사실 똥싸개라는 별호도 나랑 싸울 때 실제로 설사를 지리면서 싸웠기 때문에 생긴 별호거든."

"그 얘기를 지금 왜 해?"

"네 말이 거짓이 아니라는 뜻이지."

"하필 왜 예시가 그거냐고."

혈교주가 색마에게 물었다.

"정말이냐? 어떻게 그럴 수가 있지."

내가 대답했다.

"여기 있는 모용백이 만들어 준 독에 당해서 지린 것이다. 나 같으면 지렸을 때 이미 강호에서 은퇴했을 건데."

색마가 갑자기 모용백을 노려봤다.

"그대가 만든 독이었나? 범인을 이제 찾다니."

모용백이 덤덤한 어조로 대답했다.

"범인이라니요? 몽 공자가 먹는 것인지는 당연히 몰랐습니다. 당시에 지금보다 더 무서웠던 문주님이 요청한 터라 만들어 줬을 뿐입니다."

조금 떨어진 곳에서 듣던 천악이 물었다.

"그때가 더 무서웠다고? 어째서."

모용백이 우리를 둘러보면서 말했다.

"그때는 문주님의 광증이 지금보다 훨씬 심각했습니다. 수하를 보

내서 강호에서 가장 뛰어난 설사약을 제조하라는 명을 받았는데 일
개 의원이 어떻게 안 만들겠습니까?"

"…"

맏형이 대화의 흐름을 끊었다.

"냄새나는 이야기는 이쯤에서 그만하자."

그만하자는데도 불구하고 혈교주가 내게 질문했다.

"그렇다면 나는 왜 피똥싸개냐? 싼 적도 없는데."

나는 혀를 차면서 대꾸했다.

"맏형이 그만하라잖아. 그만해."

사람은 맺고 끊는 게 확실해야 하는 법이다. 색마가 말했다.

"말이 좀 샜습니다. 제가 제안하는 비무 방식은 얼리고, 녹이는 대
결입니다. 교주님이 검을 내밀어도 좋고, 제가 비수를 내밀어도 좋
습니다. 몸소 교주님의 격을 느낀다면 이후의 수련에 도움이 될 겁
니다. 제가 나려타곤을 펼치면서 추잡하게 싸우든 내공을 겨뤄서 싸
우든 간에 결과는 비슷할 겁니다. 물론… 아, 아닙니다."

뒷말을 예상해 보니까 생사결은 다르다는 말을 하고 싶었던 모양
인데, 사실 그것은 교주도 마찬가지다. 화산에서의 싸움이 생사결이
었으면 교주는 애초에 이렇게 싸우지 않았을 테니까. 놀랍게도 교주
는 색마의 뒷말이 무엇인지 바로 알아차렸다.

"생사결은 다르단 말을 하고 싶었던 게냐?"

색마가 놀란 표정으로 대답했다.

"예."

"무엇이 다르냐."

색마가 교주를 똑바로 바라봤다.

"제가 죽음을 각오한 채로 싸웠겠지요. 마지막 싸움이라 생각하고."

"승패는."

"승패는 무의미한 것입니다. 교주님의 팔 하나를 붙잡은 채로 동귀어진했을 겁니다."

색마가 실실 웃자, 교주가 물었다.

"내 팔 하나면 네가 만족하면서 죽었겠느냐?"

"모조리 죽는 것보단 나았을 겁니다."

교주가 슬쩍 웃으면서 말했다.

"화산에서 외팔이가 될 뻔했구나."

"의도대로 되는 싸움이 아님을 알고 있습니다. 주제넘게 말했습니다."

교주가 말했다.

"그럼 네 방식을 받아서 이렇게 하자. 네가 먼저 내 검을 단단하게 얼려서 손잡이를 내게 내밀어라. 대결은 내가 검을 붙잡는 순간부터. 검을 온전하게 뽑지 못하면 내가 패한 것으로 하마. 이렇게 하면 얼리고, 녹이는 싸움에 부합하겠지."

"제가 먼저 얼리면 교주님이 불리하지 않겠습니까?"

"네 나려타곤을 구경하느니 이게 낫다."

"예."

"바로 준비해라."

"벌써 다 쉬셨습니까?"

교주가 대답 없이 천마검을 넘기자, 색마가 검을 잠시 구경하다가 거꾸로 쥔 채로 빙공을 주입했다. 구경하는 우리들도 색마가 붙잡은 천마검에서 퍼져나가는 냉기를 느낄 수 있었다. 이처럼, 대화를 나누다가도 화산비무는 자연스럽게 이어졌다. 색마의 손에 붙들린 천마검이 점점 새하얗게 돌변했다. 색마가 손잡이를 교주에게 내밀면서 말했다.

"교주님, 빙주에 이어서 빙검氷劍을 준비해 봤습니다."

교주가 쳐다보는 사이에 천마검은 형체를 알아보기 어려울 정도로 두터운 냉기에 휩싸인 상태. 색마가 미소를 지었다.

"차가우니 조심하십시오."

"조심해야지."

교주가 천마검의 새하얀 손잡이를 붙잡자, 이내 교주의 손도 새하얗게 얼어붙었다. 이런 비무는 처음 보는 것이라서 우리도 그저 입을 다문 채로 두 사람을 구경했다.

"…"

교주의 손이 먼저 형체를 되찾더니, 검의 손잡이에 들러붙어 있는 냉기도 서서히 녹았다. 이내 검병劍柄의 형태가 또렷하게 드러나더니, 검격을 지나 검신에 해당하는 부위도 점차 녹았다. 색마가 인상을 찌푸린 채로 고개를 갸웃하자, 녹고 있었던 냉기가 잠시 멈췄다. 꽤 정적이 흐르는 대결이었지만 색마의 표정만큼은 그렇지 않았다. 안색이 조금씩 창백해지더니 내공을 죄다 끌어올려서 버티는 것처럼 보이고, 정작 본인도 냉기에 저항하고 있는 모양인지 신체 곳곳에서 뜨거운 김이 피어올랐다.

이 와중에 교주는 갑작스러운 기습에 대비하려는 것처럼 눈동자를 움직여서 우리의 상황도 훑었다. 색마의 제안이 훌륭했던 것일까? 똥싸개는 교주를 상대로 꽤 오랫동안 버텼다. 살짝 뜬금없는 추측이긴 한데… 색마가 오랫동안 한독에 시달렸다면 평소에도 설사가 잦았다는 뜻이다. 이놈에게 똥싸개라는 별호는 실제로 본질을 관통하는 대표적인 정체성이 아니었을까. 아님 말고.

교주는 안색이 한 번도 변하지 않은 상태. 교주가 갑자기 붙잡고 있었던 손을 떼더니, 다섯 손가락을 펼친 채로 손바닥을 검의 손잡이 끝에 갖다 대었다. 이어서 장력으로 추정되는 절기가 손바닥에서 흘러나왔다. 교주의 손바닥에서 삼색三色의 빛줄기가 천천히 뻗어나오더니 천마검을 휘감으면서 전진했다. 색마 때문에 교주가 절기를 하나 노출한 것처럼 보였다. 어쨌든 이 장력의 움직임에는 색마도 속수무책이었다. 세 줄기의 빛이 천마검을 휘감은 채로 빙공을 흔적도 없이 녹이자, 버티고 있는 색마의 전신이 바르르 떨리더니 왼손으로 자신의 오른 팔목을 붙잡았다.

탁!

쌍장의 냉기로 버텨내는 구도였다. 그리고 보면 이 똥싸개도 정말 한 고집하는 사내였다. 신기하게도 삼색의 빛줄기가 새하얀 냉기에 저지당하듯이 진격을 잠시 멈췄다. 교주가 색마를 쳐다보더니 잘 버틴다는 것처럼 칭찬했다.

"좋다."

이어서 삼색의 빛줄기가 서로의 영역을 침범하듯이 꼬이더니 길쭉한 검신劍身에서 뒤엉킨 다음에 재차 진격했다. 뱀 세 마리가 서로를 물어뜯는 것처럼 보였다. 지켜보는 나도 신기했다. 세 줄기의 뱀이 서로를 물어뜯느라 또 다른 열기를 배출하는 것처럼 보였기 때문이다. 그러니까 성질이 다른 삼색의 빛줄기가 서로 다투면서 생기는 열로 빙공을 녹이는 것처럼 보였다. 이것을 장력으로 얻어맞으면 극심한 고통을 느끼게 될 터였다.

이것이 격의 차이인가? 천악이나 신개 선배가 아니라면 저 장력을 버틸 수 있는 고수가 사실상 없어 보였다. 그러니까 앞선 비무에서는 교주가 완벽하게 싸우지 않았음을 이번 대결을 통해 알 수 있다. 교주는 색마를 쳐다보다가 삼색의 장력이 색마의 손에 닿으려는 찰나에 손잡이를 붙잡아서 천마검을 아무렇지도 않게 뽑아내었다.

스릉…!

이어서 색마가 휘청거리면서 제자리에 주저앉으려고 하자, 근처에 있는 백의서생이 의자 하나를 발로 툭 차서 날려 보냈다. 색마는 이제 막 도착한 의자에 털썩 주저앉아서 교주를 바라봤다. 교주는 천마검의 칼날에 묻은 물기를 깡그리 태우면서 색마에게 말했다.

"잘 버텼다. 네 나이에 이 정도 성취면 무척 훌륭한 것이야."

"예, 교주님."

색마의 표정에는 복잡한 심경이 담겨있었으나, 이를 일순간에 해소하긴 어려워 보였다. 교주가 말했다.

"단순한 내공만으로는 빠르게 녹이는 게 불가한 빙공이었다. 나도 장력을 활용했다."

"어쨌든 제가 패했습니다. 저도 다른 수법을 알았다면 더 단단하게 얼렸을 테니까요."

색마가 우리를 둘러보면서 말했다.

"밤새 연달아서 차륜전을 벌이는 건 옳지 않아. 오늘 밤은 쉬었다가 재개하는 게 나을 것 같은데 다들 어떻게 생각하시오?"

교주가 대답했다.

"아니다. 오늘까진 혈마와 백의를 상대하고 내일 문주와 결착 내는 게 맞겠다."

교주도 정말 보통 사내는 아니었다. 맏형이 고개를 끄덕이더니 그래도 조금 더 쉬자는 것처럼 색마에게 말했다.

"교주에게 일대일로 맞선 소감이 어떠하냐?"

색마가 말했다.

"사실 요란이에게 제 빙공을 대성하면 적수가 없을 것이라고 했는데 아직 제가 대성하지 못한 것으로 하겠습니다. 상위 경지는 계단처럼 구분하기 모호한 부분이 있어 빙공의 끝이 어디인지 저도 모르겠습니다. 다만 언젠가 빙공을 대성한 사람이 나타나면 그 무엇으로도 녹지 않게끔 연구해 보겠습니다. 셋째는 교주님의 대처를 어떻게 봤나?"

굳이 내게 묻는 이유가 무엇일까. 나는 잠시 생각했다가 대답했다.

"상충하는 기를 검에서 충돌시켜서 냉기를 찢어냈으니 막기 어려웠을 것이다. 녹였다기보다는 찢었다는 표현이 더 맞는 것 같군. 하지만 그 정도 버틴 것도 대단한 일이다. 이처럼 정적인 대결에서 빠진 것은 속도다. 앞으로 너한테는 냉기를 일순간에 빠르게 퍼뜨리는 속도가 숙제처럼 남았다. 사실 교주처럼 다양한 기를 다루면서 충돌과 폭발을 해내는 고수를 만나면 계속 고전하겠지만."

색마가 고개를 끄덕이더니 맏형을 바라봤다.

"사부님은 어떻게 보셨습니까?"

"방금 네가 버텼던 시간을 기억해라. 정점에 있는 고수들이라면 그 이상의 시간을 주지 않을 테니 네 말대로 배울 게 많은 비무였다."

색마가 고개를 끄덕이더니 교주에게 말했다.

"교주님, 이번 대결은 제가 오랫동안 기억하고 복기하겠습니다."

놀랍게도… 화산비무라는 말에 가장 어울리는 대결이었다는 생각이 들었다. 문제는 나다. 교주가 백의서생과 혈교주를 상대하고 휴식을 취하면, 나는 온전하게 회복한 교주와 일대일을 할 가능성이 매우 커졌다. 그런데도 나는 백의서생과 혈교주가 이상한 방법으로 교주의 힘을 빼놓지 말기를 바랐다. 이미 내가 더 유리한 상황인데, 꼼수로 이기는 상황은 내가 싫었기 때문이다. 자신들의 차례가 왔기 때문에… 얍삽한 백의서생과 정신이 오락가락하는 혈교주가 서로를 바라봤다. 혈교주는 대체 백의서생을 어떻게 생각하는 것일까. 대뜸 반말로 이렇게 말했다.

"네가 먼저 도전해라."

백의서생이 웃으면서 대답했다.

"싫다."

"…"

"네가 먼저 도전해라."

혈교주도 웃었다.

"싫다면 어쩌겠나?"

삽시간에 화산비무의 격을 무참하게 떨어뜨리는 두 사람을 향해

…

내가 박수를 보냈다.

짝, 짝, 짝.

이래야 백의서생과 피똥싸개라 할 수 있다. 나는 품에서 묵가비수를 꺼낸 다음에 탁자에 박아 넣었다.

"내가 간단하게 정해주겠다."

다들 나를 쳐다봤다. 나는 손가락으로 흑마차를 가리킨 다음에 말했다.

"짤막하게 경공으로 순서를 가리자. 마차에 손을 대는 것은 마부선배가 확인할 것이다. 찍고 돌아와서 먼저 비수를 뽑는 자가 승리하는 것으로. 패배하는 자의 경공 실력이 뒤처지는 것이니 당연히 먼저 싸워야겠지. 유치하게 말싸움하지 말고. 이것도 싫으면 둘이 먼저 한판 붙어라. 어차피 나는 둘의 대결도 궁금해. 두 사람, 어떻게 할래?"

백의서생이 말했다.

"경공으로 하지."

혈교주가 피식 웃으면서 대답했다.

"그렇게 하자."

이때, 갑자기 말 울음소리가 들리더니 마차가 이동했다.

"…!"

우리는 동시에 황당한 표정으로 마차를 바라봤다. 이동하는 마차에서 마부의 목소리가 흘러나왔다.

"너무 가까워서 조금 이동하는 중이네."

"와…"

나는 마부 선배에게도 박수를 보냈다. 어쩌면 저렇게 눈치가 빠르지? 생각해 보니까 교주를 수행하려면 천하에서 눈치가 가장 빠른 사내여야 할 터였다.

419.
예언선생 이자하

마차가 적당히 멀어졌다가 멈추는 게 옳은 상황이었는데, 우리의 시
야를 벗어날 때까지 움직였다.

"어?"

생각해 보니까 이렇게 멀리 떨어져야 최대한 교주에게 도움이 된
다. 그러니까 마부는 교주에게 도전할 자들의 힘을 빼놓기 위해 최대
한 멀리 떨어지고 있었다. 지켜보던 혈교주가 싸늘한 어조로 말했다.

"…적당히 해라. 어디까지 가는 거냐?"

마차가 제법 떨어진 곳에서 멈추나 싶었는데 혈교주의 지랄 맞은
말에 재차 거리를 더 벌렸다. 정말 마부도 한 고집하는 사내라는 뜻
이다. 다들 황당해서 서로를 바라보는 사이에 교주가 말했다.

"됐다."

그제야 멀리서 마부의 목소리가 들렸다.

"예, 교주님."

그러니까 혈교주가 성질을 내든 말든 간에 마부에게는 전혀 안 통했다. 이제 경공 대결을 펼쳐야 하는 두 사람이 동시에 일어나더니 불쾌하다는 것처럼 좌우로 찢어졌다. 내가 생각했을 때. 장거리는 백의서생이 유리하고, 단거리는 혈교주가 유리하다. 성향상 혈교주는 초반에 폭발하듯이 공력을 사용해서 공중으로 뻗어나갈 게 뻔하다. 왜냐하면 마부가 성질을 건드렸기 때문이다. 사람의 심리는 이렇듯 유동적이다.

반면에 백의서생은 제운종으로 일정하게 움직이다가 막판에 뒤집을 성격이다. 그래서 승부는 마차까지의 거리가 관건이었다. 이것은 장거리인가, 단거리인가. 굳이 말하자면 단거리지만 도중에 한 번 멈춰서 마차를 찍은 다음에 방향을 바꿔야 하기 때문에 오히려 백의서생이 유리하다. 백의서생의 얍삽함은 깊이가 있기 때문이다. 물론 내 예측이 맞을 것인지는 나도 모를 일이다. 나는 사람들을 둘러보다가 내기를 제안하듯이 말했다.

"백의서생에게 한 표."

혈교주가 인상을 쓰면서 나를 쳐다봤다.

"내가 이기면 어찌하겠느냐?"

나는 탁자에 있는 묵가비수를 가리켰다.

"비수를 선물로 주겠다."

혈교주가 웃더니 전방을 주시했다.

"문주가 신호를 줘라."

나는 손가락을 들어서 보여준 다음에 "딱" 소리를 내면서 말했다.

"…출발."

혈교주가 공중으로 솟구치더니 붉은색의 혈기를 좌우로 늘어뜨리고, 그 밑에서 백의서생은 몸이 앞으로 기울어진 채로 제운종을 펼쳤다. 두 사람은 질풍처럼 뻗어나갔다. 두 사람이 있던 자리에는 달빛과 장원의 불빛만이 남은 상황. 어느새 소리도 거의 들리지 않았다. 이내 손바닥을 치는 것 같은 둔탁한 소리가 미세하게 들리더니 신기한 광경이 보였다.

공중으로 뻗어나갔던 혈교주는 지상 위를 달리면서 돌아오고, 반대로 공중에서는 백의서생이 엄청난 속도로 하강하더니 혈교주보다 먼저 도착하자마자 탁자 위에 있는 묵가비수를 뽑았다. 호흡으로 따지면, 한 호흡의 차이도 안 될 만큼 비슷한 속도랄까. 백의서생이 재수 없는 표정으로 웃더니 묵가비수를 내게 던졌다. 나는 묵가비수를 품에 넣으면서 혈교주를 바라봤다.

"내 예상대로 백의서생이 조금 더 빨랐다. 안타깝게 됐군. 승부는 승부야."

사실 이것은 백의서생이 더 얍삽했기에 나온 결론이었다. 불현듯 혈교주가 우두커니 서서 미친놈처럼 길게 이어지는 웃음을 내뱉더니 우리를 한 차례 둘러봤다. 혈기를 사용해서 그런지 혈교주의 얼굴은 그야말로 새빨갛게 익은 상태. 어찌 된 노릇인지, 혈교주는 아직도 정신이 나간 사람처럼 과도하게 웃었다. 아무도 안 웃는데 혼자 길게 웃으면 미친놈일 가능성이 높다. 미친놈 전문가인 내가 잘 안다.

문득 이런 생각이 들었다. 혈교주는 정신의 밑바탕에 의외로 열등감이 짙게 깔려있는 사내가 아닐까. 그러니까 남들이 자신을 비웃고 있을 것이라고 단정한 상태에서 그것에 대한 역효과가 웃음으로 번지고 있었다. 내가 은근히 싫어하는 태도가 있는데 그것은 벌어진 현상을 자신의 잣대로만 단정 짓는 것이다. 통찰이 없는 단정만큼 역겨운 게 드물다.

'쯧...'

혈교주가 우리를 둘러보면서 물었다.

"우습나?"

일이 어떻게 흘러갈 것인지 다소 뻔했지만 나는 침착한 어조로 대답했다.

"아무도 안 웃었다. 착각하지 마라."

"다들 웃고 있지 않았나?"

"비무를 구경하다가 좀 웃으면 안 된단 말이냐? 하지만 결국에 대놓고 웃은 사람은 없었다. 너 자신이 너를 비웃었겠지. 광증의 출발이 보통 그러하니 남 탓하지 말아라. 여기서 네 억지를 받아줄 사람은 아무도 없다. 여긴 통천방이 아니야."

혈교주의 눈빛에 새빨간 기운이 일렁였다.

"그러냐?"

혈교주가 히죽 웃더니 교주를 바라봤다.

"어차피 내가 지금은 교주의 상대가 될 수 없음을 알고 있소."

교주가 대답했다.

"그래서."

"백의서생과 내가 교주의 힘을 빼놓는다고 뭐가 좋겠소. 교주께선 문주와 정정당당하게 대결하시길 바라고. 나는 백의서생과 승부를 이어나가겠소."

혈교주는 자신의 생각만을 말하는 사람이 된 것처럼 백의서생을 향해 다짜고짜 이렇게 말했다.

"…경공이 다가 아니다."

이렇게 될 줄 알았다. 백의서생이 품에서 꺼낸 하얀 쥘부채를 펄럭이면서 대답했다.

"네가 그렇게 나올 줄 알았다. 차라리 져줄 걸 그랬나?"

백의서생이 실실 웃자, 혈교주가 웃음기를 지운 얼굴로 노려봤다. 사실 이 미친 혈교주를 막을 사람은 천악과 교주밖에 없었다. 혈교주는 이제 무언가에 꽂히면… 좋게, 좋게 생각하는 사람이 된 게 아니라 나쁘게, 더 나쁘게 생각하는 사내가 되어버렸다. 광증도 종류가 다양한데, 이런 광증은 광견이 가진 것과 흡사하다. 이 흐름을 과연 누가 바꾸겠는가? 죽도록 처맞아야 바꿀 수 있을 터였다. 지켜보던 천악이 웃으면서 말했다.

"혈마야, 네가 이 자리에서 사지가 찢어지고 싶으냐? 선택적 분노를 일으킨 모양인데 내게 도전할 마음이 있다면 너란 놈을 인정해 주마."

혈교주는 정말 깜짝 놀랄 정도로 태도가 급변하는 사내여서 결국에 천악에겐 아무런 말도 하지 못했다. 하지만 이런 상황이 오히려 백의서생의 마음을 더 자극한 것처럼 보였다.

"혈교주, 천악은 무섭고 나는 병신처럼 보이나? 원하는 대로 상대해 주겠다. 비무든 생사결이든 좋을 대로 해라."

상황이 이렇게 돌아가자 교주를 제외한 자들이 전부 나를 바라봤다.

"음."

나는 일부러 교주를 바라봤다. 교주가 두 사람에게 들으라는 것처럼 말했다.

"정말 하찮은 일에 황당할 정도로 쉽게 발끈하는구나. 나조차도 너희 둘의 우열을 그저 예측만으로는 가려낼 수 없으니 뜻대로 해라. 싸우고 싶으면 싸워야지."

백의서생이 말했다.

"말 몇 마디에 이러는 것은 아니오. 애초에 서생을 죽인 적이 있는 사내라서."

혈교주가 황당하다는 어조로 말했다.

"내가 언제?"

"네가 죽인 고수가 한둘이었느냐? 정작 너만 몰랐을 뿐이다."

"누구를 죽였는지 말해라."

백의서생이 말했다.

"너는 전대 운향문주를 죽인 적이 있는데…"

"아, 운향문이 서생 세력이었나? 멍청한 놈, 그런 것을 알려주다니."

백의서생이 웃었다.

"내가 그런 것을 신경 쓰겠느냐?"

이때, 천악이 앉은 자리에서 몸을 일으켰다.

"…"

나는 천악의 표정을 보자마자 곧 혈교주가 처맞게 된다는 것을 알았다. 물론 나만 알아차린 것은 아닐 터였다. 주둥아리만 조심하면 백의서생과 싸울 수 있었는데 끝내 저런 광견은 스스로 매를 벌곤 한다. 통천방이었으면 난리법석이 났겠지만 이곳은 화산이다. 천악의 표정을 보자마자, 백의서생도 입을 다물었다. 허락을 구하거나, 양해를 바라는 사내가 아니었기 때문에 천악은 곧장 혈교주에게 다가갔다. 혈교주가 물었다.

"천악, 도전이냐?"

"정신이 나갔구나."

천악의 말이 끝나자마자, 두 사람이 맞붙었다. 백의서생이 똑똑한 것일까. 아니면, 혈교주가 무모할 정도로 미친놈인 것일까. 그것도 아니면, 천악이 결코 잊지 않는 사내여서 그런 것일까. 이를 전부 종합해도 이상하다는 생각이 들었다. 그러니까 백의서생은 이런 정보를 그간 천악에게 공유하지 않았다는 뜻이기 때문이다. 어쨌든 볼거리가 참 많은 싸움은 예상대로 흘러갔다. 달빛이 비추는 밤에 펼쳐지는 혈교주의 몸짓은 사방팔방으로 피를 뿌려대는 붉은 거미를 보는 것만 같았다.

화려하고, 난폭하고, 거칠고, 음험하고, 끔찍한 공격들로 천악을 상대하고 있었으나… 대체로 이 압도적인 사내 앞에서는 다양한 공격들이 모두 허망하게 흩어졌다. 그렇지만 혈교주도 수준이 높은 사내여서 이 싸움은 구경하는 재미가 있었다. 천악의 손이 혈교주의 어깨를 붙잡은 것처럼 보였을 때, 분신을 내보낸 것처럼 흩어지던 혈교주가 갑작스럽게 역공을 취했다. 그러니까 상식으로는 이해할 수 없는 마공을 사용하고 있었다.

정리하자면… 앞서 삼재를 상대하는 동안에는 이런 움직임이 일절 없었다. 정말 얍삽한 인간이라는 것이 드러나는 순간이기도 했다. 그렇다고 해서 혈교주의 기습이 통한 것도 아니다. 천악의 폭발적인 움직임이 혈교주의 기상천외한 기습을 아무렇지도 않게 회피하고, 걷어내고, 소멸시켰다. 그런 다음에 천악의 공격이 닿을 때마다… 혈교주의 신체도 잔물결처럼 흩어지고 있었는데, 저러다가 한번 걸리면 중상을 입겠다는 생각이 들었다. 벌써 천악을 상대로 삼십여 초나 버티고 있었는데, 싸움이 길어지자 천악의 표정은 오히려 더 침착해진 상태였다.

침착한 표정이 이렇게 무서울 줄이야. 이렇게 보니까 천악도 정상은 아니었다. 분노한 채로 일어나서, 이내 침착해진 상태로 싸우더니 공력을 조금씩 더 끌어올릴 때마다 즐겁다는 것처럼 웃고 있었다. 어디서 이렇게 미친놈들이 많이 몰려온 것일까? 서서히 혈교주는 맞아 죽을 것 같단 생각이 들었는지 전신을 감싸고 있는 혈기가 정말 지랄 맞게 사방팔방으로 퍼져나갔다.

모용백과 매화장주는 아예 피신하듯이 뒤로 물러나고. 근처에서 구경하고 있었던 우리도 일어나서 때때로 날아오는 뜨거운 열기를 손으로 쳐냈다. 가만히 위치를 고수한 채로 구경하는 사람은 교주밖에 없었다. 그 와중에 천악의 목소리가 흘러나왔다.

"…이게 끝이냐? 더 발악해라. 주둥이를 나불댈 때보다 훨씬 보기 좋구나."

도발이 제대로 먹힌 모양인지 혈교주의 등에서 핏물로 된 파도 같은 것이 거대하게 솟구치더니 수십 갈래의 채찍으로 쪼개지면서 천악을 뒤덮었다. 동시에 이제야 뽑은 혈교주의 장검에서 새빨간 검강이 벼락 치듯이 쏟아졌다. 이것을 어찌 비무라고 하겠는가? 처맞지 않기 위해서 발악하는 것처럼 보였다.

하지만 혈교주의 정신 사나운 공격은 천악이 손등을 한 차례 휘두르를 때마다 커다란 붓으로 공간을 지운 것처럼 소멸했다. 싸울 때는 마냥 무식해 보이지도 않았다. 일부는 보법으로 피하고, 전진하고, 후려치는 동작으로 거리를 바짝 좁힌 천악이 처음으로 손바닥을 내보이더니 장력을 쏟아냈다. 이제 보니까 장력의 방향이 우리를 향해 있지 않았다. 거리를 여러 번 바꾸면서 장력을 쏟아낼 기회를 기다렸던 모양새랄까. 검을 휘둘러서 막아내던 혈교주의 몸이 튕겨나가더니 공중에서 수직으로 뚝 떨어졌다.

혈교주의 검에 검사劍絲로 추정되는 절기가 모였다. 검기의 상위 기예이기도 하고, 검강의 변형이라고 부르는 문파도 있다. 천악은 혈교주가 절기를 준비하는 사이에… 그냥 걸어서 다가갔다. 경험이 많아서 저런 것일까. 아니면 절기를 아예 뭉개듯이 무시할 생각인 걸까. 천악이 말했다.

"…해봐라."

혈교주가 맹렬한 기세로 검을 휘두르자, 새빨간 실타래가 채찍 여러 개를 묶은 것처럼 한데 뭉친 모양새로 떨어졌다. 이렇게 보니까 거대한 채찍이 떨어지는 것처럼 보이기도 했다. 분명히 후속 변화가 있는 공격이었다. 순간, 내 눈에도 천악이 절기를 사용하는 게 보였다. 복합적인 대응이었다. 폭발에 가까운 진격, 검사의 일부는 장력과 호신공으로 아예 튕겨내고, 혈교주가 전혀 예상하지 못한 사이에 간격을 없애듯이 접근하더니 혈교주의 팔을 붙잡고 이내 다른 손으로는 거의 동시에 멱살을 틀어쥐었다. 혈교주의 몸이 공중으로 살짝 떴다가…

콰아아아아아앙!

바닥에 처박혔을 때 혈교주의 몸도 파묻힌 상태. 충격에 의해서 땅이 움푹 파였다. 문제는 천악이 혈교주의 멱살을 아직도 붙잡은 상태였다. 다시 혈교주를 끌어올린 천악이 방향을 바꿔서 땅에 다시 처박았다.

콰아아아아아앙!

딱히 말릴 사람도 없었다. 통천방에서 사고 쳤던 것을 이런 식으로 돌려받는 것일까? 당연히 혈교주도 고수였기 때문에 호신공을 써서 버티고 있겠지만 몇 차례 더 이어지면 이내 숨이 끊어질 것처럼 보였다. 붙잡힌 상태에서 펼치는 혈교주의 반격도 허우적대는 것에 가까웠다. 다시 이리 처박히고, 저리 처박히자 완전히 축 늘어진 채로 들어 올려졌다. 뜻밖에도 먼저 모용백이 말했다.

"선배님, 비무였습니다. 화를 좀 푸시지요."

매화장주도 용기를 내서 거들었다.

"선배님, 그래도 혈교주께서 선배님보다 약한 것을 알면서도 도망가지 않고 용감하게 맞서 싸웠습니다. 도전하면 인정하시겠다고 하셨지 않습니까."

그제야 백의서생도 나섰다.

"그만하게. 싸움 자체는 정당했네. 문주 말대로 광증을 겪고 있다면 이해 못 할 일도 아니지 않은가."

천악이 그제야 대답했다.

"아, 광증이라…"

천악은 멱살을 붙잡은 채로 눈높이를 맞추더니 혈교주를 노려보면서 말했다.

"그러냐? 그놈의 광증이 꽤 기회주의자처럼 발현되는구나. 적어도 문주 놈은 내 앞에서도 함께 터져서 죽겠다고 협박하던데 말이야. 그 정도는 되어야 광증이 아닐까 싶은데."

멱살을 붙잡힌 혈교주는 게슴츠레한 눈빛으로 천악을 바라봤다.

"…그러냐? 나는 일월광천을 못 익혀서 그건 좀 아쉽구나."

그제야 천악이 콧방귀를 한번 내뱉더니 멱살을 놔주고, 혈교주는 곧장 바닥에 허물어졌다. 이 상황을 간단히 표현하면 이렇다. 혈교주는 입만 살아있는 상태였다. 모용백이 종종걸음으로 다가가더니 천악에게 양해부터 구했다.

"선배님, 좀 살펴보겠습니다."

혈교주의 상태를 확인한 모용백이 혈교주를 등에 업더니 장원으로 향했다. 그 와중에 혈교주의 입에서 떨어지는 핏물이 바닥을 적셨다. 뜻밖에도 백의서생이 한숨을 내쉬었다.

"하아."

한때 마교주의 수하였던 혈마가 천악에게 처맞았으니, 이제 자신이 마교주에게 처맞을 것이란 예상을 한 것일까? 세상일이란 이렇게 돌고 도는 법이다. 분위기가 너무 무거워진 것 같아서 내가 좀 떠들어 봤다.

"봤어?"

맏형과 색마가 나를 쳐다봤다.

"뭐가?"

나는 혈교주가 질질 흘려서 만들어 낸 핏자국을 가리켰다.

"저것 봐라. 혈교주가 없어서 하는 말인데 내가 피똥싸개라고 했어, 안 했어. 백의한테 패배하고 나서 그냥 졌소, 한마디면 될 것을… 굳이 처웃다가 시비나 걸고 과거 행적이나 밝혀지고. 처맞고, 피똥 싸고. 사람 참… 숨은 붙어있어서 다행이긴 한데 화산까지 와서 이 피똥 싼 흔적은 어떡하지? 내일 치우라고 할까. 자기가 싼…"

색마가 침착한 표정으로 내 말을 끊었다.

"그만해. 이상하게 불경을 듣는 거 같으니까 그만해라."

처맞아서 피똥을 싼 사내마저도 비난할 수 있는 사내, 그것이 나다.

"역시 피똥싸개 걱정은 똥싸개."

"알았어. 내가 똥싸개다. 알았다고. 그러자고. 네가 이겼다."

나는 고개를 끄덕였다. 색마의 표정을 보아하니, 내가 이겼다는 것을 알 수 있었다.

…

420.
제자를 부탁해

백의서생이 내게 물었다.

"문주야."

"왜."

"승산 없는 싸움에는 어떤 의미가 있지?"

나는 백의서생의 표정을 보다가 대답했다.

"예전에 서생들과 함께 사부를 공격했을 때는 승산이 있었나?"

"절반은 있었지. 오래 준비했으니까."

그러니까 백의서생은 화산에 오는 동안에도 자신이 설마 일대일로 교주를 상대할 것이라곤 예상하지 못한 모양이다.

"어쩌면 그대가 저지른 죄는 천악 선배가 많이 뒤집어썼을 것이다. 일대일은 그런 의미가 있지. 홀로 결과를 받아들이는 것. 항상 천악 선배의 무력을 얄밉게 이용하던 네가 스스로 감당해야 하는 순간이다. 다행히 화산에서의 싸움은 생사결이 아니야. 승패라는 결과보다 값진 과정이 될 비무가 눈앞에 있는데…어째서 패배만을 염두에 둔단 말이냐? 백의무제라는 별호도 있으면서."

대충 응원의 말을 전달하자, 백의서생이 자조적인 어조로 읊조렸다.

"백의무제라… 교주, 나는 준비되었소."

교주가 뜻밖이라는 것처럼 대답했다.

"경공 대결이나 다른 제안을 할 줄 알았더니."

백의서생이 말했다.

"아, 그전에 한 가지만 짚고 넘어갑시다."

"뭐냐."

"간자를 보낸 것은 전대 서생 때부터 꾸준하게 있었던 일이오."

"알고 있다."

"교에서도 우리에게 간자를 보냈다가 여러 차례 발각됐소. 서로 사업이라 생각합시다. 제자 노릇을 하던 간자를 골라내느라 나도 골머리를 앓았소."

이때, 고개를 살짝 숙인 사내가 등장하더니 땅에 떨어진 혈교주의 검으로 이동했다. 누가 갑자기 등장했나 싶었는데 가까이서 본 적이 없었던 마부 선배였다. 나는 검을 챙기는 마부에게 말했다.

"마부 선배, 수고가 많소. 일살도 가져가시오."

대운검을 챙긴 마부가 살짝 놀란 표정으로 나를 쳐다봤다.

"아직 대결이 남으셨는데."

"교주는 검으로 어찌할 수 없는 상대이니 가져가시오."

그제야 나는 마부와 눈을 마주쳤다가 다가온 마부에게 일살을 넘겼다. 두 자루의 장검을 챙긴 마부가 교주를 향해 말했다.

"물러가겠습니다."

생각해 보니까 장원 바깥에 있는 마차에 천마신교의 명검을 보관하고 있다. 당연히 마부의 실력이 허접할 리가 없었는데, 교주와 우리 앞에서는 몸가짐을 극히 조심하는 게 엿보였다. 따라서 보법의 깊이도 확인할 수가 없었다. 교주가 백의서생에게 물었다.

"준비되었나?"

"준비됐소."

교주가 말했다.

"흑선의 또 다른 제자로구나. 실력 좀 보자."

"사부를 아시오?"

"당연히 알아야지. 전대 교주, 전대 맹주, 흑선은 젊은 시절의 목표였으니. 저 셋을 함부로 여기지 못하는 세월이 꽤 길었다."

교주와 백의서생은 나란히 일어나서 넓은 장소로 이동했다. 구경하던 자들이 전부 내 쪽으로 몰려와서 다시 자리를 잡았다. 어쩐지 공간을 더 넓게 확보해 줘야겠다는 공감대가 형성되어 있었다. 돌아다니는 사내는 매화장주밖에 없었다. 군데군데 꺼져있는 횃불을 다시 밝히고, 바닥에 걸리적거리는 돌멩이를 가끔 주워서 먼 곳으로 던졌다.

마치 여기서 벌어지는 비무는 오롯하게 자신이 책임져야 한다는 것처럼 변수가 될만한 것이 없는지 세심하게 살폈다. 교주의 표정은 항상 알아낼 게 없어서 볼만한 게 없었지만. 백의서생의 표정은 볼만했다. 성향상, 교주와 일대일을 하는 게 무척이나 싫을 텐데… 그런 마음이 표정에서 엿보였다. 백의서생이 뒷짐을 진 상태에서 교주에게 말했다.

"나는 오랫동안 그대를 많이 증오했소."

"그러냐. 이유는?"

"이유를 찾기도 전에 증오했었지."

"지금은 알았느냐?"

"대충 알 것 같소."

"네 사부랑 비슷해서?"

"그런 것도 있지만 결국엔 나 자신이 당신처럼 되는 거 같아서 스스로 혐오했나 보지. 솔직해진 김에 말하리다. 어느 시점에 하오문주를 만나지 않았더라면 당신과 나는 악명으로 천하제일을 다투고 있었을 거요."

교주가 슬쩍 웃으면서 대답했다.

"네가 드디어 사부의 그늘에서 벗어났구나."

"그렇게 해석할 수도 있소? 선물 같은 말이로군."

백의서생이 웃음기를 지우더니 교주를 향해 경고하듯이 말했다.

"교주, 조심하시오."

"..."

교주가 고개를 살짝 갸웃하는 와중에 백의서생이 당장 해석하기 어려운 한마디의 말을 내뱉었다.

"…제자를 부탁한다."

어조가 이상했지만 나는 이것이 유언처럼 들렸다.

'뭐라고?'

천악에게 하는 말이 아니고? 백의서생이 언제부터 제자를 챙겼지? 교주와 백의서생이 이내 맞붙었을 때는 기파와 기파가 격돌해서 삽시간에 모래, 먼지, 작은 돌멩이들이 폭풍에 휩싸인 것처럼 소용돌이쳤다. 나는 자리에서 일어나자마자 중얼거렸다.

"뭐 하는 거야. 비무 아니야?"

천악이 내게 경고했다.

"조용히 해라. 비무에 방해된다."

천악이 비무라고 했으니 조금 안심이 됐다. 하지만 눈앞에서 벌어지는 꼴을 보고 있으려니 다시 당황스러웠다. 아무리 봐도 비무가 아니다. 백의서생의 등에서 구름 같은 것이 튀어나오자마자 날개의 형상으로 변했고, 그것 때문에 백의서생의 움직임이 공중에 뜬 채로 싸우는 것처럼 더 격렬해졌다. 처음부터 공력을 끌어올려서 짧은 순간에 쏟아내듯이 전력을 다하고 있었다.

그제야 나는 백의서생이 애초에 비무와 생사결을 구분하지 않는 사내임을 알게 되었다. 단순한 자존심으로 보이지도 않았다. 그냥 이렇게 싸우는 게 당연하다는 것처럼 보였다. 죽음을 각오했나? 그렇다면 제자를 부탁한다는 말은 노예처럼 부리던 그 제자들이 아니라 나랑 동굴에서 이야기하던 제자를 뜻한다. 천 년간 배출하자던 그 제자들 말이다.

그러니까 백의서생의 말을 다시 해석하면… 협객들을 부탁한다는 말이었다. 내가 그야말로 힘겹게 화산에서의 결전을 논검의 분위기로 뒤바꿨는데, 굳이 이렇게 싸워야 하나? 눈앞에서 벌어지는 격렬한 싸움에서 시선을 뗀 다음에 천악을 바라봤다. 천악은 내 마음을 대충 아는 모양인지 고개를 내저으면서 말했다.

"…원래 사부도 포기했던 고집불통이다. 고집을 꺾은 적이 없어서 내게 자주 처맞은 것이지 단순히 무력이 나보다 약해서 맞았던 적은 없는 놈이야."

"음, 그렇소?"

"백가 놈이 미리 경고했으니 교주도 대충 싸우진 않을 것이다."

누가 봐도 대충 싸우는 꼴이 아니었다. 나 때문에 저러는 것도 아니고, 천년 협객들 때문에 저러는 것 같지도 않다. 어쩌면 그간 자신이 노예처럼 부리던 제자들에게 생사결을 자주 종용했기 때문이 아닐까? 제자들에게 가혹하게 대했던 성정이, 본인에겐 비겁하게 물러터진 비무를 해보라고 권하지는 못했던 모양이다.

교주가 장력을 쏟아내자, 그것을 받아치던 백의서생의 몸이 땅 위를 아슬아슬하게 뜬 채로 쭉 밀려나더니 어느새 경공인지 잡기술인지 애매한 백색의 날개로 순식간에 균형을 잡아서 다시 지상에 떨어졌다. 나는 비무를 중지시키기 위해 손을 내밀었다가 아무 말도 하지 못했다. 백의서생은 물론이고, 교주의 표정도 그 어느 때보다 즐거워 보였기 때문이다. 이러면 누구도 말릴 수가 없다. 교주가 말했다.

"흑선의 제자답구나."

백의서생이 고개를 끄덕이면서 다가왔다.

"흑선… 무공 하나만큼은 허물이나 약점이 없는 사내였소."

"아쉽구나. 내가 죽였어야 했는데. 생각해 보아라."

"뭘 말이오."

"사부를 죽였던 순간이 네 인생에서 가장 즐거웠던 순간이 아니었는지."

백의서생이 활짝 웃으면서 대답했다.

"잘 보셨소. 그 순간은 잊을 수가 없지."

이 대화에는 나도 한마디를 끼어들 수밖에 없었다.

"죽여서 기쁜 것이 아니라 스스로 노예를 벗어났기 때문에 기뻐한
게 아닐까."

놀랍게도 백의서생과 교주가 내 말에 차례대로 대답했다.

"그것도 맞다."

"옳다."

두 악인은 내 말에 대답하자마자 서로의 몸에 장력과 주먹을 난사
하듯이 펼치면서 다시 맞붙었다. 때때로 굉음이 터질 때마다 내 몸
도 자동으로 반응하듯이 손이 올라와서 몰려드는 기파와 돌무더기
를 쳐냈다. 이 싸움이 천악과 혈교주 때와 달리 길어지는 이유는 교
주 때문이다. 교주는 비무에 임하는 자세로 시작했고, 백의서생은
생사결이라 생각하고 덤볐다. 서서히 교주는 백의서생의 무력에 맞
춰서 공력을 끌어올리고 있었는데 싸움이 길어질수록 백의서생의
백의白衣가 너덜너덜하게 찢어지는 게 보였다.

차라리 나려타곤을 하는 게 낫지 않을까? 대체 내 마음은 어떤 상
태일까. 나도 백의서생을 증오하고 미워하는 마음이 있으나, 교주에
게 사지가 찢어져서 죽는 것까지는 바라지 않았다. 이렇게 보니까
백의서생은 나려타곤을 할 마음이 전혀 없어 보였다. 대신에 나조차
도 구경한 적이 없었던 괴상한 무공들이 연이어서 등장하더니 교주
의 장력을 쳐내다가 읊조렸다.

"…철선비공鐵扇飛功이오."

교주가 바로 대답했다.

"구경하자."

어느새 백의서생은 하얀 쥘부채를 쥔 채로 휘둘렀는데, 교주가 천마검을 뽑아서 막자 금속끼리 부딪치는 소리가 울렸다. 병기까지 등장하자 싸움은 더욱 살벌해졌다. 언뜻 쥘부채는 평화롭고 한가로워 보이는 병기였는데 출수는 그야말로 살벌했다. 뼈대 전체가 강철로 된 모양인지 천마검을 튕겨내면서도 외형이 망가지지 않았다. 도중에 부채가 펼쳐지면서 도검처럼 활용하기도 하고, 특정 순간에는 교주의 목으로 내밀었던 철선이 바람을 가르면서 허공으로 뻗어나갔다. 백의서생은 맨손으로 천마검을 상대하다가… 회전하는 궤적을 그리고 도착한 철선을 다시 붙잡으면서 싸웠다.

어느 순간 천마검의 진격을 부채의 면으로 막더니, 부채를 다시 접으면서 동시에 좌장의 장력을 쏟아냈다. 간단한 동작이었지만 시야를 가리고, 장력으로 갑자기 기습하는 음험함이 돋보였다. 갑작스럽게 얼굴 전체로 밀려드는 장력을 피하느라, 교주는 귀신처럼 뻣뻣하게 선 상태에서 물러났다. 장력의 진격 속도보다 후퇴하는 교주의 몸놀림이 더 빨라서 신기해 보였다. 이렇게 보니까… 교주는 화산에서의 싸움에서 처음으로 후퇴의 보법을 사용한 상태. 구경하던 우리도 놀란 마음으로 싸움을 주시했다. 거리가 벌어진 와중에 교주가 슬며시 웃더니 검을 도로 집어넣으면서 질문했다.

"이것도 흑선에게 배웠느냐?"

백의서생이 대답했다.

"이것은 독문무공이 되겠소. 대체 그 뻣뻣하게 선 채로 물러나는 수법은 뭐요. 예상하던 것보다 더 빠르군."

"보법과 몸의 경중, 때에 따라 장력을 활용한 것이지."

"한 수 배웠소."

나도 한 수 배웠다. 생사결처럼 거칠게 진행이 되는데도 논검을 구경하는 것처럼 배울 게 많았다. 주변을 한 차례 둘러보던 백의서생이 묘하게 웃더니 전신에서 뻗어나온 새하얀 기로 자신의 몸을 둘렀다. 대체로 백색의 기운이어서 산신령이 등장한 것처럼 신묘한 분위기가 있었으나, 의도 자체는 전혀 신묘해 보이지 않았다. 곧 돌진할 기세였기 때문이다. 제법 거리가 떨어진 상황에서… 백의서생의 몸이 앞으로 기울어지는 찰나에 전방으로 쏜살같이 뻗어나갔다. 이렇게 보니까 교주에게 이런 식으로 돌진할 수 있는 사내는 강호에 몇 명이 없을 것 같았다.

'대단한 고집불통이다.'

저런 성정이 있었기에 강해졌던 것일까. 공중으로 솟구친 백의서생은 호신공을 두른 채로 쥘부채를 비수처럼 내밀었다. 마치 살수의 마지막 초식을 보는 것 같았다. 반면에 교주는 그 자리에 머물러 있다가 천마검을 발검 형식으로 뽑아서 쳐냈다. 칼날을 뽑는 게 아니라, 검에서 기를 뽑아내는 것처럼 보였다. 쥘부채에서 혼탁한 색의 기가 뻗어나오고. 검강을 두른 천마검이 쥘부채를 쳐내자마자 우리는 전신에 호신공을 펼치면서 물러났다.

콰아아아아아아아아앙!

소리가 먼저였는지, 얼굴에 밀려드는 충격파가 먼저였는지는 잘 모르겠다. 장력으로 충격파를 쳐내자마자 교주를 확인했다. 검을 든 채로 똑같은 자리에 서있었는데… 백의서생의 모습은 보이지가 않았다. 천악이 한숨을 내쉬더니 담벼락 바깥으로 걸어가고, 나는 모용백과 함께 천악을 뒤따라갔다. 백의서생이 교주도 얌전하게 대응하기 어려운 절기를 사용했고. 그것을 쳐내기 위해서 교주도 일검一劍에 내공을 집중시켰다가 폭발한 모양새였다.

'설마 죽은 건 아니겠지?'

천마검이 뽑힐 때부터 칼날에 검강을 두르고 있었으니, 검에 베인 것이 아니라 전신이 터져나갔어도 이상하지 않을 일이었다. 어느새 근처에 온 마차 옆에 백의서생이 누워있었는데 상의는 아예 조각처럼 찢겨졌던 모양인지 백의는 찾을 수가 없고, 상반신 전체가 피에 물들어 있었다. 천악, 모용백, 나보다 먼저 백의서생을 발견한 마부 선배가 손을 뻗어서 백의서생의 호흡을 확인하고 있었다. 천악이 마부에게 물었다.

"백가 놈, 살아있나?"

마부가 백의서생의 얼굴을 물끄러미 바라보면서 고개를 끄덕였다.

"살아있소. 용감한 사내로군."

우리는 백의서생의 주변에 둘러앉았다. 모용백이 심호흡을 하더니 천천히 손을 뻗었다. 그러자 갑자기 눈을 뜬 백의서생이 모용백의 팔을 갑자기 붙잡았다. 깜짝 놀란 모용백이 입을 열었다.

"무제 선배, 저 의원입니다."

얼굴에도 피칠갑을 한 백의서생이 모용백을 쳐다봤다.

"모용백인가?"

"예, 접니다."

백의서생이 질문했다.

"내 팔다리는 멀쩡한가? 감각이 없는데."

모용백이 대답했다.

"일단은 제 손목을 이렇게 강하게 쥐고 계신 것을 보니까 멀쩡합니다. 뼈가 부러진 곳이 있으면 여기서 치료하고, 없으면 안으로 모시겠습니다."

백의서생이 밤하늘을 올려다보면서 대답했다.

"아니다. 잠시 누워있으련다."

옆에서 구경하던 천악이 꾸짖듯이 중얼거렸다.

"너답지 않게 정면 대결이 웬 말이냐? 한참은 더 싸울 줄 알았는데."

백의서생이 대답했다.

"천하에서 가장 강한 고수에게 덤비는 것이니 한 번쯤 이렇게 싸우는 것도 나쁘지 않다."

나도 백의서생에게 한마디를 하지 않을 수 없었다.

"잘 싸웠다. 제자를 부탁한다는 말은 나한테 한 것이었나?"

백의서생이 피가 잔뜩 묻은 창백한 얼굴로 나를 쳐다봤다.

"그래."

"협객을 말하는 거냐?"

백의서생이 침을 한 번 삼키더니 간략하게 대꾸했다.

"그렇지."

이후로 백의서생은 아무런 말 없이 시커먼 하늘을 계속 올려다보고 있었다.

421.
사기꾼들

"내일은 내가 교주에게 일생일대의 선물을 줘야겠어. 여태 지켜본 바로는 이기든 지든 간에 강자와 싸우는 것만이 삶의 위안이 아니었을까 싶다. 그것이 선물이겠지."

내 말을 끝까지 들은 백의서생이 누운 자세에서도 고개를 몇 차례 끄덕였다.

"붙어보니 알겠다. 확실히 그런 느낌이었지."

나는 밤하늘을 바라보는 백의서생에게 물었다.

"별이 가득하냐?"

"가득하구나."

나도 근처에 드러누워서 밤하늘을 올려다봤다. 백의서생 말대로 밤하늘에 별이 빼곡했다. 천악이 내게 물었다.

"역시 너답게 어떻게 싸울 것인지는 계획이 없겠지?"

"어떻게 아셨소. 묘안이 있는 것도 아니고. 최선을 다할 수밖에.

안 그렇소. 마부 선배?"

질문을 받은 마부 선배가 당황스러워하더니 헛기침을 하면서 대답했다.

"그렇겠지요."

"교주 모시느라 고생이 많소."

이 말에는 마부 선배가 슬쩍 웃었다.

"정말 그렇게 생각하십니까?"

"고생하지 않으셨소?"

"천하에서 가장 강하신 분을 수행하는데 어려울 게 뭐 있겠습니까. 길이 막힌 적이 없고. 뚫리지 않은 장소가 없고. 머물고 싶으신 장소가 곧 숙소였습니다. 제가 한 일은 그저 따라다닌 것밖에 없습니다. 혹여나 제 실수로 길을 잘못 들었을 때도 보고를 드리면 그저 그러냐, 한마디만 하시고 방향을 틀라고 하셨습니다. 바깥에서 보는 것과 안에서 느끼는 것은 이렇게 큰 차이가 있습니다."

마부의 언변에 넘어간 나는 이 사내가 천하제일 마부처럼 보였다. 모용백이 내게 말했다.

"문주님, 아무래도 무제 선배가 바로 일어나는 것은 좋지 않아 보입니다. 차라리 제가 이곳에 모닥불을 지필 테니 먼저 들어가서 눈을 붙이십시오. 내일 교주님이 언제 싸우자고 하실지 모르지 않습니까."

맏형이 색마와 함께 다가오면서 말했다.

"모닥불이라… 그렇게 하자. 몽랑아."

"예, 사부님."

"장원이라 땔감은 이미 비축해 뒀을 것이다. 시끄러워서 시비들도 못 자고 있을 테니 물어보고 가져와라."

"알겠습니다."

맏형이 근처에 털썩 주저앉자, 공손심도 다가와서 근처에 앉았다. 둘러보니까 아무래도 이 사람들이 전부 장원을 교주에게 내주고 야영을 할 기세였다. 물론 방이 여러 개라서 전부 들어가서 자도 문제가 없을 테지만 이것은 일종의 배려였다. 나는 일어나서 앉은 다음에 사람들을 둘러봤다.

"이번 비무에 모용백이 없으면 큰일 날 뻔했네."

다들 서로를 둘러봤다.

"그러게 말이야."

나는 마부 선배에게도 휴식을 권했다.

"선배도 장원에 들어가서 눈 좀 붙이시오. 마차와 병기는 우리가 지킬 테니."

"저는 괜찮습니다."

마부 선배는 마부석으로 가서 자리를 치우더니 그곳에 그대로 드러누웠다. 자려는 것인지 눈만 감은 것인지는 모르겠으나 마부는 입을 열지 않았다. 어느새 색마가 땔감을 한가득 짊어지고 와서 바닥에 내려놓더니 모용백과 함께 금세 모닥불을 만들어서 불을 지폈다. 우리는 둘러앉아서 모닥불을 바라보고, 모용백은 봇짐에서 잡다한 도구와 약을 꺼내더니 백의서생의 몸에 잔뜩 묻은 피부터 닦았다. 사람을 치료할 때 펼쳐지는 모용백의 손놀림은 우리가 무공을 펼치는 것처럼 자연스럽고 빨랐다.

백의서생은 누워서 모용백의 치료를 받자, 서서히 몸에 들러붙은 피가 사라지면서 사람다운 몰골로 되돌아오고 있었다. 떠드는 사람이 없었기 때문에 대체로 언제 싸웠냐는 것처럼 고요한 밤이었다. 임시로 일차적인 치료가 끝났을 때, 백의서생이 가라앉은 어조로 모용백에게 말했다.

"고맙네."

모용백이 대답했다.

"실례지만 그 고맙다는 말씀, 정말 오랜만에 하신 거 아닙니까?"

"어떻게 알았나."

"어조가 너무 어색해서 그렇습니다."

"별걸 다 아는군. 이화접목신공移花接木神功은 어디까지 익혔나?"

"근래는 삼 단계를 수련 중입니다."

백의서생이 슬쩍 웃었다.

"그런가? 그 정도만 익혀도 웬만한 자들에겐 패배하지 않을 것인데."

"저도 궁금하긴 한데 사실 이때까지 한 번도 싸워보지 않았습니다."

모용백의 말에 다들 모용백을 쳐다봤다. 천악도 황당한 모양인지 이렇게 물었다.

"신공이라는 이름이 붙은 무공을 익혀놓고 한 번도 싸워보지 않았다고?"

"예, 제가 만나는 사람이 전부 환자들인데 누구와 싸우겠습니까. 더군다나 제 의원이 있는 일대는 이미 문주님 덕분에 사고를 치는 사람이 없습니다. 대충 문주님 이름을 팔면 안색이 창백하게 변하는 사람들밖에 없었지요. 깝죽대다가 맞아 죽은 자들이 한둘이어야지요."

다들 모닥불을 바라보다가 낄낄대면서 웃었다. 맏형도 웃으면서 말했다.

"대체로 셋째가 강호인들에겐 무섭긴 하지."

나는 모용백에게 잔소리를 아끼지 않았다.

"그래도 계속 수련해. 의술만 가지고서는 살아남을 수 없는 세상이다."

"알겠습니다."

나는 일렁이는 불꽃을 바라보다가 중얼거렸다.

"오늘따라 모닥불이 묘하게 성화聖火처럼 보이네."

나는 맹수들과 둘러앉아서 성화의 온기를 나눠 받았다. 모용백도 근처에 편하게 앉아서 나를 쳐다봤다.

"제가 알기로 불꽃이 문주님의 광증과 심리적으로 연결되어 있다고 추측했는데 지금은 불꽃을 봐도 아무렇지 않으십니까?"

"그런 건 대체 어떻게 아는 거야?"

모용백이 웃었다.

"그러게 말입니다. 서책에 적혀있어서 배운 내용은 아닙니다. 공부하다 보면 알지 못했던 것들을 유추하게 됩니다. 광증은 가장 마음에 큰 상처를 줬던 사건에서 출발하는 성향이 있어서 어렵지 않게 예상할 수 있는 일이지요."

"그렇군."

나는 일렁이는 불꽃을 보면서 말했다.

"이제 아무렇지도 않아."

공손심이 말했다.

"참 이상한 일이네. 문주의 생각에 따라서 비무를 하게 되었으나 결국엔 교주가 바라는 대로 된 것 같기도 하네. 어쨌든 간에 교주가 문주에게 질 것 같지가 않은데 일대일을 하게 됐으니 말이야."

내가 말을 이어받았다.

"이상하게 나는 승패에 대한 걱정이나 초조함이 없소. 그저 화산에서 싸우게 됐다, 그런 감정만이 남았소."

맏형이 내게 말했다.

"잠을 잘 테냐. 운기조식을 할 테냐. 무엇을 하든 우리가 호법을 서마."

나는 일렁이는 불꽃을 바라보다가 고개를 저었다.

"이야기나 하자고. 밤새 떠들다가 졸리면 각자 자는 거야. 여기까지 잘 왔는데 운기조식이라니. 당분간 수련은 하지 않을 거야. 내일도 중요하지만 나는 지금도 중요해."

힘겹게 모인 강호 고수들이다. 둘러앉아서 모닥불이나 쳐다보면서 대체로 두서없는 헛소리를 주고받고 있었으나 나는 내일 비무만큼이나 지금의 시간도 소중했다. 여기에 있는 자들의 역량이 전부 뛰어나서… 다들 뛰어난 제자 한 명쯤은 잘 키워낼 수 있는 고수들이라서 그렇다. 백의서생이 모용백의 부축을 받아서 몸을 일으키더니 앉은 자세에서 우리를 둘러봤다.

"…가끔 내 정체를 모르는 제자를 받는 상상을 했었다."

"…"

"내 과거를 모르는 제자 말이야. 나는 도인 행세를 해야겠지. 마치 세상사에 대해 다 알고 있는 사람처럼. 세상사에 미련이 없는 사람처럼. 예전에 은퇴한 고수처럼 말이야. 은거기인이 되는 셈이지. 제자는 나를 깊이 이해하진 못하겠지. 내 과거를 모를 테니 말이야. 상관없다. 어느 순간 제자에게 너는 무공을 익혀서 협객이 되어야 한다는 말을 건네는 나를 상상하면 웃음이 나곤 했다. 이런 사기꾼이 다 있을까. 협객이라니…"

백의서생의 말에 다들 웃었다. 천악도 웃긴다는 것처럼 중얼거렸다.

"협객이라니… 미친놈."

백의서생이 말했다.

"끝내, 제자만 모르면 되는 거 아니냐. 우리의 진짜 정체를 말이다. 문주야, 안 그러냐?"

나는 고개를 끄덕였다.

"맞다. 제자들이 우리의 과거를 알 필요는 없지."

색마가 맏형에게 물었다.

"사부님, 요란이는 그런데 사부들이 대충 악인인 것을 알지 않나요? 눈치가 빨라서 말입니다."

맏형이 대답했다.

"요란이는 우리가 악인인지 아닌지 신경 쓰지 않는다. 우리가 갑자기 멀리 도망가지만 않으면 돼."

맏형의 말에 색마가 다소 놀란 표정을 지었다.

"그렇습니까."

색마가 우리를 둘러보다가 말했다.

"언젠가 선배들과 우리들의 제자가 화산에서 맞붙었으면 좋겠소.

생사결이 아닌 비무로 말이오. 천하제일도 탄생하고, 무학도 교류하고, 크게 어긋나는 강호의 세력이 있으면 제자들끼리 뭉쳐서 때려 부수기도 하는…"

모용백이 대답했다.

"먼일이긴 하지만 제 제자도 그곳에 있었으면 좋겠습니다."

대체로 내가 바라보고 있는 불꽃이 성화가 맞았던 모양이다. 우리는 맹약이나 다름이 없는 말을 나눴다. 왜냐하면, 이것은 각자의 바람이자 희망이고 그 어떤 불온한 감정이 담기지 않은 속내였기 때문이다. 우리는 동이 틀 무렵까지 대화를 나누고, 잡담도 하고, 실없는 농담도 주고받았다. 아무도 잘 생각은 하지 않았다. 걸어온 길이 달랐으나 모닥불을 바라보면서 나누는 대화에는 적개심이나 증오, 분노 같은 부정적인 감정이 모두 불꽃에 휩싸여서 어디론가 날아간 상태였기 때문이다. 놀랍게도 새벽의 어스름이 하늘에 차오를 무렵에… 교주의 목소리가 들렸다.

"문주야."

"말씀하시오."

"가자. 화산으로."

나는 고개를 갸웃했다.

"산책인가?"

나는 일어나서 밤새 이야기를 나눴던 사내들의 표정을 보다가 이것이 산책이 아님을 알게 되었다. 그래도 상관없다. 어쨌든 짤막하게나마 작별의 말을 나눴다.

"다녀올게. 비무를 보여주고 싶지 않은 모양이니 존중해야지."

마부석에서 마부가 벌떡 일어나더니 내게 물었다.

"문주님, 일살은?"

"괜찮소."

맏형이 나를 쳐다보면서 말했다.

"다녀와라."

다들 다녀오라는 말 이상의 작별은 내게 건네지 못했다. 장원 안
으로 들어가 보니 교주는 밤을 지새운 사람처럼 탁자 근처에 우두커
니 서있었다. 나는 교주 옆에 가서 말했다.

"갑시다."

우리는 별말 없이 화산으로 향했다. 교주와 둘이서 산책을 하게 될
줄은 몰랐는데, 그것을 지금 하고 있다. 한참 후에야 교주가 말했다.

"한적한 곳으로 가자."

"화산은 대체로 한가롭소. 인적도 드물고."

어느 순간부터는 교주가 경공을 펼쳤기 때문에 따라가지 않을 수
가 없었다. 딱히 길을 아는 것 같지는 않았다. 절벽도 아무렇지 않게
올라갔기 때문이다. 사실 제운종을 익히지 않았더라면 교주에게 뒤
처져서 비무도 하지 못할 뻔했다. 이상하게도 비무의 전초전은 경공
이라는 생각이 들 정도로 우리는 빠르게 화산을 올라서 한적한 장소
를 계속 물색했다.

사람은 없고, 장소는 넓고, 조용한 곳을 찾고 싶은 것이라 추측했
다. 나도 화산을 속속 아는 것은 아닌지라 따라다닐 수밖에 없었다.
결국에 우리가 찾아낸 장소는 산 중턱의 어딘가였는데, 평평한 곳이
밑으로 조금 들어가 있는 너른 분지 형태여서 비무를 하기엔 가장

　　　…

적합해 보이는 장소였다. 내가 먼저 권했다.

"여기가 좋겠소."

교주는 이런저런 말 없이 먼저 가부좌를 틀고 앉았다. 나는 조금 떨어진 곳에 앉아서 교주를 바라봤다. 무슨 생각을 하는지는 당연히 알 수가 없었다. 교주가 잠시 후에 내게 물었다.

"…유언이 있느냐?"

나는 이마를 긁으면서 조금 생각하다가 대답했다.

"딱히 없소. 할 말은 다 하고 살았던 터라."

실은 어젯밤에 동지들에게 충분히 내 뜻을 전했다. 교주가 고개를 끄덕이더니 휴식을 취하려는 것처럼 눈을 지그시 감았다. 나도 가부좌를 튼 다음에 교주에게 넌지시 물어봤다.

"유언이 있으면 말씀하시오."

교주가 대답했다.

"내가 패배할 경우, 후임 교주로 검마를 임명하겠다. 네가 전달해라."

"맏형이 거절할 텐데?"

"거절과 무관하게 내 뜻이다. 거절하면 검마가 직접 차기 교주를 임명하라고 전해라. 그 정도는 하겠지."

"알겠소."

교주가 내게 말했다.

"회복할 시간을 주겠다. 마치면 말해라."

"그럽시다."

나는 교주를 눈앞에 둔 채로 운기조식을 시작했다.

422.
대머리 이자하

눈을 떠보니 눈앞에 교주가 있었다. 놀라지 않을 사람이 있을까? 황당해서 현실 감각을 되찾기까지 잠시 시간이 걸렸다. 교주도 눈을 뜨더니 나를 물끄러미 쳐다봤다. 나도 이렇게 둘이 남은 상태에서는 할 말이 많았지만 꺼내지 않았다. 교주는 지금까지 많은 것을 인내했다. 그것을 존중하는 의미에서 나도 침묵을 유지한 채로 분지의 형태를 눈에 담았다.

혹시 내게 유언을 물어본 이유는, 여태 교주가 제대로 싸우지 않았다는 뜻일까? 아마 그럴 것이다. 사실 교주를 상대하려면 특정 순간에 일월광천을 쓸 수밖에 없다. 검을 들고 있으면 한 박자가 늦을 것 같아서 일살도 제외했다. 하지만 이 사내의 표정을 보고 있으려니 일월광천을 만들 시간이 과연 있을까 싶다.

그래도 분지의 둘레를 눈대중으로 가늠해 둔 상태. 나는 교주와 눈을 재차 마주쳤다가 동시에 일어났다. 교주는 우두커니 선 채로 덤비라는 말도 하지 않았다. 혹시 나처럼 반격 절기를 가지고 있나? 대략 칠천삼백 가지 전략이 스쳤다. 섣부르게 공격할 수도 없고, 잔망스럽게 입을 놀리면 교주가 공격할 것 같아서 어쩔 수 없이 숨만 쉬었다.

하필이면 왜 이런 순간에 귀가 가려운 것일까. 대치 상황이었기에 어쩔 수 없이 귀를 팠다. 손가락에 묻은 귓밥을 날린 다음에 교주를 주시하자, 이제야 교주의 눈빛이 변했다. 눈빛으로 웬만한 사람은 무릎을 꿇릴 수 있을 것 같았는데, 나는 아니다. 산등성이에서 등장하는 해를 보면서 말했다.

"벌써 해가 떴소. 운기조식을 하루 내내 한 것인가. 아니면 내 운기조식이 짧아진 것인가. 지나고 보면 모든 것이 찰나에 지나지 않아."

순간, 얼굴로 밀려드는 교주의 손이 보여서 오행장五行掌으로 받아쳤다. 쩍- 하는 소리는 마치 커다란 바위가 쪼개지는 소리 같았다. 곧장 무음無音의 영역에 갇혔는지 아무 소리도 들리지 않은 채로 날아갔다. 뒤로 한참을 밀려서 날아가다가 분지의 벽면에 부딪히기 전에 몸을 무겁게 해서 지상에 떨어졌다.

"…"

바닥에 닿고서도 서너 걸음을 더 뒤로 물러난 다음에 교주를 바라봤다.

'이것이 전력인가?'

멀어진 거리 때문에 교주는 어느새 자그마한 인간처럼 보였다. 하지만 장력에 담긴 힘을 생각할 때마다 환각을 보는 것처럼 교주의 존재감이 다시 커졌다. 오른팔이 멀쩡한 것인지 궁금해서 크게 한 바퀴를 돌려봤더니 어깨에서 우드득- 하는 느낌만 왔다. 순간 막혀 있었던 귓구멍이 뻥 뚫리면서 화산이 자아내는 잡다한 소리가 동시에 밀려들었다. 그중에서 잡다한 소리의 대장은 바람이었다.

바람이 어디에서 부는지, 교주의 옷자락이 어디로 펄럭이는지까지 눈에 들어왔다. 감각이 예민해져서 그런 것일까. 승부에 도움이 되지 않는 요소들까지 단박에 들어와서 전략 회의에 참여했다. 덕분에 칠천삼백 가지의 전략은 일만 가지의 전략으로 불어나고 있었다. 왜 이렇게 쓸데없는 계획이 많은 것일까. 그나저나 내가 오행장으로 받아쳤는데 이 정도라고? 교주가 기권을 받아줄까… 표정을 보아하니, 기권이 안 통할 것 같아서 그냥 대치했다. 긍정적으로 생각하면 여전히 내 독심술이 날카롭다는 뜻이다.

'기권은 물 건너갔고.'

교주는 점잖은 사내라서 분지의 중앙 지점을 차지한 채로 나를 기다렸다. 점잖지 못한 내가 어쩔 수 없이 거리를 좁혔다.

'…따귀라도 한 대 때리면 나는 반드시 죽겠지?'

누구에게나 그럴듯한 계획이 있기 마련인데, 이건 불가능해 보였다. 나는 절체절명의 위기에서도 왜 자꾸만 쓸데없는 고민에 빠지는 것일까. 일정 간격에서, 나는 암향표로 출발한 다음에 공중에 떠서 우장을 내밀었다. 이번에도 오행五行 대 오행五行일 것이다. 도중에 교주의 쌍장을 보자마자, 좌장까지 내밀었다.

콰아아아아아아아아앙!

양손을 교주와 부딪혔는데 고통은 뒷골과 귀청, 어깻죽지에 집중되었다. 이번에는 내가 공중에 떴기 때문에 몸이 거꾸로 회전하는

…

공중제비로 빙글빙글 튕겨났다가 바닥에 내려설 때는 두 발을 먼저 대고 한 손도 땅을 짚었다. 강호에 이렇게 완벽한 착지가 있었던가? 황당하게도 이번에는 내가 전력을 다한 오행장으로 공격했기 때문에 교주의 상태를 확인했다.

"…"

전혀 안 통했다. 같은 오행 장력인데 어째서 안 통하는 것일까. 교주는 여전히 제자리를 고수했다. 움직일 생각이 없었기 때문에 이 자리에서 일월광천을 준비해도 될 것 같은 상황. 교주가 아무리 뛰어나도 한 호흡이 끝나기도 전에 다가올 수 있는 거리는 아니었다. 그런데 느낌이 살짝 싸늘했다.

'일월광천을 알지 않을까?'

나는 미간을 좁힌 채로 교주의 표정을 읽었다. 일월광천을 준비하는 사이에 맏형처럼 검을 뽑아서 검기를 쏟아낼 것 같다는 예감이 들었다.

'그렇다면 참아야지.'

이상한 불길함을 느꼈을 때, 교주는 오른손에 새빨간 기운을 응축시켰다.

"어?"

교주의 왼손에서 오색의 빛이 뭉치더니 두 가지 기운이 서로를 잡아먹었다. 마음의 준비도 안 된 상태에서 교주가 만든 검붉은 기의 구체를 확인했다. 저것을 대체 뭐라고 해야 할까. 마도식魔道式 일월광천? 내가 작명하자면 마도역천魔道逆天이다. 주변의 공간이 구체로 빨려 들어가는 것 같은 착시현상을 보자마자… 교주를 향해 폭발하듯이 뛰었다.

일보一步에 절반의 거리를 좁히고. 재도약 후, 전신이 폭발한다는 느낌으로 암향표를 펼쳤을 때 마도역천이 눈앞에 있었다. 마도역천이 어떤 절기인지 알 수 없었기 때문에 받아치는 것처럼 돌진하다가 공중으로 불쑥 솟구쳤다. 속임수도 목숨 걸고 해야 하는 상황. 마도역천이 내 밑으로 죽음의 강처럼 뻗어나가고. 나는 공중에 뜬 상태에서 교주의 눈을 향해 월영무정공의 쌍장을 쏟아냈다. 냉기가 닿기도 전에 교주가 귀신처럼 뒤로 멀찍이 물러나고, 분지에 닿은 마도역천의 폭발음과 후폭풍이 등 뒤에서 파도처럼 밀려들었다.

나는 좌장으로 교주의 반격에 대비하고, 오른손은 마도역천의 여파로 몰려드는 후속 바람을 대수인으로 막아냈다. 여파 따위에 흔들릴 내가 아니다. 교주가 꽤 정적으로 생사결에 임했기 때문에… 나는 슬쩍 마도역천이 닿은 분지의 지점을 확인했다. 달덩어리 하나가 지형을 지운 것처럼 둥그런 공간이 형성되어 있었다.

'황당하네.'

이런 절기를 가지고 있었으니 매화장의 비무에서 제대로 싸우지 않은 것이리라. 이번에는 내가 분지의 중앙을 차지하고 있었기 때문에 교주가 내 쪽으로 천천히 다가왔다. 사신死神이 방문하는 것처럼 보였다. 도저히 평범한 신체 상태에서 공력만 끌어올려서는 대적할 수 없는 실력자였다. 과도하게 힘을 써서 격을 끌어올리면… 수명이 줄어드는 느낌을 맛봐야 하는데, 맞아 죽는 것보단 나았기 때문에 전신을 각성시킨 상태로 교주를 기다렸다.

전신에서 기운을 폭발하듯이 쏟아내는 것을 의도적으로 할 때가 있는데, 그것이 곧 기파다. 내공이 심후할 경우, 이것은 사방팔방에서 몰려드는 암기를 동시에 튕겨낼 정도로 강해진다. 나는 기파를 의도적으로 유지했다. 사실 이번에는 교주와 근접 거리에서 맞붙고 싶었으나… 다가오던 교주가 발검拔劍 동작을 연계하면서 달려들었다.

'일살을 어디에 뒀더라?'

가슴께로 밀려드는 천마검을 묵가비수로 막았다. 맞붙은 칼날에서 불꽃이 터졌다. 비수가 짧아서 교주보단 내가 더 바빴다. 끝까지 보면서 쳐냈는데 검 끝이 사람을 홀리듯이 변화할 때마다 속이 서늘했다. 어쩔 수 없이 보법을 섞어서 변화에 대비했다. 빠르면서도 불길한 검의 변화는 보법으로 피하고, 정확한 궤적의 공격만 비수로 쳐냈다.

수비만 해도 바빴다. 대체 자하신공은 언제 등장하는가? 아마도 죽기 직전에는 발동될 것이다. 강제로 천옥의 힘을 끄집어내서 쓸 수 있었지만, 이것은 승부를 뒤집을 때 써야 하는 마지막 패라는 느낌이 들어서 지금은 그저 격을 끌어올린 상태로만 대처했다. 온몸의 터럭이 기파 때문에 곤두서는 느낌을 받았다. 교주의 검법은 의외로 맏형과 분위기가 흡사했다.

'왜 이렇게 익숙한 분위기지?'

맏형과 교주가 같은 사부 밑에서 배운 적이 있는 것일까. 가장 먼저 검법을 배웠을 때 새겨진 특유의 버릇은 쉽게 떨쳐낼 수 없는데, 그 미세한 점이 맏형의 분위기와 흡사했다. 한편으로는 혈야궁주의 검법과도 비슷했다. 생각해 보니까 교주는 혈야궁주의 사형이다. 혈야궁주는 자신의 검법을 내게 짤막하게 보여준 적이 있었는데, 놀랍게도 그것이 내 목숨을 연장하는 중이었다.

왜냐하면, 나도 혈야궁주가 펼친 검법을 고스란히 받아들여서 유성검流星劍을 만들었기 때문이다. 그래서인지 교주의 검법은 허 장로의 무학, 혈야궁주의 검법, 맏형의 검법, 내가 만든 유성검과도 조금씩 연관이 있었다. 혈야궁주도 어쨌든 나를 조금이나마 지도했으니… 서열로 따지면 교주가 내 사부의 사형, 혹은 대사부 격이다.

어쨌든 우리 둘의 검법은 비슷한 영역에 있었기에 내 사고를 아득하게 벗어날 수는 없어서 천마검은 끝내 묵가비수에 막혔다. 묵가비수는 짧았지만 천마검에 두 동강이 나지 않았고. 교주의 검법은 지극히 훌륭했으나 내가 잡다하게 익힌 검법의 총합을 압도할 정도는 아니었다. 잡다함이 이렇게 위대했던 것일까? 검법은 백중지세라는 생각을 하는 무렵에… 장력이 밀려들었다.

속이 철렁한 장력이었다. 좌장으로 받아치자마자 눈을 똑바로 뜬 채로 교주의 동작을 확인했다. 교주는 장력으로 나를 쳐내자마자, 천마검을 공중에 그었다. 백의서생을 날려 보낸 것으로 추정되는 검강에 대비하기 위해 묵가비수에 자하기를 휘감아서 허공을 그었다. 거의 본능적인 대처였다. 불리하게도 내 신체와 그리 멀지 않은 공중에서 빛살끼리 격돌하고.

콰아아아아아아아앙!

그 여파로 나는 분지 바깥으로 날아갔다. 우지끈 소리와 함께 굵은 나뭇가지 하나를 등으로 부러뜨린 다음에 등장한 커다란 나무에 손바닥을 대서 내 몸에 가해지는 무게를 감당했다. 나는 뒷발로 나무를 쳐낸 다음에 다시 분지에 진입했다. 자하검기를 제대로 막은

사람은 교주가 처음이다. 그러나 삼재에게 좀 미안한 말이지만 진작
내공이 삼재와 비슷했으면 천하제일은 나란 생각이 들었다.

싸움이 벌어지는 모든 상황에서 그 누구도 나를 속인 적이 없었
기 때문이다. 이것은 격과는 조금 다른 분야의 오성이다. 하늘은 내
게 음식 잘 만드는 솜씨를 앗아가고, 대신에 어디서나 잘 싸우는 개
차반 인성과 오성을 줬다. 내가 동네에 출몰한 호랑이처럼 어슬렁대
자, 교주가 말했다.

"문주야."

"말씀하시오."

"타고났구나."

"알고 있소."

그제야 교주가 슬쩍 웃으면서 검을 집어넣었다. 즐거운 모양이
지? 나도 비수를 품에 넣었다. 이렇게 강한 상대와 겨루고 있으려니
지난 일들이 주마등처럼 스쳤다. 어렸을 때 골목으로 따라오라는 동
네 형의 모습이나 화산으로 따라오라는 교주의 모습이나 크게 다를
바가 없다.

교주가 왼손을 허공에 뻗어서 상공에 장력을 분출하더니 이상하
게도 그것을 땅에 떨어뜨렸다. 피하는 게 불가능한 장력이었다. 태
풍에 날아갔던 집 한 채가 갑자기 떨어지는 형태. 대수인으로 상공
에서 떨어지는 집을 박살 내는 사이에 교주와 코앞에서 맞닥뜨렸다.
손바닥이 갑자기 예닐곱 개로 늘어난 채로 장력이 쏟아져서, 왼손으
로 빙막氷幕을 뽑아냈다.

거대한 빙막이 산산이 조각난 채로 흩어졌을 때, 내 시선 위쪽에

서 등장한 교주가 내 얼굴을 향해 장력을 쏟아냈다. 나는 산산이 조각난 냉기를 재차 얼린 다음에 좌장의 장풍으로 방향과 강도를 더해서 날렸다. 교주는 좌장으로 내 모든 공격을 걷어내더니, 우장을 곧장 내질렀다. 이 모든 공격과 대응이 한 호흡에 이뤄지자마자, 나도 오른손을 뻗어서 교주의 손바닥을 틀어막았다.

퍽!

오른손이 터질 것 같아서 월영무정공으로 내 손부터 얼린 다음에 그 무엇도 판단하지 않은 채로 교주의 얼굴을 향해 좌수左手의 중지 탄지공을 날렸다. 두 번째 호흡. 고갯짓으로 피한 교주가 거대한 장력을 왼손으로 분출했다.

콰아아아아아아앙!

나는 좌장의 오행장으로 받아치자마자 허공에 뜬 상태로 발을 허우적대다가 내려섰다. 이제 보니까… 교주는 나를 괴롭히려고 일대일을 하는 것처럼 보였다. 한쪽 발이 땅에 닿았을 때는 다시 교주와 손바닥을 정직하게 마주쳤다.

쩍!

어느 순간 좌장까지 교주의 손에 들러붙었다.

'당했나?'

교주는 아예 내공으로 나를 찍어 누르는 게 가장 확실한 공격이라고 여긴 모양이다. 검법이 안 통했으니, 힘으로 짓누를 생각일까. 교주와 검법은 동수라는 뿌듯함을 느끼자마자 이번에는 교주와 내공을 겨뤘다. 세상에 이런 점소이는 없었을 것이다. 마교 교주와 쌍장 대결을 이어나가는 점소이라니. 우리는 동시에 기파를 쏟아내면서

…

공력을 끌어올렸다.

분지라서 이미 지형이 낮았는데, 기파끼리 충돌하자마자 우리는 더 낮은 곳으로 내려앉았다. 무릎에 이상한 압박감이 전해졌다. 교주가 나를 무릎 꿇린 채로 훈계를 하고 싶은 모양새랄까. 잔소리를 듣는 게 싫어서 억지로 버텼다. 그러자 교주의 전신에서 뿜어져 나오는 기세와 내공이 더욱 거세져서, 곧 파도에 삼켜질 것 같은 위압감이 온몸을 짓눌렀다. 셋을 세기 전에 죽을 것 같아서 마지막 패고 나발이고 간에 자하신공을 일으켰다. 교주의 안색이 삽시간에 자줏빛으로 물들었다. 내 눈빛을 확인한 모양인지 교주의 미간도 좁혀졌다.

"…!"

사실 이런 상황에서 나려타곤을 하거나, 잔소리를 들을 마음도 전혀 없다. 나도 자존심이 강하기 때문이다. 무릎을 꿇은 채로 나려타곤을 하느니, 교주에게 맞서다가 터져 죽는 게 낫다는 생각이 들었다. 예전에 자하신공을 일성 정도 수련했던 것 같은데 지금은 그런 구분이 무의미했다. 자하신공을 펼쳤기 때문에 당연하다는 것처럼 버틸 수 있었다.

처음에는 교주의 안색만 자줏빛으로 보였는데 지금은 사방팔방이 온통 짙은 핏빛이었다. 눈에 있는 핏줄도 온통 터진 것일까. 다친 적도 없는 눈에 수많은 실이 꽂히는 것 같은 고통이 밀려들었다. 교주의 눈동자가 내 주변에 떠다니는 자색의 물결을 둘러보는 게 느껴졌다. 자하신공은 교주에게도 신기한 모양이지? 터진 게 많아서 그런지 불가항력으로 눈물이 흘러나왔다. 이것은 아마도 피눈물일 것이다. 슬프다는 감정은 없는 상태라서 무정한 피눈물이기도 했다.

하지만 얼굴에 닿은 무정한 피눈물은 이내 자하신공의 기운에 증발하듯이 타올라서 연한 자줏빛의 연기로 흩어졌다. 자하신공이 모든 것을 태우는 상황. 내 단전도 태우고, 배출하는 땀과 눈물도 태우고, 시력과 귓속의 고막, 혀와 전신에 나있는 터럭까지 태울 기세로 점점 뜨거워졌다. 내가 이렇게 뜨거운 사나이다. 잘 버티는 와중에 불쑥 속이 철렁한 이유는 무엇일까. 모든 것을 태운다면 자하신공 때문에 대머리가 된다는 말인가?

'안 된다.'

바라던 마지막 깨달음은 올 기미가 없는 상황에서 광기가 휘몰아쳤다. 교주에게 이긴 다음에 대머리로 평생 살기. 교주에게 패한 다음에 머리카락이 풍성한 채로 죽기. 사느냐, 죽느냐. 그것이 항상 문제다. 내 인생은 왜 이렇게 험난한 것일까. 머리카락이 자하신공에 홀라당 타버리기 전에, 자하신공으로 먼저 천옥을 태웠다. 결전이기 때문에 천옥을 단전과 분리해서 보유할 이유가 전혀 없었다. 이참에 모조리 녹여서 교주에게 대항했다.

사실, 천옥은 아무것도 아니다. 진기를 태우면 수명이 줄어들지만, 천옥은 애초에 내 것이 아니라서 얼마든지 진기처럼 태울 수 있었다. 천옥은 교주가 만든 것이고, 그 천옥으로 교주를 상대한다면… 이것이 또한 하늘이 정한 인과응보다. 나는 교주에게 내 방식대로 천옥을 되돌려 줬다. 자하신공, 오늘따라 맑은 하늘의 뜻, 천옥, 이자하… 합체合體.

423.
천하제일

교주와 대등하게 장력 대결을 하고 있으려니 점점 기분이 좋아졌다.
천옥을 모조리 태우겠다고 결심한 순간부터 버틸만했기 때문이다.
쉽게 죽지는 않겠구나 하는 안도감. 교주와 맞상대를 하는 뿌듯함.
내가 원하던 일대일. 결과와 상관없이 모든 것이 마음에 들었다. 교
주의 마음은 모르겠으나. 나는 내내 이런 싸움을 기대했다.

이 얼마나 공평한 생사결인가? 어느 순간 천옥을 녹이고 태우면
서 자하신공을 유지하는데도 온통 자줏빛으로 물들었던 천하가 본
연의 색ㅌ을 서서히 되찾고 있었다. 본래 저것이 정상적인 색깔일 테
니, 내 눈빛도 정상적이라는 뜻이다. 온통 핏빛에 물든 것보다 본색
을 되찾은 천하가 훨씬 보기 좋다.

이 얼마나 아름다운가? 이제 교주의 얼굴도 또렷하게 더욱 잘 보
였다. 이 사내도 눈, 코, 입이 달려있고 귀도 큼지막했다. 햇살을 똑
바로 마주하면 이 사내도 눈이 부실 것이고, 음식을 먹으면 맛있는

것과 맛없는 것을 구분할 수 있을 것이다. 이자도 인간이다.

　다만 보통 사람들보다도 더 높은 정신세계를 가지고 있다. '어른'의 경지가 있다면 이 사내는 그 끝에 닿은 사내다. 아무도 믿지 않고, 누구에게도 기대지 않으며, 인간에 대한 잡다한 희망을 버린 사내. 남들보다 더 어른이 된다는 것은 이처럼 메마른 일이다. 이 싸움은 일반적인 어른의 범주를 벗어난 상태의 어른이 된 사내와 애초에 어른이 되기 싫어했던 점소이의 대결이다. 교주도 내 상태를 쉽게 이해할 수 없는 모양이다.

　"…내공이."

　"말씀하시오."

　"어째서 더 깊어지는 것이냐?"

　"교주도 궁금한 게 있었군."

　교주가 탄식을 내뱉더니 고개를 끄덕였다. 나도 한숨이 나왔다. 오성이 지극히 뛰어난 사내라서 내 몸 상태가 이해되지 않는 모양이었다. 사람이 너무 똑똑하면 이렇게 된다. 나는 교주를 다른 사람과 똑같이 대했다.

　"궁금하겠지만 그것은 알려줄 수가 없어."

　이번에는 교주도 감정이 있는 사람처럼 웃었다. 허탈하기도 하고 내 대답이 웃기기도 한 모양이었다. 내공으로 나를 압도하지 못했음에도 교주의 분위기는 여전히 독보적이었다. 어떤 식으로든 나를 끝장낼 수 있을 것 같은 자신감이 엿보였다. 나는 대치하는 상황에서도 계속 천옥을 태우고, 녹여서 단전으로 흡수했다. 그러니까 이렇게 노닥거리는 시간에도 나는 점점 강해지고 있었다.

그 말은 무엇이냐? 나는 애초에 주둥아리를 나불댈수록 계속 강해진다는 뜻이다. 보통 고수들은 과묵하고, 근엄하고, 말수가 적기 마련인데 나는 다르다. 이제는 무공과 주둥아리마저 혼연일체가 되었다. 신옥합일身玉合一, 천옥과 신체가 하나가 되었으며, 무설일체武舌一體, 무공과 혓바닥마저 조화를 이뤘다. 천옥을 태우면서 숨만 내쉬어도 강해지는 사내, 그것이 나다. 교주가 말했다.

"검마가 왜 너와 어울렸는지 알 것 같구나."

"이유가 뭘까? 나도 궁금하네."

"대체로 심심할 겨를이 없구나."

"그랬군."

말을 하는 사이에 강해지는 사내는 나뿐만이 아닌 것 같다. 교주의 옷자락이 펄럭이기 시작하더니 내가 자하신공을 펼치는 것처럼 분위기가 돌변했다.

"어?"

어떤 상태인지는 정확하게 알 수 없었으나… 교주들만 익히는 독문무공을 펼치는 것임은 어렵지 않게 유추할 수 있었다. 천마신교의 교주니까 저것은 천마신공天魔神功이라고 봐야겠지? 내가 자하신공을 유지한 채로 장력 대결을 끝내 버티자, 교주가 장력을 폭발해서 나를 밀어냈다. 잠시 거리를 벌린 채로 대치하다가 물었다.

"천마신공?"

교주의 전신에 기류가 휩싸이고 있었는데, 기류가 솟구치는 빛줄기로 되어있어서 그런지 교주의 모습이 잘 보이지 않았다. 마치 반투명한 칼날에 갇혀있는 사람처럼 보였다.

"혹시 삼재에게 그 무공을 보인 적이 있소?"

"없다."

가만히 서있어도 무서운 인간이었는데 반투명한 기류에 갇혀있는 모습은 실로 기괴했다. 나는 교주의 상태를 보자마자 도주할 준비를 마친 상태. 어떤 멍청이가 저런 교주를 상대하겠는가? 교주가 움직이는 것을 보자마자, 암향표를 펼쳤다. 교주가 왜 생사결을 신청했는지 그 이유를 이제 알았다. 천마신공을 펼치자마자 이성의 영역이 지워진 사람처럼 보였다. 하찮은 표현으로 말하자면 눈깔이 뒤집힌 상태.

나는 분지의 둘레를 맹렬하게 질주했다. 도망치고 있었지만 싸울 의지는 남아있었기 때문에 어쩔 수 없이 분지를 동그랗게 완주했다. 사실 완주는 아니다. 방향을 이리저리 바꿔서 계속 달렸기 때문이다. 교주는 나를 쫓아오는 와중에도 손을 내밀어서 빛살을 분출했는데… 그럴 때마다 나는 달리는 속도를 늦추지 않은 채로 공중에서 돌았다. 비틀면서 돌고, 돌면서 뻗어나가고, 가끔 공중으로 피했다가 장력으로 다시 몸을 비틀었다.

아마도 이게 맞을 것이다. 나는 정말 진지한 마음가짐으로 도망을 다녔다. 천마신공이 아니라, 마신공魔神功을 펼치는 것처럼 보였기 때문이다. 뻔뻔하게 도망을 선택한 이유는 교주의 이성이 끊어진 상태여서 그렇다. 그러니까 내가 자하신공을 처음 펼칠 때처럼 정신 나간 상태라고 예상했다. 그렇기에 잡히면 죽을 가능성이 컸다.

나도 미쳤지만, 교주도 미쳤다. 엄청나게 빠른 속도로 쫓아왔기 때문에 차기 쾌당주 자리를 교주에게 맡기고 싶을 정도였다. 내가

...

아는 모든 회피 동작을 달리는 와중에 펼쳤다. 무언가가 머리끝을 스치고. 머리카락이 뭉텅이로 잘려나가더니 허공에 흩날리고. 몸을 비틀면서 피할 때 날아오는 빛줄기가 옷자락도 관통했다. 교주의 이성이 돌아오면 반격할 생각이라서 고집스럽게 달리고, 피했다. 어차피 구경하는 사람도 없었기 때문에 부끄러울 이유도 없었다.

천악이나 신개 선배도 마신魔神이 된 교주를 상대로 오래 버티진 못했을 것이다. 교주가 저렇게 괴물이 된 이유를 나는 이해한다. 애초에 강적들을 상대할 때는 저런 상태를 유지한 채로 상황을 역전시켰을 것이다. 내가 이해하지 못하는 일은 없다. 일단 나를 반쯤 죽여놓은 다음에 갈구든지, 회유하든지, 수족으로 부리려고 했을 인간이다.

얼핏 교주의 상태를 확인했는데 본래 시커멓던 머리카락이 이상하게도 잿빛으로 보였다. 왜 그런지는 알 수가 없었다. 내가 너무 빨라서, 쫓다가 늙은 것일까. 어쨌든 간에 나는 교주가 인간으로 되돌아올 때까지 칠 일 밤낮으로 달릴 생각이었다. 죽으려는 자와 도망가려는 자의 진지하기 짝이 없는 대결. 달리는 것만으로도 정신이 어지러울 때가 있는데 슬슬 그런 기분이 들었다. 대략 교주의 공격을 마흔 번쯤 회피했다고 여겼을 때… 굉음이 들렸다.

마신이 된 상태에서 마도역천을 준비하는 것일까? 멈춰서 바라봤을 때는 이미 검붉은 구체가 완성된 상황. 교주는 나를 보자마자 공중으로 아득하게 솟구쳤다. 마도역천을 떨군 상태에서 폭발력을 쳐낸 다음에 땅에서 멀어질 속셈이겠지? 이게 성공하면 나만 소멸한다. 혼자 죽는 것보단 교주와 함께 소멸하는 게 낫겠다는 판단을 하자마자 양손에 일월광천을 휘감았다.

파지지지지지직!

얼마나 높이 솟구친 것일까. 교주의 신체가 점처럼 작게 보였을 때. 나는 땅으로 떨어지는 마도역천을 향해 일월광천을 올려 보냈다. 최악의 상황에서는 애초에 혼자 죽을 마음이 없다. 화산 전체가 날아가려나? 최후의 최후까지 살아남으려고 애를 쓰는 것이 인간이다. 나는 일월광천을 올려 보내자마자, 공력을 밑바닥에서부터 긁어내듯이 모조리 끌어올려서 자하반경을 준비했다.

일월광천과 마도역천. 두 기운의 충격을 자하반경으로 상쇄할 생각이었다. 어차피 폭발의 여파가 밀려들면 경공으로는 벗어날 수 없는 범위에 떨어질 테니, 이것이 올바른 판단이다. 나는 자하반경을 준비하면서 상공을 주시했다. 맹렬하게 회전하는 태극의 문양이 검붉은 구체가 상공에서 격돌하더니…

잠시간 아무런 일도 벌어지지 않았다. 마치 물렁물렁한 두 개의 공이 합쳐지려는 것처럼 보였다. 공간이 찢어질 때 나는 소리라는 게 있는 것일까? 순간, 두 개의 기운이 충돌로 폭발하자마자 바라보고 있었던 하늘이 좌우로 쪼개지는 것처럼 보이는 빛줄기가 **뻗어나**갔다.

"…!"

오른쪽으로 뻗어나가는 빛줄기가 끝이 보이지 않을 만큼 멀어지고. 왼쪽으로 뻗어나가는 빛줄기는 화산의 높은 봉우리에 닿더니 그대로 뚫고 지나갔다. 나는 오른손을 내 머리 위에 붓처럼 그으면서 자하반경을 펼치고, 동시에 좌장의 손바닥을 뒤집어서 얼굴 부위를 가린 다음에 설의고독을 준비했다. 못 버티면 죽고, 버티면 정신을 차릴 터였다. 자하반경과 설의고독을 동시에 펼쳤을 때. 내 이성도 끊겼다.

지나고 보면 모든 것이 찰나에 지나지 않는다. 이성을 되찾자마자 자하신공으로 설의고독에서 탈출한 다음에 눈을 떴다. 죽은 것일까. 아직 살아있는 것일까. 주변이 온통 엉망진창이었다. 한참을 둘러보고 나서야 교주와 싸우던 분지의 바닥이 군데군데 얼어붙은 것임을 알아차릴 수 있었다. 교주는 어디에 있을까. 나는 가부좌를 튼 채로 교주를 기다렸다. 위치는 교주도 나쁘지 않았다. 호신공을 유지한 채로 절기를 펼치면 폭발에서 튕겨났다가 재차 이곳에 올 것이라고 예상했다.

문득 신체에서 무언가가 흘러내리는 느낌을 받아서 손을 뻗어보니 양쪽 귀에서 피가 흐르고 있었다. 설의고독의 여파일까. 청력을 잃은 것은 아니겠지? 집중해서 들어보니 아주 먼 곳에서 새들이 지저귀는 소리가 들렸다. 나는 옷자락 펄럭이는 소리가 들려서 상공을 주시했다. 꼿꼿하게 선 채로, 교주가 말 그대로 강림하고 있었다.

'이 사람, 정말 대단하네?'

대단한 것은 교주만이 아니다. 나는 여전히 천옥을 태우면서 다음 싸움을 준비했다. 이제 교주를 상대할 전략이 일만 가지에서 서너 가지로 줄어든 상황. 살짝 초조하긴 했으나 분명 교주도 타격이 있으리라 추측했다. 교주는 정말 차분한 자세로 하강하더니 바닥에 두 발을 딛자마자 나처럼 가부좌를 틀었다. 나는 지옥에서 돌아온 교주를 맞이했다.

"교주, 반갑소."

교주가 슬며시 미소를 짓더니 입을 열었다.

"문주야."

"왜요."

"힘이 얼마나 남았느냐?"

"대략 칠 일 밤낮에 반나절 정도 더 싸울 힘이 남았소."

"이런 상황에서도 농담이냐?"

나는 고개를 끄덕였다.

"교주, 부탁이 하나 있소."

"들어보자."

"나도 교주의 농담 한번 들어봅시다."

교주가 잠시 시선을 내린 채로 고민하더니 고개를 든 다음에 나를 쳐다봤다.

"내 여력을 가늠해 보면 칠 일 밤낮 정도가 남았다."

이렇게 재미없는 농담은 살다 살다 처음이다. 하지만 처음으로 농담을 건넨 사람을 동네 형처럼 무시할 수는 없는 노릇이었다.

"어쨌든 내가 반나절 정도 앞선다는 의미인가?"

교주가 고개를 끄덕였다.

"여력이 남았다면 이리 와라."

교주가 내 상태를 의심하는 모양인데, 여전히 나는 내공이 깊어지는 중이었다. 일어나자마자 두 줄기의 코피가 쏟아졌으나 손으로 대충 닦은 다음에 교주에게 걸어갔다. 교주가 나를 올려다보면서 말했다.

"…내 정수리를 쳐라. 생사결임을 잊지 말고."

...

나는 천천히 교주의 상태를 확인했다. 입, 소매, 목 언저리에 피가 묻어있었다. 일월광천과 마도역천의 여파를 감당하지 못했던 것일까. 아니면 마신처럼 움직이던 마공의 여파를 견디는 중일까. 수다스러운 사내가 아니라서 정확한 이유는 알 수가 없었다. 나는 오른손을 들어서 교주의 머리통을 쪼개려다가 멈춘 다음에 마주 본 채로 앉았다.

"음."

어쩐지 이 사내를 여기서 죽이면 교주의 장남, 차남, 삼남 중 한 명이 일양현으로 진격할 것 같았다. 이 셋은 교주보다 통찰력이 부족하기 때문이다. 이래서 죽이느냐, 살리느냐가 항상 문제다. 교주가 내게 물었다.

"뭘 하느냐? 힘이 아직 넘치는 것 같은데."

"힘이 남은 것은 교주도 마찬가지요. 교주, 내가 이 자리에서 교주를 죽이면 어느 날 요란이가 내게 물어볼 것 같군. 교주를 왜 죽였느냐고. 강호인들 열에 아홉은 잘 죽였다고 할 테지만, 요란이의 질문에는 대답할 말이 궁색하군. 내가 무슨 말을 해도 요란이는 이해하지 못할 거야."

"어째서 그런가."

"어째서 그렇기는… 그대가 요란이를 살렸기 때문이지. 천하에서 가장 강한 사내가 내 제자에게 다음 시대의 천하제일이 될 것이라 했으니. 어린 마음에 뿌듯하기도 하고, 위안도 되었겠지."

나는 교주와 오랫동안 눈을 마주쳤다가 질문했다.

"교주, 은퇴할 준비는 되었소?"

찰나가 영원처럼 길게 느껴지는 사이에 교주의 머리카락은 잿빛에서 다시 한번 옅어졌다. 이제 먹물에 빠져나간 백발이라 해도 과언이 아니었다. 그 와중에도 마신체魔神體를 유지하고 있었던 모양이다. 그러니까 내가 일장으로 정수리를 내려쳤다면 교주의 반격이 있었다는 뜻이다.

공격하지 않았기 때문에 교주의 마지막 수법을 무마했다. 딱히 놀랍지도 않았다. 어차피 반격에 당할 내가 아니었기 때문이다. 길게 싸웠다는 느낌이 전혀 없었는데도 어느새 해가 지고 있었다. 이제 곧 자줏빛 노을이 시작될 것 같은 하늘이었는데… 내 눈에는 주변이 온통 누런빛이었다.

"교주, 내 눈 상태가 어떻소?"

교주가 대답했다.

"화안금정火眼金睛이다. 문주야, 네가 이제 천하제일이다."

나는 고개를 끄덕인 다음에 대답했다.

"내가 천하제일인 것은 비밀로 합시다."

"누구나 바라는 일이 아니더냐?"

"이게 뭐 대단한 일이라고. 교주는 더 오랜 세월 동안 천하제일 자리에 있었으면서도 딱히 내색하지 않았소. 지나고 보면 찰나에 지나지 않고, 그것은 나도 마찬가지요. 한때의 강함을 누구에게 자랑하겠소."

교주가 눈을 감은 채로 내 말을 따라 읊었다.

"한때의 강함을 누구에게 자랑하겠나."

교주는 눈을 감은 상태에서 슬쩍 웃었다. 후련해 보이기도 하고,

씁쓸해 보이기도 하는 묘한 표정이었는데 호흡이 매우 가늘어진 상
태였다. 나는 교주를 바라보다가 말했다.

"교주, 여기서 죽으면 내가 곤란해지는데. 모용백을 데려오겠소."

"…"

그제야 나는 교주의 머리카락 색이 급격하게 변하는 이유가 마공
때문임을 알았다. 성취가 빠른 대신에 신체에 가해지는 부작용 또한
크기 때문이다. 나는 교주에게 말했다.

"교주, 함께 하산합시다. 멋대로 죽지 마시오. 그렇게 떠나면 교와
전면전을 벌일 수밖에 없소. 내가 원하지 않더라도 말이오. 생각해
보니까 대공들이 맏형에게 반항할 것 같아서 말이지."

교주가 대답했다.

"그러냐."

"그렇지 않겠소? 더군다나 정작 맏형이 거절하면 교는 즉시 후계
자 다툼에 휩싸이겠지. 누군가는 수단과 방법을 가리지 않을 테고."

그제야 교주가 눈을 떴다.

"내가 겪은 일들이 반복된다는 말이냐?"

"그렇겠지."

교주가 고개를 끄덕였다.

"알았다. 운기조식할 테니 호법을 서라."

"그럽시다."

나는 일어났다가 조금 떨어진 곳에 앉은 다음에 턱을 괸 채로 교
주의 운기조식을 지켜봤다. 패배한 것을 알자마자 자진하려던 교주
를 겨우 말린 상태. 교주는 자신이 내뱉은 말에 자신의 목숨도 예외

를 두지 않는 냉정함을 가지고 있었다. 나는 교주가 운기조식하는 것을 바라보면서 천옥을 끝까지 태웠다. 자하신공이 여전히 유지되는 중이었다.

그러니까 나도 뜬눈으로 운기조식을 하는 상태. 교주가 말한 화안금정이 어떤 것인지는 정확하게 알 수 없었으나… 금구金軀의 영역에 진입했음을 알게 되었다. 시간이 더 흐르면 교주와 비교해도 격차가 더 생길 터였다. 생각해 보니까 교주의 뺨을 후려쳤어야 했는데 깜박했다.

'아, 이건 좀 아깝네.'

아까운 것과 무관하게… 삼재는 이제 전대 고수고. 당대의 천하제일, 그것이 나다.

424.
바다에 가보셨소?

내가 교주의 호법을 설 줄은 몰랐다. 사실 유언을 주고받고, 싸우고, 호법까지 섰다면 적과 아군을 떠나서 상대를 신뢰한다는 뜻이다. 그것이 나는 더 황당했다. 사람 일은 대체로 알 수가 없기 때문이다. 교주는 부상이 깊었던 모양인지 운기조식을 밤새도록 했다. 어쩔 수 없이 모닥불을 지피면서 운기조식이 끝나기를 기다렸다. 모닥불을 바라보는 동안에 교주에게 물어볼 말이 몇 가지 떠올랐으나 나중에는 한 가지로 축약했다.

그사이에 교주의 안색은 시간 차이를 두고 다섯 차례나 변했다. 마공이 잘못됐을 때는 수습하는 시간도 길어지는 것일까. 무공이 고강할수록 주화입마의 여파가 크다는 것을 고려했을 때, 교주는 제정신으로 사는 게 힘들었을 것이라는 생각이 들었다. 이래서 전생에도 그렇게 자주 폐관수련을 했던 것일까. 욕심을 조금만 내면 주화입마에 빠지는 사람처럼 보였다. 어쩌면 그런 무공을 익히고 있어서 희

로애락을 지극히 줄이면서 살아온 게 아닐까 하는 생각도 들었다.

교주의 운기조식을 기다리면서 나도 천옥을 태웠다. 모닥불도 타고, 천옥도 타고, 시간도 태웠다. 교주는 회복하고 있었지만, 나는 더 강해지는 시간이었다. 사실 금구의 영역에 진입한 이상은 교주가 어떻게 강해지더라도 상관이 없는 상태. 우리는 밤새 운기조식의 자세와 마음가짐마저 겨뤘다. 백발이 된 교주가 새벽녘에 조용히 눈을 뜨더니 나를 쳐다봤다. 나는 교주의 표정을 보다가 말했다.

"축하드리오."

위기를 이용해서 또 다른 성취가 있었던 모양이다. 교주는 기뻐하는 내색도 없이 고개를 끄덕였다.

"무슨 온기인가 했더니 모닥불이었구나."

"교주, 물어볼 게 있소."

"말해라."

"혈야궁에서 봤을 때 나를 왜 살려뒀소. 충분히 죽일 수 있었을 텐데."

교주가 대답했다.

"살면서 믿을만한 사람을 얻는 게 쉽지 않다."

"음."

"검마는 믿을만한 사내였지. 검마 같은 사내를 한 명 더 꼽으라면 허 장로가 있었다. 너는 그때 허 장로의 일살을 들고 있었지. 허 장로와 검마가 네게 무언가를 기대하고 있다면 나로서는 죽일 이유가 없었다. 두 사람이 네게 무엇을 기대했는지 나도 지켜보고 확인할 생각이었지."

교주의 말을 듣고 나서야 내가 살아있는 이유를 알게 되었다.

"결국에 나 혼자 싸운 게 아니로군."

"그렇게 해석하느냐?"

"그렇지 않소? 혼자였다면 감당할 수 없는 싸움이었을 거요."

"나조차도 허 장로가 없었다면 교주가 되기 힘들었을 테니 네 말이 옳다."

교주와 내가 각자 잘나서 이렇게 강해진 것은 아니었다.

"교에서 맏형은 어떠했소?"

"확실한 것은, 후계자 후보로 태어나 교주에 오르는 일만큼이나 어려운 일을 해냈지. 노예로 들어와서 광명좌사에 오른다는 것은 그런 일이다."

종합해 보면 이 사내도 교주가 되는 것이 무척 어려웠었고. 맏형도 광명좌사가 되는 과정이 무척 살벌했었던 모양이다. 그리고 보면 교주는 강자를 인정하는 성향이 확실한 모양이다. 물론 그 강자의 범위가 무공만은 아닐 터였다. 나는 고개를 끄덕인 다음에 물었다.

"이제 내려가시겠소?"

"가자."

나는 모닥불을 발로 꺼서 없앤 다음에 교주와 함께 화산을 내려갔다. 이상하게도 백발 때문인지 지금의 모습이 더욱 교주다웠다. 매화장에 도착했을 때는 이미 아침이어서 갑자기 등장한 우리에게 시선이 꽂혔다. 다들 교주의 백발 때문에 놀라기도 하고, 우리 둘이 나름대로 멀쩡하게 복귀해서 놀라는 것 같기도 했다. 다들 승패를 궁금해할 테지만 굳이 입을 열지 않았다. 매화장주가 먼저 우리 둘을 맞이했다.

"사부님들, 어서 오십시오. 한참 기다렸습니다."

그사이에 매화장은 제법 잘 정돈되어 있었다. 나는 교주와 함께 탁자에 앉아서 사람들을 둘러봤다. 참지 못한 천악이 먼저 물었다.

"대체 어떻게 됐나? 둘 다 멀쩡해서 예상할 수가 없구나."

색마가 중얼거렸다.

"화산이 무너지는 줄 알았는데. 어떻게 이렇게 멀쩡하지?"

천악이 나를 쳐다봤다.

"무엇보다 이상한 것은…"

내가 물었다.

"뭐가 그렇게 이상하시오?"

"너는 어째서 올라갈 때보다 더 강해진 것 같구나. 교주와 수련하고 내려온 것이냐? 아니면 아직 제대로 안 싸운 것이냐?"

교주와 나는 슬쩍 웃었다. 교주가 천악에게 말했다.

"천악."

"왜 그러나?"

"함께 신개를 보러 가자."

"그 거지를 왜?"

"수하를 시켜서 말을 전하면 신개가 믿지 않을 것이다. 자네와 내가 가서 우리의 시대가 끝났음을 알려야지. 그러면 신개도 믿지 않겠나?"

천악이 그야말로 놀란 표정으로 나를 쳐다봤다.

"뭐?"

　　　　…

다들 교주가 이긴 것으로 예상했었나 보다. 맏형과 색마도 놀란 표정으로 나와 교주를 번갈아 봤다. 천악이 중얼거렸다.

"놀랍구나. 신개도 놀랄 것이다. 장주."

매화장주가 대답했다.

"예, 선배님."

"이따가 백가 놈이 일어나면 나는 교주와 함께 신개를 보러 갔다고 전해라. 이 조합으로 갔다고 전하면 또 싸우는 줄 알 텐데. 그게 아니라는 점을 강조하고."

"알겠습니다."

천악이 나를 쳐다봤다.

"거지와 술 한잔해야겠다."

천악, 교주, 신개의 술자리면 나름대로 의미가 있을 터. 내가 낄 자리는 아니라서 같이 갈 마음은 전혀 없었다. 그러고 보니 부상자들은 전부 매화장 내부에 누워있는 모양이었다. 다행히 눈치 빠른 매화장주 때문에 나는 복귀하자마자 멀쩡한 식사를 할 수가 있었다. 교주와 내가 강한 것이 이토록 허망하게 느껴질 줄이야. 교주는 끝내 평정심을 잃지 않았으나 나는 굴다리 밑에 있는 거지처럼 밥을 맛있게 처먹었다. 맏형이 웃으면서 내게 말했다.

"개방에 투신한 것 같구나."

나는 젓가락을 바쁘게 움직이면서 대답했다.

"굶어 죽을 뻔. 사냥이라도 해놓고 겨뤘어야 했는데."

교주가 있었기 때문에 나를 축하하는 분위기는 아니었다. 놀랍게도 삼재 두 명은 밥을 먹자마자 마차로 이동했다. 우리는 당연히 두 사람을 배웅하느라 마차로 함께 이동했다. 마부석에서 일어난 마부 선배가 교주를 먼저 맞이했다.

"교주님, 머리카락이…"

"그렇게 됐다."

내가 살펴보니 마부석에도 매화장주가 가져다준 식판이 놓여있었는데 나뿐만이 아니라 교주도 그것을 바라보고 있었다. 화산제일검의 활약이 이토록 화려하다는 뜻이다. 교주가 말했다.

"천악과 함께 신개를 보러 가야겠다. 개방으로 가자."

마부가 대답했다.

"그럼 개방으로 모시겠습니다."

교주와 천악이 우리를 한 차례 둘러봤다. 살가운 작별의 말을 꺼낼 수 있는 사람이 아무도 없었기 때문에 분위기가 무척 건조했다. 하지만 화산제일검은 예외였다.

"교주님, 선배님. 먼 길 살펴 가십시오. 후배가 많이 배웠습니다."

교주가 고개를 끄덕이더니 매화장주에게 말했다.

"장주도 고생 많았다."

"예, 교주님."

천악이 우리를 보면서 중얼거리듯이 말했다.

"마차에 탄 채로 시대가 바뀔 줄은 나도 몰랐다. 싸움 한 번으로 끝나는 강호가 아니니 다들 매진해라. 간다."

"살펴 가시오."

그렇게 마차가 출발했다. 삼재가 이른 아침에 떠나는 모습이기도 했다. 함께 지켜보던 맏형이 내게 물었다.

...

"대체 어떻게 이긴 것이냐? 교주는 입산할 때보다 더 강해진 것 같은데."

이번에는 다들 나를 쳐다봤다.

"그러게 대체 어떻게 이겼지?"

나도 속 시원하게 알려주면 좋겠지만, 내 승리의 원인은 너무 복합적이어서 간단한 말로는 설명할 수가 없었다.

"…그냥 내가 더 강해서 이겼겠지."

한때의 강함을 아무렇지 않게 자랑하는 사내, 그것이 나다. 색마가 믿을 수 없다는 것처럼 말했다.

"올라가서 말싸움하고 내려온 거 아니야? 그럼 이해가 되는데. 교주도 네 잔소리를 듣기 싫어서 밤새 머리가 하얗게 됐거나 밤새 피를 토했겠지. 이게 더 설득력이 있지 않습니까, 사부님?"

맏형이 진중한 표정으로 고개를 끄덕였다.

"그게 더 설득력 있다."

이건 무슨 분위기지? 사대악인의 셋째가 교주에게 이기고 하산했는데도 도무지 믿어주는 사람이 없었다.

"실력으로 이겼다니까 무슨 말싸움이야. 사실 말싸움을 했어도 이기긴 했겠지. 아마 나 혼자 떠들다가 입에 거품을 물었을 것 같은데. 근데 둘째는?"

맏형이 대답했다.

"어제는 나왔다가 저녁에 다시 운기조식을 시작했다."

멀쩡해 보이는 매화장 안에 귀마, 백의서생, 혈교주가 운기조식을 하고 있으리라 생각하니 살짝 우스웠다. 매화장주가 내게 물었다.

"문주님, 어떻게 이겼는지도 궁금하지만 어떤 마음으로 비무에 임하셨는지도 궁금합니다. 그건 알려주실 수 있겠지요?"

"마음가짐?"

"예."

사실 별생각이 없었는데 매화장주의 진지한 표정을 보고 있으려니 할 말을 골라야 하는 순간이었다. 그냥 있는 그대로 짤막하게 설명했다.

"화산에 오르자 교주가 생사결을 신청했었지. 서로 유언을 들었으니 말이야."

"음."

"사실 내가 혼자 죽을 생각은 없었어. 함께 살아서 내려가거나, 함께 죽어서 화산에 묻히거나 둘 중 하나라 생각하고 싸웠지."

색마가 내 말을 끊었다.

"알았으니까 좀 설득력 있게 말해봐. 어떻게 이겼어."

나는 똥싸개의 말을 무시한 다음에 맏형을 바라봤다.

"맏형."

"왜."

"교주의 유언은 맏형에게 교주 자리를 넘기는 것이었어. 예상했나?"

"아주 놀랄 일은 아니다."

"그럼 교주 자리를 맡았나?"

맏형이 우리를 둘러본 다음에 고개를 내저었다.

"그럴 수는 없지. 교주 자리보다 지금 일상이 더 낫다."

역시 내가 예상했던 대로다. 이렇게 되자, 맏형이 이번에는 내게 물었다.

"네 유언은 뭐였지?"

"나는 유언이 없다고 말했지. 맨날 떠드는 말에 다 했는데 무슨 유언이야."

이때, 우리는 동시에 고개를 돌려서 매화장의 입구를 바라봤다. 마차는 무너진 담벼락 너머에 있었기 때문에 이제야 입구를 주시한 셈이다. 나도 살면서 이렇게 놀란 적은 몇 차례 되지 않는다.

"와…"

어떻게 저런 조합이 가능한 것일까. 매화장 입구에 광승이 서있었다. 광승이 등장한 것도 놀라운 일인데, 혼자가 아니었다. 우리를 발견한 광승이 어깨에 태우고 있었던 요란이를 내려놓았다. 광승의 얼굴과 법복의 끄트머리에 묻은 흙을 보고 있으려니 요란이를 어깨에 태운 채로 경공을 펼쳐서 이곳에 온 것처럼 보였다. 요란이는 우리에게 다가오다가 점점 웃음기가 사라졌다. 인사를 하려다가 물었다.

"둘째 사부님은 어디 계세요?"

색마가 대답했다.

"운기조식 중이다. 큰 부상은 아니니 걱정 말아라."

그제야 요란이가 밝은 표정으로 맏형에게 인사했다.

"대사부님, 평안하셨습니까. 셋째 사부님, 넷째 사부님을 뵙습니다."

"그래."

우리는 화산에 등장한 제자의 안부 인사를 받으면서 고개를 끄덕였다. 제자와 노닥거리는 것보다 제자를 데려온 사람이 더 궁금할 수밖에 없는 상황이어서 다들 광승을 바라봤다. 광승이 천천히 다가오면서 물었다.

"…교주와 싸운다고 들었는데 싸움은 끝났소?"

대체 시간이 어떻게 흘러간 것일까. 내가 알던 광승의 모습보다 한참 더 젊은 모습이었다. 귀신에 홀린 심정이 이런 것일까. 결국에 내가 대답했다.

"무사히 잘 끝났습니다."

평소와 다르게 내가 존댓말로 대답하자, 다들 나를 쳐다봤다. 광승도 나를 쳐다봤다.

"하오문주신가?"

"예."

당연히 광승은 나를 처음 본다. 광승이 나를 쳐다보면서 말을 이어나갔다.

"…사제가 중원에서 도움을 받았다기에 인사차 일양현에 방문했다가 어린 제자의 요청을 받아서 함께 와봤소."

맏형은 광승의 소속이 어디인지 아는 모양인지 이렇게 물었다.

"혹시 잡부밀교의 무승이시오?"

광승이 고개를 끄덕였다.

"무승이오. 중원에 이렇게 강자가 많았다면 빨리 와볼 걸 그랬소."

다들 서서 이야기를 하는 터라, 매화장주가 나섰다.

"자자, 저쪽에 앉아서 말씀들 하시지요. 스님과 제자분은 식사하셨습니까?"

…   광마회귀 8

광승이 대답했다.

"바쁘게 오느라."

"아, 그럼 준비를…"

광승이 매화장주에게 물었다.

"술 있소?"

"예?"

"술."

"있습니다."

스님이 아침부터 쳐들어오듯이 방문해서 술을 달라고 하자, 다들 당황하는 눈치였다. 그러고 보면 이 사내는 전생에도 술을 자주 마셨다. 사제의 죽음에 분노해서 왔다는 것은 뒤늦게 알았기 때문에 나는 이 사내가 술을 마시러 절을 탈출했던 것으로 오해했었다. 어쨌든 내가 매화장주에게 부탁했다.

"장주, 술 좀 준비해 주시오."

"예, 문주님."

그제야 우리는 탁자에 둘러앉았다. 광승도 무척 오랜만에 보지만, 광승이 탁자에 기대어 놓은 선장禪杖도 무척 오랜만이었다. 내가 알던 선장의 색과도 달랐다. 전생에는 피에 절인 것처럼 검붉어서 자줏빛이 났었는데 지금은 아주 깨끗한 황금빛이었다. 오는 동안에 누군가의 머리통을 으깨지 않은 모양이다. 다만 전생과 다르게 선장의 머리 부분에는 초승달 모양의 날붙이가 붙어있지 않았다. 물어보고 싶었지만, 물어볼 수가 없었다. 우리는 처음 만나는 사이라서 그렇다. 색마가 광승에게 물었다.

"스님, 병장기가 엄청나게 무거워 보입니다. 한번 들어봐도 되겠습니까?"

"그러시오."

색마가 선장을 한 손으로 들더니 깜짝 놀란 표정을 지었다.

"이걸 들고, 요란이까지 어깨에 올려놓고 경공을 펼치셨단 말이오?"

광승이 고개를 끄덕였다.

"어깨가 빠질 것 같소."

덩치는 물론이고 맹장猛將처럼 생긴 외모하고 전혀 어울리지 않는 엄살이어서 나는 웃음을 참았다. 교주가 떠나자마자 광승이 등장한 터라 대체로 정신머리가 없는 상황이었다. 요란이가 조용해진 틈을 타서 우리에게 물었다.

"사부님들, 다친 곳은 없으시죠?"

"없다."

"없지."

나도 괜찮다는 것처럼 고개를 저었다. 요란이가 다시 물었다.

"교주님에게 이긴 거예요?"

이상하게도 어린 제자 앞에서 자랑하고 싶지 않았기 때문에 짤막하게 대꾸했다.

"그래. 비무 형식으로 겨뤘다. 그나저나 스님께서 너를 업고 여기까지 왔는데 이것을 어찌 갚는단 말이냐?"

요란이가 광승을 쳐다보면서 말했다.

"그렇지 않아도 아버님이 너무 죄송해하셔서 출발하기 전에 돼지

　　　…

통뼈랑 가장 좋은 술로 연신 대접해 드렸어요. 죄송합니다, 스님."

광승이 요란이를 보면서 웃었다.

"괜찮다. 어차피 여행할 생각으로 온 것이니."

이어서 우리는 술을 마시는 스님을 구경했다. 내가 술을 따라주기도 했다. 대체로 광승은 마음이 편한 모양인지 우리와 잡담을 나누면서 자주 웃었다. 짤막한 대화를 나눴을 뿐인데, 전생의 광승이 웃었던 것을 다 합친 것보다, 이 자리에서 더 많이 웃고 있었다.

맹장 같은 스님, 술을 마시는 스님이 의외로 소탈한 어조로 말을 나누자 사대악인은 물론이고 매화장주도 광승을 어렵지 않게 대했다. 이게 대체 어떻게 된 일일까. 내가 알던 광승과는 전혀 다른 일면이 보여서 나는 때때로 광승을 물끄러미 바라볼 수밖에 없었다. 나는 일부러 선장을 조금 만져볼 생각으로 광승에게 물었다.

"선장 좀 봐도 되겠습니까?"

"그러시오."

나는 부러지지 않는 신념을 만지작거리면서 머리 부분을 살폈다.

"이곳에 본래 날붙이나 둔기 같은 것이 붙는 겁니까?"

"그렇소."

"평소에는 붙이지 않는 모양이로군요?"

광승이 나를 쳐다보더니 고개를 끄덕였다.

"여행을 온 것이니 날붙이는 필요 없어서."

"여행은 어디로 가실 생각이십니까?"

광승이 우리를 둘러보면서 말했다.

"보고 싶은 명승지名勝地가 몇 군데 있고. 조금 멀리 가서 바다도 좀 구경하고 싶소."

이 사내는 왜 그렇게 바다에 집착하는 것일까. 궁금해서 물어봤다.

"바다를 보고 싶으신 이유가 있으신지요?"

광승이 별거 아니라는 표정으로 대답했다.

"태어나서 말로만 들었던 것이니 한 번은 봐야지 않겠소. 바다가 있다고 하더이다. 산처럼 깊고, 평야보다 넓고, 그 끝이 보이지 않는다고 하오. 여러분들은 바다에 가보셨소?"

우리는 광승의 질문을 받은 다음에 잠시간 아무런 대답을 하지 않았다.

⋯

425.
광승과 나

아무도 광승의 말에 대답하지 못하고 있을 때. 요란이는 밝은 얼굴로 걸어 나오는 귀마를 보자마자 벌떡 일어났다.

"둘째 사부님."

"요란아."

스승과 제자가 오랜만에 재회하는 모습을 구경하는 와중에 아침 산책에서 복귀하는 모용백과 공손심까지 탁자로 와서 광승과 인사를 나누자 분위기가 제법 어지러웠다. 어쨌거나 대부분 광승이 마시고 있는 술에 시선을 떼지 못한다는 공통점이 있었다. 나는 광승이 번잡한 것을 싫어해서 곧 떠나리라 생각했다.

"스님."

"말씀하시오."

"바다를 보러 가신다면 제가 안내하겠습니다."

광승이 나를 쳐다봤다.

"요란이 때문에 그런 것이라면 괜찮소. 어차피 문주를 보기 위해 혼자서라도 화산에 올 생각이었지. 요란이 덕분에 심심하지 않게 온 셈이오. 뜻밖에도 요란이가 강호 소식에 밝아서 이런저런 이야기를 들을 수 있었고."

"꼭 요란이 때문만은 아닙니다."

"그럼 다른 이유가 있소? 여기서 바다는 굉장히 멀다고 하던데."

솔직하게 대답했다.

"이참에 바다를 보지 않으면 언제 보겠습니까?"

"그래도 일문의 문주이신데. 한낱 어리석은 중의 동행으로는 과분하오."

나는 맏형을 바라봤다.

"…맏형, 다 같이 갈까?"

맏형이 웃었다.

"아니다. 스님의 말을 듣고 보니 바다를 보고 싶은 마음도 생겼다만 우리가 전부 가면 요란이도 따라가야 할 테고. 바다로 가는 동안에 벌어지는 일은 굳이 요란이가 보지 않아도 될 일이 있을 것이다. 셋째야."

"응."

맏형은 꼭 해줄 말이 있다는 것처럼 나를 바라봤다.

"너는 다녀와라. 하오문 일도 잠시 잊고. 광마라는 말이 어울릴 정도 날뛰어야 했던 일도 잊고. 기왕 스님이 바다를 보러 가신다니… 너도 이번 기회에 너 자신을 돌보면서 여행을 다녀오도록 해. 문주도 아니고, 광마도 아니고, 이자하의 여행이다. 잡다한 일은 우리 셋이 처리하고 있으마. 그것이 하오문의 일이든 강호의 일이든 간에."

솔직히, 함께 가자고 하면 세 사람과 요란이도 함께 갈 줄 알았다. 맏형이 이렇게 길게 말하는 것은 드문 일이어서 잠시 고민해 봤다.

"나를 위해?"

맏형이 고개를 끄덕였다.

"교주가 저렇게 돌아갔으니 그의 성향상 문제는 없을 것이다. 약조는 지키는 사내니까. 은퇴하겠지. 이제 마도에 문제가 생기면 교주에게 연락을 취하고. 백도가 문제를 일으키면 임 맹주에게 서찰한 통을 보내면 되는 강호가 되었다. 서생이나 흑도가 날뛰면 천악에게 연락하면 될 일이고. 앞으로 무슨 일이 있겠느냐?"

내가 고개를 끄덕이자, 광승이 끼어들었다.

"듣자 하니 중원에서는 교주, 개방 방주, 천악이 가장 강하다던데 혹시 교주가 문주에게 패했소?"

결과를 알지 못하는 모용백과 공손심, 귀마도 있었기 때문에 맏형이 다시 한번 확실하게 설명했다.

"화산에 올라가서 일대일을 했는데 패배하면 은퇴하기로 했었던 교주가 다른 삼재에게 은퇴 소식을 전하겠다고 천악과 떠났소. 비록 우리가 비무를 보진 못했으나 교주는 언행이 확실한 사내라서… 문주에게 패배한 것이 확실하오."

광승이 놀랍다는 것처럼 고개를 끄덕였다.

"문주의 성취가 대단하오. 이 젊은 나이에… 그렇다면 중원제일이오?"

우리는 깜짝 놀라서 광승을 바라봤다. 생각해 보니까 천하제일이 아니라 중원제일이다. 천하가 어찌 중원만 있겠는가. 맏형이 말했다.

"스님 말씀대로 중원제일이 맞겠소."

광승이 말했다.

"정말 문주가 나와 함께 바다를 보러 가겠다면 중원제일과 동행하는 셈이로군. 실로 영광이오. 어리숙한 사제가 문주 이야기를 시도 때도 없이 했는데 그 이유가 합당했군."

요란이가 물었다.

"대사부님, 함께 가면 안 될까요?"

맏형이 요란이를 바라보더니 슬쩍 웃었다.

"요란아, 네 경공 실력으로는 사부들의 걸음도 따라갈 수 없다."

"아, 경공으로 가야 하는 거예요?"

"때로는 걷겠지만 때로는 경공도 펼치겠지. 강호인들은 대부분 성질이 급해. 네가 적어도 사부들에게 크게 뒤처지지 않는 경공 실력을 지니게 되면 그때 다 함께 보러 가도록 하자. 그것이 더 의미 있는 일이야."

요란이가 고개를 끄덕였다.

"알겠습니다, 대사부님."

나는 광승에게 내가 동행해야 할 마땅한 이유를 설명해 줬다.

"스님, 저와 함께 가시지요. 도움이 될 겁니다."

"무슨 도움이 있겠소?"

나는 전낭 부분을 손으로 툭 쳤다.

"돈이 좀 많습니다. 이참에 온갖 술을."

광승이 바로 대답했다.

···

"확인했소."

"예."

확인이라는 말이 나오자마자 색마가 급히 웃음을 참았다. 광승이 우리를 둘러보더니 끝으로 요란이를 바라봤다.

"요란아."

"예, 스님."

"네 말대로 훌륭한 사부들이다. 나는 셋째 사부와 바다를 보고 올 테니 기회가 되면 또 보자꾸나."

"알겠습니다."

광승이 웃으면서 말했다.

"네가 바라는 천하제일은 하루하루를 허투루 보내선 도달할 수 없는 경지다."

"명심하겠습니다."

광승은 요란이의 다섯 번째 사부처럼 말하고 있었다. 이렇게 되면 족보가 또 꼬이는 것일까? 대체로 내 주변은 족보가 엉망이라서 큰 상관은 없었다. 광승은 실제로 요란이를 가르칠 마음이 있는 모양인 지 이런 말을 꺼냈다.

"넷째 사부의 무공을 익힐 때 가장 중요한 것이 뭐라고 했지?"

요란이가 대답했다.

"완벽하게 끝을 보는 겁니다."

"그렇게 끝을 봐야 또 다른 시작을 할 수 있다. 네가 넷째 사부의 빙공을 완성하면 그와 정반대되는 극양 계열의 무공을 가르쳐 주마. 내게 배울 날이 올 것 같으냐?"

요란이가 고개를 끄덕였다.

"예. 꼭 배우겠습니다."

요란이를 대하는 광승의 태도는 그냥 큰 사찰에서 무공 좋아하는 스님을 보는 것처럼 부드럽기 짝이 없었다. 광승이 우리에게 말했다.

"큰일이 있을까 하여 급하게 달려왔소만. 이렇게 평화로운 줄은 몰랐소. 꼴에 중이라는 놈이 술이나 마시는 추태를 보였으니 갑작스럽겠지만 이만 떠나리다."

예상대로 광승은 번잡한 곳에서 탈출하려는 성향이 있었다. 나도 내뱉은 말이 있는 터라 광승과 함께 일어났다. 광승이 내게 물었다.

"문주, 정말 갈 참이오?"

"스님, 동쪽으로 가는 동안에 인간이길 포기한 흑도 무리가 많을 겁니다."

"나도 무공을 꽤 험하게 익혔소만?"

"함께 두들겨 패자는 뜻이지요."

광승이 웃었다.

"젊은 문주에게 질 수는 없지. 갑시다. 바깥에서 경치 좀 감상하고 있을 테니 작별의 말이라도 더 나누고 나오시오. 그럼, 여러분. 오가다가 다시 만납시다."

광승이 선장을 붙잡더니 매화장 바깥으로 나갔다. 사람들이 곧 여행을 떠나는 내 주변으로 촘촘히 모였다. 모용백이 물었다.

"문주님, 하오문에 전할 말 있으십니까?"

"없다. 대신에 차성태는 붙잡아 와서 맏형을 비롯한 사부들 밑에서 고생 좀 하라고 전해라. 수련도 검사 맡고. 정신 나간 놈, 제대로 수련하는지 모르겠네."

"전달하겠습니다."

이번에는 공손심이 내게 물었다.

"문주, 임 맹주에게 전할 말이 있으면 내가 방문해서 알리겠네. 어차피 소식을 전해야 하는 터라."

나는 고개를 끄덕인 다음에 대답했다.

"소백 형님에게 이 아우가 천하제일이 됐음을 좀 알려주시오."

"스님 말로는 중원제일 아닌가?"

"거, 번잡하니 그냥 강호제일로 합시다. 대신에 서열을 좀 낮춰달라고 하면 무슨 말인지 맹주께서 아실 거요."

"그야 나도 알고 있네."

천하제일, 중원제일, 강호제일, 점소이제일이고 나발이고 하여간 전부 나다. 나는 형제들과 동지들을 둘러본 다음에 한쪽 무릎을 꿇어서 요란이와 시선을 맞췄다.

"요란아."

"예, 사부님."

"천하제일이 되겠다고 효도까지 내던지면 안 된다. 무슨 말인지 알지?"

"예."

"그렇게 하면 사부들에게 된통 혼날 거다."

"명심할게요."

"이 사부가 만장애보다 위험하다는 것은 이제 증명했다. 하지만 네 사부 중에서 마음이 가장 못나고 편협한 편이니 넓은 바다를 보면서 반성 좀 하고 오마. 사부는 반성할 게 많아."

"사부님, 그런데."

"응."

"왜 그렇게 항상 바쁘세요?"

"허튼 시간을 너무 많이 보냈더니 이렇게 바빠지는구나. 못난 놈이라 그런 것이니 너는 따라 하지 말아야 해. 간다."

"잘 다녀와라."

"갑자기 동쪽이 불쌍해지네. 미리 조심들 하라고 연락 넣어야 하는 거 아닙니까?"

매화장주가 끝까지 따라와서 작별을 건넸다.

"문주님, 살펴 가십시오."

"장주도 고생 많았소. 다녀와서 봅시다."

대체로 내 걱정보단 아예 동쪽을 걱정하는 걸 보아하니 이게 맞나 싶다가도 틀린 말은 아니란 생각이 들었다. 나는 입구에서 동지들을 둘러본 다음에 바깥에서 기다리고 있을 광승에게 갔다.

* * *

광승은 당장 동쪽으로 떠날 사람처럼 걷다가 내게 근처에 사찰寺刹이 있는지를 물었다. 나도 아는 바가 없어 사람들에게 물어본 다음에 조그만 사찰을 찾았다. 정작 낮은 산을 올라 살펴보니. 사찰이라 부르기에도 민망할 정도로 허름한 절이 나왔다. 흔히 볼 수 있는 불상이 지붕도 없는 곳에 덩그러니 놓여있었는데 광승과 나는 나란히 서서 불상을 잠시 쳐다봤다. 광승이 불상을 보면서 말했다.

"문주."

"예."

"떠나기에 앞서 그대와 나는 살생殺生을 많이 저질렀으니 부처님 앞에서 참회하면 좋겠소. 참회란 별거 아니요. 우리가 죽인 자들의 죄를 생각하는 게 아니라, 그저 그 생명의 왕생往生을 비는 것일 뿐. 형식도 없고 그저 마음으로만 명복을 빌면 되겠소."

혹시나 하는 마음에 물어봤다.

"스님은 제가 많은 살생을 저질렀다는 것을 어찌 아십니까."

광승이 나를 바라봤다.

"문주, 천하제일이 쉽게 되었겠소? 나는 그렇지 않다고 보는데. 요란이 말을 듣다가 내가 가장 놀란 이야기는 문주가 본래 객잔을 운영하던 사람이라는 말이었소. 문파나 세가가 아닌 곳에서 천하제일에 올랐으니 그 과정이 순탄하지 않았을 거요."

"그렇긴 합니다."

"명복을 빌어봅시다. 선 채로 눈을 감으면 어지럽기 마련이니 이럴 때는 편히 앉는 게 좋소."

나는 광승과 나란히 앉아서 불상을 보다가 눈을 감았다. 광승의 말대로 내가 죽인 자들의 명복을 잠시 빌었다. 이렇게 눈을 감은 채로 생각하고 있으려니 내가 죽인 자들이 한둘이 아니어서 뜻밖에도 혼란스러웠다.

'죄가 깊구나.'

참회의 시간은 얼마나 길어야 하는 걸까. 전생의 광승과는 이런 시간을 가져본 적이 없었기 때문에 제법 당혹스러웠다. 하지만 이내 광승의 목소리가 들렸다.

"…문주, 적당히. 억지로 할 필요는 없소."

나는 눈을 뜨면서 물어봤다.

"벌써 끝나셨습니까?"

"내가 문주보단 살생을 덜 했을 테니 내가 먼저 끝나야지. 더 하시 겠소?"

"일어나시지요. 예상하지 못했는데 제법 어지러웠습니다."

"그렇겠지."

광승은 불상을 마치 동네 형처럼 대했다.

"…그럼 갑니다."

부처님과 호형호제하는 게 아닐까 싶을 정도로 지극히 자연스러 웠다. 살짝 어리둥절한 참회의 시간을 마친 다음에 광승과 함께 다 시 하산했다. 광승이 문득 숨을 크게 들이마시더니 후련하다는 것처 럼 말했다.

"이제 좀 속이 후련하군."

"그러십니까?"

"문주는 그렇지 않소?"

"저는 뭐 똑같습니다."

광승이 중원에 오기 전에 어떤 살생을 했었는지는 나도 잘 모르기 때문에 넌지시 물어봤다.

"그런데 어떤 살생을 하셨습니까? 잡부밀교 근처에도 강호인 이…"

광승이 말했다.

"죽일 놈은 어디에나 있소. 불자들을 괴롭히는 것도 모자라서 재물에 욕심을 내다가 아무렇지도 않게 창을 던져 죽이고, 몸을 꿰어 이미 죽은 자들마저 조롱하는 놈들도 있었고. 대체로 짐승 같은 놈들은 말이 안 통하는 법. 이런 자들이 무리를 짓게 되면 서로 경쟁하는 심리가 있어 더욱 잔인해지는 법이고. 이를 오래 외면하면 저희끼리 전통이라는 게 생겨서 더욱 잔혹한 방법으로 강도와 노략질, 살인을 일삼게 되오. 적절한 시기에 그저 모조리 죽이는 게 무승의 역할인데…"

"그런데요?"

"노승들과 뜻이 맞지 않아 안팎으로 어려웠소. 내가 죽이지 않으면 민생이 괴롭고. 그렇다고 매번 나서서 해결하면 노승들이 괴로워하고. 실은 나도 적절한 방안을 찾지 못했지."

나는 걸음을 멈춘 다음에 광승을 바라봤다. 어쩐지 내가 강호에서 한 일이나 광승이 서장에서 벌인 일은 크게 다르지 않았다. 이래서 이 사내가 광승이고, 내가 광마다. 전생과 다르게 어쩌면 이 사내가 다시는 잡부밀교로 돌아가지 않을 것 같다는 예감이 들었다. 괴로워하는 자들은 이곳에도 많기 때문이다. 넓게 보면 이 사내가 바로 하오문에 속하는 승문僧門의 문주이기도 했다. 광승은 빤히 쳐다보고 있는 내게 말했다.

"문주."

"예."

"동쪽으로 가면서 잔혹한 놈들은 그때그때 때려죽이거나 다시는 무고한 자들을 괴롭히지 못하게 팔다리를 분질러 놓는 게 어떻겠소. 실은 그것이 바다를 보는 것보다 더 의미 있는 일일 텐데."

"방금 함께 참회하셨지 않습니까."

광승이 나를 보다가 씨익 웃었다.

"…그러니까 새로운 마음으로."

나는 슬쩍 웃다가 손을 내밀었다.

"그 석장 좀 줘보십시오."

나는 광승이 건네는 황금빛의 석장, 부러지지 않는 신념을 붙잡은 다음에 내 어깨에 걸쳤다. 광승이 지니고 있었던 마음의 짐을 내 어깨에 올려놓은 다음에 말했다.

"가시지요. 바다 보러."

사부와 나는 바다로 향했다.

426.
한참은 서툴 것이다

"황당하네."

백의서생은 못마땅한 표정으로 백지를 노려봤다. 그림을 익힌 이래 오늘처럼 붓놀림이 막힌 적은 없었다. 무공으로 따지면 수없이 연습했던 초식이 부자연스럽게 이어지고, 그것 때문에 반격을 맞이하는 상황처럼 느껴졌다. 백의서생은 심호흡을 하면서 마음을 가라앉혔다. 그림이 막혀서 주화입마에 빠지는 멍청한 인간이 되고 싶지 않기 때문이다. 하지만 백의서생의 평소 마음가짐으로 따지면 무공이나 그림이나 마찬가지였기 때문에 씁쓸하면서도 불쾌했다.

'어디서 막혔지.'

이유를 차분하게 살펴보니… 황당하게도 사매의 웃는 표정이 떠오르지 않았다. 그러니까 사매의 웃는 얼굴을 그릴 수 없는 것은 실력 문제가 아니라 단순히 기억과 관련된 문제임을 뒤늦게 인지했다. 진 사매가 정말 단 한 번도 환하게 웃지 않았던가? 그럴 리가… 사람이 어찌 안 웃고 살 수 있겠는가. 옛일을 주마등처럼 더듬어 보니, 놀랍게도 진향 사매는 자신을 보면서 환하게 웃어준 적이 없었다. 아무것도 머금지 않은 입에서 갑자기 쓴 내가 느껴졌다.

'내가 얼마나 싫었으면 한 번을 웃어주지 않았단 말이냐.'

천악이 다가오면서 입을 열었다.

"사물과도 기어코 눈싸움을 벌이는 경지에 이르렀구나. 축하한다."

백의서생이 코웃음을 쳤다.

"눈싸움은 아니지. 일방적으로 노려보는 중이니."

천악은 바닥에 잔뜩 널브러진 백지를 둘러봤다.

"오늘따라 왜 지랄이냐."

"본래 예술은 무언가를 노려보는 시간이 대부분이고, 그때 머릿속은 지랄 그 자체다. 쇳덩이나 드는 인간이 뭘 알겠냐만."

천악은 탁자에 앉자마자 헛웃음이 절로 나왔다.

"뭘 그리려는데."

"사매의 웃는 모습을 그리려고 했는데, 생각해 보니까 나를 쳐다보면서 환하게 웃었던 적이 없더군. 이게 말이 되는가?"

천악이 고개를 끄덕였다.

"널 싫어했으니 굳이 웃어줄 이유가 없었겠지. 아니지. 볼 때마다 콧방귀를 뀌었을 것이다. 재수 없는 백가 놈… 이러면서."

"늘 쌀쌀했지. 하지만 다른 사람 앞에서는 웃은 적은 있었을 텐데. 왜 내게 그 기억도 없느냐 말이지. 말이 안 되는데."

천악이 고개를 끄덕였다.

"있었지."

"그래?"

"어찌 잊겠느냐?"

백의서생은 천악을 향해 붓을 내밀었다.

"그렇구나. 역시 자네가 예나 지금이나 변함없는 서생들의 해결사다. 네가 대신 그려보도록."

천악이 백의서생을 물끄러미 바라봤다.

"내가 왜."

"기억하고 있는 사람이 그려야지."

천악이 코웃음을 쳤다.

"나는 네 쓸데없는 잡기를 증오해서 일체의 잡기를 멀리했다. 세상에서 가장 쓸데없는 짓이 아니더냐."

백의서생이 씨익 웃었다.

"세상에서 가장 쓸데없다… 확신할 수 있나?"

"그래."

"그 세상에서 가장 쓸모없는 그림을 가장 쳐다보기 좋은 곳에 걸어놓은 게 자네야."

"사매의 그림이기에 그랬지."

백의서생이 바로 대답했다.

"그것이 예술의 본질이다. 자꾸 들여다보게 만드는 것. 이유는 저마다 다르겠지만 말이야. 어쨌든 잡기를 증오하는 것은 자네 자유니까 앞으로 계속 존중하겠네. 하지만 사매의 웃는 얼굴은 이제 자네만 기억하고 있으니 그려달라 이 말이야. 이 부탁이 어렵나?"

"백가야, 잡기에 집착하는 것도 때가 있다. 며칠째 이러고 있는 게 맞느냐?"

"부탁인데, 자네는 잡기를 좀 익히게. 그 쇳덩이 좀 그만 들고. 세상이 쇳덩이로만 이뤄진 게 결코 아닐세. 세상 사람들이 보기에 누가 더 정상인처럼 보이겠나? 허구한 날 쇳덩이만 드는 자네."

백의서생이 자신을 가리켰다.

"예술과 그림, 음악과 친숙한 나를 비교하면 말이야. 당연히 나겠지. 쇳덩이와 수련에만 집착하는 것이 정답이었다면 서생들의 해결사인 자네가 끝내 하오문주나 교주를 이겼어야 했어. 현실은 어떠했지?"

"쯧."

잠시 천악은 진향 사매가 웃던 표정을 떠올려 봤다. 분명히 또렷하게 생각이 나는 표정이었다. 잠시 고민하던 천악이 대답했다.

"좋아. 그려주마."

"정말인가?"

"대신에."

"아무렴, 그 말이 나와야지."

"제자 놈을 데려온다더니 왜 아직도 소식이 없나."

백의서생이 한숨을 내쉬었다.

"있긴 한데 너무 착해서 고민 중일세. 이런 강호에서 착한 놈을 대체 어디에 쓰겠나. 하복과 비교해도 너무 순박한 놈이라."

"네 얍삽한 무학을 익히기엔 부적합하겠지만 내 무학은 다르다. 순박한 놈이라면 일단 내게 데려와야지."

"개미 한 마리도 못 죽이는 놈을 데려다가 어떻게 그 잘난 협객으로 만든단 말인가."

"개미도 못 죽이는 놈이면 더욱 데려와야지."

"어째서. 가르치다가 답답해서 내 손에 죽을 수도 있는데."

"다들 개미쯤은 밟아 죽일 수 있을 테니, 그런 놈은 흔해 빠진 놈이다. 차라리 못 죽이는 놈이 낫다."

"바보가 낫다, 이 말이냐?"

"그런 셈이지."

"하오문주는 바보가 아니었네만. 똑똑한 쪽에 가깝지."

천악이 말했다.

"그놈도 개미를 밟아 죽일 성정은 아니다. 우리가 받아들일 제자가 반드시 지금 시대의 협객이 될 필요도 없다. 하지만 그런 바보여야만 다음 협객을 가르칠 가능성이 커지겠지. 문주가 말하는 협객은 강가에 흔해 빠진 돌멩이 같은 놈이 아니다. 드문 것이 당연해."

백의서생이 한숨을 내쉬었다.

"자네는 언제부터 하오문주의 하수인이 됐나? 그놈의 협객, 아주 지겨워 죽겠구나. 왜 그렇게 잔뜩 물들었나? 처음 볼 때는 분명히 때려죽이려고 했으면서. 적당히 하게. 내가 빨리 안 데려오는 것은 자네가 문주의 말에 너무 현혹되었다고 판단했기 때문일세."

"문주의 말을 곡해할 필요 없다는 것이 결론이다. 결과적으로 안 죽여서 다행인 셈이지."

백의서생은 한숨이 나왔다.

"지금은 죽이려고 해도 불가능하게 되었네. 혹시 교주와 합공하면 죽일 수 있겠나?"

"글쎄다."

"만약에 말이다. 궁금해서 그냥 물어보는 거다. 새삼스럽게 죽이
자는 말이 아니고 그냥 궁금해서."

천악이 고개를 갸웃했다.

"교주가 다시 싸워도 결과가 같을 것이라 했으니 아마 이제 셋 다
죽거나, 교주와 내가 당하거나. 힘을 합쳐도 어쨌든 힘들 것이다."

백의서생이 한숨을 내쉬었다.

"도무지 이해할 수 없는 세상이 되었네."

"백가야."

"왜?"

"적어도 우리 제자가 문주의 제자한테는 밀리지 말아야지. 이것도
문주의 노림수겠지만 그것도 승부라면 질 수 없다."

"허구한 날, 질 수 없다, 질 수 없다. 그런 놈이 왜 졌는지 모르겠
군. 그리고 하오문주는 애초에 제자를 잘 키울 성정이 아니다."

"그럼 어떤 성정인가?"

백의서생이 손가락으로 이마를 긁은 다음에 대답했다.

"무언가에 진득하게 달라붙어 있을 성격이 아니야. 오히려 검마나
육합이 제자를 잘 가르치겠지."

"만약 자하가 제대로 잘 가르치면? 그래서 우리의 제자들이 연신
처맞고 다니면 네 기분이 어떨까."

"그건 좀 자존심이 상하는군."

천악이 고개를 끄덕였다.

"네 버릇은 매번 철저하게 계산하는 것이다. 제자에 관해서는 계산하지 말도록. 일단 가르쳐 보는 것이다. 네 논리가 그렇게 뛰어나다면 진작에 네놈도 문주를 이겼어야지. 자하에게 다시 패하지 않으려면 제자를 빨리 데려올수록 좋다. 네 생각대로 그놈은 늘 여기저기 참견하고 다니느라 제자에게 집중할 시간이 우리보다 부족할 게야."

백의서생이 팔짱을 꼈다.

"약조하게. 자네가 그림을 익히겠다면 내가 이른 시일에 제자 후보를 데려오겠네."

"약조할 테니 당장 눈앞에서 사라지도록."

"아, 그런데 말이야. 문주가 내 제자는 막군자 같은 사제를 말했고, 자네의 제자는…"

천악이 바닥에 널브러진 백지를 보면서 말했다.

"상관없다. 일단 그 바보 놈부터 데려오도록. 막군자 같은 사제는 흔하지 않아. 백지 같은 놈을 데려다가 가르치는 게 더 빠르다. 그놈이 바보인지, 군자인지는 내가 확인하마."

"알겠네."

백의서생이 사라지고 나서야 천악은 멀쩡한 백지를 물끄러미 바라봤다. 백지 위에 사매의 웃는 얼굴이 아른거렸으나, 아직 자신은 그릴 실력이 없다는 것을 알고 있었다. 천악은 주변에 아무도 없는 것을 확인한 다음에 일어나서 백의서생이 있던 자리를 차지했다.

"사매, 약조는 했다만 한참은 서툴 것이다. 그래도 그려보마."

천악은 붓을 붙잡은 다음에 엉뚱하게도 백지에 둥그런 원을 큼지막하게 그렸다. 시커먼 먹물이 반듯하게 이어지는 큼지막한 원이었다. 천악은 붓으로 원의 하단 부분을 시커멓게 칠했다. 출렁이는 물결 모양으로 절반을 채우자 그것은 그대로 태극이 되었다. 천악은 태극을 바라보면서 중얼거렸다.

"다들 지켜보아라. 백가 놈과 내가 어두운 것에도 향기가 있음을 보여주마. 우리 서생들도 협객을 키워낼 수 있다는 것을 말이야. 그렇게 되면…"

그것이 곧 태극이었다. 천악은 제자가 될 놈들의 의복에 태극 문양을 그려놓을 생각이었다. 시커먼 자들이 키워낸 협객이 될 테니까 말이다. 시커먼 물결 위에 있는 새하얀 백지를 하염없이 바라보던 천악은 사매의 밝은 표정이 그 어느 때보다 선명하게 떠올랐다. 잠시 후 깨끗한 외출용 백의로 단정하게 갈아입은 백의서생이 나타나서 얼어붙은 것처럼 가만히 있는 천악에게 말했다.

"…다녀오겠네."

"어디로 가는데 의복까지 갈아입었나?"

백의서생이 대답했다.

"제자 후보가 무슨 근처 뒷산의 나무꾼인 줄 아는가? 당연히 제법 거리가 멀지."

"그렇게 복장까지 갖춘 이유는?"

"노예를 구하러 가는 게 아니니까 예의를 갖춰야지."

"행선지는 어디냐."

백의서생이 짤막하게 대꾸했다.

"무당산武當山."

　　　　…

발걸음을 돌리려던 백의서생은 그제야 천악이 그려놓은 문양에 시선을 보냈다.

"그 문양은 뭔가?"

천악이 말했다.

"제자의 의복에 그려 넣도록. 태극이다."

"태극인 건 누가 봐도 알겠다만 무슨 의미냐는 물음이지."

"너와 내가 세상에 도움이 될만한 협객을 키우겠다는 맹세의 문양이다. 뭘 하든 간에 끝을 보는 게 내 성격이니 너도 가볍게 생각하지 말도록."

설명을 들은 백의서생이 태극의 문양을 다시 천천히 뜯어보다가 웃었다.

"바보 같은 놈들에게 딱 어울리는 멍청한 문양이로군. 다녀오겠네."

천악이 중얼거렸다.

"세상 멍청한 건 네놈이고."

백의서생이 사라지고 나서… 태극을 바라보던 천악은 주변에 널브러져 있는 백지에 시선을 옮겼다. 이미 천악 자신은 외공의 정점에 오른 상태. 제자의 오성이 아무리 뛰어나고, 아무리 오랫동안 수련해도 자신을 꺾는 것은 불가능에 가까운 일이라는 생각이 들었다. 하지만 어떻게든 제자가 사부들을 뛰어넘게 만드는 것이 사부의 역할이라고 생각했다. 그렇다면 앞으로 추구해야 할 무학의 길은 명확했다. 천악은 제자들이 훗날 자신을 뛰어넘길 바라는 마음으로 읊조렸다.

"내가 유능제강柔能制剛의 무학을 만들어 보마."

부드러운 것이 능히 단단한 것을 이기는 것. 이 정도로 아득하게 높은 무학을 추구해야 적어도 자하의 제자에게 자신의 제자가 이길 수 있지 않을까 싶었다. 이는 천악이 천하에서 가장 단단한 사내였기 때문에 도출할 수 있었던 결론이기도 했다. 무아지경에 빠져있었던 천악이 바닥을 향해 손을 뻗자 널브러졌던 엉망진창의 백지가 태극의 물결처럼 갈라졌다.

427.
내 마음은 이제

검마는 자신에게 덤비는 요란이의 목검을 가볍게 쳐내면서 말했다.

"…네 뒤에 수상한 자가 등장했다."

"대사부님의 적인가요?"

"그럴 리가. 일양현의 장요란을 노리는 것 같구나. 행상인 차림의 살수다."

"예."

요란이는 마음을 침착하게 유지한 채로 대사부에게 통하지도 않을 공격을 이어나갔다. 이럴 때 마음이 흐트러지면 대사부에게 크게 혼난다는 것을 알기 때문이다. 검마가 단조로운 어조로 말했다.

"살수가 품에서 무언가를 꺼내는구나."

검마는 일부러 요란이의 목검을 거세게 쳐내면서 몸을 돌리지 못하도록 압박했다. 검마가 목검을 내밀면서 말했다.

"암기."

요란이는 대사부의 검을 쳐낸 다음에 실제로 무언가가 날아온다는 것을 느끼자마자 뒤로 물러났다. 거리를 좁힌 검마는 요란이의 목 근처에 검봉劍峰을 내밀고, 동시에 도착한 자그마한 돌멩이가 날아와서 요란이의 목검에 부딪혔다.

팍!

요란이는 이마에서 흘러내린 땀을 닦으면서 검마에게 말했다.

"졌습니다, 대사부님."

요란이가 자하객잔 앞에 앉아있는 둘째 사부를 바라봤다.

"둘째 사부님, 제가 먼저 물러났는데 어떻게 목검을 정확하게 맞히셨어요?"

귀마가 대답했다.

"실은 네 동작을 끝까지 본 다음에 던졌다."

"음."

검마는 요란이와 나란히 자하객잔으로 걸어가면서 말했다.

"방금처럼 맞수와 한창 치열하게 겨루고 있는데 근처에서 갑자기 살수가 등장하면 어떻게 할 것이냐."

"그래도 당황하면 안 됩니다."

"그러냐? 눈앞에 있는 맞수의 실력이 너무 비슷하여 뒤에 나타난 사람이 살수인지 행상인인지 판단하기 어려운 상태에서는 어찌할 생각이냐."

요란이는 상황을 떠올리다가 대답했다.

"아무래도 도망가야 할 것 같습니다."

귀마가 말을 보탰다.

　　　…　　　광마회귀 8

"만약 그 맞수가 반드시 죽여야 하는 원수라면. 놓치기 싫다는 마음이 가득하면 어찌하려고."

요란이는 잠시 고민하다가 다시 대답했다.

"그래도 도망가겠습니다. 제가 살아야 복수를 할 수 있을 테니까요."

검마가 의자에 앉으면서 말했다.

"말은 항상 쉽다. 하지만 감정은 그렇지 않아. 평정심을 유지하는 게 쉽다고 여기는 건 오만이다. 감정은 말이 안 통하는 면이 있어. 마음이 어지러워졌을 때, 눈앞의 상대도 강적이고… 주변에 다른 적까지 나타난다면 주변 상황은 어떤 것으로 살펴야 할까."

검마와 귀마는 어린 제자를 물끄러미 바라봤다. 요란이가 대답했다.

"주변을 경계하는 마음과 조심성이요."

검마가 고개를 끄덕였다.

"그렇다면 그것은 어떻게 수련할까."

"그것을요?"

"그래. 네가 말한 경계심이나 조심성을 대체 어찌 수련한단 말이냐? 단순히 조심한다고 이것의 경지가 깊어진단 말이냐?"

요란이는 사부들의 표정을 구경하다가 솔직하게 대답했다.

"잘 모르겠습니다."

검마가 귀마를 바라봤다.

"설명해 주게."

귀마가 요란이를 바라봤다.

"단계별로 수련해야 하는데 일단은 청각이다."

"예."

"싸우기 전, 주변 소리의 상황을 인지해야지. 싸우기 전에 이미 주변의 전체적인 소리가 어떤 상태인지 확인해 둔다는 뜻이다. 바람 소리, 물소리, 풀벌레 소리, 바닥에서는 무슨 소리가 나는지. 다채로운 소리를 인지하는 것이 첫 번째."

"예."

"소리의 상황을 먼저 인지한다는 것의 확장된 의미는?"

요란이가 대답했다.

"주변의 변화를 놓치지 말아야 합니다. 냄새까지요."

귀마가 고개를 끄덕였다.

"맞다. 하지만 출발은 청각이다. 강호인에겐 청각이 두 번째 눈이기 때문이야. 주변의 잡음마저도 일정한 흐름으로 인지하고, 그 흐름이 흐트러질 때는 반드시 주의해야 한다."

"알겠습니다."

귀마가 차분하게 설명했다.

"청각을 비롯한 오감은 인지한 상태에서만 예민해지고 경지가 깊어진다. 생각 없이 목검을 휘두르면 습관과 관성에 기대게 돼. 이런 것을 나중에 따로 수련해야겠다고 미뤄두면 그것 자체가 안 좋은 습관으로 굳는다."

"명심하겠습니다."

"오늘 사부들에게 들은 내용은 반복해서 생각해라. 네 것으로 만들려면 고민해서 정립하는 수밖에 없다."

"알겠습니다."

검마가 고개를 끄덕였다.

"좋다. 오늘은 꽤 어려운 것을 전달했기 때문에 여기까지. 요란이 먼저 올라가라."

"예, 대사부님. 둘째 사부님."

요란이가 사라지고 나서 잠시 검마와 귀마는 나란히 앉아서 평화로운 하늘과 일양현의 전경을 구경했다. 검마가 넌지시 물었다.

"…너무 어려운 걸 가르쳤나?"

귀마가 웃었다.

"아닙니다. 이해하려고 애를 쓸 겁니다. 똑똑하니까요."

"벌써 청각이나 오감을 수련하면 예민해지고. 그 예민함 때문에 불면이 올 수도 있어. 너무 이르진 않은가 해서."

"잘 자는 것도 수련이라 강조하고 가르쳐야지요. 그러고 보니 가르칠 것이 산더미로군요."

"어떤가? 요란이의 오성이."

"형님이야말로 어떻게 생각하십니까?"

검마가 전방을 물끄러미 바라보다가 말했다.

"기왕 우리에게 배우고 있으니 오성이 뛰어났으면 좋겠다는 생각은 했으나 지금은 상관없네. 하루하루 부쩍 크는 것을 계속 보고 있으니…"

"예."

"세상의 아버지들이 왜 그렇게 예뻐하는지 알 것 같네."

"그렇습니까?"

일양현을 바라보던 검마가 편한 어조로 귀마에게 말했다.

"너도 며칠 고민하는 것 같던데 결심이 섰으면 슬슬 떠나라."

"눈치채셨습니까?"

"결심이 섰으면 움직여야지."

귀마가 차분한 어조로 말했다.

"형님, 이렇게 가만히 있으면 가끔 셋째가 저를 죽이려던 날의 표정이 떠오릅니다. 그때의 표정은 뭐랄까. 내가 십중팔구 이놈에게 죽게 됐구나, 이런 생각을 할 수밖에 없었죠. 그날은 죽었어도 이상하지 않은 날이었습니다."

"용케 살았군."

"셋째도 오락가락했을 겁니다. 죽일 것인지 말 것인지. 그 고민이 표정에 고스란히 보였습니다. 그러다가 시간이 흘러 우리 넷이 강호를 한바탕 돌아다녔습니다. 수련하고, 싸우고, 또 싸우고. 또 수련하고. 그런데 형님, 그 시간들이 제게 새롭게 주어진 기회였습니다. 전과 다른 인생을 살 수 있는…"

검마가 고개를 끄덕였다.

"나도 크게 다르지 않다."

귀마가 슬쩍 웃었다.

"놀랍게도, 즐겁지 않은 날이 없었습니다. 천악 선배 밑에서 고문에 가까운 수련을 할 때도 말입니다. 이렇게 강해져서 돌아가면 다들 기뻐하겠구나. 그런 생각으로 버틸 수 있었지요. 하지만."

"음."

"이렇게 산다고 해서 옛 시절에 쌓은 육합선생의 과오가 없어지겠습니까."

328　　　…　　　광마회귀 8

"못나게 살았던 건 다들 똑같으니 너무 자책할 필요 없다."

"단순한 자책이라기보다는 마음이 복잡합니다. 셋째가 종종 얘기하던 종남산終南山으로 가서 일대를 실력으로 제압하고. 억지로라도 선행을 베풀고. 일대에 적수가 사라지면 제자를 구해 다음 시대의 대종사로 만들어 보겠습니다."

"제자를 대종사로 만드는 것과 선행을 베푸는 것은 어떤 연관이 있나?"

"육합선생이라는 별호에 묻어있는 불명예를 조금이나마 씻어내야 좋은 제자가 찾아오지 않겠습니까?"

"…문파까지 만들 셈인가?"

"그런 역할까지는 제가 감당할 몫이 아닙니다."

"후원자로만?"

"예. 제가 전면에 나설 수는 없지요. 이런 결심을 하고도 망설였던 이유는 형님을 이곳에 두고 가는 게 맞나 싶어서 말이지요."

검마가 슬쩍 웃었다.

"네가 고생이지 나한테 무슨 일이 있겠느냐? 일이 있어봤자 이 근처에서 내 악명이 조금 더 퍼지겠지."

"이대로 일양현에만 머물러 계셔도 괜찮겠습니까?"

검마가 고개를 끄덕였다.

"너희들이 한가해질 때까지 내가 요란이를 맡으마. 요란이에게 경공을 가르쳐서 우리 둘이 강호에 출도하는 날에는 종남산에도 쳐들어갈 테니… 너는 종남에서 나는 이곳에서 제자들에게 집중하자."

"형님, 요란이의 경공 실력이 높아지면 먼저 만장애부터 다녀오십시오. 그곳에 남아있는 영약은 요란이의 몫입니다."

"그래, 그곳도 잊지 않았다."

"입마入魔에서는 자유로워지셨습니까?"

검마가 귀마를 바라봤다.

"입마라, 기억조차 없다. 당연하게 치밀어 오르던 살심殺心이 오랫동안 나를 지배했었는데. 이제 내 마음은 오롯하게 내 것이야."

두 사람이 동시에 슬쩍 웃었다. 문득 두 사람은 동시에 고개를 돌려서 전방을 주시했다. 오랜만에 등장한 노인장이 다가오면서 검마와 귀마에게 말했다.

"검객들, 오랜만이네."

검마가 대답했다.

"노인장, 은퇴하니까 어떻소."

귀마는 홀로 일어나서 갑자기 등장한 개방 방주에게 예를 갖췄다.

"노선배님, 오랜만에 뵙습니다."

개방 방주는 귀마의 인사를 손짓으로 응답한 다음에 검마의 말에 대꾸했다.

"은퇴라고 다를 게 있겠나. 나야 늘 똑같지. 그래도 자네들 덕분에 잠자리는 조금 편해졌네."

검마가 슬쩍 웃었다.

"별말씀을."

개방 방주 신개가 자하객잔을 둘러봤다.

"교주의 못난 주둥아리에서 음식 이야기를 들을 줄이야. 사람은 오래 살고 봐야 해."

귀마가 말했다.

"안타깝게도 하오문주는 지금 없습니다."

신개가 고개를 끄덕였다.

"안다. 밥이나 한 끼 얻어먹으려고 왔지."

귀마가 의자를 들고 와서 놓은 다음에 말했다.

"일단 앉으십시오, 선배님."

신개는 후배들과 나란히 앉아서 일양현의 전경을 한 차례 둘러봤다.

"생각보다 조용하구나. 나불나불 잘 떠드는 문주를 빼닮아서 시끌벅적할 것이라 기대했는데."

귀마가 대답했다.

"예전에는 그랬을 겁니다."

신개가 피식 웃었다.

"지금은 다들 검마의 눈치를 보느라 숨소리도 조심스럽게 내는 동네로 변한 것 같네."

검마가 대꾸했다.

"욕이요, 칭찬이요?"

"듣는 사람이 받아들이기 나름이지. 그건 그렇고 교주가 먹었다는 게…"

"자하객잔의 돼지통뼈가 되겠소."

"일양현의 돼지통뼈와 다른가?"

검마가 고개를 갸웃했다.

"같은 거요. 아마 양념은 다르겠지. 장 숙수도 계속 발전하고 있으니."

"그럼 새로운 맛이구나."

검마가 자하객잔을 향해 말했다.

"요란아, 잠시 내려오너라."

어디선가 요란이의 목소리가 먼저 들렸다.

"네, 대사부님."

곧이어 우당탕탕 소리가 들리더니 엄청난 속도로 계단을 내려온 요란이가 등장했다. 검마는 어린 제자에게 다짜고짜 개방 방주를 소개했다.

"강호의 대선배이자 개방의 방주시다. 인사를 올려라."

요란이는 눈앞에 있는 늙은 거지를 빤히 보다가 고개를 급히 숙였다.

"장요란이라고 합니다."

신개가 고개를 끄덕였다.

"오냐, 이 늙은이는 개방의 거지다. 그나저나 차차 인사를 나누면 될 것을. 이렇게 급히 소개하는 의도가 무엇인가?"

검마가 근엄한 표정으로 말했다.

"방주, 돼지통뼈가 공짜인 줄 알고 개방에서 일양현까지 침을 질질 흘리면서 오셨나 본데. 그렇지 않소."

눈을 크게 뜬 신개가 황당하다는 표정으로 되물었다.

"침을 질질 흘리다니 그게 무슨 망발이야. 가끔 침을 삼키면서 오긴 했다만 말은 똑바로 해야지."

"거지들의 총대장에게 돈을 받는 것도 도리가 아닌 것 같으나 그래도 밥값은 하셔야지. 방주."

"하하하하. 날강도로구나."

신개가 배를 붙잡고 웃은 다음에 요란이를 손짓으로 불렀다.

"요란아, 이리 와봐라. 할아버지가 살펴볼 것이 있다."

요란이는 당장 움직이지 않은 채로 대사부의 눈치를 봤다. 검마가 고개를 끄덕이자, 그제야 요란이가 신개 앞에 섰다. 신개는 요란이의 손목을 가볍게 쥔 다음에 말했다.

"…벌써 입문했어?"

"예."

"너무 빨리 익혔구나. 이 무공을 어디까지 익힐 셈이지?"

요란이는 질문의 의도를 이해하지 못해서 어리둥절한 표정으로 대답했다.

"끝까지요."

"음."

곰곰이 무언가를 생각하던 신개가 검마에게 말했다.

"무공의 출처는 묻지 않겠네. 체질에 맞는 무공일지라도 심법을 익힌 시점이 너무 이른 것 같네."

"그렇소? 유념해서 지극히 천천히 배우고 있는데."

"그건 소용없어. 어린 제자의 신체와 장기가 여전히 성장하는 중에 익혔기 때문이네. 어떤 의미인지 알겠나?"

검마가 고개를 끄덕였다.

"알 것 같소."

"정종과는 다른 지점의 무공이라서 어쩔 수 없는 면이 있네. 그러니 시기는 정확하게 예상할 수 없으나 한두 차례 극심하게 한기가 밀려와서 고생하게 될 것이야. 내가 예언가라 그런 게 아니고. 한랭한 무공들이 본래 그런 편이지."

검마가 진지한 어조로 질문했다.

"실은 몽랑을 통해 어느 정도 경계했던 일이오. 그러나 요란이는 여인의 몸이라서 몽랑이가 겪었던 깊은 내상은 없을 것이라 예상했는데."

"암, 다를 수 있다. 하지만 말했다시피 입문 시기가 문제야. 아마 몽랑보다도 더 어린 나이에 입문한 탓이겠지. 신체가 성장하면서 한기를 버텨야만 하니까 말일세. 비유하자면 한겨울에 온갖 문을 활짝 열어놓고 잠에 빠진 것과 같아. 하루 이틀은 괜찮다가도 성장통 때문에 몸이 약해졌을 때는 여지없이 내상으로 이어질 것이다. 이 무공을 만든 본가本家에는 각종 대처법이 있었을 텐데 몽랑도 그것까지 배우진 못했겠군. 아니면 처음부터 정종으로 입문해서 극양의 기운을 갖춘 다음에 익혔어야 했는데…"

검마와 귀마는 잠자코 듣기만 했다. 신개가 요란이를 쳐다보면서 말했다.

"네 사부인 하오문주는."

"네."

"아마 극양을 먼저 익히고, 이후에 극음을 습득했을 것이다. 누가 가르쳤는지는 몰라도 이것이 음양을 받아들이는 정석이다."

요란이가 짤막하게 대답했다.

"예."

"요란아, 무공은 본래 천천히 순서대로 익히는 게 가장 빠르게 익히는 것이다. 명심해라."

"명심하겠습니다."

"명심하겠다고 장담하고서는 샛길로 빠지는 자들을 나는 많이 보았다."

"예."

검마가 물었다.

"노선배, 어찌하면 좋겠소?"

신개는 뒷머리를 긁으면서 고민하다가 말했다.

"조짐이 보이면 개방으로 한 번 데려오게. 내가 직접 한기를 다스려 줄 테니. 무공의 경지로 따지면 자하도 해낼 수 있을 테지만 내상을 치료하거나 한기를 말끔하게 체내에서 지우는 방법은 나보다 경험이 부족할 게야. 무슨 말인지 알겠나?"

그제야 검마가 흡족한 표정으로 고개를 끄덕이더니 요란이에게 말했다.

"요란아."

"예, 대사부님."

"은퇴하셨다곤 하나. 강호의 삼재, 교주와 명성을 나란히 하는 개방의 방주이자 여전히 천하에 적수가 드문 강호의 대선배시다."

노인네에게 침이나 질질 흘린다는 말을 하던 검마가 갑자기 칭찬하자, 신개는 황당하다는 표정으로 검마를 쳐다봤다.

"…"

검마의 말이 이어졌다.

"추후 네가 필연적으로 겪을 내상과 한독을 치료해 주실 분이니

이 자리에서 은공이자, 태사부로 모셔도 부족함이 없다. 사부들에게 대하는 예의를 정중하게 갖추도록."

장요란이 놀란 표정으로 한발을 물러난 다음에 개방 방주에게 절을 올렸다.

"어린 제자 장요란이 태사부를 뵙습니다."

눈치 빠른 요란이는 이마를 바닥에 댄 채로 일어나지 않았다. 그러자 신개가 한숨을 짤막하게 내쉬었다.

"일어나라. 기습과 합공이 제법이구나."

"예."

"사부와 제자의 죽이 아주 척척 잘 맞아. 절까지 받게 하다니. 꼼짝없이 당했구나. 체내에 퍼진 한기가 평소와 다르다는 것을 느끼면 반드시 사부들과 동행해서 나를 찾아오도록 해라. 지독한 한기가 찾아오면 잠을 자는 것부터 괴로울 것이야. 이것은 네가 운이 없어서가 아니라 강호인들 대다수가 종종 겪는 어려움이다. 어떤 무공을 익히든지 위기와 고비는 오기 마련이니 억울해할 필요도 없다. 정종도 정종 나름의 답답함이 있어서 그쪽도 주화입마 가시밭길인 것은 마찬가지야."

"예, 방주님."

신개가 사기꾼 일당을 둘러보면서 말했다.

"그래서… 이제 밥 좀 주겠나? 이 정도면 충분히 밥값을 했어. 거지가 이 정도로 밥값을 하는 것도 흔치 않은 일이야."

검마가 자하객잔 안으로 손을 내밀더니 한껏 부드러워진 어조로 말했다.

"노선배, 들어갑시다."

"밥 한 번 얻어먹기 힘들구나. 보통 동네가 아니야. 요란아, 이 동네 이름이 뭐라고?"

요란이가 씩씩하게 대답했다.

"일양현입니다."

"잊지 않으마. 거지로 평생을 살았는데 이렇게 비싼 밥은 나도 처음이거든. 들어가자."

개방 방주가 너털웃음을 터트렸다. 귀마는 맏형과 눈을 마주치자마자 조용히 엄지를 치켜들었다. 귀마의 엄지를 본 검마는 여전히 근엄한 표정으로 고개를 끄덕였다.

"들어가자."

사람들을 먼저 들여보내고 난 후, 오랜 버릇처럼 뒤돌아선 검마는 주변에 불온한 분위기가 감지되지 않는지를 오감으로 잠시 살폈다.

"…"

평소와 다를 바 없는 일양현임을 확인한 다음에… 검마도 자하객잔으로 들어갔다.

428.
하산해라

색마는 사부를 찾아서 계단을 오르다가 창가에 앉아있는 검마를 발견했다.

"사부님, 방주님이 다녀가셨다면서요?"

"그래."

"무슨 일로 오셨답니까?"

"거지라 밥 얻어먹으러 온 모양이야. 별일 아니다."

색마가 웃으면서 사부의 맞은편에 앉았다.

"그렇군요. 그나저나 제가 엄청난 소식을 가지고 왔습니다."

"뭐냐."

"임 맹주께서 은퇴하겠답니다."

"은퇴할 때도 되었지. 그렇게 놀랄만한 소식은 아닌데."

"그래서 차기 무림맹주를 뽑겠다는군요."

색마는 품에서 꺼낸 서찰을 사부에게 준 다음에 자리에 앉았다.

···

검마는 맹盟이라고 적힌 서찰을 열어서 읽었다.

　…뜻밖의 소식일 수도 있고, 반가운 사람도 있을 것이다. 차기 무림맹주를 뽑기 위한 비무대회를 개최한다. 자격이 있다고 생각하는 선배와 후배를 엄선하여 초대하는 중인데 한 자리는 너를 위해 비워놓았다. 긍정적으로 생각해서 참가하길 바란다. 먼 곳에 있는 자들까지 초대해서 기간은 넉넉하겠으나 서찰을 읽은 즉시 출발해서 미리 대비하도록. 무림맹에서, 임소백.

　검마가 다시 제자에게 서찰을 돌려줬다.

　"그렇군."

　어색한 표정으로 서찰을 돌려받은 색마가 말했다.

　"초대하려면 사부님을 초대해야지, 왜 저를 초대할까요."

　"애초에 나는 자격이 없다. 임 맹주가 더 잘 알겠지."

　색마가 어리둥절한 표정으로 대답했다.

　"그런가요? 제가 거절할 것은 예상하지 못하셨나 보네요."

　검마는 곁눈질로 제자를 바라봤다.

　"거절?"

　"예."

　"이유는?"

　"아니, 사부님. 제가 왜 무림맹주 비무전에… 나이도 어린데."

　검마가 고개를 갸웃했다.

　"군웅들을 모조리 꺾을 자신감은 있단 말이냐?"

색마는 누가 초대될 것인지 곰곰이 생각해 봤다.

"혹시 맹주님이 셋째도 초대했을까요?"

"그럴 리가. 어디를 싸돌아다니는지도 모를뿐더러, 누가 보더라도 셋째는 맹주와 어울리지 않아. 임소백이 은퇴하면서 강호의 혼란을 바라진 않겠지."

"제가 생각해도 그렇습니다. 그럼 혹시 백의서생을?"

"고양이에게 생선을 맡기는 게 낫겠다."

"맞습니다. 그렇다면 결국에 지난번에 봤었던 제왕들이 또 오지 않겠습니까. 총군사도 은퇴하셨고요."

"제왕들은 네 적수가 아니라는 뜻이냐?"

색마가 헛기침한 다음에 대답했다.

"어떤 제왕이든 간에 제가 무력하게 패배할 것 같지는 않습니다. 아무리 높게 생각해도 일마조보다 강할까요? 저의 백화장법은 화산에 있을 때보다 지금이 조금 더 낫습니다."

검마가 천천히 고개를 끄덕였다.

"그래서 너를 초대하는 것이겠지."

색마는 서찰을 바라봤다.

"그래도 그렇지. 저 백응지의 몽랑입니다. 초대할 사람이 있고, 하지 않을 사람이 있지."

검마가 물었다.

"비무에서 네가 모조리 꺾어도 맹주 자리는 싫으냐?"

색마는 씩씩하게 대답했다.

"예."

"그럼 앞으로 무엇을 하려고. 계획이나 들어보자. 셋째는 자타공인 천하제일이 되었고, 둘째는 종남산으로 떠날 예정이고. 나는 이곳에 남아 요란이를 계속 가르칠 생각인데."

"당연히 저도 요란이를 가르쳐야지요."

"네 남은 인생을 일양현에서?"

"일단은 그래야죠. 무림맹주는 제 계획에 없던 일입니다."

"원래 너는 계획이 없는 놈이야."

"그렇긴 합니다."

검마가 창밖으로 시선을 옮겨서 일양현의 전경을 둘러봤다.

"나도 임소백의 생각을 모두 알진 못해. 서찰까지 보낸 것은 도와달라는 뜻이다. 네가 군웅을 모조리 꺾을 수 있을지는 임소백도 예상하지 못할 거다. 설령, 네가 전부 꺾는다고 하더라도 네가 차기 무림맹주에 어울리는 사람인지도 확신하지 못해. 하지만."

"예."

"우릴 돕겠다고 동호로 달려왔던 사람이다. 서찰을 보냈으면 가서 도와야지. 나한테도 서찰이 왔다면 자격이 있든 없든 간에 일단 무림맹으로 갔을 것이다."

색마가 팔짱을 꼈다.

"그럼 일단 임 맹주께서 불편하게 생각하는 제왕 일부를 제가 흠씬 패버리면 충분히 도와준 게 되겠죠?"

검마가 고개를 끄덕였다.

"그 정도면 충분하지."

색마가 중얼거렸다.

"이러다가 전부 두들겨 패서 팔자에도 없는 무림맹주를… 하하하."

"혹시 임소백이 맡아달라고 하면 수락해야지."

"예?"

"수락해야지."

색마가 정색했다.

"왜죠."

"신중한 임소백이 너를 신뢰한다는 말이니까."

"저도 저를 안 믿는데 그럴 리가 없습니다."

"나도 너를 믿을 수 없다만 임소백은 다르지. 수락하는 게 옳다."

색마가 눈을 껌벅였다.

"…"

"임 맹주는 이제 셋째가 천하제일에 올랐기 때문에 강호에 별일이 없을 것이라고 예상했을 테고. 그래서 은퇴를 결심한 것이라면 네가 도와라. 너는 둘째처럼 계획도 없어서 더욱 적당하다."

"기분이 조금 이상합니다."

"어떤 부분이."

색마가 살짝 한숨을 내쉬었다.

"자꾸 무림맹에 가는 것은 아무래도 제 운명에는 없었던 일이 아닌가 해서요."

검마도 고개를 끄덕였다.

"셋째가 등장하지 않았더라면 나도 백응지 근처에서 죽었을 것이다. 너도 내가 나타나지 않았더라면 여전히 한독에 시달리면서 방황했을 것이고."

"사부님이 이렇게까지 말씀하시니 제가 일단 가보겠습니다."

검마가 고개를 끄덕였다.

"화산비무 전의 너라면 제왕들과 승부가 어떻게 될 것인지 장담할 수 없다. 하지만 그것을 겪은 이후이기 때문에 네가 무력하게 질 것이라는 생각은 들지 않아. 참가하기로 마음을 먹었으면 출발하기 전까지 마음을 차분하게 다스리고, 맹으로 가는 동안에도 헛짓거리하지 말고 비무만 생각해라. 최대한 백화장법도 실전에서 매끄럽게 사용할 수 있게끔 더 수련하고."

"예."

"우리 셋의 별호에는 피가 잔뜩 묻어있고, 네 별호에는 그저 분내가 조금 묻었을 뿐이니 임소백의 입장에서는 너를 부르는 것이 가장 편해. 출발 시기가 맞으면 둘째와 함께 떠나는 게 낫겠다. 일부 여정은 함께 갈 수 있을 테니."

"알겠습니다. 그렇게 하겠습니다."

색마가 대답하는 사이에 계단에서 귀마가 무언가를 든 채로 올라왔다. 검마와 색마가 바라보니 둘째의 손에 들린 것은 아무것도 적혀있지 않은 깃발이었다. 귀마가 다가오면서 말했다.

"형님."

귀마는 깃발을 탁자에 올려놓은 다음에 평평하게 펴더니, 봇짐에서 붓과 먹을 꺼냈다. 검마가 물었다.

"깃발?"

"예."

색마도 깃발의 용도가 무엇인지 바로 알아차렸다.

"선전포고 깃발인가?"

그러니까 강호비무행에 쓰이는 깃발이란 뜻이었다. 검마가 물었다.

"뭘 적으려고?"

"형님이 적어주시지요."

검마가 아무것도 적혀있지 않은 하얀 천을 물끄러미 바라보는 사이에 귀마가 먹을 갈았다. 검마가 생각하던 도중에 중얼거렸다.

"비무행 깃발…"

귀마가 덤덤한 표정으로 먹을 가는 사이에 색마가 말했다.

"나도 무림맹으로 갈 생각인데 나중에 같이 출발하자고."

"알았다."

분위기가 고요해지자 색마가 이렇게 말했다.

"당분간 이별인데 분위기가 너무 담담한 거 아닙니까?"

귀마가 대답했다.

"우리야 뭐 늘 이렇지. 그런데 무림맹에는 무슨 일로."

"맹주님이 은퇴하시는 모양이야. 비무에 초대됐어. 둘째도 가는 게 어때."

"나는 됐다."

"왜."

"괜히 갔다가 내가 다 이겨버리면 곤란하니까."

"그렇게 자신 있어?"

귀마가 고개를 끄덕였다.

"설마 제왕들이 혈교주보다 강할까. 난 그렇게 생각하지 않아."

…

색마와 귀마는 화산비무가 자신들을 엄청나게 성장시켰다는 것을 인지하고 있었다. 검마가 손을 내밀었다.

"줘봐라."

붓을 받은 검마가 깃발을 붙잡은 다음에 글귀를 천천히 적어 넣었다. 색마와 귀마는 검마가 적어나가는 글을 물끄러미 바라봤다.

종남제일검終南第一劍.

육합선생六合先生.

잠시 세 사람은 깃발에 적힌 글귀를 빤히 바라봤다. 검마가 물었다.

"둘째야, 마음에 드냐?"

"마음에 듭니다."

색마가 사부를 한 번 바라보고 둘째를 쳐다보다가 중얼거렸다.

"…부럽다."

귀마가 물었다.

"뭐가 부러워."

"별호가."

귀마가 색마에게 당부했다.

"너도 무림맹에 가서 이번에는 정상적인 별호를 얻어라. 색마 말고. 말이 안 되는 별호야. 색마라니…"

"뭐가 그렇게 말이 안 되는데."

귀마가 색마를 쳐다봤다.

"장요란의 사부가 색마라고? 잘하는 짓이다. 요란이가 다 크기 전에 버려야 할 별호가 맞다."

"음."

"셋째 탓이긴 하지만 동호에 있던 맹원들도 특히 네 별호는 잊지 못할 거다. 임 맹주께서도 여러 생각이 있으니 부르는 것이겠지."

검마가 냉정한 어조로 말했다.

"둘째는 비무행 도중에 패배하면 깃발을 불사른 다음에 다시 수련에 돌입해라."

"알겠습니다."

색마가 연신 부럽다는 것처럼 깃발의 글귀를 바라보다가 사부에게 말했다.

"사부님 저도 별호를 하나 새로 지어서 떠날까요."

하나 지어달라는 뜻이었는데, 검마의 반응은 냉담했다.

"색마가 어때서."

"아무래도 좀."

귀마가 깜박했다는 것처럼 말했다.

"아, 그러고 보니 예전에 셋째가 하나 지어줬었네."

"뭐?"

"빙신氷神."

"시끄러워."

"빙신 같은 놈."

색마가 할 말을 찾지 못하자, 검마가 제자를 바라봤다.

"몽랑아."

"예, 사부님."

　　　…

"무림맹주를 해도 좋고. 하지 못하게 되어도 좋다."

"예."

"나는 다만 네가 목표나 목적을 세웠으면 한다. 그게 있으면 군웅을 모조리 꺾고 나서 맹주 자리는 싫다고 말해도 무방하다. 혹은 패배했더라도 무림맹에 남아서 몇 년은 맹원들과 함께 적응해 보는 것도 나쁘지 않다. 패배를 곱씹으면서 다시 맹주 자리에 도전해도 좋고. 그러나 작은 일양현에서는 방황하는 네 마음이 자리를 잡기 어렵다. 그것만 찾는다면…"

"예."

"옛사람들의 표현대로 이제 하산해도 좋다."

"하산이요?"

검마가 제자를 바라봤다.

"하산해야지. 더 가르칠 것도 없다. 무공은 본래 예전부터 더 가르칠 게 없을 정도로 강했고. 경험도 이제 많이 쌓았다. 백웅지에서 술이나 퍼마시던 너와 지금의 너는 한참 다르지 않으냐?"

"물론 다릅니다."

색마는 사부가 그만 하산하라고 하자 기분이 이상했다. 쫓겨나는 기분도 들고 무언가 인정받은 느낌도 섞여있어서 기분이 오묘했다. 귀마는 짧막한 말로 검마의 말에 힘을 보탰다.

"그래. 독립해야지."

색마는 멋쩍은 표정으로 연신 고개를 끄덕이다가 사부와 둘째의 표정을 바라봤다.

"아, 알겠습니다. 일단 무림맹으로 가서 비무전에 참가하고… 이상하게도 일대일을 하면 질 것 같지 않습니다. 하지만 비무를 여러 번 하게 되면 변수가 있을 테니 준비를 잘해보겠습니다. 정말 제가 모조리 꺾게 되고, 임 맹주님이 제게⋯ 그럴 가능성은 적지만, 잘 고민해서 결정하겠습니다."

말을 길게 하는 와중에 색마의 표정에는 당황함이 깃들었다.

"⋯여하튼, 사부님. 지금까지 항상 잘 이끌어 주셔서 늘 감사했습니다."

검마가 가볍게 고개를 끄덕였다.

"그래. 송별회는 따로 없고 오늘은 저녁이나 모여서⋯"

검마, 귀마, 색마는 계단에서 올라오는 사내를 바라봤다. 귀마가 먼저 인사했다.

"금 방주, 어서 오시오."

용두철방의 금철용이 고개를 가볍게 숙였다.

"사부님들, 평안하셨소이까. 대사부님."

검마도 빈자리를 가리켰다.

"금 방주, 앉으시오."

세 사람이 지켜보는 사이에 금철용은 탁자에 백룡白龍이 각인되어 있는 새하얀 장검 한 자루를 내려놓았다. 세 사람은 금철용이 가져온 장검을 잠시 구경했다. 검을 뽑지 않아도 구경할 맛이 있는 외형을 가지고 있었다. 금철용이 검마에게 권했다.

"대사부님, 살펴보시겠습니까? 백룡입니다."

검마는 백룡을 붙잡아서 날을 뽑았다. 살짝 뽑아서 바라보던 검마는 재차 검신劍身을 끝까지 뽑아서 칼날을 이리저리 살폈다. 일평생

검을 쳐다보고, 검을 휘두르면서 살았던 검마다. 이것이 좋은 검인지 나쁜 검인지는 어렵지 않게 알 수 있었다. 검마가 금철용에게 물었다.

"만족하오?"

금철용이 기다렸다는 것처럼 대답했다.

"아닙니다."

"…"

"다만 전보다 낫습니다. 저번처럼 내공을 주입해서 부딪혀 보셔도 됩니다."

검마는 백룡의 검신을 물끄러미 바라보다가 다시 검집에 넣었다.

"그럴 필요는 없을 것 같군."

그제야 조금 놀란 금철용이 검마에게 물었다.

"대사부님, 아직 부족합니까?"

검마가 고개를 저었다.

"모르지. 다만 단박에 부러뜨리긴 아까운 검이로군."

금철용이 눈을 크게 뜬 채로 사부들을 바라봤다. 이것은 칭찬일까, 아닐까. 검마는 자신의 표정이 너무 딱딱하다고 생각했는지 표정을 조금 푼 채로 금철용에게 말했다.

"금 방주."

"예."

"고생하셨소. 훌륭한 검이야. 만약 이것이 다시 부러진다면 현철과 같은 귀한 재료가 적어서 그런 것이지 검이 부족해서 그런 건 아닐 게요. 이렇게 힘들게 완성했는데 저번처럼 강제로 부러뜨리면 금

방주에 대한 예의가 아닌 것 같소."

검마가 백룡을 금철용에게 내밀었다. 금철용이 그것을 두 손으로 붙잡더니 다시 검마에게 내밀었다.

"…사부님들에게 드리는 선물입니다. 우리 하오문주님이 사용하시든 대사부님이 사용하시든… 뭐든 괜찮습니다. 저는 사부님들의 가르침에 따라 좋은 검을 만들 수 있는 과정을 얻었습니다."

검마는 금철용이 다시 내미는 백룡을 보다가 이렇게 권했다.

"몽랑이 조만간 무림맹으로 가서 맹주 비무전을 치르는데…"

금철용이 대답했다.

"예."

"용두철방의 이 백룡을 지참해서 참가해도 되겠소?"

금철용이 환한 표정으로 색마를 바라봤다.

"넷째 사부님, 그렇게 해주시면 영광입니다. 받으십시오."

엉거주춤 자리에서 일어난 색마가 백룡을 두 손으로 받았다.

"감사합니다, 방주님."

색마가 새하얀 장검을 바라보고 있자, 검마가 편한 어조로 말했다.

"제자야."

"예, 사부님."

"영웅호색英雄好色 중에서 영웅이 될 일만 남았다."

검마의 말에 색마, 귀마, 금철용이 함께 웃었다.

429.
대머리와 나

"종남산은 이쪽이다."

"그러네."

갈림길에 선 귀마와 색마가 걸음을 멈춘 다음에 서로를 쳐다봤다. 두 사람은 서로의 표정을 보다가 슬쩍 웃었다. 색마가 먼저 말했다.

"…한참 못 보겠네."

"그렇겠지."

"둘째 형은 생일이 있나?"

"없다."

"그렇군."

이번에는 귀마가 물었다.

"그런데 맏형은 생일이 있더냐?"

"없으신 거 같아. 교에서 그런 걸 챙겼을 리가 없겠지."

"셋째도 없겠지?"

"아마도."

"너는."

색마는 고개를 내저었다.

"있는데 안 챙기려고."

귀마가 짤막하게 한숨을 내쉬었다가 물었다.

"요란이는 생일을 기억하려나?"

"아마 모를 거야."

"그래. 가끔 모이는 거도 쉽지 않겠다. 어쨌든 다음에 만날 때는 무림맹주로 보는 거냐?"

색마가 고개를 저었다.

"가봐야 알지. 다 이겨놓고도 마음이 안 내키면 일양현으로 가야지."

"네가 돌아오면 맏형이 실망할 텐데."

"실력에는 자신감이 좀 있는 편이지만, 내가 무림맹주를 하는 게 맞아?"

"맹에서도 여자 문제를 일으킬 것 같으냐? 아니면 난봉꾼 무림맹주는 네가 봐도 좀 아닌 것 같아서 그러냐."

"그런 걱정도 있지만, 셋째가 더 어울리지 않을까? 여자한테 인기도 없고 말이야."

귀마는 곰곰이 생각했다가 역시 안 되겠는지 고개를 절레절레 내저었다.

"셋째는 내버려 두자. 임 맹주처럼 마음의 병이 깊어질 수도 있으니. 셋째의 성향은 임 맹주도 잘 알고 있어서 맡기기 어려울 거야."

"그런가. 내가 가서 잘 고민해 볼게. 그건 그렇고 문파 만들 돈은 있어? 없지?"

귀마가 웃었다.

"돈 버는 방법은 셋째한테 많이 배웠다. 내가 왜 억지로 선행을 베풀겠다고 했겠나. 종남산 일대와 주변 흑도, 녹림을 정리하다 보면 돈은 알아서 잘 쌓이겠지."

"그래? 맹주 하는 것보다 그게 더 재미있어 보이는데. 뭐 맹주를 평생 하란 법은 없으니까. 일단 가서 적극적으로 임할 테니 걱정하지 마시고."

귀마가 말했다.

"맹주 바뀌었다는 소식은 종남산에서 들으마. 가자, 이제."

"둘째 형."

"응."

"형제들이 헤어질 때는 어떤 예를 갖춰야 하나?"

"그런 거 딱히 없다."

그런 거 없다는 말이 끝나자마자, 색마는 백룡을 두 손으로 붙잡아서 예의를 갖췄다.

"형님, 살펴 가시오. 건강하고."

그제야 귀마는 허리에 감았던 깃발을 끌러낸 다음에 육합검의 손잡이에 묶은 후, 육합검을 등에 매달아 놓은 봇짐 사이에 찔러 넣었다. 깃발이 잘 보이지 않는 것 같았기 때문에 색마가 나서서 봇짐과 깃발을 제대로 정리해 줬다. 돌아선 귀마가 색마에게 말했다.

"막내야, 건강해라. 비무전의 무용담은 나중에 듣겠다."

"그럽시다."

색마가 종남산으로 향하는 길을 가리켰다.

"가시오, 먼저."

귀마는 고개를 끄덕인 다음에 돌아서서 발걸음을 옮겼다. 색마는 성큼성큼 걸어가는 귀마의 등을 바라보다가 펄럭이는 깃발에서 파도처럼 움직이는 글귀를 다시 한번 읊조렸다.

"종남제일검… 둘째 형!"

색마는 딱히 할 말도 없었는데 귀마의 무뚝뚝한 표정을 한 번 더 보기 위해서 불렀다. 귀마가 돌아서서 대답했다.

"왜?"

"셋째는 뭐 하고 있을까?"

귀마가 화창한 하늘을 한 번 쳐다본 다음에 대답했다.

"날씨가 좋으니까 누구 좀 패고 있지 않을까?"

귀마의 말이 끝나자마자 두 사람은 동시에 웃었다. 귀마의 모습이 길에서 사라질 때까지 지켜보던 색마는 백룡을 왼손으로 붙잡은 채로 휘적휘적 걷다가 한숨을 길게 토해냈다.

"팔자에도 없는 무림맹주."

* * *

바다에 도착하긴 했는데 우리를 쫓아온 놈들이 너무 많아서 바다를 느긋하게 구경할 틈도 없었다. 한참을 두들겨 패고 난 다음에야 대머리가 바닷가로 걸어가서 출렁이는 물결을 구경했다. 대머리는 빛이 쏟아지는 바다를 보자마자 그야말로 환하게 웃었다. 바다도 반짝이고, 대머리도 빛이 났기에… 지켜보는 나도 눈이 부셨다. 옆에서 기습하려던 놈을 쳐다보자, 이놈이 어처구니없게도 엉덩방아를 찧었다. 엉덩방아를 찧은 놈이 나랑 눈을 마주치자마자 바닷게처럼 괴상한 동작으로 도망치려는 것을 굳이 쫓아가서 발목을 움켜쥔 다음에 바다로 냅다 던졌다.

"끄아아아아아악!"

비명이 길게 이어지다가 풍덩 소리가 들렸다. 감탄이 절로 나왔다.

"이야, 내가 다 시원하다."

이미 처맞은 놈들이 주변에 즐비했기 때문에 하나씩 어렵지 않게 붙잡아서 바다에 빠트렸다. 바다는 광승이 보고 싶어 해서 온 것이지, 내가 보고 싶어서 온 게 아니다. 광승이 바다를 구경하는 동안에 나는 쓰러진 자들 중에서 그나마 멀쩡한 놈들의 팔다리를 비틀어서 바다로 하나씩 날려 보냈다.

어떤 놈은 팔을 부러뜨려서 바다에 던지고, 어떤 놈은 발목을 비튼 다음에 던졌다. 수영을 잘하는 놈들이라도 바다에서 빠져나오는 게 곤욕스러울 터였다. 왜냐하면, 내가 꽤 멀리 던졌기 때문이다. 이번에 잡힌 놈은 양손으로 두 발목을 붙잡은 다음에 제자리에서 빙글빙글 돌았다.

"점소이 대회전, 빙글빙글, 파도에 인간 튕기기."

여섯 번쯤 회전했을 때 던졌다.

부앙!

이름 모를 수적水賊이 까마득하게 높이 솟구쳤다가 바다로 떨어지고 있었는데, 공중에서 이미 기절한 모양인지 비명은 내지르지 않았다. 다른 놈에게 다가가자, 이놈은 잔뜩 비틀려 있는 왼손을 내게 보였다.

"…파, 팔이 부러졌습니다. 살려주십시오."

"오른팔은 장식이야?"

이번에는 팔을 붙잡은 다음에 내공과 외공을 조합해서 힘차게 던졌다. 다음 물놀이를 하려는데 진작 반항을 멈췄던 사내가 내게 고함을 버럭 내질렀다.

"그만!"

"깜짝이야."

온갖 금은보화 장신구를 목에 주렁주렁 걸치고 있는 사내에게 다가갔다.

"은평왕銀平王, 왜 여기까지 따라와서 귀찮게 해. 너는 잠시 대기해."

나를 쫓아온 놈들은 은평왕의 세력뿐만이 아니라 절강의 소야차小夜叉, 해녕의 풍수귀風水鬼, 남궁세가가 봉문한 틈을 타서 세력을 확장한 생사회生死會도 뒤섞여 있었다. 바다로 오는 동안에 광승과 함께 쥐어 팼던 세력인데 뿌리까지 뽑지 않았더니 아예 대머리를 추격하는 연합을 결성해서 쫓아왔다.

결과는 보다시피 이렇다. 해안에 이미 오십여 구의 시체와 대충 백여 명이 넘는 부상자들이 신음을 내뱉고 있거나 기절한 상태. 그 와중에도 꾸물대면서 도망치려는 꼴을 보고 있으려니, 밀물에 밀려온 해양생물들이 단체로 꿈틀대는 것처럼 보였다. 웬만하면 팔다리만 분지르려고 했었는데 싸우다 보면 어쩔 수 없다. 내가 자비로운 스님이 아니라서 그렇다. 전생 광승狂僧, 현생 대머리는 피 묻은 석장을 바닷물에 담가 피를 씻어내고 있었다. 나는 주변을 둘러보면서 물었다.

"소야차는 살아있나?"

쌍도雙刀를 들고 날뛰던 소야차의 머리가 모래사장에 박혀있었는데 아마 대머리에게 당한 모양이다.

"죽었고. 풍수귀는?"

광승과 조금 떨어져 있는 바위에 엎어져 있었는데 그 밑으로 피가 대해大海처럼 흘러나오는 것을 보아하니 저놈 역시 대머리에게 죽은 것 같다. 대머리가 이처럼 난폭한 사내다. 생사회의 회주는 직접 등장하지 않은 모양이고. 그렇다면 이곳에 있는 수장은 이제 은평왕만 살아있는 상태. 나는 은평왕의 근처에 있는 놈의 발목을 붙잡아서 으스러뜨린 다음에 바다로 던졌다. 앞서 바다에 빠졌던 놈들이 허우적대면서 다가오고 있었는데 팔다리가 온전치 않아서 그런지 아주 필사적이었다. 이놈들이 연합해서 쫓아올 때까지만 해도 사기가 높았을 테지만 안타깝게도 나는 현재 무적이다.

스님 한 명과 실실대면서 동행하는 젊은 사내가 무적일 것이라고 예상할 수 있는 천재는 강호에 없을 것이다. 이곳 절강은 애초에 다른 세계였던 것처럼 나를 모른다. 절강뿐만이 아니라 다른 지역에서도 나를 알아보는 사람이 없었다. 내 명성이 사해四海에 퍼지기도 전에 내가 이곳에 왔기 때문이다. 나는 주변의 떨거지들을 바다에 빠뜨린 다음에 은평왕과 마주 본 채로 바닥에 궁둥이를 붙였다.

"은평왕."

"…"

"개나 소나 왕이야."

광승도 다가와서 바닷물에 씻은 석장을 반듯하게 내려놓더니 삼각 구도 위치에 정좌했다.

"문주, 죽일 셈인가?"

나는 은평왕을 보면서 대답했다.

"고민 중입니다."

광승은 동네 아우를 타이르듯이 내게 말했다.

"바로 죽이지 말고 조금 더 고민해 보게."

"이미 많이 죽였지 않습니까?"

"그래도 새삼스럽게 고민해 보게. 나도 참아보겠네."

"알겠습니다."

나는 연합을 구성해서 쫓아온 은평왕과 눈싸움을 이어나갔다. 슬슬 도망치는 놈들도 늘어나고 바다에서 귀환한 놈들도 줄행랑을 치고 있었지만 내버려 뒀다. 은평왕의 목에 걸린 다양한 장신구, 특히 여인이나 걸고 다닐법한 목걸이를 보고 있으려니 살심殺心이 다시 동했다. 나는 은평왕의 목에 걸린 장신구를 뜯어내려다가 고개를 피하는 은평왕을 보자마자 뺨을 후려쳤다.

퍽!

너무 세게 때린 것일까. 아니면 내 무공이 강해서 그런 것일까. 은평왕의 얼굴에 내 손바닥 자국이 선명하게 찍혀있었다. 이어서 은평왕이 바닥에 부러진 이빨을 뱉더니 스스로 장신구를 벗어서 바닥에

…

내려놓았다. 이놈은 대체, 내 정체는 파악하고 따라온 것일까.

"은평왕."

"말하게."

"내가 누군지는 알고 쫓아온 거야? 이 정도 병력이면 잡을 줄 알았나? 한 이백 명? 이걸로 될 줄 알았어?"

나는 일단 값비싼 장신구를 품에 넣었다. 여행을 오래 하다 보니까 생긴 버릇이다. 은평왕이 나를 위아래로 살피다가 한숨을 내쉬었다.

"알 게 뭔가. 죽이러 왔는데. 그것보다 우리는 왜 건드렸나?"

"너희가 뭔데. 건드리면 안 되는 존재들이야?"

"절강에선 그렇네."

나는 널브러진 시체들과 부상자들을 가리키면서 말했다.

"대충 싸웠다. 웬만하면 죽이지 않으려고."

내가 왜 이런 걸 구구절절 설명하고 있을까. 죽이면 그만인데, 라는 생각을 하자마자 광승이 말했다.

"문주, 조금만 더 참아보게. 이미 많이 죽였네. 저 정도면 부상자들도 각 세력에 다시 합류하지 않고 뿔뿔이 흩어지겠지."

"예, 참는 중입니다."

나는 손을 뻗어서 은평왕의 얼굴을 붙잡은 다음에 눈빛과 눈매, 입 모양과 턱선을 살폈다.

"용맹한 놈이네."

은평왕이 통하지도 않을 말을 내뱉었다.

"사형이 복수할 것이다."

"금산왕金山王? 은으로 바다를 깔고, 금으로 산을 쌓았는데…"

나는 품에서 묵가비수를 꺼냈다.

"머리카락은 못 지켰네."

빙공을 조금 섞은 지법으로 상반신을 찍은 다음에 묵가비수로 은평왕의 머리카락을 대충 잘랐다.

"머리카락은 못 지켰어. 돈이 그렇게 많은데. 머리카락은 돈 주고 살 수 없지."

묵가비수가 너무 날카로웠기 때문에 머리카락이 뭉텅이로 잘려나갔다. 주둥아리까지 얼어붙진 않은 모양인지 쥐어짜는 목소리로 말했다.

"…죽이려면 죽이고 살리려면 살려주게. 왜 이런 모욕을 주나?"

나는 사내를 노려봤다.

"모욕?"

"…"

"은평왕, 내가 모욕을 주면 어쩔 건데. 불쾌하면 도전하든지 자결하든지 해라. 염치없이 모욕을 거론하다니. 괴상한 사채업으로 고혈을 쥐어짜던 네가 무슨 모욕감을 느끼는 거야. 네 사형의 운명도 너와 별반 다를 바 없을 것이다."

길었던 은평왕의 머리카락이 뭉텅이로 날리면서 바닷바람을 타고 어디론가 날아갔다. 내 손과 비수에도 머리카락이 잔뜩 묻었다. 생각해 보니까 깔끔하게 대머리로 만드는 일도 귀찮은 일이어서 대충 머리카락을 동네 병신처럼 만든 다음에 묵가비수를 거뒀다. 억울하고 분한 모양인지, 다 큰 사내놈이 굵은 눈물을 뚝뚝 흘리기에 뺨을 한 대 더 후려쳤다.

"울고 지랄이야. 병신 같은 놈. 빡빡 민 것도 아닌데 왜 처울어?"

사실 이놈도 죽으려고 했는데 광승이 옆에서 지켜보고 있었기 때문에 일단 넘어갔다. 나는 깜박한 게 있어서 대머리에게 물었다.

"아, 그나저나 바다를 직접 보시니까 어떻습니까?"

반짝반짝 빛나는 대머리가 반짝반짝 빛나는 바다를 다시 한번 바라봤다.

"…뭐랄까. 복잡하네. 문주는 어떠신가?"

"저는 늘 그렇듯이 별생각이 없습니다."

"문주, 혹시 지금 보고 있는 바다에 이름을 붙여줄 수 있겠나?"

대머리가 무언가를 기대하는 눈치로 나를 쳐다봤다.

"바다에 이름을 붙여요?"

"이상한 일은 아니지. 산에도 이름이 있는데…"

그러고 보니까 이상한 일은 아니어서 나는 빛줄기가 쏟아지는 드넓은 바다를 주시하다가 큰 고민 없이 이름을 붙여줬다.

"광해光海로 하시죠."

빛나는 대머리와 바다의 조합을 떠올린 성의 없는 작명에 광승이 슬쩍 웃으면서 나를 바라봤다.

"그것이 본래 내 법명法名이네."

"오."

깜짝이야.

"정확히는 무승武僧이 되기 전에 받은 법명이지."

법명을 맞힌 나도 신기했다. 광승이 웃으면서 말했다.

"법명이 광해라기에 언젠가는 바다를 보려 했었네. 광해라는 법명이 주어진 게 우연일지, 우연이 아닐지 궁금했는데 바다에 와봐야 알 것 같았네."

"어떤 것 같습니까."

"여기까지 오는 여정은 한순간도 우연이 아니었다는 생각이 드는데 문주는 어떠신가?"

나는 잠시 고민하다가 솔직하게 대답했다.

"우연이 아닙니다."

"나도 그렇게 생각하네."

광승이 은평왕을 바라봤다.

"은평왕, 일단 문주가 살려놓았으니, 지금은 그저 살아있는 것에 감사하게. 알겠나?"

나는 뺨도 처맞고 머리도 엉망이 되어서 잔뜩 뒤틀려 있는 은평왕에게 말했다.

"대답해라."

"알겠소."

"은평왕, 우연은 없어. 네가 살아있는 것도, 갑자기 대머리가 된 것도. 네가 앞으로 스님이 될 수도 있는 거고."

은평왕이 또다시 눈물을 흘렸으나 이번에는 따귀를 때리지 않았다. 나도 이제 자비심이 깊어진 것일까?

430.
서쪽에서 온 절대자

"맹주님, 몽연 공자가 도착했습니다."

"들어와."

임소백은 책상에 올려놓았던 두 다리를 내린 다음에 맹주실로 들어오는 백응지의 색마를 바라봤다. 색마는 예의를 갖춘 다음에 말했다.

"맹주님, 오랜만에 뵙습니다."

"앉아라."

임소백은 자신의 짐을 떠넘길 수 있는 후보 중의 한 명을 쳐다보고. 아직 그 짐을 부담스럽게 여기는 색마가 임소백을 빤히 바라봤다. 임소백이 말했다.

"왜 그렇게 노려봐? 한바탕할까."

색마가 멋쩍게 웃으면서 대답했다.

"그럴까요."

"예의상 거절할 줄 알았더니."

"그나저나 어떻게 저만 초대하셨습니까?"

임소백이 설명했다.

"너뿐만이 아니다. 다른 후보들에게도 수행하는 사람을 적게 해서 오라고 일렀다. 비무도 비공개로 치러질 테고. 지켜보는 사람도 제한할 생각이야. 바깥에서 보기엔 아주 조용하게 맹주 자리가 넘어갈 테지. 천하제일이 교주에서 하오문주로 아주 조용하게 넘어간 것처럼 말이다."

"비무 방식은요?"

"후보끼리 모여서, 필요하면 여러 차례 싸우더라도 누구나 인정할 수 있게 실력을 겨뤄야겠지. 자잘한 규칙은 정하지 않았으니 다 모이면 의논해 보자."

색마가 고개를 끄덕였다.

"어쩐지 화산논검과 비슷하군요."

"맞다. 공손 선배에게 이야기 들었다. 어쩌면 그것과 가장 비슷하겠지."

"셋째는 초대하셨습니까?"

"초대했으면?"

"저는 참가하지 않겠습니다."

"왜."

색마가 씁쓸한 표정으로 말했다.

"아… 이길 수가 없어요. 지금 당장은."

임소백이 팔짱을 낀 다음에 물었다.

"그 정도냐? 방금 나랑 벌이는 비무는 두려워하지 않은 것 같은데."

"뭐 지금은 그렇다는 말입니다."

공손심에게 화산논검에서 벌어진 일을 대충 들었으나, 다른 사람의 시선으로 본 비무는 어떠했는지도 궁금해하던 임소백이 물었다.

"교주와 대결은 아무도 보지 못했다면서. 공손 노인장한테 대충 듣긴 했다만."

색마가 고개를 끄덕였다.

"그 인간들만 화산에 올라갔다가 의외로 멀쩡한 모습으로 내려왔는데, 교주님은 한 십 년 정도를 쉬지 않고 겨룬 사람처럼 백발이 되었습니다."

"문주는?"

색마는 손으로 자신의 눈을 가리켰다.

"셋째는 평소에 잠을 깊게 못 자는 편이어서 늘 붉은빛이 감돌고 곳곳에 핏줄이 터져있지 않았습니까."

"그랬지."

"어찌 된 노릇인지 교주와 함께 내려왔을 때는 평소와 다르게 눈빛이 굉장히 맑았습니다. 변화라면 그게 전부지만요."

"교주는 백발이 되고, 문주는 눈이 맑아지고."

"예."

"보통 싸움이 아니었겠구나."

"그렇습니다. 간간이 터지던 굉음으로만 보면 화산이 통째로 날아가도 이상하지 않았으니까요."

"문주가 그렇게 멀쩡하게 내려왔다는 것은 싸우는 도중에 경지가 올랐다고 볼 수밖에 없겠군."

"저희도 그렇게 예상했습니다."

임소백이 진지한 어조로 물었다.

"네가 문주의 실력과 엇비슷해지려면 언제쯤인지 예상할 수 있겠나? 강호인은 항상 천하제일을 추구해야지."

"맹주님, 순서가 잘못되었습니다."

"말해보게."

"맹주님과 저는 먼저 천악 선배를 넘어야 하고. 교주님이 분명 비무를 받아주시지 않을 테지만, 어쨌든 기회가 닿으면 교주님의 경지를 제가 넘어섰는가를 확인해야죠. 그런 다음이 문주 차례입니다. 저뿐만이 아니라 다른 강호인들도 마찬가지입니다. 아직도 은퇴한 삼재를 넘어서는 강호인은 없을 테니까요."

"그래? 내 계획도 조금 어긋나는구나. 은퇴하고 나서 시간이 좀 괜찮으면 문주의 검을 한 번 받아낼 생각이었는데. 그나저나 만약에 말이다."

"예, 맹주님."

임소백이 손가락으로 자신의 관자놀이 부근을 빙글빙글 돌렸다.

"문주가 주화입마로 완전히 돌게 되면 인선을 어떻게 구성해야 무림맹으로 잡아올 수 있을까."

색마가 고개를 갸웃했다.

"그럴 일이 있겠습니까? 눈빛이 맑아졌다는 것은 오래 앓고 있었던 광증도 어느 정도 해결했다는 뜻입니다. 정신적으로 해결한 것이 아니라 무공의 깊은 경지로 해결했다는 게 놀라운 점이지만요."

"나도 그럴 일이 없다고 보지만 가정해서 인선을 꾸려보자는 말이지."

색마가 고민하다가 짤막하게 한숨을 내쉬었다.

"…그러니까."

"말해보게. 아무리 많이 가도 못 잡을 것 같나?"

"그렇진 않습니다."

색마는 처음에 사대악인 중 셋, 그리고 임소백과 공손심까지 넣어서 다섯 명을 구상했다가 생각을 아예 바꿨다.

"아마 저희 네 사람의 제자인 장요란을 보내면 잡아올 수 있을 것 같습니다."

"그렇게 생각하는 이유는?"

"무공으로 잡는 게 아니라, 제정신을 차리게 해야지요. 무공으로 문주를 잡는 건 불가능에 가깝습니다. 일단 경공만 따져도 저희보다 빨라서."

"그러냐."

임소백이 색마를 쳐다보다가 슬쩍 웃자, 색마가 물었다.

"왜 그렇게 웃으십니까?"

"대처 방식이 기발해서 웃었다."

"예."

"궁금한 거 있으면 물어보고. 없으면 가서 일단 쉬어라. 담당자를 배정했으니 네가 원하면 맹을 둘러봐도 좋다. 외출은 금지하마. 다른 후보자들이 도착하려면 시간이 한참 더 걸릴 것이니. 적응하고 있도록."

"담당자가 혹시…"

"지원자가 있어서 장산이라는 무인을 배정했다. 너를 본 적이 있다더군."

"예. 기억이 납니다. 아, 누가 초대되는지 알 수 있습니까?"

"일부 제왕들도 있고, 검성과 신극에게도 연락을 넣었다. 그쪽도 은퇴했으니 아마 후계자가 오겠지. 다른 고수들은 모르겠다. 부상의 여파나 봉문한 가문도 있어서 인원이 아주 많지는 않겠지. 어쨌든 간에 세대를 교체하기엔 알맞은 시기다. 또 궁금한 거 있나?"

"이제 없습니다."

임소백이 물었다.

"몽랑아, 자신 있느냐? 나는 그게 가장 궁금하군."

색마가 앞머리를 쓸어 올린 다음에 대답했다.

"초대장을 받아서 조금 당황스럽긴 했습니다만."

"…다만. 뭐?"

"제왕들은 제 적수가 아닙니다."

임소백이 덤덤한 어조로 말했다.

"문주가 자네를 왜 그렇게 평소에 구박했는지 알 것 같다."

"그러게요. 왜 그랬을까요."

"재수가 없어서."

"음…"

"만약 검성과 신극의 후계자가 도착한다면 본인들이 늙은 이유도 있겠지만 후계자들이 무림맹에서 망신을 당하지 않을 자신감이 있다는 것이겠지. 이들이 참가하면 자만하지 말도록."

"알겠습니다."

색마가 자리에서 일어난 다음에 정중하게 예의를 갖췄다.

"맹주님, 지난날 동호로 달려와 주신 것에 대해 사부님과 제 형제들 모두가 감사함을 느끼고 있습니다."

임소백이 고개를 끄덕였다.

"응당 달려가야 하는 일이었다."

"비무전에 초대해 주신 것도 감사합니다."

"나야말로 네가 와줘서 고맙다."

색마가 고개를 살짝 숙인 다음에 돌아서는데 임소백이 다시 불러 세웠다.

"몽랑아."

"예?"

"그건 못 보던 검인데."

"아, 이건 일양현에 있는 용두철방에서 선물 받은 장검입니다. 보시겠습니까?"

"장식이 그렇게 화려한 것들은 제대로 된 검이 드문데… 줘봐라."

아직 검에 대한 확신이 없었던 색마는 백룡을 전달하면서 임소백의 표정을 살폈다. 임소백이 백룡을 뽑아서 칼날을 확인하더니 곧장 집어넣어서 돌려줬다.

"일양현이 신기한 동네로구나. 천하제일도 배출하고, 뛰어난 장인도 있고. 비무전에서 사용해도 되겠다."

별호에 관한 고민이 많았던 색마는 군이 검의 이름을 밝히면서 받았다.

"예. 검명劍名은 백룡입니다."

"그것까지 궁금하진 않았다. 나가봐라."

"알겠습니다."

몽랑이 사라지자, 홀로 남은 임소백이 이렇게 중얼거렸다.

"…백룡 같은 소리 하고 있네."

* * *

나는 한껏 깨끗해진 해변을 바라봤다. 해변에 잔뜩 널브러져 있던
시체와 잔해는 은평왕의 수하들이 사흘에 걸쳐서 치웠다. 주인을 잃
은 병장기를 한데 모으고, 시체를 불태우고, 나머지 잡다한 쓰레기
들은 파도에 휩쓸려 나갔다. 광승은 관여하지 않은 채로 대부분의
시간을 바다를 향해 정좌한 채 오랫동안 명상에 잠겨있었다.

때때로 눈을 떠서 출렁이는 바다를 바라보고 있었는데 무슨 생각
을 하는지는 나도 알 수가 없었다. 살기를 가라앉히고 있거나. 중원
까지 와서 저지른 살생을 반성하고 있거나. 바닷가 싸움이든 그전의
싸움이든 간에 상황이 정리됐다 싶으면 광승이 나를 말렸기 때문에
우리는 이렇게 죽이다가 멈추는 것을 반복했다. 덕분에 은평왕은 살
아남았다.

나는 해변이 전처럼 정돈된 다음에야 은평왕의 수하들을 먼저 돌
려보내고, 은평왕에겐 여러 가지 심부름을 시켰다. 땔감 구하기, 먹
을 것 구하기, 물고기 잡기, 불 지피기… 나는 항상 입으로만 떠들

…

고, 일은 은평왕이 다 했다. 살려두길 잘했다는 생각이 들 때마다 명상에 빠진 대머리의 지혜로움에 감탄했다.

이렇게, 광해光海라고 이름을 붙인 바다가 본래의 빛을 되찾았다고 느꼈을 때… 제법 떨어진 곳에서 마차 한 대와 말 네 필이 멈춰섰다. 교주가 타고 다니던 것과 흡사한 흑마차라서 시선을 뗄 수가 없었다. 네 필의 흑마黑馬에선 강호인들이 내렸는데 누군지 몰랐기 때문에 옆에 있는 은평왕에게 물었다.

"…저건 누구야."

"생사회의 최고 고수들이오. 좌측부터 흑랑黑狼, 생사객生死客, 마후魔后 그리고 연국사燕國師라 불리는 고수요."

"별호들이 어마어마하네."

"실력도 그렇소."

"연국사는 뭐냐. 설마 연나라의 국사야?"

은평왕이 고개를 끄덕였다.

"한때 그랬다곤 하는데 확인할 방법은 없소."

나는 고개를 갸웃했다.

"생사회주가 내 생각보단 대단한가 보네. 그나저나 마차에는 누가 있나?"

"그것까진 모르겠소."

은평왕과 나란히 앉아서 잡담을 나누는데 흑랑이라는 놈이 내공 섞인 목소리로 말을 걸어왔다.

"은평왕, 잡혔나? 수하들은 어디로 갔나?"

은평왕이 대답했다.

"일부는 죽고 일부는 뿔뿔이 흩어졌네."

"자네는 왜 안 죽었지?"

이 질문에는 대답하지 않았다. 나는 고개를 돌려서 광승을 바라봤다. 광승은 관심이 없는 모양인지 바다를 바라보고 있었다. 다 큰 대머리 사내도 종종 혼자만의 시간이 필요한 법이라서 말을 걸지 않고 내버려 뒀다. 내공 섞인 목소리를 내기 싫어서 그냥 은평왕에게 물었다.

"나 죽이려고 왔나?"

"사실 나야 겨뤄봐서 알지만 저들은 당신이 누구인지, 실력이 어떤지 모를 거요. 알 수가 없지."

흑마차에서 누군가가 중얼거리자, 네 사람이 이쪽으로 천천히 다가왔다. 나는 은평왕에게 이렇게 권했다.

"계속 오면 때려죽이거나 바다에 빠뜨리겠다고 전해. 물도 차갑고."

은평왕이 한숨을 내쉬더니 나 대신 경고했다.

"…다가오면 봉변을 당할 거요. 생사회의 사패四覇 여러분."

표정부터 냉담하게 보이는 생사객의 목소리가 들렸다.

"병신 같은 놈, 자결해라."

나는 고개를 끄덕이면서 말했다.

"은평왕, 사이가 안 좋았구나. 대번에 욕설이네."

은평왕이 다시 경고했다.

"나는 분명히 경고했소. 사패 여러분, 절강에서는 적수가 드물었겠지만 옆에 있는 분에겐 무리요. 회주에게 잘 말씀드려서…"

"그 입 다물어라."

마후의 카랑카랑한 목소리가 들렸는데 생김새도 귀신이 따로 없었다. 연국사라는 고수가 빙긋이 웃더니 은평왕에게 이렇게 말했다.

"머리카락은 왜 그 모양인가."

은평왕이 대답했다.

"옆에 있는 분에게 잘렸소. 다른 분들은 몰라도 연국사께서는 내가 거짓말을 하지 않는다는 걸 잘 알 거요. 물러나서 보중하시오."

법복法服을 갖춰 입은 연국사가 실실 웃으면서 대답했다.

"생사회주를 돕고 있으니 그럴 수는 없네."

"아쉽게 되었소."

"자네야말로 아쉽군. 왕이라는 오만한 별호를 붙이고 다녔는데 그 꼬락서니가 뭔가."

조금 떨어진 곳에서 광승이 내게 물었다.

"문주, 도와줘야 하나?"

"쉬고 계십시오."

"알겠네."

나는 목숨을 바닷가에 내다 버릴 위기에 처한 자들을 바라보다가 일어섰다.

"…마차에 있는 고수까지 오 대 일을 할까. 아니면 너희 넷, 사 대 일을 할까. 아니면 강호의 도리를 지키면서 일대일 차륜전을 할까. 선택해라. 절강에도 강호의 도리가 있는지 모르겠다만. 어떤데?"

생사회의 사패가 아무런 말 없이 각자의 병장기를 손에 쥐었다. 조금 떨어진 곳에서 고뇌하던 대머리가 나를 불렀다.

"문주."

말이 끝나자마자 공중에서 황금빛의 석장이 햇빛을 튕겨내면서 날아왔다. 광승은 아직 내 실력을 제대로 파악하지 못한 것일까? 대머리가 삐칠 수도 있었기 때문에 일단 부러지지 않는 신념을 붙잡았다. 나는 옆에서 한가롭게 앉아있는 은평왕이 갑자기 꼴 보기 싫어서 발로 대충 걷어찼다.

"저리 꺼져."

나를 위아래로 찬찬히 살피던 연국사가 물었다.

"젊은이, 정체부터 밝히는 게 어떻겠나. 연이 있는 자라면 구명을 요청할 수도 있는데."

"뭐야, 그 교활한 제안은."

황금빛의 석장을 어깨에 걸친 후에 말을 이어나갔다.

"나는 피할 수 없는 재해, 강호의 사재四災, 아는 사람은 알고 모르는 사람은 모르는 사람, 서쪽에서 온 절대자, 바다를 보러 온 전직 점소이."

"..."

"너희가 상상조차 할 수 없는 고수, 무적, 무패, 무쌍의 사나이."

"..."

"나다. 무릎부터 꿇으면 저기 계신 스님의 정신세계에 잠시 빙의해서 자비를 베풀어 보마."

내 진심이 절절하게 느껴진 모양인지, 은평왕이 사패에게 권했다.

"꿇으시오. 뒤지기 싫으면."

사패가 동시에 웃고, 나도 웃고, 은평왕도 웃었다. 교주가 화산논

　　　　　…

검에서 우리를 한꺼번에 꿇리려고 했던 공격이 기억나서 아무것도 없는 허공에 왼손을 뻗었다. 대수인의 장력을 생성하자마자, 흡성과 중重의 묘리를 뒤섞어서 떨궜다. 흑랑, 생사객, 마후, 연국사의 무릎이 땅에 처박혔다.

431.
내가 점소이 시절에

위에서 짓눌리는 장력을 동료에게 전가한 연국사가 앞으로 튀어나
오면서 장력을 쏟아냈다. 나는 연국사가 가까이 올 때까지 기다렸다
가 오른손에 쥐고 있었던 황금빛 석장을 휘둘러서 연국사의 장력을
깨뜨렸다. 뜻밖에도 연국사가 내공 싸움을 벌이자는 것처럼 황금빛
의 석장을 붙잡았다.

탁!

하지만 이미 황금빛의 석장은 백색으로 탈바꿈한 상태. 연국사가
얼어붙은 석장을 쳐다보는 사이에 나는 좌장으로 짓누르고 있는 세
사람을 바라봤다. 거대한 지붕을 떠받치는 사람들처럼 힘겹게 버티
고 있었다. 안타깝지만, 나는 아직 시작도 안 했다. 일부러 비등비등
하게 겨루는 것처럼 절강의 강호인들을 관찰했다. 양손으로 석장에
서 밀려드는 냉기를 막아내고 있었던 연국사가 입을 열었다.

"…은평왕, 그렇게 지켜만 보고 있을 텐가?"

연국사의 입에서 새하얀 김이 뿜어져 나왔다. 은평왕이 대답했다.

"연국사, 앞서 경고했지 않소."

"자네가 마무리하게."

"마무리? 어처구니가 없군. 저쪽에 계신 스님이 일어서면 당신들은 죽은 목숨이오. 일어나지 않는 이유가 뭐겠소. 젊은 문주가 당신들의 실력을 살펴보면서 놀고 있으니 방관하는 거요."

"생사회주가 이번 일을 그냥 넘길 것 같은가."

"그 전에 죽으면 그게 다 무슨 소용이오. 스님에게 덤빈 풍수귀가 어떻게 죽었는지 보셨어야 했소."

이어서 다시 남은 자들에게 공중 장력을 떠넘긴 생사객이 단 일보一步로 거리를 좁혀서 내 눈앞에 얇은 장검을 내밀었다. 나는 좌장의 장력을 거둔 다음에 얇은 장검의 끝을 붙잡자마자 손목을 튕겼다. 부러져서 절반도 채 남지 않은 검이 그대로 쇄도했다. 나름대로 일격필살. 왼손으로 생사객의 팔목을 붙잡자마자 으스러트린 다음, 잡아당겨서 현월의 냉기를 생사객의 가슴에 적중시킨 다음에 흑랑과 마후를 바라봤다. 생사객은 검을 내미는 동작으로 멈춰있고 연국사는 석장에서 분출되는 냉기 때문에 두 손이 새하얗게 얼어붙은 상태.

나랑 눈을 마주친 흑랑과 마후가 좌우로 찢어지면서 경공을 펼쳤다. 역시 줄행랑이 상책인가? 한 놈은 놓칠 수밖에 없는 상황이지만, 일단 석장에서 손을 뗀 다음에 흑랑을 먼저 추격했다. 암향표 일보… 이보… 삼보. 거리가 좁혀지자마자, 돌아서면서 대도를 휘두르는 흑랑의 머리를 중지탄지공으로 가격해서 기절시키고…

퍽!

다시 도주하는 마후를 향해 암향표를 **빠르게** 펼쳤다. 일보, 이보, 삼보로 땅을 밟았다가 바닥에 떨어진 돌멩이를 주워서 던졌다.

쐐액!

정확하게 마후의 뒤통수로 쇄도하던 돌멩이는 공중에 뜬 채로 돌아서는 마후의 발검에 쪼개졌는데… 그사이에 거리를 확 좁히자마자 대수인의 장력으로 마후의 도주로를 차단했다. 대수인의 장력이 검에 의해 반듯하게 쪼개지는 찰나에 파고들어서 마후와 강제적으로 일장을 교환했다.

팍!

만월의 냉기가 담긴 장력을 받아친 마후가 비틀거리다가 선 자세에서 허물어지더니 땅바닥에서 바들바들 떨기 시작했다. 그제야 백색의 석장을 떼어낸 연국사가 나를 쳐다보기에 넌지시 물었다.

"연국사, 도망칠 수 있겠나?"

마후의 뒷덜미를 붙잡아서 은평왕이 있는 곳에 던졌다. 순간, 말의 울음이 들려서 쳐다보니… 흑마차가 도주를 선택한 것처럼 움직이다가 이내 멈췄다. 광승이 마차의 연결고리를 끊어내고, 지붕을 손등 후려치기로 날려버린 다음에 마부석에 서서 마차 안을 내려다봤다. 흑의인이 일어나서 광승을 올려다보자 빛나는 대머리의 목소리가 흘러나왔다.

"돕지도 않고 그저 지켜보다가 도망가는 것이 강호인의 법도인가?"

흑의인은 대답도 하지 않은 채로 검을 뽑아서 광승을 공격했다.

공중으로 솟구친 광승이 장력을 쏟아내자 대번에 흑마차가 박살이 나더니 사방팔방으로 파편을 쏟아냈다. 그사이에 나는 기절한 흑랑의 뒷덜미를 붙잡아서 다시 은평왕이 있는 곳으로 던지고. 이러지도 저러지도 못하고 있는 연국사에게 다가갔다. 은색으로 뒤덮여 있었던 석장은 이미 연국사의 내공에 의해서 황금빛으로 돌변한 상태. 나는 가까이 다가가서 손을 내밀었다.

"내놔라."

연국사에게 황금빛 석장을 받아서 광승에게 던졌다. 흑의인의 검을 맨손으로 상대하던 광승이 공중으로 훌쩍 솟구치더니 날아오던 석장을 붙잡은 다음에 내려섰다. 그 모습이 마치 황금빛의 언월도를 들고 있는 관운장처럼 보였다. 나는 연국사에게 물었다.

"저렇게 비겁함을 자랑하다가 싸우게 되면 스님이 살려줄까, 아니면 부처님 곁으로 보낼까. 연나라 국사께서는 어떻게 생각하나."

연국사가 대답했다.

"아무래도 살생을 멀리하는 스님이시니 죽이지는…"

검과 석장이 부딪치는 소리를 들으면서 말을 이어나갔다.

"너희는 우리를 죽이러 왔는데 우리는 너희에게 자비를 베풀란 말이냐? 공평하지가 않아. 연국사."

"말씀하시오."

"그대에게 빙공을 주입하려는데 뺨따귀 좀 더 처맞고 지법을 맞겠나. 아니면 순순히 그냥 지법을 맞겠나. 국사답게 선택해."

연국사의 얼굴 표면이 바르르 떨렸다.

"…그냥 맞겠소."

"그래? 가까이 오도록."

연국사가 손만 뻗으면 닿을 거리까지 와서 나와 눈을 마주쳤다. 나는 일부러 천천히 손을 뻗어서 연국사의 양어깨에 지법을 적중시켰다. 내심 연국사의 반격을 기대했지만, 성격이 냉철한 모양인지 그대로 비틀거리다가 주저앉았다. 나는 주저앉은 연국사에게 말했다.

"연국사, 내공이 상당히 깊네. 힘을 대체 얼마나 숨긴 거야?"

일부러 현월냉기를 주입한 지법을 한 대 더 박아 넣었다.

팍!

연국사의 얼굴이 그제야 일그러졌다. 연국사가 정좌한 옆에 마후, 생사객을 앉히고 이제 정신을 차린 흑랑의 뺨을 후려친 다음에 현월냉기를 주입해서 앉혔다. 네 사람이 나란히 앉아서 냉기를 이겨내기 위해 바들바들 떨면서 호흡을 가다듬었다.

"춥나? 바닷가라서 더 추울 거야. 은평왕."

은평왕이 나를 쳐다봤다.

"말씀하시오."

나는 묵가비수를 은평왕에게 던졌다.

"네 사람의 머리카락을 싹 다 밀도록. 반항하면 천령개를 내려쳐도 좋다."

"알겠소."

은평왕이 묵가비수를 붙잡은 채로 일어나더니 사패에게 먼저 양해를 구했다.

"시키는 대로 할 뿐이니 네 분은 나를 원망하지 마시오. 이비 앞서 그대들에게 무릎을 꿇으라고 권했으나 무시한 것은 그대들이오."

마후와 흑랑이 무슨 말을 하려고 했으나 입이 제대로 떨어지지 않는 모양인지 알아듣기 힘든 말을 웅얼거렸다. 나는 사패에게 말했다.

"반항하거나, 협조하지 않거나, 쓸데없는 말을 떠들어서 은평왕이 실수하게 되면 머리 가죽이 찢어지게 될 것이다. 참고로 아주 날카로운 비수야."

은평왕이 한숨을 내쉬더니 흑랑에게 다가갔다.

"무슨 의미가 있겠소만 나이 순서대로 자르겠소."

묵가비수가 흑랑의 머리카락을 뭉텅이로 자르기 시작했다. 흑랑이 짤막하게 탄성을 내질렀다.

"아…"

굉음이 발생해서 뒤를 돌아보니 장검을 양손으로 쥐고 있는 흑의인의 자세가 흐트러지고, 꼿꼿하게 서있는 광승이 육중한 석장을 단조롭게 내려치고 있었다. 쾅- 소리가 들리더니, 흑의인의 무릎이 땅에 닿았다. 저러다가 맞아 죽게 생겼다.

"…저렇게 죽나?"

기어코 장검이 바닥에 나뒹굴자, 흑의인이 양손을 위로 뻗었다. 맨손으로 막는 흑의인을 향해 광승은 황금빛 석장을 수직으로 단조롭게 내려쳤다. 마치 강호인에게 벌을 주는 것처럼 보였다.

퍽! 퍽! 퍽! 퍽!

흑의인이 입에서 피를 내뿜자, 그제야 석장도 멈췄다. 광승이 흑의인의 머리카락을 거칠게 움켜쥐더니 이쪽으로 날려 보냈다. 나는 공중에서 날아왔다가 땅바닥을 떼굴떼굴 구르면서 도착한 흑의인을 맞이했다.

"넌 누구냐. 날아오는 재주가 제법 날렵하구나. 제법이야."

은평왕이 힐끔 쳐다본 다음에 대답했다.

"생사회의 이인자, 부회주 송경이오."

살벌하게 생긴 부회주가 나를 쳐다보더니 그대로 입에서 피를 다시 토해냈다.

"더럽게 쯧… 부회주야? 회주와는 사이가 좋은가?"

"회주가 가장 신임하는 사내요."

"잘됐네."

이제 마후의 머리카락을 잘라내고 있던 은평왕이 내게 물었다.

"무엇이 잘됐다는 말씀이오?"

나는 은평왕을 바라봤다.

"바다낚시가 잘되고 있다는 뜻이지. 깨끗하게 잘라라. 반짝반짝 빛이 나서 멀리서도 볼 수 있게."

광승은 이내 흥미를 잃었는지 바닷가로 걸어가서 출렁이는 물결을 다시 감상했다. 그 모습이 마치 당분간 보기 어려울 바다를 오랫동안 기억하려는 것만 같았다. 나는 부회주를 들어서 말석에 내려놓은 다음에 굳이 한 번 더 잔월지법을 박아 넣었다. 그런 다음에 주변을 돌아다니면서 적당한 크기의 둥그런 돌멩이와 길쭉한 돌멩이를 주웠다. 시시각각 대머리가 되어가고 있는 강호인들의 맞은편에 앉아서 둥그런 돌멩이와 길쭉한 돌멩이를 목탁 삼아 몇 차례 두드렸다.

탁, 탁, 탁, 탁, 탁…

　　　…

이렇게 보고 있으려니 이들은 정말 강호인들이라는 생각이 들었다. 머리카락이 시시각각 잘려나가는 와중에도 더 중요한 게 내상을 입지 않는 것이라서 그런지 정신을 집중한 채로 호흡에만 집중하고 있었다. 나는 강호인들의 별호를 차례대로 읊어보았다.

"연국사, 마후, 생사객, 흑랑, 부회주. 대머리 지망생, 절강의 **빡빡이**."

"..."

"내공이 흩어지거나 주화입마에 빠지는 것을 두려워해서 머리카락이 바람에 날아가는데도 정신을 못 차리는 강호인들. 너희를 구하기 위해 생사회주가 먼저 올까. 아니면 은평왕을 구하기 위해 금산왕이 먼저 올까. 이 둘의 운명은 어떻게 될까. 빡빡이 여섯 명이 빡빡이 여덟 명으로 늘어날까. 아니면 회주나 금산왕이 또 다른 고수를 대동해서 절강의 대머리 연합이 결성될까. 나무아미타불."

나는 목탁, 아니 석탁을 두들겼다.

탁, 탁, 탁, 탁, 탁…

석탁을 두들기는 사이에 은평왕이 내게 물었다.

"완전 깔끔하게 깎소이까? 아니면 나처럼 엉망진창으로."

"깔끔하게, 너무 반짝반짝해서 눈이 부시게."

"알겠소."

"멀리서 염탐하는 생사회의 수하들이 빨리 발견할 수 있도록 그대들이 빛이 되어줘. 눈이 부신 채로 돌아가서 생사회주에게 최대한 심각한 목소리로 보고하겠지. 회주님, 전부 대머리가 되었습니다… 뭐라고? 부회주는? 부회주도 대머리가 되었습니다. 이렇게 정직하게 보고했다가 맞아 죽을 수 있는 것이 인생의 함정이고 강호인의 삶이다. 아니 그런가?"

"…"

"병신 같은 놈들, 수하들을 대동해서 등장할 때나 마차에서 내릴 때까지만 해도 살기와 기세가 등등했는데 자신의 운명이 이렇게 될 줄은 몰랐겠지. 아무것도 할 수 없는 무기력한 대머리가 되었어. 어부에게 잡혀서 흐느적거리는 문어 대가리와 다를 바가 없지."

묵가비수가 너무 날카로운 것일까. 어느새 연국사도 대머리로 전향하고, 뒤늦게 합류한 부회주의 머리카락도 모조리 잘려나갔다. 수고스럽게 동료들의 머리를 깨끗하게 밀어낸 은평왕이 나를 쳐다봤다. 나는 은평왕에게 말했다.

"수고했다. 그대의 머리카락은 그대가 손수 깎도록. 중이 제 머리를 못 깎는다지만 그대는 강호인이니 할 수 있다."

"후우…"

한숨을 내뱉은 은평왕이 남아있는 자신의 머리카락도 깨끗하게 밀었다. 나는 묵가비수를 돌려받은 다음에 말했다.

"앉아라."

은평왕이 나란히 앉아서 나를 바라보는 동안에 이놈들의 표정과 눈빛을 훑다가 말했다.

"생사객, 뭐가 그렇게 억울한가? 아직도 살기를 내려놓지 못하다니. 실력도 변변치 않던데 마음의 수양은 네가 꼴등이구나. 주변 사람들에게 얼마나 잔인하게 굴었으면 아직도 그런 눈빛이냐. 멍청한 새끼, 회복했으면 다시 덤벼보도록."

말이 끝나자마자, 기혈이 뒤틀렸는지 생사객이 시커먼 피를 토해 냈다.

푸악!

나는 혀를 찼다.

"다시 덤비는 건 글렀네. 운기조식해라. 허접한 놈. 살수의 무공을 익힌 놈이 그렇게 평정심이 없어서야. 말이 나온 김에 알려주는데 내가 당대의 강호제일살수江湖第一殺手다. 믿고 안 믿고는 너희들 마음이지만. 살수단체인 일위도강을 해체한 것도 나다. 전대의 제일살수에게 무공을 배운 것도 나다. 생사객, 너 같은 살수는 어디 가서 살수라고 하지도 마. 내가 부끄러워. 참고로 대머리 살수는 매우 드물다. 달빛이 밝은 날엔 곤란하거든. 왜냐? 반짝반짝하기 때문이야."

"…"

"연국사."

"말씀하시오."

"내공이 정말 대단하네? 극양 계열의 내공을 익혔구나."

나는 일어나서 연국사에게 다가간 다음에 현월지법을 박아 넣었다. 연국사의 전신이 바르르 떨리더니 기어코 입에서 시커먼 피를 토해냈다. 만월지법을 적중시켰으면 그대로 얼어 죽었을 터였다. 나는 다시 제자리로 돌아온 다음에 정좌하면서 말했다.

"지금부터 내가 추위와 배고픔이 무엇인지 알려주마. 누가 이기는지 해보자고. 참고로 나는 모닥불을 이용하고 때 되면 스님과 함께 밥도 먹겠다. 너희는 절강에서 유명하고 또한 대단한 고수들이니까 그냥 운기조식이나 해라."

"···"

"그래야 약자들의 심정을 조금이나마 헤아리게 될 거야."

다시 석탁을 몇 차례 두드리자, 아주 당연하다는 것처럼 마후와 흑랑이 한 모금의 피를 토해냈다. 나는 아직 피를 토하지 않은 은평왕을 지그시 노려봤다. 그러자 은평왕이 고개를 급히 숙이면서 말했다.

"문주, 반항하지 않겠소. 아량을 베풀어 주시오. 계속 협조하리다."

나는 석탁을 내려놓은 다음에 은평왕을 향해 박수를 보냈다.

"대단하다. 괜히 왕이 아니었네. 은평왕."

"말씀하시오."

"밥 좀 먹자."

"바로 준비하겠소."

나는 은평왕이 일어나는 것을 보다가 손짓을 했다.

"보아하니, 밥을 준비하다가 도주할 것 같은데."

"그럴 리가 있겠소."

"안 통하지. 믿을 수가 없다. 여태 내공을 회복하느라 바짝 엎드려 있었던 것 같은데 이리 와."

"빙공을 사용하시면 밥을 준비하는 게 좀···"

"손."

나는 은평왕의 손목을 낚아채자마자 빙공을 주입했다. 은평왕이 내공으로 은은하게 저항하는 것을 느끼자마자 뇌기雷氣로 전환해서 은평왕을 들들 볶았다. 은평왕의 입에서 비명이 터졌을 때, 다시 한 줄기의 냉기를 투입해서 은평왕의 단전까지 도착할 수 있도록 친절하게 배웅했다. 은평왕이 새하얗게 질린 얼굴로 나를 쳐다보기에 고 갯짓을 하면서 말했다.

"꺼져. 밥 가져와. 스님 먹을 것은 특별히 정갈하게 준비하고."

은평왕이 사패와 부회주를 바라보더니 내게 물었다.

"이 사람들 것은…"

"굶어야지."

"알겠소."

나는 다시 석탁을 두드리면서 운기조식을 하고 있는 강호인들을 쳐다봤다.

"아직 너희에게 해줄 말이 약 반나절 정도 더 남았다. 잘 들어. 간 다. 잔소리, 듣기 싫은 소리, 훈계와 일장 연설을 뒤섞었다."

"…"

"그러니까, 내가 점소이 시절에 말이야…"

운기조식에 집중하던 강호인들이 동시에 눈을 감았다.

432.
파도 소리 들으면서

바다낚시에 낚인 강호인들이 추위와 배고픔에 떨고 있을 때 근처를 한 바퀴 둘러보고 온 광승이 내 근처에 앉았다. 나를 따라서 일장 연설을 준비한 것일까. 아니면 새롭게 대머리가 된 자들의 얼굴을 구경하러 온 것일까. 온종일 내게 잔소리를 듣느라 진이 빠진 강호인들도 긴장한 낯빛으로 광승을 바라봤다. 광승은 허리를 꼿꼿하게 세운 채로 정좌해서 한참 동안 말없이 강호인들의 얼굴을 물끄러미 바라봤다.

"…"

무언가 할 말이 있을 거라고 판단한 나는 강호인들을 감시하는 자리에 앉아 광승의 말을 기다렸다. 한참을 강호인들과 눈을 여러 차례 마주치던 광승이 입을 열었다.

"나는 서쪽에서 온 잡부밀교의 무승이오."

은평왕이 홀로 대답했다.

"중원의 스님이 아니셨군요. 복장이 특이하다 했습니다."

광승이 고개를 끄덕였다.

"사찰은 보통 깊은 산속에 위치하는데 공양을 드리려고 오던 시주들이 산속에서, 때로는 산 아래에서, 혹은 돌아가는 길에 종종 죽임을 당하였소."

뜬금없는 말에 아무도 대답하지 못했다.

"무승은 이런 시주들의 목숨을 보호하고자 생겼소. 오래되었지. 처음에는 산 곳곳에 배치되었소. 산의 중턱, 산 아래, 주요 길목에서 석장을 든 채로 시주들을 보호하고 안내했소. 그런데 나중에는 시주들과 무승들이 함께 당했소. 창칼에 찔리고, 날아온 돌멩이에 맞아 죽고, 독침 같은 것에도 당하고."

"…"

광승이 연국사를 바라봤다.

"무승들도 무공을 연구할 수밖에 없었지. 창칼을 막는 법, 독에 당했을 때는 어떻게 대처하는지, 기다란 채찍은 어떻게 상대하는지, 다수가 몰려올 때는 어떻게 싸워야 하는지. 무승들도 죽기 싫어하는 존재들이라 무공을 수련하고, 익힌 것을 후대에 알려주고, 시주와 불자를 보호하기 위해 용감하게 살았소."

광승이 너무 진지하게 이야기를 하는 터라 강호인들은 서로 눈빛을 교환하기도 하고, 뜬금없이 내 표정을 살피기도 했다. 아랑곳하지 않고 광승의 말이 이어졌다.

"그것이 무승의 출발이오. 시주들은 가난한 자도 있고, 부자인 자들도 있었는데 뺏는 자들은 특별히 구별하지 않았소. 남자는 죽이고 여인은 겁탈했기 때문이오. 무승들도 석장錫杖만 휘두를 수가 없어서 최초로 어떤 이가 석장에 붙어있던 고리를 떼어내고 산적들이나 사용할 법한 날붙이를 붙였는데 이것이 강호인들이 말하는 선장禪杖과 흡사할 거요. 옛 무승들도 살아남기 위해 별짓을 다 했던 셈이지."

광승이 나를 바라봤다.

"부처님을 모시는 자들은 자비심이 깊어야 하는데."

"예."

"도끼날 같은 것을 석장에 붙여놓은 채로 무공을 수련하는 스님이라니. 문주는 어떻게 생각하나?"

나는 느끼는 대로 대답했다.

"강호인과 다를 바 없군요."

광승이 고개를 끄덕였다.

"다를 바 없지. 여기까지는 그저 내가 전해 들은 무승의 역사이고. 개인의 경험은 또 다른 것이오. 내 기억으로는 약 십 년 넘게 매일 새벽, 공양을 드리러 오는 노인장이 있었소. 자나 깨나 늦게 얻은 아들을 걱정하는 노인장이었지. 아들은 먼 거리를 오가면서 성실하게 교역하는 상인이었는데 금모귀라 불리는 일당들에게 붙잡혀서 가진 것을 빼앗기고 창에 뚫려 죽었소. 그 아비인 탁 노인장은 하루도 빠짐없이 성실하게 산에 올라 부처님에게 공양을 드리고 스님들의 대소사도 알뜰하게 챙기는 따뜻한 시주였는데 말이오."

"..."

광승이 강호인들을 둘러봤다.

"소식을 들은 날, 나는 처음으로 석장에 붙어있는 고리를 떼어내고 옛 무승이 썼다던 날붙이를 석장에 붙인 다음에 하산하려 했소. 노승들이 달려 나와서 나를 말리고, 호통과 꾸중을 들었지. 불자가 이 무슨 잔인한 짓이냐는 말을 들었소."

광승이 슬며시 웃으면서 강호인들을 둘러봤다.

"불자가 이 무슨 잔인한 짓이냐니… 노승들의 만류를 뿌리치고 하산해서 금모귀 일당을 찾아다녔소. 본래 석장에 붙어있는 고리는 달랑거리는 소리를 내어 산짐승들이 우리에게 달려들지 않게 하려는 용도로 사용하오. 작은 벌레는 물론이고 육식을 하는 맹수들마저 죽이지 않으려는 자비심이 섞인 장식이지. 그 고리를 떼어내어 날붙이를 붙였더니 그렇게 위력적일 수가 없었소. 금세 주변이 피바다로 변하더군. 이제 나뿐만이 아니라 다른 자들도 금모귀 일당은 세상에서 찾을 수 없게 되었지. 그런데 아들을 잃은 탁 노인장도 오래 살진 못했소."

나는 광승과 강호인들을 번갈아서 쳐다봤다. 강호인들은 이제 숨소리도 작게 내고 있었다. 눈앞에 있는 스님이 저희들이 알고 있는 정상적인, 평범한 스님이 아니라는 것을 알게 되었을 테니까 말이다. 그래서 이 대머리가 광승狂僧인 셈이다. 광승이 고개를 끄덕였다.

"술도 입에 대고, 육식도 했소. 파계승이 된 거요. 처분을 받아 동굴에 갇혀있을 때도 술을 자주 마셨는데…"

광승이 자신의 손을 코에 가져다 댔다.

"아무리 취해도 금모귀 일당을 죽이면서 맡았던 그 지독한 피 냄새는 지워지질 않소. 심지어는 이런 일을 자비라는 명목하에 방관하는 노승들이 노망이 난 것이고, 나보다 더한 파계를 한 게 아닐까 하는 생각도 해봤소. 대체 누가 파계를 했단 말인가. 남들이 애써 일해 벌어놓은 돈과 양식을 산속에서 받아 처먹어 가면서 위험한 일이 생기면 자비를 운운하다니."

나는 광승과 눈을 마주쳤다. 광승이 내게 말했다.

"문주가 일하는 자들을 보호하겠다고 흑도 무리를 때려죽인 것이나 내가 금모귀 일당을 날붙이로 베어 죽인 것이나 그 뜻은 다를 바 없었네."

나는 고개를 끄덕였다.

"다를 바 없습니다."

"바다로 오면서 들었던 문주의 행적 자체가 내겐 이정표나 다름이 없었지. 인간은 본래 나약한 존재라 문주의 행보는 위로가 되었네. 새삼스럽게 고맙군."

광승이 이번에는 강호인들을 바라봤다.

"여러분들을 살려놓긴 했지만 서쪽에 있을 때부터 이미 내 마음에 가득 찬 살심은 이처럼 넓은 바다를 보고 있어도 지워지질 않고 있소. 그대들은 금모귀 일당들과 하등 다를 바 없는 강호인들이 아니오?"

광승의 말이 끝나자마자 사패는 물론이고 부회주의 눈이 동시에 커졌다.

"…"

일부는 나를 쳐다보면서 당황하는 표정을 짓고 있었다. 말은 하지 않아도 마치 내게 구명을 요청하는 표정이라는 것을 쉽게 알 수 있

···

었다. 연국사가 입을 열었다.

"스님."

"말씀하시오. 연나라에 대해 내가 들은 바는 없으나 어찌 한 나라의 국사라는 분이 흑도 세력과 결탁했는지 궁금하군. 생사회주가 그렇게 대단한 자요? 절강에 오는 동안에 생사회주가 무척 잔혹하다는 소문을 몇 차례 들었소."

산전수전을 다 겪은 것처럼 보이던 연국사의 목소리가 평정심을 잃은 채로 흘러나왔다.

"실은 그 연나라가 망해 녹을 먹던 자로서 부흥을 꿈꾸다가 많은 돈이 필요하게 되어."

광승이 말을 끊었다.

"연국사, 결국 돈 때문에 협조했다는 뜻이지 않소."

"그게…"

연국사는 말을 잇지 못했다. 지금 당장 광승이 석장으로 누군가의 머리통을 박살 내도 이상하지 않은 분위기가 되었다.

"문주의 표현을 빌리자면 그대들은 지금 생사회주와 금산왕을 낚으려는 낚싯대의 미끼에 지나지 않소. 그런 쓰임새를 떠나서 문주와 내가 당신들을 살려놓아야 할 이유가 있소? 스님에게 자비를 바란다는 말 따위는 앞서 말했다시피 내 귀에는 개소리밖에 되질 않소. 누군가 말을 해보시오."

나는 광승의 말을 이어받았다.

"…집에 노모가 계신다든가 뭐 그런."

광승이 말했다.

"내 마음에 살심이 지워지지 않는 것은 여러분들의 얼굴과 표정에서 많은 것이 읽히기 때문이오. 대체로 적을 용서하지 않은 채로 살아왔으니 그런 눈빛들을 하고 계신 것이겠지. 바다로 오는 동안의 나처럼 말이오. 흑마차에서 내렸을 때 여러분들의 표정을 잊지 못하겠군."

흑랑이 이런 말을 꺼냈다.

"살려주십시오. 스님."

광승은 바람이 빠지는 것 같은 허탈한 웃음을 짓더니 고개를 절레절레 내저었다.

"강호인들이니까 무공 이야기를 해봅시다. 문주는 어떻소?"

나는 동네에서 공연을 구경하는 아이처럼 바로 대답했다.

"좋습니다."

"여기 계신 분들의 무공 수위를 따져보면 가장 약한 순서대로 흑랑, 생사객, 마후, 은평왕, 부회주, 연국사가 되겠소."

말이 끝나자마자 부회주가 가장 놀라는 표정을 지었다. 평소에 부회주는 자신보다 연국사가 약한 사내라고 생각했던 모양이다. 광승이 설명했다.

"너무 세세하게 표현하진 않겠소만 흑랑과 생사객, 마후는 비슷한 수준이고. 은평왕과 부회주가 비슷한 경지요. 다만 연국사가 부회주보단 약 두 단계가 앞서있소. 아마도 연국사는 평소에 절강에서 자신의 적수가 매우 드물 것이라고 생각하면서도 그 힘을 많이 숨겨놓았을 거요. 그렇지 않소?"

연국사가 공손한 어조로 대답했다.

···

"그렇소."

"아마 생사회주도 전력으로 붙으면 패배하지 않을 거라 생각하시겠지. 어떻소?"

"그것도 맞소."

"그런 연국사께서는 옆에 있는 문주의 무공 수위는 어떻게 파악하고 계시오?"

연국사가 나를 빤히 쳐다봤다. 나는 연국사와 눈싸움을 시작했다. 눈싸움에서 금세 패배한 연국사가 대답했다.

"나보다 한참 위라는 건 알고 있소."

"그 격차가 어떻소. 말석인 흑랑과 연국사의 실력 차이에 비해, 연국사와 문주의 실력 차이가 더 크다고 생각하시오? 아니면 작다고 생각하시오."

연국사가 정신 나간 소리를 해댔다.

"격차로 가늠하면 비슷하지 않을까 생각하오."

광승이 슬쩍 웃으면서 물었다.

"확실하오?"

연국사는 핑계를 대듯이 대답했다.

"흑랑도 그렇게 약한 사내는 아니어서."

"아니지. 연국사, 문주의 실력은 그대가 가늠할 수 없는 수준이오. 자기애에 빠져서 현실을 그런 식으로 외면하지 마시오. 그대의 실력으로는 문주가 어느 정도인지 파악할 수도 없는 게 현실이오. 앞서 지법을 여러 차례 맞은 거로 추론하여 경지를 가늠했소?"

"음."

"그것도 속임수였소. 여러분들을 수고스럽게 쫓아다니면서 잔망스럽게 싸웠던 것도 속임수요. 여러분들 실력이면 대부분 문주의 손짓 한 번에 죽소. 그것이 격차인데, 그 격차도 알아채지 못할 만큼 여러분들은 약한 사람들이오. 일단 무슨 일이 발생할지 모르기 때문에 속여놓고, 사태를 지켜보는 것이 문주의 성향인데… 여러분들은 한 명도 빠짐없이 속았소."

광승을 제외한 자들이 일제히 나를 쳐다봤다. 광승의 말이 사실인지라 딱히 해줄 말이 없었다. 은평왕이 조용히 손을 들더니 이렇게 말했다.

"저는 어느 정도 예상하고 있었습니다."

내가 대답했다.

"똑똑하네."

"감사합니다."

광승이 강호인들을 노려보면서 말했다.

"하지만 문주는 문주고 나는 나요. 앞서 길게 말한 것은 다른 의도가 없소. 나는 그대들을 풀어줄 마음이 전혀 없소. 오랫동안 바다를 쳐다보면서 내 마음에 차오르는 살심을 가라앉히려고 애를 썼으나, 사라지지 않는 것을 어찌하겠소. 문주와 나는 서로 존중하는 관계여서 내가 죽이려고 하면 문주가 막지 않고. 문주가 죽이려는 자는 나도 그간 막지 않았소. 내 마음을 따르면, 여러분들은 이미 죽은 목숨인데… 어찌하겠소."

새삼스럽게 주변이 고요하다는 것을 느끼자마자, 파도 소리가 기가 막히게 비집고 들어왔다. 목숨이 경각에 달린 자들이 어찌할 바

… 광마회귀 8

를 모르겠다는 것처럼 광승을 쳐다보고 때로는 나를 바라봤다. 이제 이놈들은 춥고, 배고픈 것도 모자라서. 당장 맞아 죽어도 이상하지 않을 위기에 처했다. 나는 이놈들에게 위로의 말을 건넸다.

"머리를 빡빡 밀린 채로 스님에게 맞아 죽게 된 강호인들이라니 애처롭구나. 객잔에서 얘기하면 좀 웃긴 소식이긴 한데."

다들 무공 수련을 제법 혹독히 한 고수들이라서 그런지 못난 모습으로 엎드리거나 뻔한 말로 살려달라는 애원을 하지도 못하는 자들이었다. 한마디로, 자존심은 있는 자들이었다. 광승이 이윽고 결심했다는 것처럼 황금빛의 석장을 움켜쥔 채로 몸을 일으켰다. 나는 끝까지 방관하겠다는 마음가짐으로 팔짱을 끼었다.

사실 내 속내는 이렇다. 이미 광승의 마음이 어떠한지 잘 알고 있다. 그러니까 이것은 광승과 광마가 강호인들의 더러운 마음가짐을 한 꺼풀이라도 벗겨내려는 합격술이다. 이들이 언제 이런 죽음의 공포를 느껴봤겠는가. 광승이 석장을 든 채로 다가가자 가장 먼저 흑랑이 반응했다. 흑랑이 자신의 머리를 바닥에 처박더니 굴욕적인 말을 내뱉었다.

"살려주십시오, 스님. 시키는 것은 무엇이든 하겠습니다."

"내가 자네에게 시킬 일이 뭐가 있겠는가."

광승이 연국사에게 물었다.

"연국사, 내상을 어느 정도 회복됐으면 생사결로 승부를 내도 좋겠네. 대신에 나는 외공만 사용하겠네. 일어나게."

연국사도 몸을 일으키더니 광승을 바라봤다.

"스님."

"말하게."

"이제 녹을 받아먹었던 연나라도 사라지고, 지적하신 대로 돈 때문에 생사회에 의탁했으나 이제는 정말 오갈 데도 없게 되었습니다. 길을 열어주시면 따를 테니 어찌해야 하는지 알려주십시오. 혹시 이것조차도 저의 착각이면 그냥 석장을 맞겠습니다."

"그런가?"

광승이 석장을 내려치자, 연국사는 눈을 질끈 감았다. 광승도 보통 고수가 아닌지라 연국사의 머리통을 부술 것처럼 진격하던 석장이 연국사의 어깨 위에서 아슬아슬하게 멈췄다. 이렇게 되면 연국사의 심계가 대단한 게 아닐까. 나는 감탄이 절로 나왔다.

'저 흉악한 놈, 저걸 안 피했네.'

광승이 말했다.

"내가 자네를 어떻게 믿겠나?"

나도 동의했다.

"옳소."

광승이 다시 제자리로 돌아와 정좌한 다음에 담백한 어조로 말했다.

"연국사."

"예, 스님."

"만약에 내가 살려주면, 앞으로 내가 중원에서 가르칠 무승들의 대사형 자리를 맡아줄 수 있겠나? 실력으로 보나 지모로 보나 그대가 가장 영악하고 뛰어나네. 일부러 피하지 않을 정도의 심계면 사제들을 잘 타이르고, 본인의 수양도 깊어지면… 언젠가 그대도 어두웠던 나날을 되짚어 볼 수 있는 빛이 될 수 있을 것 같네만."

연국사는 똑똑한 사내라서 그런지 마냥 기뻐하지도 않았다.

"받아주시겠습니까?"

"사람의 말은 연기와 같아서 금세 흩어지는 면이 있네. 자네의 속 마음에 달렸지. 그 마음이 아직 연나라 어딘가를 배회하고 있지 않은가."

연국사가 고개를 끄덕였다.

"실은 아직 그렇습니다."

광승이 고개를 끄덕이더니 슬쩍 웃으면서 말했다.

"그렇다면 내가 조금 더 기다려 주겠네."

광승의 마지막 말이야말로 강호의 고수들이 논하는 결정타처럼 느껴졌다. 아니나 다를까 기운이 무척 빠진 것처럼 보이는 연국사가 다시 자리에 주저앉았다. 문득, 조용히 귀를 기울이다가… 약속한 것은 아니지만 광승과 나는 동시에 바다를 쳐다봤다. 밀려오고 물러나는 파도 소리가 참으로 듣기 좋았다.

433.
아수라장을
돌파한 사내들

무림맹에서 별일 없이 적응하느라 심심한 나날을 보내던 색마는 장산의 안내를 받아 비공개 비무가 치러질 용무관에 들어섰다.

"몽 공자님, 이곳입니다."

색마는 예상보다 넓은 용무관의 내부를 둘러봤다.

"들어가서 봐도 되겠소?"

"그럼요. 천천히 살펴보셔도 됩니다."

장산은 용무관의 문을 닫은 다음에 색마를 따라서 천천히 움직였다. 색마가 이곳저곳을 둘러보면서 말했다.

"예상하던 것보단 넓소. 본래 어떤 용도로 쓰는 건물이오? 병장기도 제법 많은데."

좌측에 다양한 병장기들이 세워져 있었는데 대부분 목재로 만든 수련용 병장기였다. 장산이 말했다.

"검대 대원들이 수련할 때도 사용하고 등급 심사나 이번처럼 비공개 비무가 치러질 때도 가끔 이용합니다."

"맹에 등급 심사가 있소?"

장산이 고개를 끄덕였다.

"무공으로 평가해서 승진을 결정할 때가 있습니다. 대주나 단주와 같은 주요 자리를 두고 여러 명이 경쟁할 때도 비무로 결정하는 편입니다."

"대체로 실력으로 결정되나 보군."

"다른 문제가 없으면 그런 편이지요."

색마는 다른 문제라는 말이 이상하게 마음에 걸려서 손가락으로 이마를 잠시 긁었다.

"그나저나 비무 때 입회자는 저쪽에서 구경하는 거요?"

"그렇습니다. 그런데 입회자가 위치하는 곳도 신경이 쓰이십니까?"

색마는 장산을 바라봤다.

"구경하는 자들에게 피해를 줄 수 있어서 그렇소. 내 무공이 괴팍한 편이라."

"아, 그렇군요."

대충 둘러본 다음에 돌아선 색마와 장산이 동시에 입구를 바라봤다. 문이 열리더니 무림맹원 한 명과 청색의 장삼을 걸친 삼십 대의 사내가 등장해서 색마 일행을 쳐다봤다. 주지량이라는 맹원이 장산에게 말했다.

"장 무인?"

장산이 예의를 갖추면서 대답했다.

"주 선배님, 몽연 공자에게 용무관을 소개하고 있었습니다."

삼십 대의 사내가 뒷짐을 진 채로 용무관을 둘러보다가 색마에게 물었다.

"몽연 공자?"

색마는 처음 보는 삼십 대의 사내가 맹주 비무전에 초청된 인물임을 어렵지 않게 알 수 있었다. 딱히 말을 길게 나눌 마음이 없어서 짤막하게 말했다.

"그렇소."

삼십 대의 사내는 슬쩍 웃을 뿐, 자신을 소개하지도 않았다. 그러자 옆에 있는 주지량이 덤덤한 어조로 사내를 소개했다.

"신극의 후계자이신 강목천 선배입니다."

색마는 고개를 가볍게 끄덕이면서 생각했다.

'…어쩌라고.'

장산을 바라본 다음에 말했다.

"구경 다 했으니 갑시다, 장 무인."

색마가 입구로 향하는 동안에 강목천이 물었다.

"혹시 몽 공자도 맹주 비무전에 참가하시오?"

"그렇소, 비무하는 날에 봅시다."

강목천이 스쳐 지나가는 색마를 위아래로 살피다가 슬쩍 웃었다. 색마는 걸음을 멈춘 다음에 웃으면서 물었다.

"왜 그렇게 웃으시오? 나를 아시나? 초면인데."

강목천이 씨익 웃었다.

"백응지에서 나름대로 위명을 쌓은 그 몽랑이 맞소? 몽가는 나름

...

대장군을 배출했던 집안이라 들었소."

색마가 고개를 끄덕였다.

"내가 그 백응지의 몽랑이 맞소. 위명을 쌓았다고 하시는데 여자들 뒤꽁무니를 잘 따라다녀서 나름의 추문이 좀 있소. 싸움질도 자주 해서 쌓은 악명도 있고. 말씀하시는 몽가는 장군을 배출했던 집안이 맞소만 내 경우에는 사고를 많이 친 까닭에 내놓은 자식 취급을 받았던지라 일찌감치 연을 끊고 가출했소. 혹시 더 궁금한 거 있으시오?"

색마는 자신의 행적을 술술 불면서도 어쩐지 속이 시원했다. 강목천이 실실 웃으면서 대답했다.

"그러시군."

"그럼 이만."

색마가 별 관심 없다는 것처럼 걸어가자, 무시를 당한다고 느낀 강목천이 색마를 불러 세웠다.

"그나저나 분명 임 맹주께서 인원을 엄선하여 선발했다 들었는데."

색마는 걸음을 멈춘 채로 용무관의 입구를 물끄러미 바라보다가 고개를 돌렸다.

"그런데."

"백응지의 몽랑이라는 사내가 맹주 비무전에 참가할 자격이 있나 해서 말일세."

장산은 잔뜩 굳은 표정을 짓고 있는 색마를 쳐다봤다.

"음."

무어라 끼어들고 싶었으나 이런 일에 익숙하지 않아 그저 입을 다물고 있는 게 상책이라는 생각이 들었다. 장산이 쳐다보는 동안에 천천히 돌아선 색마는 어느새 실실 웃고 있었다.

"자격은 임 맹주께서 정하는 거요."

강목천이 고개를 내저었다.

"아니지. 내 말은 몽연 공자, 그대를 말하는 거요. 스스로 자격이 있다고 생각하느냐는 물음이지. 바쁜 임 맹주께서 당신의 사생활을 일일이 어찌 알겠소."

색마는 낮게 깔리는 음색으로 웃다가 강목천을 쳐다봤다.

"사실 내게 자격이 있든 없든 그대가 무슨 상관이오. 벌써 맹주에 등극한 것처럼 말하는군. 그런 오지랖은 신임 맹주가 된 이후에 부려도 늦지 않소. 신극의 후계자이신 강목천 나으리, 아셨소? 얼마나 대단하시면 별호에 신神까지 붙었는지 비무 날에 확인하리다."

강목천이 말했다.

"궁금하면 지금 확인하는 게 어떻겠나? 어차피 비무하는 날에 겨루는 것이나 지금 겨루는 것이나 마찬가지 같은데. 안 그런가? 미리 경쟁자를 떨구는 게 서로 더 편하겠지."

색마가 냉랭한 어조로 대답했다.

"초대받은 처지라서 문제를 일으키긴 싫소. 비무하는 날에 봅시다."

강목천이 손을 뻗더니 용무관의 내부와 맹원들을 가리켰다.

"몽 공자, 비무 공증인은 여기에 계신 맹원 두 분으로 하고. 패배하는 사람은 일찌감치 무림맹을 떠나서 비무하는 날에도 등장하지 않는 게 어떻겠소."

"..."

"애초에 자격이 없어서 초대받지 못했던 것처럼 말이오."

색마가 웃었다.

"말을 참 재미있게 하시는군. 창을 다뤄서 그런가? 콕콕 찌르는 면이 있소. 신극 어르신 밑에서 수련을 꽤 열심히 하셨나 보오."

별말 아니었는데 함께 듣고 있던 장산은 자신의 입술을 안으로 집어넣었다. 누가 봐도 웃음을 참는 표정이라는 것을 알 수 있었는데 하필이면 강목천도 장산의 표정을 빤히 바라보고 있었다. 강목천이 말했다.

"몽 공자, 서로 자극하는 것은 크게 상관없으나 사부님을 욕되게 한 것은 넘어가지 못하겠네. 도망가지 말고 이 자리에서 붙어보세."

색마가 장산에게 물었다.

"장 무인, 공중을 설 수 있소?"

장산은 선배인 주지량을 바라봤다.

"주 선배님, 어떻게 할까요? 결정해 주시면 따르겠습니다."

주지량이 대답했다.

"뭐 어려울 건 없지. 대신에 맹주님이 허락한 비무가 아니라서…"

주지량이 내부를 둘러보다가 말했다.

"두 분은 용무관에서 우연히 만나 비무 한판을 벌인 거로 하시지요. 대신에 용무관에 비치된 목검과 목봉을 사용하십시오."

강목천이 고개를 갸웃했다.

"굳이?"

"그래야 친선 비무라는 느낌이 살 테니까요. 그렇게 하시면 장 무인과 제가 공증을 서겠습니다. 괜히 이 자리에서 누군가가 진검에 크게 다치면 장 무인과 저도 큰 질책을 받을 겁니다. 목검이나 목봉이라서 흥이 안 나신다면 공증도 서지 않겠습니다. 비무하는 날에 제대로 겨루시지요."

색마가 대답했다.

"뭐든 상관없소."

강목천도 고개를 끄덕였다.

"뭐 나쁠 거 있나? 그렇게 하세."

강목천이 홀로 수련용 병장기가 있는 곳으로 가서 목봉을 골랐다. 가장 튼튼해 보이는 곤봉을 눈대중으로 골라서 뽑은 다음에 중앙에 가만히 서있는 색마를 쳐다봤다. 그가 허리에 백색의 장검을 차고 있었기 때문에 이렇게 물었다.

"목검, 안 고르나?"

색마는 일부러 쌀쌀맞은 어조로 대답했다.

"필요 없소."

허리에 있는 백룡을 끌러낸 다음에 장산에게 건넸다. 손가락과 손목의 기예로만 곤봉을 빙글빙글 돌리던 강목천이 비아냥거렸다.

"맨손으로는 곤란할 텐데. 내가 좀 미안할 것 같아서 하는 말이네."

"거, 대놓고 말을 편하게 하든가. 아니면 확실하게 존칭을 쓰든가. 그 말투는 뭐야? 은근하게 하대하네."

두 사람이 중앙을 차지한 채로 대치하자, 공증을 서겠다는 맹원들이 참관인들 자리로 물러나서 공간을 넓혔다. 강목천이 물었다.

"지는 사람은 즉시 무림맹을 떠나는 것으로."

색마는 반말을 확인한 다음에 친구에게 얘기하듯이 대답했다.

"그럴까?"

"반말하지 말게."

"알겠네."

이 유치한 문답에 결국 참관인 두 사람도 웃었다. 장산이 말했다.

"크게 다치지 않는 선에서 겨루셨으면 합니다. 친선 비무니까요."

곤봉을 젓가락 다루듯이 가볍게 휘두르던 강목천이 자세를 잡았다.

"장 무인, 싸우는데 어떻게 안 다치겠나? 준비됐나?"

색마는 아무런 자세도 취하지 않은 채로 강목천을 바라봤다.

"준비는 무림맹에 오기 전에 됐으니 들어오도록."

강목천은 순간 발끈한 표정을 지었다가, 숨을 깊이 들이마시더니 마음을 가라앉히면서 내뱉었다. 강목천은 표정을 침착하게 가라앉히자마자 거리를 좁히면서 목봉을 내질렀다. 색마는 뒤로 물러나다가 급하게 몸을 비틀었다. 훅! 하는 파공음과 함께 목봉이 색마의 옆구리를 스치듯이 지나갔다. 신극의 제자가 어느 정도 수준인지 색마도 당장은 알 수 없었다. 다만 화산논검 이전과 이후에 변한 게 하나 있었다. 이제 색마가 신경을 쓰는 고수의 기준은 일마조 대공이다. 강목천이 고수인 것은 알겠는데, 일마조보다 더 강한 상대인가 하는 것엔 의구심이 들었다. 색마는 강목천의 목봉을 연달아서 피하다가 참관인들에게 말했다.

"…더 물러나시오. 어쩐지 비좁게 느껴지는군."

평소에 이런 비무를 한 적이 드물고, 이렇게 좁은 공간에서 싸우는 것도 익숙하지 않은 색마였기 때문에 용무관이 더욱 비좁게 느껴졌다. 색마의 경고에 맹원들이 급히 뒤로 물러났다. 추격전을 벌이듯이 맹공을 퍼붓던 강목천이 빈정거렸다.

"몽 공자, 비장의 한 수라도 있나?"

색마는 목봉을 열심히 피하다가 짤막하게 대답했다.

"없어."

비장의 한 수가 어디 있나? 색마가 경험한 화산논검에서는 비장의 한 수라는 게 없었다. 특색이 있거나 위력이 뛰어난 절기 하나로 승리하기 어려운 고수들이 득실댔기 때문이다. 화산논검뿐만이 아니다. 그전에 만난 마교의 망령들과 동호에서 싸운 사도제일인도 절기가 대체로 통하지 않는 고수들이었다. 경험상, 비장의 한 수라는 것은 셋째의 일월광천 정도는 돼야 가능하다는 것을 색마는 알고 있었다.

물론 자신에게도 월광일섬이라는 절기가 있으나, 참관인들이 함께 얼어붙기 때문에 이렇게 비좁은 곳에서는 더욱 적합하지 않았다. 욕망이라는 절기도 있지만 그렇게 심리적으로 몰리면서까지 싸울 상대가 아니라는 생각이 들었다. 색마가 생각하는 강목천은 매우 빠르면서도 강했다. 목봉을 사용하고 있어서 세밀하게 파악할 수는 없으나, 내공도 상당히 깊은 것으로 추정할 수 있었다. 그런데도 강목천에게서 느껴지는 위화감의 정체가 무엇인지는 당장 파악하기가 어려웠다.

'뭐지?'

싸우는 능력의 종합적인 완성도는 뛰어난 편인데 그에 비해서 대

...

단한 고수라는 느낌은 받지 못했다. 실전이 부족해서 그런 것일까?
열심히 강목천의 목봉을 피하던 색마는 다시 자신을 빈정거리는 말
을 들었다.

"몽 공자, 많이 쫓겨보셨나?"

"잘 아네."

색마는 허리로 밀려오는 목봉을 왼손으로 슬쩍 붙잡았다. 그러자
순식간에 거리를 좁힌 강목천이 색마의 무릎을 부러뜨리겠다는 것
처럼 오른발을 허초로 내밀었다가 목봉을 비틀어서 뽑아내었다. 색
마는 하단에서 펼쳐진 허초를 대충 피한 다음에 밀려드는 강목천의
육중한 좌장을 우장으로 받아쳤다.

퍽!

두 사람이 각자 뒤로 물러난 다음에 다시 대치했다. 색마는 그제야
강목천의 장력을 통해 상대의 내공을 어느 정도 가늠할 수 있었다.

'약한 사람은 아니구나.'

하지만 완성된 무인이라는 말에는 다소 동떨어진 느낌이 들고 있
었다. 이때 색마와 강목천, 주지량과 장산은 동시에 용무관의 입구
를 바라봤다. 끼익- 소리와 함께 문이 열리더니 갑자기 등장한 무림
맹주 임소백과 총군사 공손월이 용무관에 있는 사람들을 둘러봤다.

"..."

네 사람은 범죄를 저지르다가 걸린 사람처럼 화들짝 놀란 다음에
일제히 예의를 갖췄다.

"맹주님을 뵙습니다."

임소백이 대치 중인 강목천과 몽랑을 바라본 다음에 말했다.

"비무 중이냐?"

강목천과 색마가 동시에 대답했다.

"예."

임소백이 고개를 끄덕였다.

"계속 이어서 해라. 구경하마. 주지량과 장산은 내 뒤쪽으로 와라. 구경하다가 처맞을 수도 있으니."

주지량과 장산은 명령을 받자마자 신속하게 움직이면서 대답했다.

"예, 맹주님."

맹원들이 맹주 곁에 도착하자. 강목천과 색마가 서로를 다시 바라봤다. 그사이에 색마는 강목천에게서 느껴지는 위화감의 정체를 파악할 수 있게 되었다. 이유는 색마도 딱히 몰랐는데, 살짝 당황한 나머지 생각하는 바를 입에 담아서 내뱉었다.

"강 무인."

"왜 그러나."

"그대의 동작에는 너무 겉멋이 많소. 고치려면 시간이 좀 걸릴 것 같군."

강목천이 눈을 부릅뜨더니 이내 안색이 새빨갛게 변했다. 색마가 말했다.

"마치 이런 식이랄까."

색마가 쌍장을 가슴께에서 교차했다가 왼손은 앞으로 길게 내뻗고, 오른팔은 접어서 어깨 부근에 놓았다. 누가 봐도 상대를 조롱하는 과한 기수식처럼 보였다. 아무도 웃지 않았으나, 임소백은 색마의 자세를 보자마자 대놓고 웃었다.

"몽랑아, 그게 대체 무슨 자세냐."

"변두리 동네 고수의 자세입니다."

"상대는 신극의 후계자다. 너무 자만하지 말도록."

"예."

색마는 한껏 분노한 것처럼 보이는 강목천을 빤히 바라봤다. 강목천의 동작에 겉멋이 많이 들어간 이유는 명백하다는 생각이 들었다. 이 사내가 신극의 후계자인 것은 맞지만, 시시각각 목숨을 건 채로 당장 죽어도 이상하지 않을 아슬아슬한 싸움은 해본 적이 없는 것처럼 보였다. 반면에 자신은 어떤가? 사대악인은 그간 아수라장을 돌파해서 살아남았다. 색마는 이렇게 생각했다.

아마도 자신이 강목천의 단점으로 지적한 겉멋은 이곳에서 임소백 맹주만 제대로 알아볼 것이라고. 임 맹주도 사대악인들보다 앞서 아수라장을 돌파한 사내이기 때문이다. 색마는 강목천의 움직임을 보고 나서야 사대악인이 그간 어떤 싸움을 겪은 것인지에 대한 복기가 되었다. 지금은 각자 떨어져 있지만, 새삼스럽게 웃음이 나왔다.

'우리가 용케 잘 살아남았구나.'

색마는 강목천의 목봉을 이리저리 피하면서 이런 생각이 들었다. 이따위 공격은 칠 일 밤낮에 걸쳐서도 완벽하게 피할 수 있겠다고 말이다.

434.
화산에서 얻은 꽃

색마는 앞서 했던 것처럼 강목천의 공격을 피하던 도중에 왼손으로 목봉을 붙잡았다. 앞서 장력이 비등비등했었다는 기억을 떠올린 강목천은 냅다 좌장을 내질렀다. 이는 색마가 정확하게 예상한 반격.

"...!"

색마는 목봉을 놓은 채로 우측으로 미끄러지듯이 이동하더니 강목천의 어깨를 일장으로 가격했다.

퍽!

강목천이 화들짝 놀란 표정으로 서너 걸음을 물러났다. 동시에 비무를 지켜보던 임소백이 눈을 크게 뜬 채로 감탄사를 반쯤 내뱉었다.

"어?"

방금 수법은 천하의 임소백도 당장 이해하지 못할 장법이었다. 두 눈으로 똑똑히 지켜봤음에도 불구하고 장법의 현묘함이 이해되질 않아서 잠시 복기할 필요가 있었다.

'보법에 빙공을 섞는 게 가능하단 말이냐?'

이를 무어라 표현해야 할까. 새로운 무공이 강호에 등장하는 역사적인 순간을 목도하는 기분이 들었다. 미끄러지면서 이동한 궤적이 강호인들이 생각하는 보법의 고정관념을 완벽하게 깨뜨린 상태. 마치 휘어진 빙판길을 곡선으로 이동해서 가격한 것처럼 보였다. 가격당한 강목천도 놀라고. 지켜보던 무림맹의 무인들도 함께 놀랐으니.

색마의 백화장법白華掌法은 화산논검 이후, 세상에 등장하자마자 강호의 일절이라 부를만한 무공으로 완성된 상태였다. 내심 속이 서늘해질 정도로 매우 놀란 강목천의 반격이 거세게 이어졌다. 지켜보는 자들의 눈에는 강목천의 목봉에 자그마한 돌풍이 휘감겨 있는 것처럼 보였다. 색마는 앞서 그랬던 것처럼 다시 열심히 목봉을 피하기 시작했다. 그제야 임소백은 몽랑이 어떤 마음으로 비무에 임하고 있는지를 눈치채게 되었다.

'새로 익힌 보법을 연습하고 있구나.'

갑자기 왼발로 바닥을 거세게 찍으면서 목봉을 내질렀던 강목천이 이를 꽉 물었다. 체내에 퍼지는 한기가 불쾌하다는 표정으로 한 차례 기파를 터트리자, 신체를 동여매고 있던 옷자락이 사방팔방으로 펄럭였다. 임소백은 손을 들어서 비무를 중지시키려다가 잠시 강목천의 표정을 살폈다.

'여기서 멈추면 네가 더 억울해하겠구나. 이것도 경험이다.'

이대로 내버려 두면 강목천이 몽랑에게 더 두들겨 맞게 된다는 것은 자명한 사실이었으나, 비무를 지속하는 게 두 사람에게 더 좋은 일 같았기에 임소백은 손을 내렸다. 강목천은 패배를 경험하게 될 테고. 몽랑은 새로 익힌 무공을 실전에서 펼쳐보는 경험을 얻게 될 터였다. 그래서 임소백이 생각하는 백도의 비무는 승리한 자도 패배한 자도 얻어갈 게 있다는 게 최대 장점이라 생각했다. 어쨌든 서로를 죽이려는 싸움은 아니기 때문이다.

임소백이 지켜보고 있으려니… 몽랑은 의외로 새로 익힌 보법을 남발하지 않았다. 여자 앞에서는 자제력이 발휘되지 않아 추문을 얻었던 놈이 어째서 싸울 때는 저런 자제력을 발휘하는 것일까? 지금은 다시 평소의 움직임으로만 목봉을 피하고 있었다. 그러니까 저렇게 회피하는 것조차 몽랑이 창안한 괴상한 보법에 힘을 실어주게 되는 수련 과정처럼 보였다. 임소백이 지켜보다가 고개를 끄덕였다.

'옳은 방향이다.'

하오문주와는 다른 유형의 천재라는 생각이 들면서도 역시 여자를 밝혔던 과거 행적이 흠이라는 생각이 들었다. 임소백이 생각하기에… 일단 하오문주는 실력을 논하기에 앞서 그 희한하게 꼬인 성격부터가 이미 불가해의 존재다. 특유의 광증이 있어서 많은 사람을 아울러야 할 맹주 자리에는 적합하지 않다. 하지만 당대의 천하가 난세일 경우에는 하오문주보다 적합한 맹주는 없다고 생각했다. 그러니까 그 어떤 전란戰亂이 오더라도 무력과 지략, 특유의 괴팍한 성질머리를 총동원해서 전란을 종식할 수 있는 다재다능한 맹장이었다.

그러나 지금은 난세가 아니다. 그 난세는 이미 하오문주가 끝장을 내놨다. 물론, 지금도 완벽하게 평화로운 시절이라고는 할 수 없으나 이 정도의 혼란은 무림맹이 감당해야 할 몫이었다. 그래서 차선책인 후보 중의 한 명으로 몽랑을 떠올린 것인데. 무공에 관해서만큼은 몽랑도 천재라는 것을 확인하는 중이었다. 임소백이 팔짱을 끼었다.

'이래서 너희가 그 지옥에서 살아남았구나.'

검마, 육합선생, 하오문주, 몽랑은 시기에 따라 흑도, 서생, 마교의 표적이 되었던 자들이다. 그런데 무림맹의 전폭적인 지원도 없이 몰려오는 적들 대부분을 몰살하고 살아남은 강호인들이기도 했다. 이들을 지켜보던 임소백의 입장에서는 넷 중의 한 명을 무조건 맹주 비무전에 초대하는 게 당연한 일이었다.

'경험의 깊이가 너무 극명하구나.'

몽랑은 이제 목봉을 완벽하게 피한 다음에 다시 결정타를 날릴 것처럼 심리전을 걸고 있었다. 마치 아까 처맞은 공격, 또 갈길 테니 대비해라…라는 식의 협박이 움직임에서 은근히 드러났다. 심리전을 이렇게 펼치자. 강목천의 움직임이 눈에 띄게 수비적으로 전환됐다. 언제 어디서 괴상한 일장이 날아올 것인지 예측할 수 없었기 때문이다.

이번에는 몽랑이 노골적으로 목봉을 거칠게 붙잡더니 힘과 내공으로 잡아당겼다. 먼저 목봉을 놔버린 강목천이 승부를 내겠다는 것처럼 쌍장에 거대한 힘을 담아서 몽랑을 공격했다. 그 모습이 임소백의 눈에는 함정으로 뛰어 들어가는 사람처럼 보였다. 몽랑의 대처는 간결했다. 손바닥에서 새하얀 꽃을 띄워 강목천의 두 눈으로 보내더니, 동시에 미끄러지는 보법으로 이동해서 쌍장을 피했다. 강목천의 쌍장이 목표를 잃은 채로 회수되고… 두 눈에 쏟아진 냉기를 급히 걷어내던 강목천의 우측 가슴에 몽랑의 좌장이 매끄럽게 적중했다.

퍽!

물 흐르듯이 연결된 반격이었다. 강목천이 휘청거리면서 물러났다가 다시 육탄전을 벌일 것처럼 돌진하자, 몽랑은 차분한 표정으로 물러났다. 싸움이 끝난 것을 확인한 임소백이 강목천을 타일렀다.

"호흡부터 가다듬어라. 비무는 끝났다."

겨우 서너 걸음을 돌진하던 강목천의 신체가 허물어지더니 두 손을 땅에 짚은 채로 숨을 크게 들이마셨다.

"…허억."

앞서 펼친 일장으로 강목천의 내공과 호신공의 수준을 가늠한 색마가 이번에는 강목천이 버티기 어려울 정도의 내공을 주입했다. 강목천은 뒤늦게 몰려드는 한기 때문에 얼굴이 창백해진 상태. 임소백이 소리를 버럭 내질렀다.

"강목천! 비무 한판에 내상을 입을 생각이냐? 호흡해라."

그제야 강목천이 급하게 가부좌를 틀더니 눈을 감았다. 강목천의 얼굴을 지그시 바라보던 임소백이 손을 뻗어서 아래로 까딱하더니 착 가라앉은 어조로 말했다.

"앉자."

임소백이 먼저 앉자 그 주변에 맹원들이 둘러앉았다. 무언가 할 말이 있을 것이라고 예상한 색마도 다가와서 앉았다. 강목천이 체내에 들어온 한랭한 장력을 수습하는 동안에. 임소백은 몽랑을 향해 낮은 어조로 입을 열었다.

"잘 봤다."

"예."

"이번 비무는 네가 조금 손해 보는 일이었다."

"왜 그렇습니까?"

임소백이 턱짓으로 강목천을 가리켰다.

"저 정도로 약한 사내는 본래 아니다. 네 수법이 너무 예측하기 어려웠던 탓이지. 그러니까 이런 비무를 지속하면 강목천도 네 수법에 익숙해질 테고. 너도 점점 강목천을 상대하는 게 조금씩 어려워지겠지. 그런 면에서 네가 손해 보는 싸움이었다는 뜻이야."

"예."

"강호에서 적으로 만났다면 이번 싸움에서 죽이면 그만이었을 테니 말이다. 죽은 자는 말이 없으니 네 수법도 알려지지 않게 되겠지."

색마가 고개를 끄덕였다.

"그렇습니다."

적이었으면 당연히 조금 전에 때려죽이든가 얼려 죽였을 터였다. 임소백이 맹원들을 둘러보고 몽랑을 다시 바라봤다.

"너희들이 내 말을 이해할지 모르겠다만."

"…"

"이렇게 손해 보는 것이 대체로 사부들의 심정이다."

공손월이 질문했다.

"한 수 가르쳐 줬다는 점에서 그렇습니까?"

"그런 셈이지. 사부들은 자신이 가진 무공, 수법, 심리전 대부분을 제자에게 알려준다. 언젠가는 제자가 그것을 배워서 사부를 뛰어넘는 때가 오기도 하지. 그런데 어떤 못난 놈들은 사부들 덕택에 강해졌으면서도 자신에게 모든 것을 전수한 사부를 가볍게 보거나 약자 취급을 하기도 한다. 너희들 표정을 보니까 설마 그런 일이 있겠습니까, 라고 생각하는 모양인데."

"예."

"흑도나 마도에서는 종종 벌어지는 일이 아니더냐?"

색마가 대답했다.

"그렇긴 합니다."

임소백이 손가락으로 색마를 가리켰다.

"사부들의 심정을 잊지 말도록."

"알겠습니다."

"이렇게 손해 보는 비무를 계속해 주는 사람이 사부들이다. 어떤 못난 놈들은 사부가 모든 것을 알려줬는데도 사부를 뛰어넘지 못했을 때 혹시 사부가 내게 더 좋은 무공을 가르쳐 주지 않아서 그런 게 아닐까 생각하는 자들도 있다. 파문할 놈들이지. 몽랑이, 너도."

"예, 맹주님."

"나중에 좋은 사부가 되길 바란다. 내 말은 네가 비록 맹주 비무전에 참여하곤 있으나. 맹주가 되어도, 맹주가 되지 않아도 나는 상관없어. 어차피 네가 바깥에 있어도 하오문주와 더불어서 맹을 도울 테니까."

"당연히 도와야죠."

"그러니까 나는 네가 더 강해지는 것이 중요하지. 맹주가 되고 안되고는 크게 중요하지 않다. 네가 한 사람의 좋은 사부로 거듭나면 맹에 있든 없든 상관없을 테니 말이다. 그 경험을 쌓으라는 의미에서 초대한 것이야. 너뿐만이 아니라 다른 자들도 마찬가지인 셈이지."

"이해했습니다."

임소백이 슬쩍 웃었다.

"비무전에 초대되어 간다고 하니까 검마가 뭐라고 하더냐?"

색마는 곤란한 표정을 짓더니 손가락으로 이마를 벅벅 긁었다.

"그러니까 그게…"

"왜?"

"뭔가 멋진 말을 해주시긴 했는데 제 입으로 하자니 좀."

"그렇게 말하면 더 궁금해지는데. 어차피 나중에 검마에게 들어도 똑같으니까 네 입으로 말하도록."

색마가 헛소리를 중얼대듯이 말했다.

"그러니까 호색은 이미 했으니 영웅이 될 일만 남았다고 하셨는데 앞서 말씀드렸다시피 그때는 참 멋진 말이었는데 제가 하니까 확실히 이상하군요."

색마는 말을 하고 나서 임소백과 무림맹원들의 표정을 차례대로 구경했다.

"음."

임소백이 웃음을 잠깐 참는가 싶더니 결국에는 소리를 내면서 웃음을 터트리고, 다른 맹원들은 안면 곳곳에 자그마한 바람들이 들어가더니 애써 웃음을 참고 있었다. 색마는 어쩔 수 없이 가장 어린 장산을 쳐다봤다.

"후… 장 무인."

"예, 공자님."

"웃을 거면 그냥 웃지 그게 무슨 표정인가?"

"죄송합니다."

결국에 장산도 웃었다. 한참을 웃던 임소백이 몽랑에게 말했다.

"호색은 했으니 영웅이 되어야지. 옳은 말이다. 실력으로 보면, 검마를 초대하지 않은 게 좀 이상하게 보이겠다만 앞서 말했다시피 검마는 이미 좋은 사부다. 검마가 훌륭한 사부라는 것은 네가 더 잘 알고 있겠지."

색마는 고개를 끄덕였다.

"잘 알고 있습니다."

"그렇기에, 나로서는 초대할 이유가 없었다. 이제 이 비무전이 어떤 의미인지 알겠나?"

"예, 맹주님."

갑자기 임소백이 총군사 공손월을 갈구기 시작했다.

"총군사."

"예, 맹주님."

"웃음 참을 때 콧구멍이 살짝 커지더구나. 표정을 읽히지 않는 것도 군사의 역량이다. 평정심 수련도 게을리하지 말도록."

"알겠습니다… 근데 맹주님도 웃으셨잖아요."

"나는 맹주잖아."

"아, 예."

임소백이 맹원을 쳐다봤다.

"지량이와 산이, 너희도 나중에 좋은 사부가 되어야 한다."

"예, 맹주님."

"진급해서 너희가 맡아야 할 수하가 늘어나면 그 수하들이 전부 너희들의 제자다. 돌이켜 보면 내 상급자들, 나중에는 전대 맹주님 까지 전부 내 사부들이었다. 배운 게 많아. 그 덕에 맹주를 하는 것 이고. 그나저나."

임소백이 몽랑을 바라봤다.

"보법과 장법이 인상적이던데. 네가 창안한 것이냐?"

색마가 덤덤한 어조로 대답했다.

"아닙니다."

"그럼?"

"화산에서 하오문주가 매화장주를 가르칠 때 펼친 검법을 같이 지 켜보고 있었습니다. 매화장주에게 깨달음을 주려고 펼친 검법인데 저도 심득을 얻었습니다. 제가 익힌 본래의 빙공과 보법에 심득을 얹혀 변화를 준 파생 무공입니다."

"그렇구나."

"심득은 불시에 오는 것이지만 그 전에 검마 사부님의 가르침이 없었더라면 오지 않았겠지요. 또한, 그 전에 어머니로부터 빙공을 배웠기에 토대를 미리 쌓을 수 있었습니다. 저를 강해지게 만든 사 부들이 이처럼 많습니다. 백화장법이라는 이름을 붙였습니다. 이것 은 살아남기 위해 사부님, 형제들과 노력하다가 화산에서 얻은 꽃입 니다."

임소백이 고개를 끄덕이면서 말했다.

"장하다. 잘 살아남았다."

색마는 태어나서 무림맹주에게 칭찬을 받을 날이 있을까 싶었지

만 놀랍게도 그날이 오늘이었다. 화산에서 얻은 꽃이 새하얗게 만개
하는 순간이기도 했다.

435.
점소이에게
투항하라

강목천이 운기조식을 마친 후에 눈을 뜨자, 임소백이 먼저 말했다.

"수고했다."

강목천은 패배의 여운이 잔뜩 남은 모양인지 짤막하게 대답했다.

"예."

강목천의 표정을 빤히 바라보던 임소백이 물었다.

"비무 소감이 어떠냐. 억울해 보이는데."

강목천은 맹원들과 색마를 둘러보다가 말했다.

"제 병장기로 겨루지 않은 것이 조금 후회됩니다."

임소백이 살짝 한숨을 내뱉었다.

"진짜 병기를 쥐고 싸우면 이겼겠나?"

강목천이 색마를 쳐다보면서 말했다.

"예."

임소백은 입에서 튀어나오려는 잔소리를 애써 자제한 다음에 색마에게 떠넘기듯이 말했다.

"네 생각은 어떠냐. 진검으로 했다면."

색마가 솔직하게 대답했다.

"목봉으로 했으니 이 정도로 끝낸 겁니다."

강목천이 물었다.

"그럼 더 해보겠나?"

색마는 곧장 고개를 저었다.

"강 형, 그 실력으로는 무리요. 놀리려고 하는 말이 아니라 나는 내공의 절반도 쓰지 않았소."

"그건 나도…"

"그만!"

갑자기 색마가 소리를 버럭 내지르더니 강목천을 노려보면서 말했다.

"강 형, 나의 어떤 점을 마음에 안 들어 하는지 알고 있소. 무림맹에서 어슬렁대는 것조차 꼴 보기가 싫을 테지. 그 정도의 추문은 있소. 인정하리다. 하지만 무공에 관해서는 거짓과 허세가 없소. 정말 단 한 가지, 무공에서만큼은 말이오. 강 형의 실력으로는 무리요. 본래 지는 쪽이 무림맹을 떠나자고 약조했으나 그럴 필요도 없소. 이후에 벌어지는 비무도 전부 구경하고, 신극 선배에게 돌아갈 때 강형도 무언가를 얻은 채로 갔으면 좋겠군."

사실 색마는 비무에 익숙하지 않은 편이다. 비무보다 실전 경험이 더 많은 강호인이기 때문이다. 강목천은 색마의 말을 듣는 동안에 얼굴이 새빨갛게 익었다. 더군다나 옆에 무림맹주 임소백이 지켜보는 중이라서 이 이상 흥분을 하는 것도 도리에 맞지 않는 일이었다. 비무가 벌어진 배경을 알게 된 임소백이 말했다.

"비무는 구경해야지. 맹에 들어오고, 떠나는 것은 내가 결정할 일이지 너희끼리 비무 조건으로 내걸 일이 아니다. 두 사람, 알겠나?"

"예, 맹주님."

"알겠습니다."

임소백은 패배감에 잔뜩 휩싸여 있는 강목천을 바라보다가 결국 잔소리를 입에 담았다.

"목천아."

"예, 맹주님."

"네 사부인 신극 선배가 어쩌다가 별호에 신을 붙였는지 말해주더냐?"

"창술로는 겨룰 자가 없어서 얻으신 별호가 아닙니까."

"강호인이 창을 쓰면 얼마나 쓴다고. 흔하진 않다."

"예."

"신극 선배는 전대 맹주님과 자주 겨루셨다. 덕분에 패배가 늘었지. 전대 맹주 자리를 정할 때도 결승에는 신극 선배가 올랐다고 들었다. 심지어 그 후에도 도전하셨지. 내가 맹원인 시절에도 두 사람의 대결을 봤으니 말이다. 하지만 그때의 천하제일인은 너도 알다시피 신검이셨지. 누가 도전했든 간에 결과는 같아. 불패의 검객이셨다."

"예."

"내가 알기로는 백도의 비무전에서는 최선을 다한 적도 없으셨다.

그런 천하제일검과 그나마 격렬하게 어우러질 수 있는 고수는 많지 않지. 특히 네 사부는 한 자루의 방천극方天戟으로 신검을 꺾으려는 고수 중에서도 가장 돋보였다. 그렇다면 네 사부는 언제 그 신극이라는 별호를 얻었을까. 시기 말이다."

강목천이 대답했다.

"그 시기는 정확하게 모릅니다."

임소백이 알려줬다.

"패배하고, 또 패배하고, 도전하고, 또 도전했다가 훗날 전대 맹주께서 직접 붙여주신 별호다. 천하제일은 넘지 못했으나 전대 맹주께서도 감탄한 면이 있으니 그런 별호를 붙여주셨겠지."

"음."

임소백이 색마를 바라봤다.

"그렇다고 여기 있는 몽랑이 전대 맹주님처럼 무패의 무인도 아니다. 너는 네 생애에서 가장 값진 패배를 경험했었지. 그 상대가 누구였는지 강목천에게 말해줘라."

색마가 화산논검을 떠올리면서 덤덤한 어조로 대답했다.

"천마신교 교주입니다."

정말 희한한 존재감이었다. 언급하는 것만으로도 용무관의 공기가 무겁게 가라앉은 것처럼 느껴졌으니 말이다. 임소백은 강목천한테도 사부의 책임을 다하려는 것처럼 말을 이어나갔다.

"교주와의 싸움과 지금을 비교하면 어떠하냐."

색마가 바닥 한 곳을 주시하면서 대답했다.

"그때는 정말 최선을 다했습니다. 어떻게든 끝을 볼 마음이었죠.

아니, 최대한 한 줌의 내공이라도 더 빼놔야겠다. 가능하면, 함께 얼어 죽어도 괜찮다는 각오까지 했습니다. 어느 순간 머릿속이 하얗게 됐는데도 계속 밀리더군요. 쥐어 짜냈습니다. 내 한계가 이 지점인가? 아니더군요. 그렇다면 더 쥐어 짜내야겠다. 이 지점이 한계인가? 그것도 아니었습니다. 최선을 다해서 끝을 봤는데도 이기진 못했습니다. 내공 대결이었는데 무언가 거대한 벽에 막힌 느낌을 받았지요. 뭐랄까…"

색마는 임소백을 바라보면서 말을 이어나갔다.

"교주가 쌓아 올린 세월의 벽이 만만치 않았습니다. 그저 얼리고 녹이는 내공 대결이었을 뿐인데 교주란 사내가 지금까지 어떤 길을 걸어왔는지, 어떤 수련을 했는지 이상하게 잘 알 것 같더군요. 죽음의 고비를 한두 차례 넘긴 수준도 아니고 무수히 많은 고통 속에서 수련했다는 것을 알았습니다."

고개를 끄덕이던 임소백이 강목천을 바라봤다.

"그렇다고 그 교주가 현재 천하제일인도 아니다."

강목천이 놀란 표정으로 되물었다.

"예?"

"아니라고. 내가 너한테 거짓말을 할 이유가 없지."

"그럼 누굽니까?"

강목천이 맹원들과 색마, 맹주, 공손월을 둘러봤다. 다들 아는 눈치였는데 어찌 된 노릇인지 자신에겐 알려주지 않고 있었다. 임소백이 살짝 한숨을 내쉬었다.

"있다. 문제의 인물이. 가능하면 강호 서열록이라도 조작해서 숨겨둘 생각이니까 그렇게만 알고 있도록. 뭐 아는 사람들이야 알겠지만, 그것까진 어쩔 수 없지."

강목천이 물었다.

"천하제일은 가장 명예로운 자리인데 어찌 그것을 숨깁니까."

임소백이 말했다.

"일단 본인이 좀 이것저것 귀찮아하는 성격이고. 괜히 너처럼 세상 물정 모르고 도전했다가 그냥 처맞는 것으로 끝나면 괜찮은데 맞아 죽을 수도 있기 때문이야. 도전자들이 많아질 텐데 그 성질머리를 생각하면 쯧."

임소백이 고개를 절레절레 저었다.

"마도 쪽 인물입니까?"

"그딴 구분도 의미 없다. 백도의 고수, 정파의 장문인, 세가의 가주도 두들겨 팰 인물이니까 너는 관심을 꺼라. 어떤 인물이든 간에 엮이면 대체로 괴롭고 피곤해진다."

색마가 고개를 끄덕였다.

"맞습니다."

임소백이 농담하듯이 말했다.

"그 대단한 교주도 결국에는 이 인간과 엮였다가 천하제일에서 내려온 것이나 다름이 없지."

색마도 동의했다.

"실제로 그렇습니다."

임소백은 말을 하는 도중에 점점 웃음이 섞였다.

"생각해 보면 참 이상하지. 삼재 중 둘과는 친하게 지내고, 나머지

　　　…

하나는 결국에 꺾었고. 일부 서생은 죽이고, 일부 서생과는 친하게 지내고. 일부 흑도는 수하고, 어떤 흑도는 때려죽이고. 강호에 나서지 않았으면 어디 허름한 객잔에서 빈둥대면서 지냈을 놈인데. 대체로 뭐 하는 인간인지 파악할 수가 없다."

색마가 무림맹주를 칭찬했다.

"정확하고 사려 깊은 분석이십니다. 대체로 한심한 놈이죠."

"그렇게 해석하지 마. 한심하다는 뜻은 아니야."

"예."

임소백이 깜박했다는 것처럼 장산을 바라봤다.

"아, 산아."

"예, 맹주님."

임소백이 손가락으로 장산을 가리켰다.

"그러고 보니까 너도…"

장산이 대답했다.

"예, 그 문… 아니, 그분 때문에 무림맹에 들어왔습니다. 참 새삼스럽게 신기합니다."

가만히 있던 주지량이 재수 없는 표정으로 씨익 웃더니 손을 들었다.

"실은 저도 동호에서 한 번 같이 싸웠습니다."

그러자 공손월도 어쩔 수 없이 한마디를 보탰다.

"저는 남악녹림맹을 칠 때 형산지부에서 만났었는데 그때 수시로 혼이 났습니다. 성질머리가 참 대단하셨죠. 그러다가 본인의 성질을 억누르겠다고…"

공손월이 손으로 자신의 뺨을 때리는 시늉을 했다.

"찰싹, 후려치시더군요. 미친 인간을 보는 줄 알았습니다. 여차여차 남악녹림맹전은 대승을 거뒀는데 다른 동맹 세력 가주와 다툼이 일어나서 제가 비무 공증인이 되었습니다."

강목천이 물었다.

"세가 가주와 비무를? 어떻게 됐소."

"그 가주의 마지막 싸움이셨죠. 은퇴하셨습니다."

강목천도 강호 소식을 대충이라도 아는 모양인지 이내 놀란 표정을 지었다.

"사마 가주와 다퉜다던 하오문주가 천하제일인이라니…"

임소백이 말했다.

"널리 알리진 말게."

"예."

임소백이 몽랑을 턱짓으로 가리켰다.

"여기 있는 몽랑과는 의형제 관계다."

색마가 떨떠름한 표정으로 대답했다.

"뭐 제 손으로는 계속 패고 싶고. 어디서 맞고 오는 건 기분이 좀 나쁠 것 같은 그런 불편한 관계입니다."

임소백이 씨익 웃으면서 말했다.

"그러냐? 대부분의 형제들이 그런 편이다."

형제애에 대해 깊이 생각해 본 적이 없었던 색마가 당황하는 표정으로 대답했다.

"아, 그렇습니까."

임소백이 정리하자는 것처럼 강목천에게 말했다.

"패배는 패배다. 받아들이고 정진하도록 해."

그제야 표정이 좀 풀린 강목천이 고개를 살짝 숙였다.

"예."

임소백이 말했다.

"너희끼리 새로운 원한을 만들라고 주선한 자리가 아니다. 앞서 몽랑이 말한 것처럼 백도 세력은 이런 게 필요해. 서로 사이가 조금 안 좋더라도 마도나 흑도 세력에게 처맞았다는 소식을 들으면 내가 나서서 혼내줘야겠다, 뭐 그 정도는 백도 무인끼리 할 수 있는 거 아니냐? 목천아, 몽랑아. 안 그러냐?"

두 사람이 대답했다.

"맞습니다."

임소백이 맹주 비무전을 간략하게 정의했다.

"그럴 때의 대장을 정해보자는 것이다."

색마가 물었다.

"아직 맹주님도 전성기에서 내려오지 않았는데 왜 서둘러서 은퇴하십니까?"

"너희도 전성기를 맞이해야지. 문주가 세대를 교체했으니 싹 다 은퇴하는 게 맞다. 적이든 아군이든 간에 말이야."

임소백은 후련하다는 표정으로 슬쩍 웃었다.

* * *

"슬슬 올 때가 됐는데…"

나는 연국사를 비롯한 빡빡이들을 바라봤다. 흑랑이 초췌한 몰골로 말했다.

"이러다 굶어 죽겠소. 그러지 마시고 직접 쳐들어가시는 건 어떻소. 안내하리다. 밥 좀 주시오."

"네가 며칠 굶었지?"

"사흘… 잘 모르겠소."

생사객, 마후, 부회주, 연국사는 나름 잘 버티고 있었고 은평왕은 본인이 직접 먹을 것을 준비해 왔기 때문에 그 공로로 잘 먹으면서 지냈다. 인근에서 겁을 먹은 터라 다가오지도 않았던 어부들이 지금은 가끔 와서 나랑 말도 섞고, 그들이 잡은 물고기도 주곤 했다. 따라서 지금은 먹을 것에 대한 걱정이 전혀 없는 상황.

하지만 나는 은평왕을 제외한 놈들에게 가끔 물이나 줬다. 이렇게 보고 있으려니 밥을 먹지 못해 기력이 잔뜩 빠진 인간은 강호인처럼 보이지도 않았다. 반쯤 죽어가는 패잔병을 보는 심정이랄까. 저 대단한 무공도 먹지 못하면 아무런 소용이 없었다. 마후가 내게 물었다.

"생사회주를 잡겠다고 이러는 것인가. 아니면 우리를 괴롭히겠다고 이러는 것인가."

"세상일이 뭐 그렇게 간단하냐. 겸사겸사, 아직 생사회주를 죽일지 말 것인지도 결정하지 않았다. 금산왕도 마찬가지."

생사객이 물었다.

"문주, 대체 왜 이러는지 알려줄 수 있겠소?"

나는 생사객을 바라봤다.

…

"별 이유 없어. 그냥 발길 닿은 곳에서 내키는 대로 흑도를 해체했다. 그리고 원인 제공은 너희가 먼저 한 것 같은데. 또한 생사회에 대한 절강인들의 반응이나 평가도 좋지 않아. 해체가 맞다."

연국사는 여전히 바다를 바라보는 자세로 정좌하고 있는 광승을 물끄러미 바라보다가 물었다.

"그런데 두 분은 대체 무슨 관계이시오? 문주께서는 불가와 거리가 먼 인물 같은데."

나는 실실 웃으면서 말했다.

"무슨 관계이긴, 나쁘지 않은 사이지. 내가 스님의 사제를 도운 적이 있고 그 답례로 스님이 서쪽에서 방문하셨다. 오는 길에 내 제자를 어깨에 태워서 데려오기도 하셨고. 바다를 보고 싶어 하시기에 여정이 적적할까 하여 함께 왔지."

연국사가 탄식하더니 고개를 돌려서 바다를 쳐다봤다.

"바다에 대체 뭐가 있기에…"

"뭐 없다."

"그런데 왜 저렇게 온종일 쳐다보고 계신 거요. 무공도 뛰어나고 법력도 높으신 스님 같은데."

"아름다운 바다를 보면서 뜻을 굳건하게 세우시려나 보지."

"무슨 뜻을…"

"너희 같은 놈들을 어떻게 해야 잘 때려잡을 수 있을까. 오래오래…"

흑랑이 대답했다.

"우리 같은 놈들이 한둘이겠소?"

"흑랑아, 그러니까 고민 중이시겠지. 잘 풀리고, 간단한 일을 뭐하러 고민한단 말이냐."

"내 말은 답이 없는 일이 아닌가 해서."

나는 이놈들을 한 차례 둘러봤다.

"답이 없다는 식으로 살았다면 너희는 내 손에 혹은 스님에게 이미 죽었다. 고민할 가치도 없는 일이지."

나는 바닷가의 반대편으로 시선을 보냈다. 아직 보이는 것은 없었지만 이내 은평왕에게 물었다.

"은평왕."

"예, 문주님."

"내가 금산왕을 살려야 하나? 네 생각은 어때."

고개를 돌려서 은평왕을 바라보니, 한숨을 내쉬고 있었다.

"글쎄요. 보고 판단하시지요. 그러나 오지 않을 가능성이 더 큽니다."

"어째서."

은평왕이 나를 빤히 바라보면서 말했다.

"돈이 되질 않으니까요."

"너희는 사형제 간의 의리도 없나?"

"돈이 더 중요하다고 생각하실 텐데 저도 이젠 잘 모르겠습니다."

"그렇다면 금산왕이 네 재산부터 흡수하고 있겠군."

"음."

나는 고개를 끄덕였다.

"지금 몰려오는 자들은 생사회 소속이겠군. 설마 또 수하를 보내진 않았겠지?"

아직 아무것도 보이지 않았기 때문에 빛나는 대머리들이 고개를 이리저리 움직여서 누가 오는지를 살폈다. 나는 팔짱을 낀 다음에 바다로 시선을 보냈다.

"수하들 하나둘씩 보내다가 결국에 본인이 마지막에 나섰나? 내가 가장 혐오하는 행동이네. 저 중에 만약 생사회주가 있다면 너희는 이제 생사회주가 어떻게 죽는지 지켜봐라. 은평왕, 어떻게 죽을까?"

은평왕이 조심스러운 어조로 말했다.

"잘 모르겠습니다."

"천하에서 가장 허망하게 죽겠지."

나는 대머리들에게 말했다.

"이제 이 강호에 내 적수는 없어."

부회주가 내게 물었다.

"문주께서 천하제일이라도 되시오?"

"아닌 거 같으냐?"

"설마 그럴 리가 있겠소."

"눈앞에 진실이 있어도 믿질 않네. 단 한 번이라도 너희가 믿고 싶은 것만 믿으려는 태도를 버리지 못하겠어? 점소이 시절 얘기해 줬더니 아주 같잖게 보네."

말발굽 소리가 들려서 돌아보니 시커먼 흑마들이 도착하는 대로 줄지어 늘어섰다. 저 광경을 보고 있으려니 연국사가 생사회에 의탁한 이유를 바로 알 수 있었다. 강호인이라기보다는 병력에 가까웠다.

"부회주."

"말씀하시오."

"너는 풀어주마. 저쪽으로 꺼져라. 가서 회주에게 전해. 헛된 망상을 버리고 점소이에게 투항하라고. 그럼 살아날 가능성이 아주 희박하게 있다고 말이야."

나는 부회주를 바라봤다.

"혹시 알아? 나는 천하제일이 아니니까 너희 회주가 이길 수도 있지. 풀어줄 테니 꺼지도록."

부회주가 힘겹게 일어나더니 지친 기색으로 전방을 주시했다. 한쪽 다리가 저린 모양인지, 쩔뚝이는 걸음으로 나아가다가 목소리를 높였다.

"회주님, 오셨습니까?"

어디선가 누군가의 목소리가 들렸다.

"너는 대체 그게 무슨 꼴이냐. 연국사는 또 어찌 된 일이오? 연나라 최고 고수라는 자가 머리카락까지 밀리고. 그래서 부흥이 가능하겠소?"

연국사는 한숨을 내쉴 뿐 입을 열지 않았다. 부회주 송경이 대답했다.

"회주께선 투항하십시오. 여기에 점소이 출신의 천하제일인이 계십니다. 우리가 감히 대적할 수준이 아니었습니다."

부회주는 말이 끝나자마자 고개를 푹 숙였다. 내뱉은 말이 한심해서 그런 것일까. 아니면 그도 무언가를 좀 내려놓은 것일까. 생사회주가 무어라 중얼대자, 수하 한 명이 활시위를 걸었다. 공중으로 쏘아 올린 화살 한 대가 곡선을 그리더니 지친 기색으로 서있는 송경에게 날아왔다. 송경은 멍한 기색으로 화살을 바라보다가 손을 뻗어서 낚아챘다. 삼 일을 굶은 것치고는 제법 뛰어난 솜씨였다. 어조를 달리한 송경의 목소리가 흘러나왔다.

"회주, 이것이 답이오?"

"그게 답이다."

송경이 화살을 바닥에 팽개치더니 생사회주가 있는 곳을 향해 말했다.

"회주님, 그동안 고생하셨소."

송경이 생사회주를 향해 절을 올렸다. 진실이 앞에 있어도 믿지 않으려는 자들을 향한 작별 인사처럼 보였다.

436.
불길에 휩싸였던
객잔은 사라지고

역시 사람은 굶어봐야 옳은 판단을 하는 것일까. 부회주 송경은 생사회주에게 작별을 고한 다음에 본래의 자리로 돌아와서 가부좌를 틀었다. 나는 지치고 배고픈 대머리들과 함께 생사회의 병력을 구경했다.

"하필이면 이름도 생과 사의 모임이네. 어처구니가 없다. 그래서 내가 이제 어떻게 할까. 다 죽일까. 아니면 생사회주와 옛날 장수들처럼 일대일을 한 다음에 오늘 일을 마무리할까. 똑똑한 연국사는 어떻게 생각하나."

연국사가 대답했다.

"일대일이 낫겠소."

"그래? 하지만 생사회주가 그럴 가능성은 없지. 그런 사내였다면 오자마자 그대들을 살릴 방안부터 마련했을 거야. 하지만 날아온 것은 화살이다. 심지어 부회주를 가장 신임하던 놈이라며. 이게 그 충

438   ···

성에 대한 답이냐?"

송경의 눈 밑이 파르르 떨리고 있었다. 나는 한쪽에 수거해 놨던 마후의 검과 생사객의 검을 챙긴 다음에 검집을 바닥에 떨궜다.

"다녀온다. 오늘 같은 날은 쌍검을 써야 해. 내 무공이 너무 뛰어나기 때문에 자제할 필요가 있다."

은평왕이 물었다.

"왜 그렇습니까?"

"보면 알아."

실은 적수가 없어서 외로운 사내가 나다. 물론 적수가 있어도 외로운 사내 역시 나다. 나는 아직 개과천선하지 않은 대머리들을 보호하기 위해 쌍검을 쥔 채로 생사회의 병력을 향해 걸었다. 이런 것이 바로 화살받이 인생이다. 송경을 노렸던 활이 여러 개로 늘어나더니 공중을 향해 화살을 날렸다. 가끔 투명한 바닷물을 들여다보면 작은 물고기들이 대형을 갖춘 채로 이동하는 것을 볼 수 있는데 나를 향해 쏟아지는 화살이 그렇게 보였다. 시커멓고, 작은 물고기 떼.

쌍검을 교차해서 빙공을 주입한 하얀 파도로 막았다. 파바박- 소리가 들리더니 내 주변은 금세 전쟁터가 되었다. 화살로는 내 산책을 막을 수 없겠다고 판단한 모양인지 누군가의 명령이 떨어지자 생사회의 병력이 들썩이다가 출발했다. 대체로 용맹한 세력이었다. 나는 사실 화산논검 이후에도 계속 강해졌다. 하지만 얼마나 강해졌는지, 명상의 결과가 어떠한지는 결국에 적을 봐야 확인할 수 있는 법. 검법을 사용하지 않는 경지의 검이란 어떤 것일지 나도 궁금했다. 쌍검을 휘두르다가 생각나는 대로 주절거렸다.

"이제 나는 검법이 필요 없다. 휘두르는 대로 검법이다."

흑도 특유의 기세가 잔뜩 올라간 상태여서 빠르게 움직였다. 팔을 반쯤 자르고, 무릎을 벴다. 눈 하나를 날리고, 공중에 솟구쳤다가 다양한 병장기를 쳐냈다. 말 위를 달리고, 사람을 쳐내면서 걸었다. 강호인에 대한 혐오감이 치솟는 순간, 노래를 흥얼대면서 살기를 가라앉혔다.

잠시 한계를 끌어올리듯이 빠르게 움직이자, 핏물이 곳곳에서 솟아올랐다. 문득 고개를 돌려 보니 그제야 광승도 싸움을 구경하고 있었다. 역시 바다를 구경하는 것보단 싸움 구경이 더 재미있겠지. 정작 나한테는 흥미로운 싸움이 아니었다. 내 강호는 이렇게 끝이 나는 것일까? 적수가 사라진 강호가 되었기 때문일까. 검을 휘두르는 내내, 마음이 교주처럼 차갑게 가라앉는 기분을 느꼈다.

하지만 나는 교주 같은 천하제일이 아니다. 생각의 절반은 즉흥적으로 만든 흥얼거림에 집중했다. 노래인지, 시인지, 점소이가 빗자루를 든 채로 앞마당을 쓸 때 중얼거리는 말인지 모를 잡담과 헛소리를 뒤섞어서 쌍검을 휘둘렀다. 어떤 때는 마음먹은 대로 검이 움직이고. 어떤 때는 마음을 먹기도 전에 검이 움직였다. 베면서 이런 생각이 들었다. 나는 이제 검법보다 더 효율적으로 움직인다고 말이다. 호흡, 발의 위치, 검의 궤적이 일검一劍에 녹아들었다.

확인해 보니까 이제 나는 검법도 필요 없었다. 장법도 의미 없다. 내 손이 곧 장법이다. 회피하기 어려운 암기들이 쇄도했을 때 검을 들어서 막았다. 암기가 방향을 바꿔서 산개했다. 이렇게 싸우면 절기도 필요 없다는 것을 알았다. 이제 뺨만 후려쳐도 즉사 절기다. 굳이 내가 천하제일임을 알릴 필요도, 감출 필요도 없다는 생각이 들었다. 진실을 보는 자들은 어차피 소수이기 때문이다. 악인과 살수, 흑도와 마도, 깊은 내공과 뛰어난 신공도 이제 점소이의 칼질 앞에서 무의미해졌기 때문에 대충 휘둘러도 추풍낙엽, 제대로 펼치면 일격필살, 마음을 먹으면 몰살이다.

"…초식도 잊고, 검법과 절기도 잊었다. 검을 쥐면 베고, 돌멩이를 쥐면 던지고, 뺨을 후려쳐도 죽으니 대체로 싸움이 허망하네."

시커먼 투망이 공중에서 날아오기에 십자 형태로 쪼갰다. 쌍검을 양쪽으로 뻗은 다음에 솟구쳐서 잔월빙공을 주변에 분출하면서 회전했다. 생각해 보니까… 이제 나는 일만一萬의 적이 오든, 이만二萬의 적에게 갇히든 간에 나답게 살 수 있다.

나는 고작 나답게 살기 위해 얼마나 먼 길을 돌아왔나? 쌍검에 검풍劍風을 휘감은 채로 돌진해 봤다. 제운종을 더해서 움직이자 그대로 질풍이 되었다. 길이 뚫리면서 사방팔방으로 말과 사람이 날아갔다. 이제 길이 열리고, 숨을 고른 자들도 내게 덤빌 생각을 하지 못했다. 나는 넋이 나간 자들을 둘러보다가 말했다.

"불길에 휩싸여서 사라진 자하객잔의 점소이는 이제 무신객잔의 주인장이 되었다."

내 마음에 머물러 있던 자하객잔은 불길에 휩싸여서 사라지고, 대신에 그 자리에는 무신을 배출한 객잔을 세웠다. 생사회주를 지키려는 친위대를 뛰어넘어서 흑묘방주 시절에나 고전했을 누군가의 절기를 가볍게 소멸시킨 다음에 생사회주 앞에 도착했다.

"회주, 기분이 어떠하냐?"

가장 큰 흑마에 올라타 있는 생사회주는 눈을 부릅뜬 채로 나를 쳐다보고 있었다.

"…"

좌우에 흑색의 장삼을 입은 좌우호법들이 눈만 내놓은 채로 명령을 기다리고 있었는데, 생사회주는 끝내 입을 열지 않았다. 나는 생사회주를 노려보다가 무방비 상태로 돌아섰다.

"너는 잠시 대기해라."

슬그머니 나를 좇아온 병력이 몰려들어서 다양한 표정으로 호흡을 고르고 있었다. 나는 검으로 우측을 가리켰다.

"우측 먼저, 셋을 세면 상반신으로 검기가 날아간다. 살고 싶으면 꿇든가 바짝 엎드려. 하나, 둘, 셋."

검기도 일으키지 않은 일검을 대충 휘두르자, 병력의 우측 전체가 다급하게 무릎을 꿇었다. 흑해黑海가 파도처럼 출렁였다. 심심한 바다의 풍경보단 이런 광경이 더 낫다. 나는 고개를 끄덕인 다음에 좌측을 바라봤다.

"좋았다. 너희도 마찬가지. 하나, 둘, 셋."

당연하게도, 나는 이번에 무슨 무공인지도 생각하지 않은 채로 검기를 반달 모양으로 날렸다.

쐐애애애애액!

대다수가 급하게 무릎을 꿇는 와중에 어떤 놈이 거대한 대도를 수직으로 세워서 검기를 막았다. 그 결과.

푸악!

대도와 상반신이 그대로 반듯하게 잘려서 주변에 엄청난 양의 핏물을 뿌려대면서 쓰러졌다.

"황당하네."

어쨌든 생사회의 병력은 좌우가 대통합한 채로 전원 무릎을 꿇은 상태. 나는 생사회주에게 다시 관심을 돌렸다.

"회주, 봤다시피 저항도 도주도 무의미하다. 네 좌우호법도 마찬 가지. 연국사가 대머리가 된 이유는 이처럼 내가 압도적이기 때문 이야."

생사회주가 물었다.

"대체 누구신가."

"서쪽에서 온 천하제일. 말해줘도 대부분 믿지 않지만. 나다. 복수 도 통하지 않고, 은원도 없고, 가족도 없는 사내. 나는 강호인의 수 준을 아득하게 벗어났다. 더 보여줘야 하나?"

생사회주가 대답했다.

"그럴 필요 없소. 내가 어찌해야겠소?"

아직도 말에서 내리지 않는 것을 보아하니 겉멋이 전혀 빠지지 않 은 상태.

"뭘 어떻게 해? 내려와서 꿇어."

순간, 좌우호법이 허리에 있는 장검에 손을 뻗었다. 나는 그것을 보자마자 쌍검에 백색의 뇌기를 휘감았다.

파지지지지지직!

생사회주가 말했다.

"가만히 있어라. 죽음뿐이야."

말에서 내린 생사회주가 온갖 정신적인 충격을 받은 표정으로 걸어오더니 내 앞에서 섰다. 자존심이 강한 사내라 그런 것일까. 이런 상황을 보고도 무릎을 꿇을지, 싸우다가 죽을지를 고민하는 것처럼 보였다. 나는 생사회주의 좌우호법을 바라봤다. 이들도 회주가 공격하면 이내 삼 대 일의 싸움을 벌이려는 자들로 보였다.

흑도에서 살다가 죽음도 두려워하지 않을 정도의 정신세계를 갖추게 된 것일까. 저렇다면 죽이는 게 낫다. 쌍검을 휘두르자 생사회주의 좌우로 뻗어나간 뇌기가 좌우호법의 신체를 갈랐다. 순간, 움찔하고 놀란 생사회주가 나를 노려봤다. 벼락이 사라진 평범한 장검을 생사회주의 턱 밑에 댄 채로 물었다.

"회주야, 네 인생은 이제 끝이 났다. 연국사나 마후를 봐라. 이들도 대머리가 취향은 아니었을 거야. 너도 그렇지 않으냐?"

"…"

나는 생사회주의 얼굴과 눈빛을 면밀하게 살폈다. 지독하게 잔인하고 냉혹하게 살아왔던 흔적이 곳곳에 보였다.

"네 목숨은 내 뒤에 무릎을 꿇고 있는 네 수하에게 맡기마. 수하들이 네 구명을 바란다면 내가 빡빡이로 만들어서 허름한 절간으로 데려가마. 만약, 수하들이 이구동성으로 너를 죽이라고 외치면 그대로 좌우호법 곁으로 보내주고."

그제야 생사회주가 무릎을 꿇고 있는 자신의 노예들을 다급한 표정으로 둘러봤다. 생사회주에게 말했다.

"이 정도면 수하를 부리고 살았던 자의 최후에 합당한 결말이야. 생사회는 이제 너희 대장의 생사를 결정해라. 침묵은 죽이라는 뜻으로 받아들이마. 하나… 둘."

"잠시만!"

"셋… 어?"

이 놀랍도록 고요한 침묵의 정체는 대체 뭘까? 정작 수하들에게 회주의 생사를 맡긴 내가 더 놀라서 뒤로 돌았다. 다들 입이 있음에도 불구하고 회주를 살려달라는 수하가 없었다.

"황당하네. 이게 너희의 뜻이냐?"

등 뒤에서 생사회주가 필살의 검을 뽑았다. 내겐, 시간을 멈춘 것처럼 느릿느릿한 동작이었다. 나는 일검을 휘두르면서 돌아섰다.

쐐액!

검을 다 뽑지도 못한 생사회주의 신체가 검기에 갈라졌다. 수하들의 표정과 침묵에서 생사회주가 절강의 폭군이었음을 알았다.

"폭군은 죽어야지."

조금 떨어진 곳에서 지켜보고 있는 반짝이들이 보였다. 이렇게 보고 있으려니 광해光海가 따로 없었다. 나는 한 놈과 눈을 마주치자마자 이름을 불렀다.

"송경 부회주."

이놈이 살아있었네? 삼 일을 굶어도 날아오는 화살을 붙잡을 수 있는 송경이 공손하게 대답했다.

"말씀하시오."

"이쪽으로 와라."

송경이 비틀대면서 걸어오는 동안에 일단 겁을 줘봤다.

"너도 마찬가지야. 수하들이 네 구명을 바라지 않으면 너도 회주 곁으로 보내주마."

지친 걸음으로 다가오던 송경이 그야말로 창백한 낯빛으로 멈췄다. 나는 송경에게 냉정한 어조로 말했다.

"그러니까 평소에 마음을 곱게 썼어야지. 송경아, 도망칠 수 있겠어?"

내가 이렇게 지켜보고 있는데 대체 어디로 도망을 친단 말인가? 쏟아지는 햇살을 대머리로 반사하는 지치고 배고픈 사내가 볼품없는 꼬락서니로 걸어왔다. 하필이면 수하들이 좌우에서 지켜보는 길을 쩔뚝이면서 걸었다. 송경은 내 앞에 도착하자마자 체력이 빠진 모양인지 바닥에 주저앉았다.

"왔소."

나는 검으로 생사회주를 가리켰다.

"잠시 후 네 모습일지 아닐지는 나도 모르겠다. 이번에는 네가 수하들에게 직접 물어봐. 네가 더 살아도 되는지, 이 자리에서 회주를 따라서 죽어야 하는지. 네 말 한마디에 목숨을 걸었던 자들이 결정할 거다."

나는 생사회를 바라봤다.

"부회주 송경이 말한다. 들어라."

송경이 입술을 달싹이다가 말했다.

"부회주 송경이다. 무엇을 선택하든 받아들이마. 그 전에 문주의 진짜 정체 좀 알려주시오."

송경이 나를 올려다봤다. 나는 고개를 슬쩍 내린 다음에 작게 속삭였다.

"내 진짜 정체는."

"…"

"진짜 천하제일이다. 멍청한 새끼, 말을 해줘도 못 믿네. 점소이를 얼마나 무시하고 살았으면."

시간을 끌려는 모양인지 송경이 다급하게 말했다.

"그게 아니라 분명히 점소이를 하다가 자주 처맞았다고…"

나는 송경을 노려보면서 대답했다.

"그것이 나다. 처맞았으니까 강해졌지. 처맞지 않고 어떻게 강해진다는 말이냐."

생사회의 병력을 보면서 물었다.

"결정했나? 폭군이었다면 하늘나라로 보내고, 괜찮은 상관이었다면 너희가 살려라."

인간은 간사한 면이 있어서 병력의 틈바구니에서 누군가가 내게 이런 것을 요구했다.

"부회주의 얼굴을 보면서 결정하고 싶소."

"어떤 새끼야?"

나는 송경에게 말했다.

"돌아서서 수하들 앞에서 무릎부터 꿇어라. 수하들께서 네 면상을 보고 결정하시겠단다. 하여간 수하들 비위 맞추기 어려워."

송경이 돌아서서 무릎을 꿇었다. 수하들이 시선이 송경의 얼굴에 암기처럼 꽂혔다. 꿀렁대듯이 오묘한 분위기 속에서 정적이 잠시 이어졌다. 잠시 후에 누군가가 입을 열었다.

"부회주님, 그간 회주님의 말도 안 되는 명령을 중간에서 끊느라 애를 썼다는 걸 알고 있습니다."

이건 죽으라는 걸까. 아니면 더 살라는 걸까. 궁금해서 내가 물어봤다.

"끝이냐?"

누군가가 입을 열자, 말이 점점 늘어났다.

"회주만큼 냉혹한 사람이지만 적어도 규칙은 지키려고 하셨소."

"적어도 아부는 하지 않는 사내였소. 실력으로 올라갔지."

"쓸데없이 패악을 부리진 않았습니다."

이후에도 여러 가지 말이 나왔지만 송경에게 죽으라는 말을 퍼붓는 수하는 없었다. 이렇게 되면 내가 살린 것도 아니다. 나는 무릎을 꿇고 있는 송경의 대머리를 오른손으로 붙잡았다.

"송경아."

"말씀하시오."

나는 손으로 송경의 대머리를 돌린 다음에 눈을 마주쳤다.

"네 수하들이 살렸지만 나는 아니야."

"분명 방금…"

"너를 살려서 어디에 쓰지? 이 쓸모없는 흑도 사나이. 네가 살아야 할 이유를 한 가지만 대봐."

나는 이놈에게 시킬 일이 있는데, 이놈이 답을 알고 있는지가 궁금했다. 송경의 말을 기다리는 동안에 대머리를 붙잡고 있는 손에 냉기를 주입했다. 송경이 바로 입을 열었다.

"살려주시면 생사회를 완벽하게 해체하겠소."

"완벽하게 해체한다는 게 무슨 의미냐. 재산은?"

"돌려줘야 할 곳에 돌려주고. 평범한 일을 하려는 수하들에게 나뉘주고. 남은 것은 절이라도 지어서… 어떻게 되든 간에 착복하지 않고 전부 옳은 일에 쓰겠소. 아니면 문주께서 알려주시는 대로."

빙공 때문에 송경이 눈살을 찌푸렸다. 반들반들한 대머리를 만지다가 인간의 본능에 이끌려서 머리통을 한 대 후려쳤다. 송경이 쳐다보기에 할 말이 딱히 없어서 되는대로 읊조렸다.

"배고프냐?"

"예."

"밥부터 먹은 다음에 해체를 논의하자."

얼굴을 잔뜩 찌푸리던 송경이 바닥에 엎어지더니 자신의 머리를 감싼 채로 괴로워했다. 살아서 기쁜 것일까. 대머리가 되어서 슬픈 것일까. 곧 밥을 먹게 되어서 기쁜 것일. 수하들이 보는 앞에서 망신당한 게 분한 것일까. 내 정체가 이해되지 않아서 괴로운 것일까. 나도 송경의 마음을 정확하게 알 수는 없었지만. 쥐어뜯을 머리카락도 남아있지 않은 송경은 한참이나 바닥에 얼굴을 처박은 채로 오열했다. 하여간 듣기 싫어서 엉덩이를 발로 찼다.

"그만 처울고 가자."

437.
대장부인가, 아닌가

장산이 문을 살짝 두드리면서 물었다.

"몽 공자님, 준비되셨습니까?"

"곧 나가겠소."

"예."

색마가 복장을 갖춰 입은 채로 등장하자, 장산이 위아래로 훑으면서 말했다.

"항상 의복을 단정하게, 깔끔하게 갖추시는군요."

색마가 고개를 끄덕였다.

"이것이 나와 하오문주의 차이점이지. 깔끔."

"역시 문주님보단 인기가 많으셨을 것 같습니다."

색마는 옷매무새를 점검하다가 장산을 쳐다봤다.

"장 무인, 방금은 어쩐지 좀 비꼬는 말 같은데."

"아닙니다."

"당연히 내가 더 인기가 많지 않겠나?"

"당연한 건 아니죠. 문주님도 미남이시잖아요."

"그럴 리가?"

"제 기억에는 미남입니다. 머리를 며칠 안 감으셨더군요. 의복도 좀 지저분했습니다. 개방의 고수라고 해도 의심하지 않을 정도였죠."

"전쟁 중에는 그렇게 지내는 게 맞지."

장산이 놀란 표정으로 물었다.

"아, 평소에는 공자님처럼 깔끔하게 지내십니까?"

색마가 덤덤한 어조로 대답했다.

"아니, 그놈은 항상 전쟁 중이오. 내가 장담하는데."

"예."

"지금도 누군가를 갈구거나 쥐어 패면서 웃고 있겠지. 장담할 수 있소. 그나저나 오늘은 어디를 구경하나? 이제 무림맹은 대부분 살펴본 것 같은데."

"오늘은 용무관입니다."

"누가 왔소?"

장산이 고개를 갸웃했다.

"저는 전달만 받았습니다. 아마 비무전에 초대된 분들이 있을지도 모르겠습니다."

"정말 비공개 비무로군. 누가 도착했는지도 모를 정도니."

나란히 걷던 와중에 장산이 물었다.

"신경 쓰이는 고수가 있습니까? 예를 들면 제왕 선배님들이라든지."

"딱히 없소. 내가 신경 쓰이는 건 방식이 비무라는 것 하나요."

장산이 고개를 끄덕이다가 말했다.

"그래도 맹주 비무전에서 사람들이 죽어 나가면 안 되겠지요. 아마 몽 공자님처럼 실전에서 더 강하다고 여기는 분들도 계실 겁니다."

"실은 비무도 걱정이지만."

색마는 잠시 걸음을 멈춘 다음에 무림맹을 둘러봤다.

"이러다가 정말 내가 다 이기면 어쩌나 하는 심정이 들어서."

장산이 어리둥절한 표정으로 대꾸했다.

"전부 다 이기면요? 그럼 당연히 새로운 맹주님이…"

색마가 장산에게 물었다.

"장 무인은 정말 내가 맹주에 어울린다고 보나? 장 무인도 내 소문은 들어봤겠지. 맹원들이 나를 어떻게 생각하는지는 임 맹주님이 아니라 장 무인이 더 잘 알 테니까."

장산이 슬며시 웃었다.

"그런 게 걱정되십니까? 맹원들이 몽 공자님 흉을 본다든가. 평판이 안 좋다든가 하는 문제 말입니다."

"아무래도 백도니까."

장산이 헛기침을 한 다음에 말을 이어나갔다.

"몽 공자님, 아시겠지만."

"…"

"저 산적이었습니다."

"깜박했네."

색마는 남악녹림맹의 산적이었던 장산을 물끄러미 바라봤다. 장산의 말이 이어졌다.

"제가 산적이었다는 사실은 변하지 않습니다. 제 출신을 가지고 집요하게 괴롭히는 무림맹의 선배들이 많았다면 저도 적응하는 게 힘들었을 겁니다."

"있긴 했소?"

"그냥 놀리는 수준이었습니다. 남들보다 밥을 좀 많이 먹는다거나 그런 수준이었죠. 그리고 산적 출신이라는 이유로 저를 괴롭히는 선배들이 있었다고 해도 제가 그냥 버텼을 겁니다. 이건 자신할 수 있습니다. 감당할 생각이었죠."

"어째서?"

장산이 말했다.

"조금 힘들다고 도망을 치는 건 대장부가 아니니까요."

색마는 일전에 장산과 만났던 일이 떠올랐다.

"아, 혹시 그 말은 셋째가 해준 말에서."

"예."

"그 말을 품고 살았나 보군."

"품고 살았습니다. 산적이었을 때도 이곳에 처음에 왔을 때도 무엇이 옳고, 그른 것인지를 구분하는 게 가장 어려웠습니다. 가장 기본적인 것도 헷갈렸습니다. 배운 게 없어서 그렇습니다. 그럴 때마다 이렇게 행동하는 게 대장부인지 아닌지만 떠올렸습니다."

"도움이 되었나?"

장산이 웃었다.

"그럼요. 가시지요, 몽 공자님."

두 사람이 다시 걸으면서 대화를 나눴다.

"의외로 무림맹에 와서 가장 힘든 일은 글을 배우는 것이었습니다."

"글?"

"예, 암구호를 외우거나 명령서를 읽어야 하니까요. 이상하게도 글자가 많으면 머리가 어지러웠습니다. 차라리 선배들이 버거워하는 혹독한 수련 시간이 저는 더 좋았습니다."

"지금은 괜찮은 모양인데 어떻게 이겨냈소?"

"남악에 있을 때는 이런 말을 자주 들었습니다. 글을 읽으면 사내구실을 하기 힘들다고요. 그렇습니까?"

"그럴 리가."

"무림맹에 와서 거듭 생각해 보니까. 그것은 저희가 멍청하게 있어야 부리기 쉽기에 일부러 글을 배우지 못하게 한 거였습니다. 그래서 대부분 저처럼 일자무식이었습니다. 어느 날 글을 볼 때마다 어지러운 이유가 그것 때문이었다는 생각이 드니까 분노가 치밀더군요."

"그렇게 극복했군. 사정을 파악한 다음에 분노가 치밀어서."

"예, 지금은 어지럽지 않습니다."

두 사람은 용무관 앞에 도착해서 멈췄다. 안에 사람들이 있다는 것을 쉽게 알 수 있었다. 장산이 문을 열기 전에 말했다.

"몽 공자님, 조금 죄송한 말씀입니다만."

"말해보시오."

"맹원 중엔 차남이나 막내가 많습니다. 세가나 무가에서 후계자를 맹원으로 보내진 않습니다."

"음."

"그런데 장남인 경우도 종종 있죠. 이럴 때는 어떤 경우인지 아십
니까?"

색마는 답을 알 것 같았다.

"쓰러져 가는 집안? 아니면 돈을 벌어야 하는 가장 역할이거나."

"맞습니다. 하지만 집안이 좋든 나쁘든 간에 전부 맹주님의 부하
죠. 맹주님도 그런 것은 신경을 안 쓰시는 분이고요."

색마는 용무관의 입구를 물끄러미 바라봤다. 셋째가 장산에게 해
줬었다는 말이 이상하게도 계속 맴돌았다. 마치 활시위를 떠난 활이
어딘가를 한참 동안 돌아다니다가, 이제야 표적을 찾아 꽂힌 느낌이
랄까. 하필이면 그 표적이 색마의 마음이었다.

'염병할…'

장산이 색마에게 물었다.

"몽 공자님, 들어갈까요?"

색마가 고개를 끄덕이자, 장산이 용무관의 입구를 두드렸다.

"구검대의 장산입니다. 몽 공자를 모시고 왔습니다."

"들어오게."

두 사람은 용무관으로 들어섰다. 색마는 용무관에 들어서자마자
낯익은 자들을 발견하고선 속이 뜨끔했다. 임소백이 중앙에 있고 손
님으로는 백리세가의 군검왕과 대공자인 백리한이 있었다. 군검왕
이 덤덤한 어조로 색마에게 말했다.

"자네였군. 사부도 오셨나?"

색마가 대답했다.

"사부님은 이번에 오지 않으셨습니다."

군검왕이 임소백을 바라봤다.

"그렇다면 백리세가를 상대할 맹주 비무전의 상대가 몽랑인가?"

임소백이 군검왕을 쳐다보면서 대답했다.

"이미 신극의 제자를 상대로 일 승을 챙겼으니 실력은 부족하지 않네."

군검왕이 아쉽다는 것처럼 말했다.

"검마가 왔으면 좋으련만."

임소백이 서있는 색마와 장산에게 말했다.

"이쪽으로 와서 편히 앉아라."

"예."

임소백이 모인 자들을 둘러보면서 말했다.

"사실 초대하는 자들에게 보내는 서찰을 내가 직접 썼다. 일부는 오지 말라고 했고. 어느 곳에는 후계자를 보내라고 일렀지. 하지만 백리세가는 가주와 후계자를 오라고 했다."

군검왕이 물었다.

"누구에게 오지 말라고 했나?"

"나보다 나이가 한참 많은 늙은이 제왕들. 그들이 오면 굳이 내가 은퇴해야 할 이유가 없다. 경고를 무시하고 오면 맹주 비무전에서 내가 상대할 생각이었지."

군검왕이 어리둥절한 표정으로 되물었다.

"그럼 나는?"

임소백이 대답했다.

"자네는 내가 생각하는 적절한 맹주 후보 중의 한 명이네."

군검왕이 색마를 바라봤다.

"음, 젊은 몽랑도?"

임소백이 말했다.

"그래. 몽랑도 적절한 맹주 후보 중의 한 명이지. 다만 이번에는 서찰에 적었다시피 세대를 교체하는 의미가 있네. 백리한."

대공자 백리한이 대답했다.

"예, 맹주님."

"네 또래에서 새로운 맹주가 배출되어도 좋다. 그래서 함께 오라고 한 것이야."

"예."

임소백이 알쏭달쏭한 말로 백리세가를 고민하게 만들었다.

"인원을 제한한 비공개 비무전이다. 군검왕과 몽랑이 겨뤄도 좋고, 대공자 백리한과 몽랑이 겨뤄도 상관없다. 다만, 패배하는 쪽은 올라가지 못해. 군검왕은 나와 활동 시기가 겹치는 제왕이지만 맹주 자격이 충분한 사내여서 다른 자들과 달리 초대했다. 나이가 젊은 것도 있고. 백리한, 네가 아비의 무공을 이어받아 다음 세대의 검왕이 될 자격을 이미 갖추고 있다면 네가 나서도 무방하다."

군검왕과 백리한이 다시 색마를 바라봤다. 군검왕이야말로 큰 고민에 빠져있었다. 정적이 흐르다가 군검왕이 입을 열었다.

"또 누굴 초대했나?"

임소백이 대답했다.

"남궁은 봉문이라 초대하지 않았지. 권왕은 마교와 싸움에서 얻은 부상으로 은퇴했더군. 이군악이 권왕의 칭호를 이어받았으나 그놈은 맹주 자리에 전혀 관심이 없다는 답장을 보냈다. 수발들면서 몇 년은 바깥 활동을 하지 않겠다고 하더군."

"서문은?"

"서문은 거절했네. 무제라는 별호를 잃었기 때문에 자격이 없다는 말을 전해왔네. 대공자도 보내지 않겠다고 하더군."

"도왕은?"

"그놈은 찾을 수가 없어. 뭐 찾았다고 한들 맹주를 할 놈은 아니어서 아예 고려하지 않았네. 외골수 무인에겐 맡길 생각도 없고."

군검왕이 색마를 쳐다보더니 임소백에게 다시 물었다.

"…하오문주는?"

"도왕과 마찬가지. 어디 있는지 파악하기 어려울뿐더러 붙잡아 와서 강제로 앉히지 않는 이상은 맹주를 하지 않을 거야. 내버려 두게."

군검왕이 탄식했다.

"내 또래의 상대가 너무 없지 않은가."

임소백이 말했다.

"검성 쪽에서도 후계자를 보낸다는 말을 전했는데 아마 아주 어리진 않겠지. 그리고 당연하게도 무림맹원들도 참가하네. 그들에게도 당연하게 기회를 줘야지."

"누가 참가하나?"

"일단은 총군사 공손월."

"음?"

…

색마는 물론이고 백리세가에서도 다들 놀란 표정을 지었다. 군검왕이 물었다.

"미안한 말이네만, 총군사가 그렇게 강한가?"

"미안할 건 없네. 공손월은 전 총군사의 유일한 제자로 맹원 대다수가 상대하지 못해. 검대에서는 유일하게 일대주만 제대로 상대할 수 있지. 단주나 각주들도 예전에는 자주 비무를 했지만 지금은 체면을 지키려는 모양인지 총군사의 도전을 받아주지 않고 있네."

"뜻밖의 소식이군."

임소백이 덤덤한 어조로 말했다.

"내가 전 총군사의 수양딸이라는 이유로 공손월에게 총군사를 맡겼을 것 같은가. 실력으로 봐도 총군사 자리에 적합했네. 자네는 검대의 상징성을 알지 않나. 총군사를 맡기지 않았으면 검대주를 맡겼을 거야."

임소백은 공손월이 강할 수밖에 없는 이유를 하나 더 알고 있었으나, 이들에게 말해줄 필요는 없었다. 전대 천하제일인의 유일한 핏줄은 어렸을 때 이미 강제로 임맥타통과 벌모세수를 진행하고 영약도 구하기 힘든 것을 많이 복용한 상태였다. 군검왕이 한숨을 내쉬었다.

"공손월과 몽랑이 나서는 맹주 비무전에 참가해야 한다니."

그제야 이 맹주 비무전을 완벽하게 이해하게 된 군검왕이 임소백에게 물었다.

"내가 나서면 그대가 상대하나?"

임소백이 슬쩍 웃었다.

"아니라니까. 왜 의심하나?"

"임 맹주, 자네가 나한테 패할 것 같진 않아서 하는 말이네. 자네가 정한 이번 규칙에 따라서 늙은이들을 자네가 직접 상대한다고 했을 때 말이야."

임소백이 말했다.

"사실 내가 어떤 제왕들에게 패배하겠나? 제왕들에겐 질 생각이 애초에 단 한 번도 없었네. 자네를 무시하는 게 아니라. 항상 내가 생각하는 적수는 교주였지."

마음의 결정을 내리지 못한 군검왕이 큰아들에게 물었다.

"네 생각은 어떠하냐?"

백리한이 대답했다.

"제가 먼저 몽 공자를 상대하고. 아버님이 임 맹주님에게 도전하시죠."

"굳이? 이유는."

백리한이 색마를 바라봤다.

"그게 맞지 않겠습니까. 일전에 혁이가 무참하게 패배했으니 제가 도전하는 게 맞습니다."

군검왕이 색마를 위아래로 살핀 다음에 아들에게 말했다.

"하지만 몽랑은 전보다 훨씬 강해졌다."

백리한이 대답했다.

"알고 있습니다. 패배하면 돌아가서 더 수련할 수밖에 없지 않겠습니까. 그게 임 맹주님의 계획 혹은 이번 비무전의 의미인 것 같습니다."

임소백이 슬며시 웃었다.

"맞다."

군검왕이 이번에는 색마의 의견을 물었다.

"자네는 어떻게 생각하나?"

색마는 모여있는 자들의 표정을 둘러본 다음에 대답했다.

"오해하지 마십시오. 제 생각은."

"편히 말하게."

"대공자를 상대하고 나서 검왕 선배에게 도전하겠습니다."

군검왕이 눈을 크게 뜨고, 임소백도 색마를 물끄러미 바라봤다. 군검왕이 물었다.

"이유는?"

색마가 말했다.

"임 맹주님은 은퇴하실 생각을 하셨으니까요. 적을 상대하는 것이 아니니까 제가 비무에 임해도 됩니다. 제가 언제 검왕을 상대해 보겠습니까?"

군검왕이 손을 살짝 든 채로 의문을 표했다.

"내 말은 나를 상대했다가 이기거나 패해도 이후에 벌어지는 비무에서는 불리할 텐데."

색마가 말했다.

"이곳에서 최선을 다하고. 누구에게 패배하든 간에 집구석으로 돌아가서 다시 수련하겠습니다."

임소백이 물었다.

"백응지 말이냐?"

색마가 슬쩍 웃었다.

"일양현입니다."

태어난 장소가 고향이 아니라 마음이 머무는 곳이 고향이라는 생각이 들었다. 문득 색마는 장산과 눈을 마주쳤다가 동시에 슬쩍 웃었다. 장산은 섣부르게 입을 열 수 없는 처지라서 가만히 지켜보고만 있었는데, 이곳에 모여있는 사람들이 모두 하오문주가 말한 대장부라는 것은 어렵지 않게 알 수 있었다.

438.
나는 이제
막내가 아니다

생각에 잠겨있던 군검왕이 임소백에게 물었다.

"그나저나 임 맹주, 한창때에 은퇴해서 뭘 하려고. 계획은 세웠나?"

임소백이 말했다.

"그냥 쉬고 싶네. 계획은 세우지 않았어."

"계획도 없이?"

임소백이 고개를 끄덕였다.

"어느 순간부터 쉰 적이 없네. 할 일 없이 누워있거나 잠을 잘 때도 마음은 쉬질 못했다. 자네 말대로 내가 그렇게 늙은 것은 아니지만 속내는 노인장이나 다름이 없지."

임소백이 장산을 바라봤다.

"맹원과 있을 때도 잔소리가 자꾸 늘게 되네. 잔소리를 줄여야지 하면서도 잔소리를 하게 돼. 무공에 관해서는 약해졌다고 생각하지 않네만, 생각은 늙었네. 늙었으면 은퇴해야지."

장산은 조심스러운 어조로 입을 열었다.

"한 번도 잔소리라고 생각한 적이 없습니다, 맹주님."

"그러냐."

"예."

임소백이 군검왕을 바라봤다.

"다행히 당대의 강호는 하오문주를 비롯해서 몽랑, 검마, 육합선생이 전면에 나서서 마교와 다투고 그 과정에서 제왕들도 보고만 있지 않았다. 검왕, 자네라면 정확한 소식을 알 자격이 있지. 천하제일은 하오문주로 바뀌었네."

군검왕이 허탈한 표정을 지었다.

"믿기 어렵군. 교주는?"

"개방에서 한 차례 목격되었다고 하니 살아있는 모양이야. 신개 선배에게 이번 결말을 이야기하고 함께 은퇴하기로 한 모양이더군. 그러니까 내 은퇴에 앞서 삼재가 먼저 은퇴한 셈이지."

군검왕이 고개를 끄덕였다.

"이것이 자네의 은퇴 배경이었군. 이제 다 이해했네. 그렇다면 말이야."

군검왕이 장남과 색마를 쳐다봤다.

"이제 너희 차례구나. 임 맹주가 오랫동안 짊어지고 있었던 무거운 짐을 이어받아야겠다."

색마와 백리한이 대답했다.

"예, 선배님."

"예."

"맹주가 되고 안 되고는 크게 중요하지 않다. 이번 비공개 비무는 몽랑과 한이가 치르자. 이긴 사람은 다음 비무를 하고, 패배한 사람은 각자의 고향으로 돌아가서 수련하는 것이 임 맹주의 짐을 나눠서 감당하는 것이다."

군검왕이 임소백에게 말했다.

"임 맹주, 나도 은퇴하겠네. 자네처럼 별 계획은 없지만 말이야."

"너무 갑작스러운 결정 아닌가?"

갑자기 군검왕이 옛일을 떠올리다가 웃었다.

"왕이 너무 많다고 말하던 하오문주의 말이 기억나는군. 교주도 이기지 못하는 실력으로 별호에 왕을 붙이고 있다는 것은 새삼스럽게 부끄러운 일이네."

"좋을 대로 하게."

백리한과 색마의 대결로 결정되자, 다들 색마를 쳐다봤다. 색마는 홀로 비무 방식을 고민하다가 입을 열었다.

"비무 방식을 제안하겠습니다. 들어보고 거절해도 됩니다."

임소백이 힘을 실어줬다.

"들어보자."

색마가 지난 패배를 언급했다.

"실은 저도 교주와 겨뤄서 패배했습니다. 방식도 제가 제안했지요. 제가 먼저 장검을 붙잡은 채로 얼리고, 그것을 교주가 뽑으면 제가 패배. 뽑지 못하면 제가 승리하는 비무였습니다."

군검왕이 고개를 갸웃했다.

"네가 그렇게 승리하면 무엇을 얻는데?"

"화산논검에도 은퇴가 걸려있었습니다."

군검왕이 고개를 끄덕였다.

"특이한 결정이었구나. 너는 왜 그런 방식으로 비무를 했지?"

"일단은 제가 가장 자신 있는 비무 방식을 제안한 것이지요. 설령 패배하더라도 교주의 내공을 한껏 줄여놓을 목적이 있었습니다. 물론 이런 의도를 알면서도 교주가 거절하지 않는 성격임을 알고 있었습니다."

군검왕이 물었다.

"교주가 쉽게 뽑았나?"

"글쎄요. 아주 쉬운 일은 아니었던 것 같은데 그렇다고 제가 계획했던 대로 내공을 소모한 것도 아닌 것처럼 보였습니다. 아무리 대단한 고수라도 저랑 진이 빠질 때까지 내공을 겨뤄야 승패가 결정될 것이라 예상했는데 교주는 달랐습니다."

임소백이 백리한에게 물었다.

"네 생각은 어떠하냐?"

백리한이 대답했다.

"교주와 겨뤘던 방식이라면 저도 해보고 싶습니다."

색마는 애초에 자신에게 유리한 비무 방식이었기 때문에 교주가 어떻게 이겼는지를 일부러 설명했다.

"교주님의 수법을 제가 파악한 대로 설명하자면 성질이 다른 지법 혹은 내공을 서로 교차, 충돌시켜 발생한 진동으로 녹이고 이후에는 내공으로 밀어냈습니다. 내공으로만 순수하게 녹여서 빼내는 것은

···

무척 어렵고 내부에 충격파를 가할 수 있는 절기를 익히고 있어야 가능합니다. 굳이 주변에서 찾아보자면 맹주님의 육전대검이야말로 그런 무학입니다."

임소백이 검마의 목검을 이런 방식으로 부러뜨렸다는 걸 알고 있었기 때문에 내뱉은 말이었다. 그러니까 색마는 함께 경청하고 있는 백리세가에게 얼어붙은 장검을 뽑아내는 방법까지 미리 알려준 셈이었다. 색마가 백리한을 바라봤다.

"굳이 이런 비무를 제안하는 이유는 적어도 우리가 은퇴한 삼재의 수준을 넘어서기 위해 내공이나 무학이 이 정도는 넘어야 한다는 것을 말하고 싶어서요. 대공자도 나도 아직 수련할 시간이 많이 남았기 때문에."

백리한이 동의한다는 것처럼 고개를 끄덕였다. 색마가 말했다.

"애초에 대공자의 검법은 검왕 선배의 무학을 이어받고 있으니 길게 말할 필요가 없을 것 같아서."

백리한이 끄덕였다.

"몽 공자, 그렇게 합시다. 방식을 받아들이겠소."

백리한과 색마가 눈을 마주치더니 동시에 일어났다. 구경하는 자들과 조금 떨어진 곳에서 백리한이 장검을 끌러내어 색마에게 내밀었다.

"이렇게 하면 되겠소?"

색마는 오른손으로 장검을 붙잡았다. 백리한이 정상적인 비무에서 패배해서 돌아가는 것보다는 지금의 실력이 교주를 넘보지도 못할 만큼 약하다는 걸 인지하는 게 더 중요하다고 생각했다. 그래야

만 백리한이 수련을 더 열심히 할 수 있는 동기를 가질 테니까. 색마
는 백리한의 장검에 빙공을 주입하면서 말했다.

"최선을 다할 테니 대공자도 방심하지 마시오."

백리한을 상대하는 데 더 긴 시간이 필요하지 않았기 때문에 곧장
말했다.

"이제 뽑으시오."

백리한이 장검을 노려보다가 검병을 붙잡았다.

"뽑겠소."

백리한은 장검의 손잡이를 붙잡자마자, 오른손에 한기가 들러붙
어서 만만치 않은 고통을 느꼈다.

"음."

곧장 모든 내공을 오른손에 집중해서 한기를 지워내고, 잡아당기
는 힘과 하반신의 힘까지 더해서 장검을 뽑기 위해 애를 썼다. 백리
한이 온몸의 힘을 꺼내 쓰듯이 움직이자. 색마는 내공을 쏟아내는
와중에도 자연스럽게 입을 열었다.

"그렇게 하면 한기가 밀려들어 검을 뽑기 전에 내상을 입을 수도
있으니 먼저 내공을 일정하게 유지하는 것에 집중하시오. 처음에는
장력을 겨룬다는 느낌으로…"

백리한도 비무 중에 대답했다.

"알겠소."

외공으로 발악하듯이 꿈틀대던 것을 멈춘 백리한은 정신을 집중
해서 색마의 말대로 자신의 손을 보호하듯이 장력을 분출했다. 장검
이 단 한 번의 끊김도 없이 파르르— 떨렸다. 색마가 말했다.

"장력으로 녹여도 좋고, 충격파를 전달할 수 있는 무학을 접목해도 좋소."

조언을 받은 백리한이 고개를 끄덕이더니 자신의 오른손을 뒤덮고 있었던 백색의 냉기를 지워냈다. 굵게 흩날리던 함박눈에서 불판에 녹는 것 같은 소리가 흘러나왔다. 눈을 크게 뜬 백리한이 재차 힘을 내자 손잡이에 들러붙은 냉기가 눈에 띄게 사라졌다. 여기까지 어느 정도 백리한을 배려했던 색마는 재차 공격하겠다는 것처럼 고개를 끄덕인 다음에 내공을 쏟아내던 강도를 더욱 높였다. 그러자 이내 검의 손잡이와 백리한의 손이 다시 새하얀 냉기로 뒤덮였다. 이제 검만 떨리는 게 아니라, 서있는 백리한도 전신을 떨고 있었다. 어느덧 백리한의 날숨에서도 한기가 흘러나오자, 인상을 찌푸린 군검왕이 입을 열었다.

"좋다. 거기까지."

색마와 백리한이 눈빛을 교환한 다음에 각자 내공을 조금씩 줄여나갔다. 한쪽이 내공을 단박에 줄이면 곧장 밀려드는 장력이나 한기에 내상을 입을 수 있기에 천천히 단계별로 줄여야만 했다. 잘 버티던 백리한은 머리가 깨질 것 같은 고통을 느끼자마자 저도 모르게 내공의 흐름이 끊긴 채로 비틀거렸다. 깜짝 놀란 군검왕과 임소백이 동시에 튀어나오더니 비틀거리다가 쓰러지려는 백리한을 받아낸 다음에 가부좌를 트는 형태로 앉혔다. 이어서 곧장 군검왕과 임소백이 한쪽 팔을 뻗어서 백리한의 체내에 한 줄기의 진기를 투입했다. 임소백이 침착한 어조로 말했다.

"호흡하면서 단전을 보호해라. 우리가 돕고 있다."

전신을 바들바들 떨고 있었던 백리한의 안색이 차츰 정상적으로 되돌아왔다. 그것을 지켜보던 색마가 짤막하게 숨을 내쉬었다.

'큰일 날 뻔했네.'

백리한의 상태를 보자마자 내공을 순차적으로 거두긴 했으나 이미 한 줄기의 냉기가 체내에 침투한 것으로 보였다. 조금 물러나서 바닥에 앉은 색마는 백리한, 임소백, 군검왕의 표정을 물끄러미 바라봤다. 군검왕이야 백리한의 아비라서 찰나의 망설임도 없이 튀어나왔다지만, 임소백의 반응 속도도 군검왕에 못지않았다. 운기조식은 백리한이 하고 있었는데. 정작 지켜보고 있는 색마의 이마에서 땀방울이 흘러내렸다.

'이 알쏭달쏭하게 부끄러운 기분의 정체는 대체 무엇일까.'

아마도 백리한을 자신의 아군이라 여겼으면. 색마도 급히 다가가서 백리한을 부축했어야 했다. 애초에 백리한을 부축할 마음이 없었다는 것과 찰나의 망설임도 없이 튀어나간 선배들의 마음가짐에서 느껴지는 격차가 색마를 부끄럽게 만들었던 것. 다행히 백리한은 잠시 후에 혈색을 되찾은 채로 눈을 뜨고, 체내의 진기가 정상으로 돌아온 것을 확인한 군검왕과 임소백도 손을 거뒀다. 군검왕이 물었다.

"괜찮으냐?"

백리한이 대답했다.

"예."

백리한이 돌아서더니 나란히 앉아있는 군검왕과 임소백을 향해 무릎을 꿇은 다음에 절을 한 번 올렸다.

"감사합니다. 맹주님, 아버님. 제가 갑자기 당황한 나머지 집중력이 흐트러졌습니다."

임소백이 고개를 끄덕였다.

"다치지 않았으면 됐다."

군검왕이 설명했다.

"비무에서 장력 대결을 벌이다가 중지할 때는 더욱 신중해야 한
다."

"예."

"실전에서는 더욱 위험한 일이다. 주변에서 발생하는 변수에 대처
하기 힘들기 때문이야."

"명심하겠습니다."

백리한이 색마에게 말했다.

"몽 공자, 막판에 실수해서 미안하오."

"별말씀을."

서로 최선을 다하기로 했기 때문에 누구의 탓도 아니었다. 색마는
일어나서 다가간 다음에 백리한의 장검을 돌려줬다. 장검을 돌려받
은 백리한은 왼손의 검지와 중지에 내공을 주입하여 검신劒身을 한
차례 쓸어냈다. 그러자 장검에 들러붙은 냉기가 손가락의 진격에 따
라서 말끔하게 지워졌다. 장검을 내린 백리한이 먼저 예를 갖추면서
색마에게 말했다.

"몽 공자, 뽑지 못했으니 내가 졌소. 특별한 경험으로 기억하리
다."

색마도 답례하면서 대꾸했다.

"대공자도 고생하셨소."

군검왕이 탄식했다.

"몽랑아, 교주는 저것을 뽑았단 말이냐?"

"예."

"우리 부자가 좋은 경험을 했다. 임 맹주, 백리세가는 여기까지. 패배를 인정하고 이번 비무전에서 물러나겠네."

임소백이 슬쩍 웃었다.

"특이한 비무였다. 확실히 내공은 몽랑이 앞서는군. 교주는 해냈다고 생각하니까 나조차도 기분이 이상하구나. 몽랑아."

"예, 맹주님."

"네 생각에 그 얼어붙은 장검을 뽑을 수 있는 고수가 이 강호에 몇이나 될까?"

색마가 손가락을 꼽으면서 말했다.

"삼재와 하오문주, 맹주님…"

"나도 있느냐? 어쩐지 내 체면을 세워주려는 말 같은데."

색마가 고개를 저었다.

"제가 그런 성격은 아닙니다. 육전대검을 활용하면 교주와 마찬가지로 뽑으실 수 있을 겁니다."

"또 누가 있지?"

"백의무제와 공손심 선배, 혈교주는 저도 고전할 겁니다. 제 사부님과 다른 고수들도 힘겹겠지만 아무래도 수월하게 뽑을 수 있는 고수를 꼽으라면 앞서 언급한 다섯 명 정도입니다. 이것은 애초에 저한테 더 유리한 비무 방식이기에 그렇습니다."

"그래, 이해했다."

임소백은 똑같은 비무를 치르고 싶어서 근질근질했으나 애써 참았다. 은퇴한다고 선언해 놓고 몽랑과 겨뤄서 실제로 장검을 뽑아봤자, 노망났다는 말을 들을 것 같았기 때문이다. 하지만 옆에서 지켜보던 군검왕도 임소백과 마음이 똑같았다. 자신이 나섰다가 패하기라도 하면 백리세가의 세 남자가 전부 몽랑에게 패한 것이기 때문에 자중할 필요가 있었다. 다들 말이 없자, 조용히 관전하던 장산이 물었다.

"몽 공자님, 질문이 있습니다."

"해보게."

"그러니까 질문이 좀 이상합니다만 제가 이해력이 조금 부족하여."

다들 장산을 바라보자, 장산이 말을 이어나갔다.

"어떤 수련을 해야 나중에라도 뽑을 수 있을까요. 내공 수련만 하면 안 될 것 같아서요."

"음."

장산의 질문에 다들 침묵했다. 정작 색마도 반대의 처지에서 고민할 수밖에 없었다. 색마, 군검왕, 백리한이 각자 고민하다가 임소백을 쳐다봤다. 아무래도 임소백이 설명해 주는 게 가장 낫지 않겠냐는 시선이었다. 임소백이 말했다.

"당연하게도 내공 수련은 기본이고."

"예."

"문제는 내부에 충격을 가할 수 있는 무공을 보유하느냐, 인데. 자네는 어때. 백리세가에 그런 무공이 있나?"

군검왕이 허탈한 표정으로 대답했다.

"그러게, 찾아봐야 할 것 같군. 전대 가주들의 무공 중에 비슷한 무학이 있었는지 말이야. 어쩌면 그런 무공을 보유해 놓고도 검법에만 매몰되었을 수도 있으니 살펴봐야지."

그제야 색마도 입을 열었다.

"장 무인, 예를 들자면."

"예."

"교주와 하오문주는 기본적으로 음과 양의 내공을 동시에 익혔소. 어떻게 가능한 것인지는 나도 잘 모르겠군. 지켜본 바로는 두 기운이 서로 섞이지 않으려는 성질이 있어서 충격파가 생기더군. 하지만 이런 것은 경지가 깊어진 다음에 고민할 문제라서 장 무인이 지금부터 고민하는 것은 옳지 않아."

장산이 대답했다.

"알겠습니다."

말을 하는 도중에 색마는 두 사람이 매화장에서 싸우지 않고 화산에 오른 이유를 새삼스럽게 알게 되었다. 색마가 임소백을 바라봤다.

"두 사람의 무공이 남달라서 일대가 초토화되기 때문에 비무를 치르던 매화장에서 싸우지 않고 화산에 올랐었습니다. 그래서 저희는 비무를 보지 못했지요. 생각해 보니까 나름 저희를 배려한 것이었군요. 근처에서 지켜볼 수 있는 비무가 아니었습니다."

"두 사람은 아예 수준이 다르구나."

"그렇습니다."

군검왕이 백리한을 바라봤다.

"비무를 하러 왔다가 어떤 목표 지점을 확인하게 된 것 같다."

"저도 그렇습니다."

군검왕이 임소백에게 부탁했다.

"맹주, 비무전에선 물러나겠네. 하지만 이후의 비무는 지켜보고 새로운 맹주가 선출되는 것까지 이 녀석과 보고 싶은데. 괜찮겠나?"

임소백이 대답했다.

"그렇게 하게."

백리한이 색마에게 물었다.

"몽 공자는 이후의 상대들도 모조리 꺾을 수 있겠소?"

색마가 고개를 저었다.

"모르겠소. 맹주님은 어떻게 생각하십니까?"

임소백이 대답했다.

"나도 아직은 모르겠다. 오늘처럼 정보를 차단한 채로 있다가 갑작스럽게 대면한 다음에 겨루면 된다. 그럼 일단."

임소백이 모여있는 자들을 둘러본 다음에 말했다.

"다 같이 밥이나 먹으러 가자."

"예."

비무를 마치고, 구경한 자들이 동시에 일어나서 용무관을 빠져나왔다. 함께 밥을 먹으러 가는 동안에 색마는 화산에서 먹었던 밥이 떠올랐다. 그 밥과 함께 셋째의 말도 또렷하게 기억났다.

'이 자리에 모인 자들이 함께 밥을 먹는 것은 천하에 있어서나 강호에 있어서나 기적에 가까운 일이야.'

돌이켜 보니 정말 기적 같은 일이었다. 교주, 천악, 백의서생, 혈교주, 공손심, 사대악인이 뒤섞여서 밥을 먹었으니 말이다. 색마는 임소백 근처에서 걷다가 화산에서 있었던 일을 떠들어 댔다.

"맹주님, 화산에서 말입니다."

"응."

"교주와 천악, 백의무제, 혈교주 등과 함께 밥을 먹었습니다."

임소백이 웃으면서 대답했다.

"밥알이 목구멍으로 잘 넘어가더냐?"

색마가 대답했다.

"그 음식 맛은 기억에 없는데, 제가 그 논검 참가자 중에서는 막내라서 술을 한 잔씩 올렸습니다. 그때 마신 빙주冰酒는 잊을 수 없습니다. 그러니까 그 술맛은…"

색마가 멋쩍게 웃으면서 말을 이어나갔다.

"마치 인생의 마지막 날에 마시는 술 같았습니다."

임소백이 호탕하게 웃더니 함께 걷고 있는 색마의 어깨를 붙잡았다.

"그 빙주, 우리도 오늘 마셔보자."

"알겠습니다."

걷고 있던 색마는 화산논검의 빙주도 잊지 못할 술이었지만 술을 마시러 가고 있는 지금의 심정도 오랫동안 잊지 못할 거란 생각이 들었다. 다행히 지금은 장산이 있어서 막내도 아니었다.

다시 무인이 된 사내

교주는 상석에 앉아서 대공자, 일마조, 마부인 국검菊劍을 둘러보다
가 말했다.

"일마조."

"예."

"부교주를 보좌하는 광명우사로 복귀하도록."

일마조가 대답했다.

"알겠습니다."

일마조가 대공자의 외숙이었기 때문에 자연스러운 인사였다. 교
주가 오랫동안 자신을 보필한 호위를 바라봤다.

"국검."

"예, 교주님."

"네가 광명좌사를 맡아라. 이제 내 호위나 마부 일 같은 것은 할
필요가 없다."

국검이 당황한 표정으로 겨우 대답했다.

"알겠습니다."

제가 어찌 감히 좌사직을, 따위의 말이 전혀 안 통하는 교주였기 때문에 맡으라면 맡을 수밖에 없었다. 하지만 사람이 어찌 놀라지 않겠는가. 국검은 오랜 세월 동안에 교주가 잠이 들면 교주의 눈과 오감이 되어야만 했는데, 그 공로로 좌사에 오른 건 분명히 당황스러운 인사였다. 교주가 대공자를 쳐다봤다.

"기한은 정해두지 않았다. 따로 언질을 줄 때까지 너는 부교주를 맡아서 내당과 외당을 총괄하도록."

"알겠습니다."

"질문해라."

대공자가 물었다.

"부교주라 하시면 내부 활동은 물론이고 외부의 일도…"

"외부의 일?"

"예를 들면 옛 총본산과 진홍도, 명천위가 같은 세력도."

"알아서 해."

"예."

교주가 탁자 위에 놓인 작은 상자를 보다가 말했다.

"명목은 폐관수련이지만 교에서 머물지 않고 바깥에서 수련할 때도 많을 것이다. 내부의 일은 일마조와 상의하고 외부의 일은 국검과 상의하면 큰 문제 없을 것이다. 특히 일마조."

"예, 교주님."

"내부의 일을 처리할 때 시끄러우면 돌아와서 문책하겠다."

일마조가 고개를 숙였다.

"그렇게 하겠습니다."

다들 교주의 태도가 어딘지 모르게 변했다고 생각했으나, 그 생각을 입 밖으로 꺼낼 수 있는 사람은 없었다. 다들 눈치를 보는 와중에 대공자가 교주의 백발을 바라봤다.

"교주님, 머리카락은 어쩌다가…"

교주가 짤막하게 대답했다.

"다시 뿌리부터 검어지고 있다."

"아, 축하드립니다."

입술을 달싹이던 대공자는 결국에 진짜 궁금한 것을 질문했다.

"하오문주는 살아있습니까? 죽었는지 살았는지 행적을 찾기 힘듭니다."

교주의 표정이 그제야 살짝 변했다.

"당연히 살아있겠지."

눈을 크게 뜬 대공자가 물었다.

"어찌하여 살려두셨습니까? 계속 살려놓기엔 위험한 인물입니다."

"…"

교주가 모인 자들을 둘러봤다. 화산논검의 결과를 제대로 아는 사람은 이곳에서 마부로 참가했었던 호위 국검이 유일했다. 문득 교주가 살짝 한숨을 내쉬더니 왼손으로 턱을 괬다.

"어찌하여 살려뒀는가? 하오문주에게 물어보고 싶은 말이로군."

그 질문은 거꾸로 해야 옳았다. 하오문주는 왜 자신을 살려뒀는가? 교주가 결과를 전했다.

"화산에서 내가 졌다."

일마조와 대공자가 동시에 되물었다.

"예?"

"네?"

주변을 두리번거릴 정도로 황당해하는 대공자에게 교주가 재차 확인시켜 줬다.

"내가 하오문주에게 패배했다고. 누가 누굴 살려놓는다는 말이냐."

대공자가 웃으면서 말했다.

"왜 그런 말씀을 하십니까? 화산에서 바둑 한 판을 지셨다면 이해합니다. 마지막에 뵈었을 때보다 더 강해지셨습니다. 당연히 생사결을 하셨을 텐데요. 어찌하여 살려두셨는지 말씀하시기 불편하시면."

"부교주, 헛소리 그만하고."

교주가 국검에게 말했다.

"네가 이야기해."

국검이 대공자에게 조심스러운 어조로 말했다.

"부교주님, 교주님이 패배하셨습니다."

"국 호위, 거짓말하지 말게."

"아닙니다. 물론 비무를 본 사람은 없습니다. 화산의 한적한 곳에 올라 겨루신 다음에 문주와 함께 내려오셨습니다. 부교주님의 말씀대로 교주님은 경지가 오른 상태로 하산하셨습니다만 결과는 문주가 승리했다고 합니다. 제가 어찌하여 거짓으로 고하겠습니까?"

이제 일마조와 대공자는 눈만 껌벅였다. 교주가 물었다.

"그렇게 믿기 힘드냐?"

"예."

교주가 자신의 백발을 손가락으로 조금 만지면서 말을 이어나갔다.

"나만 하겠느냐?"

"음."

대공자가 외숙인 일마조를 쳐다봤다.

"우사께서 분명 화산논검 전반부에 참여하셨지 않소. 그곳에 누가 있는지도 다 확인하셨을 테고."

"예."

"가늠해 보길, 화산에 모인 자들이 모두 힘을 합쳐도 교주님의 적수가 될 수 없다고 하신 것도 우사의 의견이었소."

"예. 그렇습니다."

"그런데?"

일마조가 대답했다.

"죄송합니다. 후반부는 볼 수 없었기에 저도 믿기 어렵습니다."

흥분한 대공자가 교주에게 말했다.

"교주님, 설명을 제대로 해주시지요."

"내 패배를 내 입으로 자세히 설명하란 말이냐?"

대공자는 교주와 눈을 마주쳤다가 급히 고개를 숙였다.

"죄송합니다."

"믿기 어렵다는 것은 이해한다."

"예."

"화산에 올라 겨루는 도중에 문주의 경지가 화안금정에 도달해서 패했다."

"강호에 화안금정이라는 경지도 있습니까?"

"없겠지. 다만 나랑 겨루는 도중에 궁극에 도달한 경지를 얻었고 그것이 화안금정으로 나타났을 뿐이다. 백도로 보면 무신武神의 격이고, 마도로 따지면 마신魔神의 경지에 올랐기 때문에 문주의 생전에는 적수가 없을 것이다."

"음."

"적수가 없다는 뜻은 옛 총본산이 전력을 다해 우리와 연합해도 결과가 같다는 뜻이니 쓸데없는 일을 만들지 말도록. 좌우사자도 명심해라."

"알겠습니다."

대공자가 씁쓸한 어조로 말했다.

"혈야궁에서 보셨을 때 죽였어야 했습니다."

"내 탓이란 말이냐?"

대공자가 입을 다물었다. 교주가 말했다.

"패배는 패배인데 결국에 지금의 내 한계를 뛰어넘게 한 것도 문주다. 천악과 신개가 힘을 합쳐도 해내지 못한 일인데."

대공자와 일마조는 이게 대체 무슨 소리일까, 고민하는 표정을 지었다. 하지만 교주는 애써 설명하지 않았다.

"강호를 주유하면서 나를 두려워하지 않았던 사내는 천악과 신개, 두 사람이다. 혈야궁에서 하오문주가 추가되었지. 더군다나 그때 실력은 천악과 신개의 수준에도 한참 못 미치는 사내였다."

...

"단순히 교주님을 두려워하지 않았다는 이유로 살려둘 명분이 충분했습니까?"

교주가 웃었다.

"내 기준에서는 천하를 뒤져도 강호인이라 할 수 있는 자가 이 셋이다. 그 밑으로 검마와 혈마가 그나마 독립적인 사내였고. 나머지는 본인의 두려움도 극복하지 못하는 자들인데 그들에게 뭘 기대한다는 말이냐."

"여러 차례 죽일 기회가 있었는데 아쉽지 않으십니까?"

교주는 잠시 눈을 감았다.

"…"

교주가 설명하려는 것은 천악, 신개, 이자하 같은 인간들이 결국에 강해진다는 뜻이었으나 대공자의 똑같은 질문을 들어보니 전혀 이해하지 못한 눈치였다. 그렇다면 패배라는 단어에 사로잡혀 있는 것은 교주가 아니라 대공자였다. 삼재에게 자극을 받아 대공자가 깊이 수련한다면 언젠가는 삼재의 수준에 올라 천하의 고수들과 자웅을 겨룰 수 있으리라 생각했던 교주다.

삶과 죽음을 애써 구분하지 않고, 죽음이 눈앞까지 온 순간에 처해도 오로지 강해지기만을 염원하는 자… 그 정도 되는 인물은 교주 자신과 천악, 신개, 이자하 그리고 검마 정도밖에 없음을 확인하는 순간이어서 깊이 실망할 수밖에 없었다. 교주가 눈을 떴다.

"물론 이자하가 나를 쉽게 넘을 것이라곤 예상하지 못했다. 실은 패배하고 나서도 그 원인을 알아내기 힘들었지. 변수는 있었다."

"어떤 겁니까?"

"신개는 본래 명예욕도 물욕도 없는 사내. 개방의 거지들이 그랬듯이 그가 하오문주에게 본인의 모든 내공을 전달했다면 화산에서 내 적수가 충분히 될만했지. 하지만 나중에 만난 신개의 내공도 멀쩡했다."

"그렇다면…"

"문주는 홀로 밑바닥에서 올라와서 무신의 격에 닿은 것이지. 그런 사내라면 열두 번도 더 살려줬을 것이다. 교도는 아니지만, 벌레들만 가득한 천하에서 어찌 이런 자를 죽일 수 있을까."

"…"

교주가 모여있는 자들을 둘러보면서 말했다.

"그러니 허 장로도 문주에게 일살을 넘겼겠지. 나도 시간을 주면 적어도 천악이나 신개 수준은 될 것이라 믿었다."

"그런 하오문주가 교주님까지 뛰어넘을 줄은 예상하지 못하셨습니까?"

"그것은 어려운 일이다. 내가 신이라면 예상했겠다만. 아마 본인도 예상하진 못했겠지."

"제가 드리고 싶은 말씀은, 왜 그렇게 시간을 주셨는지."

"왜 내가 시간을 주지 않아야 한다고 생각하지?"

교주가 되물었다. 이제껏 사람을 공평하게 대했던 교주는 사천왕, 아들들, 옛 좌우사자는 물론이고 이자하에게도 시간을 줬다. 다른 이유는 없다. 이들보다 자신이 무공을 더 오래 수련했기 때문이다. 싸울 때 공평하지 않았다. 자신의 말이 전혀 통하지 않음을 느낀 교주는 시선을 낮춘 채로 부교주를 바라봤다. 대공자가 탁자 위에 놓인 상자를 보면서 말했다.

"제가 이해되지 않는 것은 문주도 마도에 발을 걸친 놈인데 어째서 생사결이 아닌 결과가."

차마 아들이 아버지에게 어찌하여 살아 돌아오신 거냐는 질문은 하지 못했으나 뜻은 대충 전해졌다. 교주는 무슨 말인지 알았기 때문에 덤덤하게 말했다.

"서로 많이 살려놓았다. 문주도 네 아우들을 굳이 살려놓았으니."

"그렇긴 합니다."

"회답하는 선에서 일양현을 건드리지 않았더니 문주가 기어코 화산의 싸움을 비무로 몰아가더구나."

"비무를 벌일 아버님이 아니신데."

교주가 한숨을 내쉬었다.

"내 자결까지 막았다."

"이유가 있습니까?"

교주는 감정이 반쯤 사라진 아들의 질문에 허탈한 어조로 답했다.

"후계 구도가 안정적이지 않다고 생각한 모양이지."

"그걸 왜 하오문주가 걱정합니까?"

교주가 대공자를 바라봤다.

"네 걱정을 한 게 아니다. 내 걱정을 한 것도 아니고."

"그럼…"

"애써 무신의 격에 올랐는데 너희의 잔망스러운 움직임에 분노해서 마신으로 돌아설 자신을 걱정했겠지. 일마조와 국검은…"

"예, 교주님."

"이 점을 참고해서 부교주에게 조언하도록."

"명심하겠습니다."

"이자하는 아군의 생존을 택하고, 교의 존재도 그저 있는 대로 받아들이는 성격이다. 무작정 생각하는 바가 다르다고 해서 뿌리를 뽑는 성격은 아니다. 너희 셋은 잔망스러운 수법으로 건드리지 말고 이자하를 상대할 수 있는 실력을 먼저 키우도록. 그것이 내 바람이다."

"예."

"건드렸다가 옛 총본산까지 화마에 휩싸일 것이다. 내가 그간 이자하에게 시간을 준 것은 사실이지만, 그 덕에 이자하는 너희에게 시간을 주고 있다. 본인이 무신의 격을 얻었음에도 굳이 교를 칠 인물이 아니기 때문이야. 무엇을 잃고, 무엇을 얻은 것인지 잘 고민하도록."

대공자가 탁자 위에 놓인 상자를 가리켰다.

"기회를 주시면 저도 본격적으로 준비하겠습니다."

교주가 좌우사자에게 명했다.

"너희는 나가 있도록."

"예, 교주님."

교주는 대공자와 남아서 문제의 상자를 물끄러미 바라봤다. 아직 가르칠 게 많은 아들이었기 때문에 교주는 다시 인내한 상태에서 입을 열었다.

"부교주."

"예."

"불안정한 약은 효과가 좋을 수 있으나 부작용도 크다."

"알고 있습니다."

"옛 총본산에서 언제 복용하라고 하더냐."

"정사마가 연합하여 교를 말살할 수 있는 위기가 왔을 때 준비해서 복용하시라는 옛 총본산의 문구가 담겨있습니다."

"지금이 그때인가?"

"그렇진 않지만 하오문주를 이기기 위해선…"

머리카락이 다시 하얗게 되는 기분을 느끼면서 교주가 말했다.

"아들아."

"예."

"네 수준으로는 이것을 취해도 하오문주를 꺾지 못해. 그리고 부교주는 교주가 아니다. 내가 폐관을 마쳤을 때 일마조, 국검, 너까지 비무로 차기 교주를 결정하마."

"예?"

"왜."

"아닙니다."

"교주의 아들로 태어나 교주를 하지 못한 것은 내 형제들도 마찬가지. 너도 예외는 아니야. 새롭게 임명한 좌우사자는 교의 중책을 맡고 있으니 암살하지 말도록. 네 실력으로 눌러서 증명해라. 꺼져라."

"알겠습니다."

대공자가 공연히 천옥이 담긴 상자로 손을 뻗자, 교주가 말했다.

"두고 가라."

"예, 그럼 나가보겠습니다."

홀로 남은 교주는 화산에서 벌였던 비무의 마지막을 떠올렸다. 왜 그런 패배의 치욕을 안고 살아남았던가. 굳이 목숨을 버리지 않은 채로 살아남아서 교로 복귀한 것은 교도들 때문이었다. 그 교도 중에는 아들들도 포함이 되었다. 하지만 아들의 태도에서는 패배한 아버지라는 인식만 박혀있었다. 실소가 절로 나오는 상황.

교주는 홀로 남은 상태에서 마음을 가라앉히기 위해 천악을 떠올렸다. 무공에 대한 지독하고 순수한 열망을 떠올리자 입가에 슬며시 미소가 자리 잡았다. 신개를 떠올렸다. 마치 자신과 가장 먼 거리에 떨어져 있는 옛 선인仙人을 보는 것 같은 인물. 은퇴 소식을 전하러 갔을 때 정말 환하게 웃던 신개의 표정을 떠올리자 코웃음이 절로 나왔다.

이어서 자신과 가장 비슷한 사내라고 생각했던 검마가 떠오르고. 충성과 독립, 자존심과 공포심 사이에서 머리가 반쯤 돈 혈마를 떠올렸다. 그리고 이 모든 존재감을 지울 수 있는 하오문주를 한참이나 생각했다. 그야말로 광인狂人. 고금제일의 미치광이라는 생각이 들었다. 인생의 적수들을 떠올리자, 복잡했던 마음이 다시 잔잔하게 가라앉았다.

"후…"

이번 폐관수련에서는 얼마나 더 강해질 수 있는가. 팔짱을 낀 채로 폐관수련 때 해야 할 정신적인 수련과 육체적인 수련을 미리 계획했다. 성과가 좋으면 다시 하오문주와 자웅을 겨루고. 성과가 좋지 않으면 조금 길게 휴식해야겠다고 마음을 먹었다. 생각을 정리한

교주는 탁자 위에 놓인 상자를 챙긴 다음에 후원으로 향했다.

후원에서 상자를 연 교주는 천옥을 노려봤다. 먼저 교에 대한 걱정과 우려를 지우고, 수하들에 대한 못마땅함을 버리고, 아들에게 남아있는 그리 많지 않은 걱정까지 지웠다. 오롯하게 일생일대의 강적인 하오문주만 떠올리면서 천옥을 바라봤다. 생각할수록 대체 자신을 어떻게 이긴 것인지, 그 이유를 명확하게 파악할 수가 없었다. 알아내기 힘든 것을 깊이 고민하다간 주화입마에 빠지기에 그 궁금증도 일순간에 내려놓았다.

문득 오른손에 쥐고 있었던 상자에 진기를 주입하자, 상자에서 떠오른 천옥이 자그마한 연기로 변했다가 먼지가 되어 사라졌다. 도무지 정체를 알 수 없는 위화감을 느낀 교주가 주변을 한 차례 둘러보고 재차 하늘을 이리저리 노려봤다. 착각이었나? 극히 짧은 순간, 자신의 존재가 통째로 소멸하는 기분을 느꼈다. 너무 미약하게 스치던 기분이었기에 깊은 호흡을 하면서 다시 평정심을 유지했다. 그렇게 모든 상념을 깨끗하게 지워낸 교주는. 한때 그랬던 것처럼, 다시 무인武人이 되었다.

440.
시작은 창대했으나

"당대의 천하에서 내가 모르는 소식은 없소."

이것이 누구의 말이냐. 은평왕의 사형인 금산왕金山王이 꺼낸 말이었다.

"설령 모르는 소식일지라도 고작 열흘이면 충분하오."

"대체 무슨 소식이오?"

금산왕은 각처에서 모인 고수들을 바라보면서 오랫동안 공들여 기른 자신의 수염을 쓸어내렸다.

'실로 어렵게 모았구나.'

초빙하느라 막대한 거금을 쏟아붓, 그것도 모자라서 거창한 계획까지 알려주겠다고 하여 어렵게 모은 고수들이었다. 하북에서 패자霸者로 불리는 고수와 산동山東에서 절대적인 영향력을 행사하는 문파의 고수까지. 하북, 산동, 강소, 복건에서 가장 유명한 고수들을 한자리에 모았으니 금산왕의 재력은 불가사의한 면이 있을 정도였다. 심지어 그렇게 재산이 많은 금산왕도 이렇게 많은 투자를 해본 적이 없었다. 하지만 금산왕이 막대한 재산을 쏟아부었다는 것은 그보다 훨씬 더 많은 돈을 벌어들이려는 계획을 이미 세워둔 상태라는 뜻. 금산왕의 얼굴을 빤히 바라보던 사내가 물었다.

"그래서 그 계획이 뭔가? 이 정도면 얼추 다 모이지 않았나."

금산왕이 활짝 열려있는 안가安家의 대청문을 보면서 명령했다.

"문 닫아라. 그리고 접근하는 이들 없게 해라."

"예."

금산왕은 지략과 무력을 동시에 갖춘 인물로 금력까지 더해져서 왕이라는 별호에 제법 어울리는 사내였다. 언변도 뛰어나고 외모도 뛰어나서 중년이 된 지금도 인기가 많았다. 젊었을 때는 기린아麒麟兒. 중년이 된 지금은 풍운아風雲兒로 불리는 사내. 그런 금산왕이 자신의 혀를 굴리기 시작했다.

"아는 분도 있겠지만 임소백이 은퇴한다고 하오. 못 들으신 분도 있을 거요."

한 사내가 대답했다

"일전에 들었네."

금산왕의 말이 이어졌다.

"임소백이 무림맹주라곤 하나 그 영향력이."

금산왕이 고수들을 차례대로 가리키면서 말했다.

"하북과 산동, 강소와 절강, 복건에는 미치지 않았소. 무림맹주라곤 하나 우리의 시선에서는 서쪽 무림맹의 수장일 뿐이지. 안 그렇소?"

"그런데?"

"인내를 가지고 들으시오. 여러분들의 운명을 내가 송두리째 바꿔 드릴 수 있으니 말이오."

금산왕이 수염을 쓰다듬으면서 말했다.

"소백이가 은퇴를 선언하여 새로운 맹주를 뽑을 모양인데, 그러면 당연히 신임 맹주가 등장하겠지. 누가 됐든 간에 임 맹주를 뛰어넘긴 어렵다는 게 내 생각이오."

말석에서 못마땅한 표정으로 쳐다보던 사내가 물었다.

"그렇겠지. 그런데?"

금산왕이 손을 뻗어 좌에서 우로 훑었다.

"내 자랑을 좀 하자면 나는 동쪽에서 돈이 가장 많소."

"그렇겠지."

"그런 내가 여러분을 초대한 이유는 하북, 산동, 강소, 절강, 복건. 그러니까 그간 임소백의 무림맹이 별다른 영향력을 발휘하지 못했던 동방東方에서 새롭게 무림맹을 창설하고자 불렀소. 이름하여 동방무림맹東方武林盟."

한 사내가 고개를 갸웃했다.

"창설하고자 했으면 얼마든지 가능한 일이었네. 굳이 이 시점에서 동방무림맹을 창설하면 어떤 장점이 있나? 애초에 이쪽도 항상 위아래로 나뉘어 저희끼리 치고받으면서 사이가 안 좋은 자들도 많은데."

다른 고수는 이런 의견을 내놓았다.

"늘 위아래로 피 터지게 싸우고 있으니 임소백도 동쪽에는 별 관

⋯

심을 가지지 않았던 걸세. 흑도가 싸우는 것보다 정파끼리 싸울 때가 더 많으니까 말이야. 아니면 변방의 강호라 생각하여 신경을 쓰지 않았거나."

한 사내가 냉소를 머금었다.

"변방의 강호라. 본래 옛날부터 서쪽이 더 변방이었지."

금산왕이 손을 들어서 정리했다.

"아직 내 말이 끝나지 않았소."

"해보게."

"예를 들어 이 자리에 힘겹게 모인 고수들이 비무를 벌여 동방무림맹의 맹주가 등장한다고 칩시다. 동방맹에 쓰일 자금은 물론 내 호주머니에서 나오기 때문에 여러분들이 손해를 볼 일은 없소."

"자네도 한자리 차지하겠지."

금산왕이 슬쩍 웃었다.

"안 될 거 있소? 다만 나는 총군사 자리 정도면 만족하리다. 동방무림맹은 내 생각에서 출발한 것인데 그 정도 자리는 여러분들이 양해해 주실 거라 믿소. 대신에 맹주 자리는 여러분 중에서 나올 것이고. 나는 누가 됐든 간에 총군사로서 성심성의껏 보필할 거요."

이제껏 잠자코 있던 고수 한 명이 물었다.

"어쩐지 동방무림맹이 목적이 아닌 것 같은데."

"왜 그렇게 생각하시오?"

"그냥 내 예감일세."

금산왕이 고개를 끄덕였다.

"잘 보셨소. 내가 꺼낸 말의 맥락을 살펴보시오. 내가 왜 임소백을 거론했겠소? 먼저 우리가 동방무림맹을 결성해서 맹주를 뽑아야만…"

금산왕이 새하얀 이를 드러내면서 웃더니 자리에서 일어났다. 앉아 있을 때는 가늠하지 못했는데, 몸을 일으킨 금산왕의 체구는 산이 연상될 만큼 컸다. 금산왕이 말했다.

"임소백의 후임으로 신임 맹주가 된 애송이와 자웅을 겨룰 수 있지 않겠소?"

"음."

"내 말은 우리가 동방맹을 창설해야 대등한 입장에서 임소백의 무림맹을 삼킬 수 있단 뜻이오. 동과 서의 무림맹이 하나로 합쳐져서 단 한 명의 무림맹주를 뽑는 거요. 이 정도는 되어야 천하의 무림맹이라 부를 수 있지 않겠소? 심지어 저쪽은 임소백도 은퇴를 앞두고 있소."

이제껏 돈만 밝히는 금산왕의 제안을 그리 심각하게 받아들이지 않고 있었던 고수들이 서로의 표정을 구경했다. 일단은 계획이 너무 거창했다. 금산왕이 뒷짐을 진 채로 고수들의 주변을 천천히 거닐면서 말했다.

"방금 말한 내 계획에서 여러분들이 손해 볼 일이 있소? 내 머리가 아둔하여 혹시 있다면 의견을 수렴하여 고치겠소. 자금도 내가 댈 것이고, 임시 동방무림맹의 땅과 건물도 내가 제공할 거요. 맹원의 수가 부족하다? 그 정도 인원은 내가 댈 수 있소. 물론 수뇌부 자리는 여러분들이 모두 차지하시겠지만, 말단 맹원을 말하는 거요. 그 말단 맹원의 수만 해도 은퇴하는 임가林家 녀석의 무림맹보단 많겠지."

금산왕이 모인 고수들의 표정을 살피면서 말했다.

"동서 무림맹을 통합시키려면 동방맹부터 서둘러서 결성해야 하오. 심지어 통합된 천하맹天下盟이 출범하더라도 나는 총군사 자리에만 만족하겠소. 임소백이 은퇴했으니 이제 여러분에게 천하제일인이 될 기회가 왔소. 방관만 하시겠소? 아니면 먼저 동방맹주 자리에 도전해 보시겠소."

탁자의 끄트머리에 도착한 금산왕이 손으로 탁자를 가볍게 두들겼다.

"임소백이 은퇴하는 것보다 더 중요한 정보를 알려드리겠소."

"…"

"누구도 부인하지 않았던 사실, 아는 사람은 알 거요. 임소백 위에 삼재가 군림하여 아무도 함부로 대하지 못했다는 것을. 내가 알기로 개방에서 삼재가 한 차례 회동했다는군. 목격한 거지들이 많소. 거기서 가장 중요하게 거론된 단어는 은퇴. 갑자기 임소백이 왜 은퇴하겠소? 평생 골치를 앓게 했던 천마신교 교주가 은퇴했기 때문에 다음 시대를 준비하기 위해 같이 은퇴하는 것이겠지. 내 추측에 반박할 분 계시오?"

"그러니까 임소백이 은퇴하는 이유는 삼재가 먼저 은퇴했기 때문이라고?"

"그렇소."

태산에서 온 고수가 한 사내에게 물었다.

"도제刀帝, 어떻게 생각하나?"

도제라 불린 사내가 고수들을 둘러봤다.

"삼재의 은퇴라⋯ 그렇다면 임소백이 이제 무림맹주의 자리에서 그가 마음만 먹으면 천하제일인으로 불릴 기회였는데 그것을 미련 없이 내던지고 물러나다니."

"어떻게 생각하느냐고 물었는데 왜 임소백 칭찬을 하고 있나?"

도제가 슬쩍 웃었다.

"그 물러남조차도 검객의 움직임 같아서 하는 말이다. 금산왕, 다른 소식은 없나? 아무리 생각해도 임소백까지 물러날 일은 아닌데 말이야."

금산왕이 고개를 끄덕였다.

"군검왕이 무림맹으로 갔다고 하는데 그가 뭐 하러 무림맹에 기웃대겠소? 맹주는 곧 바뀔 거요. 삼재와 임소백이 사라진 강호. 그리고 여러분들과 내 계획에 따라서 창설될 천하맹. 나는 명예욕보다 돈 욕심이 더 많은 사람이오. 명예는 여러분들이 가지시오. 이렇게까지 내 속내를 털어놓는데도 문제가 있다고 생각하오?"

한 사내가 말했다.

"천하맹을 운영하면 지금보다 돈을 더 잘 벌 수 있다고 생각하는 모양이군."

금산왕이 대답했다.

"그렇소. 더군다나 합법적으로. 내가 항상 돈을 많이 벌었던 이유는 함께 일하는 자들도 부자로 만들었기 때문이오. 명예는 여러분들이 가지라고 했지만 결국에 부와 명예를 함께 가지게 될 것임을 내가 약조하리다."

⋯

금산왕이 모여있는 자들을 추켜세우듯이 말했다.

"도제께서는 하북의 절대자라 불리고 있소. 임소백의 도움을 전혀 받지 않은 상태에서 하북의 사마외도를 정리하고 팽가의 위엄을 드높였소. 당장 임소백에게 초청되어 서쪽 무림맹의 맹주비무전에 참가해도 이상하지 않을 실력자요. 그런데 현실은 어떻소?"

도제가 금산왕을 쳐다봤다.

"별일 없었네."

"별일 없었소. 그게 문제라는 거지. 재차 말하지만 임소백은 동쪽을 변두리 취급하면서 전혀 신경 쓰지 않고 있소. 그런데 어찌 이런 단체의 수장이 무림맹주란 말이오?"

금산왕이 다른 사내를 쳐다봤다.

"태산제일검泰山第一劍께서는 근래 산동에서 적수를 만날 수 있으시오?"

"없네."

"없겠지. 그게 문제라는 거요. 내가 정확한 역사는 모르지만 태산파가 얼마나 오래되었소? 무림맹이 산동에서 큰 활약을 할 필요가 없는 이유는 태산파가 산동의 패자로 군림하여 일찌감치 이런저런 문제를 해결했기 때문이오. 저희끼리 삼재니 맹주니 하는 꼴을 언제까지 지켜볼 셈이오?"

금산왕이 다른 사내를 쳐다보더니 슬쩍 웃었다.

"아마 임소백은 강소에 가본 적도 없을 거요."

"그렇겠지."

"강소에도 간 적이 없는 그가 태호의 드넓음을 어찌 알겠소? 태호 주변에 난립한 세력을 규합하고 소탕하는 데 누가 앞장을 섰소 이까."

"뭐 소탕까지는 아니네만."

"태왕太王께선 너무 겸손한 게 문제요."

"그 별호는 태호 사람들이 쓰는 것이지 내가 주장하는 별호가 아 닐세."

금산왕이 말했다.

"마음껏 쓰십시오. 강호에 왕이 한둘이오?"

"그건 칭찬인가, 욕인가."

"태왕 선배, 자격이 충분하다는 뜻이외다."

금산왕이 말석에 있는 사내를 쳐다보자, 사내가 먼저 손사래를 쳤다.

"아, 됐네. 그 기름 처바른 혀로 또 뭘 말하려고. 이봐, 금산왕. 나 는 지금 기분이 좀 좋지 않아."

"뭐 때문에 그렇소? 복건제일인께서."

복건제일인이라 불린 사내는 별호에 어울리지 않는 경박함이 묻 어있는 어조로 말을 이어나갔다.

"나는 그냥 비무 몇 판 하고 돈을 벌려고 왔어. 그런데 아무리 봐 도 여기서 한판 이기기가 쉽지 않아. 여기 있는 고수들 말이야. 속은 느낌이야. 절강을 대표하는 고수 몇 명쯤 부른 줄 알았더니 말이야."

"미리 말하지 않았소? 쉽게 볼 수 없는 강자들이 한자리에 모일 거라고."

"그러니까 내 기분이 안 좋다니까. 내 감이야. 그리고 삼재와 임소백이 동시에 은퇴하는 사건도 수상해. 특히 임소백 말이야."

"다른 계획이 있는 것 같소?"

복건제일인이 고개를 절레절레 저었다.

"아니지. 아니야. 임소백은 책임감이 강하다고 온 강호에 소문이
난 사내야. 그런 임소백이 은퇴를 하면, 은퇴할 수 있는 배경이 따로
있을 거야. 삼재도 마찬가지야. 뭔가 임소백이 후일을 믿고 맡길 수
있는 고수가 나타난 거 아니야?"

복건제일인이 금산왕의 표정을 살피다가 재차 물었다.

"아니야? 지금 각처에서 고수들 모아놓고 정말 정보를 다 풀어놓
은 거 맞아? 우리는 자네처럼 정보 조직이 따로 없어. 반년은 지나야
강호의 최신 소식을 들을 수 있단 말이지. 자네 뭐 숨기는 거 없어?"

태왕이 복건제일인에게 물었다.

"뭘 숨긴다는 말인가? 동쪽에서 가장 유명한 고수를 모아서 동방
맹을 결성하자는 말인데."

복건제일인이 재차 고개를 저었다.

"아니야, 뭔가를 숨겼어. 뭘 숨겼는지 나는 모르지. 하필이면 금산
왕의 본가도 아니고 안가에 모여서 비무를 하는 것도 이상해."

복건제일인이 고수들을 둘러봤다.

"여기 있는 사람들은 모두 임소백에게 자신 있어? 내가 복건에서
가장 강한 것은 사실이야. 적수가 없지. 하지만 임소백은 달라. 상
대하기 힘든 사내라고. 실전 경험이 우리들의 경험을 다 합친 것보
다 많을 거야. 그런 사내가 맹주 자리에서 내려오는 것은 대체할 사
내가 있다는 뜻이야. 내 생각은 그래. 왜냐? 임소백은 신중한 사내니

까. 내 말이 틀렸나?"

금산왕이 웃었다.

"그래봤자 은퇴할 사내요. 새로운 맹주가 임소백보다 약한 사내일 것은 분명한 일인데 뭐가 두렵소. 영춘자永春子께서 그렇게 두려우면 동방맹 비무전에서 빠지면 그만이오."

복건제일인 영춘자가 실실 웃었다.

"궁금해서 빠지진 않을 거다. 궁금한 것을 지적했을 뿐이야. 자네는 총군사에 적합한 인물이 아니구나. 의견이 다르면 내칠 생각부터 하니까. 그렇게 해서 천하맹을 운영하겠다고?"

금산왕이 영춘자에게 예를 갖췄다.

"지적하신 대로 말이 과했소. 사과하리다."

영춘자가 웃는 얼굴로 말했다.

"이봐, 금산왕. 세상 사람들이 전부 아랫것들로 보이나? 자네의 태도는 문제가 있어. 그리고 자네는 무공 실력부터가 우리의 아랫줄이 아닌데 총군사를 운운하면서 아랫사람 처신을 하는 것부터 마음에 들지 않아. 간사하단 말이지. 여기 모인 자들은 모두 실력을 겨뤄봐야 서열을 알 수 있어. 금산왕, 자네도 포함이야. 약한 척하지 말게. 역겨우니까. 알았어?"

금산왕이 고개를 끄덕였다.

"참고하리다."

금산왕이 제자리에 돌아와서 앉으려는데 모여있는 고수들이 일제히 대청 바깥으로 고개를 돌렸다. 이어서 탁- 하는 발소리가 들렸다. 공중에서 누군가가 떨어진 모양이었다. 대청을 막아서고 있었던 무인들이 외쳤다.

"회의 중입니다! 들어가시면 안 됩니다."

"비켜라. 나다. 누굴 막는 게냐?"

목소리로 방문자의 정체를 알게 된 금산왕이 인상을 찌푸리면서
말했다.

"일단 열어라."

대청 문이 벌컥 열리더니 한껏 상기된 표정의 사내가 안을 둘러봤
다. 금산왕이 냉랭한 어조로 말했다.

"사제, 이게 무슨 무례냐?"

은평왕은 급하게 달려온 모양인지 호흡부터 가다듬었다. 숨을 가
득 들이마셨다가 길게 내뱉은 은평왕이 말했다.

"사형, 지금부터 내가 하는 말 잘 들으시오."

"이 미친놈이 모시기 힘든 귀빈을 앞에 두고 이렇게 행동하다니.
어찌 된 일이야? 도와주지 않아서 화가 단단히 난 모양인데."

"제발 닥치시오. 닥치고 일단 들은 다음에 판단하란 말이오. 우리
의 일평생에서 가장 중요한 일이오. 내 전 재산을 걸고 말하리다. 전
재산, 아시겠소?"

전 재산을 걸겠다는 말에 금산왕의 표정이 진지해졌다.

"대체 무슨 일이냐."

은평왕이 손가락으로 바깥을 가리키면서 말했다.

"근처, 그리 멀지 않은 곳에 하오문주가 와있소."

"왜?"

"왜, 가 아니라 지금 일단 국수를 먹고 있소. 아니, 국수를 먹는 것

이 중요한 게 아니라. 근처에 있다는 게 중요한 거 아니겠소?"

은평왕이 금산왕과 고수들의 반응을 살폈다. 살짝 넋이 나간 금산왕이 주변을 둘러보다가 대답했다.

"어쩌라고."

"..."

반응이 없다는 사실에 충격을 받은 은평왕이 눈을 껌벅이다가 물었다.

"사형, 내 말 듣고 있소?"

금산왕이 호통을 내질렀다.

"그러니까 어쩌라는 말이냐!"

"아니!"

갑자기 머리 꼭대기까지 화가 치솟은 은평왕이 주먹으로 대청 문을 가격했다. 주먹을 연달아 내지르면서도 화가 난 은평왕이 고함을 내질렀다.

"어쩌! 어쩌! 어쩌! 어쩌라고!가 아니라!"

쾅! 쾅! 쾅! 콰직!

대청 문을 박살 낸 은평왕이 핏발이 가득 선 눈으로 좌중을 노려보다가 손가락으로 머리를 가리켰다.

"지금 내 머리 안 보여?"

사람들의 시선이 닿은 곳에 대머리가 반짝였다.

441.
설마 그 별호를?

금산왕은 침착한 태도로 말했다.

"그래, 대머리가 됐구나. 하고 싶은 말이 무엇이냐?"

은평왕이 손가락으로 금산왕을 가리켰다.

"비록 사형이 날 구하러 오진 않았으나 함께 밥을 먹었던 세월이 있어서 도움을 주는 거요. 하오문주가 도착하면 죽거나, 대머리요."

은평왕은 모여있는 고수들을 한 차례 둘러보면서 반복했다.

"다들 아셨소?"

눈을 가늘게 뜬 복건제일인이 금산왕에게 물었다.

"이게 대체 무슨 일인가?"

금산왕은 덤덤한 표정으로 시치미를 뗐다.

"사제는 보다시피 정상이 아니오. 무슨 변고가 생긴 모양이지."

복건제일인이 고개를 돌리더니 은평왕을 노려봤다.

"방금 하오문주라고 했는데?"

"그렇소."

"이상하네. 어디서 들어본 별호야. 다들 처음 듣는 별호인가? 아니야. 분명히 들었어. 하오문주, 하오문주. 어? 동호에서 사도제일인과 시끌벅적하게 붙었다던 사내 아니야?"

도제가 말했다.

"마교와도 겨룬 사내로군."

복건제일인이 눈을 크게 떴다.

"마교? 마교와 싸웠어? 이 사람 누구야. 백도야? 흑도야? 이봐, 금산왕."

금산왕의 표정을 살피던 복건제일인이 자리에서 일어났다.

"하오문주 때문에 우리를 모았나? 이 자식이 감히 우리를 이용해서."

복건제일인의 표정은 금산왕의 대답에 따라서 당장 공격할 것처럼 험악하게 변했다. 금산왕이 무어라 말하려는데, 다들 대청문 바깥을 주시했다. 젊은 사내가 걸어오고 있었다. 은평왕의 호들갑으로 유추하면 절대고수가 등장해야 할 분위기였다. 하지만 젊은 사내의 분위기는 지나가던 동네 청년이 할 일이 없어서 걸어오는 분위기랄까. 병장기도 없이 양팔을 흐느적거리면서 느긋하게 걸어왔다. 그런 사내에게 심지어 은평왕은 고개를 숙였다.

"오셨습니까."

젊은 사내가 고개를 끄덕이자, 은평왕이 다시 물었다.

"국수 맛은 어떠셨습니까."

"나보다 잘 말아."

"다행이군요."

입구에 도착한 젊은 사내가 은평왕에게 어깨동무를 하더니 내부에 있는 사람들을 둘러봤다.

"고수들이 많네? 금산왕이 누구야."

은평왕이 전방을 가리키면서 대답했다.

"상석에."

젊은 사내가 어깨동무하던 손으로 은평왕의 대머리를 슥슥 문지르면서 말했다.

"딱 걸렸구나."

* * *

나는 상석으로 걸어가면서 말했다.

"금산왕, 어디서 이런 고수를 모았나?"

나는 도망치지 않고 있는 금산왕에게 물었다.

"회의 중이었나? 내가 방해했군."

금산왕이 곁눈질로 나를 올려다봤다.

"그렇네."

나는 발로 금산왕이 앉아있는 의자를 툭 찬 다음에 말했다.

"비켜라. 내 자리다."

잠시 고민하던 금산왕이 천천히 일어나더니 대청 쪽을 한 번 바라봤다. 대청의 입구는 은평왕이 하오문주의 수하인 것처럼 막아선 상태. 금산왕은 말석으로 향하다가 빈자리에 앉았다. 나는 상석을 차지한 채로 손바닥을 좀 비비다가 물었다.

"무슨 회의 중인가? 안건이 뭐야."

좌측에서 칼 한 자루를 예리하게 벼려놓은 것 같은 사내가 내게 물었다.

"정체부터 밝히도록."

나는 고개를 끄덕였다.

"들었을 텐데. 나다, 하오문주."

이곳에서 가장 나이가 많아 보이는 사내도 질문했다.

"하오문주, 무슨 일로 방문했는지 말해주겠나?"

"국수를 먹다가 왔다. 그게 중요한 게 아니고. 그 전에 무슨 회의를 하고 있었는지 들어보고 싶군. 누가 설명하겠나? 내가 이곳에 온 이유도 중요하지만, 그 전에 여기서 무슨 대화를 나눴는지도 중요해서 말이야."

대청과 가까운 자리에 앉은 사내가 말했다.

"나는 영춘자라 하네. 내가 설명할까?"

나는 손을 내밀어서 설명할 기회를 줬다.

"들어봅시다."

영춘자가 금산왕을 가리켰다.

"우리는 금산왕의 초대로 방문했네. 복건에서 적수를 찾기 힘든 나, 영춘자. 이쪽은 하북팽가의 도제, 여기 늙은이는 강소의 태왕, 본명은 모르겠네. 저 사람은 산동에서 적수가 없는 태산제일검. 이런 고수들을 모아놓고 금산왕이 설명하기를 동방무림맹을 결성하자 더군."

...

"동방무림맹? 은평왕."

"예, 문주님."

"아는 사실이냐?"

"금시초문입니다."

나는 좌중에 있는 고수들에게 물었다.

"동방무림맹은 왜? 무림맹이 멀쩡히 있는데. 영춘자께서 또 할 말이 있으신 모양인데 말씀하시오."

진작 손을 슬쩍 들고 있었던 영춘자가 말했다.

"금산왕이 말하기를, 곧 임소백이 은퇴해서 신임 맹주가 무림맹을 맡는다는군. 그전에 우리도 동방맹을 결성해서 이렇게 모인 고수 중에서 맹주도 뽑고. 나중에 서쪽 무림맹과 맹주 비무전을 벌여 동서를 통합한 천하맹을 출범하자는 말을 들었지."

"거창하네. 그나저나 영춘자께서는 그 말을 어느 정도 믿으셨소?"

"동방맹을 결성하는 취지 말인가?"

"취지든 뭐든. 내가 보기엔 본인이 맹주를 할 것 같은데."

영춘자가 고개를 내저었다.

"아니, 본인은 총군사에 만족한다고 했네."

"그걸 믿소? 처음에는 총군사겠지만 돈 벌겠다는 행위가 도에 지나치면 맹주가 한마디를 하겠지. 거, 좀 적당히 하라고 말이야. 그럼 맹주가 암살될 수도 있는 거 아닌가? 권력 서열상 총군사가 다음 맹주를 할 수도 있고."

말석에 앉아있는 금산왕이 슬쩍 웃었다.

"하오문주, 동방맹의 결성을 막으러 오셨나? 듣자 하니, 그대는 임소백 맹주와 친하다던데."

"창설하는 것을 알지도 못했는데 뭘 막아. 내가 온 이유는 따로 있다."

"말씀해 보시오."

나는 좌측에 있는 고수와 우측에 있는 고수를 둘러본 다음에 금산왕에게 말했다.

"생사회주는 내 손에 죽었어. 부회주 송경에게 많은 이야기를 들었다. 보다시피 은평왕에게도 금산왕의 사업에 대해 들었고."

금산왕이 눈을 치켜뜨더니 은평왕을 노려봤다.

"네가…"

"노려봐도 소용없어. 뭐 별 내용 없더군. 그냥 뭐 사업이지. 그런데 절강에서 가장 강력한 두 세력의 이인자들에게 이야기를 들어서 종합해 보니까 이상한 결론이 나온단 말이야."

금산왕이 나를 쳐다봤다.

"내 사업에 무슨 문제가 있소?"

"없어."

"없을 거요."

"문제는 생사회에 더 많았지. 이놈도 죽이고 저놈도 죽이고. 표국과도 싸우고, 상단과도 전쟁을 벌였다. 심지어 흑도와도 자주 싸우고 백도와도 싸우고. 온갖 피의 향연을 벌였더군. 암살도 자주 하고 말이야. 죽은 생사회주에게 듣진 못했는데 송경한테는 상세하게 들었다. 금산왕의 자금이 은밀하게 차고, 넘칠 정도로 많이 흘러들어 왔다고. 그렇다면."

····

나는 손으로 기다란 탁자를 툭 쳤다. 새하얗게 얼어붙은 냉기가 파도처럼 진격하는 와중에 다시 탁자를 두드리자, 산산조각이 난 냉기가 좌우에 있는 고수들의 얼굴에 흩날렸다.

"…"

"생사회가 벌인 수많은 피의 향연은 네 돈으로 개최한 거 아니냐? 절강의 고수로 나를 어찌할 수 없다고 생각했나. 하북, 산동, 강소, 복건의 최고수들을 모아놓고 나를 기다리다니. 동방맹? 맞아? 하북의 도제께선 어떻게 생각하시오."

도제가 신중한 어조로 대답했다.

"동방맹 결성이 갑작스럽긴 하네. 하지만 아마 계획도 진행했겠지. 문주와 분쟁하고 있다는 말은 듣지 못했네. 아, 유일하게 영춘자가 뭔가를 계속 의심했지. 숨겨둔 내용이 없느냐 추궁하면서."

나는 고개를 끄덕였다.

"태왕께선 어떠시오."

태왕이 대답했다.

"도제와 의견이 같네."

"태산제일검께서는."

태산제일검이 나를 바라봤다.

"그러니까 자네는 생사회와 다투다가 금산왕이 배후에 있다고 생각하여 찾아온 셈인가?"

"아니지. 먼저 은평왕과 다투다가, 저 머리를 보시오."

사람들이 은평왕을 바라보자, 은평왕은 이제 좀 적응이 되었는지 한 손으로 머리를 쓰다듬었다. 내가 말했다.

"절강에 오는 동안에 지나치기 힘든 일을 몇 차례 봤소. 건드렸더니 바닷가에 이르러 은평왕의 병력이 쫓아오고, 뭐라더라 소야차? 풍수귀? 끝내 생사회라는 단체까지 등장하고. 이제 보니까 금산왕의 재력이 왕에 어울릴 정도로 많단 말이지. 이제 금산왕이 변명할 차례인가?"

금산왕이 좌중을 둘러보면서 말했다.

"하오문주의 위세가 이토록 대단한 줄은 몰랐군. 한 지역의 패자들을 모았는데 상석을 내준 채로 훈계를 듣고 있으니 나도 놀랍소."

금산왕이 냉소를 머금었다.

"내가 생사회의 후원자라 믿고 찾아온 모양인데 변명도 통하지 않는 분위기요."

나는 왼손으로 턱을 괸 채로 이야기를 듣다가 웃었다.

"대단한 책사네. 그 와중에도 누군가가 내게 도전하길 바라는 이간질이라니. 은평왕, 네 말대로 네 사형이 무척 똑똑하다."

은평왕이 고개를 끄덕였다.

"말씀드렸다시피 똑똑합니다."

금산왕이 슬쩍 웃었다.

"여러분, 상석에 있는 하오문주를 보시오. 내가 재산을 지킬 수 있을 것 같소? 재산을 전부 하오문주에 빼앗기느니 큰 뜻을 펼치는 데쓰는 게 나을 것 같소."

코웃음이 절로 나왔다.

"도둑놈 취급하다니."

금산왕이 나를 쳐다봤다.

"나는 자네 같은 사람을 잘 알아. 결국에 뺏을 거 아닌가? 협행俠行이라는 이름으로 이것도 마음에 안 들고, 저것도 마음에 안 들고. 죽이고, 뺏으면서 살아오지 않았나? 수하로 흑도를 부린 건 자네도 마찬가지. 흑묘방도 하오문 소속 아닌가?"

"맞다. 별걸 다 아네."

"남천련과 남명회와 같은 흑도는 물론이고 하오문에 속한 흑선보는 손가락을 자르는 고리대금업으로 유명한 단체던데 자네가 보주를 때려죽이고 거뒀지. 그 재산들을 모조리 거둬 하오문을 부유하게 만든 당사자가 자네 아닌가? 문주, 대체 자네와 내가 다른 점이 무엇인가?"

나는 눈을 껌벅였다.

"조사를 이상하게 했네. 뭔가 맞으면서도 다 틀려."

복건제일인이 금산왕을 노려봤다.

"너는 하오문주에 대해 철저하게 조사했으면서 우리 앞에서는 한마디도 늘어놓지 않았구나. 대단하다. 대단해."

금산왕이 말했다.

"여러분, 잘 들으시오. 문주가 나를 책망하러 온 모양인데. 그것은 중요하지 않소. 이 자리에서 맹세하겠소. 동방맹은 아직 결성하지도 않은 단체. 별개의 일이오. 내가 재산을 쌓는 데 하오문주처럼 매끄럽지 않았던 것은 인정하리다. 문주."

금산왕이 나를 쳐다봤다.

"가슴에 손을 얹고 생각하게. 그대는 죽이지 말아야 할 자를 죽인 적 없나? 단 한 명도? 그대가 임소백처럼 살았나?"

오랜만에 말문이 막혔다. 내가 임소백처럼 살았던가? 그건 아닌 것 같다.

"…"

금산왕이 고수들을 가리켰다.

"도제, 태산제일검, 태왕, 영춘자까지. 그대보다 나은 삶을 살았소. 적어도 내 기준에서는 말이오. 이들이 동방맹을 만든다면 내가 쌓은 재산을 모두 쏟아붓겠소. 나와 별다른 바 없는 인생을 살아온 문주에게 다 빼앗기느니 그것이 더 낫소. 맹세하리다. 나를 도와주시오. 문주가 나를 비난할 수 있어도 그대들까지 싸잡아서 낮출 순 없소."

금산왕이 냉소를 머금었다.

"하오문주, 여기 모인 고수들은 당신이 때려죽이던 흑도가 아니외다. 아셨소?"

순수한 마음으로 감탄이 절로 나왔다. 짝, 짝, 짝, 박수를 보냈다.

"금산왕, 훌륭하다."

"비꼬지 마시오."

갑자기 금산왕이 목청을 높여서 외쳤다.

"동림아銅林兒!"

바깥에서 누군가가 대답했다.

"예, 사형."

금세 나타난 거한이 입구를 막고 있는 은평왕에게 말했다.

"은 사형, 들어가도 되겠습니까?"

새롭게 등장한 거한은 은평왕의 체구보다 두 배는 컸다. 동銅으로 된 숲의 아이라는 뜻이어서 정상적인 별호는 아니었다. 그러나 보기 드문 체형, 목소리, 분위기와 기도를 통해 호신공을 극성까지 익힌 고수임을 알았다. 은평왕이 거절했다.

"대기해."

"예? 대사형이 부르시는데요."

나는 거한이 궁금해서 은평왕에게 말했다.

"비켜줘라."

"예."

동림아가 발소리를 울리면서 오는 동안에 금산왕이 말했다.

"내가 큰 위기에 처하면 네가 어쩌기로 했지?"

순박함과 강렬함이 뒤섞인 인상의 동림아가 대답했다.

"사형에게 제 목숨을 바치기로 맹세했습니다."

"아직 그 맹세가 유효하냐?"

"그렇습니다."

"내가 지금 일생일대의 위기에 빠졌다."

동림아는 긴장한 기색 없이 대청에 모여있는 자들을 둘러봤다.

"누가 사형을 위협하고 있습니까?"

마치 강호에 대해서는 아무것도 모른다는 태도여서 이 사내는 별호나 명성으로 위협할 수 없는 것처럼 보였다. 동림아가 살짝 멍청해 보였기에 내가 먼저 손을 들었다.

"나다."

동림아가 나를 쳐다보면서 물었다.

"사형, 저 사람을 죽이면 되겠습니까?"

금산왕이 고개를 저었다.

"아니. 주시해라."

은평왕이 무슨 말을 꺼내려고 입을 열자, 금산왕이 손가락으로 가리켰다.

"넌 닥치고 있어. 닥치라고 했다."

은평왕이 바로 입을 열었다.

"그럴 수는 없지. 동 사제, 공격하면 안 된다. 저분은 네가 만나본 적이 없는 고수다."

동림아가 대답했다.

"그래도 대사형의 명령을 따라야 합니다. 주시하겠습니다."

금산왕이 모여있는 고수들에게 말했다.

"솔직하게 갑시다. 내가 당하거나 재산을 빼앗기면 동방맹은 물거품이오. 은 사제의 머리를 보시오. 죽거나, 대머리라고 하던데 이런 모욕은 생전에 당해본 적이 없소. 다들 어떻게 하시겠소?"

모여있는 고수들이 일제히 나를 쳐다봤다. 금산왕이 나를 가리켰다.

"여기에 등장한 하오문주는 협객이 아니오. 내가 조사하든 그대들이 돌아가서 조사하든 그의 정체는 똑같소. 굳이 비교하자면 이 금산왕과 가장 비슷한 결을 가진 사내가 되겠소. 서쪽에는 하오문주, 동쪽에는 내가 있소."

솔직히 말해서 나는 금산왕이 조금 놀라웠다. 어찌나 놀라운지 조금 전에 먹은 국수가 말끔하게 소화됐을 정도. 아무도 입을 열지 않았기에 내가 먼저 손을 들었다. 그러자 금산왕이 친절하게도 내 발언을 허락해 줬다.

"말해보게."

나는 차분하게 말했다.

"동방맹은 그러니까 지역의 차이만 있을 뿐. 지금의 무림맹처럼 약자를 보호하고 사마외도를 처단하는 무력 단체인가?"

"당연히 그래야지. 맹의 역할이란 본디 그런 것이니."

"그 창설에 그대의 재산이 쓰이고?"

금산왕이 고개를 끄덕였다.

"그대에게 재산을 모두 빼앗기느니 온 재산을 쏟아부어 동방맹을 키우는 데 사용하겠네."

나는 고개를 끄덕였다.

"좋아."

"뭐가 좋다는 말인가?"

나는 허리를 꼿꼿하게 세운 다음에 진지한 어조로 말했다.

"내가 동방맹의 맹주가 되겠다."

눈이 점점 커지던 금산왕이 호통을 내질렀다.

"자네는 서쪽에서 온 사람이지 않은가!"

나는 검지로 금산왕을 가리키다가 염계를 휘감았다.

"나는 동쪽 사람이다. 정착했다. 네 이야기를 인내심을 발휘하면서 들었어. 이제 내 차례야. 서쪽에 있으면 서쪽 사람이고, 동쪽에 있으면 동쪽 사람이다. 본래 나는 집이 없기 때문이야."

"..."

"나는 동쪽에 와서 이미 대머리 친구들도 많이 사귀었다. 절강 이 곳저곳에서 싸우고 절강의 앞바다에서도 여러 차례 겨뤄 새로운 별호도 생겼다. 이름하여."

무심코 나는 은평왕과 눈을 마주쳤는데 이놈이 눈을 치켜뜨면서 중얼거렸다.

"설마?"

"동방불패東方不敗. 나다."

재차 중지에 빙공을 주입한 다음에 손가락을 뭉치자, 지법으로 만든 일월광천이 빛을 발휘했다.

파지지지지지지직!

금산왕에게 말했다.

"이 안가부터 먼지로 만든 다음에 내 말을 경청할래. 그냥 얌전히 들을래. 나는 동쪽에 있든 서쪽에 있든, 이제 내 뜻대로 살 수 있는 사내다."

금산왕이 바로 대답했다.

"경청하겠소."

나는 손가락을 거둔 다음에 말을 이어나갔다.

"그래야지. 동림아."

"예? 예."

나는 순박한 눈빛을 가진 동림아에게 말했다.

"너는 충직한 면이 있어 한 번 봐주겠다. 금산왕 옆에 얌전히 서 있도록. 네 호신공이 뭔지 모르겠다만 너도 죽고, 금산왕도 죽게 돼. 알았어?"

동림아가 금산왕을 쳐다본 다음에 나와 눈을 마주쳤다.

"알겠습니다."

442.
바람이 솔솔 부는군

"그나저나 은평왕을 죽였으면 이 안가는 찾지 못했겠군."

은평왕이 나를 바라봤다.

"그렇습니다."

나는 금산왕을 바라봤다.

"서쪽의 하오문주, 동쪽의 금산왕은 본인을 너무 과대평가했다. 내가 돈이 많다고 하던데 내 개인 재산은 객잔 하나가 전부야. 하오문의 모든 것과 네 모든 것을 걸고 비무를 할 수 있다면 인정하마. 어떤데?"

당연하게도 금산왕은 대답하지 않았다.

"못하겠어? 그렇다면 자연스럽게 동방맹을 창설해야지."

금산왕은 구명을 요청하듯이 자신이 초빙한 고수들을 둘러봤다. 다들 묵묵부답이었다. 한숨이 살짝 나왔다.

"너는 대머리로 끝내면 안 되겠다. 사실 지금까지 네가 나를 피할 수 있는 시간은 충분하지 않았어?"

"…"

다들 나를 쳐다봤다.

"나는 이곳에 아주 천천히 도착했어. 서쪽에서 점소이로 출발했으니 말이야. 단 한 번도 빠르게 오지 않았다. 구르고, 이곳저곳을 날아다니고, 벼랑에서 떨어지고, 다시 기어오르고 여러 죽을 고비를 넘기면서 겨우 도착했다. 네가 생사회에 돈을 밀어 넣으면서 한 번이라도 후회나 반성이 있었다면 나를 만나지 않았겠지. 어떻게든 네 재산을 지키기 위해 머리를 굴리다가 나를 만난 거지. 이제 늦었다. 아주 느릿느릿하게 도착했지만 내가 이미 강철의 거북이가 되었기 때문이야."

떠들어 대면서 생각을 정리한 나는 금산왕에게 말했다.

"너는 일단 내공과 무공을 폐하겠다. 내 지난 행적까지 교묘하게 해석해서 모욕한 죄. 싫다면 비무로 강호인답게 모든 걸 걸어."

금산왕이 다급한 어조로 말했다.

"일만 냥에 대리 비무를 신청하오. 승패와 관련 없이 돈은 드리겠소. 없소?"

복건제일인이 코웃음을 쳤다.

"네가 해라. 미친놈아."

갑자기 동림아가 입을 열었다.

"제가 이길 수 있는 상대가 아니지만, 이 목숨은 대사형께 드리겠습니다."

나는 다가오는 동림아에게 말했다.

"네가 패하면 금산왕도 죽일 생각이다. 재산은 전부 찾을 수 없겠지만 동방맹을 작게 시작하면 돼. 시작은 미약해도 상관없다."

금산왕까지 죽인다는 말에 동림아가 은평왕에게 질문했다.

"은 사형, 제가 어찌해야겠습니까?"

은평왕이 대답했다.

"이미 생사회주가 죽고 연국사도 패했다. 네가 아는 마후와 생사객도 마찬가지. 아무도 상대하지 못했다. 중요한 것은 아무도 제대로 싸우지 못했다는 점이야. 네 충심은 내가 알아. 지금은 자중해라. 나가서 대기하고 있어. 여긴 사형과 내가 문주님과 논의해 보마."

"알겠습니다."

동림아가 한숨을 내쉬더니 그대로 대청을 빠져나갔다. 은평왕이 금산왕에게 말했다.

"사형도 문주님의 기준엔 생사회주와 다를 바 없소. 죽거나, 대머리라고 말씀드렸지 않소. 죽거나 무공을 폐하거나로 바뀌었을 뿐이오. 다른 선택은 없소. 재산은 사형이 말씀하신 대로 동방맹을 창설하는 데만 쓰겠소."

금산왕이 핏발 선 눈으로 나를 쳐다봤다.

"문주, 궁금한 게 있는데."

"말해."

"삼재는 왜 은퇴하게 되었나? 역시 그대와 관련이 있나?"

나는 금산왕을 물끄러미 바라봤다.

"있지. 이제 삼재가 동시에 와도 내 뜻을 꺾지 못해. 대답이 되었나? 내가 네게 이런 기회라도 주는 이유는 내가 약한 시절에 삼재도 내게 기회를 줬기 때문이다. 더 큰 이유는 은평왕이 아직 너를 포기하지 않았기 때문이고. 똑똑한 자들이 착각할 수 있으니 나도 애써 힘을 감출 생각이 없다."

손바닥을 하늘로 향하게 한 다음에 장력을 분출했다. 불기둥이 솟구쳐서 안가의 지붕을 송두리째 날렸으나 이어지는 장력의 여파로 먼지 한 톨 떨어지지 않았다. 금세 천장이 있던 곳엔 맑은 하늘이 보였다.

"국수 한 그릇에 이 정도라니. 돼지통뼈를 먹었으면 하늘도 뚫렸을 텐데."

다들 하늘을 올려다보는 사이에 이미 나는 동방맹의 맹주가 되었다.

"이제 계획을 알려주겠다. 은평왕."

"예, 문주님."

"그대를 동방맹의 절강 지부장에 임명한다."

은평왕이 예를 갖췄다.

"명을 받듭니다."

남은 자들이 과연 어떻게 반응할 것인지 나도 예상할 수가 없었으나 한 번 시작된 맹주 노릇은 멈추질 않았다.

"태왕."

"말씀하시게."

"그대를 강소를 총괄하는 지부장에 임명하려는데."

"하하."

태왕은 갑자기 어깨를 떨면서 웃었다. 어떻게 해야 하는지 잠시 고민하더니 나를 보면서 고개를 끄덕였다.

"그럼, 한번 맡아보겠네."

"좋아. 태산제일검?"

태산제일검이 손가락으로 자신을 가리켰다.

"내가 그럼 동방맹의 산동 지부장인가?"

나는 태산제일검과 눈을 마주쳤다.

"맡아주겠소?"

태산제일검이 슬쩍 웃더니 고개를 끄덕였다.

"태왕 선배가 맡으면 나도 맡아야지."

이 중에서 가장 강해 보이는 도제를 쳐다봤다.

"도제께선?"

도제가 덤덤한 어조로 말했다.

"하북팽가 전체가 동방맹의 하북 지부 역할을 맡겠네. 실은 우리가 하던 일과 크게 다를 바 없겠지. 다만 버거운 일이 있을 때 맹주가 도와주는 것이겠지?"

나는 고개를 끄덕였다.

"응당 돕겠소. 영춘자께서는 어떻게 하시겠소?"

영춘자가 주변을 둘러보더니 입맛을 다셨다.

"나는 자네에게 한번 도전해 보고 싶은데. 무리인가?"

"기회가 되면 서쪽 무림맹으로 가는 동안에 한번 붙어봅시다."

"좋아, 그럼 내가 복건을 맡겠네."

나는 손뼉을 한 번 부딪혔다.

"자! 복건, 하북, 산동, 강소, 절강의 지부장이 결정되었소. 이거 만만치 않은 세력이군. 이렇게 합시다. 일은 효율적으로 해야지. 당장 이곳에 동방맹의 본단을 건설할 필요 없소. 왜일까?"

복건제일인이 대답했다.

"어차피 서쪽 무림맹과 결판을 내서 천하맹을 출범해야 할 테니까."

"맞소. 내가 이기면 서쪽 무림맹이 곧 천하맹이오. 그러니까 우리는 이곳에서 동방맹을 창설할 자금을 싹 긁어모은 후에 서쪽 무림맹으로 출발하자고. 절강 지부장, 준비할 수 있겠나?"

은평왕이 대답했다.

"제가 맡아서 최대한 자금을 긁어모으겠습니다. 숨겨둔 자금도 많아서 시간이 걸립니다. 만약 문주님이 그럴 일은 없겠지만 서쪽 무림맹주에게 패배하면 어떻게 됩니까?"

"아, 그럴 일은 없어. 불가능하지. 사실 나도 우리 임 선배 다음으로 등장할 맹주가 누구인지 모르겠군. 은평왕."

"예, 문주님."

"이 안가는 터가 좋아. 이대로 보수해서 나중에 절강 지부로 사용할 수 있도록 해."

"알겠습니다."

나는 일어나서 새롭게 동방맹에 합류한 간부들을 둘러봤다.

"지부장들께서는 여기서 자금이 준비되면 나와 함께 서쪽 무림맹으로 쳐들어가겠소? 누가 진정한 맹주인지 내가 직접 보여주리다."

내 표정을 보면서 실실 웃던 지부장들이 저마다 고개를 끄덕였다.

"그렇게 하세."

"좋지."

"그건 기대되는군."

나는 고개를 끄덕였다.

"좋다. 은평왕은 귀빈들을 바깥 거처에 모시고. 국숫집에 있는 스님과 대머리들도 모셔 와라. 잠은 편한 곳에서 자야지. 나는 금산왕과 독대하겠다."

"알겠습니다. 다들 바깥에 있는 별채로 모시겠습니다. 가시지요."

전부 일어나서 바깥으로 나가자 대청에는 금산왕과 나만 남았다. 나는 조금 떨어져서 앉아있는 금산왕을 한참이나 아무 말 없이 쳐다봤다. 금산왕은 넋이 나간 사람처럼 전방만 주시하고 있었다. 머리를 아무리 굴려도 답이 없을 것이다. 이렇게 보고 있으려니 자결할지 말지를 고민하는 사람처럼 보이기도 했다.

나는 본래 말이 많은 사람이지만 금산왕이 고민하는 동안에는 입을 열지 않았다. 사람은 이런 순간을 맞이해야 자신의 속마음과 솔직하게 대면할 수 있기 때문이다. 정적을 깨뜨린 것은 광승이었다. 석장을 쥔 채로 대청에 들어와서 내 맞은편에 조용히 앉았다. 석장을 탁자에 기댔을 뿐인데, 대청 안이 무겁게 울렸다. 나는 그제야 입을 열었다.

"국수 맛은 어떠셨습니까?"

광승이 슬쩍 웃었다.

"불자의 몸으로 음식의 맛에 연연하지 않게 되었네만."

"예."

"매우 맛이 없었네."

"안타깝군요."

"문주는 다른 자들과 달리 맛있게 잘 먹던데 대체 어찌 된 일인가?"

"저는 일양현에서 오랫동안 제가 만든 맛없는 음식을 먹었습니다. 그때는 끼니라는 것이 그저 배가 고프면 쑤셔 넣는 것인 줄 알았지요. 음식에 사람이 놀랄 만한 맛이 있다고 생각하지 않았습니다."

"무슨 낙으로 살았나?"

"대신에 과일은 항상 맛있었지요. 많이 먹진 못했지만."

"나도 과일을 참 좋아하네."

"다른 사람들이 만든 음식을 먹어보고 밥맛이 훌륭하다는 것을 알았습니다. 천하가 이렇게 넓구나. 기이하게도, 밥이 맛있다니? 우리 집에선 상상도 못 할 일인데."

광승이 나를 쳐다봤다.

"주방에서 독극물이라도 제조했나?"

"그거라도 먹어야 살 수 있었던 시절이 있었습니다."

"절밥보다 맛이 없었나 보군. 실은 나도 처음 술을 입에 댄 날에 천하가 내 예상보다 훨씬 넓고 오묘하다는 것을 알았지. 하지만 국숫집에서는 한 잔도 마시지 않았네."

"원래 스님들이 술을 즐기진 않죠."

여기까지 대화를 마친 술꾼 파계승이 옆에 있는 금산왕을 바라봤다.

"자네가 금산왕인가?"

"그렇소."

금산왕의 표정을 바라보던 광승이 감정 없는 어조로 말했다.

"죽여주랴? 네가 원하면 그리해 주마. 머리가 터지면 고통도 찰나에 그칠 것이다."

눈이 커진 금산왕이 나를 쳐다봤다. 이 새끼는 죽을 위기에만 처하면 남들에게 구명을 청하는 버릇이 있는 모양이다. 하지만 광승이 죽이겠다면 말릴 마음이 없었다.

"스님의 행보는 나도 막을 수 없다."

광승은 아무런 예고도 없이 왼손을 휘둘렀다. 그러자 손을 들어서 장력을 막은 금산왕이 벽으로 날아갔다.

콰아아아앙!

금산왕 정도면 제법 저항할 것이라 기대했는데 어느새 피투성이가 된 얼굴로 꿈틀대고 있었다. 광승이 명령했다.

"적당히 쳤다. 와서 다시 앉아라."

숨을 거칠게 몰아쉬던 금산왕은 본능이 발동했는지 대청 바깥을 쳐다봤다. 하지만 애초에 광승이 입구와 가까워서 도망칠 가능성은 없었다. 광승이 말했다.

"무공도 익히다 만 놈이 돈 몇 푼에 사람을 그렇게 죽여대다니. 네가 살아야 할 이유가 있나? 이곳에 오는 동안에 너 같은 놈들은 문주와 대부분 때려죽였다."

본인의 자리에 앉으려던 금산왕은 차마 앉지 못하고. 광승 앞에 무릎을 꿇으면서 말했다.

"스님, 살려주십시오."

광승이 내게 물었다.

"문주는 어쩌기로 했나?"

"일단은 무공부터 없애기로 했습니다."

재산은 무림맹에 투척하게 만들고, 심경의 변화가 없으면 무림맹의 뇌옥에 가둬둘 생각이었다.

"옳은 말이야. 이놈은 머리를 밀어서 데리고 다니고 싶은 생각도 없네."

광승이 손을 뻗자, 어느새 금산왕의 머리카락이 붙잡혀 있었다. 내 눈에는 광승의 눈빛에 불꽃이 담긴 것처럼 보였다.

"이대로 죽겠느냐, 아니면 무공부터 거둬갈까. 이 지경에 이르러 네 돈은 아무런 소용이 없게 되었다."

광승은 질문을 해놓고 정작 답을 바라진 않았다. 오른손이 움직이더니 금산왕의 뱃가죽에 여러 차례 닿았다. 흡사 북이 찢어지는 소리가 들리더니 이내 금산왕의 몸이 바닥에 허물어졌다. 궁금해서 물어봤다.

"단전을 폐하는 수법입니까?"

광승이 고개를 내저었다.

"단전을 그냥 부쉈네. 틀을 남겨놓으면 다시 쌓을 수 있으니. 무공을 익히지 못하는 몸이 되었지."

나는 바닥에 쓰러진 금산왕을 위로했다.

"무공을 잃었으나 몸을 잃지 않았으면 아무것도 잃지 않은 것이다. 돈을 잃고 몸을 지켰다면 그것도 마찬가지다. 네가 남을 해치면서 쌓은 돈이 많아 결국에 강철의 거북이와 술을 마시는 스님도 너를 지나치지 못했을 뿐이야. 억울하냐?"

"..."

나는 바깥을 향해 물었다.

　　　...

"동림아."

"예, 문주님."

어느새 부르면 바로 등장하게 된 동림아가 입구에서 나를 쳐다봤다. 나는 턱짓으로 기절한 금산왕을 가리켰다.

"데려가서 죽지 않게 보살피고. 다른 사람에겐 이 안가에서 가장 훌륭한 술을 가져오라고 부탁해라."

"알겠습니다."

"잠시만."

"예."

나는 동림아를 바라보면서 말했다.

"안주도 필요 없고, 독도 통하지 않으니 생략하라 일러라."

"알겠습니다."

동림아가 금산왕을 번쩍 들더니 바깥으로 나갔다. 맞은편에서 광승이 나를 쳐다보더니 슬며시 미소를 지었다.

"문주."

"예."

"나는 어느 때보다 즐겁네. 이 못된 마음이 내 본성이겠지?"

나는 고개를 끄덕였다.

"그 마음이 곧 제 마음과 같습니다."

우리는 몇 차례 실실 웃었다. 문득 광승이 뻥 뚫려있는 하늘을 쳐다보더니 이렇게 말했다.

"바람이 솔솔 부는군."

이렇게 보고 있으려니 정말 시원해 보였다. 마음에서 오랫동안 타오르고 있었던 불꽃을 조금씩 꺼트리고 있을 테니 말이다. 한때 내가 그랬던 것처럼 말이다.

"세상에서 가장 맛있는 술이 무엇인지 아십니까?"

광승이 대답했다.

"무엇인가?"

나는 광승을 보면서 씨익 웃었다.

"금산왕 같은 놈들에게 뺏어서 마시는 술이지요."

광승과 같은 사내가 왜 술을 마시는가? 그것은 마음의 불꽃을 꺼트리기 위함이다. 나는 금산왕이 애지중지하게 보관해 놓은 술이 도착하면, 광승에게 빙주氷酒를 만들어 줄 생각에 웃음이 절로 나왔다. 사실 내가 서방불패인지 동방불패인지는 관심 없다. 악인들의 머리카락에도 관심이 없고. 바다를 봐도 별 감흥이 없다. 맛있는 음식과 훌륭한 술에 대한 집착도 없다. 다만 내가 신경을 쓰는 것은 광승의 속에서 타오르고 있는 불꽃뿐인지라. 대머리 사부가 즐거워하니, 나도 즐거웠다.

443.
핏물이 튀었다

모용백은 책상에 놓인 도면을 보면서 부채를 조립하고 있었다. 부속품은 웬만한 도검에도 잘리지 않는 강철로 되어있었는데 길쭉한 상자처럼 생긴 뼈대, 굵직한 강철 침 여러 개, 작은 구슬 등으로 구성되어 있었다. 도면은 모용백이 직접 그렸지만. 강철로 된 부속품은 모두 용두철방에서 제작했다. 벌써 네 차례나 제작을 의뢰했다가 실패했던 병장기로 이번이 다섯 번째였다. 용두철방의 실력이 나날이 늘어난 것은 사실이지만 강철로 된 부채를 제작한 적은 없었기 때문에 어쩔 수가 없었다. 강철 뼈대의 하단에 첫 번째 강철 침을 조립하면서 모용백은 슬며시 웃었다.

'매끄럽구나.'

앞선 실패로 인해서 이번에는 부속품의 완성도가 좋았다. 도면을 보지 않은 채로 강철로 된 부속품을 하나씩 끼워 넣고 그 위에 두툼한 종이를 덧대어 끝이 뭉툭한 얇은 침으로 고정하자 이것은 그대로 철선鐵扇이 되었다. 나중에 자신의 이름을 따서 하얗게 칠하면 백선白扇이라 부를 병기였다.

의원이 병장기를 휴대하는 것은 사실 어색하다. 하지만 허리에 칼을 차고 진료를 보는 것보다는 부채를 들고 진료를 보는 것이 훨씬 자연스럽기에 의원의 독문 병장기로는 매우 적절했다. 조립을 마친 다음에 강철 침의 끝부분을 살폈다. 의뢰한 대로 강철 침의 내부는 비어있는 상태. 철선을 뒤집어서 문제의 손잡이 부분을 살폈다. 하단 중앙에 홈이 패어있었는데 이곳에 자그마한 구슬을 넣어서 덮개를 닫았다. 그런 다음에 손잡이의 입구를 바라보다가 미리 준비해 놨던 약병을 붙잡았다. 모용백이 바깥에 말했다.

"잠시 아무도 들어오면 안 된다."

"예, 알겠습니다."

모용백은 자신이 만든 녹색의 독 가루를 입구에 쏟은 다음에 급히 덮개를 닫았다. 치명적인 독은 아니었으나 의녀들이 냄새를 맡았다가 쓰러질 수 있었기 때문에 조심했다. 원리는 간단하다. 철제 구슬이 좁은 공간에서 움직이면 독이 비어있는 침을 통해 바깥으로 밀려난다. 구슬은 당연히 내공으로 움직여야 하는데 내공에 의한 열 때문에 산독散毒 형태로 퍼진다.

간단히 말하면 부채 바람에 독무毒霧를 퍼뜨릴 수 있는 병기. 이번에 사용한 독은 취몽산이라는 것으로 모용백이 직접 제작한 일종의 수면제였다. 의원의 몸으로 어찌 강호인들을 전부 무공으로 상대하겠는가. 문주 놈의 경고대로 강호에서 살아남으려면 언제나 조심해야 하는 법. 모용백은 강철 부채를 접은 다음에 붙잡고 일어나서 손목을 돌리다가 슬쩍 웃었다.

'묵직하네.'

화산에서 목격한 싸움을 떠올리면서 묵직한 부채를 휘둘렀다. 공연히 가상의 적을 향해 부채를 휘두르다가, 활짝 펴서 느긋하게 부채를 펄럭여 봤다. 이제 가상의 상대가 적이라면. 부채에서 퍼지기 시작한 취몽산을 들이마시고 비틀대거나 그대로 기절할 터였다. 적들이 하나둘씩 쓰러지는 모습을 상상하던 모용백이 작은 목소리로 읊조렸다.

"그대들이 이 모용 아무개를 얕잡아 봤소."

작게 읊조렸음에도 불구하고 바깥에 있는 백소아가 대답했다.

"부르셨어요?"

"혼잣말이다."

"예."

모용백은 창문을 열어 환기를 시킨 다음에 방을 나와서 문을 닫았다. 문을 닫으려고 분주히 움직이는 의녀들을 바라보던 모용백이 말했다.

"오늘은 문주 놈 객잔으로 가서 저녁을 먹자. 술도 조금 마시고."

멀리 있는 의녀들까지 환호성을 지르자, 모용백은 살짝 한숨이 나왔다.

"자하객잔이 그렇게 좋으냐?"

"예!"

의녀들이 돼지통뼈를 문답 구호처럼 외치면서 의가를 정리했다.

"돼지!"

"통뼈!"

의녀들이 정리하는 사이에 먼저 바깥으로 나온 모용백이 철선을 쥔 채로 주변을 천천히 둘러봤다. 종종 강호인들이 환자로 방문했기에 몸에 밴 조심성이 생겼다. 의가를 한 바퀴 둘러보면서 잡초를 뽑다가 다시 정문에 도착했을 때 누군가의 목소리가 들렸다.

"…모용 선생?"

모용백은 목소리를 듣자마자 정문을 등진 채로 돌아섰다. 대여섯 명의 강호인들이 몰려오더니 모용백 앞에 멈춰 섰다. 모용백이 물었다.

"부상자가 있습니까?"

굳이 이렇게 물은 이유는 중독된 사람이나 다친 자가 보이지 않았기 때문이었다. 둘러보니 아는 얼굴도 없었는데, 복장과 분위기도 이곳 사람들이 아니었다. 대번에 불쾌한 느낌이 전해졌다. 특이하게도 한 사내는 등에 거북이 등껍질처럼 방패를 짊어지고 있었다. 그 방패를 짊어지고 있는 사내가 입을 열었다.

"안에 흑소령과 백소아가 있나?"

모용백이 고개를 갸웃했다.

"무슨 일로 그러시오."

이미 모용백의 어조도 변한 상태. 방패를 짊어진 사내가 중년인을 가리키자, 중년인이 입을 열었다.

"있는지 없는지 그것부터 말해주게."

"있소."

중년인이 냉소를 머금었다. 몰려온 자들이 서로의 얼굴을 확인하더니 다들 비슷한 표정을 지었다. 모용백은 속으로 한숨이 나왔으나 열심히 몰려온 자들의 병장기와 분위기, 무공의 높고 낮음을 파악하고 있었다. 중년인이 말했다.

"자네가 의녀로 데리고 있는 건가?"

"그렇소."

중년인이 고개를 끄덕였다.

"갑작스럽겠지만, 그 두 사람은 일전에 내게 사기를 쳤네."

모용백은 흑백소소에게 지난 일을 대충 들었기 때문에 놀라는 기색 없이 대꾸했다.

"비무 도박장에서?"

"아는군. 동방연과 비무를 앞두고 술에 약을 탔네. 도박장에서 약을 타던 것들이 이제는 의가에서 약을 타고 있다니. 황당해서 말이 안 나오는군."

이제 모용의가 안쪽에서 합창으로 흘러나오던 돼지통뼈 구호도 멈춘 상태. 모용백이 물었다.

"원하는 게 뭐요."

"사기를 쳤으면 벌을 받는 것이 강호의 도리지. 돈으로 갚든가. 돈이 없으면 몸으로 갚든가. 애초에 모용의가에 속한 여인들도 아니었을 테니 일을 크게 만들지 말았으면 좋겠군."

모용백이 대답했다.

"모용의가는 하오문 소속인 것을 알고 있소? 예전에 무슨 일을 했든 간에 두 사람은 문주님이 직접 거둬서 내게 맡긴 사람들이니 함부로 내줄 수 없소."

중년인이 한숨을 내쉬었다.

"그 하오문주 때문에 주변을 철저하게 조사해서 왔네. 지금은 부재라는 것을 알고 있네. 자네가 하오문주와 친하다는 것도 알겠네만 두 여인만 내주면 아무 일 없이 물러나겠네. 당장 하오문주가 이곳에 나타날 리도 없고 말이야. 꼭 힘으로 문짝을 부수고 들어가서 머리채를 붙잡고 끌어내야겠나?"

모용백이 한숨을 내쉬었다.

"공교롭군."

사실 그간 무공도 열심히 수련했던 모용백이라서 이들이 두렵진 않았다. 모용백이 두려운 것은 사람을 살리려고 의술을 익혔는데 같은 손으로 사람을 죽이는 우를 범하는 것이었다. 그러니까 이놈들보다 모용백은 자신이 더 두려웠다. 그나저나 백선에 처음으로 독을 넣은 날에 갑자기 이렇게 강호인들이 들이닥쳐서 흑백소소에게 얽힌 원한을 이야기할 줄은 몰랐다. 잠시 생각을 정리하던 모용백이 입을 열었다.

"여러분, 억울한 심정은 알겠소. 하지만 문주님에게 부탁을 받은 처자들이기도 하고, 내가 가르치고 있는 의녀들이기도 하니 그 요청은 받아줄 수 없소. 이대로 돌아가면 하오문에 알리지 않고 조용히 넘어가리다."

몰려온 자들이 웃었다.

"그놈의 하오문."

"처자들만 데리고 우리도 먼 곳으로 떠나겠네."

모용백이 대답했다.

"내가 싫다면."

중년인이 모용백을 노려봤다.

"오늘 좀 맞아야겠지. 의녀들이 많아서 부러진 곳도 잘 치료해 줄 것이네."

어쩐지 모용백은 입가에서 웃음이 실실 빠져나왔다.

"하오문도 무시하고, 나도 무시하다니."

지극히 짧은 시간에 문주 놈의 말이 바로 조금 전에 들었던 것처럼 스치고 지나갔다.

'선생 본인을 위해서 무공을 수련하도록 해. 인생의 함정에 빠졌을 때 스스로 뛰쳐나올 수 있도록 말이야. 모용백, 내 작은 소망이다.'

모용백의 분위기가 일순간에 변하자, 강호인들도 각자의 병장기를 뽑았다. 모용백은 철선을 펼친 다음에 강호인들을 바라봤다.

"문주 놈 말이 맞았어. 너희 같은 놈들에게 쉽게 당해줘선 안 돼. 사기도박에 당한 것을 왜 흑소령과 백소아에게 따지나? 둘은 당시에 아무런 힘이 없었다. 오히려 명령을 내린 놈들은 문주님이 때려죽였으니 너희는 하오문에 고마워해야 하는 것이 아니냐?"

이제 반말도 술술 나왔다. 이런 이치를 이놈들이 모를 리도 없었다. 사기도박을 핑계로 얼굴이 반반한 흑백소소를 데려가려는 것임을 어렵지 않게 알 수 있었다. 한 놈이 웃으면서 말했다.

"의원 놈이 제법 고수처럼 구는구나."

중년인을 제외한 자들이 동시에 달려들자, 모용백은 뒷걸음질을 치다가 날아오는 칼을 철선으로 막았다. 대번에 금속음이 터지더니 손목에 힘이 전해졌다. 지켜보던 중년인이 웃었다.

"의원 놈이 무공을 익혔구나. 팔다리에서 피 좀 뽑아내라."

"예."

모용백은 철선에 내공을 불어넣으면서 환자를 치료할 때와 마찬가지로 열심히 싸웠다. 싸우는 도중에 문주 놈이 옆에서 떠드는 것만 같았다.

'이화접목신공은 기본적으로 점혈 수법을 다 알고 있어야 한다. 호신용으로 철선이 낫겠어.'

모용백은 백의서생이 전달한 이화접목신공을 수련했다. 당연히 실전 경험은 없다. 하지만 날아오는 칼을 피하고, 방패와 철선을 부딪치는 사이에 강호인들의 허점이 보였다. 잠시 더 겨루자 지켜보고 있는 중년인도 시야에 들어왔다. 이렇게 보니까. 자신의 수법을 구경한 다음에 마지막에 나설 것 같았다.

모용백은 자연스럽게 중년인의 수준과 자신이 쌓은 내공을 비교해 봤다. 힘을 아껴야겠다고 생각한 순간 오히려 중년인이 서있는 곳으로 움직이면서 철선을 바쁘게 움직였다. 진작 호흡을 잠시 멈춘 상황에서⋯ 거리가 좁혀지자, 느닷없이 중년인이 나서더니 모용백의 등에 일장을 내질렀다. 모용백이 좌장으로 응수했다가 접목 수법으로 방향을 틀자, 옆에서 달려들던 놈이 대신 장력에 맞았다.

퍽!

동시에 우측에서 밀려드는 사내의 견정혈을 철선으로 찍은 다음에 철선을 펄럭이면서 뒷걸음질을 쳤다. 연달아서 쫓아오던 자들이 갑자기 제자리에서 허물어지더니 전부 앞으로 꼬꾸라졌다. 중년인이 화들짝 놀라더니 숨을 참은 채로 모용백을 바라봤다. 모용백은 내공을 불어넣지 않은 철선으로 주변 공기를 환기하면서 중년인과 눈을 마주쳤다.

"왜?"

"..."

"의원이 잘 싸우니까 놀랍나?"

모용백이 다가가자 중년인이 애써 눈을 치켜뜬 채로 노려봤다. 기합을 내지르면서 최후의 반격을 펼치는 중년인의 머리통에 철선을 수직으로 내려쳤다.

퍽!

중년인이 바닥에 쓰러지더니 그대로 기절했다. 모용백은 쓰러져 있는 강호인들을 보다가 황당해서 웃었다.

"어처구니가 없네. 그대들이 이 모용 아무개를 얕잡아 봤어."

끼익- 소리가 들리더니 모용의가의 정문에서 흑소령과 백소아가 고개를 빼꼼히 내밀었다.

"선생님, 끝났나요?"

"아직 취몽산이 공기 중에 있으니 나오지 말아라."

"예, 선생님은 괜찮으세요?"

"나는 내성이 좀 있지."

독을 연구하려면 어쩔 수가 없었다. 허공에 부채질하던 모용백이 쓰러진 자들을 물끄러미 바라봤다. 이놈들을 어떻게 해야 할까. 취몽산은 극독이 아니다. 어차피 정신을 차리게 되어있었다. 강호인들을 어떻게 할 것인지 고민하던 중에 백소아가 물었다.

"오늘 자하객잔은 취소예요?"

모용백이 고개를 저었다.

"아니, 가야지. 준비해라."

"예."

강호인의 병장기를 발로 차서 떨어뜨려 놓던 모용백은 갑자기 성질이 뻗쳐서 기절한 놈의 발목을 밟아서 으스러뜨렸다.

"끄악!"

밀려드는 고통 때문에 정신이 되돌아온 강호인의 정수리를 철선으로 다시 내려쳤다.

퍽!

이 감정은 대체 무엇일까. 화가 나면서도 귀찮고, 귀찮으면서도 괘씸하고. 돌아가라고 기회를 줬는데도 무시한 것에 또 열을 받고. 흑백소소를 안 좋은 마음으로 데려가려고 한 것도 열 받고. 그렇다고 이 자리에서 모조리 때려죽이자니 그것도 내키지 않고. 온갖 심정 때문에 가슴이 들끓었다. 결국에 모용백은 강호인들의 발목을 모조리 밟아서 부러뜨리고, 깨어날 때마다 정수리에 철선을 갈겼다. 마지막에 때린 놈은 퍽- 하는 소리와 함께 이마가 깨진 모양인지 핏물이 새하얀 의복에 살짝 튀었다.

모용백은 백의에 묻은 핏물을 물끄러미 바라보다가 한숨을 내쉬었다. 일전에 문주 놈이 피투성이가 된 채로 들어오던 모습이 떠올랐다. 이런 생각이 들었다. 내가 문주 놈의 마음을 고작 이해한 척했구나, 하는 생각. 문주의 마음이 어땠는지는 이제야 알 것 같았다. 모용백이 떨떠름한 표정으로 웃으면서 중얼거렸다.

"…화가 난다. 화가 나."

철선을 허리춤에 넣은 다음에 모용의가의 정문을 열어서 의녀들에게 말했다.

"얘들아."

"예, 선생님!"

모용백이 말했다.

"술 마시러 가자."

의녀들이 우르르 몰려나오면서 물었다.

"저 사람들은요?"

"급하게 오다가 다리가 부러진 사람들이니 나는 모르겠다. 내버려 둬. 일단 가서 대사부님과 의논하자."

모용백은 의녀들을 데리고 일단 자하객잔에서 밥도 먹고, 술도 마시고, 피난도 할 겸 출발했다. 아무래도 모용의가를 자하객잔 옆 으로 이사해야 할 것 같다는 생각이 들었다. 조금 걷던 모용백이 말 했다.

"잠시만."

"예."

모용백은 다시 기절한 중년인에게 돌아가서 품을 뒤졌다. 묵직한 전낭 하나를 꺼낸 다음에 의녀들에게 흔들면서 보여줬다.

"오늘은 이걸로 마시자."

이것으로 강호의 일에 또 얽히게 된 것일까. 모용백도 알 수가 없 었다. 다만 자하객잔으로 가는 동안에 한 가지는 다짐했다. 앞으로 지금보다 훨씬 혹독하게 무공을 수련하겠다고 말이다. 각자의 자리 에서 싸우지 않고는 살아남을 수 없는 강호였기 때문이다.

444.
하오문의 이인자께서

휘장 속의 사내가 끌려온 자들에게 말했다.

"감히 너희가 귀한 의원님을 공격해?"

"…"

"감히 하오문을 건드려?"

중년인이 겨우 눈을 뜨더니 신음 섞인 어조로 말했다.

"거듭… 사과드리겠소."

"이대로 죽고 싶으냐?"

"살려주시면 다시는 얼씬대지 않겠소."

모용백을 공격했던 자들은 취몽산의 독성 때문에 제대로 말을 할 수가 없었다. 다만 중년인은 홀로 취몽산을 덜 들이마셔서 겨우 정신을 부여잡고 있는 상황이었다. 휘장 속의 사내가 말했다.

"너희는 하오문을 공격한 죄로 일단 흑선보로 보내겠다. 보를 허물고 집과 건물을 짓고 있는데 일손이 계속 부족하다는군. 목숨을

 광마회귀 8

살려주는 대신에 강제 노역이다. 탈출을 시도하면 흑선보의 간부들에게 맞아 죽겠지."

중년인이 겨우 대답했다.

"고맙소."

"네가 대장이냐?"

"대장은 아니지만 내가 끌고 왔소."

"왜 저렇게 다들 취한 것처럼 보이나?"

"모용 선생의 독에 당해서 그렇소. 계속 잠이 쏟아지는데 어쩔 수가 없소. 정말 지독한 독이오. 거듭 사과하리다."

휘장 속의 사내가 말했다.

"하오문엔 고수가 많다. 문주님이 아니더라도 너희 같은 놈들은 하오문에 속한 의원 한 명도 이기지 못해. 어디서 도박장이나 기웃대던 쓰레기들이 감히 하오문을 건드린단 말이냐?"

"미안하게 되었소. 다시는…"

휘장을 젖힌 사내가 중년인을 노려봤다.

"너는 내가 누군지 아느냐?"

중년인이 고개를 저었다.

"모르겠소."

"내가 하오문의 이인자다. 들어봤나?"

"못 들어봤소."

"차성태라는 이름은?"

"미안하오. 못 들어봤소."

중년인은 자신과 동료들의 목숨을 살리고자 온 힘을 다해서 대답했으나 이어지는 졸음 때문에 다시 고개를 한 번 떨궜다. 차성태가 황당하다는 표정을 지었다.

"졸지 말라고 했을 텐데."

"아직 독성 때문에… 말씀하시오."

"옆에 있는 놈들도 깨워라."

"말씀드렸다시피 모용 선생의 독이…"

모아놓고 한바탕 협박을 하려던 차성태가 눈을 부릅떴다.

"좋아. 선생의 독이 강한지, 내가 더 강한지 겨뤄보자."

차성태가 갑자기 졸고 있는 한 사내에게 달려들어서 머리카락을 붙잡자마자 백전십단공의 뇌기를 주입했다.

파지지지지직!

이러려고 익힌 무공은 아니었으나 효과는 확실했다.

"끄아아아아악!"

졸고 있던 사내가 비명을 내지르면서 발버둥을 치자, 차성태가 말했다.

"이제 잠이 좀 달아나?"

나머지 놈들도 머리를 붙잡아서 한 차례씩 뇌기를 주입하려고 했으나 비명과 발버둥 때문에 애써 정신을 차리고 있었다. 차성태는 정신을 차린 놈들 앞에 쭈그려 앉아서 좌에서 우로 훑었다.

"나 아는 사람? 나 몰라?"

"모르겠습니다."

"이제부터 졸면 이 뇌전서생雷電書生 차성태가 머리통에 벼락을 심어주겠다. 마음껏 졸도록 해. 모용 선생의 독이 무서운지 내 벼락이 무서운지 나도 궁금해."

다들 눈이 충혈된 채로 차성태를 바라봤다. 차성태가 말했다.

"다시 말하지만 나는 하오문의 이인자다. 문주님이 돌아올 때까지
너희는 흑선보로 강제 노역을 보내겠다. 다들 알았나?"

"예."

"감히 모용 선생을 공격한 것치고는 아주 관대한 처분이야. 다시
는 하오문을 무시하지 마라. 알았어?"

"알겠소."

한 사내가 취몽산의 기운을 이기지 못해서 고개를 푹 떨구자, 분
노한 차성태가 달려들어서 머리카락을 붙잡고 마구 흔들었다.

파지지지지직!

"그냥 죽어! 이 새끼야! 죽어! 졸려? 죽어!"

"끄아아악!"

백전십단공의 뇌기를 뒤집어쓴 사내가 입에 하얀 거품을 물더니
그대로 고꾸라졌다. 살았는지 죽었는지 알 수가 없었다. 나머지 사
내들이 그제야 눈을 부릅뜨고 일부는 연신 자신의 뺨을 후려쳤다.
차성태가 바깥에 말했다.

"이놈들 끌고 가서 용모파기를 그리고. 정신을 차리면 흑선보로
보내라."

"알겠습니다."

차성태가 호통을 내질렀다.

"다음!"

수하들이 이번에는 포박당한 거한을 끌고 와서 무릎을 꿇렸다. 차

성태가 물었다.

"이 덩치는 뭐야?"

"축문의 연자성 문주에게 고용된 인부인데 벌써 여러 차례 말썽을 일으켰답니다. 술에 취하면 난폭해지고 심지어 연자성 문주까지 공격하려고 했다네요? 십여 명이 달려들어서 제압하는 과정에서도 인부들이 크게 다치고 아주 난리였다네요. 한 인부는 팔이 완전 반대로 꺾여서 반년은 넘게 일을 못 할 것 같답니다."

차성태가 한숨을 내쉬었다.

"개판이네."

차성태가 수하를 쳐다보면서 말했다.

"하오문은 왜 이렇게 개판이냐?"

"그러게요."

"뭐 새삼스러울 것도 없지."

"맞습니다."

차성태가 거한을 쳐다봤다.

"이름."

거한이 대답했다.

"원상이다."

"왜 반말이야?"

"당신이 먼저 반말을 하니까."

"너 내가 누군지 몰라?"

"모르겠다."

"내가 하오문의 이인자다."

...

"그런데?"

"너 하오문 아니냐?"

"뭔 소리냐. 축문이라는 곳에 인부로 취직한 것인데."

"그 축문이 하오문 소속이다."

"못 들었다."

차성태는 원상을 살폈다. 확실히 인부들 수십 명은 쉽게 때려눕힐 수 있는 거한이었다. 눈썹 위가 두툼하고, 코도 크고, 입도 커서 타고 난 거한처럼 보였는데 골격뿐만이 아니라 외공도 익힌 것처럼 보였다. 평범한 인부들이 아무리 달려들어도 감당하기 어려웠을 터였다.

"너 때문에 한 인부가 반년은 일을 못 한다는군. 그 사람이 가장이라면 생계에 지장이 있을 거 아니냐."

"그건 미안하군."

하지만 말과는 달리 미안한 기색이 차성태의 눈에 전혀 보이지 않았다. 차성태가 말했다.

"성격이 순한 연자성 문주가 나한테 보냈으면 꽤 열이 받은 모양인데 미안한 기색이라도 보여야 하는 거 아니냐?"

원상은 똑같은 태도로 말했다.

"미안하군."

차성태는 수하에게 말했다.

"포박 풀어줘."

"예?"

"풀어주라고."

"또 날뛸 텐데요? 그때는 술에 취해서 겨우 붙잡았던 거랍니다."

"풀어."

수하들이 원상의 포박을 풀어주는 사이에 차성태가 말했다.

"하오문이 뭔지도 모르는 놈인데 풀어줘야지. 너는 어디 가서 하오문에 있었다는 말도 하지 말아라. 하오문 망신이야. 일하는 사람이 많아서 일일이 관리하기도 어렵다."

포박이 풀리자 원상이 웃으면서 말했다.

"이치에 맞는 말만 하는 사내군. 좋아."

차성태가 고개를 끄덕였다.

"나는 항상 그렇지."

"그나저나 문주님이 지금은 멀리 계시다던데 사실인가?"

"그건 왜?"

"있으면 한판 붙어보려고 했지."

차성태가 원상의 얼굴을 빤히 바라보면서 물었다.

"몇 살이냐?"

"열아홉."

"뭘 잘못 먹었나. 덩치만 큰 애새끼라 그런가. 너는 강호가 어떤 곳이라고 생각하지?"

"강호는 병신들이 가득한 곳이지."

"그래? 그럼 나도 병신이구나. 네가 그렇게 싸움을 잘해?"

"어디 가서."

"맞은 적은 없다고? 이야, 어떻게 너는 어디서 좀 들어본 말만 줄줄 읊는구나. 신기하다."

"자신…"

차성태가 다시 말을 끊었다.

"아, 자신 있으면 한판 붙어보자고? 그 말 나올 줄 알았다. 나가서 대기해. 곧 나갈 테니. 붙어보고 싶다면 붙어야지."

원상이 차성태를 노려보다가 바깥으로 나갔다. 차성태가 수하들에게 말했다.

"가서 축문도 불러. 구경하라고 전해. 비 오는 날에 먼지 날리듯이 패겠다. 인부의 팔을 부러뜨렸으니 저놈의 팔도 부러뜨려야지."

"알겠습니다."

차성태는 씁쓸한 표정으로 잠시 생각에 잠겼다. 하오문이 일하는 자들을 보호하려는 세력은 맞지만, 일하는 자들이 모두 착한 사람은 아니라는 문제가 종종 발생했다. 차성태가 중얼거렸다.

"일을 시켜선 안 되는 놈이야."

저런 놈은 흑선보로 보냈다가 며칠 안 가서 독고생에게 칼을 맞고 죽을 터였다. 하오문의 이인자께서 바깥에 도착해 보니 이 못난 원상은 주변의 구경꾼들에게 또 위협을 가하고 있었다.

"네 상대는 나다."

원상이 돌아서더니 깡마른 차성태를 보면서 히죽 웃었다. 차성태가 말했다.

"자, 바쁘니까 빨리 끝내자."

애초에 외공을 익힌 상대이기 때문에 봐줄 이유도 없고, 하오문에서 횡포를 부렸으니 봐줄 마음도 없었다. 삽시간에 구경꾼들이 몰려들어서 두 사람을 지켜봤다. 하오문의 총관이 직접 싸우는 것은 드문 일이다. 일부는 그간 차성태가 싸우는 모습을 전혀 보지 못했기 때문에 이 인간이 왜 하오문의 이인자인지 의아하게 여기는 사람도 많았다. 원상이 달려들면서 주먹을 내지르자, 차성태가 가볍게 피했다.

"느려."

원상은 차성태의 비쩍 마른 몸을 볼 때마다 웃음이 나왔다. 주먹 몇 번을 맞아주다가, 어차피 힘으로 붙잡으면 꼼짝할 수 없을 테고. 그때 팔이나 다리를 분지를 생각이었다. 아니나 다를까. 몇 차례 피하던 차성태가 원상의 복부에 주먹을 때려 박더니 뒤로 물러났다. 원상은 상대의 주먹이 전혀 아프지 않다는 것을 느끼자마자 다시 히죽 웃었다.

"겨우…"

원상이 입을 열자마자 다시 거리를 좁힌 차성태가 원상의 무릎을 발로 차더니 오른손의 장력으로 원상의 얼굴을 가격했다.

퍽!

원상의 머리가 뒤로 젖혀지고, 코에서 터진 핏물이 공중으로 치솟았을 때 차성태의 장력이 원상의 복부와 가슴을 때렸다.

파박!

구경꾼들이 보기엔 힘이 별로 실리지 않은 평범한 공격이었는데도 불구하고 원상의 몸이 비틀거렸다. 원상이 본능적으로 차성태의 허리를 붙잡기 위해 달려들자, 차성태는 들소를 피하듯이 공격을 흘려낸 다음에 발을 걸어서 넘어뜨렸다. 인부의 팔을 부러뜨렸다는 게 생각난 차성태가 원상의 팔을 발로 밟았다.

빠각!

비명을 내지르는 원상의 얼굴을 발로 다시 밟았다.

퍽!

원상을 돌려서 눕힌 차성태가 아무 말 없이 원상의 얼굴에 주먹을 내리꽂았다. 퍽, 퍽, 퍽, 퍽, 퍽, 퍽 하는 소리가 단조롭게 이어지자 매화루에서 나온 수하 한 명이 차성태에게 다가갔다.

"총관님, 그러다 사람…"

차성태가 수하를 바라봤다.

"저리 안 가?"

차성태가 주먹을 다시 쥔 다음에 원상의 얼굴에 꽂았다.

퍽!

피투성이가 된 원상과 눈을 마주친 차성태가 물었다.

"뭐야, 그 표정은. 원상아, 정신 차리는 게 힘들지? 이해한다. 내가 정신 좀 차리게 해주마."

차성태가 양손으로 원상의 얼굴을 짓이기면서 백전십단공의 뇌기를 주입했다. 그제야 원상의 입에서 비명이 터졌다.

"으아아아악."

원상이 남아있는 힘을 쏟아부어서 차성태를 밀어내자, 차성태의 몸이 공중에 살짝 뜬 채로 밀려났다. 차성태가 어처구니없다는 표정으로 웃었다.

"힘이 좋네. 힘이 좋아."

차성태가 갑자기 달려들더니 재차 원상의 얼굴과 머리에 뇌기를 쏟아부었다.

"힘 좋다고 다가 아니다."

파지지지지직!

원상이 발악하듯이 저항하는가 싶더니 이내 몸의 힘이 전부 빠진 채로 축 늘어졌다. 차성태가 기절한 원상을 내려다봤다. 구경꾼들은 전부 조용해진 상태. 차성태가 수하에게 말했다.

"물 가져와서 부어."

"예."

수하 한 명이 재빠르게 움직이더니 통에 담은 물을 원상의 얼굴에 쏟았다. 그래도 정신을 못 차리자 수하가 원상의 뺨을 툭툭 치면서 깨웠다.

"이봐, 이봐!"

원상이 그제야 정신을 차리자, 차성태가 수하의 어깨를 밀었다.

"비켜라."

원상이 눈을 뜨자마자 다시 달려든 차성태가 원상의 머리카락을 쥐어뜯으면서 뇌기를 또 주입했다.

파지지지지직!

그러자 수하가 차성태의 양어깨를 붙잡으면서 말렸다.

"총관님!"

차성태가 수하를 뿌리치면서 일어났다. 차성태의 눈빛에 불꽃이 담긴 것 같아서 그제야 다들 가만히 지켜보기만 했다. 차성태가 다시 원상 앞에 쪼그려 앉아서 내려다봤다.

"열아홉 살, 원상아."

원상이 거친 숨을 내쉬면서 차성태를 바라보자, 차성태가 원상의 뺨을 후려갈겼다.

"대답을 해라."

찰싹- 소리를 내면서 원상의 뺨을 계속 후려치던 차성태가 말했다.

"물 더 가져와. 또 기절한다."

"예."

차성태가 왼손으로 원상의 머리통을 붙잡은 다음에 실실 웃었다.

"열아홉 살, 원상아. 원상아, 이 개새끼야."

대답이 없는 것을 확인하자마자 차성태가 오른손을 치켜들었다. 이번에는 때려죽여야겠다고 마음을 먹은 상태. 원상이 그제야 대답했다.

"예."

원상의 멱살을 틀어쥔 차성태가 눈을 마주치면서 말했다.

"팔 부러뜨린 인부한테 사과할 거냐?"

"예."

"연자성 문주한테는?"

"끄윽… 하겠습니다."

"같이 일하던 사람들, 네가 때린 사람들한테는?"

"하, 하겠습니다."

"진심은 아니지? 내가 시켜서 마지못해 하는 거지? 어, 알았어."

원상이 대답을 하지 못하자 차성태가 주먹으로 원상의 이마를 내려쳤다.

팍!

"진심이 아니잖아. 이 새끼야."

원상이 대답했다.

"진심으로 하겠습니다."

대답을 듣자마자 차성태가 왼손에 힘을 더해서 원상의 목을 졸랐다.

"아니다. 너는 눈빛이 독한 걸 보니까 어디서 수련한 다음에 다시 덤빌 것 같아. 후환을 없애야지."

"켁."

"너 같은 놈이 꼭 나중에 복수하더라고. 내가 당할 순 없지."

차성태가 두 손으로 원상의 목을 조르는데 어디선가 침착한 목소리가 들렸다.

"차 총관."

차성태는 목소리를 듣자마자 놀란 표정으로 일어섰다. 목소리가 들린 곳으로 돌아서자마자 대답했다.

"아, 예. 대사부님."

어느새 시끌벅적한 소동에 귀를 기울이다가 도착한 검마가 물었다.

"죽일 셈이냐?"

"아닙니다."

가까이 다가온 검마가 손을 뻗어서 차성태의 턱을 붙잡더니 이리저리 살펴보다가 눈을 마주쳤다.

"주화입마냐? 뇌기도 극양 계열이라 조심해야 한다."

차성태가 숨을 크게 한 번 내쉰 다음에 대답했다.

"잘 모르겠습니다. 주화입마에 빠진 적이 없어서."

"가슴은?"

"조금 답답합니다."

검마가 고개를 끄덕였다.

"지금 네 행동이 일전의 문주와 비슷하지 않더냐."

"그런가요?"

"들어가서 세수도 하고, 좀 가라앉혀라. 주화입마는 특별한 게 아니야. 여기서 멈추지 못하면 그게 주화입마지."

"알겠습니다."

"들어가."

"예."

차성태가 매화루로 들어가자, 검마가 주변을 둘러봤다.

"구경 끝났으니 다들 돌아가도록."

구경꾼들이 일제히 합창했다.

"예, 대사부님."

"수고하십시오. 대사부님."

저희끼리 삼삼오오 대열을 갖춰서 멀어지기도 하고, 일부는 바닥에 떨어진 통을 줍거나 거칠게 일어난 흙을 밟아서 정리하기도 했다. 삽시간에 매화루 앞이 깨끗하게 정리된 상황. 하오문의 진정한 이인자께서 죽기 직전까지 처맞은 원상을 물끄러미 내려다봤다. 검마가 원상에게 손을 내밀었다.

"일어날 수 있겠나?"

원상이 왼손을 내밀어서 검마의 손을 붙잡고 상반신을 일으키더니 부러진 오른팔을 보면서 울상을 지었다. 그러자 검마가 아무런 예고도 없이 부러진 오른팔의 뼈를 맞춰줬다. 원상이 비명을 길쭉하게 내질렀다.

"끄학!"

그 비명을 아무런 표정도 없이 듣고 있던 검마가 원상에게 말했다.

"인부의 팔을 부러뜨렸다고?"

"예."

"사과하지 말고 일양현을 떠나라. 다시 하오문도를 건드렸다는 이야기가 들리면 내가 직접 너를 찾아내마. 이해했나?"

"예."

"꺼지도록."

원상이 일어나더니 비틀대는 걸음으로 어디론가 향했다. 검마는 원상이 멀어지는 것을 끝까지 지켜봤다. 검마도 원상을 오래 쳐다보면 당장 때려죽일 것 같아서 빨리 눈앞에서 사라지게 만들 수밖에 없었다. 예상했던 대로 뒤에서 몰래 쫓아온 요란이의 목소리가 들렸다.

"대사부님?"

"응."

"성태 아저씨는 왜 저렇게 화가 났어요?"

"어디부터 봤지?"

"뇌기를 쏟아낼 때부터요."

대답을 고민하던 검마가 요란이에게 설명했다.

"네 셋째 사부 흉내 내는 거니까 크게 신경 쓸 필요 없다. 평소보다 좀 과했다."

"예."

"가자."

사부와 제자가 나란히 자하객잔으로 향하던 도중에 요란이가 물었다.

"그런데 어떻게 하면 주화입마에 빠지지 않을 수 있죠?"

검마가 한숨을 살짝 내쉬었다.

"글쎄다."

검마가 생각하기에 주화입마에서 자유로운 사람은 없다. 검마가 알기로는 상위권에 있는 고수들 대부분이 주화입마를 겪었다. 그래서 그런 비법 같은 것은 알려줄 수가 없었다. 언젠가 주화입마가 찾아오면 의연하게 받아들여서 극복하는 수밖에 없기 때문이다. 하지만 요란이에게 당장 설명하긴 어려운 내용이라서 그대로 전달하진 않았다. 요란이가 다시 물었다.

"반드시 겪어야 하는 거예요?"

"그렇진 않지."

"대사부님이나 셋째 사부님도 주화입마 때문에 고생하셨어요?"

"그래."

"어떻게 극복하셨어요?"

요란이의 질문에서 자연스럽게 답을 찾은 검마가 대답했다.

"셋째가 나를 도와주고, 우리도 셋째를 도와주고. 그렇게 해결했다."

"사부님들이 힘을 합치신 거면 정말 무서운 거네요."

검마가 고개를 끄덕였다.

"최대한 경계해야지. 다시는 주화입마에 빠지지 않도록."

자하객잔까지 요란이를 데리고 온 검마가 말했다.

"소란스러우니까 오늘은 얌전히 있어라. 돌아다니지 말고."

"알겠습니다. 어디 가세요?"

검마가 제자를 바라봤다.

"오늘은 차 총관하고 술 한잔하고 오마."

요란이가 웃었다.

"알겠습니다. 대사부님, 다녀오셔요."

검마가 다시 매화루로 향했다. 하오문의 총관이 주화입마 직전의 상태인지라 어떻게 해서든 도와줘야 할 판국이었다. 검마에겐… 평소와 달리 조금 바쁜 하루였다. 한 치의 오차도 없는 똑같은 하루를 보내는 것보다 가끔 술을 한잔 마시는 것이 자신의 마음에도 좋다는 것을 알았기 때문에 검마의 발걸음은 무겁지 않았다. 하오문의 이인자께서 매화루로 향했다.

…

445.
옥화신공은
무적이다

방 안에서 뒷짐을 진 채로 돌아다니고 있던 색마는 어디선가 들려오는 소리에 귀를 기울이다가 침상에서 가부좌를 튼 다음에 소리에 집중했다. 한참을 듣던 색마는 맹주 비무전에 참가한 두 사람이 겨루는 것임을 알았다. 목검으로 싸우고 있을 텐데, 어찌해서 저런 소리가 울리는 것일까. 누군가가 발을 구를 때마다 침상 옆에 놓인 자그마한 장식이 미세하게 떨렸다. 자신과 맞붙었던 고수들은 아닐 테지만 우승 후보들이 맞붙었다고 해도 이상하지 않은 싸움이었다. 팍-하는 소리와 함께 목검이 부러졌는데, 싸움이 다시 이어지더니 바닥이 미세하게 울렸다.

'누굴까.'

색마는 자신이 꺾었던 백리한이나 강목천보다는 훨씬 윗줄에 있는 고수들이라고 생각했다. 크게 이상한 일은 아니다. 명색이 무림 맹주를 결정하는 비무전이니 말이다. 색마는 싸움 소리에 집중하다가 입구를 쳐다봤다. 잠시 후 장산의 목소리가 들렸다.

"몽 공자님, 장산입니다. 들어가도 될까요?"

"들어오시오."

"예."

색마는 장산을 보자마자 손가락을 자신의 귀에 댔다. 집중해서 듣고 있다는 신호에 장산이 고개를 끄덕이더니 두 손을 모은 채로 대기했다. 색마는 장산과 함께 비무 소리를 듣다가 조용히 물었다.

"장 무인, 누가 싸우는지 내가 알아도 될까?"

장산이 대답했다.

"곤륜검성과 일대주 선배입니다."

"설마 그 노선배?"

"아니요. 후계자신데 별호까지 물려받으신 것 같습니다."

정말 언제 끝나는지 모를 정도로 싸움이 길게 이어졌다. 색마가 말했다.

"이 정도면 결승전이라 봐도 되겠소?"

"글쎄요. 아마 일대주 선배님이 패배하시면 다음 맹주님은 외부에서 초청된 분이 하실 겁니다. 맹 내부의 참가자 중에서는 마지막입니다."

"총군사는?"

"어제 곤륜검성에게 패배했습니다. 저도 결과만 알아서 어떻게 싸우셨는지는 모르겠습니다."

"바깥에 있는 사람이 맹주가 되는 것과 내부의 인물이 맹주가 되는 건 느낌이 크게 다른가?"

　　　…

장산이 대답했다.

"솔직하게 말씀드릴까요? 꽤 다릅니다."

"어떤 부분이 그렇소?"

"일단은 어떤 분인지 알 수 없으니까요. 무공이 강하시구나, 이것 이외엔 아는 게 없습니다. 하지만 임 맹주님이 생각하시는 대로 맹주 자리는 무조건 더 강한 사람이 맡아야 하는 것 같습니다. 다른 자리는 몰라도 맹주 자리는 반드시 그래야죠. 그래서 외부에 오신 분이든, 아니든, 받아들일 겁니다."

색마가 팔짱을 끼면서 슬쩍 웃었다.

"그럼 무림맹에선 이번에 하오문주가 맹주 비무전에 오면 좋겠다고 생각한 맹원들도 조금 있겠군."

장산도 웃었다.

"어떻게 아셨습니까? 그렇습니다."

"아쉬운가?"

"그렇진 않습니다. 어쩐지 초대를 받으셨어도 안 오셨을 것 같기도 합니다."

색마는 잠시 대화를 멈췄다. 이야기를 나누는 도중에 비무가 끝난 모양이었다.

"누가 이겼을까."

장산이 이렇게 물었다.

"제가 가서 보고 올까요? 어쨌든 몽 공자님의 다음 상대일 가능성이 크니까요. 저도 궁금하기도 하고."

"궁금하니 알려주게."

"예."

색마는 장산의 뒷모습을 바라보다가 생각이 바뀌었다.

"장 무인."

"예."

"알려주지 말게. 공정하지 않군. 예정대로 진행하면 다음 비무는 나겠지?"

"아마 그럴 겁니다."

"그럼 비무를 해야 할 때 다시 찾아오게. 저녁은 생략하고, 그때 보겠네."

장산이 색마를 물끄러미 바라보다가 고개를 끄덕였다.

"알겠습니다."

장산이 문을 닫자 색마도 눈을 감았다. 이기든 지든 간에 내일이 무림맹에서 마지막 싸움일 것이다. 맹주가 돼야겠다는 원대한 포부는 애초에 없었지만 싸움에서 지는 것은 무엇보다 싫었다. 언제부터 였는지는 기억에도 없다. 그냥 지는 게 싫었다. 돌이켜 보면 지기 싫다는 마음가짐이 교주에 대한 두려움도 지웠었다. 죽음에 대한 공포가 패배로 인한 자존심의 상처보다 크지 않았기 때문이다. 골목에서 싸우던 시절부터 강호에서 싸우던 것까지 주마등처럼 스쳐 지나갔다. 기억에서, 산처럼 머물러 있었던 교주의 존재감은 여전히 산처럼 굳건했다.

상념을 하나씩 지우다가 옥화신공의 운기조식에 돌입했다. 오랫동안 수련한 덕분에 이제는 숨을 쉬는 것처럼 자연스럽게 이어지는 운기조식인지라 생각의 흐름도 끊어지지 않았다. 색마의 마음이 원해서 그런 것인지, 꿈이 뒤섞여서 그런 것인지 모를 일이 벌어졌다고 느꼈을 때. 색마는 주변이 온통 하얗게 된 설원雪原을 밟았다.

무아지경에 빠진 채로 몇 차례 와본 곳이기도 했다. 눈을 밟을 때마다 익숙한 소리가 들렸다. 보통은 이런 꿈을 꿀 때마다 극심한 한기에 시달려서 새벽녘에 잠을 깨곤 했었는데, 오늘은 예전처럼 춥지 않았다. 춥지는 않았지만. 예전처럼 어디로 가야 하는지, 어디가 설원의 끝인지는 확인할 수가 없었다.

옥화빙공을 대성하면 적수가 없을까? 그것은 알 수가 없다. 요란이를 안심시키기 위해 색마가 지어낸 말이기 때문이다. 하지만 아무도 믿지 않는 것은 자신이 먼저 믿는 수밖에… 출구도 없는 설원을 한참 동안 걷고 있을 때. 누군가가 색마의 손을 붙잡아서 함께 걸었다. 따뜻한 손이어서 춥지 않았다. 출구나 목적지가 보이지 않았지만 춥지 않아서 다행이란 생각이 들었다.

한참을, 충분히 함께 걸어서 설원을 돌파했다. 사각사각하는 발소리가 잦아들 정도로 주변이 따뜻해졌을 때 색마는 잡고 있던 손을 한 번 꽉 붙잡았다가 놓아줬다. 눈이 녹은 곳에 주저앉아서 운기조식을 이어나갔다. 겹겹이 쌓여있던 눈처럼 밤새 운기조식을 반복했다. 단단하게, 차갑게. 차갑고, 단단하게 쌓이도록 내공을 응축했다. 한참을 운기조식에 집중하던 색마가 주변을 둘러봤다. 자신을 중심으로 대지에 쌓여있던 눈이 큰 원을 그린 채로 녹아있었다.

"…"

그렇다면 설원의 출구나 목적지는 어디론가 향하거나 입구를 찾는 것이 아니고 설원을 모두 녹이는 것임을 알게 되었다. 그러니까 이것은 새로운 경지였다. 색마가 침상에서 조용히 눈을 떴을 때는 이미 하룻밤이 지나 주변이 온통 밝아진 상태. 어제처럼 귀를 기울이다가 장산이 닫고 간 문을 바라봤다. 잠시 후 문 앞에서 익숙한 목소리가 들렸다.

"몽랑아."

색마가 대답했다.

"예, 맹주님."

"가자."

"알겠습니다."

색마는 탁자 위에 있는 백룡을 챙겨서 바깥으로 나갔다. 임소백이 색마를 위아래로 살피면서 물었다.

"장산의 말에 의하면 저녁을 먹지 않았다던데."

"괜찮습니다."

"아침은?"

"생략하겠습니다."

"왜?"

색마가 임소백을 노려봤다.

"긴장하면 설사를 자주 합니다."

임소백이 고개를 끄덕였다.

"대단하다. 가자."

"예."

뭐가 대단하다는 건지는 알 수가 없었다. 함께 걷다가 궁금한 나머지 물어볼 수밖에 없었다.

...

"맹주님, 뭐가 대단하단 건지요."

"그 정도면 장 쪽에 내상이 있었다는 말 아니냐."

"예."

"그런 놈이 맹주 비무전에 참여하고 있으면 나름 훌륭한 것이지."

"그렇군요. 맹주님은 어떠십니까."

"나는 하루에 한 번."

"멋지십니다."

과연 그게 멋진 일인가 싶었으나 임소백은 그저 고개를 끄덕였다. 색마가 물었다.

"직접 데리러 온 이유가 있으십니까?"

"있지."

색마는 임소백과 함께 맹주전을 돌파했다. 색마는 내심 어제 싸운 사람들이 양패구상해서 둘 다 중상을 입은 게 아닐까. 이대로 내가 맹주가 되는 것일까, 하는 쓸데없는 걱정을 하는 사이에 맹주전 뒤편에 있는 후원에 도착했다.

"여긴…"

임소백이 색마를 쳐다봤다.

"내 수련 장소다."

"예."

대답하자마자 색마는 결승 비무임을 알게 되었다. 맹주 이외에는 출입을 금한 장소이기 때문에 임소백이 직접 데리고 온 것일까? 임소백이 다시 빠져나가면서 말했다.

"네 상대도 데리고 오마."

"이렇게 직접 움직이십니까?"

"매번 그렇진 않다. 맹을 맡아줄 사람인데 이 정도는 해야지. 적응하고 있어라."

마치 현 맹주가 다음 맹주를 호위하는 모양새로 임소백이 움직였다. 색마는 바쁘게 움직이는 임소백의 등을 바라보다가 홀로 남아서 후원을 구경했다.

'여기가 맹주의 수련 장소라 이거지.'

딱히 특별하진 않았다. 하지만 이곳에 오기까지 호위가 많았다. 아마 맹주가 수련하는 중이라면 아무도 접근하지 못했을 것이다. 색마는 맹주의 후원을 빙글빙글 거닐면서 같은 말을 중얼거렸다. 누가 오는지는 신경 쓰지 않았다. 명성에 의하면 곤륜검성이 올 테고, 명성이 그저 명성에 그친 것이라면 일대주가 올 터였다. 지난밤에 들었던 비무의 소리는 누가 와도 이상하지 않을 싸움이었다.

싸움을 앞두고 정신을 집중하자 기분이 그 어느 때보다 좋았다. 오랜만에 살아있다는 느낌을 받았다. 무림맹에 있든, 일양현에 있든 간에. 색마는 강호에서 살아가는 게 좋았다. 어느 곳에서 이런 두근거림을 느낄 수 있단 말인가. 색마는 임소백이 오랫동안 수련한 후원을 거닐면서 계속 같은 말을 중얼거렸다. 이내 임소백과 맞상대의 발걸음이 들려서 산책을 멈춘 채로 대기했다. 색마가 입구를 쳐다보면서 중얼거렸다.

"옥화신공은 무적이다. 옥화신공은 무적이다. 옥화신공을 대성하면 적수가 없다."

입구에서 임소백과 처음 보는 무림맹원이 등장했다. 무림맹원은 임소백의 막냇동생을 보는 것처럼 흡사한 분위기를 가지고 있었는데 예상보다 젊었다. 적게 보면 서른 중반, 많게 보면 서른 후반 정도의 무인. 임소백이 소개하기에 앞서 색마는 먼저 백룡을 거꾸로 잡은 다음에 예의를 갖췄다.

"후배가 일대주를 뵙습니다."

무림맹의 일대주가 답례했다.

"몽 공자, 일대주 심휘沈輝요. 운 좋게 올라왔는데 잘 부탁하오."

"예."

두 사람은 인사를 나눈 다음에 임소백을 바라봤다. 임소백이 두 사람을 바라보다가 입을 열었다.

"이번 비무는."

"예."

"목검을 사용하지 않고 전력으로. 너무 위험한 지경에 이르면 내가 개입하겠다. 두 사람, 알겠지?"

"알겠습니다."

임소백이 거의 입구까지 물러나더니 당장이라도 발검할 수 있는 기세로 멈춰서 두 사람을 바라봤다.

"시작해라."

그러고 보니까 비무 참관자는 임소백이 유일했다. 일대주 심휘가 색마를 바라봤다.

"검으로 하겠소?"

색마는 백룡을 바라봤다가 심휘의 허리에 있는 장검을 쳐다봤다.

"대주님."

"말씀하시오."

"저는 이대로 시작합니다. 대주께서 검을 뽑으시면 대결을 시작한 걸로 간주하겠습니다. 그리고 노파심에 한 말씀 올립니다."

"경청하겠소."

색마가 진지한 표정으로 말했다.

"저는 무적의 신공을 익힌 몸이니 처음부터 최선을 다하십시오."

"음."

살짝 당황한 심휘가 임소백을 바라보자, 임소백이 고개를 끄덕이면서 말했다.

"심 대주, 방심하지 말도록. 처음부터 전력으로."

"알겠습니다."

일대주 심휘와 색마가 인사를 끝내더니 거리를 더 벌렸다. 색마가 예고한 대로 비무의 시작은 심휘가 검을 뽑는 순간부터였다. 호흡을 가다듬던 심휘가 아무렇지도 않게 검을 뽑자, 색마가 미간을 좁혔다.

'발검으로 공격했어야지.'

임소백이 인상을 찌푸리다가 심휘에게 경고했다.

"심 대주, 전력으로."

"예."

더 이상 언급하면 비무에 개입한 것이라서 임소백도 입을 다물었다. 심휘가 장검을 우하단으로 내린 상태에서 말했다.

"준비됐소."

아직 검을 뽑지 않고 있었던 색마의 분위기가 돌변하더니 미간을 좁힌 채로 이렇게 중얼거렸다.

...

"…옥화신공은 무적이다. 옥화신공은 무적이다."

심휘가 대답했다.

"뭐라 하셨소?"

"옥화신공은 무적이라고."

심휘는 마치 술에 취한 사람처럼 중얼거리는 색마를 보다가 슬쩍 웃었다.

"후."

순간, 색마가 질풍처럼 쇄도했다. 색마가 쥐어 짜낼 수 있는 전속력에 가까웠다. 거의 한 호흡에 거리를 좁히는가 싶더니 발검으로 백룡을 뽑았다. 스릉- 하는 소리와 함께 하얀 벼락을 뽑아내는 것 같은 검기가 칼날에 휘몰아쳤다. 백색의 냉기가 일대주 심휘에게 뻗어나가고. 경험이 많은 일대주도 즉시 전력을 다해 장검에 온 내공을 집중해서 검강을 휘감았다.

이것은 찰나의 싸움이다. 애초에 돌진하고 있었던 색마의 속도는 전혀 줄지 않은 상태. 검기와 검강이 충돌하기도 전에 공중으로 솟구친 색마의 신형이 한 바퀴를 돌더니 머리를 땅으로 한 채로 월광일섬月光一閃을 펼쳤다. 색마의 전신에서 백색의 냉기가 사방팔방으로 빛처럼 뻗어나갔다.

색마의 검기를 검강으로 어렵지 않게 부순 일대주 심휘는 공중에서 쏟아지는 냉기를 향해 장검을 휘두르다가, 검을 공중에 내민 상태로 얼어붙었다. 일대주 심휘의 등 뒤에 떨어진 색마가 오른손을 내밀어서 심휘의 등을 옥화빙공으로 툭 찍었다. 얼어붙은 것처럼 놀란 심휘가 고개를 살짝 돌리더니 색마의 팔을 확인했다. 느낌이 없는 상태였는데 유난히 색마의 손끝이 차가웠다.

"…"

심휘는 넋이 나간 상태로 임소백을 바라봤다. 임소백이 서있는 입구 근처는 모두 백색의 냉기가 들러붙은 상태. 오로지 임소백이 서 있는 장소만 멀쩡했는데, 그것은 이미 임소백이 발검으로 냉기를 쳐냈기 때문이었다. 일대주 심휘가 정신을 못 차리는 사이에 몽랑의 목소리가 들렸다.

"패배를 인정하시오?"

일대주 심휘는 하늘을 향해 내뻗고 있었던 검을 억지로 내리면서 말했다.

"졌소."

"옥화빙공은 무적이라 말씀드렸는데 너무 방심하셨소."

색마의 말대로다. 정석적인 비무로 겨뤘으면 이렇게 빨리 비무가 끝나지 않았을 터였다. 하지만 강호의 싸움에서 정석적이란 것은 없다. 더군다나 임소백 맹주마저 무언가를 예상하고 일대주에게 경고했으니 변명도 통하지 않을 패배였다. 아직 굳어있는 일대주 심휘 앞에 등장한 색마가 다시 검을 내리더니 예의를 갖췄다.

"선배, 나름 억울할 수 있는 비무였소. 다음에 또 겨뤄봅시다."

일대주 심휘는 전신에서 기파를 한 차례 터트려서 들러붙은 냉기를 떨쳐낸 다음에 고개를 끄덕였다.

"그럽시다."

색마가 임소백을 쳐다봤다.

"맹주님?"

비무를 처음부터 끝까지 지켜본 임소백이 고개를 끄덕이더니 덤덤한 어조로 말했다.

"문제없는 비무였다."

색마는 그제야 숨을 깊이 들이마신 다음에 고개를 들어서 하늘을 잠시 바라봤다. 옥화빙공이 무적인 이유는 어머니가 가르쳐 줬기 때문이다. 주변을 둘러보니 어머니와 걸었던 설원을 보는 것처럼 온통 하얗게 변한 상태였다. 이제 화산논검 때보다 경지가 한 단계 더 깊어진 색마가 설원을 둘러보면서 중얼거렸다.

"옥화신공은 무적입니다."

부족한 것은 아직 대성하지 못한 자기 자신뿐이었다.

446.
찰나에 잠이 들었다

임소백이 색마에게 말했다.

"밥부터 먹은 다음에 내 집무실로 와라. 나는 일대주를 좀 혼내야겠다."

"알겠습니다."

임소백의 표정을 확인한 색마는 군말 없이 후원에서 벗어났다. 색마가 맹주전에 진입하자 임소백의 목소리가 들렸다.

"…비무 마친 몽 공자다."

문제없이 내보내라는 뜻. 색마가 지나가자, 맹원들이 고개를 살짝 숙였다. 색마를 먼저 내보낸 임소백이 바닥에 앉더니 심휘를 불렀다.

"이리 와."

한껏 풀이 죽은 일대주 심휘가 걸어왔는데 그 모양새가 많이 혼나 본 것처럼 보였다. 심휘가 맞은편에 앉자, 임소백이 팔짱을 낀 채로 말했다.

…

"전력을 다하라고 굳이 경고했는데."

"죄송합니다."

"검을 내린 채로 선수를 양보하다니. 저놈이 그렇게 약해 보였나?"

풀이 죽은 심휘가 고개를 숙였다.

"아닙니다. 전력을 다해 다시 붙으면…"

임소백이 황당하다는 표정으로 웃었다.

"다시?"

"예."

"조금 전에 죽었는데 다음이 어디 있느냐?"

심휘가 놀란 표정으로 고개를 들었다.

"예?"

"손가락이 아니라 등에 검을 찔러 넣을 시간도 충분했다."

"맞습니다."

임소백이 심휘를 쳐다봤다.

"다음이 있어?"

"없습니다."

"네가 지금 멀쩡히 숨을 쉬고 있는 것은 비무였기 때문이지 다른 이유가 없다. 조금 전에 무림맹 일대주 심휘는 죽었어. 빙공을 쓰는 젊은 고수에게."

맹주의 말이 심휘의 마음을 더욱 후벼 팠다.

"알겠습니다."

얼어붙은 후원을 슬쩍 바라보던 심휘가 물었다.

"맹주님이라면 어떻게 대처하셨습니까. 빙공이 흔한 무공은 아닙니다."

"너는 몽랑이 주절대는 소리에 한 번 웃었지."

"예."

"그 한 호흡을 내줘서 선수를 빼앗기고. 이미 몽랑은 거리를 좁혔다. 검기의 모양은 시야를 가릴 정도로 컸으나 그 위력은 요란한 것에 비해 대단하지 않았다. 그걸 검강으로 대응하다니, 결국에 네 호흡을 또 뺏은 셈이 아니더냐?"

"그렇습니다."

"검기를 쳐냈을 때 몽랑은 이미 네 머리 위에 있었고. 빙공의 특성을 활용해 막기 어려운 절기를 아래로 쏟아냈다. 너는 검기보다 과한 검강을 사용하느라 호흡이 늦었기 때문에 내공을 끌어올리는 속도가 평소에 비해 느렸다. 이 모든 게 어디서부터 어그러졌나?"

심휘가 굳은 표정으로 대답했다.

"제가 웃었을 때부터입니다."

임소백이 냉정한 어조로 말했다.

"휘야, 너는 너보다 강한 상대 앞에서 웃음이 나오느냐?"

"음."

"강호 곳곳에 군웅과 기인이사가 많은데 몽랑이 중얼댄 것처럼 일부러 네 호흡을 뺏어서 선제공격을 펼친다면 그때도 죽음이야. 무림맹의 일대주는 가벼운 자리가 아니다. 네가 죽으면 일검대도 무너지는데 이따위로 싸울 거냐?"

"…"

…

"전면전이 벌어지면 일검대가 선봉이다. 선봉이 무너지면 다음 검대의 사기는 어떻게 할 것이냐."

심휘는 입을 굳게 다물었다. 이것은 개인의 패배가 아니라 무림맹의 생존과 직결되는 문제이자 실책이었다.

"내가 단순히 결과를 꾸짖는 게 아니다. 네 실력으로 저렇게 간단히 제압되는 게 말이 되는 싸움이냐. 몽랑이 저렇게 여력을 많이 남겼다면 널 손쉽게 잃은 일검대는 몽랑에게 몰살당해도 이상하지 않을 싸움이었다."

그제야 심휘의 안색이 창백해졌다. 임소백이 말했다.

"실전이었다면 팔이라도 하나 자르고 죽어야 수하들이 나서서 네 복수를 할 거 아니냐? 방금 비무에서 그런 결과를 예상할 수 있었나?"

"없었습니다."

임소백이 물었다.

"몽랑도 실망했겠지. 무림맹 일대주가 이 정도라니… 설마 몽랑이 시작하자마자 절기를 쓸 것이라곤 예상하지 못했느냐?"

"예."

임소백이 고개를 끄덕였다.

"그럼 죽어야지. 모르면 죽는 수밖에 없다. 문제는 너만 죽는 게 아니라서 문제다. 널 믿고 따르던 검대원들도 오늘 몽랑에게 몰살당했다."

대체 오늘 심휘는 몇 번을 죽은 것일까. 임소백이 죽음을 언급할 때마다 목덜미가 서늘하고 얼굴이 화끈거렸다. 자신이 쓰러지는 것도 아찔한데 그것 때문에 일검대가 무너지면 그것 또한 자신의 책임이었다. 임소백이 심휘의 표정을 바라보다가 말했다.

"오늘 일은 절대 잊으면 안 돼."

"잊지 않겠습니다."

"저놈이 절기를 쓰긴 했다만 전력을 다한 건 아니다. 여력을 남겨 놓은 싸움에서 네가 패배한 것이야. 너처럼 방심하는 놈에게 무림맹을 맡길 순 없어."

임소백이 한 대 쥐어박을 것 같은 태도로 손가락을 들더니 심휘를 가리켰다.

"용서하기 힘든 방심이었다. 마음가짐부터 다시 수련하도록."

"명심하겠습니다."

임소백이 일어나더니 얼어붙은 후원을 둘러봤다.

"저녁까지 네 일검대 전체를 동원해서 원상복구 해놔. 검대원들이 왜 이런 청소를 하느냐고 물어보면 네가 패했기 때문이라고 전해라."

"예, 맹주님."

임소백이 그제야 장검을 검집에 넣으면서 말했다.

"나는 멀찍이 떨어져 있었는데도 검을 뽑아서 대응했다. 이 후원 꼬락서니를 봐라. 몽랑이 천하제일도 아닌데 다른 고수들은 어찌 상대하려고 네가 일대주란 말이냐."

임소백이 돌아서자, 심휘가 고개를 푹 떨궜다.

* * *

집무실에서 기다리고 있었던 공손월이 일어나면서 임소백에게 물었다.

"맹주님, 어떻게 됐습니까?"

임소백이 자리에 앉으면서 대답했다.

"대충 알지 않느냐."

"그래도 좀 멋진 대결이 나오지 않았을까 해서요."

임소백이 한숨을 내쉬었다.

"멋진 대결은커녕, 거의 일합─合에 당했다."

공손월이 실망한 기색으로 임소백을 바라봤다.

"그랬군요."

임소백과 공손월이 서로를 바라보더니 동시에 한숨을 내쉬었다. 임소백이 다소 허탈한 표정으로 중얼거렸다.

"몽랑이라니…"

이 말에는 '무림맹주가…'라는 표현이 생략되어 있었다. 임소백이 고개를 의자에 대면서 젖히자, 공손월도 고개를 절레절레 저었다.

'몽 공자라니.'

임소백을 바라보던 공손월이 책사답게 이런 말을 꺼냈다.

"다른 고수를 또 준비해 볼까요."

임소백이 고개를 내저었다.

"없어. 일대주를 상대할 때 전력을 다하지도 않았다. 누굴 데려와도 마찬가지다."

"하오문주나 사부인 검마를 데려오면 어떨까요."

임소백이 웃었다.

"검마라… 맡기면 의외로 잘할 테지. 하지만 나아가야 할 때와 물러나야 할 때를 아는 사내다. 당연히 거절하겠지. 출신은 우리에게 아무 일도 아니지만 지금 시기는 세대를 교체하는 게 맞다."

"문주님은요?"

"이놈은 대체 어디서 뭘 하는 게야?"

"저도 모르겠습니다."

"어차피 몽랑이나 문주나 크게 다를 바 없다. 어차피 둘은 의형제니까 오십보백보야. 누가 되든 간에 서로 위치만 바뀔 뿐이고, 어차피 누가 맹주가 되든 간에 안팎에서 호응할 거다."

바깥에서 호위가 보고했다.

"맹주님, 몽 공자가 왔습니다."

임소백이 바른 자세로 앉더니 공손월을 보면서 고개를 끄덕였다.

"나가봐라."

"예."

공손월이 직접 문을 열어준 다음에 말했다.

"나가려던 참이었습니다. 들어오십시오."

"살펴 가시오."

색마가 헛기침한 다음에 집무실에 들어왔다. 임소백이 색마를 쳐다보면서 물었다.

"밥을 마셨느냐? 왜 이렇게 빨라."

"아닙니다."

"앉아라."

색마가 앉으면서 물었다.

"다음 상대가 또 있습니까?"

임소백이 실실 웃었다.

"모르겠다. 아니, 없다."

"예."

색마도 웃었다.

"제가 다 이겨서 당황하셨군요."

"하하하."

임소백이 어깨를 떨면서 웃더니 고개를 내저었다.

"아니다."

색마도 웃으면서 말했다.

"저는 비무에서 다 이겼으니 만족합니다. 맹주님이 내키지 않으시면 저는 이대로 일양현에 돌아가도 괜찮습니다. 아마 마음이 무척 가벼울 겁니다. 사부님이나 제자도 기뻐할 테고요. 몸과 마음을 더 수련해서 다음 맹주 자리에 도전할 때는 지금보다 더 성장한 모습을 보여드리겠습니다."

"그러냐?"

"예."

임소백이 말했다.

"심 대주는 호되게 혼냈다. 그놈에게 맡길 순 없어. 부족해."

"검성은 어땠습니까?"

"아직 젊다. 경험을 쌓으라고 사부가 보낸 모양이야. 패배했으니 얻은 것이 많겠지."

색마가 엄지로 자신을 가리켰다.

"저밖에 없군요."

임소백이 깍지를 끼면서 말했다.

"너밖에 없구나. 무림맹을 맡길 사람이."

색마도 마음을 내려놓은 채로 솔직하게 말했다.

"불안하시죠? 제게 맡기려니."

"딱히 그렇진 않아. 누구에게 맡기든 간에 마음이 놓이진 않았을 테니. 굳이 너라서 그런 건 아니다. 공손월에게 맡겨도 불안하고, 심대주도 마찬가지다. 그러니 더더욱 무공이 강한 사람이 맹주를 맡아야지. 네가 잘해줬다."

말을 하면서 마음을 정리한 임소백이 집무실을 둘러봤다.

"당장 넘기진 않으마. 내 은퇴식은 따로 하지 않을 생각이지만 네 취임식은 달라. 시대가 바뀌었음을 강호에 알려야지. 무림맹을 그간 도와준 세력은 물론이고 네가 초대하고 싶은 사람도 불러 모은 후에 취임식을 하자."

"음. 한 가지 부탁드릴 게 있습니다."

"말해라."

"저는 초대할 사람이 많지 않습니다만, 어쨌든 일양현에 계신 사부님은 초대해야겠지요?"

"그래야지."

"다른 곳은 괜찮습니다만 일양현에는 마차를 한 대 보낼 수 있을까요. 아마 사부님이 일양현에 도착한 마차를 보면 기분이 남다르실 것 같아서."

임소백이 고개를 끄덕였다.

"명색이 무림맹인데 그 정도는 할 수 있지. 더군다나 신임 맹주의 사부라면 마차를 보내 모셔오는 게 맞다."

색마가 고개를 끄덕였다.

"그럼 저는 더 바랄 것이 없습니다."

"이외에도 초대하고 싶은 사람이 있으면 군사회에 전달하면 될 것이다. 연락이 닿으면 어떻게든 모셔올 테니까. 그나저나 하오문주는 어디에 있어? 나보단 네가 더 잘 알 거 아니냐."

"저도 모릅니다."

"아직도 바다에서 물장구치고 있나?"

"사람들 괴롭히면서 싸돌아다니고 있겠지요."

"맹원을 보내서 수소문은 해야겠다. 어쨌든 축하하는 자리에 하오문주도 있으면 좋을 테니."

색마가 뺨을 긁으면서 말했다.

"그렇게 너무 애를 쓰지 않으셔도 됩니다."

"왜? 보기 싫으냐?"

색마가 집무실 한쪽을 바라보면서 고개를 갸웃했다.

"왠지 맹주 자리를 내놓으라고 할 것 같아서요. 다른 사람이 맹주면 안 그럴 것 같은데. 제가 맡았다고 하면 표정이 눈에 훤합니다. 아주 그냥 꼴도 보기 싫다는 표정을 짓겠지요. 다른 사람 자리는 안 뺏어도 제 자리는 뺏을 것 같습니다."

임소백은 아까처럼 웃으려다가 표정을 관리한 다음에 대답했다.

"문주가 설마 그렇게까지 할까. 걱정하지 말아라. 아, 그리고."

"예."

"맹주가 되어도 비무는 종종 있을 것이다. 맹주가 되면 도전하는 자들이 있기 마련이야. 세상 물정 모르는 이가 도전할 수도 있고. 이름을 날리고자 도전하는 자들도 있기 마련이지. 그런 비무는 초반에 공개 석상에서 몇 차례 박살을 내면 좀 잠잠해진다."

색마가 고개를 끄덕였다.

"알겠습니다. 확실하게 박살을 내야 나중에 귀찮은 일이 적겠지요."

임소백이 숨을 길게 토해낸 다음에 물었다.

"어떠냐? 신임 맹주에 내정된 기분이."

"아직 실감이 안 납니다. 맹주님은 예전에 어떠셨습니까?"

임소백이 옛일을 떠올렸다.

"나는 말이야. 너보다 더 경황이 없었다. 준비도 안 되었고 예상하지도 못했지. 그저 어느 날 불려가서 이제 네가 맹주해라, 이런 식이었다."

"기분이 어떠셨습니까?"

"뭐 그렇게 기쁘진 않았다. 맹주를 하고 싶은 마음이 적었으니까. 다만 내게 많은 것을 가르쳐 준 사람이 부탁한다고 하니, 거절할 수가 없었지. 그래. 거절할 수가 없었다. 그 덕분에 참 오랫동안…"

임소백이 색마를 쳐다봤다.

"달려왔다. 지나고 보니 찰나 같다만."

색마가 물었다.

"제가 잘할 수 있을까요?"

"나보단 잘하지 않을까? 이미 검마에게 많은 것을 배웠으니 말이야. 사실 네게 알려줄 게 많지 않다. 행정적인 업무는 하다 보면 느는 것이고. 보조하는 자들이 많아 어렵지 않다. 굳이 애를 써서 가르칠 게 있다면 육전대검 정도인데… 그것은 나중에 후원에서 만나서 함께 고민해 보자."

"알겠습니다."

임소백이 색마를 보다가 고개를 끄덕였다.

"그럼 나는 이제 행정적인 업무 좀 할 테니. 가서 쉬어라. 장도 좀 잘 비우고."

"예, 그럼 맹주님. 나가보겠습니다."

임소백은 몽랑이 사라진 다음에 책상에 두 발을 올렸다. 행정적인 업무고 나발이고 일단 조용히 눈을 감았다.

"…"

피곤해서 잠이 솔솔 오는 것일까. 아니면 무거운 짐을 내려놓을 순간이 다가와서 이제야 겨우 잠이 솔솔 오는 것일까. 은퇴를 앞둔 맹주는 눈을 감자마자, 찰나에 잠이 들었다.

447.
황룡, 뇌신, 금뢰진천, 한월야

검마와 차성태는 나란히 앉아서 마차를 바라봤다. 일양현에서 본 적이 없는 마차였기 때문에 누가 내리는지 확인할 수밖에 없었다. 그런데 마차 안에선 아무도 내리지 않았다. 대신에 말고삐를 붙잡고 있던 두 명의 마부가 자하객잔 앞으로 곧장 와서 검마를 바라봤다.

"무림맹에서 왔습니다."

차성태가 물었다.

"무슨 일로 오셨습니까?"

"차기 무림맹주에 도전하던 몽 공자가 비공개 비무에서 전승, 현임소백 맹주님의 후임자로 내정되었습니다. 은퇴식과 취임식이 있을 예정인데 몽 공자께서 사부님을 초청하고자 마차를 보냈습니다. 시간은 아직 넉넉하니 아무 때나 준비를 마치시면 저희가 모시겠습니다."

차성태가 활짝 웃으면서 검마를 바라봤다.

"대사부님?"

검마가 맹원에게 물었다.

"식사는 하셨소?"

맹원들이 대답했다.

"이제 하면 됩니다."

검마가 자하객잔을 가리켰다.

"하오문주의 객잔이니 이곳에서 하고 계시오."

"알겠습니다."

맹원들이 자하객잔으로 들어가자, 차성태가 말했다.

"대사부님, 기분이 어떠십니까?"

검마가 마차를 쳐다보면서 말했다.

"얼마나 인물이 없으면."

"대사부님, 몽 공자 정도면 인물이지요. 사실 그 나이대에 저희 문주님을 제외하면 적수가 없지 않습니까."

"차 총관."

"예."

"맹주가 된 것은 축하할 일이지만 인물이 없는 것도 사실이야. 몽랑이 맹주가 되면 셋째가 외부에서 호응하기 때문에 더할 나위 없이 적합했겠지. 전략적으로 말이야."

"그렇긴 합니다."

"내 예상이다만 몽랑이 누군가에게 패했다면 임 맹주가 결국에 셋째를 수소문해서 비공개 비무에 참가시켰을 것이다. 그러면 셋째가 맹주에, 몽랑이 바깥에서 호응할 테지. 그 조합도 나쁘지 않다."

"맞습니다, 맞고요. 그것도 맞는 말씀입니다만…"

차성태가 한숨을 내쉬더니 검마에게 이렇게 말했다.

"좋은 일을 들으셨으면 좀 웃으세요. 자, 웃어보세요. 활짝…"

"…"

"죄송합니다."

웃지 않는 검마가 말했다.

"무림맹에 입고 갈 의복 한 벌 마련해 주게."

"알겠습니다. 제가 바로 준비해서 가져오겠습니다."

검마는 홀로 남아서 무림맹의 마차를 물끄러미 바라봤다. 마차 주변에 차기 맹주에 도전하는 고수들이 서로 싸우다가 결국에는 몽랑이 홀로 서있는 모습이 자연스레 상상되기도 하고, 술에 잔뜩 취해서 집으로 돌아가던 몽랑이 떠오르기도 했다. 그때도 주변에는 단체로 덤볐다가 처맞은 청년들이 잔뜩 쓰러져 있었다. 싸움에 관해서는 그렇게 놀랄 일이 아니었기 때문에 검마는 끝내 표정의 변화가 없었다. 검마는 마차를 보다가 불쑥 혼잣말을 내뱉었다.

"…임 맹주, 은퇴를 축하하네."

검마가 생각하기에도 임소백은 훌륭한 맹주였다. 자신은 마도에서, 임소백은 백도에서 어떻게든 잘 살아남은 사내였으니 누구보다 더 임소백의 은퇴를 기쁜 마음으로 축하해 주고 싶었다.

* * *

"육합선생, 제가 도전하겠습니다."

…

젊은 사내가 구경꾼들 사이에서 등장하자, 수염을 덥수룩하게 기른 귀마가 고개를 끄덕였다.

"좋소."

귀마는 젊은 사내의 복장을 확인하자마자 이렇게 물었다.

"괜찮겠소? 임무 중인 것 같은데."

젊은 사내가 예의를 갖추면서 자신을 소개했다.

"괜찮습니다. 벽지수라 합니다. 잘 부탁드립니다."

귀마는 종남제일검이라 적힌 깃발을 의자 옆에 세워두고 일어나서 목검을 벽지수에게 던졌다. 벽지수가 목검을 붙잡더니 손목을 돌렸다. 귀마의 깃발이 멀쩡하다는 것은 아직 종남에 와서 패배한 적이 없다는 뜻. 벽지수가 깃발에 적힌 글귀를 보다가 말했다.

"육합선생께서 종남제일검이 맞는지 확인해 보겠습니다."

귀마가 웃었다.

"그리시오."

귀마가 주변을 둘러보자 이제 종남산 아래에서 비무 구경에 익숙해진 사람들이 거리를 더욱 벌렸다. 비무 결과를 두고 하는 도박은 육합선생이 금지했기 때문에 푼돈을 꺼내서 내기하는 잔망한 짓은 아무도 하지 않았다. 대치 상태에서 귀마는 벽지수를 물끄러미 바라봤다. 나이는 겨우 셋째와 넷째 정도, 실력은 자신을 기준으로 봐도 까마득하게 낮았다. 하지만 젊은 무인이 지금 약하다고 어찌 얕잡아볼 수 있겠는가. 무공은 자신이 더 강했지만, 비무에 임하는 마음은 진지했다. 귀마가 침착한 어조로 선공을 양보했다.

"먼저 오시오."

벽지수가 목검을 휘두르면서 공격에 나섰다. 귀마는 받아주는 형식으로 벽지수의 목검을 후려치다가 빈틈이 보일 때마다 적당히 반격했다. 벽지수는 지금까지 배운 모든 수법을 총동원해서 공격했으나 육합선생에게서 빈틈을 찾을 수가 없었다. 하지만 애초에 이기겠다고 도전한 게 아니다. 한 수 배우겠다는 마음가짐으로 도전했기에 흔들림 없이 공격과 수비를 매끄럽게 이어나갔다. 벽지수가 시종일관 침착한 태도로 덤비자, 귀마도 슬쩍 웃었다.

'좋다.'

지금이라도 당장 내공을 끌어올리면 일격에 쓰러트릴 수 있었으나 경험을 쌓으라는 배려로 제법 길게 상대해 줬다. 공수를 주고받던 귀마는 빈틈이 보이자 나지막이 말했다.

"허리."

허리 부분이 크게 비어있던 것을 인지하고 있었던 벽지수가 놀라서 급히 좌측으로 피하자, 목검의 궤적으로 쫓아간 귀마가 벽지수의 손목을 가볍게 후려쳤다. 팍- 하는 소리와 함께 벽지수의 목검이 떨어졌다. 육합선생이 공격을 멈추자, 벽지수가 목검을 주운 다음에 공손하게 예의를 갖췄다.

"졌습니다, 선배님."

귀마도 고개를 끄덕였다.

"시종일관 침착한 게 좋았소."

"마지막에는 좀 당황했습니다."

"그 정도야 뭐. 차차 나아질 거요."

벽지수가 가까이 다가와서 목검을 내밀자, 귀마가 받았다. 벽지수가 입을 열었다.

"아우이신 몽 공자께서 임소백 맹주의 후임으로 결정되었습니다. 임 맹주님의 은퇴와 몽 공자의 취임식이 진행될 예정이라 제가 종남산에서 육합선생을 찾고 있었습니다. 임무 내용을 전달하기에 앞서 도전한 것을 사과드립니다."

적잖이 놀란 귀마가 고개를 끄덕였다.

"사과할 일도 아니오. 그나저나 몽랑이 무림맹주를?"

"예, 상대할 자가 없었다고 합니다. 함께 가시겠습니까?"

귀마가 고개를 끄덕였다.

"갑시다. 맹주님의 은퇴식도 볼 겸…"

"가시지요."

목검과 깃발을 챙기던 귀마가 기다리고 있는 벽지수에게 이렇게 말했다.

"종남산에서 지금 수련 중인 검법에는 임 맹주님의 가르침이 담겨 있소. 속으로는 임 맹주님도 내 사부님이라 생각하고 있소. 동호에서 보여주시던 검법이 아직도 기억에 선명하군."

벽지수가 대답했다.

"그러셨습니까? 저도 그렇습니다."

"갑시다. 아, 벽 무인도 동호에 있었소?"

"그럼요."

"가면서 얘기합시다."

종남산 주변을 떠돌면서 수련에만 몰두하던 귀마는 무척 오랜만에 미소를 지었다.

***

"문주, 이 정도면 정말 적당한 장소가 아닐까 싶은데. 자네 말대로 주변이 아주 황량하지 않은가? 오래된 나무 한 그루 보이지 않네."

복건제일인 영춘자의 말에 나는 주변을 둘러봤다.

"그렇긴 한데…"

황야 그 자체, 넓긴 넓었다. 영춘자는 무림맹으로 향하는 동안에 정말 집요하게 도전 의사를 밝혔다. 내가 가만히 서있자, 영춘자가 먼저 넓은 곳으로 걸어가더니 자리를 잡고선 내 쪽을 쳐다봤다.

"이쯤? 어떤가."

귀찮아서 거절하려고 했었는데 이렇게 나오면 어쩔 수가 없다.

"그럽시다."

그제야 영춘자가 활짝 웃더니 내게 이렇게 말했다.

"문주, 진심으로 부탁하네. 이 비루한 몸뚱어리, 팔 하나 날아가도 상관없어. 최선을 다해서 겨뤄주게. 정말이야. 대충 내 수준을 보고 적당히 상대해서 내가 패배하면 다음 수련에 도움이 되질 않아. 나는 항상 무기력한 패배 속에서 수련의 즐거움과 명확한 목표를 되찾았었네. 부탁하네. 전력으로."

나는 주변에 있는 대머리들을 손짓으로 더욱 물러나게 했다.

"그건 좀 곤란한데. 전력을 다하라니 말이 안 되는 말이야."

대체 영춘자는 내 실력을 어떻게 가늠하는 것일까. 사실 이제 나는 전력을 다하면 안 되는 몸이 되었다. 영춘자가 무공에 관해서만큼은 양보하지 않겠다는 것처럼 말했다.

"애새끼처럼 부탁해서 미안하네만. 사실 문주에게 맞아 죽어도 상관없네. 평생을 강호인으로 살았는데 이렇게 죽는 것도 나쁘지 않아."

헛웃음이 절로 나왔다.

"대단하네. 죽어도 상관없다고?"

"상관없지."

정말 눈앞에 무공에 미친 원숭이 한 마리가 깐죽대고 있었다. 나는 실실 웃으면서 영춘자를 지나쳤다.

"지부장을 함부로 죽일 순 없지."

"어디 가나?"

"거리를 더 벌려야지."

나는 아예 일행과 동떨어진 다음에 돌아섰다. 광승과 대머리들이 나란히 앉아서 이쪽을 쳐다보고 있었다. 나는 이제 작게 말하면 목소리도 잘 들리지 않을 만큼 떨어진 상태에서 말했다.

"영춘자, 후회 없나?"

"후회 없네."

"좋아."

화산에서 내려온 이후로 전력을 다해본 적이 없다. 그렇기에 내 전력은 나도 궁금한 상황. 영춘자와 대치한 상태에서 나는 전신에 내공을 끌어올렸다. 꿈틀대던 기운이 전신을 휘감자, 폭풍에 휘말린 것 같은 기류가 전신을 감쌌다. 이어서 두 발을 대고 있는 대지가 미세하게 흔들리기 시작하더니 주변에 있는 자그마한 돌멩이들이 잔망스럽게 움직였다. 나는 오른손을 뻗어서 천옥흡성대법으로 들썩이는 주변의 흙과 돌멩이를 단박에 뽑아냈다. 삽시간에 주변에서 황색의 흙먼지가 솟구치는 것을 진각震脚으로 띄웠다.

쿵!

황색으로 물든 천지天地. 그 흙먼지 속에서 금구의 호신공을 두른 채로 암향표를 펼치면서 큰 원을 그렸다.

"황룡黃龍."

선으로 이뤄진 곡선이 원을 완성했을 때 중간을 물결의 호선으로 이동해서 태극을 완성하고, 솟구쳤다. 더욱 요란하게 피어오르는 황색의 흙먼지 속에서. 전신에서 터트리는 백전십단공의 뇌기를 사방팔방으로 흩날렸다.

"뇌신雷神."

황색의 흙먼지 사이에 백색의 빛줄기가 거미줄처럼 뻗어나갔다. 땅에 도착하니 발을 디딘 곳이 움푹 파이고, 재차 솟구치면서 읊조렸다.

"금뢰진천金雷振天."

금구의 기와 뇌기의 기를 조합해서 굉음을 일으키고, 역태극으로 풀어내서 공중에 뿌렸다. 다시 지상에 도착하자마자 양손을 공중에 뻗어 흩날리던 것을 일순간에 붙잡았다.

"한월야寒月夜."

천옥흡성대법으로 어지럽게 흩날리던 한월야를 잡아당겨 두 손에 응축시키다가 도착하는 족족 오행장력五行掌力으로 소멸시켰다. 하늘에 떠있는 잡다한 먼지는 손을 한 번 휘둘러서 일수에 날렸다. 그제야 영춘자와 대치하던 장소에 흙먼지가 사라지더니 시야에 맑은 하늘이 보였다. 문득 고개를 내려 보니 복건제일인 영춘자는 처음 서 있던 자리에 그대로 멈춰 서서 나를 쳐다보고 있었다.

"…"

나는 영춘자에게 다가가면서 물었다.

"영춘자."

영춘자가 대답했다.

"예, 맹주님."

"어떠셨소?"

"이 영춘자도 무공을 제법 오래 익혔는데 오늘 새롭게 개안開眼했습니다."

"뭐 그 정도까지야."

나는 영춘자와 어깨동무를 한 다음에 말했다.

"갑시다."

"예."

"나는 지부장 중에 영춘자, 그대가 가장 마음에 드오. 사내라면 이래야지."

"다행입니다. 그나저나 강호에 이제 적수가 있습니까?"

"없지 않겠소? 아마 없겠지. 있으면 좋을 텐데."

"언제부터 없으셨습니까?"

"화산에서 내려왔을 때부터."

"언제 내려오셨습니까?"

"얼마 안 됐소."

뒤에서 대머리 일행들이 다시 일어나서 우리 쪽으로 합류했다. 영춘자가 궁금하다는 것처럼 물었다.

"그 질문이…"

"말씀하시오."

"황룡, 뇌신, 금뢰진천, 한월야 같은 무공은 모두 맹주님의 절기인 모양이지요?"

나는 고개를 저었다.

"그렇지 않아. 황룡, 뇌신, 금뢰진천, 한월야는 아무것도 아니오. 그냥 지랄하다가 흥에 겨워서 읊조린 말이지. 절기도 아니고, 대충 씨불여 댄 말이야. 갖다 붙인 말. 절기는 따로 있어."

영춘자가 마른 웃음을 지었다.

"아, 그렇습니까. 하하. 예를 들면 어떤 게 있습니까?"

나는 다른 대머리들이 듣지 못하도록 영춘자의 귀에 속삭였다.

"예를 들면 일월광천이라든가…"

"위력이 대단하겠습니다."

"사실 일월광천은 아무것도 안 남기는 절기라서 시범을 펼칠 수도 없어. 모조리 소멸."

"어쩐지 금뢰진천과 비슷할 것 같은데 어떻게 해야 막겠습니까?"

"아마 나를 제외한 백대고수가 사이좋게 모두 모여서 일제히 절기를 쏟아내면 막아낼 가능성이 아예 없진 않지."

영춘자를 바라보자, 영춘자가 억지로 웃었다.

"멋지십니다."

"별말씀을."

일월광천이 아무것도 아닌 시절이 있었는데 지금은 또 상황이 달라졌다. 이제 일월광천은 아무것도 남기지 않는 절기가 되어서 시범을 펼칠 수도 없게 되었다. 내가 더 강해졌기 때문이다. 이랬다가 저랬다가 내가 했던 말을 번복하는 사내. 그것이 나라서 그렇다. 영춘자가 말했다.

"새로운 무림맹주가 누구인지, 조금 불쌍하다는 생각이 드는군요."

"뭐 불쌍할 것까지야. 내가 두들겨 패러 가는 것도 아니고. 무인끼리 예의를 갖춰서 상대할 테니 걱정하지 마시오."

나는 영춘자의 어깨를 두드린 다음에 고갯짓했다.

"가서 연국사 불러오시오. 똑똑한 연국사에게 역사 강의 좀 다시 받아야겠소."

"예."

나는 근무를 교대한 연국사가 오자마자 어깨동무를 했다.

"연국사, 갑시다."

연국사가 짤막하게 대답했다.

"예."

"머리는 조금 적응되었소?"

연국사가 고개를 끄덕였다.

"이제 시원합니다. 그동안에 어떻게 그 긴 머리로 다녔는지 의아할 따름입니다."

나는 연국사의 머리를 쓰다듬었다.

"잘됐네. 가자고."

"예."

대머리들이 어찌나 공손해졌는지 나도 살짝 어리둥절했다.

"또 재미있는 일화가 있소? 오늘은 어느 나라, 어떤 군웅의 이야기를 들어볼까."

연국사가 깊이 숨을 들이마셨다가 대답했다.

"오늘은 맹주님께 춘추전국시대의 일화를 들려드리겠습니다."

"전국시대 좋지. 다들 좋은가?"

대머리들이 합창했다.

"좋습니다."

나는 흐뭇한 마음으로 고개를 끄덕였다. 연국사는 공부를 많이 한 사람이라서 배울 게 한둘이 아니었다.

448.
은퇴하는 날에

"맹주님…"

공손월이 상기된 표정으로 들어오더니 임소백을 바라봤다. 공손월의 표정을 살피던 임소백이 물었다.

"왜?"

"하북의 도제가 왔었습니다."

임소백이 슬쩍 웃었다.

"하북의 도제라… 어쨌든 늦었군. 다 결정됐는데 새삼스럽게. 아니다. 사람이 많이 모였으니 공개 비무로는 적당한 상대 같은데."

"맹주님, 그게 아니라 하북, 산동, 강소, 절강, 복건 등의 고수들이 연합하여 동방무림맹을 결성했다고 합니다."

임소백이 미간을 좁혔다.

"뭐?"

그냥 무시하기에는 세력이 너무 컸다. 순간 발끈했던 임소백은 마음을 차분하게 가라앉히면서 말을 이어나갔다.

"도제가 맹주라더냐?"

"자신은 동방무림맹의 하북 지부장이고 각각 산동, 강소, 절강, 복건 지부장들이 올 것이며 이들을 이끄는 동방맹의 맹주도 멀지 않은 곳에서 대기 중이랍니다."

임소백이 싸늘한 어조로 되물었다.

"그래서."

"곧 은퇴하시는 임 맹주님에게는 관심이 없고. 새로 부임한 무림 맹주와 자웅을 겨뤄 뭐라더라… 예, 천하맹 출범을 위해 논의하자는 말을 전했습니다."

임소백이 콧방귀를 뀌었다.

"천하맹?"

"예."

"동서를 통합한 무림맹이라… 취임식에 맞춰 오는 것을 보니 의도가 너무 뻔하군. 은퇴한다곤 했으나, 아직 은퇴한 것은 아니다. 도제부터 들어오라고 해."

"이미 말만 전달하고 돌아갔습니다. 자신은 맹주의 전령일 뿐이라고 했습니다."

임소백이 떨떠름한 표정을 짓다가 고개를 내저었다.

"강호가 만만치 않아. 끝까지 시끌벅적하고 끝까지 귀찮게 하는구나. 그나저나 도제가 저렇게 낮은 자세로 나오면 동방맹주가 더 강하다는 뜻인데. 다른 말은?"

"동방맹도 이제 막 창설된 조직인데 창설에 필요한 자금까지 곧 저희 무림맹에 도착한다고 합니다. 맹주끼리 비무 한판을 벌여 이기는 쪽이 통합 맹주로…”

여기까지 듣던 임소백이 고개를 갸웃했다.

“지금을?”

“예. 저도 그 부분이 좀 이해되질 않았는데…”

임소백이 손가락으로 뒷머리를 긁었다.

“지금을 가지고 온다? 그럼 근처에 있다가 취임식에 등장하겠다는 뜻인가?”

“예, 전령이라 먼저 온 것 같습니다.”

임소백이 고개를 끄덕였다.

“동방무림맹, 여하튼 알았다. 신임 맹주가 나서야겠지. 도제보다 강할 테지만 몽랑이 질 것 같지도 않고.”

“예.”

“혹시 몽랑이 패배하면 내가 천하맹의 맹주 자리에 도전할 테니 걱정하지 말아라.”

“알겠습니다.”

“혹시 몽랑이 신임 맹주 내정자라는 소식이 바깥에 퍼졌나?”

“아닙니다. 초대한 분들과 전령으로 나갔던 일부 맹원들을 제외하면 대부분 모릅니다. 바깥은 더더욱 모르겠지요.”

“그렇겠지. 군사회를 동원해서 주변을 탐색해라. 동방맹의 병력이 대기하고 있을 수도 있으니.”

“이미 탐색 중입니다.”

“알았다.”

대화를 끝내려는데 바깥에서 누군가가 또 보고했다.

"맹주님, 보고드릴 게 있습니다."

"또 뭐냐?"

문이 열리더니 맹원 둘이 제법 묵직한 궤짝을 임소백의 책상에 올려두었다. 얼마나 무거운지 쿵- 소리가 울렸다.

"이게 뭐냐."

맹원이 대답했다.

"저희가 확인했습니다. 열어도 되겠습니까?"

"열어라."

맹원이 궤짝을 열자, 금자와 은자가 뒤섞인 채로 궤짝에 가득 담겨있었다. 맹원이 어리둥절한 표정으로 말했다.

"임 맹주님의 은퇴를 축하하는 동방맹주의 선물이랍니다. 은퇴하신 다음에 마음껏 사용하셔서 맛있는 음식을 먹고, 편한 숙소에 머물고, 가보고 싶은 곳도 마음껏 여행하시길 바란답니다."

임소백이 맹원을 쳐다봤다.

"가짜 아니냐?"

"여기 보시면 단검으로 살짝 확인한 흔적이… 진짜입니다. 그 덧붙이는 말이 임기 중에 사용하시면 뇌물이기 때문에 은퇴하신 다음에 사용하셔야 한다고."

"일단 알았다. 나가보도록."

"예."

"아, 나가는 김에 몽 공자 좀 불러와라."

"알겠습니다."

임소백이 궤짝에 든 금은을 보면서 말했다.

"이건 은퇴를 종용하는 뇌물 같은데?"

공손월이 말했다.

"일단 상황을 보시고 처리하시지요."

"음."

"맹주님, 이건 기회입니다. 어차피 몽 공자가 이기면 동방맹을 흡수할 수 있으니까요. 의외로 모략에 의한 제안이 아니라 실제 맹주의 무력으로 깔끔하게 해결할 수 있는 일 같습니다. 어차피 맹주님이 지켜보실 테니까요. 비무도 저희 맹 내부에서 하는 것이고. 비무라면 불리한 조건이 하나도 없습니다."

임소백이 한숨을 살짝 내쉬었다.

"맹주, 맹주 하니까 오늘따라 왜 이렇게 헷갈리냐."

"저도 그렇습니다."

"아까 말한 지역의 고수는 누가 있지?"

"태산제일검, 영춘자, 도제… 그 정도입니다."

"위협적인 인사들은 아닌데. 악명도 없는 편이고."

"예."

"결정했다."

"말씀하십시오."

"만에 하나라도 몽랑이 패하면 내가 은퇴를 번복하마."

"그렇게 하십시오."

"감히 내 은퇴를 방해하다니 팔이라도 하나 잘라야겠어."

공손월이 손을 뻗더니 궤짝을 두드렸다.

"그렇게까진 않으셔도…"

"좀 나눠주랴?"

"아닙니다."

보고가 끝나고 잡담을 하는 사이에 몽랑이 도착했다.

"…맹주님, 부르셨습니까?"

오늘따라 왜 이렇게 바쁜 것일까. 임소백이 바로 대답했다.

"빨리 들어와."

"예."

색마가 들어오자마자 탁자에 놓인 금은을 물끄러미 쳐다보다가 농담을 건넸다.

"신임 맹주가 받는 선물입니까?"

임소백은 그제야 허탈한 표정으로 웃었다.

"그럴 리가."

"역시 그건 아닐 것이라 예상했습니다."

임소백이 공손월에게 들었던 것을 설명하자, 색마도 웃었다.

"동방맹주요? 강호에 맹주가 좀 많군요."

"그러게 말이다."

색마가 임소백과 눈을 마주쳤다.

"걱정하지 마십시오. 공개 석상에서 다음 무림맹 출범을 위한 제물로 삼겠습니다."

"제물이라니… 죽이면 안 돼."

"예."

"도제를 부리고 있으니 허접한 사내는 분명 아니다. 무림맹이 신경 쓰지 못한 동쪽 지역을 아우른 것은 칭찬해 주고 싶지만 설령 네가 동방맹주에게 패하더라도 무림맹을 쉽게 내줄 생각은 전혀 없다. 그렇게 알고 있도록."

색마가 고개를 끄덕였다.

"괜히 맹주님의 은퇴 이후 삶을 방해하지 않도록 제가 잘 처리하겠습니다."

임소백이 살짝 한숨을 내쉬었다.

"이상하게 말이야. 검마의 심정이 어떤지 조금 알 것 같다."

"사부님의 심정이요?"

"이상하게 믿음이 안 가네. 얼굴이 좀 뺀질나게 생겨서 그런가."

색마가 웃음을 터트리더니 공손월을 바라봤다.

"하하하. 총군사는 어떠시오?"

공손월이 색마를 슬쩍 바라보더니 고개를 끄덕였다.

"뺀질나게 생기셨습니다."

색마가 손가락으로 공손월을 가리켰다.

"솔직해서 좋아. 총군사는 그래야지."

임소백이 말했다.

"총군사는 문제없이 미시未時(오후 1시~3시)에 행사를 준비하고, 몽랑은 어리석은 자들에게 노출되지 않게 숙소에서 비무 준비나 하고 있어라."

"예, 맹주님."

"알겠습니다."

임소백은 전쟁을 앞둔 사람처럼 말했다.

"나도 손님들과 동방맹을 맞이하기 위한 준비를 하고 있으마."

잠시 후 홀로 남은 임소백은 손을 뻗어서 금자와 은자를 만지작거리다가 생각에 잠겼다. 이상하게 맹원들이 전달한 말이 마음에 남았다.

'맛있는 걸 먹으라고?'

맛있는 걸 먹기에는 너무 많은 돈이다. 임소백이 평소처럼 검소한 생활을 이어나간다면 은퇴 이후에 전부 사용할 수 없을 정도로 많았다. 갑자기 임소백이 무언가를 생각하다가 이렇게 중얼거렸다.

"여행?"

임소백이 입꼬리를 말아 올렸다. 만약, 자신의 예상이 옳다면 동방맹주는 당연히 아는 사람이었다. 임소백이 읊조렸다.

"동쪽 바다… 동방맹, 아…"

* * *

"누가 신임맹주인지는 알아내지 못했소. 총군사도 답이 없고."

도제의 보고에 나는 고개를 끄덕였다.

"상관없다."

"정문을 개방했소. 방문객이 점점 늘어나더니 줄지어서 들어가고, 순찰하는 맹원도 많아져서 만약 임 맹주가 우리를 막는다면 들어가기 힘들 수도 있겠소. 은퇴식은 미시부터."

동방맹의 지부장들은 아직 나를 잘 모른다.

"맹원들은 나를 막지 않아."

나는 일어나서 광승을 바라봤다.

"가시지요."

대머리들과 지부장들이 휴식을 멈추고 일어났다. 사실 이 전력으로 무림맹과 부딪치면 정말 난장판이 벌어질 정도로 개개인이 강했다. 아마 대머리 사부가 나선다면 임 맹주는 아무것도 하지 못할 정도로 광승과 단독으로 길게 겨뤄야 할 터였다. 우리가 출발하자 은평왕도 수하들을 이끌고 후미에서 따라왔다. 물론 행렬의 말미에는 동쪽에서 약탈한 군자금이 가득했다. 나는 행렬을 이끌고 무림맹을 향해 출발했다.

"가자."

* * *

임소백은 일찌감치 단상에 올라 모여드는 군웅들을 바라봤다. 조금은 착잡한 마음과 후련한 마음이 뒤섞여서 마지막 일장 연설을 늘어놓을 생각이었는데 갑작스러운 동방맹의 출현에 마음이 뒤숭숭했다. 만약 자신이 예상한 대로 동쪽으로 떠났던 하오문주가 동방맹의 맹주가 되어서 오는 것이라면… 임소백은 맹원들과 뒤섞여 있는 몽랑을 바라봤다.

'몽랑이 이길 수 있을까?'

그럴 가능성이 전혀 없었다. 그렇다면 은퇴를 번복해서 자신이 동방맹주에게 도전하면 어떻게 될까. 문주가 화산에서 교주를 꺾었다고 하니, 아마 자신도 패할 것이다. 적이라면 팔이라도 하나 잘라서 새롭게 펼쳐질 시대의 제물로 자신의 목숨을 바치겠으나. 상대가 하오문주라면, 싸울 마음이 전혀 들지 않았다. 맹주로서 이렇게 무기력한 마음이 들었던 적이 없었기 때문에 임소백은 연신 한숨이 나왔다.

'문주야, 너냐?'

예상을 하려고 해도 예상이 안 되고. 예측을 하려고 해도 무조건 어긋난 상대. 공손월이 다가와서 물었다.

"맹주님, 말씀하신 대로 놋쇠 그릇을 준비했습니다."

"그래."

본래는 금분세수金盆洗手라 한다. 피를 묻힌 손을 씻어 은퇴를 공표하는 것인데 무림맹엔 금으로 된 그릇이 없었다. 준비하겠다는 총군사의 의견을 거절하고, 임소백이 오랫동안 사용하던 놋쇠 그릇이 단상에 오르고 있었다. 임소백은 놋쇠 그릇에 쏟아지는 물을 멍하니 바라봤다. 사실 동방맹 때문에 경황이 없었다.

'문주가 아닌가?'

준비를 마친 공손월이 임소백을 바라봤다. 공손월은 맹주가 이렇게 긴장한 모습을 내보인 적이 없었기에 살짝 당황스러웠다.

"맹주님?"

"알았다."

"너무 긴장하셨습니다."

"그러게 말이다."

임소백이 일어나자, 앉아있던 자들이 모두 일어나고 군웅들도 단상을 바라봤다. 임소백이 놋쇠 그릇이 있는 곳으로 걸어가서 주변을 둘러봤다. 누군가가 이렇게 말했다.

"맹주님, 한 말씀 하셔야지요."

고개를 끄덕인 임소백이 입을 열었다.

"다 모였나?"

군중 속에서 여러 명이 외쳤다.

"왜 벌써 은퇴하십니까!"

"신임 맹주는 누구입니까?"

임소백은 손을 내밀어서 소란을 잠재웠다.

"기다리게. 소개할 테니. 그 전에 내 은퇴가 먼저 아니겠나."

숨을 크게 들이마신 임소백이 마음을 다잡은 후에 말을 내뱉었다.

"오늘따라 정신이 없군. 다들 먼 곳에서 오느라 고생하셨네."

임소백이 무슨 말을 이어나가려는데 갑자기 내공이 섞인 누군가
의 우렁찬 목소리가 들렸다.

"…동방맹주 납시오! 길을 여시오! 임 맹주님의 은퇴를 축하하기
위해 동방무림맹의 맹주께서 직접 오셨소!"

목소리에 담긴 내공을 가늠해 보건대 흔한 고수는 아니었다. 정문
에서 이어지는 행렬이 다가오자, 구경꾼들이 좌우로 물러났다. 무엇
보다 행렬의 곳곳에 반짝이는 대머리들이 섞여있어서 더욱 강렬했
다. 대체 어디서 온 것일까. 다들 햇볕에 그을려서 미리 무림맹에 와
있던 자들보다 훨씬 어두운 피부를 지니고 있었다. 그 어느 때보다
당황한 임소백은 좌우로 열린 구경꾼들 사이에서 걸어오는 대장을
바라보다가 숨을 길게 토해냈다.

'이 새끼는 정말…'

하오문주가 팔을 힘차게 휘두르면서 걸어오고 있었다. 임소백과

눈을 마주친 하오문주가 말했다.

"소백 형님, 나 왔소."

임소백이 고개를 끄덕였다.

"왔는가?"

"예."

단상 아래에 도착한 하오문주가 올려다보자, 임소백이 말했다.

"자네가 동방맹주야?"

"예, 저 말고 또 누가 있겠습니까?"

임소백은 고개를 연신 끄덕였다. 그제야 임소백은 형제들이 왜 그렇게 치고받고 싸우는지 알게 되었다. 실력이 높고 낮음이 어찌 되든 간에 당장 내려가서 하오문주의 머리통을 쥐어박고 싶었지만 애써 참았다. 임소백이 물었다.

"천하맹을 출범하자고?"

하오문주는 임소백의 눈을 잠시 쳐다보더니 고개를 끄덕였다. 임소백이 손짓했다.

"일단 올라오게."

"은퇴사부터 말씀하셔야지요."

"빨리 올라와라. 화가 난다."

하오문주가 단상으로 솟구치자, 임소백이 성큼성큼 걸어가서 하오문주와 마주 섰다.

"문주야."

"예."

임소백이 두 손을 뻗어서 하오문주의 얼굴을 붙잡더니 이리저리 살피다가 속삭였다.

"…주화입마 아니지?"

"아닙니다."

"바다는 어땠나?"

"별거 없습니다. 그냥 물이지요."

"돈은 뭔가?"

"뭐겠습니까? 뺏었지요."

손을 내린 임소백이 의견을 구하듯이 물었다.

"이제 내가 어떻게 하면 되겠나?"

"은퇴하셔야지요."

"알았다. 그다음은?"

"신임 맹주 좀 올라와 보라고 하십시오."

임소백이 고개를 젖힌 채로 웃었다.

"그래. 차기 맹주는 단상으로 올라와라."

사람들의 시선이 임소백의 시선을 쫓아 한 곳을 바라봤다. 고개를 삐딱하게 기울인 색마가 축 늘어진 자세로 단상 위를 노려보고 있었다. 임소백이 색마에게 말했다.

"올라오라니까."

"예. 에이씨…"

갑자기 성질이 폭발한 색마가 공중으로 높이 솟구치더니 공중제비를 돌다가 단상에 내려섰다. 임소백은 하오문주와 몽랑을 번갈아 바라봤다. 하오문주는 눈이 동그랗게 커진 채로 몽랑을 바라보고 있었다.

"…"

구경꾼들 사이에서 누군가의 한숨과 웃음이 뒤섞였다. 이는 물론 오랜만에 재회한 검마의 한숨과 귀마의 웃음이었다.

…

449.
강호는
우리가 접수했다

내 눈에는 단상 위에 있는 색마의 모습이 전생의 광명좌사처럼 보였다. 무림맹주가 무척 중요한 자리여서 그렇다. 더군다나 나는 색마가 무림맹주에 오르는 것을 예상한 적이 없다. 전생의 과오를 되풀이하지 않기를 바란 것은 맞지만, 이렇게까지 잘되기를 바란 적은 없기 때문이다.

'이게 맞아?'

무림맹주 자리에 가장 동떨어져 있는 사내는 교주다. 그다음이 색마다. 그만큼 어울리지 않는 녀석인데, 사람의 운명이란 이처럼 예측하기 힘들다.

"너냐?"

색마가 대답했다.

"나야."

어차피 나란 놈은 이긴 다음에 다음 일을 고민한다. 상대가 색마

이기 때문에 봐주고 그런 것은 내 인생에 없다. 어떻게든 이긴 다음에 천하맹을 고민하는 게 내 방식. 나는 어정쩡하게 서있는 임소백을 바라봤다.

"소백 형님."

"말하게."

"은퇴하십시오."

임소백이 놋쇠 그릇에 손을 담갔다가 빼면서 대답했다.

"됐나?"

나는 진지한 표정으로 고개를 끄덕였다.

"형님은 그럼 내려가세요. 뒤지기 싫으면."

내 막말을 듣자마자 임소백이 갑자기 웃음을 터트리더니 고개를 끄덕였다.

"둘이 알아서 해라."

색마가 혀를 찼다.

"맹주님에게 그 무슨 망발이냐? 싸가지 없는 놈."

나는 손가락으로 색마를 가리키다가 군웅들에게 말했다.

"여러 선후배, 군웅 여러분. 여기 있는 몽랑은 사적으로 내 의제義弟요. 나이가 비슷해서 그런가. 단 한 번도 존댓말이나 형 취급을 받은 적이 없소. 오늘 확실하게 위아래를 짚고 넘어가리다. 넷째야."

색마가 삐딱한 막냇동생의 전형을 보여주겠다는 것처럼 코웃음을 치더니 이렇게 대답했다.

"왜."

"골라라. 장법, 검, 독약 먹기, 내공 대결, 벌레 먹기, 경공, 국수

먹기, 외공 겨루기 무엇이든 상관없다. 네 선택에 맡기마."

색마가 고개를 끄덕이더니 나처럼 단상 위를 걸으면서 군웅들을 바라봤다.

"한 말씀 올리겠소. 여기에 있는 하오문주는 내 의형이 맞소. 잘 모르는 분도 계시겠지만, 문주의 실력을 논하자면 강호에 적수가 없소. 하지만 이런 자리에서 사내가 그냥 물러설 수 없는 법. 패배하더라도 도전해서 얻어낼 게 있다면 도전하는 것이 도리. 그것이 내가 이곳에 와서 임 맹주님께 배운 비무의 목적이오."

나는 맞장구를 쳐줬다.

"옳다."

색마가 검마를 바라보다가 예의를 갖췄다.

"또한, 그것이 내 사부님께 배운 무인의 자세가 되겠소."

검마가 고개를 끄덕였다.

"암, 도전해야지."

색마가 손가락 두 개를 꼽았다.

"두 번의 비무를 제안하리다. 내게 유리한 방식이오. 비무가 길지도 않을 거요. 두 번 모두 내가 패배하면 깨끗하게 승복하고. 만약, 한 번이라도 내가 이기면 일대일이니. 마지막엔 전력을 다하는 정식 비무로 결판을 내겠소. 셋째는 어때?"

"수락하마."

색마가 숨을 깊이 들이마시더니 놋쇠 그릇을 가리켰다.

"일차전은 저것으로 가자."

나는 무슨 뜻인지 바로 이해했다.

"좋다."

색마와 나는 탁자에 놓인 놋쇠 그릇 앞에 도착해서 출렁이는 물을 바라봤다. 본래 임 맹주가 손을 씻은 물이었으나 지금은 비무에 사용될 물이 되었다. 당연하게도 색마에게 선공을 양보했다.

"얼려라."

색마가 검지와 중지를 뻗어 놋쇠 그릇의 물에 담그고 나머지 손가락은 그릇을 붙잡았다.

쩌저적!

삽시간에 그릇의 물이 새하얗게 얼어붙더니 이내 그릇 전체는 물론이고 탁자 위까지 완벽하게 얼어붙었다. 색마가 내공을 쏟아내면서 나를 죽일 듯이 노려봤다.

"…"

나는 얼어붙은 탁자의 상태를 보다가 색마에게 물었다.

"어디까지 녹이란 말이냐?"

"그릇의 물만 녹여야지."

나는 코웃음이 절로 나왔다.

'멍청한 놈. 별로 유리하지도 않구나.'

나도 중지와 검지를 내밀어서 얼어붙은 그릇의 표면을 찍었다.

툭.

손가락이 박히자마자 그릇의 물이 순식간에 녹았다. 다른 무공은 사용하지 않고 순수하게 염계만 사용해서 그릇의 얼어붙은 물을 완벽하게 녹인 상황. 애초에 색마와 나는 격이 다르기에 그리 놀랄 일은 아니었으나 당연하게도 색마는 잔뜩 놀란 표정을 지었다.

"졌다."

나는 다소 놀란 마음으로 색마를 바라봤다.

'이 새끼 이거 심리전인가? 애초에 무림맹주를 하기 싫었나?'

그 어느 때보다 진지한 색마가 왼손으로 장검을 끌러내더니 내 앞에 손잡이를 내밀었다.

"이차전은 화산에서 했던 것처럼."

심리전이 무엇이 됐든 간에 일단 이기는 게 먼저라서 바로 대답했다.

"얼려라."

내 말이 끝나기도 전에 장검이 새하얗게 얼어붙었다. 확실히 화산에서 봤을 때보다 색마의 경지가 한 단계 더 오른 상태. 이 정도면 교주, 천악, 광승, 신개 정도는 올라와야 녹일 수 있는 빙검氷劍처럼 보였다. 작은 목소리로 읊조렸다.

"대단하네. 빙신氷神 새끼, 그새 또 쥐꼬리만큼 강해졌네."

"과연 쥐꼬리일까?"

색마의 전신이 백색의 기류에 휩싸이더니 주변의 공기가 차갑게 식었다.

쏴아아아아…!

이어서 기류가 한 차례 퍼지자, 단상 위가 온통 설원처럼 얼어붙었다. 이처럼 한기를 천천히 퍼뜨리면서 거리까지 조절한다는 것은 한기를 완벽하게 다룰 수 있다는 뜻. 보기 드문 광경에 구경하던 자들까지 주춤대면서 물러났다. 하지만 색마는 정확하게 단상까지만 얼리고 나서 광역 절기를 스스로 멈췄다. 색마가 허연 입김을 내뿜으면서 말했다.

"시작할까?"

이번에도 나는 승패의 조건을 정확하게 물었다.

"어디까지 녹이란 말이냐?"

"물론 장검만 빼내면 된다."

"이상하네. 의외로 공평하네?"

색마가 나를 쳐다보더니 진지한 표정으로 고개를 끄덕였다.

"무림맹의 비무인데 공평해야지."

임 맹주에게 감화된 것일까. 아니면 맏형이 서슬 퍼런 눈빛으로 지켜보고 있기 때문일까. 그래봤자 내 눈에는 아직 만장애에서 깝죽 대던 광명좌사가 여전히 잔머리를 굴리는 것처럼 보였다. 새삼스럽게 내 의심병이 이렇게 깊다.

"다 얼렸나?"

색마가 나를 노려봤다.

"들어와."

나는 색마를 쳐다보다가 전신에 자하신공을 휘감았다. 오행의 기를 쓰는 것은 요행에 가깝다. 그보다는 정식으로 상대하는 느낌을 주기 위해 나도 자하신공을 일으켰다. 그런 다음에… 손을 뻗어서 장검을 붙잡았다. 색마의 한기는 내 오른손도 뒤덮지 못했다. 빨리 뽑아야 할까, 아니면 나름 고전하는 척을 하면서 색마의 위상을 높여줄까? 고민은 찰나에 그치고, 그냥 뽑았다.

스릉…

"…!"

그 어느 때보다 색마의 눈이 휘둥그레 커진 상황. 나는 일부러 덤덤한 어조로 말했다.

"손이 미끄러졌다."

얼어붙어 있었던 냉기는 장검을 붙잡는 순간에 이미 모두 녹았다. 애초에 얼어붙어 있지 않았던 것처럼 말이다. 정말 손이 미끄러워서 잡아당겼다가 자연스럽게 빠졌다. 나는 오랜만에 자줏빛으로 물든 칼날을 물끄러미 바라봤다.

"…항상 그렇듯이 내가 이겼네."

충격이 컸던 것일까. 아니면 나름의 자신감이 있었기 때문일까. 색마가 갑자기 휘청거리더니 엉덩방아를 찧었다. 내 알 바 아니다. 나는 자줏빛으로 물든 장검을 든 채로 주변을 둘러봤다.

"여러분? 예상대로 내가 이겼소. 천하맹의 맹주, 나요."

자하신공을 너무 화려하게 펼쳐서 그런 것일까. 절반은 굉장히 두려운 표정을 짓고 있었고, 나머지도 놀란 표정을 계속 유지하고 있었다. 나는 자줏빛에 휩싸인 채로 단상 위에 덮인 백색을 지웠다. 단상이 정상으로 돌아오는 동안에 주변이 실로 고요했다. 어디 가서 이런 광경을 목격하겠는가? 그제야 나는 자하신공을 거둔 다음에 색마와 은퇴한 소백 형님, 무림맹원, 맏형과 둘째, 동방맹에 속한 자들, 대머리 사부, 이외의 강호인들을 천천히 둘러봤다.

"내가 천하맹의 맹주 노릇을 하는 것에 반대하는 분은 지금 단상 위로 올라오시오. 예의를 갖춰서 상대해 드리겠소. 없나?"

"…"

"없으면 나도 이제 한 말씀 드리겠소."

애초에 비무의 결과에 대해 한 치도 의심하지 않은 게 분명해 보이는 은평왕이 홀로 대답했다.

"경청하겠습니다, 맹주님."

"먼저 동방맹은 들어라."

"예, 맹주님."

"그대들은 이 시간부터 전부 무림맹에 속한다. 지부장의 지위와 세력은 유지하고. 흑도로부터 갈취한 자금은 무림맹의 창고에 보관하도록. 그대들은 내가 먼저 거둔 수하들이기 때문에 이곳 맹원들에게 과하게 잘난 체를 하거나 텃세를 부리면 안 돼. 알겠나?"

"알겠습니다."

나는 검을 들어서 몽랑을 가리켰다.

"너, 몽랑아."

"말해."

"소백 형님이 은퇴했으니 무림맹은 네가 맡아라."

"아니, 나는…"

"네가 맡아. 너는 강호에서 나는 천하에서 누가 더 맹주 역할을 잘해내는지 겨뤄보자."

색마가 놀란 표정으로 나를 쳐다봤다.

"음."

"내가 더 강하니까 천하를 맡고, 네가 그나마 나를 쫓고 있으니 강호를 맡아라. 이해했어?"

머리를 한 대 맞은 것처럼 보이는 색마가 진지한 표정으로 고개를 끄덕였다.

　　　…

"알았어."

이번에는 검을 들어서 임소백을 가리켰다.

"소백 형님?"

"그래."

"내가 준 자금으로 여행을 다니시오. 명령이야. 전대 맹주로서 사람들이 어떻게 살고 있는지 눈으로 확인하고. 책임감은 조금 내려놓고, 가끔 길 가다가 억울한 일 당한 사람 있으면 도와주고. 본인의 행복도 찾으시오. 전대 맹주께선 내 말 이해하셨소?"

임소백이 씨익 웃더니 고개를 끄덕였다.

"알았다."

이번에는 검으로 검마를 가리켰다.

"맏형."

검마가 고개를 끄덕였다.

"셋째야."

"내가 일양현에 없는 동안에는 하오문을 총괄해 주시오."

"그래야지."

이번에는 검이 귀마를 향했다.

"둘째는 종남에서."

귀마가 고개를 끄덕였다.

"이미 종남에서 오는 길이다."

"그랬군."

나는 검을 쥔 채로 군웅들을 죽일 듯이 노려보다가 낯선 얼굴에서 멈췄다. 수염도 하얗고, 치렁치렁하게 기른 머리카락도 온통 백발이었다. 하지만 표정이 딱딱하고, 감추고 있는 내공은 생긴 것에 비해 너무 심후했다. 나는 검 끝을 흔들면서 말했다.

"넌 뭐요? 늙은이, 대답해 봐. 목소리 좀 들어보자."

"..."

"백의무제, 인피면구냐?"

인피면구를 쓰고 있어서 표정의 변화가 거의 없는 백의무제가 고개를 끄덕였다.

"날세. 오랜만이로군."

"천악 선배는?"

"제자를 가르치고 있네."

"누굴 가르치는데?"

"무당산에서 데려온 제자."

"좋았어. 무당 쪽은 네가 맡아라. 천악 선배와 네가 알아서 잘하겠지."

나는 검으로 일직선을 긋다가 얼굴이 까무잡잡한 놈을 봤을 때 멈췄다.

"넌 뭐요?"

이십 후반 정도 되는 사내가 대답했다.

"곤륜에서 온 검성의 제자요."

"누구한테 패배했는데?"

"무림맹 일대주에게 패배했소."

"아직 검성이란 별호에 어울리진 않는 것 같으니 정진하고."

"알겠소."

나는 그제야 대머리 사부를 바라봤다. 다른 놈들에겐 죄다 하대할 수 있어도 이 사내에겐 어려웠다. 검을 잠시 내린 채로 말했다.

"광해 스님."

사부가 빙긋이 웃으면서 대답했다.

"문주, 경청하겠네."

"잘 쉬시다가 편하실 때 연국사가 말한 숭산으로 가십시오. 대신에 이번에 내가 대머리로 만든 놈들도 데리고. 생각이 바뀌었으니 금산왕도 스님에게 맡기겠습니다."

똑똑하고 해박한 연국사의 말에 의하면 숭산에 고승高僧이 있다고 한다. 고승이란, 광승처럼 무공이 뛰어난 스님이 아니라 불심이 깊은 사람을 말한다. 그렇게 불심이 깊고 지혜로운 스님이라면 응당 무승武僧이 옆에서 도와줘야 할 터. 이는 이곳에 오는 동안에 대머리 사부와 내가 충분히 논의한 일이었다. 대머리 사부가 고개를 끄덕였다.

"내가 이 대머리들을 전부 데리고 숭산으로 가겠네. 문주는 바쁘지 않을 때 종종 놀러 오게. 재료는 미리 준비할 테니 그때는 문주가 와서 직접 국수를 말아주게. 꼭 먹어보고 싶군."

"알겠습니다."

나는 동쪽에서 대머리로 만든 놈들을 잔뜩 위압적으로 노려봤다.

"동쪽 대머리들…"

"예, 맹주님."

"너희는 앞으로 나를 대사형으로, 그리고 광해 스님을 사부님처럼 모시도록. 불시에 찾아가서 불경한 놈, 사부님의 말을 듣지 않는 놈,

개과천선이 불가한 놈은 좌시하지 않겠다. 다들 알겠나?"

"명심하겠습니다."

나는 덤덤한 표정으로 형제들, 수하들, 맹원들, 친분 없는 놈들, 적이었던 놈들을 둘러보면서 당부했다.

"잘들 해. 내가 다 감시하겠다."

"…"

나는 내가 맹주임을 거듭 강조했다.

"왜냐하면 이제 내가 천하맹의 맹주이기 때문이야. 위로는 교주와 천악, 아래로는 하오문. 그 하오문보다 더 낮은 곳까지 내가 감시한다. 지켜본다. 다들 알았나? 형제들도 예외 없어. 특히 막내."

몽랑이 자리에서 일어나더니 나를 쳐다봤다.

"응."

"잘해라."

"잘해야지."

이제 색마의 마음도 돌려세웠나? 그런 것일까? 무공으로 천하제일이 되는 것보다 타인의 마음을 돌려세우는 게 더 어렵다는 생각이 들었다. 사람의 마음이 변한다는 것은 이 얼마나 어려운 일인가? 나는 색마에게 장검을 돌려줬다.

"이건 어디서 난 장검이야?"

"용두철방."

나는 색마와 눈을 마주쳤다가 동시에 씨익 웃었다.

* * *

…

색마는 일이 대충 이렇게 마무리되자 안도의 한숨을 내쉬었다.

'후… 안 맞았다. 안 맞았으면 된 거지.'

괜히 장검 녹이기로 비무를 몰아간 게 아니다. 이런 비무면 셋째에게 맞지 않아도 승패를 가를 수 있기 때문이다. 본인이 생각해도 가히 천재적인 대처이자 전략이란 생각이 들었다. 공개 석상에서 셋째한테 맞지 않았기 때문에 차기 무림맹주가 된 것만큼이나 기분이 좋았다. 문득 근처에서 셋째의 목소리가 또 들렸다.

"넷째야."

색마는 안색을 싹 바꾼 다음에 무표정한 얼굴로 돌아봤다.

"왜? 왜 불러?"

차기 무림맹주께서 귀찮은 표정으로 하오문주에게 다가갔다. 뜬금없이 셋째가 대머리들을 소개했다.

"…이 대머리 새끼들은 전부 용모파기를 그려서 무림맹에 보관해 놓도록. 머리카락이 있을 때는 각 지역에서 악명을 날리던 놈들이다. 만약 숭산에서 탈출하면 수배령부터 내려."

"알았어. 왜 이렇게 많아?"

오는 동안에 금산왕도 머리를 밀리고, 다른 대머리도 조금 더 늘었다. 무승인 대머리 사부 밑에서 무공을 수련할 놈들이자, 전생의 인연과 현생의 사건을 합치면 사제 격인 놈들이기도 하다.

"숭산의 십팔나한十八羅漢들이니 기억하라고."

이로써 숭산, 무당, 종남, 화산 그리고 동쪽의 태산까지. 내 영향력이 미칠 수 있게 만들었다. 그리고 그 중심부에는 무림맹이 있고, 그 무림맹의 차기 맹주는 내 옆에 서있었다. 전생 광명좌사, 현생 무림맹주, 막내아우, 몽가의 이리. 나는 생각나는 대로 넷째를 바라봤다.

"색마야."

"아이씨…"

색마가 얼굴 표정으로 내게 욕을 하더니 치겠다는 것처럼 오른손을 치켜들었다. 그 모습이 실로 오만방자하여, 머리통을 한 대 후려쳤다.

팍!

그러자 귀마가 다가와서 혀를 찼다.

"그만 좀 싸워라. 천하맹주니 무림맹주니 하더니 정말 내가 다 부끄럽다. 이게 맞아? 맏형, 이게 맞습니까?"

뒷짐을 진 채로 다가오던 검마가 고개를 끄덕이더니 양손을 뻗어서 나와 귀마에게 어깨동무를 했다. 우리는 뜬금없이 단상 위에서 사대악인 어깨동무를 한 채로 뭉쳤다. 이 시종일관 근엄한 맏형이 대체 무슨 말을 할 것인지 궁금해서 다들 검마를 바라봤다. 다 큰 사내들이 둥그렇게 어깨동무를 한 채로 기다리자, 검마가 나지막한 어조로 우리만 들리게끔 속삭였다.

"이제 강호는 우리 사대악인이 접수했다."

"…"

"잘하자."

"그, 그럽시다."

맏형이 웃음을 참지 못하고 결국 웃었기 때문에 우리도 함께 미친 놈들처럼 웃었다.

450.
광마회귀

"우리는 이제 출발하겠네."

먼저 식사를 마친 대머리 사부가 다가왔다. 사실 내가 먼저 무림 맹을 벗어나려고 했었는데 대머리 사부는 확실히 나란 놈과 성향이 비슷하다. 번잡한 것을 극도로 싫어하는 성격. 대머리 사부와 십팔나한들이 나를 쳐다봤다. 사실 전생에도 그렇고 현생에서도 아직 사부에게 사부라 불러보지 못했다. 아마 이렇게 헤어지면 한동안은 만나기가 어려울 것 같았기에 일어나서 덤덤한 어조로 말했다.

"살펴 가십시오, 사부님."

사부님이라는 말에 대머리가 대답했다.

"문주, 내가 가르친 것도 없는데 무슨 사부인가?"

나는 광승을 물끄러미 바라봤다.

"많이 배웠습니다. 저 대머리 십팔나한들이 사제들이니 스님이 제 사부인 셈이죠."

이렇게 구차한 변명도 있을까. 하지만 평소에도 내가 구차한 편이었기 때문에 광승은 웃어넘겼다.

"문주, 실력이 하늘에 닿아 너무 급하게 움직이면 지나가는 개미 떼를 밟을 수 있으니 가끔은 천천히 걸으면서 무슨 꽃을 지나치고 있는 것인지 확인하게."

적절한 조언인지라 바로 대답했다.

"알겠습니다."

"재회는 숭산에서 하는 것으로."

광승이 십팔나한을 슬쩍 쳐다보더니 짤막하게 말했다.

"가자."

오는 동안에 내게 많은 것을 알려준 연국사가 입을 열었다.

"이제 문주님에게 맹주님이라 부릅니까. 아니면 대사형이라 부릅니까."

나는 연국사와 눈을 마주친 다음에 대답했다.

"앞으로 대사형이라 부르도록."

연국사가 내게 예의를 갖췄다.

"또 뵙겠습니다, 대사형."

"가라, 반짝반짝 대머리들."

숭산에서 만만치 않은 세력으로 자리 잡을 것 같은 대머리들이 빛을 내뿜으면서 동시에 떠났다. 나는 형제들에게 말했다.

"우리도 가자."

이제 나도 떠날 생각으로 주변을 잠시 둘러보다가 임 맹주와 눈을 마주쳤다. 임소백이 물었다.

"문주, 다음 여정은 어디인가?"

"화산에 갔다가 일양현으로 복귀합니다."

임소백이 슬쩍 웃었다.

"그럼 나중에 일양현으로 갈 테니 그곳에서 재회하지. 살펴 가게."

"형님."

"응."

"고생하셨소."

"고생은 네가 더 많았다… 검마와 육합도 살펴 가게."

색마도 곧 사부가 돌아가는 것을 알고 다가와서 예의를 갖췄다. 검마는 무림맹주가 될 제자에게 잔소리가 필요 없는 모양인지 간략하게 말했다.

"또 보자."

"예, 사부님."

우리 셋은 다른 사람들과 말을 섞지 않은 채로 무림맹을 빠져나왔다. 나오는 동안에 백의서생을 잠시 찾았으나 이놈도 보이지 않았다. 우리 셋은 걸으면서 잡다한 얘기를 나눴는데 귀마가 이런 말을 꺼냈다.

"백의가 기습하면 넷째가 막을 수 있을까?"

맏형은 오히려 내게 물었다.

"네가 가장 잘 알겠지. 몽랑이도 수준이 더 오른 것 같던데 어떠냐?"

"수준도 올랐고. 이제 호위도 들러붙을 테니 백의의 기습은 통하기 어렵지. 완전 방심하지 않는 이상은."

검마가 나지막이 말했다.

"백의는 정말 끝까지 음흉한 구석이 있구나. 변장해서 잠입해 있었다니."

"초대받지 못하는 인물이니 이해해야지. 저런 고수는 애써 막는 것도 어려워."

아마 궁금해서 와봤을 것이다. 나는 걸음을 멈춘 다음에 아무것도 보이지 않는 좌측을 향해 내공을 실은 목소리로 말했다.

"백의 동지, 또 보자고. 천악 선배에게 안부 전하고."

제법 떨어진 곳에서 백의서생의 목소리가 들렸다.

"다들 살펴 가게."

"그런 인사는 얼굴 좀 보면서 하면 안 되나?"

"뭐 우리가 그렇게 살가운 사이는 아니지 않느냐."

"그렇긴 하지."

나는 맏형을 쳐다봤다.

"요란이는 어때?"

"어떤 점이? 수련이?"

나는 고개를 내저었다.

"아니, 아직 한기에 시달리고 있진 않지? 몇 년은 더 지나야 할 것 같은데."

맏형이 놀란 표정을 지었다.

"아, 그렇지 않아도 개방 방주가 왔을 때 요란이의 상태를 지적했다. 나중에 한기에 시달리면 찾아오라고 하더구나."

"신개 선배도 시기는 예상할 수 없나 보군."

"아무래도 성장 중이라서 그렇겠지."

나는 고개를 끄덕인 다음에 검마와 귀마를 쳐다봤다.

"내가 좀 빨리 다녀와야겠네. 화산으로 갔다가 일양현으로 복귀할 테니 나중에 보자고. 맏형, 둘째."

이것이 작별이다. 어차피 우리는 돌아갈 곳이 있는 사내들이라서 언제든 간에 일양현에서 재회하면 된다. 귀마가 말했다.

"나는 종남 일대에서 돈 벌고 있으마. 살펴 가라."

맏형도 고개를 끄덕였다.

"먼저 가라. 갈 길이 멀다."

"또 봅시다."

* * *

늘 그렇듯이 나도 내 갈 길을 갔다. 일양현을 귀환 지점으로 삼은 이유는 요란이 때문이다. 아무래도 넷째의 빙공을 너무 일찍 익힌 게 아닐까 하는 의구심을 지울 수가 없다. 맏형이 치료하기엔 어려 워 보여서 내가 기다렸다가 극양의 내공으로 대비하는 것이 옳다는 생각이 들었다. 계획을 세웠더니 발걸음이 점점 빨라졌다. 광승은 숭산으로, 귀마는 종남으로, 맏형은 일양현으로 향하고 있을 테지만 내가 가장 빠를 것이다.

내 발걸음은 이제 강철의 거북이가 아니라서 그렇다. 옛 신선들의 축지법縮地法은 지금의 내 경공과 비슷할 것이다. 나는 축지법에 대 해 이렇게 생각한다. 축지법이라는 말이 구전으로 남은 이유는 실제로 축지법이 있었기 때문이라고. 이는 곧 지금은 찾아볼 수 없는 신선도 과거에는 실존했다는 뜻이다. 이를 토대로 무공의 역사를 가늠해 보면 무공은 시간이 흐를수록 점점 약해질 것이다. 신선이 사라졌듯이 강호인도 언젠가는 사라질 게 자명하다. 물론 그것이 천 년 후일지, 이천 년 후일지는 나도 모른다.

어차피 무공이 약해지고 사라지는 것이라면 마음을 이어받게 만드는 것이 옳은 방향이다. 무공은 시간이 흐를수록 아무것도 아니기 때문이다. 그렇다면 결국에 협객이 가장 강하다는 말은 내 시대에 통용되는 말이 아니라 무공이 사라진 시대에 적용되는 말이 아닐까? 이런 상념에 빠진 채로 일신의 무공을 모두 경공에만 집중했더니 산 하나를 통째로 지나기도 하고, 제법 넓은 강도 빨랫줄을 넘는 것처럼 지나갔다. 잠시나마 꽃은 보이지 않았다. 도저히 단박에 지나칠 수 없는 강을 횡단할 때는 중간에 나룻배 한 척에 발을 한번 디뎠다가 솟구쳤다.

이것이 옛 축지법이 아닐까. 문득 익숙한 지형과 일전에 봤었던 꽃길이 눈에 들어왔을 때 속도를 줄여서 천천히 걸었다. 예상대로 하오문에 속하는 객잔이 나왔다. 연홍객잔. 일부러 바깥 자리에 앉아 지나다니는 사람들을 구경하고, 가끔 객잔 안을 바라봤다. 안에서 탁자를 닦고 있던 소년이 그제야 나를 발견하더니 허리춤에 수건을 찔러 넣으면서 다가왔다.

"뭘 드릴…"

소년의 표정이 확 변하더니 눈을 껌벅이다가 말을 이어나갔다.

"문주님?"

　　　…

"오랜만이다. 무관은?"

소년이 당당한 어조로 대답했다.

"잘렸어요."

"왜?"

"자주 싸워서요."

"왜 싸웠는데."

"텃세가 너무 심해요. 제가 점소이라고 자꾸 무시하고."

"그렇구나. 큰 기대는 안 했다. 주문 좀 하자."

뒤에서 연홍이가 등장하더니 내게 물었다.

"문주님, 뭘로 준비할까요?"

"그때랑 똑같이."

"국수, 탕초리척, 두강주. 맞죠?"

소년이 연홍이를 쳐다보면서 말했다.

"나 문주님이랑 얘기 좀 할게. 준비해 줘."

소년이 자연스럽게 맞은편에 앉더니 한숨을 내쉬었다.

"문주님."

"왜 그렇게 애타게 부르냐."

"요새 정협문하고 양의문이 사이가 틀어져서 아주 험악해요."

"그게 너랑 무슨 상관이야."

"왜 상관이 없겠습니까. 정협문에 속한 무인도 이곳에 오는 손님
이고, 양의문에 속한 무인도 이곳의 손님이니까요. 객잔 다 부서질
까 조마조마한데 정말 밥 먹다가 칼부림이 일어나도 이상하지 않다
니까요. 제가 무공을 더 익혔어야 했는데…"

소년이 객잔 안을 슬쩍 보더니 작게 속삭였다.

"이상하게 누님 때문에 여기서 그놈들이 더 자존심을 부려요. 어떤 느낌인지 아시죠? 여기서 온갖 분위기를 잡는다니까요. 그렇게 분위기 잡는다고 누님이 좋아하는 게 아닌데. 한심한 새끼들…이 아니라."

소년이 벌떡 일어나더니 다가오고 있는 손님 무리를 향해 고개를 숙였다.

"어서 오십시오!"

세 명의 손님이 한 탁자에 둘러앉았는데 슬쩍 보니 등짝에 정협正俠이라 적혀있었다. 이름만 두고 보면 천하에 적수가 없을 협객 무리인데 고작 객잔에 와서 분위기를 잡는 것이 일상인 것일까. 이렇다면, 양의문도 곧 오지 않을까 싶었다. 오래지 않아 똑같은 차림새를 한 세 명의 사내가 곧장 연홍객잔을 향해 걸어오더니 내 앞에 서서 나를 내려다봤다. 한 놈이 내게 말했다.

"자리 좀 비켜주겠나? 늘 앉던 자리라서 말이야."

"음."

이걸 대체 어떻게 반응해야 하는 것일까. 소년이 엉거주춤 일어나더니 양의문의 무인들에게 말했다.

"먼저 앉으신 손님이라서요. 강호에서 꽤 유명하신 분인데 오늘은 좀 양해를 부탁드릴게요. 죄송합니다."

"강호에서 꽤 유명하신 분이라고? 누구시기에, 통성명이나 합시다. 나 양의문의 신벽화요."

"양의문의 강헌소."

…

"나는 양의문의 하길재가 되겠소."

나는 고개를 몇 번 끄덕였다가 별생각 없이 대답했다.

"하오문주 이자하."

신벽화가 한숨을 내쉬더니 손가락으로 자신의 귀를 팠다.

"그러시겠지. 하오문주시겠지. 암, 그렇고말고."

신벽화가 다른 두 사람을 보면서 말했다.

"하오문주시란다. 사제들, 우리가 오늘은 다른 자리에 앉자."

"그러시지요. 감히 하오문주의 자리를 뺏을 순 없죠."

"저쪽 구석으로 가시지요."

나는 세 사람이 개소리를 짖어대면서 멀어지는 와중에 소년을 물끄러미 바라봤다.

"누가 내 행세를 하고 다녔나? 반응이 왜 이래."

소년이 대답했다.

"여기서 싸움이 벌어지거나 소란스러울 때마다 연홍객잔이 하오문 소속이라고 말씀드리면서 말렸거든요. 그때마다 소란이 좀 잦아들긴 했는데… 다들 믿는 눈치는 아니에요. 문주님 명성 때문에 그냥 넘어가자는 분위기?"

"그랬구나."

정협문에서 소년을 불렀다.

"주문 좀 받아라. 뭐 하는 게야?"

"아, 예."

소년이 정협문의 무인들에게 가자마자 다시 또 고개부터 꾸벅 숙였다. 정협문의 주문을 받자마자, 양의문에서도 소년을 불렀다.

"여기도 주문받아라!"

"예, 갑니다."

문득 이런 생각이 들었다. 나는 대체 저런 점소이 생활을 어떻게 견뎌낸 것일까. 여전히 돈을 버는 것은 어렵고, 객잔을 유지하는 것도 어렵고, 누구든 간에 제정신으로 사는 것이 어려워 보였다. 정신머리를 꽉 붙잡고 있어야 살아남을 수 있는 세상. 나는 턱을 괸 채로 생각에 잠겨있다가 탁자에 놓이는 두강주, 탕초리척, 국수를 바라봤다. 소년이 나를 쳐다보더니 멋쩍게 웃었다.

"맛있게 드세요, 문주님."

"국수는 또 네가 했어?"

"아닙니다. 누님이 하셨어요."

"다행이네."

젓가락으로 탕초리척을 하나 집어서 입에 넣은 다음에 정협문, 양의문을 쳐다보면서 씹었다. 벌써부터 두 세력은 가끔 반대편을 쳐다보면서 눈싸움을 벌였다. 나도 이런 것을 많이 겪어봐서 아는데 사내들의 싸움이란 단계가 무척 단순하다. 눈싸움, 말싸움, 각자 볼일보기. 눈싸움, 말싸움, 진짜 싸움. 둘 중 하나다.

그러거나 말거나 국수는 전에 먹었던 것보다 확실히 맛있었다. 국수를 먹으면서 살펴보니. 아무래도 정협문에서도 연홍이를 좋아하는 사내가 한 명 있고, 양의문에서도 연홍이를 점찍은 사내가 있는 것 같았다. 그렇지 않고서야 두 세력의 무인들이 이렇게 찾아와서 노려볼 이유가 없다.

소년은 바쁘게 음식을 나르고, 주방 쪽에선 여전히 연기가 피어올랐다. 내가 보기에 소년은 누님 때문에 강호로 뛰쳐나가지 못하고 누님은 동생을 먹여 살리느라 뭇 사내들의 구애도 모두 뿌리친 채로 열심히 음식을 만드는 것처럼 보였다. 물론 전에도 그랬다. 나는 두 강주를 한 잔 마신 다음에 연홍객잔의 간판을 물끄러미 바라봤다. 곧 사라질 간판이라서 그런지 제법 눈길이 갔다.

잠시 후 지친 기색으로 연홍이가 다가오더니 이마에 두른 하얀 끈을 풀더니 그것으로 뒷머리를 묶었다. 연홍이가 나를 쳐다보더니 말 없이 빈 잔을 내밀었다. 그곳에 두강주를 따라줬다. 연홍이가 고개를 푹 숙였다가 들더니 내 빈 잔에 두강주를 채웠다. 겨우 술을 한 잔씩 따랐을 뿐인데 농담이 아니라 객잔의 모든 손님들이 이곳을 바라봤다. 연홍이가 말했다.

"문주님, 먹고살기 힘듭니다."

당연한 것이라서 나는 고개만 끄덕였다. 그러자 정협문 쪽에서 누군가가 말했다.

"그쪽이 정말 하오문주요? 믿기지 않는데."

이어서 연홍이의 아우도 머리에 두른 하얀 끈을 풀어내더니 내 자리에 합석하더니 빈 잔을 내밀었다. 그사이에 또 누군가가 내게 말했다.

"대답을 하시오. 하오문주냐고 묻지 않소."

나는 별 관심이 없어서 연홍이와 소년을 바라봤다.

"둘 다 많이 지쳤나?"

남매가 동시에 대답했다.

"예."

나는 두 사람의 표정을 보다가 이렇게 권했다.

"그럼 객잔은 마음속에서 불태우고, 함께 화산으로 가자. 그곳에서 자리를 잡게 도와주마."

연홍이가 동생을 바라봤다.

"갈 거니?"

"가고 싶어. 누나는?"

"가자."

주변 사람을 무시한 채로 대화를 나누는데 정협문과 양의문의 사내들이 연합을 한 것처럼 모여서 우리 셋을 둘러쌌다.

"연홍아, 어딜 간단 말이냐?"

"이 사내를 따라가겠다고? 송 사형이 가만히 있을까?"

"송 사형이 문제가 아니라 우리 채 사형이…"

연홍이가 주먹으로 탁자를 내려쳤다.

"그만!"

연홍이가 바들바들 떨리는 어조로 말했다.

"동생과 내가… 노예도 아니고. 다들 좀 적당히."

눈빛에 불길이 타오르는 것처럼 보였다. 나를 쳐다보더니 입술을 달싹이다가 물었다.

"문주님, 좀 혼내주실 수 있으세요?"

"그건 좀 어렵겠는데."

"왜요?"

나는 연홍이와 소년을 보다가 나지막이 말했다.

"때리면 죽을 것 같아서. 시체 여섯 구를 보고 싶으냐?"

"그건 아니에요."

…

"그렇다면 함부로 힘을 쓸 수는 없지."

나는 젓가락으로 탕초리척을 집어서 입에 넣은 다음에 우물대면서 동생에게 말했다.

"가서 돈만 챙겨서 나와라. 다 날려버리게."

"알겠습니다."

주변에 있는 무인들에겐 손짓을 했다.

"분위기 그만 잡고 다 물러나라. 정협문주와 양의문주, 머리채를 붙잡고 끌고 오기 전에."

눈싸움, 말싸움, 각자 볼일 보기에서 눈싸움만이 이어졌다. 소년이 봇짐 하나를 챙긴 채로 뛰쳐나왔다.

"준비됐습니다!"

"그게 전부야? 조촐하네."

"예."

"두 사람은 잘 봐라. 객잔과 작별할 시간이야."

연홍이와 소년이 돌아서더니 연홍객잔을 바라봤다. 나는 객잔 가까이 아무도 없는 것을 확인한 다음에 좌장을 내밀어서 객잔을 통째로 날렸다. 조금 전까지는 객잔이 있었지만 지금은 없다. 연홍이와 소년에게 말했다.

"남은 음식 다 먹어라. 갈 길이 멀다."

연홍이와 소년은 뭐가 그렇게 서러운지, 닭똥 같은 눈물을 뚝뚝 흘리면서 젓가락을 붙잡더니 남아있는 탕초리척을 먹기 시작했다. 지난날의 내 모습을 보는 것 같아서 웃음이 절로 나왔다. 연홍이가 울면서 말했다.

"왜 웃으세요."

"내 마음이야."

일어나서 어정쩡하게 서있는 정협문과 양의문의 무인들에게 말했다.

"너희 두 문파는 내 귀에 한 번이라도 이상한 소문이 들리면 찾아와서 지금 없어진 객잔처럼 강호에서 사라지게 만들어 주마. 꺼지도록."

여섯 명이 입도 뻥긋하지 않은 채로 사라졌다. 나는 남아있는 두 강주까지 모두 비워낸 남매에게 말했다.

"가자, 화산으로."

어른도 없는데 이렇게 훌륭하게 객잔을 운영하고 있었던 남매라면 화산의 제자가 되기에 손색이 없었다. 넷째에게 누가 더 맹주 역할을 잘해내는지 겨뤄보자고 한 말은 빈말이 아니다. 나는 내가 내뱉은 말을 지키지 않은 적이 없기 때문이다. 제자들과 나는 화산으로 향했다.

* * *

강호인은 대부분 미쳐있다. 나도 그렇다. 한때의 광마狂魔가 나라서 그렇다. 아마도 나는 착하게 사는 게 싫어서 광마가 됐을 것이다. 그런데 길을 걸으면서 다시 생각해 보니 나는 이제 광마로는 살기가 어려웠다. 여전히 광마인 채로 제자를 가르치면 제자들도 또 다른 광마가 되지 않을까. 나는 제자들이 나처럼 살길 바라지 않는다. 애초에 천하제일은 개인의 오성이나 수련만으로는 달성하기 어렵다. 아무리 뛰어난 사부가 가르쳐도 천하제일이 되는 것은 별개의 운명이다.

그래서 제자들에겐 큰 기대가 없다. 가르치고 보살피는 것이 중요하지 반드시 천하제일이 될 필요는 없기 때문이다. 이런 생각을 하다 보니 화산으로 향하는 동안에 씁쓸할 수밖에 없었다. 광기를 버린다는 것은 이제 어른이 된다는 뜻이라서 그렇다. 어쩌면 이제껏 한순간도 어른이 되고 싶었던 적이 없었던 모양이다. 하지만 제자를 가르치기 위해 어쩔 수 없이 어른이 되어야만 하는 상황.

제자 때문에 광마 노릇을 포기해야 한다는 게 미칠 노릇이다. 이러면 내 남은 인생은 어떻게 되는 것일까. 적수도 없고. 화산에서 근엄하고 진지한 사조師祖 흉내도 내야 하고. 색마 놈도 무림맹주를 하려면 어쩔 수 없이 어른인 척을 해야 하겠지만 그것은 나도 마찬가지다.

이제 내 인생에서 재미있는 일은 하나둘씩 사라지는 것일까. 이래서 옛 신선들이 등선한 게 아닐까. 할 일이 없고 심심하다는 이유로 말이다. 나는 얼마나 먼 길을 돌아와서 광기를 내려놓아야 할 순간에 직면했는가. 애달프고, 서글프다. 그런 의미에서 소백 형님과 같은 어른다운 어른들에게 존경과 예의를 표한다.

* * *

길을 걷던 와중에 제자가 내 울적한 마음을 알아차린 모양인지 이렇게 물었다.

"그런데 문주님은 하오문의 문주이신데 따로 별호는 없으세요? 유명한 강호인들은 별호가 다 있잖아요."

나는 걸음을 멈춘 채로 대답했다.

"있지."

"뭔가요?"

나는 연홍이 남매를 바라보는 와중에 내적 갈등을 십팔 회 정도 반복했다가 자연스럽게 대답했다.

"광마狂魔."

"예?"

"광마라고."

"아, 알겠습니다."

"전대 맹주의 아우, 현 무림맹주의 형님이자 하오문의 문주. 교주를 꺾은 사나이. 천하맹의 일인맹주, 너희들의 대사저인 장요란의 셋째 사부, 강호에 등장한 네 번째 재해, 대머리들의 대사형이지만 머리카락은 온전한 사내, 십이신장의 대사형이자 광해 스님의 속가 제자, 서생들의 연구 대상, 이름 이자하, 소속 하오문. 점소이 출신, 낫질의 달인, 바다를 봐도 아무런 감흥이 없는 사내, 천하제일, 무적, 이런 그 어떤 것보다…"

"예."

이랬다가 저랬다가 했으나 돌고 돌아서 내 본질은 변함이 없다.

"광마, 그것이 나다."

광마회귀 완결.

.

광마회귀 8

초판 1쇄 발행 2024년 8월 9일
초판 2쇄 발행 2024년 8월 20일

지은이 | 유진성
발행인 | 강봉자, 김은경

펴낸곳 | (주)문학수첩
주소 | 경기도 파주시 회동길 503-1(문발동633-4) 출판문화단지
전화 | 031-955-9088(대표번호), 9530(편집부)
팩스 | 031-955-9066
등록 | 1991년 11월 27일 제16-482호

ISBN 979-11-93790-31-1 04810
(세트) 979-11-93790-32-8

* 파본은 구매처에서 바꾸어 드립니다.